《散文海外版》
2024年精品集

被时间镀亮

《散文海外版》编辑部 编

天津出版传媒集团
百花文艺出版社

图书在版编目（CIP）数据

被时间镀亮:《散文海外版》2024年精品集/《散文海外版》编辑部编. -- 天津：百花文艺出版社，2025.1. -- ISBN 978-7-5306-9036-9

Ⅰ.I267

中国国家版本馆 CIP 数据核字第 2024GE0988 号

被时间镀亮 :《散文海外版》2024 年精品集
BeiShiJianDuLiang Sanwen Haiwaiban 2024 Nian Jingpinji
《散文海外版》编辑部编

出 版 人：薛印胜
责任编辑：王 燕 徐 姗　封面设计：彭 泽
出版发行：百花文艺出版社
地 址：天津市和平区西康路 35 号　邮编：300051
电话传真：+86-22-23332651（发行部）
　　　　　+86-22-23332656（总编室）
　　　　　+86-22-23332478（邮购部）
网　址：http://www.baihuawenyi.com
印　刷：河北鹏润印刷有限公司
开　本：710 毫米×1000 毫米　1/16
字　数：458 千字
印　张：31.5
版　次：2025 年 1 月第 1 版
印　次：2025 年 1 月第 1 次印刷
定　价：68.00 元

如有印装质量问题，请与河北鹏润印刷有限公司联系调换
地址：河北省沧州市肃宁县经济开发区
电话：(0317)7587722　邮编：062365

版权所有　侵权必究

目 录

被时间镀亮	熊红久	001
谁曾回到过故乡	周荣池	012
天光	王雪玉	017
他就是神骏,他就是猛禽	周晓枫	022
遥远的魔咒	梁鸿鹰	032
抚摸蔚蓝面庞	阿　来	039
石峁——最近中国的城	朱　鸿	047
毛目记	杨献平	053
入神记	李世许	059
乌乡薄暮之书	周蓬桦	065
地址簿里的日常	朱　强	070
喜鹊脖颈上那圈黛蓝	海　男	081
从费穆说开去	南　翔	089
2008:记忆与转折	刘大先	095
刘烨园的信	张新颖	100
江右词	胡性能	105
摇篮	贾梦玮	110
流沙之外的风景	裴海霞	116
此去	沙　爽	121
鄱阳帖	李晓君	129

大山捎来的讯息 ……………	沅　洲	135
杂花生嘉树 …………………	张生全	141
枕上山溪 ……………………	储劲松	150
一关名梅 ……………………	罗　铮	156
万物的印迹 …………………	南泽仁	162
寻找张草纫 …………………	庞余亮	168
贤亮往事 ……………………	蒋子龙	171
难以打捞的画像 ……………	王晓莉	176
大山深处 ……………………	廖静仁	181
带着太阳来德国 ……………	皮　皮	187
故乡的味道 …………………	王开生	194
谁在暗夜里低语 ……………	吕敏讷	203
湮没的历史 …………………	万　宁	209
把酒 …………………………	朱法元	215
城市状态 ……………………	田　鑫	220
零工 …………………………	王　选	227
惯于长夜 ……………………	高玉宝	232
驭风记 ………………………	姜琍敏	238
父亲在夜里生起一堆火 ……	钟二毛	243
时光清澈 ……………………	王剑冰	253
滚雪球 ………………………	毕　亮	256
再见，西桥！ ………………	王啸峰	261

纳林果勒河东岸	西　洲	266
柿子的隐喻	杜怀超	272
蒲庄的似水流年	吕虎平	278
居于林中	傅　菲	286
渔民的鸟图腾	徐观潮	291
羊群走过村庄	段吉雄	299
三只各怀心事的大象	段　弋	307
花的信仰	高维生	315
伤杯	柳未未	320
布料里的翅膀	金　艺	328
一棵树的修行	李冬凤	334
鲜食记	李丹崖	343
打酸枣	刘学刚	348
中国房间	黑　陶	355
三味烟纸店	宇　秀	363
在库尔德宁镇库热村	梁晓阳	368
重行故地儿时路	杨海蒂	374
那些汹涌及明亮的事物	蔡　红	382
雾里探菌	孙　茂	389
春殇	刘绍良	394
最热的一天	王善常	399
悲喜交加	离　离	408

爱的尽头是星辰大海
　　——怀念我的父亲程树榛和母亲郭晓岚
.... 程蕙眉 411
梦里村庄 .... 璎　宁 417
味蕾深处 .... 朝　颜 421
我的字迹里不乏文学性 .... 马小起 424
洁来还洁去 .... 任芙康 428
红旗渠遐想 .... 罗大佺 433
郁 .... 赵燕飞 436
一切交给风与时间 .... 熊佳林 442
西南散记 .... 陈元武 446
与路遥同行 .... 马　语 452
雨天的刨木花 .... 许冬林 458
哀牢山的鬼针草 .... 何珈阅 466
纱之书 .... 张　毅 472
十二月花神 .... 徐　迅 478
那时的屋场 .... 周岳工 486
放牧心灵 .... 秦湄毳 494

004

被时间镀亮

◎ 熊红久

完婚第三天,父亲带着母亲从长沙出发,四天四夜的绿皮火车,等抵达乌鲁木齐,脚都肿了。

博乐县城还没通公共汽车,好不容易搭辆货车,尘土飞扬,坑洼遍地。又颠簸了三天,早已肝肠寸断,五官扭曲。一下车母亲就哭了,眼前几排低矮的平房,一条土路上跑着驴车。虚土盖过脚脖,四周遍布荒漠,与歌曲里的牧歌悠扬、瓜果飘香反差太大。父亲局促地搓着手,愧疚地说:"这里是县城,离咱们要去的兵团连队,还有六十多里呢!"

泪水很快就被粗粝的阳光和硬朗的漠风晒干吹干,母亲知道,自己水秀江南的运命,已被苍茫大漠所阻隔了。

母亲说,一九六七年初春,下了一场大雪。半夜时分,她肚子突然剧痛,有早产迹象。父亲赶忙叫了一辆马车,把她从六连送往十几公里外的团部医院。车夫姓马,是回族。母亲的呻吟催促他不停地扬起皮鞭。车轮在翻浆的沙包和泥淖间跳跃,颠簸考验着一个年轻母亲的承受力。在离医院还有一公里时,随着一次车轮的腾空,我迫不及待地从母体里冲了出来,并把第一声啼哭,匆忙而嘹亮地留在了新疆生产建设兵团农五师八十九团一个叫塔斯尔海的地方。

母亲也常常谈起她的家乡,一个湘江流过的地方。说外公是个船员,母亲的童年是在船上度过的。但谈得最多的还是二十世纪六十年代初,她十八岁嫁到新疆的生活。谈住在地窝子里,冬天用红柳疙瘩取暖,第二天早晨醒来,屋里的水结一层薄冰。谈用镰刀收割麦子,右手打满血泡,就用左手割。谈亲手和泥打土块,在地面盖起的第一幢房子。谈把我生在马车上。谈八年一次探亲假。谈她死后要和父亲埋在一起,埋在新疆这片干燥的土地里。每每说到这儿,我的内心总会涌出许多感动来。我知道,母亲的很多往事已经被新疆的土地和新疆的时间收留了。她在这片土地上已经生活了六十多年,土地认识了她,她也和它们结成了亲戚。她的皮肤,这里的气温是熟悉的;她的胃口,这里的粮食是熟悉的;她的习惯,这里的环境是熟悉的;甚至她的风湿病,这里的阴雨天是熟悉的。外公外婆在世时,母亲回湖南探亲,待不了多久就会打电话来,不停抱怨已经不能适应的南方。要么是夏天无处可逃的闷热;要么是冬天没有暖气的阴冷;要么是人满为患的拥塞;要么是缺乏交流的无聊。她常常假期未满,就踏上返程的列车。

打记事起,就一直居住在用土块垒起的平房内。斑驳的墙壁,顶棚上耷拉下来的芦苇,皲裂的木质门窗,都被梭梭柴的青烟熏成了黛黑色。这种形象的注解,让我们艰苦的生活有了怀旧的深刻。

这些屋子,是父亲和他的军垦战友们,一桶水一锹泥,亲手在沙尘肆虐的荒漠中建造出来的。在我孩提的印象里,这土屋天生就如此破败,像沧桑的奶奶,仿佛从来没有年轻过。好在屋子的旧陋并不影响童年的快乐,邻居间那些与我年龄相仿的伙伴,成为快乐的重要元素。一个个被我熟记了几十年的名字,就像种在心里总也不能收割的庄稼,枝繁叶茂又遥不可及。

家都靠在一起,积木一样摆放成了连队西南侧的第一排平房。

父辈们用青春、血汗、十几年的光阴和一堆锈烂的锄头,将戈壁荒滩改造成了万亩良田。一幢幢土屋好似一群累倒的汉子,直挺挺横卧在田边。每幢有十间房,两两相通,能住五户人家。白杨树林将连队四方四正地分割成几个居民区。来自五湖四海的人们操着各式的口音杂居在一起,就像一块田地里生长的多种作物,虽神态各异,却相互依存。

在邻居中与我最要好的当数建中,他家刚好居住在这幢屋子的中间。之所以要好,是因为我可以随意地在他们家吃饭或者睡觉,尽管两家相隔不足五十米。这个有四个男孩的家长姓董,因为个头高大,大家都叫他大董,整个连队的人都这么称呼。和其他人一样,很多年之后,直到我离开那里,除了外号,我一直叫不上他具体的原名。作为甘肃人,他有着极爱吃醋的偏好。晚饭时分,整幢房子的人家,都会走出屋子,蹲在门口,边吃饭边聊天。孩子们总是最快活的,端着和脑袋差不多大的海碗,来回穿梭,相互品尝各家的风味,极像现代意义的鸡尾酒会。由于毫无二致的贫困，一般情况下，每家的菜碗里，都发现不了荤腥。这时，谁的碗里能增加一些与众不同的佐料，就足以引起我们十分的好奇。董建中的父亲就是往碗里加醋的时候，引起我注意的。他将小半瓶醋倒进了盛着大半碗玉米糊糊的瓷碗里，使得原本淡黄色的玉米粥，泛出了咖啡色的光鲜，与红烧肉的颜色极为相近，让我的味觉，产生了好奇的冲动。我坚定地认为，肯定好吃，便迅速腾空自己的碗，要了小半碗大董叔正喝的"佳肴"并一饮而尽。猝不及防的醋酸，很快就汹涌起来，形成铺天盖地之势，将我才诞生出来的美好轻易击溃。胃液被烧得不断蒸腾，却还要强力压住。每餐只有这么多粮食，舍不得吐出来，怕挨饿。当时的酸味，甚至浸透了岁月，直到现在，依然锈蚀牙根。只那一次，使我终身惧醋。

我们开心而粗犷地徜徉在二十世纪七十年代的阳光里，直到现在我都无法做出正确的判断，是当时的历史环境拯救了我们多彩的童年，还是童年有幸遇到了那么快乐的土壤。总之，许多欢乐的细节一直占据着我们的记忆，成为物资匮乏的年代里最有力的精神器械。淡化了各类作业，淡化了健康卫生，淡化了家庭界限，甚至淡化了个人隐私，所有的家门都是敞开的，随时可以长驱直入。推开邻居的家门比推开自己的家门更觉坦然。没有谁家会拒绝开门，就像没有谁家会拒绝让我们吃一顿饭一样。因此，到邻居家吃饭或者邻居的孩子到我们家吃饭都是习以为常的事，就像男人间的递香烟，自然而随意。所以，到了吃饭的当口，父母只站在自家的门口，冲着东、南、西三个方向，双手做喇叭状，高喊几声乳名，没见回应便不再顾及，径自晚饭了。

现在想来，我们这些孩子就像被砖窑烧坏的砖头，随意丢在窑外，没人在乎。一次我去连队同学胜辉家住了三天，回来后，以为父亲会问一些情况的，却只见他背着药箱，随意扫了我一眼，出门而去，就像我只离开了几分钟似的，把我想讲的重大话题，淤积在了空空荡荡的房间里。

正是这样放养，反而使得我们自生了许多抗体，既抵御了疾病的侵蚀，也提高了智能的开创。感冒、发烧，到连队的卫生室讨几片阿司匹林，几天便愈。没有玩具，自己动手，用木头雕刻，用旧报纸折叠，用铁丝编制，都能创造出五花八门的玩物。比如一柄木制的刀剑或者铁丝弯制的弹力枪，谁拥有了设计的技巧和制造的材料，地位就会在短时间内迅速上升，并有可能成为引领整个连队的孩子王。这种境遇有点像现在的某项实用专利被认可和推广后，所带来的经济效益和身份认证。

在这样的竞争之下，谁能亮出最新的玩具，谁就确定了自己的领导地位。建中把家里自行车气门芯软管偷了出来，装备了四五个弹弓，使得他的号召力开始攀升。我感受到了邻居的威胁，身边队伍里人数不断减少，威信逐渐消退。费尽周折，我终于从床下木箱里发现一条新的自行车内胎。父亲将它藏得很深，并用一个盒子包好。我毫不犹豫地一剪刀将气门芯铁嘴剪掉，制作了一支可以发射火柴棍的火药枪，交给身边的同学们轮流玩耍，啪的一声，所有的威信和尊严都重归故里。而建中，则在几天后鼻青脸肿地出现了，即刻有属下通报：偷气门芯东窗事发，被那个没有文化爱喝醋的爹，狠狠地揍了。我和队员们都发出了轻蔑而开心的欢笑。

享此殊荣一周后，父亲车胎爆裂，更换新胎。翻箱倒柜了半天，只找到半条被裁剪得面目全非的废品。怒发冲冠的父亲，将我掐着脖子提回屋里。众人面前，我表现出了一个领导者应有的大义凛然。我确信那群手下一定会尾随在父亲身后，并会趴在窗台上，充满同情地窥视我。被父亲撸光了碎叶的红柳条，太具爆发力了，这些在荒漠中饱经风霜和干旱的植物，经过了一冬的积淀，在春风的抚慰下，身姿柔软，韧性十足。落在身上，疾如飞沙走石，狠如饿狼撕肉，柳枝与身体接触的瞬间，竟能发出清脆的声响，像两只手在用力鼓掌。它们替代了父亲暴怒的语言，一口一口咬在十二岁的娇嫩有余坚韧不足的皮肤上，很快就涌出了一群蚯蚓般的象形文字。只几个回合，我就如实招供了，更何况手里的火药枪早就泄露了真相。木已成舟，作为赤脚医生的父亲，擦完淋漓大汗，只能背着药箱，徒步出门了。

此后的半个多月，父亲每天都步行十余里，给农工看病。事后才知，那条内胎的价值，足顶我家五口人一周的口粮，还要凭票才能买上。怪不得父亲如此歇斯底里，那是我记忆里被收拾得最惨烈的几次重要教训之一。但因此赢得了伙伴的信任，维持了较长时间的执政地位。当时的我，一边摸屁股上蠕动的蚯蚓，一边安慰自己，一切付出都是值得的。

由于家里三个孩子中,只有我一个男孩,我就非常羡慕建中家有四个兄弟,以至于竟幻想,自己如果是他家的孩子该有多好!我常常借故住在他家,身体似乎提前找到了皈依的感觉。只是到了吃饭的时候,看到他们全家对醋瓶的趋之若鹜,才决然放弃成为一家人的想法。对醋的恐惧,让我回到了自己家里。

最后一次在建中家住,是一个冬天。那时父亲已经调到打井队,很快就要搬家了,我们都预感到了时间的紧迫,有好几天,我都和建中挤在一起。五个孩子混在一张硕大的由芦苇捆扎起来的床上,玩耍疲惫之后,依次睡去,我挤在了最里边。半夜被尿憋醒,我用手一摸,床外几条熟睡的身体阻挡了下床的路径,而窗外呼啸的寒风将去户外解手的想法吹回身体里。膀胱越来越鼓胀,原以为凭着意志力可以坚持到天亮的,但不断加大的压力,增强了大江东去的悲凉。意志的天平,正在慢慢倾斜。最终,生理成了胜者。无奈之下,只好把床沿和墙面之间窄窄的两厘米间距,当成了卫生间。起初还提心吊胆、小心翼翼,试探性地浅尝辄止,稍一松懈,就喷薄而出一泻千里了。作案之后,身体轻松了,精神却陡然沉重。怕无耻勾当被发觉,一直没敢睡死。天稍亮,在所有人起床之前,我悄悄坐起,匆匆着装,衣冠不整地逃离现场。连续两天猫在家里装作做功课,没敢再去建中家打探虚实。第三天,就举家搬迁,离开了六连。

享受着冬日里暖气和阳光的我,总会想起那间墙壁斑驳的老屋,以及土块垒起的火墙和被煤炭烧红的铁皮炉子。整个连队里,只有很少的家庭才有一两件能被称为家具的物件,贫困像是被克隆出来似的,绝大部分人家都一贫如洗,但是冬日里用于取暖的铁皮炉子,却是户户不可或缺的家什,它用弱小之躯与强悍的冬季抗衡,将严寒驱逐在门外,支撑起了整个家庭的冬天。

日头被冬季的寒冷早早就驱赶到山背后,屋子里,天刚暗下来,我们兄妹三个就会拥围在炉边,期待着父母亲能像变戏法似的,给我们带回来一些瓜子或者黄豆之类的欢喜。我们兴奋地观望,大人们会在炉子上放置一块四方铁皮,然后将瓜子平摊其上,用小火慢慢烘烤,父亲一边翻动瓜子一边讲着故事,有许多不明白的地方,惹得我们刨根问底。长大后才意识到,父亲编讲的故事既不曲折又不精彩,但当时却足以让我们痴迷其中,更垂涎三尺的还有火炉之上那慢慢焦黄的吃食。许多时候,翻炒的程序刚进行不久,我和妹妹就急不可耐地伸手了,父母亲只是喊着:不熟!不熟!并不强阻我们的馋性,所以烘熟之后的内容,往往有一小半已提前被我们解读得支离破碎了。现在想起来我都无法猜透,到底是故事还是零食更加吸引我们,使得我们对被昏黄的煤油灯点着的夜晚,充满了最迫切的渴望。

相对于物质而言,精神层面的温暖,似乎更深刻一些。小学四年级的时候,邻居任叔叔家买了全连队的第一台黑白电视机。大家像过年一样,都去他家串门。手指轻轻触摸屏幕,眼眶里有装不下的羡慕。我们这群孩子,晚饭还没吃干净,就抵挡不住《排球女将》的主题曲,匆匆挤进任家大院——屋里已经坐不下啦,电视机放在窗台上,满院子人呈扇形,盯着一台十二寸的小电视。有时候去晚了,侧面已看不到图像,就搬几块砖,站在后排,离得太远,甚至看不清楚演员的相貌,却依然津津有味。几周之后,电视机屏幕前,摆放了一块大玻璃,是电视放大镜,荧屏果然扩大了一倍,但透过玻璃传递过来的人物表情,不够连贯,也有些怪异,有时候人走远了,影子还留在玻璃上。这丝毫不影响我们内心的欢悦。电视只有一个频道,所有的人都一直会看到"晚安"出现,才意犹未尽地离开。

连队里的第一台彩色电视机,来自黄老师家,他是上海知青,住在我家前排,有两个小孩,是我小学五年级的数学老师。二十四寸的超大屏幕,清晰的彩色人物,只看了一次,我就魂不守舍了。父亲则义正词严地说,马上要考初中了,你现在需要好好复习。等考完了,再去看彩电。说完和母亲一起,搀扶着奶奶,享受美好生活去了。临出门,不忘安排一把铁将军,锁住我们的欲望。即使隔着几幢房子,我依然能被《霍元甲》的《万里长城永不倒》粤语歌曲抓挠得心乱如麻。被锁在家里的三个孩子,以我和妹妹两票同意,姐姐一票弃权的结果,形成决议:我带着上二年级的妹妹——妹妹威胁说,不带上她,就要向大人举报——翻窗出门,去看彩色电视剧。我们先从后窗翻进菜园子,再从篱笆间隙中爬出去,直奔黄老师家。小院子早已人满为患,我和妹妹只能偷偷躲在围墙外,一边要提防被发现,一边还不忘看电视。同时还要选好时机,判断节目结束的时间节点,赶在大人回屋之前,拽着妹妹翻山越岭,钻回小屋,再屏声静气地趴在作业本前,像个三好学生。这个举动居然瞒了家长很长时间,从初秋一直看到入冬。那个冬天,由于被彩电照耀,觉得十分温暖。

直到一天,连队有人急病,赤脚医生急匆匆回家取药箱,才发现家里后窗洞开,只有很老实的大女儿在勤奋学习,其结果……作为主谋,红柳条又在我臀部上写满了象形文字,注解着不当行为。更让人绝望的是,此后,父亲用拇指般粗的钢筋,封住了窗子,也封住了我为数不多的快乐,只留了一条出路——好好学习,天天向上。

有人路过窗前,会时常看到一个十岁的男孩,双手抠住钢筋,从铁窗里朝外张望。那个时候我就体会到,自由,是何其宝贵的东西啊!

与所有同龄孩子一样,连队里单调和贫瘠的日子,使我们对生活中出现的哪怕一点点现在孩子看来微不足道的小事,都会欣喜若狂,能看上一场电影便在其中。

要来演电影的消息是在三天前,连长通过架在礼堂前旗杆上的大喇叭告诉大家的,从那时起,我们就被一种叫作亢奋的情绪牵引着,无法平静。随着时间的一节节临近,我们似乎可以听到自己无法按捺的心跳,像在一层层剥去被包裹的礼物那般,期待着那个时刻的到来。

现在细想起来,我的记忆都始终无法摆脱那个黄昏,当时的夕阳肯定像一个没有煮熟的蛋黄,摆放在不至于让我们够得着的地方。之所以把太阳比作蛋黄,是按当时我们对食品的全部理解。不会再有什么东西能比鸡蛋更好吃了——贫乏的物质生活无法养活我们更多的奢望。而我每天下午放学要做的最重要的工作,是必须烙两张大烧饼——这是我们家当天的晚饭。

三块被摆成"品"字形的烂砖头将一口平锅支起。要在平时,我会十分惬意地去干好这件事的。而此时,这项工作却成了一个负担,想去看电影的欲望已超过了饼子的芳香。可我面对的困难是需要用相当的时间才能烙熟两张烧饼。我已经看见邻居的孩子开始搬着凳子走向连部的礼堂,去抢占最好的位置了。望着一盆刚揉好的面,我悲痛欲绝。为了用最短的时间将任务完成,我索性将两个饼子的面全部倒进一个锅里——反正粮食的总数是不会减少的。

夕阳落下之后,暮色就像一条鞭子在抽打我的耐心,锅底的火燃烧得像我的心情,表层的面还没有熟意,底下的那面就已冒出煳味了。更要命的是由于面太多，受热膨胀，已漫过锅沿，将锅盖高高顶起，就像大头上戴的一顶不相匹配的小帽。我费尽周折，终于将饼子翻过身来，找一把小刀将被烤煳的部分小心翼翼刮去——这是我两年来第一次将饼子烤煳——再用一只脸盆扣在锅上，这顶大帽足以罩住所有的部分。

我直起身，朝屋后望了望，仍不见在田地里劳作的父母和姐姐归来的身影。我在用最后的坚定极力地对抗着铺天盖地的叛逃的欲望。直到现在我都知道自己成不了英雄，因为我最终还是逃跑了。当电影开始的声音通过喇叭传过来的时候，无论如何我再也抵御不住了，往炉膛里加了一把硬柴——能燃烧久一些的棉花秆——就冲向了礼堂。父母一回来，就可以吃饭了。我自信地认为。

电影的内容早已遗忘了，但我确信一定十分精彩。因为我站在两块砖头上，还没有觉出腿酸，演出就已经结束了。在回家的路上，我和伙伴们评论得兴高采烈，根本不会想到后面会发生让我刻骨铭心的事来。

推开家门，就看见了父亲那张暴怒的面孔和母亲满脸的泪痕，不知道发生了什么事。还没等我开口，早已准备好的木棒暴风雨般倾泻下来，瘦小的母亲无法阻挡父亲磅礴的怒潮，我还是第一次见到他如此的歇斯底里。在一番声嘶力竭之后，我抹去泪水，质问父亲我挨打的原因。我的左耳被老鹰叼小鸡般揪起，牵引到小屋的后墙。按照父亲的命令，我艰难地爬上屋顶。呈现在我面前的是一个焦黑的圆物，像一只锈坏的木桶底儿，如果不是双手抓起它仔细端详的话，绝不会认出这是一张被烧煳的烧饼。看到它，我才觉得自己饥肠辘辘，我知道干了一天活儿的父母和姐姐也一定同我一样饥饿。想到这儿，看电影的兴奋和挨打的疼痛都已淡在身后了，我不知道家人将如何面对这顿晚餐。在屋顶上，我手捧着黑饼，泪如雨下。我知道这张烧饼在当时条件下的重要分量，但除了痛苦和内疚之外，我无能为力。

我走到厨房灶台边，看见了家里唯一的白色面盆早已被熏得焦黄。我走出小屋，独自坐在菜园的田埂上，无法原谅自己。后来，我是被母亲从菜园子里拽回来的，尽管闯了弥天大祸，饭还是要吃的。只需几下，我就把留给我的那碗比平时要黏稠许多的玉米面糊糊灌入腹中。没有饼子的统领，这些原来只起辅助作用的粮食，占了统治地位，很快就填满我的肠胃，却又像失去统帅的散兵那般不堪一击,不到两个时辰,饱满的感觉便溃不成军了,饥饿像土匪一样嚣张地卷土重来。我自然是只能忍耐,可五岁的小妹却大哭起来,她在用这唯一的本能与饥饿抗争。即使到现在,尽管时间已经过去几十年了,可我常常在梦中,仍能清晰地听见小妹那真切的哭声。

从那儿以后,直到我上学离开连队,再也没有烤煳过一只烧饼。甚至,连烤焦一点儿的情况也不曾发生。但是,那只被烧成焦炭的烧饼,却使我的心像受过伤的真皮一样,即使愈合了,仍留下深深的疤痕。

直到现在我都确信地认为,自那个夜晚之后,我的童年就结束了。

每年的清明,我都会起个大早,带上母亲准备好的祭品,到塔斯尔海公墓——一群兵团老军垦们最后的归宿。这是一片简易的没有经过任何修整的荒地,就像一件当年被老军垦穿破的军服。地面上拱起的大大小小几百座坟茔,恰似给荒漠打下的补丁,其中一块,便有父亲。每每到此,我都会肃穆凝视,从一条条形态各异的墓碑上,读到一个个消亡的名字,这些真实的名字啊,曾经在多么恶劣的条件下,书写着生命的顽强与艰辛。

清凉的阳光穿透了潮潮的雾气,有些敷衍地散落在路边的树干上。由于尚未返青,排列整齐的树木褪去了外装,很贫穷地拥挤在一起。坟边被晨露润湿的萋萋蒿草,微风之下,战战兢兢。

我跪在清明里,跪在父亲的坟前,点燃的纸钱,带着燃烧的温度和灰烬,慢慢飘向空中,风给死去的人开辟了一条道路,我的祈福和追忆,好像找到了归宿。想想如今的我,已经活过了父亲的年龄,暗暗觉得赢了,到底赢了什么,却无法说清。看着已走出农田的双脚,便会产生超越了父辈的自豪。原来,我一直在和父亲进行着一场没有裁判的比赛,他用静止的往事,磨砺着我的拼搏。有一种力量,不曾看见,却从未离开。现在想来,是要感谢父亲的,他将我搁置于一个最低的层面,生命的艰难,更像是一条鞭子,不停抽打出攀爬的决心和能力。当明白只有前进才是出路的时候,理想就会变得真真切切且矢志不渝。最终,我考上了大学,离开了出生的农场,成了干部,进了城市。但这条鞭子,却悬在了梦里,常常将我抽醒。不敢懈怠,只能前行。

我从县城,走进省城。高速公路已将故乡连接起来了,但过去的场景,却只能被记忆连接。每当看见有大人领着孩子嬉戏，就倏然地被笑声领进童年，父爱的温暖，流遍全身。

对着墓碑自言自语，讲述我的现在。这原本是许多父亲都能看到的儿子成长的历程，我却只能一字一句讲给他听，像一个老师给落下课程的学生补课。我尽量在轻描淡写，因为许多经历无法用语言来表述。我可以感到父亲在听，全神贯注，尽管他的面容我已无法清晰地辨出了，但却忘不了四十多年前那双无限眷恋的迷蒙的泪眼。想到这儿，好像我又站到了父亲的病床边，感受一双青筋暴突的手，挨个摩挲我们三个未成年的脸，哆嗦着擦去我们浅浅的泪痕。两颗硕大的泪珠从父亲清癯的脸颊滚落，倏地浸入枕巾。四十二岁对于我，像一道坎儿，许多情节都翻不过去，所以，等到我的日历一张张靠近这个关卡时，我竟产生了几许恐慌和畏惧，好像自己精心构筑的人生，也会突然坍塌那般。所以，生日那天，我独坐屋内，一座走时极准的钟表摆放身边，供我随时静观其态，像在等待一场约好的劫难。最终，什么也没有发生，在分分秒秒莫名的惶恐里，我终于平安地活过了父亲。

最初的几年里，这种离别的场景，电影似的回放，被梦反复重播，纠缠在黑暗里，使惊醒的我紧紧攥着湿透的被角，独自面对空空荡荡的夜晚和空空落落的心情。许多年没有梦到父亲了，梦里他出了趟远门，就再没有回来，我把自己的父亲弄丢在了梦里，我寻找了许多地方，都一无所获，使得梦境——这个唯一能真切见到父亲的地方，也成了一座空城，我只好把最后的希望，寄托到了清明。通过这个日子，找到了一条抵达的通道，来摆渡我们的思念和缅怀。墓碑上记载不了曾经的辉煌和失落、荣耀和名衔。一堆黄土，两串数字，涵盖了每一个复杂的人生。这一刻，豁然顿悟，清明，是通过这些亡灵来冲刷我们内心欲念的——除了出生和死亡的数字，什么都带不走。过去与现在、生者与逝者、往事与未来，都在此交会，一个带着痛的节日，也应该带着醒。

许多新增的坟茔，使墓地更显狭促，会不会也像人间一样：空间愈发拥挤，心灵倍加空虚。

每年来看你一次，父亲，我把原本应该与你分享的瓜果酒肉，摆放在墓前，我看着碑文上你长不大的年龄，我已超过你很多了，如果现在你站出来，我们应该更像一对兄弟。找不到你老去的样子。你没有把老年展示给儿子,一如你没有看到我现在的成年。但我们确实拥有过你,有过一个真切爱我们又让我们无限怀念的父亲,就像一件不曾享用就弄丢的珍宝。但你知道吗父亲,你逝去的痛苦也波及了一个更加幼小的心灵——我的女儿,你的孙女!她一诞生,就缺失了爷爷,以至于她懂事后问我,我的爷爷在哪儿时,我都会自责得无以言表,就像我做了错事。我带她到你的坟头,让她给你磕头,教她读你的碑文。我可以感到,有一双眼睛通过每一个字在凝望,有两只耳朵通过每一个音在倾听。你们这两个从未谋面的亲人,只能通过阅读,辨认对方的身份。我没有福气的父亲啊!

　　烟火散尽,我直起身,伫立在清明里,面对墓碑,感到找回了许多以前丢失的东西。就像我现在这样,面对父亲,面对清明,我看到了自己透明的灵魂。

谁曾回到过故乡

◎ 周荣池

落地了以后才知道,原来自以为从纸上熟悉的凤凰城到底还是一片陌生的土地。幸好向导小麻安排好了行程。见我急着先要去沈先生的故居,她又说:"很少有人去沱江下游看看沈先生的墓地。"她看出了我是有这种访旧心思的人——在她努力介绍一座古城诸多迷人细节的时候,我只说是为了一个人的故居而来。看来她也是懂得一些深情的,并非只是把此行当作看外人面色行事的工作。

她又像是写一篇文章般荡开一笔,开车带我去了大山深处的苗寨。这让人感觉很有意味,使我想到前人写文章时花大篇的文字去铺陈,末尾似乎也不十分关心所谓目的。乡人汪曾祺的《受戒》就是这样子。之所以在湘西一定会想到他,是因为我自益阳辗转凤凰,正是因为沈先生是他的先生。我们不像那辈古人那么深情和执着,眼下凡事都要想好了目的或者意义,所以我们的生活和文章总不能那么意蕴恒长。高速的办法让空间不再是阻碍,但时间又总会是借口。所以我们也行过许多地方的桥,看过许多次数的云,喝过许多种类的酒,却难以爱过一个正当好年龄的人。

一路上的崇山峻岭被抛在身后,赶路的时候把日色都忘记了。人们总是按照时间刻度去生活,这是糟糕的态度,按照日色的黑白其实最为妥当,就不会无端地被束缚或者截断。在溪水边钓鱼的人,脸上有自得其乐的快活。他如果抬起头,就可以看见南方的长城巍然屹立。可是这种对我而言闻所未闻的景观就在他们的日常里,比一棵草木还要稀松平常。那些游历经过的鱼才是他们想要的风景。我也是一条赶路的鱼,可是我不在水里,也进不了他们日色一样平和从容的目光。那些水清澈而纯净,没有一点点世故可言。鱼在水中遁藏或者赶路,偶然成为人们钩上的惊喜。流水常给人一种悲伤的意境。我暗暗记下这里的名字：廖家寨。这里的山距离凤凰城不远，我把它想象成沈先生的茶峒。对于一个平原上的赶路人而言，这里有着无尽的陌生和孤独。

我来寻沈先生的山水，是一个冒失的不速之客。这年的清明，我蜗居在城市之中的日子里，也曾去寻他学生汪曾祺的墓。城市里没有山水的阻隔，只是红绿灯所构成的时间上的路障。我刻意没有向任何一个人打听具体细节，只在网络上找到了地点，并且用导航计算出精确的到达时间：四十二分钟。虚无的网络也有点无中生有的诗意。汪先生当年出走高邮老家，恰好四十二年没有再回故里。京郊的福田公墓里到处都是鲜花，他的墓前有先来者奉上的浓茶。没有一朵花不会凋零，烟酒茶一生所好的心意，才更会被永远铭记。当年他是从高邮辗转上海等多地到昆明见到了沈先生，选了他所有的课程。在此之前，他在小城里就知道这位先生："一九三七年，日本人占领了江南各地，我不能回原来的中学读书，在家闲居了两年。除了一些旧课本和从祖父的书架上翻出来的《岭表录异》之类的杂书，身边的'新文学'只有一本屠格涅夫的《猎人日记》和一本上海一家野鸡书店盗印的《沈从文小说选》。两年中，我反反复复地看着的，就是这两本书。"

他赶这一路千山万水见到沈先生，是得了一生的福气。

暮色侵袭而来，两面群山下的稻田里草木丰盛，水稻已经长出了一些气势。平原上的这个季节麦子才黄，秧苗还在等着布谷鸟的叫声远去才能去投诚水土。这算不算也是赶路的前人，在等自己的后生一程呢？汽车还是赶不过夕阳的急性子，进城的时候已经灯火辉煌。实景剧《边城》开演的消息提醒声在手机里不断地响起，但我仍然决意先去先生的墓地。川流不息的人海之中，没有人理解有一个访客一定要走到沱江下游拜谒的心念。小麻并不催促我，只按照我的心意在不断地赶路。丢掉汽车从此岸下得坡去，沱江的水孕育起一些寒凉的氛围——它们也是懂得抒情的。流水如时间一样匆匆地过去，横渡江水的脚步声，就是一篇文章的高潮迭起。在汪曾祺生活过的平原上，这样的河无法有江的称谓。但这一天的匆匆赶到，让繁华的沱江在我心里有着无尽的辽阔。

到达彼岸拾级而上，走过据说暗含先生年岁的数十级台阶，葱茏的草木和虚浮的灯光里安卧着一块静默的石头。先生比他的学生要多一点叶落归根的心安,他像一颗流浪的石头回到了沱江边的故土。远远的歌声绵延而来,被演绎的《边城》中的翠翠着了盛装,在江面清风中翩翩起舞。我背对着流水就像罔顾时光远去的事实,在一块石头前面诚心跪下,用自己家乡的办法认真磕了四个头。清明的时候,我在福田公墓也是这样表达敬意的。汪曾祺的墓碑上写上了故乡的名字,可是他没有能再回到家乡。沈先生的石碑上只有一些他生前喜欢的句子,无须再刻名讳和籍贯,也能说明他是从这里出发的孩子。他已经从出走时就把一切交给了山河,这里是他一生最美的边城。

《边城》的剧目在群山之中上演,它不用等一个迟到的赶路人,它也要像江水一样赶路。旖旎的灯光里,那个熟悉的故事在无数华美的服饰和词语中被反复演绎。在苗家人祭祀的盛大场景中,我起身离开了比现实更伤感的故事,我知道天保和傩送注定不再归来。一个人的离开不该被一次次地提起,也许忘记才是最恰当的记忆。无名的山川或者确切的文字,对于一个想着归家的游子而言,不会有任何的慰藉可言。可是他们一生注定因流浪而留下英名。

他们的一生都在脚下的路上奔走。一个十四岁离开家乡从戎,一个十七岁奔赴云南求学。沈先生说过,一个士兵,要不战死沙场,便是回到故乡。可是对一个总在赶路的人而言,谁又曾回到过故乡?

我在见到小麻之前,本是打算自己走一趟凤凰城的。我误以为自己有这点本事,但我并没有把《边城》读透。从磁悬浮的列车上被放逐,双脚踏上这片陌生的土地,我就像是失去了磁场护佑般慌张无助。汗水随着疑虑的脚步奔袭而来。路边林立的湘菜馆,没有办法解释我饥饿的疑虑。最后在一家空荡的餐厅前停下,琢磨着这样可以不用暴露自己无助的难堪。大姐用朴实的方言问我点什么菜,我慌张地在纸上指了两样:笋炒腊肉、血粑鸭,转而又想到主食,好在平原和湘西一样都吃米饭的。我们那里的人走得再远,见再多美食在眼前,倘没有一碗米饭,心里是难以踏实的。吃饱的人才不容易想起家乡,不知道湘西人家是不是也有这种情绪。

腊肉是见过的,饱含着十足的烟火味。黝黑的光阴痕迹包裹着清亮肉片的条分缕析。人们是用时光把时光腌制起来。平原上也有类似的方法,但只用粗鄙的海盐，形成不了表面那些庄重的形式。盐就像是一种隐喻，而烟火是直抒胸臆。这是不同人的想法，但都是为了抵消时光的腐蚀，就如写字也是为了抵抗时光，但不同的人用各自的办法。素白的笋、青绿的蒜，与腊肉的烟火在一起生长，可以想象出灶上热烈火苗上的跳动。其时师傅的手一定是焦躁的。我抵达的时候已经过了午饭时刻，莽撞的到来扰了他片刻的消闲。蒜还没有断生，油水裹挟着生分，这样对待一个突然的造访者也恰当。肉里满是烟火味，肥而不腻的肉白更清口，可以调和瘦肉吸附过分古怪的气息。山水不同脾性，一道菜中自有线索。这是道下饭的菜，大姐上了一盆饭，这是合乎我心意的。我们上桌只说吃饭，可见菜才是配角。形式多样的配角就像繁复的修辞，最终却似乎只为一口饭。这时候应该独饮一杯，但酒也是煽情的配角，一口饱腹的饭才是正题，但那些形式和过程是生活与表达的策略，直奔主题的事情会显得唐突莽撞。所以要说很多话或者起很多心思，这些"顾左右"的铺垫，终为了一句想说也可以不明说的话。

平原的锅台上常见咸肉，会做饭的汪曾祺却讲了南方的做法：鲜肉与咸肉同烧。这大概是他在沪上的见识。这个城市对他没有太多美感可言，也许就剩下一个食客眼里的味道可堪敷衍记忆。这种做法也不是沪上人的创造，他们嘴上言语里瞧不上的江北，其实多是自己的祖籍，许多味道正是从记忆里过江南的。江南人用酱，也是一种诗情画意的办法。那很有些腊肉熏制的形色，但缺少烟熏火燎的深刻。烟是火的最后一口气，人们舍不得它变成轻浮虚幻的炊烟袅袅，便把它留在生活的肉身之上。美感又多从异味而来，这是各种不同血性人的无奈创造。无奈有时候是独特的办法，并不是什么夸夸其谈的慧心。咸肉的做法多矣，炒是最爽利的形式。湘人用竹笋炒食是靠山吃山，平原用慈姑相佐是靠水吃水。慈姑肉片也会配青蒜叶。咸肉和慈姑片长成的时候，也正是青蒜最好的时节。这道菜是等节令的，要有寒冷的气候配合演绎，开了春一切都会变味，这一点不如腊肉沉默坚忍的脾性。所以汪曾祺和沈先生比起来，少一些决断与坚忍。当年在沪上形势艰难到要自断性命，沈先生写信给他："为了一时的困难，就这样哭哭啼啼，甚至想到要自杀，真是没出息！你手里有一支笔，怕什么！"

湘人嗜鸭，不知道这是什么缘由。鸭子要靠水，旱鸭子据说有古怪的狐臭味。人也要靠水，水尤其给写字的人许多福荫。水上有云彩一样变化的纹。鸭子也是水上的波纹,是沱江或者大运河的波纹。血粑鸭有种血腥的壮烈。湘人有自己秘密而独到的想法。血与粑的融合就像是一场奔赴,在黏腻中穿插了杀伐与果断。鸭肉和青红椒成了配角,蕴藉的血粑给味觉以足够的安慰。这同样是一道下饭的菜。下酒菜多只是酒的臣子,下饭菜才有米面一样熬饿的主见。就像是一名战士,只有充满自我的血性才能刚毅决断。小麻后来给我讲了个血粑鸭的故事。说某年沈先生卧病不起在家中,医生一时束手无策。后来门前站了位道士问口饭食,桌上问先生的母亲家中是不是有人被灾病所扰。主人遂如实相告。道士告以偏方:以鸭血与糯米制粑共鸭肉同炒可治其病。这当然是一个美好的念想。我以为血粑鸭是一种更古老的办法。沈先生一定早早就吃过这种菜食,才能生出那种远走他乡的血气和壮怀。此后无论走到哪里,连沉默也能显出坚毅。

运河边的人们也嗜鸭。汪曾祺的高邮由来是鸭乡。高邮鸭蛋是一个天然的词语,就像双黄蛋独有其妙。汪曾祺笑言与本乡的秦少游及双黄蛋齐名。麻鸭入馔的方式多可单独成宴,尤以一碗清冽的鸭汤与河水一样明媚可喜。落在沸水里的鸭,比水上的鸭子更见情义,但这还不足以显得多情。做饭的人手上必须有深切的心思,这样形式单薄或繁复都可以表达情浓,不然食物就只剩下煮熟和充饥。就像是湘人煮血粑鸭的深切,乡人也有修辞丰富的办法,同样也取用暖情的糯米。八宝葫芦鸭味道在内里。鸭子是要吃粮食的。鲁莽的它们不像鹅简素,但自有血气方刚的特性。把肉身和粮食一起同做生出特别的意境,就像来处便是归途的隐喻。八宝葫芦鸭取整鸭去内脏,空腹中填八宝糯米饭,封口后居中扎成葫芦状,油煎后上锅蒸熟。这些都不仅仅是手艺,更像是生活里神秘的法术。

这些故土的方法何等美妙,只有游历他乡后才会懂得。汪曾祺是做饭的人,不过多以家乡菜见长。老家的菜能见出自己的来历和秉性,就像沈先生和汪曾祺都写水上的鸭子。血粑鸭是湘西人的热烈,葫芦鸭有平原上的蕴藉。这些意味在游子们的脸色上是分明的。汪曾祺自述小时候喝够了咸菜慈姑汤,似乎对这种苦味的土产已没有好感。但他去给沈先生和师母拜年,还是特意炒了一盘慈姑肉片——他心里到底还是觉得那些苦涩的物事可靠。沈先生吃了两片,对他说:"这个好!'格'比土豆高。"

他们都懂得水土的苦楚实诚可信,也都是流浪的慈姑。

天光

◎ 王雪玉

小时候,跟随母亲回贤良港,住在外祖母家土坯后房。后房无门无窗,通往小厅的过道,仅用一块粗蓝麻木隔开,俨然一个幽闭的洞穴。屋外朗朗乾坤,人声鼎沸;屋内暗无天日,狭仄清冷。

一扇天窗,一道天光。当一间屋子没有了窗的存在,没有了天光,黑暗犹如潮水无边涌来,顿然让人喑哑失言,惶惶不安,顷刻逃离。

正午时分,回到家,我将大厢房板窗一开,放进光线和新鲜的空气。隔窗一望,一眼倾心:窗外合欢树形开张,冠大荫浓,花开如绒簇,花香沁人心脾;仰视屋顶正中央,一方玻璃天窗从高处投射天光,随之在地面移动,土墙上光影斑驳,尘埃在空气中弥散开来,让人梦幻、亲近,心上眼眸皆是光。

当你打开不一样的窗,就会看见不一样的风景。家中小厅上头搭一阁楼(兼作书房),阁楼安装三扇窗。其中倚立东面的长方形木窗,俨然一个取景框:农人荷锄扛犁、牵牛割草,孩童追逐嬉闹,货郎拨浪鼓摇摇,匠人吆喝补鼎补铝锅、架笠卷炊,小贩卖山楂、打糖条、收鸡蛋……一年四季,这些人物行走在晨光夕露之间,将生活过成十四行诗,吟唱专属于窗牖的歌谣,让人凝神注目,倾心谛听。

呈曲尺状的楼板上方,嵌一扇粗石条八角形窗。每每午后的阳光斜照窗内,我踏着木板阶梯,咚咚作响;看光影在脚下游弋,"少年易老学难成,一寸光阴不可轻;未觉池塘春草梦,阶前梧叶已秋声"诗句浮现脑海,深切感悟为学不可怠惰,应当惜时勤勉,不由得加快了步伐!

最喜欢阁楼楼顶这一扇玻璃天窗,它清澈、透亮。

夏夜,躺在竹簟上,看月光如水银倾泻而下,屋内一切仿佛流动起来,迷幻浪漫:星子是长在高处的眼睛,如钻石般闪闪发光,璀璨夺目。尤其在风雨大作之时,听雨打天窗,似明快的鼓点,铿锵有声;若雷霆万钧,有万马奔腾之势。以此观照,总有些生命,酣畅淋漓地恣意挥洒,哪怕遍体鳞伤。

综观莆仙传统民居的窗户,材质制式不一,分为木窗和石窗、水泥窗。丰富多彩的窗户图案、栩栩如生的砖雕艺术、精巧自然的装饰之道,在给予大众艺术享受的同时,也在悄然展示蕴藏其中的传统文化的地域符号。

其中,传统民居雕饰的木窗制式大抵分为格扇窗、支摘窗、栏杆窗三个类别。格扇窗中间主体做格芯,两头配板肚雕饰,一般做四扇,亦有两扇的;支摘窗,一般为横长方形,分上下两片,下片固定,上下可撑可摘,两片合起为一整体的格芯图案;栏杆窗,即窗栏固定竖插在窗框中,俗称"窗齿",这种造型最是简约朴素,日常通用。格芯多做菱花、古币、双喜字、鱼纹、莲花纹、书条纹、方形纹、步步锦纹、龟背等饰样。窗牖不仅起到通风采光的作用,同时还具有很强的装饰性,其审美意趣远胜于实用功能。

透过一扇窗,人们看见的是风景,意会的却是诗情画意。

宗亲文殊家祖上的五间厢始建于清末,五间厢两旁,隔一"路弄",再建一对称的横向房子,俗称"护厝"。五间厢左右厢房各安一对木制格扇窗,书条纹的纹饰,给人明净疏朗之感。

院中植有两株紫薇,蓬茂葳蕤,风吹花动,幽香徐来,萦绕满院。紫薇是夏日之花,花枝娉娉婷婷,尽显纤柔之美,掩映书条纹窗棂,影影绰绰,律动十足。

让人痛惜的是,在城市化进程中,房屋主人后辈先后在二〇一五年和二〇一八年间,两次分拆旧厝新建洋楼。那些墙体、砖瓦、檩条、横梁、榫卯、斗拱、柱础等建筑构件,被推土机一律碾轧、铲除,不知所终,唯独一方木制格扇窗不知被谁丢弃在一堆海蛎壳旁,任凭风吹雨打,蒙尘纳垢,竟然完好无缺。一日,我骑电动车打那儿经过,如获至宝般将这扇木窗带回家中,精心擦洗之后,还一门心思找一个匹配它的容身之所。

一段时间后,一友人家中开画馆,其馆中清供古玩字画等风雅物件,我便将木窗赠予友人,友人欣然接纳,将其安置一门楣上方,拙雅古朴、自然天成的风格契合办画馆的理念。学员们在这里习画练字,打开一扇"艺术之窗",濡染"艺术之光",是对物尽其用、人尽其才最好的搭配与诠释。

打开窗牖,引入天光。让我们靠近光,追随光,成为光,散发光,坚守心中那一道光,照亮生命前行的路。

飞鸟相与还

家中院埕靠着田地,一年四季花木葱茏、五谷丰稔、果甜瓜香、菜蔬繁茂,吸引一拨拨麻雀、山斑鸠、鹧鸪、鸽子、喜鹊、八哥、白头鸭、白鹭、画眉,还有一只不知名的红嘴小鸟,常在院埕出没。

它们啄食枇杷、无花果、杨梅、火龙果、龙眼、木瓜、南瓜、西瓜,以及黄豆、绿豆、玉米、花生等谷物,甚至连蜀葵、向日葵、百日草、朱顶红花籽、松子也不放过,还有那晒在埕中央的海蛎干、百合粉、地瓜干、地瓜粉,有时还停歇在菜地里,大肆衔着大白菜、芥蓝菜、卷心菜、菜花、红苋菜等菜蔬叶及虫子,还时不时留下一团团或一簇簇、一圈圈淡绿、青白、黄褐相间的鸟粪,让人忍俊不禁,哑然失笑。尤其是那白鹭,时常趁着清晨,旁若无人似的饱餐景观池中的金鱼和草鲢,一听开门声响,便机警若离弦之箭,穿过围墙栏杆,倏然飞逝。

我和姐姐瞧见这些放肆的鸟儿,立马驱逐。父亲母亲连连制止,老两口念叨:"以前地里一年四季种庄稼,鸟儿有的吃,现今种地的人少了,五谷种欠缺,也难怪鸟儿讨吃到家里来了,鸟都比人勤。"我和姐姐听后,便默然不语,不做驱逐。

麻雀是留鸟,不会迁徙。它体形矮圆,像一团蓬松小绒球;小嘴呈圆锥形,油黑油黑的;前额、头顶至后颈部栗褐色,头侧和颈侧纯白色;颏及喉黑色,颈背具完整灰白色领环;上体棕褐色,腹背及羽翼灰黑、黄褐色粗纵纹相间;腹部黄灰色;尾巴棕色,羽缘褐色;脚趾粉褐色。通身色彩反复与调和相结合,俨然一面调色板。

它们不惧人,常集群活动,时不时一字排开,齐整地停歇在电杆线上、围墙根或埕尾鸭舍砖瓦上方。有时在草地及灌木丛中觅食,发出"叽叽喳喳"的叫声;有时又神不知鬼不觉地出现在你面前,齐足跳动,你脚步一迈,又逃得无踪影。

然而在午间用餐时候,三五只麻雀又冷不丁出现在门槛或厅内,有时也跳上桌面,啄掉落地上或桌上的碎米粒或菜叶,与人心性相通。

家中各楼层外阳台一律安装陶瓷锦鲤排水口。几只麻雀因地制宜,利用二楼一向阳的排水口织巢安家:它们分工合作,有的衔来茅草、羽毛,有的衔来狗尾巴草、棉絮、碎布条等,忙不迭地把这些建筑材料逐一填充鱼肚至管口,织就了一张松软的暖床,用于哺育下一代。

织巢时,我站在阳台后玻璃窗观望,大气都不敢出,生怕惊扰到它们,随即轻手轻脚退回了房间,心里冒出"信赖,往往创造出美好的境界"这个句子来。

飞鸟相与还。生命因缘而起,因善念而美好,感谢这些鸟儿给予我和家人美好的缘起。

银饰里的流年

对于很多人来说,老银饰是年少记忆里熟悉而悠远的一角。

儿时在手腕上戴过的小镯子、脚踝处嵌入的银环、脖颈上挂过的长命锁、套过的银项圈;在母亲手腕上把玩过的麻花银镯子;在奶奶低垂的耳际拨弄着的长银穗子;甚至偷偷在外婆泛黄老旧的镜奁中,翻出她陪嫁的凤吹牡丹摇头钗、蝴蝶罩、压襟、银簪、鱼钗、银梳子……

这一件件老银饰在逝水流年中仍摇曳生姿,装饰着忠门半岛一代代人的生活,惹人无限爱恋。

它们形制大小不一,用料考究,制作精工,有的繁丽,有的素简,造型独特优美,蕴含中国古典文化的雅韵和意境,承载着银匠们一生的智慧。

历经常年打磨,银匠们练就一双巧手,采用熔炼、浇铸、焊接、压模、掐丝、镏金、包金、点翠、烤蓝、镀金、镶嵌等匠心独运的手工技艺,并且把自己对生活的向往与追求錾刻其上,赋予一件小小的银饰人的情感,寄托了许多美好的寓意,广泛渗透到礼俗节庆当中,成为最亲切最生活化的物件。

其中,婴孩送出月或做四月、对晬,以及子女嫁娶、老人做寿、金榜题名等这些礼俗中,银饰作为贺礼,寄寓深远。人们选用麒麟送子、富贵花开、凤穿牡丹、祥云白鹤、喜鹊登梅、双蝶恋花、和合二仙、龙凤呈祥、福禄寿喜、松鹤延年、仙鹤衔梅、龟鹤遐龄、八仙过海、榴实登科、岁寒三友等图案及纹饰,祝福婴孩长命百岁,男女婚配百年好合、幸福美满,长者福寿双全,晚辈成学成才及有高洁清远的品行志趣追求。

忠门半岛一带，婚嫁礼俗大抵在年末春初举办。至今，仍有部分人家到忠门老街银饰铺，定制压襟系列银质胸饰及头饰，给女儿作为嫁妆，部分让其佩戴，部分压箱底，取意父母祝愿女儿生活吉祥如意，并作为传家宝代代流传。

压襟俗称"牙托"，造型最为独特。款式分为大、中、小三样。最大的牙托有十九杆，其中分为十八般武器，作为婚嫁喜庆辟邪的装饰物件。牙托结构层次繁多，分为内套和外套，造型逼真，主图案有喜鹊登梅，寓意喜上眉梢、好事成双。

佩戴压襟可令婚服平顺，线条流畅，体现新嫁娘的装束优雅和仪态丰美。在迈开碎步时，压襟的坠饰彼此相触，发出低回轻柔的声响，给人一种清新愉悦的审美感受。

忠门老街系列银饰，最讨沿海女子喜欢。正月闹元宵，村头厝尾里，无论哪户乡民荣当元宵福首，当日家中门庭必定张灯结彩，一团喜庆祥和。

只见福首家中大厅前置办香案，围系着金玉满堂桌裙的长案上红烛高燃，供奉果盒馔盒、五果六斋、三牲五礼等供品。亲戚担来红盘担、红幛、红炮团等贺礼。大吹笙长奏，古雅高亢。爆竹声响中，全家老少衣色一新，擎香跪立，恭迎神祇。其间妯娌、姑嫂、婆媳一身红衣红上裤套褂裙，一致盘起复古发髻，簪上红绸花、珠翠及经年压箱底的凤吹牡丹摇头钗、蝴蝶罩、鱼钗、凤钗等头饰，耳朵上分别戴着福禄寿三多、二十四叶长银穗子、鱼龙、蟠桃式的耳珰，一枚枚轻巧灵动，别致流丽。她们庄重恭敬地向天地神灵行三跪九叩大礼，伏祈人寿年丰，喜乐长安。颔首低眉间，写满虔诚与敬畏，让人无不为之动容。

年年岁岁花相似，岁岁年年人不同。人们虽然常常喟叹韶华易逝，红颜易老，但妆匣里珍藏着这一件件精致的老银饰，却盛满了无尽风情，让忠门半岛一代代女子为之倾心，深挚而热烈地爱着，一颦一笑一回眸，最是芳华。

他就是神骏,他就是猛禽

◎ 周晓枫

二〇二三年十一月四日,作家周涛突发心梗去世。

这是微博的一条热搜。一条很快就冷下去的热搜。世界依旧喧响,草原倒下角马或狮子,都是日常。对每个人来说都一样,死亡潜伏在头顶的乌云里,公平是雨点终会落下。

但,他是周涛。

第一次知道这个名字,是三十多年前。我那时二十一岁,还在上大学。数次全麻手术及后遗症,导致我如今记忆极糟,可我不曾忘记初读周涛的瞬间,就像阿里巴巴不会忘记芝麻开门的震撼。当年我爸爸在部队负责文艺宣传工作,他随手带回一本书,是解放军文艺出版社于一九九〇年六月出版的《稀世之鸟》。七月我从山东大学放暑假回京,随手翻开了它。

本打算漫不经心读上几行,可随后几小时,我不再能够移动自己。带着近于惊慌的惊喜,我翻回封面,确认作者的名字:周涛。这是个陌生的名字,可在我看来,与众多教科书上盛名的散文家相比,他们根本不处于同一个世界,这并不是谁好谁坏的问题。他是我想象中那种任性的英雄。有些英雄是疆场厮杀,有些英雄是千里纵横,而在暮气沉沉的僵尸文字里唯周涛血气方刚。他以一己之力,劈头盖脸,翻天覆地。当头棒喝,我就像交响乐中被击中的铜钹,不是在自身的余震里,就是在周围惊涛拍岸的轰鸣里。

成为作家是我始终的唯一理想,报考大学的第一志愿就是中文系,但即将读到大三,我在审美上依旧混沌。诚然,对于多数写作来说,风格如何塑成,难以找到清晰的源头,就像一个人的体重增加,难以细分是糖还是油之功……但有些食物,特别易于吸收热量和营养,且美味。周涛的散文,对我构成美学上的暴力式启蒙,同时让我轻微的不适和不安。必须承认,它瓦解我对散文的陈见,破坏我对散文的倦意,它一定秘密参与了对我的重要改变。我随后的习作,就像睡蛹破茧,字里行间突然具有某种态度和锋芒,某种动荡中的侵犯性。像被燧石击打,我看不到自己的火焰,但又分明处于闷燃之中,我写下的句子像被灼痛而明亮起来。

周涛的第一篇散文《巩乃斯的马》,写于一九八四年,在今天看来依然野性蓬勃。他那些远在二十世纪写下的文字,是多么具有超越性啊。连即兴的比喻,都充满妙趣。

他的猫,是"小开本的猛兽"。他写一只初试犬威的小狗,"凯旋而归得意扬扬,有如占了便宜的一年级小学生"。他写霜降时坠落的黄蜂,以至不忍把它们"扫进尘土和枯叶里,便用扫帚挑起它,轻轻放在窗台上。它像一个打秋千的小孩一样紧紧抓住扫帚尖,然后落在一片宁静的秋光里"。他的天空"成了一块洗得发白的干净的旧衣服,上面隐隐留下几道浅白的印痕——那是风在拧开它时留下的折迹"。他"亲爱的麦子"是"呈颗粒状的,宛如掉在土壤里并沾满了土末的汗珠般的东西"。他的大树:"它不靠捕杀谁、猎获谁而生存,但它活得最长久。这可真不是一件简单的事儿,它连草也不吃,连一只小虫子的肉也不吃,但它却能长得最高大、最粗壮、最漂亮。"

他的灵感,涌如层澜。他的文字可以善良柔情,也可以疾风席卷。他的笔下翻涌,有千军万马,有河山壮阔,有些是涉笔成趣的小令,即使篇幅不长,奇怪,却给人一种远超实际的体积感,比如他的《过河》。

《过河》写一匹马恐惧入水,壮汉尚不能降服;而一位步入垂暮之年的哈萨克族老太太,枯坐僵卧、似有重病,瘦弱得难以步行,但被扶上马背落鞍之后,"马的脊背竟猛然往下一沉,仿佛骑上来一个百十公斤重的壮汉"。即使马"还是不想过河,使劲想扭回头,可是有一双强有力的手控住了它,它欲转不能。它小蹄朝后挪蹭的劲儿突然被火烧似的转化为前进的力,踏踏地跃入河中,水花劈开,在它胸前分别朝两边溅射。铁蹄踏过河底的卵石发出沉重有力的声响,它勇猛地一用力,最后一步竟跃上河岸,湿漉漉地站定"。"我把老太太扶下马,又把她从独木桥上扶回对岸,然后在她的视线里牵马挥手告别(我不敢当她的面上马)。她很弱,在河对岸吃力地站着,久久目送我。此事发生在一九七二年冬天的巩乃斯草原,而天山,正在老人的身后矗立,闪闪发着光。"

这篇千字文,却聚力万钧。力透马背,力透纸背;不着一字,写尽一生。有一年中国作协的岗位招聘考试,我是出题人,毫不犹豫选择这篇来做阅读分析,我觉得以此能够考量出编辑水准。我不喜欢大量使用引文,偶尔摘抄,一般也不算铺张,属于那种相对克制的类型。但出色的表达,迫使人抄写或背诵,不能篡改和概括,因为原文完成的是那种不能被移动的表达,否则就会丢失信息、精度与魅力。

周涛的散文,就是这样。他的表达有力道和筋骨,沉着与燃烧,凶猛而柔情,沧桑且天真,气象开合同时充满动人的细枝末节,如此明澈并带有使光亮得以确认的阴影。古典情怀,现代观念,他有野生之美,也有天然的优雅。磊落、任性复狂狷,他不受禁束,他写花是植物的生殖器,他写人们对金钱的崇拜"就像小孩崇拜自己屙出来的屎"。他有古典的韵味和现代的锐气。与他同龄同代的写作者,多忙于在散文中塑造自己的道德人设,而周涛的表达无论微妙或猛烈,都天真天然,毫无表演痕迹——他就像保罗·策兰说过的那样,"不强加自己,而是暴露自己。"因此周涛是个特别的异数,无朋相伴又无可匹敌。他在艺术上的孤独,可称之为勇猛。

他注定孤往绝诣,因为常人没有他那样的才情、赌本、豪情和勇气,所以难以追随脚步,只能遥望背影甚至转移目光。而对我们这辈的写作者来说,他同样是孤注一掷的英雄。我们以为是悬崖的地方,他策马一跃而过,让我们知道所谓的悬崖只是沟壑;他开疆拓土,踢开原本让我们止步的荆棘。

孤独地,走在前方,走在视线边缘的远处……这样一个不在阵营里的人,也意味着因不在区域中心而易被忽略。但周涛,很少蹙眉委屈和抱怨,他的骄傲让他不屑做这样的流露。他直面文学的寂寞并这样谈及:"最致命的寂寞不是这些表面的浮华,而是,听不到回声。你的心血,你的呼唤,你的美,像蒲公英一样被风吹向远方,你看不到它在哪儿落地、生根、开花、结果,它们发表了,出版了,也就飞走了,不见了。你怎么能知道它落在谁的手上?又怎么能知道长在了谁的心里?你怎么能知道它在另外一颗心灵里产生了多么大的能量?不知道,几乎不可能真正知道。轰动只是一种假象,评论大部分是些非常规范的客气话,真正感人的回声基本上是听不到的,而历史公正伟大的回声,是你生命的长度所不可能抵达的。这就是文学。这就是文学的寂寞。从文者因而也就是自觉或不自觉的殉道者。"

周涛是诗人出身,有人直言他的散文比诗好,他这样说:"我理解这种称赞并且也相信,因为我的散文是站在诗的肩膀上的。我花了二十年,经历过痛彻心脾的疑惑、思考、实践、寻找,而终未能真正完成诗。那是因为在诗的领域内,我的对手太强了,他们以惊人的洞察力和才气及对现实的直觉把握向我摆出一个又一个阵势,尽是些我前所未见棋局。我感谢他们——这些未曾谋面的影子对手。他们帮助我战胜了一部分自己,同时也使我享受了一段时间的散文领域里的轻松自由。"

真坦诚啊。

我认为,散文所需要诚恳也许大于其他文体。小说家,凭经验和想象力;诗歌,靠直觉和天赋;散文,更多依赖品性和品德。当然并非绝对,任何一种文体都需要综合因素的配比,我只是分析:什么占据其中支撑性的脊骨。除非是那种知识性或智识性的散文,写作者能够得以部分隐藏;但凡涉及个人的生活与情感,散文写作者很难遁形。好散文需要更多的真,更多的忘我与不羁。

诗歌可以仅凭智力,就抵达技艺层面的高飞或深潜,而散文没有翅膀或鳞甲,只有血肉之躯——毫无倚仗的脆弱因无畏彰显而逆转为强悍。我是从这个角度产生偏见,来理解周涛的诗与散文。我也以为周涛的散文比诗好,因为作为诗人,他不够"坏";而作为散文家,他足够"好"。周涛有一种少见的真气与诚挚,没有被岁月和环境修改,他有率性而为的孩子气。都说孩子弱力,殊不知童言无忌——因此才获得突破常规与禁忌的能量。

通常,人随着年事渐长,趋于沉稳,但周涛的行文行事,实在不像他那个年纪和身份。他明明是我的前辈,但他那种毫无城府的坦荡,让我在心理上不怎么使用"您"的尊称,仿佛他是我的同龄人,甚至更年轻。比如,他对自己相貌的满意,他是这样欣赏书籍扉页上自己青壮年时期的照片:"那是一张具有中国特色的阿兰·德龙式的头像,他公然在那里向读者证明,认为作家都是丑的这种看法显然是错误的,这位划时代的美男子正是一位作家,他显得在才华和容貌上都超过了那位风流倜傥的前辈诗人徐志摩!我久久地凝视着照片上的自己,我被我所征服。我打开自己写的书,一篇一篇地翻过去,以一个陌生读者的角度重新审视、品味着它们,我设法挑剔而又无从挑剔,我承认,它们是散发出光辉的。在这样一个边远黯淡的环境里,我竟然生长得如此光芒万丈而又为不人知……我被我所感动。"

设想换一个人,这样的自我表扬会招致排斥和反感。作家这个职业圈里,有许多人自恋到难以理喻、难以原谅的程度,他们沉迷于自我吹嘘与自我赞美,罔顾基础的事实与他人的反应。我甚至怀疑,他们著作等身带来的自信,不是因为作品之多,而是因为人格渺小——多数人的著作叠摞在一起,也不会有多少高度。然而为什么,周涛说得意自负的话,就让人莞尔甚至由衷觉得他可爱呢?我想,一是因为周涛在容貌上确有足够的英气,说是美男子并不为过;二是因为他有体能,虽然身形修拔,但他曾在大学一年级就赢得全疆大学生乒乓球单打冠军,既有技术和耐力,灵活性和协调性也是过人的;三是因为他有头脑,在才华上有足够的锐气,才有周涛独有的脾气和语气,包含着他特有的淘气和骨气,才让人服气。周涛所言并非夸耀,算是写实主义的白描手法和直抒胸臆。我也由此想到,很多人对散文的抒情抱有敌意,其实只有假抒情和抒假情才让人厌恶,只要出自现实与内心的真实,无论怎么抒情,都不会成为笑柄。

真,就是写作上的大道至简。周涛的修辞出色,却是以心性的单纯取胜,所以他看童话会津津有味,所以他童言无忌、口无遮拦,才能写出那样让人望风披靡的文字。

其实我对周涛只是文字上的熟悉,现实中并无私交。真正能有对话往来的见面,其实只有一面。是《美文》杂志主编穆涛给我打电话,说他出差在北京,让我马上赶过去,大家一起聊聊天,见见周涛。

周涛跟我想象的一样,个子高,上了年纪的他依旧挺拔。他当然失去了曾经的英俊,但眼神,是孩子那种有光亮的,谈吐也没有暮气。儿童、少年、青年、老年,他好像属于所有的年纪又不属于其中任何一个年纪,总之他给我一种年龄认知上的恍惚感。他聊了什么,我没有记住内容,总之比较日常,但他始终有种神气活现的劲头儿。而我,除了感谢他曾对我年少时的影响,我们之间的交流谈不上热络,我的恭敬更是礼貌。我骨子里有害羞到怯懦的一面,只是习惯以极致相反的方向呈现自己——说到底,我是一个由"社恐"扮演的"社牛",在人际交往时内心是紧张的。内心的紧张加上内心的尊重,当面对周涛时,我的热情仿佛被冻住了。我也忘了自己到底说了什么,我肯定表达了对他文字的热爱,但没有表达出实际热爱的程度。

后来,也没有什么交往。我曾写过一篇创作谈《语文的语,文学的文》,提到周涛的散文审美和探索实践被低估:"一九六九年周涛先生毕业于新疆大学,那年我刚刚出生;出版《稀世之鸟》的时候是在一九九〇年,这位前辈使我在散文审美上获得重生。这位独行侠的拓荒意义,被许多当代散文研究者忽略了;周涛先生虽大名鼎鼎,他的率气、胆气和才气受到公认,但以我看来,他所获得的声誉仍不足以匹配他在散文方面的巨大贡献。"周涛从别处看到这篇文章,他在朋友圈转了,没有告诉我;是其他朋友截屏告诉我的,我很高兴自己的话被他看到,但我也没有回应。写作者的尊严有时是害羞的,害羞者的致敬有时是懦弱的。我们匆匆见过一面之后相忘江湖,我并不知道那是唯一的见面,也不知道在网上转发文章是一种最后的联系。

二〇二三年六月,刘亮程曾邀我去新疆,我正好有事,没有去。后来看到活动的照片,知道周涛也在。很遗憾,我错过了与他相聚的最后机会——尤其是,我错过了在新疆的周涛。

新疆,他的挚爱之地。

他更习惯于这块干爽的高地。他说自己总的来说,"不喜欢阴、湿、热、闷"。他的博格达峰是"钢蓝色的",他说伊犁河:"你别想从它身上挑出缺点来。"他笃定"新疆很好,新疆自古就是英雄好汉驰骋的地方,现在仍然是",他才能这样传神地描写牧人:"这时候他正蹒跚地朝着那条被苇丛遮掩着的河走过去。他一步一步地走着,走得很慢,显得笨拙。他走路的姿势,有一种幼儿刚开始学步时的陌生,还有一种久卧病榻的人初次下地时的荒疏。每一步跨出去,都含有试探、不自信的意味,而他的身躯又那么沉重,这就使他很像野兽直立起的样子,像一只熊。他对走路的确是陌生的,这个牧人。因为他大多数时间是生活在马背上,他的腿已经有些弯曲,即便在行走的时候,两腿间依然仿佛箍着一个无形的马肚子。他肩膀宽阔,两条粗壮结实的手臂行走时无所适从地放在身体两边,似乎有些多余。"

一个人的写作风格,与他的性情和经历相关,也和他的地理环境和心理环境相关。新疆,出产中国最优秀的散文作家:周涛、刘亮程、李娟等,写得都那么独树一帜,那么野力蓬勃,他们不同,却都具有几乎失真的天真,呈现几乎绝迹的奇迹。也许,正因新疆的阔远使万物渺小,反而使个人更能体会和尊重自己的存在。

周涛出生在北京,九岁随着被下放的父母从北京迁居新疆。其实,他在年少时并非没有受过罪,他经历过父母从京城干部沦为边地农民的落差,他经历过像芨芨草一样被吹到荒野而不能自控的命运,他曾经不被允许离开营房二十五米以外散步。在一九八九年,在周涛仅仅四十多岁还算血气方刚的年纪,他就写自己已经老了。然而,他热爱这片呼吸和血肉都已融入其中的土地,他就这样,走在"纯铜一般坚硬细腻质地淳朴而且泛红的土路"。周涛写过自己二十六岁去探望被开除党籍下放当农民的父母,走在这样一条生硬的土路上:"它诞生过你,它负载着你,在世间的一切道路都抛弃你的时候,它收留你。"所以周涛这样回忆了自己:"他有一点感动,还有一点悲伤。他想,正是这样一条土路上,自己曾经是一个满脸皱皱巴巴浑身红不拉唧只有八斤重的小老头儿;一只可怜的小落水狗;一个吃奶的怪物。后来他成了一个穿着红肚兜的光屁股的哪吒三太子,剑眉大眼貌似神童,莲身藕臂冰肌玉骨,似乎事事皆会于心却连一句囫囵个儿的话也说不清。再后来他成了万人嫌、惹事精,像只脱毛待换的半大公鸡,除了骨头没有二两肉,不知哪儿来的精神四下里乱窜。终于,他长成了一个人,身高七尺有余。天下英雄谁敌手?拔剑四顾心茫然;时不利兮骓不逝,以手抚膺坐长叹。他碰了壁,吃了苦,遭了冷眼,长了冻疮,世路千条我无路,华灯万盏我无家……他知道了这世界不是好惹的,不好惹就不好惹,它让你拔剑四顾心茫然,它让你四处感到压迫却找不到挺剑而刺的地方……他还得回到这条土路上来寻找自己的家。"

也许因为他太骄傲了,以至让人忽略他内心的失落,忽略成为作家在年少时几乎必然遭受的挫折。也许因为年少的受挫和后期的失落,他不得不以骄傲来维护自尊。足够孤独的人,才需要用足够的骄傲来支撑自己。他就是这么矛盾,可以用冲突性的词语来同时描绘。比如可以说他稚拙又老练,他的老练与油滑熟腻无关,他的老练竟然像稚拙一样具有顽强的生长性。周涛这样形容自己:"我的老练里有一种坚硬的固执、像牛角一样的物质,但是它却能生长,长成各种弯曲和尖锐的形态。特别是这坚硬的物质里充满了空隙,它有不断地接受和接通血脉活力的本领……"他这样总结自己:"我不是英雄但并不反对真正的英雄,生活平凡却绝不躲避伟大的崇高;我是坚强的,同时也很脆弱;我非常灵活,但难免在我认为最重要的事情上固执原则;我就是这么一个人。"他曾用别人的话自况:"咬紧牙关,我就是我。"

  周涛就像他的新疆一样,既热烈又凛冽。周涛这样写乌鲁木齐,写这座他生活其中时间最长的城市:"奇迹般地在不到一百年的时间里经历了游牧、农业、商业城市三个时期,它身上各个时期的胎记都没有脱尽,然而它却兴致勃勃地准备投身到一个更新的时期中去。"难道周涛不是这样吗?他也有赤子、少侠与老英雄交混的气质。天真而坦荡,经历沧桑而不被摧毁。是战士,也是隐士;有达观,也有悲观;他可以庄重肃穆,可以顽泼调皮,可以如先知雷霆万钧,也可以如孩子百无禁忌。他有灼烧的热爱,也有凛然的几乎需要保留在厌世里的清澈。想起周涛的形象:拔剑四顾,睥睨自雄,觉得他就是那种单枪匹马、一意孤行的人;然而,纵然他锐意不羁,又总觉得他有一种念旧的情义和责任。在那些别人轻易离开的领域,他却心怀惦念和挂碍,他并没有那么容易解除自身的禁锢。换言之,他终生保留了他认为重要的东西,他没有背叛他的童年、他的亲人、他的土地、他在美学上的信仰。而地上跑马、天上飞鹰的新疆,喂养了周涛和周涛的散文。写马的时候,他就是一匹马,他就是神骏;写鹰的时候,他就是一只鹰,他就是猛禽,有斧刃般能深嵌猎物的钩爪……仿佛隐身的王,在写作时成为万物。

  从最初读到周涛的文字到现在,我还是没有学会平静,只要重读那些经典篇目,他还会带给我持续的余响。即使我只见过他一面,也知道他在起点上可能影响了我的一生。他让人为难,他让我觉得称呼"周涛"是对他辈分的不敬,叫"周涛老师"是对他作品的不敬。何况,我不是那种能开口拜师学艺的人,他也从未知晓自己早年写下的那些作品,是如何被一个匿形的学徒默默向往。我跟他不熟悉,不了解他的生活,甚至不敢在亲密意义上妄称兄长。他早年的作品才华横溢,不仅影响了我,也影响了许多探索中的年轻写作者,从这个角度来说,他是有恩于我们的。很多时候,长大后的我们为了轻装要学会忘恩负义,我们会嘲笑自己曾经的偶像,会嘲笑自己当初的盲目与误判,就像一个自以为是的中年男人嘲笑自己当初梦寐以求、遥不可及的女神沦为不过尔尔的平庸大妈。然而,只要在年轻时爱慕过周涛的文字,我们会终身不悔其志。

我从他那里学到的,不止审美和技艺,更重要的是性情上的诚恳。因为散文终将呈现性情,修炼文字是必要的,但更重要的是修炼性情。我指的并非道德意义的完善,而是尽力保持诚挚——这就是散文所需要的道德。有力拥抱自己的生活,诚实展露自己的心迹,没有什么能比这更快地提升文字质感。"修辞立其诚"是古训,要在众多写作者中脱颖而出,"修辞利其诚"也是成立的。我沿用从他那里学到的真诚来表达赞美,也同样表达对他后期作品的批评。

周涛对中国当代散文的开疆拓土意义,为什么在一定程度上被忽略?并非全是批评不公,也有他自己的原因。他后期的创作没有最初那么元气淋漓,没有那么生猛无忌,那种锐不可当的力量下降了,并且产量也没有那么高。通常情况批评滞后于创作,这更要求创作的持续和有效。我们会忘记涟漪,因为它会很快消失,湖面复归平静;但我们不会忘记海浪,因为前者会消失,而它奔腾不息,退潮也是在酝酿下一场的汹涌。也许是因为散文自身的文体艰难,消耗素材和消耗情感都是巨大的,写作者难以长期高能耗地输出。也许是因为年事渐长,周涛也从豪杰的慷慨转向智者的豁达,平静安宁对生活来说是好事,可对写作而言,易于流失那些极为珍贵的顽劣和愤怒。也许他孤独太久,即使对一个骄傲者来说,没有获得匹配的鼓励和荣誉也难以漫长地支撑下去。我们可以怀疑他不知道自己如此被爱,可以怀疑他不在意自己如此被爱,可以怀疑他是否因不知道而不在意,或者因不在意而不知道。也许,他是如此热爱自由,寻求自在,甚至不再受到名利或其他任何的吸引,他对生活的热爱或失望,已经不需要用文字来表达。总之,周涛后期的散文远逊他早年的作品。

周涛在二○一九年出版过一本长篇小说《西行记》,带有他个人生活的某种自叙气质。虽然在封面上被冠以"重磅",但我觉得整体一般。个别好的段落,可以裁切为独立的散文——《西行记》从思维方式是散文的,而没有充分建立长篇小说的语感、结构和价值。或者说,周涛小说的一般和散文的优秀是同一个原因:离自己太近。

可我怎能忍心苛责呢?决定一位作家成就的,正是他向上攀升的制高点,而那些挣扎、徘徊甚至挫败,是可以被忽略的。我,乃至是我们,现在又如何去怀念呢,如何让他知道那些推迟表达的感激?

我的怀念总是滞后。无论是苇岸还是胡冬林,我在他们离开数年之后才能动笔,我需要用更漫长的时间才能消化和适应。我的不适和不舍,在当时几乎变成一种轻微的怨意。但是对周涛,我会尽快写,因为我想让更多的读者知道、了解、熟悉和热爱。因为,我觉得他的孤独里也包含着我们这些受益于他的读者的疏忽所造成的责任。我不愿他如彗星,我不愿他离开时划出灿烂的尾迹就归于黑暗。即使我以前和以后都失去了熟悉他的机会,我也立即开始写作,哪怕众声之中多我一个声音,哪怕因此多出一个额外的读者,我也会感到安慰。晚来而潦草的铭记,无以报答,仅仅像是我个人的回忆与悔意。他已离去,那些酝酿魔术般奇幻语言的胸腔,现在已如花岗石般坚硬。在他留下的空旷里,无论我们怎样呼唤,是否都会变成无望的回声?

对于写作者来说,终点不是墓碑——当他写下太多,墓碑上的字就无法再匹配和称量。我们哀悼一个作家,是因为我们失去了他未来的文字;而阅读,就是尊重他曾经写下的文字,并使之永远不死。在社会关系的层面,往往人走茶凉;但优秀的作家不是,即使足迹已远,身影已渺,文字的余温依然灼烫。是的,作家的老与不老,看的是他的活力;一个作家只要文字活着,他就是在呼吸,在生长,在兀自歌唱;那些写下的句子如海,永远有自己的澎湃和潮汐。

周涛,仿佛永远保持着热血下的温度。他那么有力而耀眼,让我笃信,无论那里是怎样的黑暗,他也是劈入其中的闪电。他的文字是春天的种粒,只要我们的内心不板结枯竭,它们就会成活;哪怕新疆大雪,在最冷中那也是天地之间的蒲公英,在自由中拥有生机。

自由不是姿态,而是内心的热爱。周涛的童年理想,是当骑兵。在这个冬天,山河降下暮色……马蹄飒沓,长鬃披拂,骑行疾驰的他跃入繁星形成的旋涡之中。

遥远的魔咒

◎ 梁鸿鹰

> 时间管辖你的手脚，也绝不放弃对你本领的丈量
> ——作者题记

一

每当晨暗微明之时，耳边总会传来几种不明鸟类的鸣叫，忽远忽近，相互呼应交织，提醒着我，一个被鸟开启的早晨不可避免地再度到来。似乎大自然将一切都给出了不同的答案，而一切答案又是那么言不及义，无关乎时间，无关乎你昨天睡得是否好，以及今天会有什么样的运气降临在头上。你也不需要知道，鸟到底躲在哪个遥不可及的地方，在晦暗未明之时亮出自己卑微而骄傲的歌喉，发声，鸣叫，传递人类无须理解的信号。因为一旦曦光微明，过渡到阳光普照，它们便要停止鸣叫，四散到同类聚集的地方接受各种挑战，或到渺无人迹的地方觅食，或做我们人类难以知晓的事情。

也就是在这个不具有什么决定性意义的变换中，人类每天都发动自己的本能，感知季节冷暖，告诫自己事先揭掉眼前的薄纱，将倦容换为面具，让精神新鲜闪光，精力重新焕发，出发到目标明确的地方，让目光达到可及之处。在一日三餐前夕，思考还有什么没有兑换，还有什么没有实现，还有应该驶往的轨道。

据说，在战争、瘟疫、干旱、高温反复困扰的时节，鸟最早听闻和捕捉到属于自己的信息，鸟在同类之间问答，决定如何冒着炮火、气候和人类的困扰，完成属于自己的宿命，由北到南，由南到北，不懈寻找可靠的食物和庇护所。我们人类呢，难道不是同样如此吗？聚居或迁徙，同样为食物，为栖息地，为安全，我们无法摆脱这样的宿命。但是，我们却学不到鸟利用太阳和星辰位置替自己定

向的本领,鸟的导航记忆能力太强大,足以让人类惭愧,我们需要借助于外力才能完成定向,在觅食的道路上,我们不断开发大脑,发现并指使一切,比如依赖科技的改进,让自己更加疲于奔命。

如果说迁徙是候鸟的宿命,那么人的宿命是什么？人类在进化中获得了很多能力,思考、书写、指挥、驾驭、放弃,以林林总总的发明平复自己的焦虑。欲望烤干了嘴唇,不得不涂上油彩,跋涉消耗了体力,不得不补充给养,生怕自己被落下,或赶不上他人。我们使用各种器具,去主宰他人,驱赶鸟禽走兽,危及天、地下、水中的生灵。人类与动物的最大区别,也许不是为生存而竞争,而是再造与控制一切,在此过程中不自觉地加重了对外力的依赖。可冥冥之中,在我们头顶上,始终悬浮着一种力量、因素或什么——除了康德定义的星空、道德律,还有绝对的宿命。

在人类的大脑里,每时每刻都繁殖着万千思绪,如泡沫般不停翻腾,无非在反复探究：自己从哪里来？要到哪里去？还能做什么？我们怕自己忘记,怕后人忘记,于是书写、歌咏、祈祷、口述,诗人阿多尼斯在其《短章集锦》说："书写是正在兴建却不会竣工的房舍,由那个流浪的家庭居住：文字。"或许,写作者正是要观察宿命对人类兴致勃勃的牵引和拉动,捡拾零落记忆,记录对宿命的畏惧或试探,搭建文字构成的居所,帮助人们重返遗忘之地,穿越荒废之径,书写出人类不知疲倦,既盲目又风雨兼程地朝着不可预知未来行进的踽踽步履。

因为每个人永远无法摆脱的,便是自己的宿命。

大概在三岁那一年,我首次与宿命的宣判不期而遇。时值深秋的某个下午,我被带进县医院二层把边的一个病房。姥姥后来告诉我,彼时屋外秋风猛烈,落叶纷飞,风沙毫不留情地吹打着一切,让人心烦意乱。我长大后一遍遍地在脑海里重构这个情景,尽可能拼凑着当时的细节,不敢肯定姥姥说过的一切是真是假,因在见证白色铁床上垂死老人挣扎着宣告他的宿命的时候,对外部世界,我还谈不上拥有能够算得上记忆的那种能力。

昏暗的光线,惨白的四壁,位于一侧墙边那张白色铁床由于病人的瘦弱而显得大而无当,床上挣扎着的老人就是我宿命的宣告者。这位家族中最为重要的人物,此时正在期盼长孙,也就是我的到来。"长孙"是用来"承重"的。在巴金小说《秋》里曾经有这样的描述:"我是个承重孙,长房的长孙,高家需要我来撑场面。"人是否"压秤",能否撑得起场面,在中国文化中属于至为神秘的符码之一,"压秤"可以很重要,也可以沦为微不足道的摆设。

我在特殊的时间节点上被抱在身材矮小的姥姥怀里,现身这样一个非同寻常的场景,便是因为我能"承重"!当时我的体重足以使六十三岁的小脚老太太疲惫。作为身陷病榻的老人此时最想看到的人,我此时出现让整个场面别具意义,格外庄重甚至悲壮。或许空间太狭窄,我挤在姥姥怀里,两人勉强可以和其他两三个大人一起,俯视到病床上的老者。行将就木的爷爷躺在厚厚的被子里,显得瘦小而无奈,床头立着的吊瓶滴着无色的液体,显示还有医疗手段在发挥着作用,我一眼便发现被子正中间印有三个大大的红字,当时我并不认识,若干年后我才明白,那三个字是:"县医院"。是我长大后时常光顾的地方。

面对即将到来的"宣判",我这个"承重孙"像早有预感,进入病房之后,一旦眼睛适应了室内光线,乖巧和沉默立刻丧失——蹬腿、挥手,又哭又叫,声响巨大。病房里的人们很吃惊,以为我饿、想撒尿或有别的什么原因。在大人们眼里,我没思想,像小动物,虽可"承重",但意志、意愿、理性根本谈不上。若干年后当我懂事了,连我都被自己的灵异能力折服了。我居然能预知老人的回光返照或已处于弥留之际。我挥舞双手,眼睛乱看,就是不肯理会病床上的枯瘦老者,不管老人被虚弱、焦急和不安支配着,呼吸如何困难,面色如何焦黑,情绪如何不稳。

老人的眼睛原本拼命搜索着期待已久的目标——自己唯一的孙子,家族血脉的延续者,特意前来的"承重孙"。哪料,尖厉刺耳、不管不顾的哭叫,使房间越发狭小拥挤,压抑的空气像一下子被点燃了,大家烦躁,老人恼怒。老人看见小瘦猴般的孙子身子上下乱动,拼命挥舞双手,踢脚蹬腿,干巴脑袋一个劲往外扭,就是不肯面向自己,老人起初费劲找寻孙子的脸,想看清眉眼,但根本不可能,这太出他意料,他只用几秒钟便明白,眼前发生的事情是他自己最不愿意看到、最没有想到的——小孙子死活就是不肯朝自己这个方向看上一眼,这让老人愤怒、绝望、羞耻。他虽无力却极富权威地挥挥手,坚定地说道:算了,算了,没出息的窝囊废!抱着我的姥姥窘得满脸通红,直冲我埋怨,哭什么,你倒是看看,这是爷爷,这是爷爷,他多亲你呀!你怎么能这么不懂事,这么不懂事!

  姥姥后来告诉我,几乎哭哑了嗓子的我被带出病房后没几天,祖父便撒手而去。她反复告诉我——爷爷闭眼前还念叨着你,他实在太喜欢你,没有一天不想见到你,几个月时间里,他日见消瘦,却没有一天不念叨你的。你是爷爷所有的盼头、全家的盼头,你的出生多让他高兴呀,他身体好的时候经常骑自行车由北向南穿过小城到郊区奶妈家去看望你,他自己饿着肚子却带去麦乳精、藕粉、白面这些稀罕的东西,就是为了你能吃饱呀。

  爷爷就是爷爷,他经见了多少风风雨雨呀。姥姥和其他大人告诉我,爷爷年轻时曾经是个好"秀才",能写会算能说会道,耿直刚毅,爱憎分明。爷爷同样是隔辈亲,他那句"没出息的窝囊废",是经由姥姥向我转述的。姥姥和另外两三个大人拥有一样的记忆,想必事实与姥姥叙述的没有什么不同——四白落地的病房,极端虚弱的老人,我的大声哭叫,老人极端失望地挥手。可后来,我却成了唯一记忆者,姥姥成了唯一讲述者。难道我和姥姥一同虚构了这个场景,难道我俩都记错了?人的记忆本来最不牢靠,丁玲在小说《自杀日记》里说过:"谁能把谁记忆到好久!"时间往往会覆盖记忆,人类也选择记忆,筛选、过滤甚至毁灭记忆。但我始终相信,总有些记忆将刻骨铭心。

二

  我无条件接受并认可了姥姥对那个致命场景讲述的真实性,并很快当成了自己的记忆。我明白,自己在那个场景中被审判,在那个秋风萧瑟的下午我没有扮演好"承重孙"应该扮演的角色,因此被审判、被判决,实属活该,我只能接受,不得推脱推诿推辞。在爷爷眼里,我将是窝囊废,我会没出息。他当时握有的证据就是我不愿意看向他,见了他大哭大叫,就这样简单吗?是否还有别的什么把柄?想必爷爷当时是被气昏了头!他放出不管不顾的狠话,恨铁不成钢的诅咒,肯定有冲动成分。不幸,这句狠话自我懂事起就像咒语一样,拖着长长的倒影,踩着匆匆的风火轮,不徐不疾地在背后追赶我,撵着我紧逼我压迫我,代言我的宿命,试图塑造我左右我。这咒语同样像试金石,检验一举一动,衡量我顺从还是反抗,消沉还是奋起。

意大利作家莫拉维亚曾经说他自己的脑袋挺奇怪，跟外套口袋极其相似，里面什么都有一些，什么都不够，且装了不少残缺不全的东西。我明白，自己脑袋里同样经常浮动着万千思绪，像散布于旷野的飞絮，飘忽不定的碎屑，浮泛于日常慵懒之中，分量、浓度和质地均不具暗示性，难以具备价值，无法发挥作用，那些微尘的所有进展只是无用地翻腾，不具备任何力量，不会导致任何结果。我一次次放过自己，在随波逐流中轻松。直觉明确告诉我，行无不克，行无不果，一切结果均来自行动，行动的结果只在行动中确认，充实只在行进中成全。在搏斗与跋涉的途中，清醒者头脑里风暴永不停歇，山石、百草、河流、鸟兽，一波又一波会变幻出全新的景色，思绪的浪潮，将重新注册为痕迹，留下荣光，泯灭悔恨。

遥远的过去已无法圆满复盘，最初所发生的一切如秋风落叶般，被时光碾压、注销。我背负着先辈的咒语无耻地长大，没有一天停止成长。我眼前延伸的一切，那么理所当然自然而然，似乎任何举动都不显得随波逐流，万事万物均可被周遭人们和我自己接受。我身承亲人的希冀，一直站在一条温度、深浅、流量适宜的小溪里，以一个生物体应有的特长和本领，按照老天布置好的规律拔节、膨胀、生长，安之若素。我一度想清零魔咒给自己头顶上带来的压抑，坦然接受爷爷的安排，将被宿命认定视为惠顾或荣幸。我多次想如同羔羊般温顺地服帖于它、听从于它，或大大方方地朝前一步，热情地伸出手来，如接受善意一样心怀感激，将之纳入怀中。我多次想陶醉于享受于自己的被指认，像中彩的穷汉那样，热泪盈眶地等待兑现，索性与宿命共进退。既已陷于宿命的温柔泥潭中，既然无意于甩掉、挣脱，那就沿着宿命设定、预制和临时添加的路径，将一切的一切，统统收入囊中，与其共进退共荣辱共悲欢也罢。

三

无奈，上天无私、公平，正直如一枝芦苇，它可以沉睡不醒，同样可以清醒百年，上天同时赋予我顺从和叛逆、乖巧和反抗、温柔和粗暴、亲切与狰狞、坚硬与柔软、昏庸与聪慧。

变化是从少年时期疲惫夏日一个平淡无奇的早晨开始的。那天，鸟雀声响格外动人，我在被窝里就被甜美而杂乱无章的鸣叫诱惑，待我光脚走入晨露之中,鸟的鸣叫让我抬起头来,望向遥远的天际——彼时天高云淡,直接在我眼中幻化为某种启示,我大脑中突然划过一道闪电,让我明白,不能眼看着魔咒带来的宿命得寸进尺。宿命是不会选择你进我退的。宿命向来盲目,它一旦出发,便像上了钢筋发条一样,只会发力,不懂退缩,其顽强、执着、鲁莽在于,不停地拥有武装自己、解除他人的能力,它的狡猾超出想象,它不需要补充供给、给予鼓励才重装上阵,它不是纸老虎,它可以自我加压,随着时间的推移不断丰满自己、完善自己,甚至以颇具声势的休整、以笑颜如花的面孔,刻意麻痹他人。

宿命的诅咒不单单是在我身上划开了一道伤口,它更不愿让我在等待中慢慢合拢,如不应对、疗救,便会在散漫的拖延中溃烂。宿命这个上天抛给我的遗腹子、假想敌、真密友,假如收养在暗夜床边,耐心饲以食物、药品和空气,将之驯服,让其不发一言,不动形色,绝对是不可能的。我必须作为逆反者、有为者、对抗者,作为相反的力量站出来,逼迫自己内心慢慢生长出一种力量,去打破魔咒,驱除宣判,才能让咒语不攻自破。总之,我不甘心。已然长大、懂事、上学、识字,我不能也不肯安分了。

此后,少年的我带着对高尔基、保尔·柯察金、朱赫来的崇拜,带着对孙悟空、林冲和诸葛亮的一知半解,带着从洋铁桶、小兵张嘎、刘胡兰、董存瑞、黄继光、雷锋、向秀丽、草原英雄小姐妹、邢燕子、郭凤莲等人那里得到的勇气,排斥碌碌无为,反抗等待、顺从与苟且。我逼迫自己去有所作为,与宿命展开专属于自己的抗争,无论是否取得成效,不管挣扎后是否会头破血流,也在所不辞。

我明白,顺从命运的安排只能得一时安稳,麻木无为注定无法带来持久的惬意,必须主动和自己过不去,给自己多加压强,用力培养自己的小心思小野心小主意,展开一厢情愿的抗争,于寂寞中挥动长鞭,在想象中抽打自己的后背,逼迫自己对抗天性中的懒惰。为此,我愿把自己隐藏在芸芸众生之中,暗地向着某些尚不明确的目标,一步步挪动,图谋出其不意,脱颖而出,让人刮目相看。

"没出息"最具代表性的标志是无力远离糟糕的生活环境,"有出息"就是能够摆脱恶劣气候、贫瘠土地和穷困寒酸的困扰。我出生的风沙漫天的塞北小城,是我的血地,是我味觉、口音、相貌和思维方式的出发地和养成地。高天厚土,情深意长,塞外风物,意短笔长。故乡的一切让我又爱又恨,又依恋又拒斥。

这样的故乡，如果我无力将其甩在身后，无法从这里昂首出走，离弃、摆脱，我将身陷泥潭，灵魂必死无疑！

　　远离故土的推动力何在？我得感谢昔日那些受局限的文化滋养——有限的书本、报刊、电影、广播，它们带来的欢乐忧伤，激发的目标理想，拓展的想象余地，令我能够超拔于平庸现实之上。红色电影里的慷慨悲壮，宣传画上的昂扬斗志，小人书里的英雄人物，墙壁上每年被替换的年画，纪录片《新闻简报》里的领袖和战友，他们慈祥红润、神采奕奕，登上天安门城楼，会见各国外宾，北京的金水桥、人民大会堂、故宫、天坛、颐和园和北京展览馆广场，白天花似海人如潮，夜里万众欢腾灯火辉煌，无不展现着斗志昂扬气壮山河的氛围，这些画面连同钢花飞溅、麦浪翻滚、仪仗队手握钢枪、小学生欢迎外宾，等等，源源不断向我注入尽快奔赴远方的动力。

　　直接推动力和刺激还来自家中镜框里有限的几幅亲人们的合影——一九五七年八月十一日，尚处花样年华的母亲身穿裙装与哥嫂在北京展览馆主楼前微笑着的合影；二十世纪七十年代某个秋季的一天，四叔和我父亲在天安门前的合影；八十年代一个红叶时节，我的二姑二姑夫与儿子在香山苍松前的照片。这些标有"大北照相""中国照相""白雪照相"等字样的黑白照，定格了亲人们的穿着、站姿，他们高低不同的身形，身上款式不俗的衣装，脸上或刻板或微笑的表情，都能有效激发我的联想，带动对抗现实的执念，让我陷于出走的念头，更加无法自拔。我发现，凡在北京生活的人，无论大人还是小孩，都比我们周围的人长得洋气，这肯定与北京的水土和食物有关。我经常盯着那些可爱的，甚至我尚未熟识的面容，风沙弥漫的现实世界便会逐渐退隐，我不再听到屋外呼啸的风声，不再记得屋外泥泞的马路，在对北京这个被姥姥反复描绘过的美好远方的想象中，那几条被单调稀疏树木所装点的街道似乎也可以被原谅或赦免了。姥姥曾在北京帮助我的四舅照顾下一代。在她嘴里，北京到处一尘不染洁净明亮，天清气朗绿树成荫，莺歌燕舞馥郁芬芳——文明洋气，惹人羡慕，高不可攀，所有这些无不激发我的想象与向往。

抚摸蔚蓝面庞

◎ 阿来

这是当年一首诗的题目。与写诺日朗瀑布的那首《看见金光》作于同年同月,可能不是同一天。也许是同一天,可能不是同一个时段。确定是五月,高海拔地带的春天。从马尔康出发,翻越鹧鸪山和弓杠岭,过理县、汶川、茂县、松潘,好几天时间才到达九寨沟,住在树正寨老百姓家里。白天四处漫游,行经一个个蓝色海子。晚上,用字与词,搭建叫作诗的建筑,为情感寻找方向。房间里没有桌子,同屋的人睡了,就把被褥卷起来,在床板上写下那些文字。

因为迷惘,开始漫游大地。迷惘很小,一个青年的前路。迷惘很大,如何使渺小的个人与宏大的存在建立确实的连接。

> 一周以前,我还在马尔康镇的家中
> 和一个教师讨论人类与民族
> 和怀孕的妻子讨论生命与爱恋
> 而现在是独自一人
> 一个孕雨的山涧黄昏和我说话

一路走来,从大渡河水系的梭磨河畔,到岷江上游,再到嘉陵江水系的九寨沟。关于写作,我不信干谒与援引,相信山水与人民的启悟与开示,所以我像古代诗人一样壮游山河。那时的九寨沟,旅游开发之初,正要蜚声世界。游客很激动,为得遇山中深藏的美景。寨子里的乡亲们很激动,原来祖祖辈辈守着的一众蓝湖,如此魅惑,只要打开山门和心门,整个世界就扑面而来。我就在宁静山水与激越的人群中沉默走动,遇见了那么多蔚蓝海子。

长海。风拂动颜色沉郁的杉树林,老人柏前,我听见蓝湖说,要清洁深蓄。

月光下的镜海。倒映于湖心的月亮闪烁水晶光焰。那是谁在无风的虚空中说:要有光!从外面和里面同时照亮!

树正寨。在开小旅馆的人家用过早餐,主人说,太阳要出来了,客人该去看火花海。于是,我和要去海边摆摊的年轻人一起,背起供游客照相的鲜艳藏装,去往湖边。他们在树正群海的磨坊边停下,我继续向前。经过一个一个的海,经过挺拔的山杨树,经过几丛连香树。几树杜鹃正在盛开,花瓣上露水浓重。画眉和噪鹛在比试歌喉。

湖水幽蓝冷碧,水底横卧的巨树通身被钙华包裹。它们被如此封存多久了?几千年,还是上万年了?水将它们与空气隔绝,不再朽腐,终将,或者正在从易腐的木头成为化石。没有风,湖面却波光粼粼。那是水从上一面湖中溢出,跌下长堤时所激发的。

树正群海,从高往低,面面蓝湖,梯次分布。每一面蓝,都水体饱满,微微鼓荡,把非水的物质,看得见的,比如从众多树木上落下的枯枝败叶;看不见的,溶解于水中的矿物质,比如碳酸钙,在水往低处流的方向,积累成堰,凝结成了道道曲折长堤。堤上杂花生树,好几种树根须纠缠,枝叶相接,把堤增高,成为树篱。湖水缓缓流动,在中央平静下来,用水晶一样澄澈的晶莹显示深、显示静。然后,满溢,从堤上翻身而下,以飞瀑的姿态跌入下一个深潭,下一个海子。如此相接相续,如此跃动或静止,制造出巨大的奇观。

群海上方,火花海。我用沁凉的湖水洗眼。这是我的个人仪式。祈求造物之神让我看见更多的美,更美的美。我等待太阳出来。

太阳出来了!

太阳从山脊背后升起来,转瞬间,就放射出千万道金光。火花海的蓝水与倾泻而来的阳光交会,每一道波纹都在折射、在辉映,冷碧的湖上腾起一片动荡的光焰。不停明灭的簇簇光焰不是红色,而是金色。金光闪烁,和水交响,世界宽广!这是历经了沧海桑田的,看见过大陆沉入海洋,看见过海洋中再崛起雄伟山脉的自然之神在教导我,要有光!不但要有光,还必须辉煌,必须荡漾!要有光!不但要有光,还必须温暖明亮!

太阳升高,光芒不再与湖水折射,火花海又恢复了平静。

阳光唤醒了新的一天,便不再那么强烈,而是温和地普照,使整个峡谷升温,激发出草与树蓬勃的气息,激发出解冻不久的沃土的气息。这是春天!

不止一次,我用一整天时间去看树正群海,经过每一个海子、每一道飞瀑。那时景区还没有禁烟。我常坐在一块石头上、一段枯木上,吸一支烟。吸入香气,呼出的蓝雾弥漫,化为诗行:

> 日益就丰盈了,并且日益
> 就显出忧伤和蔚蓝
> 已是暮春,岸上的泥土潮湿而松软
> 树木吮吸,生命上升
> 上升到万众植物的顶端
>
> 在奇花异木的国度,爱人!
> 笼罩万物是另一种寂静的汪洋
> 是什么?你听
> 启喻一样荡气回肠,凌虚飞翔
> 九个寨子构成的国度
> 顷刻之间,布满磨坊与经幡
> 顷刻之间,蔚蓝的海子就星罗棋布
> 花香袭满心房
> 众水浪游四方
> 路以路的姿态静谧
> 水以水的质感嘹亮

那时,沟中几个村寨半农半牧的老百姓的生计重心开始转向旅游业。夜晚,寨子里,某一家院中,会燃起篝火,招徕游客歌舞、烤羊。白天,在某个海子或某一道瀑布前,设一个摊点,替游人照相——在相机并不普及的胶片时代。摊上挂着颜色鲜艳的藏装,把来自世界各地的人打扮成山中的汉子与姑娘,打扮成九寨沟的达戈与色嫫。那时,还没有退耕还林,坡下林边,还有一块块庄稼地,种植着本地作物:蔓菁、土豆、小麦与玉米。草地上还有牛吃草,还有年轻人牵着马,劝游人骑乘。

这一回和一些写作同行前来,已不知道,这是三十多年中的第多少回了。但知道,这是二〇一七年地震后,第二次到来。

上午,从诺日朗瀑布开始,去了镜海、熊猫海、五花海。最后去珍珠滩瀑布。从瀑布顶上的栈道过去,钙华滩上,水花飞溅喧腾,珠圆玉润。水流间立着丛丛灌木。珍珠梅落尽了叶子,一穗穗褐色的种子还留在枝头。簇生的小檗,叶子经了霜,一派紫红。从瀑布跌落的山坡边下去,可以从悬垂水帘的上方望见雪山。凝固的冰雪和飞泻的水都在阳光下银光闪闪。到了瀑布下方,雪山消失不见了,水的声音与气息充满了整个世界。供游人易装照相的摊点还在。我注意到那些藏装不再那么本朴,其设计中掺入了不少时尚元素。我更注意到,摊点前一字摆开的座椅。座椅前敞开着若干专业级的化妆箱。椅子上坐着的,椅子前站着的,都是化妆姑娘。

我们在诺日朗的游客集散中心午餐。

这个地方,几经变迁。最初,是刚撤销的林场砖房和木板房改建的旅店与餐馆,后来建起了宾馆酒店,再后来,为保护景区,这些设施都迁往沟外镇上,这里就只供游人集散、休息和午餐了。游人川流不息,餐厅颇具规模,整洁宽敞,流水作业,像大学食堂。午餐是当地食材,牦牛肉,土豆。午餐后,团队去更高处的长海,路远,要乘车。我选择步行,下行,去树正群海。

沿栈道行几百米,再次站在诺日朗瀑布前。这回,先从水雾弥散不到的高处观望,然后下去,到最低处,看那些粉碎的水重新汇聚奔流,并与这些水一起在林间一路往下。林间铺满落叶与苔藓,水也只是在偶遇跌宕时才发出声响。

出了树林,谷地敞开。水流入了一片芦苇荡。苇荡充满细密声响。不是风响,不是水响,是阳光下枯黄的芦苇在脱去水分。水穿过这些芦苇汇聚向海子,一个大海子,犀牛海。栈道沿着山根,随湖岸蜿蜒。阔叶树都脱尽叶片,树林很疏朗。林下树影斑驳。两种草本植物上白絮蓬松。在枝顶成团的,是俗称野棉花的大火草。如花朵从低到高围绕长茎,随时准备带着细小种子迎风起飞的,是蟹甲草。更多的是树,站立在四周。常绿的针叶树,杉、松和柏,绿色沉郁,身姿笔直挺拔。丛生的阔叶树,大都斜着身子,倾向湖水。我靠树下的叶片来辨认它们。栎树,叶子有波纹状的齿边,还有未被松鼠搬完的以壳斗为座的饱满果实。连香树,叶子椭圆,像心脏的形状。桦树叶最黄,拿一片对着太阳,清晰的叶脉让人感觉到自己皮肤下体液在流淌。

走过一些树,迎面而来的是更多的树。

从树林中看海子,湖水的蔚蓝被纵横的树木分割,荡漾的整体变成了不同形状的局部。微风在树梢上出声行走,下面,却是一个寂静的世界。林中有各种鸟,各种大小走兽,此时,它们都敛息静止。还有鱼类,在湖中。在远古时代,传说这里还有猛虎与犀牛。有一个老者,在生命即将走到尽头时,却舍不得这美丽山水。于是,他就骑着犀牛遁入了这片蔚蓝。传说成了这个海子得名的由来。这是一个大海,一边的湖岸就有两公里长。我和陪同的朋友缓步而行。看树,看湖,看天。

抚摸蔚蓝面庞。

年轻时,是抚摸自己内心的迷茫。现在,我历经世事,更与我书中塑造的人物一起历尽沧桑。所以,我现在只抚摸蔚蓝的宁静。阳光普照,湖水澄明。

水越过钙华覆盖的长堤,越过长堤上高树低树的密集篱栅,跌落成瀑,倾入又一个海子,喧哗与静止交替,飞泻与深蓄交替。

老虎海。

又一个海子,火花海。点燃过我心中诗意的火花海。

二〇一七年八月八日晚,九寨沟地震的消息突然传来。

第二天,一位参与救灾的朋友发来一张照片。火花海的长堤崩裂一段,湖水溃决,湖底暴露,那些滋润的乳黄钙华变得一片惨白。那是痛彻心扉的一刻。虽然知道九寨沟形成时,大地运动更加剧烈。原先没有山,岩石涌起,造出了山;原先没有湖,水流切割,岩石分解,造成了湖。大地生长了树木,岩石泌出了钙华,美丽了这些山、这些湖。地震,不过是大地的内部,深暗的某一处,岩石的骨架错动一下,便造成多少平方公里范围内大地的剧烈震动。于是,看起来像是天地初生时就在那里的长堤崩溃,蓝水泻尽,一个海子就消失了。

我庆幸,九寨沟的成群碧海,只有一个消失。我痛心,即便众多蓝湖只消失了一个,那也是美丽山水身上一块令人难过的伤痕。那裸露湖底的苍白,因失水而暗淡干裂的钙华,夺人心魄。我想,可能不忍心再到九寨了。

但是,震后第四年春天,我来了。发现的不是损毁,而是重建后的基础设施,提档升级,比震前更加完善。瀑布依然,蓝色海子依然。

初春时节,光核桃正开着白中透绯的繁花。火花海上,两只鹬鸰用波浪般起伏的姿态贴水飞行。它们落在长堤的出水口,以相同的节奏晃动长尾。要去看崩决的长堤修复处。我有些裹足不前,怕在天造地设的湖上,看见人工痕迹过于明显。两只精灵般的鹬鸰还停在那里,一上一下晃动尾羽,在浅水中啄食。鹬鸰只吃水中的活物,如果是钢筋水泥,两只鸟就不会停在那里。这让我有信心走近前去。和从前一样,和所有的海子一样,蓝水从一株银柳和一丛绣线菊的根旁溢出,漫过石灰岩块,在下跌时破碎,发出声音,变成水晶珠帘,飞坠而下。管理局的朋友介绍说,这段溃堤的修复技术还获得了省一级的科技奖项。修复时不用通常的工程手段,而是向自然学习:就用碳酸钙凝结成的石灰岩堆积,黏结这些岩石用了一点人工材料,学古人用糯米浆和麻,缝隙用棉质的植物飞絮充填。再连土移来根系发达的灌丛:银柳、小檗和各种水草,覆盖在堤上。堤就如此修复了。再蓄上水,火花海就复活了。刚修复的时候,堤坝渗水,不过,这件事交给水自己来完成。九寨的水,从石灰岩中涌出地表时,富含一种矿物质叫碳酸氢钙,出露地表后,氢气挥发,剩下碳酸钙,结晶,沉淀,形成钙华,凝结在一切物体的表面,也在那些渗水的缝隙里凝结。

火花海复活了!

在每个昼夜,和所有海子姐妹一样沉思默想,而在早晨太阳初升的时刻,用漾动的波纹折射阳光,变幻出一池跃动的金色光焰。

今天,地震后的第六年,我再次来到火花海。长堤上,那些穿过树篱的水道,凝结了更多钙华,使下泻的湖水更显晶莹光滑。水流淌,水上落叶飞旋。黄叶是桦树的,红叶是黄栌的。小片是柳树的,大片是山杨的。

长堤上,不止一处,还有一种丛生的针叶树,树形没有云杉高大,对称排列成羽状的针叶却更开张整齐。这是红豆杉,历经了第四纪两百万年冰期得以延续种群的孑遗植物。这种植物曾因富含抗癌物质紫杉醇而被砍伐采集,因此更加濒危。在火花海的长堤上,它们健旺生长,同其他树木一起,用蔓延的根须使堤岸更加稳固。

这天的最后一站,树正寨子。当年靠家庭旅馆脱贫致富的村民为保护九寨沟,再次转型:替游人化妆,易服,摄下人们扮演的形象;制贩非遗产品;售卖当地土产;还有奶茶与咖啡。走进一户人家,二楼望湖的平台上安置了茶座。我们坐下,热茶之外,还有主人家自制的苹果干与奶酪。以前,树正寨中这些人家,接待客人前,可能刚从庄稼地里归来,刚从放牛的山上归来。现在沟里除了一些小小的菜园,大片的庄稼地已经归还给了森林。现在的主人时尚年轻,所有的生计都围绕着服务游客。

夕阳西下,树正群海梯级而下的那群海子上,辉映着这一天最后的灿烂阳光。我久久凝望,抚摸那一面面蔚蓝面庞。从高处望去,那些蓝更深,唤起记忆,写在三十多年前春天的诗句又回来了:

  就这样日益幽深
  是蓝宝石的深渊,绿色宝石的深渊
  爱人,停下你的枣红马
  看新生的云朵擦拭蓝天
  水声敲击心扉时,你听
  即将突破地表是更纯净的泉眼

  在潮湿松软的曲折湖岸
  野樱桃深谙美学
  向忧伤的蔚蓝抛洒白色花瓣
  爱人,你的形象
  时间的形象,空间的形象逐渐呈现
  水的腰肢,水的胸

水的颈项,水的腹

都是忧伤蔚蓝海子的形象

　　已是初冬,海子们依然一片蔚蓝。迷惘青年当年读到蓝的忧伤。三十多年过去,我从那蓝中读到深蓄的平静。湖的蓝是深,天空的蓝是广。

　　续茶的主人家说,已经下过一场雪了。只是太阳还暖和,雪没有坐住。我说,再过些时候,雪下来就该坐得住了。年轻的主人家说,那时,瀑布就变成冰了,有些湖也要叫冰封住了。那样的深冬我只来过一回,看见过飞泻的水帘变成凝固的蓝冰,瀑布的水在冰帘后面歌唱。海子的水,在冰下显得更加蔚蓝。

　　我肯定还要再来,我想要在这里逢见一场大雪。看雪落在湖上,蓬松的无垠的白雪中央,是一个个蓝色海子,这个世界最纯粹最纯净的蓝,叫作九寨蓝。

石峁

——最近中国的城

◎ 朱鸿

由衷感谢，我得以身临石峁遗址的考古工地，目击一个雄奇之城如何在手铲和刷子下，继续谨慎地浮出大地，且深长地呼吸了一口史前文明的空气。

仲夏之季，下午三点，榆林的天空无限开阔，黄土高原的天空和毛乌素沙漠的天空完全一样的都是白云。一旦有白云断裂，宇宙之蓝便倾泻而出。阳光强烈，田野的朽木、枯藤和沙砾，乃至整个大地，无不烤得像炉火边的旧草帽或旧簸箕似的滋滋作响。

我走过石峁的外城，缓缓地走过石峁的内城，一步一步地登上皇城台，在骤然而起的旋风中，举趾南夹道的石雕之间，倏然一个转弯，穿西夹道，便到了考古工地。

考古队的韩倩女士欲站起来，我示意她照旧发掘，不必影响工作。她说："这是一个盗洞，需要清理出来。"她用手铲敏捷地削土，每次也就切下 2 厘米左右。铲身坚韧，铲口刚硬，遂能吃土锐利，褪土干脆。等土散开，大约有半箩，韩倩女士便停下，由一个民工用铁锨把土拆去，接着，她再削土。碰到石或陶，她就拿刷子拂一拂，以做判断。

如此循环往复，并克服住宿、用餐、极端气象及只能把手机挂在树上接收电话的重重困难，从二〇一二年夏天起，逾十年之发掘，一座昧诡的塞上之城便有了自己越来越清晰的轮廓和容貌。

石峁的海拔在 901 米至 1337 米之间，远看与近瞧，它都是隆起于大地的，且呈浑圆之状。

距今大约四千三百年，先民开始在此造城。距今大约三千八百年，先民由此离走。先民于兹生活了大约五个世纪，石峁是这一切的见证。

尽管岁月不仁且无情,然而石峁的城墙仍有残存。其短者数米,长者近乎百米。城墙立于顶部,是随山势经营的,遂多有蜿蜒,少有正直。遇到沟壑,便堙谷为垣。在平旷之处,就挖掘基槽,垒砌为垣。造城的石头,皆经过了打磨,且以草和泥,使之凝固。累计,石峁的城墙足有10公里,这也构成了它的边界。

夏日之中,城墙冒着热气,并散发着史前一种原始味道。推倒城墙的,或是洪水,或是二十世纪七十年代洪水一般的修田种粮的肉体。阳光照耀着褐色的石头,我不禁要伸手摸一摸。我心里除了沧桑,还有寂寞和荒凉。

石峁的中心在皇城台,其巍峨且壮丽,峻迈且威严。这一带有广场,出土有石雕的神面、人面和兽面,凡此,透露了祭祀的信息。站在皇城台,天空很近,白云纷纶。环视大地,山川宁静,仿佛有神的眷顾。

怀抱皇城台的是内城,它的建筑也沿着山势,呈浑圆之状。这一带有屋舍,并带庭院,不过墓葬也在这一带发掘出来。生死同域,其中的究竟,想必也自有道理。这里出土有玉鸟、玉管,还有绿松石佩饰。它们是否为劫掠所余,也未可知。

环绕内城的是其外城,在此,防御功能加强了。外城的东门一带有瓮城,有墩台,有马面,这无不是防御观念的反映。外城的东南方向,有一个老村樊庄子,早就荒芜了。发掘显示,此乃哨所。其耸立上矗,视野开阔,宜于发现敌情。它与外城的直线距离大约三百米,若有异动,也足以回旋。先民的设计,可谓高明矣!

疾风任性,不知它从哪里来,不知它什么时候来,然而它来了,阳光就悄然匿迹,天地也转晦暝。少焉,疾风遁形,阳光复亮,石峁仿佛被笤帚扫了一样干净。

徘徊石峁,想到先民出出进进,来来往往,偶尔竟生怵惕之感。旋见流光四射,云卷云舒,又有黄土坦然,草木茂盛,遂朗畅且自在。

石峁造城,是一个浩大的工程,更具复杂性和连续性。总体构想,包括门在哪里,道在哪里,事神在哪里?茔地在哪里?先砌高处还是先砌低处,以及石头的供给、运输和打磨,都需要系统思维。点的施工与面的施工,如何指挥,如何协调,也需要通盘考虑。劳力的征召、分配,他们在工地怎么吃饭,怎么寝息,都不是简单的问题。凡此,我以为石峁先民的社会,已经有了国家的性质,因为一个普通的聚落显然不能完成这样浩大的工程。

也许石峁先民仍为聚落状态,不过它是大型聚落。石峁周边有一些小型聚落,它们未必不是石峁的附庸。石峁,恰是这种大型聚落,才使一个原生的国家在东方孕育着。

我数至石峁,随着考古的深入,文物出土的累积,我还会一再到石峁来。我对中国史前文明很感兴趣,我一直在探索中国人是怎么形成的?中国人的心理和性格如何?这座城上通新石器时代龙山文化晚期,下通夏朝早朝,它的资讯无不是酝酿中国的资讯。

石峁的文物林林总总,对先民的生活状态,勾勒得也可大体,也可微妙。

石峁先民有农耕,种的是黍和粟,大约一年一料吧!北京东胡林遗址出土的炭化黍和粟,距今大约一万年,内蒙古兴隆洼遗址出土的炭化黍和粟,距今大约八千年,到石峁先民,黍和粟的收成应该提高了吧!麦类植物也可能在此种植,因为斯坦福大学刘莉于斯发现了711个淀粉粒,或是小麦,或是大麦,或是野生小麦吧!

粮食产量低,遂有畜牧。石峁先民半种田,半放牧,这种日子在此区域也颇为相宜。石峁一带的动物逾30种,凡猪、牛、羊、狗和鸡都能家养,肥了就宰。似乎吃羊成风,考古发现,这里出土的羊骨当以万计。鹿呀,熊呀,别的飞禽呀,是野生的,也可以猎而食之。也许他们还捕鱼吧,河宽水旺,何乐而不为呢?采摘树上的果实也是一种传统,且为举手之劳。

以兽皮为衣,也是世代的习惯,石峁先民不会丢掉。不过服装的材料也会更新,以麻布和丝绸为衣,已经可能。苎麻是草本植物,其茎之皮洁白发光,也很柔韧。先民用过苎麻一类的纤维纺织物,在石峁,我看到了它的遗存。骨锥和骨针极多,可以编,可以缝。

石峁先民之所居,有半地穴式、窑洞式和地面式。

穴居最易,也最早。山野之中,穴居处之,尚矣!从穴居到半地穴式是一种进步,湿气减少了,阳光增加了,是有利健康的。窑洞多在北方,广袤的黄土高原便于凿窑打洞,其遮风避雨,冬暖夏凉。石峁的窑洞式有继承,也有提高,因为建筑材料和建筑工具皆发生了变化。地面式,当然是屋舍,先民用上了筒瓦和板瓦。瓦留下了切痕,并以蓝纹和绳纹为装饰。我收藏有西周一块瓦当,总以为这是中国最早的瓦,很是得意。见到石峁的瓦,才明白先民所用之瓦比西周的瓦早了逾千年,然而这也不能确定是最早的瓦。屋舍的地面式,大约只在皇城台一带才有,且以白灰涂了墙。这种屋舍到底是用来卧起还是用来祭祀,或是廷议,仍不明。天黑了,先民便各入其居,悄然睡觉。天明了,先民遂各出其室,熙攘劳动。

歌曰:"日出而作,日入而息。"先民的节奏,大约就是这样的吧!

石峁先民的陶器各有其态,各有一用。凡盆、罐、瓮、豆,皆为盛器。黍和稷脱粒了,当贮存起来,慢慢吃,就要用盛器。猪肉或羊肉剩下了,当放到下顿,也要用盛器。凡鬲、斝、甗、盉,皆为炊器,用什么蒸,用什么煮,自有区别。锅在现代多为金属所制,但其原型却是陶制的。锅是中国人的发明,其根本原因是中国人追求烹饪艺术。炊具显示,先民在饮食上已经不愿凑合了。

他们烧的应该是柴,也许从那时候起,天天拔草,岁岁伐木,生态便渐渐衰退了。

石峁先民的工具似乎不少。石器有斧、刀、铲、凿,骨器除了铲和凿之外,还有针和锥,玉器也有斧、刀、铲、凿,且有杵、棒。

先有石器,后有玉器,玉器是从石器之中产生的。一件石器是否有策划,有打磨,是旧石器时代与新石器时代的分野。旧石器时代的工具是在河滩和山麓捡起来就用的,新石器时代的工具是经过加工的。加工这种劳动,便把人类的意志投射在石器上了。

虽然玉器产生于石器,不过后来居上,并用来事神。

铜器也有发现,我不知道藏在皇城台一带的一把铜刀是工具还是武器!

铜镞一定属于兵器,骨镞当然也是兵器。骨镞甚多,铜镞甚少,是由于铜镞的技术含量高,铜的材料也难得。骨镞的技术含量低,骨镞的材料常有,遂易得且甚多。石斧、石刀、石铲和石凿皆归工具,不过一旦开战,它们也是兵器。也许玉器的斧、刀、铲、凿的杀伤力还会大于石器的斧、刀、铲、凿的杀伤力,然而玉器基本上皆为礼器,是一种象征,一般不会持玉器打仗。

死很恐怖,也很重要,石峁先民不敢轻视。墓葬有的坑大,逾 10 平方米,有的坑小,仅 1 平方米;有的木棺,有的瓮棺;韩家圪旦的一处墓葬还有狗殉和人殉,并用玉器和铜器,其厚葬矣!可惜我之所见,只是墓葬在黄土之中演化数千年以后的结果,其入殓、出殡、入土和起坟的过程或仪式,统统消失了。

夕照璀璨,不过红日毕竟偏西,阳光遂软化且散淡起来。长风仍是出没难测,其忽左忽右,忽上忽下,俄顷便不远万里,带着沙尘俯冲而下,给石峁一个惊扰。转瞬之间,长风消弭,白云飘移,宇宙之蓝也更邃密,更缥缈。

我在石峁先民的废墟上踱来踱去,不禁会自问:有人殉的墓主是谁呢?其会以麻布和丝绸做衣吧?这位墓主之所居,大约也是地面式的屋舍,且以筒瓦和板瓦为房顶吧?墓主是这座城的管理者吗?是祭祀者吗?墓主的权力是否有度?墓主是否有属于自己的财产?其地位到底如何?是否组建了一个集团?若有集团,它算是一个阶层吗?先民是否存在阶层的差别?若有阶层的差别,它是怎么形成的?是造城之前就形成了还是在造城以后形成的?这位管理者和祭祀者的权力如何获得,又如何传位?是否有过禅让制度?禅让又是如何结束的?其是这座城的王吗?其不是王吗?

长风忽在蓁莽之上,忽在树林之间,忽在沟壑攉土,忽在天空弄云。长风无始无终,不可捉摸。

看得出来,石峁先民对美大有热情。

在皇城台一带的堆积中出土了漆皮,那么漆皮是从什么器物上掉下并埋在了堆积中呢?在外城东门一带出土了壁画,是一种几何形的彩绘,那么壁画要表达何意?是怎样的画师所为?属于宫廷画师吗?属于专职画师吗?漆皮和壁画擦亮了我的眼睛,也擦亮了我的心,令我敬重先民在精神上的追求。

他们还创造了骨制的口簧和管哨,创造了陶制的球哨。虽然未见鼍鼓,不过一片鳄鱼骨板,会使人想到鼍鼓。这些乐器也许是用来事神的,然而它们像漆皮和壁画一样,悉为先民对美的崇尚。

先民以绿松石做佩饰,以蚌做佩饰,且带指环,以笄束发,都是审美的需要。佩玉,当然也是审美的需要了。

这是一座充满信仰的城,神无所不在。天帝是神,祖先逝世以后也变成了神,都要祭祀吧!

皇城台的结构、石雕和五个世纪的祭祀活动使我流连忘返,因为这里的方方面面,角角落落,皆隐有秘密。

落日驱烟,黄昏抵岭。我蓦地想遥望一下石峁的地理大势,遂离开广场,过外瓮城,再过内瓮城,再过一个庄严的门道,登上了皇城台的巅峰。

立于天地之间,环顾四野,我顿生渺小和孤独之感。

所有的风都平息了,仿佛长风、疾风和旋风通通回家,闭户,沉睡了。宇宙空明,白云变红,红若火烧。不止于红,稍离太阳,白云便以赤橙黄绿青蓝紫相染。太阳沉降,晚霞欲飞。太阳仿佛使了无穷无尽的力,吸附着无边无际的彩色之云,并令云随它而去。云渲迅速,其自西而东,像一张乱蹦锦鳞的渔网撒满了天空。云游徐缓,其自东而西,像在展览天帝的银器、铜器、金器和玉器。残阳如花,袅袅兮,缤缤兮,迟迟不愿逝去。

这样的气象,石峁先民一定见过,且震撼过他们的心。

石峁在秃尾河与永利河的相激之处,这座城不仅巍峨,并自成一体。虎踞龙盘,不怒而威。黄河绕着它,套着它。四方之地,无不沟壑杂错,丘陵纵横。黄土之外,多是石头。世有八风,北方是广莫风之源,常常会扬起毛乌素沙漠的粉尘,飘过起伏的高原,撒到秦岭之阴。北方的光线总是暗一些,遂为幽州,且有幽都。

尽管如此,石峁周边松在长,柏在长,榆在长,杨树、柳树和枣树都在长,只要有黄土,青蒿、碱蒿、白莲蒿、芨芨草、狗尾草、马鞭草和蒺藜,都会长。极目大地,郁郁葱葱的,一定是这些草木和庄稼。

屋舍涌出,房顶泛红。山坡上,山谷里,隐约都有零星的屋舍。大雁鸣空,它飞往的地方,屋舍更多。

我对史前文明颇感兴趣,是因为史前文明并未止息,从未消亡,相反,它一直在运动,且作用于现代文明之中。

山川寥廓,黄昏藏起了落日最后的金子,不过大地上仍有一些余晖。秃尾河的流光乍明乍灭,诡谲且绮丽。

毛目记

◎ 杨献平

戈壁宽阔得让人流泪,我也真切地感受到了大地的博大与无极。头顶的苍天深蓝,一如大海的最深处,仰望得久了,会令人觉得眩晕,简直就像是古人所说的无尽的"穹井"。曾有很多个年头,我在这一带反复穿行,只不过,之前的道路紧靠合黎山和马鬃山,每一次行车都尘土狼烟,颠簸不堪。后来的新路沿着弱水河修建,较之前更为宽阔,还铺了柏油,由酒泉而向巴丹吉林沙漠深处,但无论新旧,都无法绕开这一片素来无名的大戈壁,其全长 110 公里。在它的东北方向,即弱水河的尽头,当然也是当年的草原丝绸之路的要冲,以及王维出塞途中写下"居延城外猎天骄,白草连天野火烧"与"征蓬出汉塞,归雁入胡天"等诗句的地方。

我曾经很长时间就在这戈壁和巴丹吉林沙漠交界的鼎新绿洲附近工作和生活。

其实,在清代之前,鼎新绿洲就是一个固定的边塞屯田区。因为弱水河,周边的盐碱地众多而广袤,但加入适量粗沙,稍加改良,便会成为滋生万物的大片田地。《史记·平淮书》中说"斥塞卒六十万人戍田之",《史记·河渠书》中有"朔方、西河、河西、酒泉皆引河及川谷以溉田"。

我刚到鼎新绿洲工作的时候,有几次无意中和当地人攀谈,发现他们诸多的方言里混杂了陕西、河北、四川、河南、山东、山西等地的口音,比如说人的"傻"和"可爱",称之为"瓜""瓜娃子"或者"苕货";水开了,称之为"滚",开水也叫作"滚水";叫孩子为"宝宝";夸赞女孩子长得漂亮,名之曰"心疼"或者"心疼得很"。说某个地方远近,也像河北保定一带那样,以长短音来形容。如说某个地方距离远,就会说"那——地方";如果距离近,则用短促音"那地方"表达。这使我再次确认,鼎新乃至整个西北地区的人们,其实和整个中国有着千丝万缕的联系。大地上的人群最初都是一体的,随后的分散是生存所需,当然也有战乱、主动寻找理想生存之地、被派驻和役使之后的繁衍等原因。

毛目这个名字沿用多年,直到民国时期,因毛目城、双树墩和天仓堡三地呈"耳足鼎立"之势,取"革故鼎新"之意,毛目遂改名为"鼎新"。

我到鼎新绿洲工作的第二年春天,单位组织踏青,但又觉得无处可去,最终选择了同在弱水河畔的天仓村。我们的想法是,那个村子的后山上,还残存着一座烽火台,可以去那里看看,体验一下古代军人戍边的艰苦。

我们一行十几个人,骑着自行车穿过几座大致雷同的村庄,到达弱水河边,举目张望,但见河道宽阔,俨然大型飞机跑道,但水流却很小,只在山根处,以涓涓细流的方式,兀自发出潺潺的声音。我有些失望,觉得这闻名遐迩的弱水河,还不如我们老家小河沟里流淌的水多。沿着河岸行走,春天的烈日烤得人浑身冒油,土石小路上不断刮起小股的旋风,卷着细密的沙土,眯人眼目,落在人身上,与汗水一起,只觉得黏糊糊的浑身发痒。行至天仓村对面,前面的人停了下来,我上去,才发现这里的水流极大,可淹没人的膝盖。我蹲下来,伸手入水,只觉得一阵冰冷,好像一堆柔软的钢针,飞速穿过皮肉,扎在了骨节里面。

这使我惊异,在老家南太行山区,春天水就开始发暖了,即便是阴凉处的流水也不会再冰冷刺骨;而弱水河的水,烈日暴晒与暖沙铺垫之中,仍旧冷入骨髓。同行的老同事说,这是雪水,从祁连山上下来的,肯定冷得很。听了他的话,我的思绪就像一架秋千,高高地荡了起来,忍不住向南眺望。在鼎新绿洲的方位,根本看不到200多公里外的祁连雪山。对于河西走廊来说,那是神一般的存在,而且"祁连"一名便出自匈奴语,与"腾格里"一样,是"天"或者"天一样的大地之物"的意思。我在相关的书上看到,弱水河的发源地是祁连山的鹰落峡;还有人说,弱水河发源于祁连山主峰托来山北坡,在酒泉境内被称为"托来河"或者"讨赖河",至金塔境内与发源于由张掖倒淌而来的弱水河汇流向巴丹吉林沙漠,注入居延海,当地则名之为"额济纳河"。

我们一行人,脱掉鞋子,先后蹚过大水,腿骨好像碎了一样。在沙地上暖暖,方才觉得与身体合而为一。到了天仓村,有一家孤零零的小卖部,我去买水喝的时候,看到一个二十来岁的姑娘倚在门框上,目光清澈,盯着我们这群不速之客。我们渴坏了,对着塑料水瓶猛灌凉水。感觉舒服了一点儿,我们又凑在房子旁的阴凉处抽烟说话。那女孩说,除了山上的那座烽火台,还有一个地方,你们肯定想去看。我吐出一口烟雾,急忙站起身来,走到她面前,问在哪里。她说,她也只是听村里人说,在那座烽火台后面的某个地方,还有一个洞窟,里面有壁画,不过都不完整了,因为早些年间,村里人拿着铁锹铲掉了很多。

天仓村一带都是秃山,只有一些石崖下才长着一枝骆驼草或者芨芨草。岩石都风化了,脚一踩,就都成了碎石子。我们爬上一座山,再下一道沟,再爬上一座山,方才到达烽火台下。这种古老的军事建筑,从西汉开始,一直存续到清代。

沿着南面的凹槽,手脚并用,我们艰难地爬到烽燧顶上,眼前赫然出现一处宽阔的平面台顶,四周有垛口,西边一侧还有一个障,看起来像是存放兵器和燃料的仓库,正北方向也有一间黄土房屋,大致是当年军士们休息之所。站在烽燧顶上,举目四望,戈壁看不到尽头,四面的天际都像是垂着一张灰蒙蒙的幕帐,看起来虚无和轻薄,但感觉却很厚实和宽大,这使我想起"笼盖四野"这句古诗。其实,所谓的远方,乃是天地交融之处,而不是大地的某一处或者极点。在大漠戈壁,看起来一切都横行无挡,极目千里,但越是平阔的地方,越是容易迷路,要想到达更远的彼处,也是极为艰难甚至根本就是无望的。

从烽燧上下来,我突然想到一句话:人类迄今为止的所有努力,都不过是为了使得自己越来越接近天空;或者说,在生的时候,凸出大地是我们毕生的努力,你看那些关隘与城楼,还有诸多建立在高山之上的城墙、更高基座上的楼宇与各种观测仪器。

这次踏青之后,我总是觉得四周有一种强大的力量,或者说是一种氛围,在这弱水河畔的鼎新绿洲之中,到处都是往事的气息,还有一种仙道的因素,大地的每一处都有着极其丰富和神秘的蕴藏。此后,在一些闲暇时间,特别是夏天,我一个人经常骑着自行车到弱水河边去,坐在一片杨树或者沙枣树下,就着淙淙而流的河水,看着对面焦黄的土崖和硬坡,强烈的阳光使得沙子当中总是闪着星星点点的光。有一些野鸭呼呼飞起来,又在远处的滩涂上落下来。还有一种全身洁白的大鸟,好像是苍鹭,也会在此落下饮水,然后又贴着戈壁飞到了我不知道的地方。

我发现,弱水河中也有鱼和虾。鱼是常见的草鱼,虾是河虾。附近村里有些孩子经常来捕捉,用塑料水桶带回去,炸了吃。我没有这个兴致,也不喜欢吃鱼虾及肉类。这肯定和西北这混血之地的饮食习惯不怎么兼容。鼎新绿洲的人们主要热爱两种食物。一是羊肉,而且是大块的那种手抓肉,除此之外任何动物的肉,在他们看来,都是吃起来不"香"的。二是面食,即便一天三顿,吃上几个月,也是吃不厌。而且,在饮食习惯上,他们大都喜欢比较凉的食物,哪怕在零下二十多摄氏度的冬天,他们也爱吃各种凉菜,甚至可以吃冰冻如铁蛋般坚硬的西瓜、梨子等。我第一次看到当地人在零下二十多摄氏度的天气里吃冰冻的水果,嘎吱有声且津津有味,脑子里便想起朔风呼啸、飞雪密集的塞外雪原上移动的牲畜和牧人等特别刚硬的景象。

落日时分的大漠戈壁,是另一种恢宏景象,似乎整个大地上都汪着一层热烈的鲜血,就连焦黄枯燥的戈壁滩上,也泛着无数金光。整体看起来,就像置身于一片凝固的海洋之中,一个人和一座山、一条河、一些古老的残缺关隘,形成了鲜明的对比,一个巨大、广袤、坚韧与恒久,一个渺小、孤单、孱弱、形同乌有。再看那些本就稀疏的杨树,绿叶子发黑,而且是那种幽邃的黑。红柳灌木愈加血红,似乎是向上生长的鲜血。最具有诗意的,当是那些在草甸子上站着倒嚼的马,个子都不高,有白、红、黑、紫、花等多种颜色,它们投射在大地上的剪影却是美好的,鬃发飞扬而且身形矫健,轮廓感也极强,让人只想飞步上前,跨在它们身上,向着更远处的大漠,闪电般地飞驰而去。

鼎新绿洲的一切都是缓慢的,与二百多公里之外的酒泉和嘉峪关等地相比,俨然有些世外桃源的意味。无限大的戈壁飞鸟难越,即便是越野车,也需要行驶两个小时以上,才可以看到人间烟火,融入人口较为密集的城市。整个鼎新绿洲,就像是一块沉浸的石头,或者汪洋中的一座小岛,一群人在其中生存,就像身处另一个世界。

在鼎新绿洲时间久了,人会变得简单甚至天真,一旦去到外面,总觉得格格不入,一切都像是虚幻的。比如,不知从何时起,女人们描眉画目和涂脂抹粉已经不局限于舞台演出等艺术性活动了,而是明目张胆、堂而皇之地步入大庭广众,渗透到生活的各方面。每次在外面出差一段时间,我就会无端地想念毛目,特别希望早点回去。慢慢地我发现,自己是有些避世和不怎么喜欢城市生活的,有些缩于世界一隅,与世界两不相干的自闭倾向。我骨子里热爱大野、旷原等辽阔之处,喜欢一种大境界与大气度,如汉唐边塞诗的意境,岑参的"盖将军,真丈夫。行年三十执金吾,身长七尺颇有须。玉门关城迥且孤,黄沙万里白草枯",李白的"赵客缦胡缨,吴钩霜雪明。银鞍照白马,飒沓如流星",每每读起来都不免击节叹赏。

春、夏、秋是鼎新绿洲最好的时节,尤其是沙枣花开时,那种浓郁的蜜香,在荒凉的戈壁上,旷世美梦一样流播,老远就能闻到,让人的鼻孔发堵,觉得特别舒服。

四周的山里,看起来寸草不生,但当地人说,山里有沙葱,也叫蒙古韭,大都长在戈壁沙山被风之处、潮湿的岩石周边。当地人几乎倾巢出动,深入山里采撷。再过些日子,倘若再下一场大雨,沙葱会再度冒出来,还可以采到很多。沙葱之外,还有锁阳和苁蓉。前者以今瓜州最多,后者以额济纳为盛。可惜,一段时间之后,锁阳和苁蓉就被采挖殆尽了。很多年后的现在,又开始人工种植。我不知道其疗效如何,但可以肯定的是,世间万物,肯定是原生的好。

附近的合黎山和毛目东山、金塔北山之间,很多年前有红狐,现在几乎绝迹了,或者躲到了巴丹吉林沙漠的更深处。当地人至今还说,村里的牧羊人经常在偏远无人的山里,看到妖艳的女子在秃山与戈壁上奔跑;甚至,还有人在傍晚时候遇到,一见钟情,结为夫妻。无论是西北还是华北,人们对狐狸都有着极其雷同的想象,即不断地妖化或神化。现在看来,关于狐狸及其他一些神异的民间传说,可以看作是过去人们在艰难的现实生活中自我精神调剂和聊以自慰的一种闲谈而已。

弱水河边的滩涂中,总是长着一些红柳。这种柔软的沙生植物,总是以灌木的形式,在戈壁和村庄边缘,柔韧地抵抗风沙的侵袭。夏天烈日当空,火焰灼身,被晒得无处藏身,几欲昏倒的时候,躺在红柳的阴凉之下,不一会儿,就觉得有些发冷了。当地人说,凡是长红柳的地方,之前肯定是前朝军士耕耘过的田地,要不就是河流的故道。再或者,就是葬过人的墓穴所在地。听起来有点惊悚,但大地的每一处，谁知道有谁走过甚至安葬于此呢？

　　这里的大片田地适合种植苜蓿，即传说中汗血马最喜欢食用的草料之一。也种植棉花，每年的十月份，棉荚在深夜接连爆开，洁白的棉花使得黑黢黢的暗夜顿时有了明亮的光泽。有月亮的晚上，月光照得棉花犹如茫茫白雪，也像一张巨大的地毯。可这时候已经是深秋了，早晚即使穿棉衣也觉得前后漏风，冻得浑身打哆嗦。可太阳一旦从戈壁尽头扶摇而出，即使只穿一件T恤，也觉得灼热难耐，后背被烤得仿佛能烙葱油饼。但时序的脚步无可阻挡，棉花还没摘完，田地周边的杨树就落尽了叶子，路边的杂草也瞬间变黑变脆，整个鼎新绿洲，除了晚熟的大枣、苹果、苹果梨（一种杂交树种的果实）等水果，其他的一切都被西风剥光了身子。夜里的寒霜在窗玻璃上绘制精致的图案，干燥的尘土无孔不入，在众人的睡眠与呓语之间，进入他们的身体乃至周遭的一切。

　　每年凛冬来临之前，我都要去弱水河边几次。常常一个人骑着自行车，在冷峭的戈壁荒原上慢行，然后坐在无风的太阳窝里，任由思绪如高空断羽或水中的绿藻，没有方向和极限地游动。有一年，我再次去了地湾城和大湾城遗址，站在岌岌可危的瓮城之上，眺望弱水河和四周的戈壁，只觉得天地苍茫，万物在其中激荡，仿佛有无数的生命，用不同的形式和姿态，依旧活跃在鼎新绿洲上古老的毛目城内外。而弱水河沿岸的古老遗址，与稀疏的骆驼草和孤独的黄羊一起，在冷酷的高天阔地之间，在瑟瑟寒风之中，无言地抵抗着时间的销蚀。

　　我总是幻想，在某些时刻，我与当年的戍守者以及无数游弋于戈壁荒原的生命与灵魂，在亘古的沉默中再次遇见。

入神记

◎ 李世许

木叶雨

> 母亲的一生,都在报应里。
> 妹妹是我们的债主。
> 人间连累,接受神的安排。
>
> ——题记

搂木叶本来很好玩。泉水坑一带是杂木林,橡树多一些,木叶厚,干净。阳光集中洒落的一处往往平缓,像个小床,我把妹妹放在那里。她坐在木叶上,看见一只松鼠抱着橡果跳舞,橡果比松鼠的脑袋还大,还圆。我从坡顶开始,把橡树叶往下面搂刮,有点像给谁剃光头。竹子做成的木叶耙就像猪八戒的钉耙,我挥动起来,模仿猪八戒打妖怪,有时故意摔倒在木叶堆里,爬起来学猪叫。妹妹高兴极了,笑声在林间回荡,像一汪泉水。木叶下面有猕猴桃和栗子,捡到了,我就拿给妹妹,很快,她面前一大堆。那样的话,松鼠也想吃,试探着跳过去,抢一个就跑。妹妹乐意留住松鼠,给松鼠递最大的栗子,招呼松鼠不要跑,不要怕。后来,两个小家伙坐在木叶上,一起分享美味和冬日暖阳,而我像个神仙,在木叶云里升腾,睡着啦。

如果母亲在场,情况就不一样了。她哄骗我,夸我懂事,就为了套住我,一整天跟她在白果树坪上挖盖头。石墙缝里的草要拔干净,土皮要挖掉一层,草根要抖出来,那样子也像给谁剃光头。母亲取笑我,说我剃的光头"像狗啃过的"。她不知道,那是我故意的,我甚至故意把草锄往硬石头上挖。我的脚冻木了,像踩了两只尖尖的羊蹄子。天快黑了终于收工,回家的路上,母亲临时指派出来一个新任务:搂木叶。一人一捆背回家,填猪圈。"想吃肉不啊!"她经常这样敲打我和妹妹。

妹妹独自在家,被一根带子拴在床头,像拖着链子的小狗。妹妹饿了。妹妹有危险。我这样提醒过母亲很多次。"男子汉大丈夫,"母亲假装没听见,却恰到好处岔开话题,"怕不怕泉水坑的哭女儿鬼?"

我跟着母亲绕道进入那片讨厌的橡树林搂木叶,搂眼泪差不多,什么工具都没有。我又渴又饿,盘腿一坐恨着眼前的一切。母亲无视我的反抗,甚至得意起来,像一只刺猬在林中滚动,张开的两只手就是她的木叶耙。木叶揽进怀里压紧,成为另一只刺猬,越滚越大,然后扯藤条前后左右捆扎严实。如果捏到木叶下面的猕猴桃或者栗子,母亲会扔到我面前,我捡起来装进裤兜,想拿回去给妹妹。母亲看穿我的心思,叫我放心吃,她那里还多呢。我果真吃猕猴桃的时候,母亲竟然唱起歌了,她只会一首歌,开头永远是那句"北京的金山上"。母亲唱歌太装了,声音是假的,我不喜欢。夜色中我们回家,就像两只背着粪团的屎壳郎。

妹妹在家饿得像只小花猫。我解开带子,示意她去找母亲:"有好吃的呢。"她去掏母亲的衣服口袋,小心翼翼防着挨骂。那时母亲已在生火做饭,一推妹妹,说:"让开。"妹妹委屈地回到我身边。我冲过去责问母亲:"你说的话呢?"母亲应付地笑了一下,说:"口袋是个漏的……那个不能当饭吃。"我拖着妹妹走出灶屋,望着夜色里下山的方向,心里说,爸爸还不回来呀。

爸爸在专业队,很远,经常不回家。那期间,大爹大妈跟我们家闹僵了,同在一个屋檐下,见面不说话,都黑着脸。母亲随时提醒我和妹妹:"不准吃那边的东西,当心下毒闹死你们。"妹妹吓坏了,但我知道母亲又在撒谎,因为下毒是不可能的。大爹大妈没有孩子,把我当成他们的心尖子护着,特别是大爹,生怕我吃亏,恨不得给我摘天上的星星。"那是假的。"我安慰妹妹,并且决定反抗,"妹妹,你抓紧我的衣服。"

我昂着头去给母亲说,我和妹妹要去泉水坑搂木叶。那声音像要告诉整个院子。其实可以小一点声,大爹听见就够了。我牵着妹妹从大爹门口经过,飞快地看了一眼,只见大爹坐在灶前,抬头正好看见我。到泉水坑,我照样把妹妹放在木叶上,我们一起吹风。"哥哥,"妹妹眨着小老鼠似的眼睛向我提问,"真的有鬼吗,吃人的那种?"

"咳,"我说,"都是反的。"

"什么反的?"

"鬼咋不拖你……"我尽量模仿母亲的口气,然后告诉妹妹,"那不是真话,要听反过来的意思。"

"哦。"其实妹妹不懂我的意思,她在敷衍自己。

妹妹又黄又瘦,有一次从樱桃树上落下去也是轻飘飘的,像只猫。我给她壮胆:"根本就没有鬼。有也不怕,我会武功。"

妹妹拍手笑起来。

大爹终于来了,牵着牛,扛着茄担,错身的时候塞给我一样东西。大爹像个熟练的作弊者,我也是,我们若无其事的样子具有了英雄气概,至少在那一刻,妹妹认为如此。我闻到水葫芦叶烧过的焦香,妹妹也闻到了,我向妹妹挤眼睛。我和妹妹一起剥开几层水葫芦叶,里面是一个烧好的鸡蛋。妹妹一口,我一口,越吃越小口,老是吃不完的样子。我们压低声音,不怀好意地笑起来。后来我们啃蛋壳,烧焦的蛋壳有特别的香味。就在那时母亲突然站在我们面前,像个手段高明的特务。

明明我是主犯,挨的打骂反而轻,可怜妹妹,再打再骂不敢躲,泪水包在眼里不敢哭。我忍不住了,小狼一样大哭几声,背起妹妹向山下跑,跑出很远才停住。我甚至想过,我和妹妹翻滚到岩下去,流很多血,让母亲伤心难过,受到惩罚。

母亲偏袒我,但我心里藏有针对母亲的毒。由此我想到"报应"两个字,就有一把小刀从我头顶插进去。忤逆不孝,要遭雷劈,我担心报应落到我头上。母亲是心计很重的人,不会对此毫无觉察,不过又能怎样呢。几十年后设身处地,母亲和我依然没有更好的选择,重新来过,妹妹还是那个唯一无辜的人。她一定是神派来度我们的。

那时别说煮鸡蛋,就是几个土豆、半碗剩饭、一捆木叶,在母亲那里都当命一样克扣。鸡蛋总被母亲藏起来,凑足十个便拿去卖钱。偶尔一个鸡蛋磕破了,母亲偷偷煮熟顺给我,让我背过妹妹,躲到屋后去吃。我竟然真那样做了,吃完鸡蛋顺手摘了一朵野花拿给妹妹,妹妹幸福得像个天使。妹妹喜欢在火塘灰里烧土豆吃,母亲每次要点数,然后是"把种都吃了,明年吃风粑屁"之类的抱怨。母亲总有吃不完的剩饭。她吃昨天的剩饭,把今天的剩饭留到明天吃,以应对哪一顿突然添了人饭不够的窘境。很多时候妹妹跟母亲一起吃剩饭,我竟然怀疑剩饭里加了猪油更好吃,非要跟妹妹交换,结果被母亲喝止。在母亲那里,木叶跟剩饭一样能填饱肚子,她像个肉做的木叶耙,不允许自家山林的木叶被外人搂去,一片也不行,大爹大妈也不行。

就是那样,母亲霸占了本该属于小狗的剩饭,而我,偷吃了本该属于妹妹的鸡蛋。在母亲的影响下,我们与周围的一切战斗,同时彼此伤害。妹妹命薄,终成了一片提前枯萎的木叶。她有天大的委屈,母亲也有。她们来人间的任务就是替我还债。为了我长成一粒心安理得的橡子,她们宁愿提前入冬,风中飘零,木叶如雨。

有一天母亲一反常态,指使我和妹妹去邻居家。"有个小奶娃,快去看。"她说,"还有客客呢。"我和妹妹不想去,母亲不管,给我们换了新一点的衣服,还对我说:"男子汉,不要缩手缩脚的。"就去了。主人家大方,递糖果和糕点。我说着不要,知道他们会塞进我的衣服口袋里。母亲给我换的衣服有两个口袋。妹妹就不一样了,她不说话,笑笑地摇着头,主人撵了一趟子也就算了。她的衣服没有口袋。后来主人家留吃饭,我和妹妹假意要回去,母亲正好从水井沟里走过来,手里拿着一顶花帽子,当着众人的面给婴儿戴上。"我估摸着做的,"母亲说,"想不到,这样合适。万福帽,戴上享万福。"主人家自然高兴,再留吃饭。我得到母亲眼神的暗示,桌子上不拘束,吃得满嘴流油。妹妹就惨了,母亲把她箍在怀里动弹不得,眼巴巴望着别人吃,偷偷咽口水。我挑了一个茄子饼给妹妹,她可以拿在手上吃,但是她的双手被母亲抓着摇晃,或者贴在母亲脸上摩挲,看起来疼爱亲昵,其实是绑架。"她这几天肚子不合适。"母亲说,"我刚吃了下来的,也是炒的肉。"妹妹配合母亲,笑着摇头、点头,不然,母亲会在场面上对人说笑,桌子底下伸手掐妹妹的腿。我见识过那样的表演。

家里来了客人本该是我们的节日,母亲表现出热情大方的样子,跟我和妹妹说话也带着笑容,全盘接受别人对我和妹妹的恭维。有时假装谦虚一下,母亲会说:"也有不听话不懂事的时候,气得死人呢。"留客人吃饭,饭菜端出去了,母亲总还在厨房里打转,时不时出去劝客人一番,说自己在屋里吃,留得多。如果客人少,坐不满,我和妹妹可以站在桌边,但是妹妹刚要挑喜欢的菜,母亲就会及时地喊她"来一下"。再回到饭桌,妹妹必定不敢乱动了,或者干脆留在厨房里出不来了。我猜得出母亲怎样教训妹妹,想到妹妹含着眼泪跟母亲坐在灶前,我也不吃了。好不容易客人走了,母亲去收回剩下的饭菜往妹妹面前一蹾,擦一把眼泪,说:"吃!看你几辈人没吃过。"见母亲端起了前两天的剩饭,妹妹不敢吃,也不敢不吃。在那种味道的童年里长大,妹妹话很少,心里记着账。十几年后在阿克苏一家医院的病床上,我打开过那个小账本,细心的账目就像戈壁上的流沙,几乎把我掩埋。

在外人眼里母亲有另一种深刻的印象:心软、晓义、对人好、有善缘,那得益于母亲经常到红庙子烧香敬神。红庙子在山脚下,母亲偷偷一个人去,很早,我们刚起床,她已满身露水回来了。我猜,母亲跪在庙里悔过,面对神仙也说假话,因此她许的愿一定不灵。要是我上学,早晚都要路过红庙子,我一定去求神,保佑我们每个人,特别是妹妹。我怕妹妹有一天突然像麻雀那样死掉。从此我盼着上学,巴不得明天就背起书包,天不亮出发,天黑才回来。

真正上了学,妹妹已经历了一次事故,脸上留下了一道疤痕。我至今固执地认为那是母亲的责任。着火了,妹妹在楼上大哭,母亲听见后没有及时去解救,反而在厨房里骂人。如果当时哭的是我,情况就不一样。事后大家都这样分析,妹妹当然也会。妹妹更加自卑,成绩却一直拔尖,初中成为全省优秀学生干部、三好学生,考取了本市一所中专的林果专业。中专毕业后,妹妹坐火车,转汽车,四天三夜奔波三千多公里到了新疆巴楚县,成为新疆生产建设兵团良种连的一名园艺技术人员。两年后,我沿着妹妹走过的路线只身前往,冰天雪地、大漠戈壁,终究无法完整想象妹妹当年越走越远的逃离之苦。妹妹在病床上忍着剧痛与我说话,像个小大人一样安慰我说:"我什么都记得呢。"我说:"比如呢?"妹妹说:"生日。"然后我说一个人,她马上说出日期。爸爸、大爹、大妈、姐姐、姐姐……她一直把她未来的嫂子也喊姐姐。我没有提到母亲,妹妹说:"还有妈,三月二十二……"其实我不知道那是母亲的生日,妹妹却记得,即便她痛得接近休克。我说:"我要带你回家,什么都不顾。"妹妹艰难地笑一下,脸上肌肉抽动起来。

妹妹就是那个小账本,什么都记在心里,分毫不差。

我带了妹妹的骨灰回家。全村的人都在我们家里等,帮忙料理后事,劝母亲。母亲一哭就昏死过去,需要很多人轮班守护,说不尽的安慰。我呵斥吓唬母亲:"家里再出个意外,你是叫全家人都不活了吗?"母亲看见我,突然就消停了,说:"你咋黑瘦得不像个人了?"我们把妹妹的骨灰葬在山脚下一处敞亮的台地上,害怕母亲找到。母亲到死也不知道妹妹葬在哪里。听父亲说,她像个疯子一样到处找过,要是妹妹小时候,她会把妹妹骂出来。

大地震过后,老家的井漏了,三户人家全部搬到山下,仿佛妹妹提前为我们做了指引。我们家与红庙子隔河相望,母亲更加频繁地到庙里焚纸、烧香、磕头,为我们求神许愿。她不知道,妹妹在不远处看着她。

妹妹坟前,木叶飘落,铺了厚厚一层。跟泉水坑差不多,那里有一小片橡树林。我想象,妹妹辛苦活到十九岁,一转身回到童年,重新开始。那样就好了,我照样把妹妹放在木叶上,照样像只松鼠,跟她坐在一起剥猕猴桃吃。那时我恶毒的想法是:如果妹妹回来,我愿意减我的寿命,也愿意减母亲的。那样不是对母亲的不孝,我相信,母亲在庙里也那样为妹妹许过愿。我们都亏欠妹妹太多了,她是我们的债主。

母亲住院手术后,变成了一个听话的孩子,按照我们的吩咐配合治疗,坚持在病床前摇腿锻炼,把流质食品当药吃,不时抬起小心的眼神接受我们的肯定。我陪她到医院的小广场晒太阳,祈祷可以出院的时间。她怕我走掉把她扔下,又怕我为难,因此说:"回家那天,你要来接我。"那一刻,我突然意识到,母亲已经换成了妹妹的身份,让妹妹在她身上活了回来。她们达成了和解。

母亲的墓地靠近红庙子,与妹妹的隔开一段距离,像一个宿命。母亲喊一声,妹妹就会听到,然后妹妹跑过去,最后说她见到的天堂。安葬母亲那天,有人在红庙子做了祭祀,仿佛解了咒,把母亲托付给了来世。几十年叶落如雨,后来给母亲上坟时抬头一看,母亲死了还在山坡上搂木叶,连累一坡蕨苔、一林杂树、一线云天,继续轻言细语说着神的宽怀。那首先是妹妹的宽怀。

乌乡薄暮之书

◎ 周蓬桦

霜降夜

　　白露过后,乌乡的风里平添了寒意。早晨醒来,阳光刺眼,推开栅门,发现脚下的草叶上布满晶莹的霜雪,薄薄的一层,把路边的花打蔫,桦树的枝条似乎萧索了些许,树身上的一只只眼睛长出了睫毛。无意间仰头,但见几粒寒星正在向山顶以西的方向悄悄隐遁。镇上某一户人家屋顶上的烟囱,已经开始忙活,突突地冒青烟。烟柱是笔直的,上升到一米多高后遇到了风,才变得凌乱,像一块被扯断的丝绸。

　　有人说,乌乡的风里,流动着一股特别的味道,只有亲临现场的人才能闻到。这种特别的味道让人难忘,在鼻间萦绕,以至于割舍不下,成了人们再来乌乡的理由。

　　我提着满满一大铁桶草木灰,把它们倾倒在大路边潮湿的水洼里——这是房东阿姨安排给我的任务。昨天晚上,我约了几个养桑蚕与种植薰衣草的农户,到院子里攀谈。大家吃着草原黄膘烤牛肉,品尝着新摘的巨峰葡萄、黑色的冻梨,喝着自酿的桑葚酒。交谈内容涉猎宽泛,没有明确的主题,基本围绕农事收成、动物保护和挖掘过冬的地窖打转。当然,我最感兴趣的,是他们讲述过往亲身经历的事件,兴许口吻轻描淡写,但对我十分有用。一些亮点像阵雨打湿心头,渗入静夜植物的根须。我急忙掏出记事本,在马灯的光线下一一做了记录。牛圈在屋后,小牛犊不时制造一点骚动,从那里飘来丝丝淡淡的尿臊气,但这并没影响大家浓酽的谈兴。叶子稀疏的板栗树梢上,始终挑着一弯残月。

　　聊到十点多钟时,霜降开始了,夜幕陡然拉向纵深,只听得周围的芦苇秆在瑟瑟作响,白桦树枝在轻轻摇动,我身上很快起了一层细小的鸡皮疙瘩。这时,善良的房东阿姨送来了羊毛毯和羊毛披肩,以抵抗霜降带来的微妙变化。

"天要落露了,大伙儿小心着凉。"她说。

阿姨端来一小筐被冰冻过的无花果,果子个头大,已经在冰柜里冻成了一个个小冰球。阿姨从厨房提来了铁皮桶,点燃了软草和木柴,很快就将冻浆果烤软了,冰碴子化成了水,杂糅着果实的汁液。取一个放在嘴里,觉得冻过后的无花果有一股山柿饼的味道。少顷,桌上又摆满了美食——大列巴面包、哈尔滨红肠、咖啡、奶茶、干果仁,还有烤得香喷喷的草原红糖焙子,吃得大家直打饱嗝。

这是一个特别的霜降夜,让人感觉到生命与节气之间发生了某种密切的联系,有很强烈的体验感。从这个夜晚起始,我正式走进乌乡人的生活,自此与之呼吸同一种空气,吃一锅同样的黑米乌饭,喝新碾的大碴子粥。我并不觉得我与乌乡的人和动物有什么不同,我们是对等的。他们在日子艰辛面前所持有的积极态度,和对幸福目标的追寻姿态,都让我感同身受,嘘唏或喜悦。如果可能,我愿意做乌乡山野中的一棵树或一片霜冻的叶子。

我还记下了燃烧时吱吱作响的松油灯,以及灯下的笑脸,火中明亮的瞳仁,以及整整一个晚上,都在谈论一个接地气的话题指向——如何与枯草丛中的野物们一道,度过暴风雪即将来临的严冬;需要粮食、木柴、胡萝卜和大白菜,需要棉衣棉被,需要一个大火炉。哟,对我这样长年奔波的外乡人来说,这是一个多么难忘的夜晚。

早晨的光线重叠移动,越升越高,把山脉的阴影投射到地面上。我手扶栅栏,将空空的铁皮桶放回到板栗树下,却见房东阿姨的小儿子背了行囊,走下台阶,似乎要离乡远行。阿姨从灶间走出来,腰间系着粗布白围裙。她搓着手,一边抬手拭泪,脸上难掩担忧和凄惶的表情。

她的小儿子目光淡定,飞快地走出院落,又回过头来朝我们挥手笑笑,然后大步踩过路边的草木灰,在阳光下缩小成一个移动的墨点,在远山的背景下渐渐消失。返回屋内,我以树墩做书案,在稿纸上飞快地记下一句话:"霜降后,一些植物枯萎,一些事物到来,一些人又把双脚踩在了泥泞的路上。"

最后的猎手

乌乡彪悍的民风里有一种特别的气质,人们敢说敢做,敢爱敢恨,直筒子性格一点就着。在外人看来,这里的人翻脸比翻书还快,因此不那么好欺负,打起交道来不能虚头巴脑。乌乡人的典型性格就是直率,不藏掖不苟且,也不会耍泼摆烂,人们都习惯摆事实讲道理。遇到不公平的事情并不隐忍,而是当面揭穿,把话挑明,给对方难堪。但恰恰乌乡人又很要面子,受到难堪的一方觉得下不了台面,竭力辩驳,这构成了吵架的主因。吵完架,陈述了个人诉求,第二天就翻篇遗忘,双方各自让步,和好如初恢复关系,也不会留下丝毫嫌隙,这是乌乡人最可爱的一面。

镇子上一个拄拐杖的瘸腿老头儿,人们唤作狍叔的,给我讲述了这样一件事:有一次,他和屯子里的一个发小刚吵过架,还没来得及和解,当晚接到一个口信,是狍叔的老舅死了,他连夜去山外的屯子里奔丧,忙碌了三天才回乌乡,巧合的是,一进镇口就遇到了发小在集市上闲逛。由于狍叔早把吵架的事忘到脑后,便主动上前亲热地打招呼,发小表情疑惑不太自然,支吾了两声,狗一样夹拉着尾巴匆匆地逃走了。狍叔回到自家的土炕上,反复回味,才想起吵过的架还没和解,顿时脸上一阵发烧,直接麻了半张脸。中午,他提了一瓶好酒径直去了对方家中,进门闻到一股肉香气,只见对方正倚门而笑,原来早已摆好了一桌子酒肉,只等他的到来,二人默契落座,喝到最后,抱头痛哭。自此,成为至交。

狍叔年轻时以打狍子闻名乡里,他猎获的狍子曾经堆满了院子,狍叔会把狍子肉分享给乌乡的近邻,把狍子皮做成褥子,到集市上换钱糊口。在当时,猎人是个很体面的职业,比干其他行当来钱快,因此狍叔吃穿不愁,又是一人吃饱全家不饿的老单身汉。在整个乌乡,他的日子是好过的,不知怎的,他始终没有娶老婆成家,这又让人觉得狍叔有些古怪。

后来,随着猎物的增多,狍叔成了远近闻名的富人。人一出名,就很自然地出现一些不愉快的小插曲,诸如有人借钱不还啦、遭遇小偷小摸啦之类。其实呢,狍叔没有人们想象的那么有钱,他依旧过着普通的日子,一日三餐都要计划着不要奢侈浪费,人们的索取和嫉妒让狍叔感觉不悦,又有苦难言。而他本人的品性,又让他不忍与乡亲们伤了和气。于是,在那位发小的劝说下,他在山林里盖了幢茅屋,索性远离了乌乡的人们,只是偶尔回老屋取些东西,平时就居住在山林里。周围也没有邻居,偌大的林间空地上,就这么一幢孤零零的猎人屋舍,被风吹得东倒西歪。为防止遭遇不测,狍叔在屋子的周围布下了许多机关,养了一条黑色猎犬,还自制了几颗土地雷,埋在一个土沟处。

随着时代的变化,狩猎行业渐渐萎缩,走向没落,乌乡镇上的猎人纷纷改弦易辙,狍叔成了镇上的最后一个猎人。每天,他怀抱猎枪在山林里转悠,饿了就吃一个野山果,渴了掬一捧山泉水,困了就背倚一棵大松树入眠。

一日,狍叔在捕获野狍子时,无意中打死了一头狼,这并非所愿。他跑到杂树丛里捡起猎物,见是一头年轻的母狼,好像刚生产过,正在哺乳期。狼脑袋被霰弹打得开了花,剩下了半个。狍叔站在暮色中呆愣半天,深冬的风让他不寒而栗,他的心头泛上阵阵不安。狍叔之所以被人唤作狍叔,是因为他基本是个猎狍子的专业户,别说狼,他苛刻到连野鹿都不肯打一只。而眼下,他却误打误撞地要了一头狼的性命,是一窝狼崽的母亲。他思忖良久,决定把狼就地埋葬,筑起一座小小的坟丘,又做了一番祭拜,口中念念有词地烧了一堆纸钱。

此后,他忐忑了几日,见一切如常,什么事也没发生,才渐渐放下心来,恢复了正常的狩猎活动。狩猎之余,他还到结冰的河里捕鱼,砸开厚厚的一层冰,把地笼网下入冰窟窿,第二天收网。这样,他的小茅屋的烟囱里,除了冒出一股肉香味,还夹杂着阵阵鱼腥气。眼瞅着,下过两场暴风雪,乌乡的春节就要到了,狍叔开始着手准备年货:土猪肉、黏豆包、炸丸子、灌血肠、冻豆腐……

这天晚上,北风呼啸,大雪徐徐降落,森林里响起了各种可怕的声音。狍叔半夜被惊醒了,突然,他听到有人在敲击窗棂,敲得很急迫:砰砰砰,砰砰砰。狍叔掀开围在窗户的防寒毛毡,隐约看到窗户上有一张扭曲变形的脸,似人似兽。他被唬了一跳,急忙从火炕上抄起猎枪,哗啦一声把子弹推入枪膛。

"咳,小开!是我。"

这时,窗外响起一个熟悉的声音,他在心头掠过一阵惊喜,立刻判定是发小来了,因为在整个乌乡,只有发小直呼他的乳名。他把枪扔到一边,翻身下炕,迅速拉开门,朝外大喊:"快进来吧。"

风雪呼啸着吹入,他已经吸了一大口严寒的气息,呛到嗓子眼,凉气咽到肚子里。可是,却没有任何回音。他又叫了一声发小的名字,并且隐约看到墙角处有一个蹲伏的黑影,他朝黑影走过去,不料黑影却站起身来,把他向院子外引导,一直引向空地之外。他觉得奇怪,认为是发小在和他玩笑,搞恶作剧,但这是大雪天啊。"你搞什么鬼?"他愤愤地骂道,便尾随发小快步前行,他想一把抓住发小的衣领子,把他像拎一只狗那样拎回到屋内。

但当走到一片灌木丛时,发小的影子突然不见了。他立刻意识到了危险,全身已经被冷汗和冰水湿透。前方五十米外就是狼的墓地,他朝墓地的方向侧耳倾听,凭借二十余年的狩猎经验,判断至少有十几头狼在那里集合好了,吱哇乱叫。情急之下,他朝空中打了个呼哨。因为墓地相距茅屋不远,他的猎犬闻声来到了他的身边,汪汪地叫着,这让他紧张急跳的心稍稍放宽了些。但他独独没有带上猎枪,这是一个猎人在危急关头犯下的最致命的错误,因为一声枪响,就有可能把狼群吓跑。

在那个风雪呼啸的夜晚,腥气浓烈,十几头狼列队围拢过来,它们发出恐怖的号叫,幽蓝的眼睛像一片闪烁的鬼火。他亲眼看到自己心爱的猎犬被凶残的狼群撕成了碎片,连一根骨头都没留下。他趁机撤退,几次从雪地上跌倒又爬起。不料,在翻越土沟时他踩响了土地雷,炸飞了他的一条右腿。

而这颗土地雷,正是他本人所埋,这有些因果和宿命意味。

雪停之后,乌乡的人们把他抬回山下。此时,家家户户都在喜迎新年,在阵阵噼里啪啦的鞭炮声中,他的狩猎生涯也随之结束了。

如今,狍叔已经进入暮年,成了在镇口晒太阳人群中的一员。这些人从早晨出门,屁股下坐一个马扎子,双手塞入袄袖,喝水、吸烟,或陷入深深的沉思,似一群栖落在枝头上的乌鸦。如果中途没人来喊他们回家,这些人会一直待到天黑,直到落露。有人问:"狍叔,吃过饭了吗?"他会若有所思地点头,"嗯,吃了。"

其实,他锅灶冷清,根本没有回家,屋前堆放的柴火没有减少。自从那件事发生过后,他的胃口陡然收缩,一度丧失了味觉,每天勉强吃一点东西就感觉饱饱的了。远远看上去,他蹲伏在墙根下,像一只衰老的断腿蜘蛛,蜷缩着自己的胃囊。

地址簿里的日常

◎ 朱强

一

没料到天有那么寒。时间仿佛又转身折回,让错过春天的人,重新经历一遍。大雨过后,地面还是湿的,到处是春天热闹后的残局,满地是雨打风吹落的花与叶子。抬头看见人家的阳台上有一对摇曳的烛火,屋子的黑暗背后有一个试图和天地对话的人。猛然想起,今天的另一个身份,四月初一。古人的人间四月,白居易到庐山看桃花的日子。买菜的居民已陆陆续续地返回。一个中年男子从口罩后面吹出了几声清脆的口哨,他在努力附和枝头的鸟鸣。鸟鸣得更欢了,它显然也把这个中年男子当成了嘤嘤求偶的另一只鸟。

到菜场买了一些本地农民种的辣椒。细长条的线椒,俊俏中带着一股文人般的傲气。放砧板上,一边切,一边辣味就从明亮的绿色中迸出来,满眼睛都是辣味。汹涌的辣,老远就把人呛得眼泪直流,辣椒和从赣南带来的腊舌头、腊肉一起炒,赣南赣北都在一口黑漆漆的铁锅里了。腊味在赣南是家家户户必不可少的年货,寻常人家,正月之后的很长一段日子,餐桌上的几个碗里,都是过年吃剩的腊货,它们作为年的某种残余,总要把年的氛围延续到春深时节。此后的日子,从一日南风,一日北风,到三日南风,一日北风,南风呼呼地吹,彻底占据了上风,把人的腿脚都吹软了。门和白墙上的汗珠子也挂不住了。没来得及吃完的腊货,因此也有了南风味。到此时,年才总算过完了,餐桌上过时的菜碗一个个撤下来,换上了当季的菜蔬。

春天的厨房弥漫着一股守旧之气,旧本来就是用来守的,因为旧并不只有陈旧,旧里面也有许多温暖明亮的东西,腊肉腊肠腊猪肝还有各种腌熏的年货,它们绵延的味道里蕴藏着天长地久的客家新年的气息。但是年还没有享用足够,日子就翻到了另一页。春天的脚步已经从厨房开始进入人家了。水从不锈钢水龙头里哗哗地流出,被清水淋洗过的菜叶,绿油油的,好像从梦境中拉出来的一颗大脑被灌入了某种清醒的意识。春笋、春韭、荠菜、香椿、西红柿、菠菜、香菜络绎不绝地从外面搬进了厨房,红绿青蓝咿咿呀呀,它们像清脆的嗓子把外面各种物事说出来。原本昏暗的厨房也有了山明水秀的意思。尤其是卷心菜,赣南人叫包菜。叶子裹得结结实实,被一张张扒下,像裹得紧紧的心事被扒开,越往里面,叶子就越嫩,颜色也逐渐变浅,像吹弹可破的肌肤。赣南人碗里的包菜,几乎都是清炒,至多淋一点儿麻油,菜叶甜丝丝的。南昌人,口味重,炒包菜都不忘淋几圈老抽,菜出锅,黑乎乎的,色香味里面有一股老生开腔的气场。

来南昌十余年,无论是性情还是饮食习惯,我依然是一个不折不扣的赣南人。赣北与赣南,虽说在地理上都塞进了赣江,江水穿城而过,两地人的生活与历史的背景里都弥散着重重的水腥味。但赣北在文化板块上,属于吴头楚尾,楚人的狂狷与吴人的经世致用,杂糅成赣北人的独特气质;赣南人的生命底色完全是一派月白风清,骨子里的淳朴从来都没有被勾兑过。春天的下午,我习惯性地坐在客厅的一张藤椅上,思想古今,偶尔想到曾经住过的地址。以前的人,都喜欢在院子里弄个摇椅,目光幽幽地望着屋里或者门外。柴米油盐酱醋茶,串联起无数个日日夜夜。生活的本质,到底不脱这庞大的日常。人们在吃饭睡觉穿衣行走的间隙,心里偶尔也涌现出一些宏大理想,眉宇间跳脱着一股勃勃英气。表面上看,这个住址,好像是与以前住过的任何地址身份上划清了界限,它由过去砖木结构的瓦房变成了钢筋混凝土的单元楼。尤其是它的大门,再也不至于为了讲风水而摆出一个奇怪的角度。它面貌一新,灯火辉煌,充满了乙烯和甲醛的气味。敞亮的飘窗和阳台替代了过去院子的功能,这里有另一重天地。但是,只要你住进去,在里面呼吸、言语、欣喜或愤怒,过去房子的许多气息又一样不少卷土重来,让你觉得旧地址已经灵魂附体,旧日子总是如影随形,再怎么除旧布新也逃不脱它的重重魅影。于是,你也学会了逆来顺受,习惯新环境的关键——是习惯与过去的事物相处。

厨房里的燃气灶上架着一口黑漆漆的钢精锅。这种锅子,而今早已被当作古董,很少有人用了。它乌黑的外表是多少个日子熏染的结果。以前的人会把这层黑黑的东西刮下来,当药引子,不知可治什么病。总之,民间的学问广大无边。没有什么是无用的,它们隐藏在日常之隅,冷不丁地,就被人搬出来,派上用场。厨房里的钢精锅里发出咕嘟嘟的声音,炖骨头汤的香味已经从厨房里飘到了客厅。灶台上,文火如豆,就像慢性子的儒雅之士。尽管汤已经好了,但并不急于关火。想着有一锅汤在火上不停地炖着,心里就觉得有许多的事仍在进行。

　　厨房让处于时间里的人看见了锅碗里蒸腾起来的繁盛的日子。过日子,也就意味着时间不再以昼夜交替的形式简单重复。日子不再是时间本身,日子里面,融进了人的悲欢离合与朝思暮想。人们利用时间,成家立业,摆满月酒,吃团圆饭,颐养天年,寿终正寝。日子里冒着丝丝热气,而厨房就是一个保温容器。不仅如此,家家户户的消息也因厨房上下传递。装抽油烟机时,发现抽油烟机的锡箔管通向幽深的烟道,二楼在炖猪脚,七楼在蒸熏肉,九楼在煮花生,还有十三楼、十五楼的菜籽油和牛油散发出来的诱人香味。漆黑的烟道中什么也看不见,抽油烟机就负责把千家万户的气息推向这根深深的管道。它们之前,互相连接,让我想起卡尔维诺《看不见的城市》中提到的那些生铁水管。在这个巨大的城市中,很多东西之间看似无关,但是交错的排水道、烟道、水管、天然气管道却将彼此串联起来。没有谁能够摆脱这种隐蔽的联系。尤其是天气稍稍变暖,有些东西便藏不住了,坐在客厅里,突然闻到被太阳晒得活跃的花香。花香一层层地递过去,像《红楼梦》里周瑞家的来到贾府里送宫花。那种花香像是面粉做的,纷纷扬扬,数十层楼的地方,都能够闻到。花气袭人知骤暖。天暖起来,人就像流动的水或飘浮的花香。经常是人在屋子里睡觉,身体和意识就滑到了屋子外。

二

　　午睡醒来,电话响了。是城市另一头,翠林支路三十三号的一位前辈打来的。无事,只是约我去小坐,分享他家乡的一种野生红茶。这几日,前辈正在为乔迁新居忙里忙外,就在我造访的前一刻,他正满头大汗地将最后一摞书塞进纸箱。生活器物原本都是各就各位的,现在都收进了箱子,家一下变得面无表情。昨夜,前辈一宿无眠,他这一辈子东徙西迁,屈指算来,这将是他搬过的第二十九次家了。从年轻时候的铺盖一卷,到现在家的体积越来越见庞大,挪地方也越来越没有了勇气。两个半小时的茶叙,心里紧闭的大门终于向人敞开,春色溢了出去。茶酣耳热,前辈还要留饭。饭就不吃了,回家要紧。出门冷雨依稀,突然意识到春日将尽。花事已过,许多花都开败了,好像酒桌上酒过数巡,客人们多已经醉去,身体摇晃,兴致阑珊。城市的西一环公路两侧,是一树一树晚开的泡桐花,在逐渐晦暗的天光下,粉白色的花朵像留给人间的一封封书信。路面冷清,路一直往南或者往北,都可能通向江西广阔的腹地,那里湖汊纵横,水塘遍地,是春天的王国。人在庞大的、生意盎然的春光中突然变得特别弱势。许多门都关上了,许多的窗也关上了,窄窄的门缝中,突然射出一道明亮的光,一只落在门外的画眉鸟,猝不及防,被眸子里的闪电击中。

以前的年代,人与地都是分不开的,人被地固定着,地在哪儿人就在哪儿。人与人之间,所谓的通讯,其实也就是地与地之间的往来。看竺可桢二十世纪三十年代在江西时的日记。日记通讯簿里,记录着一个叫周承佑的人,这个人淹没在时间与人群的大海里,他的面貌终究是模糊的。但是紧随其后的地址并不模糊:南昌上水巷十二号——张宝龄先生转。事实上,上水巷在绝大多数新南昌人脑海里,同样模糊,轰轰烈烈的城市建设已经让一条条狭窄曲巷变成了一个个徒有其表的地名。地名是没有"地"的,它只是一块块用蓝油漆或红油漆刷成的路牌。当它在马路边高高竖立时,就已经被当作纪念的对象了。所幸,"上水巷"不仅是一种纪念,它也是一种鲜活的存在。我曾经不下十次地从上水巷经过,印象中,上水巷隔壁还有下水巷,飞檐翘角早已荡然无存,取而代之的是同样灰扑扑的水泥盒子。老人们坐在漆黑的楼道门口,摇蒲扇,抽纸烟,海阔天空地交谈,便利店、时装店、美容店、麻辣烫店、奶茶店鳞次栉比,距离不远就是地铁站与大型商场。它们共同烘托出老南昌陈旧的繁华。时间是水,上水与下水都让人有了一种光阴汩渡的感觉。玉壶光转,张宝龄是老南昌人,他活着时,是上水巷十二号的房主,他走以后,高墙大宅成了时间里的一叶孤舟。查资料知道,张宝龄的妻子是女作家苏雪林。苏雪林辞世那年,漫长的二十世纪终于隐入了黄昏。那一刻,我在家附近的书店里无意间读到老人的文字,它们好像幽幽的烛火照出过去风景的轮廓。看后来人写的传记,说苏雪林生前写信成癖,看过她书信的人,无不觉得那纸上字如疾雨,横扫千军。她写信喜用薄纸,正反都写。这些信从一个地方寄出,然后在另一地被另一个人拆开读到,信里裹挟着风声雨声以及马尾甩动时所发出的脆响。许多事,就这样幽幽地传递着。时间的网一旦撒开了,就像船头犁开的水浪,层层叠叠,久视不免令人眩晕。

以前的地址,就像一个个结实的树桩,牢牢扎在地上。人们根据记忆里的画面,隔许多年再来,还能够找着过去的门牌。这不由得让我想起另一件往事。那日时近正午,天寒欲雪,表哥从四百公里外的赣州来到南昌,他此行的目的,是代姨父来寻一门失联已久的亲戚。两家之间,至少有三十年没有走动了,白云苍狗,只有对方当时留下的一张写有住址的纸条成了彼此相认的唯一希望。姨父死死地抓着这根脆弱的绳索。说实话,他的世界是小的,家里人的世界也是小的,几十年来,没有谁去往过远方,他们都是过日子的类型,不经商也不考学,只是在家附近做点儿事,聊以糊口。铁路与高速公路把世界联系起来,但是这和他们又有什么关系呢?我的姨父只有在醉酒时才闹嚷着,说要去省城找小伯伯。除此以外,他的生活永远是守规矩、知分寸的,他的心也同样是风平浪静的。表哥从大袄里掏出一张纸条,纸条皱巴巴的,字迹陈旧:南昌市金盘路二十六号。三十几年的时间,一转眼就翻过去了,许多事早已经石沉海底,谁能够保证这条路还在呢?即使在,原来的房址也可能因为拆迁盖起了高楼,即使没有拆迁,谁能够保证他们不会搬往别的住所?时代热热闹闹的,推着人们往更新的地方去。

天冷,地面都结冰了,南方的冷是浸在骨子里的。循着手机地图上的位置,我们来到附近,周围车水马龙,金盘路究竟在哪儿呢?这条路早已经不是什么路了,只是一个死胡同,它被宽阔的马路以及高高的建筑包裹得严严实实。路名用红油漆随意写在水泥墙上,现在早已经斑驳了。胡同里都是些低矮破败的瓦房,红色的波浪瓦,砖块裸露,唯独有点儿模样的是个水泥建筑。门前有个院子,门卫见我们东张西望,心存警惕,明亮的眼神早已经从昏暗的岗亭里射出来。我们把纸条递上,问他是否知道此人,他神情仍然警觉,好像有一种刀刻的东西藏在他的面容底部。在他眼中,我们像来自另一个时代的闯入者。由他把守的这个大门里,好像藏着过去时间里的无数秘密。我们说明原委,他面部的肌肉总算松弛了一些,严肃的东西总算撤下来。态度也明显地变了。从对立面的位置上瞬间游了过来。可惜你们来晚了,要找的人,好几年前就在一场车祸中不幸去世,不过他妻子健在,如今也已经是七十好几了。开门的果真是一个白发老妇人。这个门好像很久没有开过了,锈迹斑斑,门里面的世界才是与纸条上的地址真正相对应的。老妇人是这个地址的真正主人,如今外面已经很少有人与这个地址有联系了。以前还有抄水表电表的、送液化气罐的、送报纸信件的,这些事现在都一律转到了线上。这个地址真的是有些老了,它的功能在日渐萎缩,各种新地址覆盖在它表面,成为这个城市新的坐标。

老妇人与我们见面的那一瞬,并没有问我们是什么人。我们也因为自觉唐突而乱了方寸,互相只好默默地看着。老妇人肯定是在搜索脑海里的哪一张面孔,但是好像又没有哪一张能够与眼前的面孔对应上。她也显然有些着急了,舌头好像被什么事物缠绕着,直至表哥将"赣州黄家"这几个字抢出来,这种尴尬的局面才总算得到缓解。老妇人眼睛一亮,许多画面便浮现到她的眼前,被堵住的那一段路总算是打通了。表哥很自然地将眼前的这个人认了奶奶,我也跟着喊了一声奶奶。走失已久的亲人,便在这一声声呼喊中紧紧地抱在一起。距离上次的见面,屈指算来,少说也有三十几年了。那时候,表哥尚在襁褓,奶奶也未退休,身份是赣州纺织厂的一名工人。后来,奶奶就因为丈夫工作调动,举家从赣州搬到了省城。临别之际,她没有忘记将省城的地址留下。人们以为,无论相去多远,只要双方留了住址,随时都可以通信见面的。但谁曾想到,原以为牢靠的东西,却在时代车轮的碾压下,变得那么脆弱。为了支持城市建设,姨父家从带院子的瓦屋,很快就搬进了楼房,那块使用过许多年的老门牌,也因此没有用了,甚至被当作废铁卖给了收破烂儿的。左营背四十七号,隐入瓦砾烟尘。这个地址偶尔还有信件寄过来,结果注定是查无此人,信又被硬生生地退回去了。老奶奶说,后来一家人也去过赣州,但是路与建筑都已经不再是从前的样子,高楼广厦,究竟哪一栋才是他们要找的呢?奶奶孑然一身,与这处地址长相厮守,她难道是想以这样的方式守住与亲人重聚的唯一希望?我知道,老辈人都是重情义的,包括对于土地的情分,永远那么绵长,奶奶表面上守住的是这处地址,事实上她守住的也是精神世界里的一座孤岛。我看着这个岛在海面上一点点地被水淹没,心里也有了一种不停涌动的悲伤。

三

纸片般的往事,再次从记忆的深海里泛起,锈蚀的地址也被回忆擦得锃亮。我望着公路两侧蓝色的路牌,上面清晰地标注着每一处地方的公里数,好像抵达它仅仅是时间问题,山重水复疑无路是不存在的。许多以前要跋山涉水才能到达的地方,而今完全可以不费吹灰之力。

城市的西一环公路,样子像条温暖的胳膊,把城市挽在怀里。不经意间,这座老城竟也有了自己的一环。不断扩张的城市,模样有点儿像到了发福年龄的男士渐阔的腰围。这让我想起古代的南昌,七门九州十八坡,城墙把老城紧紧拽住。在城市的边缘地带,有意地筑起一堵高墙。城墙摆出的姿态,多半是冷酷的。它像一把巨大的铡刀,对着大地进行着无情地切割,不仅城与乡之间界限是分明的,城郭之间也有清晰的边界。人们赶着牛车从梨花飘雪的郊外缓缓地穿过城门,在各种叫卖声中,"陈家上色沉檀拣香""滕阁脚店""东西两洋货物俱全""兑换金珠"的幌子次第映入眼帘……身体里的疲惫都被突如其来的兴奋驱赶着,尽管热闹是他们的,但被热闹包裹的我,眼睛里也有了一缕明亮。时光倏然而逝,往日高大的城垣,而今早已经变成了宽阔的公路,"环"状的公路把众多无关之物联系起来,城市的框架呼啦一下就被拉开了。城市原本是不存在的,它就是靠这样一些直线或者曲线延伸出去的。

倘若不是因为地铁,我家和二十多公里外的县城房子根本就没有两样,但是有了地铁,性质就有了天壤之别。地块美其名曰次中心圈,房价也比县城的高出一倍,尽管它是从一大片金黄色的油菜花中疯长起来的。刚搬来时,小区门口还有水塘,每至初夏,蛙鼓喧天。后来,水塘被卡车倾倒下来的土缝合了,野草又把裸露的黄土覆盖。小区南面是一片绿油油的菜地,菜地中间,有几条白色河汊,据本地学者考证,一千年前,这儿曾是赣江航道。不仅如此,它也是《世说新语》里殷洪乔投书之地。对于学问家们的话,我自然是将信将疑,可是只有相信了学问家的话,历史才可能有未来。当年的滔滔河水已消逝,现在这里早已成为一片动植物栖息的乐园。小区东面,是延伸至江边的巨大货场。大地无遮无拦,尽情舒展襟怀。银色的天空下,是黑漆漆的隆起之物,它们好像堆放在这里已有一个世纪。没有人知道里面堆放着什么,只有一条灰色的水泥路像刀片般插入货场中心。笨重的货车十分粗暴地进去,驶出时,车身上绷紧了脏兮兮的塑料布。无论刮风下雨,货场好像永远在和外部置换着什么。它像是一个宇宙中转站。唯独西面,是一片滚滚红尘,生活的气息被千姿百态的人间风景弄得沸沸扬扬。早些年,这儿曾拥有江西最大的客车生产车间,但是它最终逃脱不了倒闭的命运。日常里的事业是永远也倒闭不了的,厂区很快就被另一种生活的主角霸占了,下岗工人们脱下工装,开始以多姿多彩的角色融入生活。摆饮食摊,贩卖水果,开理发店,成立中介公司、广告公司,人人都有了一个小小的自我世界。厂区被瓜分成一个个独立空间,人们在这个私密空间里跳舞、看电视、包饺子、约会、做运动。总之人们从整齐划一的步伐中脱离出来,开始了一种随心所欲五色绚烂的全新生活。从十多层楼的阳台上望去,通过那些印花布似的屋顶,你不仅可以看到世俗里升腾起来的旺盛气象,同时也再次证实了你的观点的正确。人人都希望拥有自己的一块屋顶,那些屋顶有的只是一块红铁皮,从早先的两个屋顶之间强行盖上去的,为此,两家人之间总是一波未平一波又起,可是谁也没有办法剥夺对方享有幸福生活的权利。阳光下,当我看到那些光怪陆离的屋顶上的反光,我想象那屋顶下面藏着的是一个怎样热闹精彩又五味杂陈的世界。

在那些屋顶的海洋中间,有几条毛细血管似的小路,它们连接了外面大路上的繁华。每天清早,街道拐弯处传来清晰悦耳的沙沙声,有一个穿藏青色衣裤的男子在街心挥动扫帚,将一条街整理得敞敞亮亮。街道两侧,卷插门热热闹闹地拉开了,一个个活色生香的店面从黑暗处冒出来,释放出勃勃生气。接着,就有一口口黑漆漆的铁锅从里屋搬出,清水哗哗地倒进锅里,不一会儿,整条街都被热气腾腾的白烟包裹了。掌锅的是个壮汉,蓄着两撇胡须。这时从店铺后面的阁楼上传来女人的一声喊,他脚尖一踮,转身就钻进了门洞。从蒋巷和扬子洲运送蔬菜、屠宰肉的三轮货车以及各种不明来历的陌生面孔,把原本空旷的街道围得水泄不通。南昌人的一年四季,只要早餐有瓦罐汤与米粉,再平常的日子也觉得暖意融融。汤至少煨足了五个钟头,骨头里的精华都化到了汤中。从梦中醒来的人,选定一副桌椅,身体晃悠悠地坐定。一日之计在于晨,喝汤成了一天中的头等大事。喝汤的人,老练地将嘴一嘟,力拔山兮气盖世,只听见有股飓风从脑门横穿过去,调羹里的汤顺势滑向了喉咙。炭火的味道顺着悠悠南风飘到家家户户,窗子里的人伸个懒腰,深吸口气,多少有关无关的物事也都被这撩人的气味织进了一张巨大的网里。

我想,在这样一个妙趣横生的生活场域的对面,竖起几栋冰冷的钢筋混凝土楼,到底是为了显示城市化的优越,还是告诉人们这种优越其实是孤独的?比如,那个酷似凯旋门的大门,正对的居然是一片青青菜地。荷锄前来拓荒的,多是隔壁回迁房里的大爷大妈。许多老人退休了,吃上了社保。他们原本都是农村户口,随着城市范围的不断扩大,身份也转为市民。但是脑子里依然有一块地,哪怕是门前屋后,巴掌大的一块空地,他们也设法在上面种几棵葱蒜。这样一来,保安小伙常常要走近和他们交涉了,原因是,他们菜地里的藤蔓都快要攀到岗亭里了。小区里的住户才不管外面发生了什么。此地址对他们来说,仅仅是一个栖身之所,就像鸟儿把巢筑在树上,大多数时候,巢是空巢。白昼的楼道静悄悄的。直至晚霞洒满天空,晚霞映照下的西外环公路仿佛是一条天路,漆黑的剪影中,不断地有车辆跃出,没有人知道它们到底来自哪儿。它们像在进行着一场规模浩大的迁徙,经历漫长的等待与煎熬之后,终于被推到地库口,然后鼹鼠似的,转瞬就消失得杳无踪迹了。夜色降临,楼里的灯也亮了,隐匿的家庭变得异常璀璨。趁楼下的喷水池没有喷水,晚上我跳进池子里散步。在池子里,看什么都像是坐井观天。但是井里的视角也异常之好,看什么都有一种荒诞派的效果。比如从满楼的灯火中,可以看到凡·高的油画《星空》里的浩大与浪漫。月亮的清辉从高高的楼顶泻下来,好像是一匹垂天的巨大的白练,玉兰和海棠的花瓣飘落的速度异常缓慢,中间似乎经历了一场深邃的思考。我的脑海里突然涌现出一句诗,白雪却嫌春色晚,故穿庭树作飞花……

当初看房时,许多业主就是被置业经理的一句话——将来地铁可以抵达,给直接击中要害。他们毫不犹豫地就把自己多年的积蓄掏出来,这掏出来的,也是自己下半辈子的血汗。地铁打破了人们头脑里空间的概念,只要是有地铁通往的地方,无论有多少路,都不算路,地铁延伸出去的路是金子铺的,乘坐地铁的人,胸膛里同样涌出一股金子般的豪情。守时,作为城市人的一项基本素养,地铁契合了现代人的时间观念。地铁从漆黑的地方行驶过来,两条光柱把前方的这处地址给照得烁亮。在嘈杂的地铁车厢里,突然听到一个熟悉或陌生地名,地名像从一根枪管里射出来,砰砰砰……弹壳在一车人的心头重重落下。随后,地铁又被呼呼的风声送走了,人们复陷于短暂的出神、交谈、看手机的间隙。这些站台,在时间里的位置永远是那么精确。两站路之间,地永远是未名的。你听到历史的风声从车厢的顶部浩浩荡荡地涌来,被地图标记过的地名都消失了。在这个间隙,地变得浑然一片,分不清哪儿是哪儿,它既不属于哪一块门牌号,也不是哪一个咖啡馆。当地铁驶出小区门前的站台以后,它就进入了一段特别漫长的路途之中。地图上,这是一个巨大的弧。大多数时候,历史都是弧形的。我想象,自己的头顶就是一千年前的赣江,那是把无数船只送进鄱阳湖的一方阔大水面。

这片水域,曾经承载着大唐才子王勃的船、南赣巡抚王阳明的船、传教士利玛窦的船、航海家汪大渊的船、癫画家八大山人的船。来往船只,在江面上编织出复杂的航线。这些舷板上绘着虎头、蝙蝠、山水、花卉与各种吉祥纹饰,从我的头顶快速掠过;其目的地,是章江门码头、涌金门码头、铁柱宫、白鹭洲书院……这些盘绕在古人心头的地址,与地铁车厢里的乘客巴望的下一站,在本质上并无不同。地都是有址的。地正因为有址,才有了所谓的赶路人。土著眼里面只有地,址是毫无意义的,但是赶路人需要将地址牢记于心,否则他将很可能找不到回家的路。对于一个旅人来说,行路就是他的分内之事。他的旅人身份,是靠不断摞高的地址来形成说服力的。利玛窦来南昌以前,他在这条叫作赣江的河流上航行近月,大江流日夜。在惶恐滩,他差点儿溺水身亡,幸好有一只大书箱漂过来,将他从深渊中托起。在急流中,他仰起一颗毛茸茸的头,大口喘气。虽然他的同伴巴兰德在白色的旋涡中命丧黄泉,但是利玛窦脚下的路却还长着。他的目的地是遥远的京城,南昌只不过是他去往京城的路上的一所驿站。在南昌,他改变行头,换上了中国士子通常所着的礼服,开始以一个"西儒"的角色出现在各式场合。他一如往常地随身携带着那些洋玩意儿,诸如地球仪、自鸣钟、三棱镜、几何象限仪……他费尽心思做了一个拼装式日晷,目的是设法测出南昌所在的纬度。在喧嚣的闹市,他一遍遍展开《坤舆万国全图》,对陌生人耐心讲述南昌在地球上的位置。他有意识地把中国摆在了地图的正中央。相比过去的人为南昌给出的种种含混不清的地址,利玛窦给出的这个点,不仅是客观空间上的精确,它也将旧世界里的人带到了一个普遍的地理空间中,这个空间,是属于现代的;这不单单是一个地理上的坐标点,它也是现代主体的构成要素。

四

呼啸而至的地铁,在卫东站停下来,满车厢里出神的人,神定住了,他们望望窗外,又望望显示屏。黑压压的人群都朝着出口的方向拥。人们走出地铁站,外面行人如织,商场林立,举目四顾,一块块醒目的招牌,卫东到底在哪儿呢?这个地名,就像是一个谎言,没有哪件事物真正和它有关。人们可以去某个电影院、饭店、商场和咖啡馆,但人们就是去不了卫东。它是历史留给南昌人的一段回忆,它肉身已去,留下的只是一个供人怀念或联想的地名。老一辈人,当然还记得赣江西岸的这个叫卫东的村子,这个地名,最初并不是虚构出来的。卫东是落在丰饶的物和具体的人的细节之上的。那时候,地图上还看不到卫东,地图还管不了那么大的地。城市规划还没有到这块地上,用来画地图的纸就不够用了。但是卫东在赣江西岸的确是存在的,它升起的炊烟还有传来的柴门犬吠都证实了它的生动存在。面对滚滚向前的历史,古老的地名成为联系新旧事物的桥梁。每次从卫东站出来,闻到从几公里外的田野里飘来的泥土的清香,很自然地就会想到曾经这里的稻田里涌荡的晚霞。鹧鸪鸣叫一声远一声近,还有屯卫里的将军——醉里挑灯看剑时的苦闷与豪情。它们都那么鲜活地涌到我的眼前,让我在喧嚣的景象中看到存在于这里的另一重风景。大地以它的平静迎接纷至沓来的历史。人们给爱过、恨过、生活过的土地命名,每一处山川河流田野街巷的名字里都注满了人们的泪水与感情。但是地始终无动于衷,地不语而万物生。旧地址一旦消失了,新地址很快又被人创造出来。直到大地成为一本厚厚的地址簿。被人遗忘的地址,就像繁星一样缀满了苍穹。许多年后,当消逝已久的地址在新开辟的街道或地铁站重现,尘封的往事又被一件件抖落。原来这熟悉的土地里,堆积着那么多活泼泼的日常。

喜鹊脖颈上那圈黛蓝

◎ 海男

所谓圆满，就像月光

所谓圆满，就像月光。人在太阳下会无所顾忌，只有在夜里，人才会安心地做一个梦。

文字的抵达是用来消解和点燃寒冷中更幽长的烟火。其实，烟火并非都来自现实的衣食住行：接受形而上的磨炼，比俗世尘沙要更艰辛和迷茫，更需要勇气和孤独。

每天都太快地消失，包括紫色的光阴和红色的黄昏，它们陪我度过了许多只有语言可述说的秘密时光。

困在自己的文字中，好像始终无法彻底地醒来。哪怕醒来，也是平静地面对面，让现实又一次回到简约。被文字笼罩的女人，很少言语，也不喜欢热闹和场面大的地方。

只有在伤感的情绪中，才能寻找到源头，个人简史中的成长从未中断，它如同茫茫无际的野生灌木丛，总有让我惊喜的时刻。比如，当一只朱雀飞过，你以为是幻觉，其实是人间真相，最喜欢自己沉浸在语言中的生活，当它拥有最丰饶：和神秘交织的时刻，我已经又一次重生。

结束最后一句话，就意味着你今天的生活、情绪，人生中的意义或无意义告一段落。人活着的每一天，都是春夏秋冬，晚安！

永恒感来自瞬间，取自你内心升起的视觉，并以此用美意、判断和裁决，冷静和热烈抵达：噼里啪啦一场雨，或者突然升起的彩虹。人生需永久不停止熔炼，需要沉默来谋略未来。

在静下来的时间里，能够想到的是明天早晨出门时，要给鸟儿撒半碗米；要给有骨朵儿的红色山茶花浇水；要多增一件外套，两天后的气温猛降；要带上薄荷糖解困，要将捆起来的书都带到大寒以后的迎春路上。

何谓灵魂，它并不高高在上，在无数暗影篱笆中有灵魂的呼吸，灵魂像水一样无形无踪，终归海洋，在陆地上留下脚印。

诗歌，意象，故事，从散漫中获得节奏，从忧伤中获得启蒙，经历所有扑面而来的一切。她说："人性在物质世界中倾向舒适安逸，但灵魂的漫长学习本质上是一场修行。"

明天是大寒吗？很想看见一场雪，但没有雪从空中落下，这不是虚空。在蔚蓝的天空和白茫茫之间，哪一个更好？看见少女在夜色中上唇膏，她省略了我想象中的一场雪。在大寒的日子里，女人们都应该涂上玫瑰色的口红，如果雪真的飘来了，你站在雪花中拍照，你的口红像一朵玫瑰花。如果世界白茫茫，只有女人们的口红是玫瑰色的，如果在寒风中瑟瑟发抖，只有女人走过的地方，会留下玫瑰色的唇印，这是一代又一代女性面对白茫茫以后，仰头让你回忆的唇色。

哪怕是去峡谷和危崖上看自然风景，我总习惯穿裙子，还有一双马丁靴。人的衣饰和风格，即是她的生活和幻境。我想说的是另一句话：女性，要守住自己灵魂中的东西。

忧伤的黄昏，散步回来后写了些文字。当人的脆弱和勇气融入一体时，冬天的季节，看不见飞蛾扑火，人世艰辛而短暂，内心始终如一地保持纯净，才能配得上明天的太阳。

又看见一个患抑郁症的青年诗人离世。我一直认为，很多人，包括我自己都有轻微的抑郁症状，写作确实是最好的疗效，而且我所有的写作都是在有情绪的状态中开始的。刚才散步，看见了很多春天的花蕾。春天来了，在日复一日的光阴中，每天我都告诉自己，有忧情，也要有舒朗；有星宿，也要有向日葵。活着，才是最艰苦而芬芳的修行。

琐碎的东西，只有放在写作的表达中，才能熠熠生辉。

最高级的诗歌，就像眼前的云彩，足可以让我忘记自己是从哪里来的。我不再是人的身体，也不再是有形有色的历史。

写作，倘若没有对自己写出文字的厌倦感，那么就再无激情去点燃另一盏灯。写作，就像男女间的说爱，总有厌倦的时辰。如此，才有更新的对陌生语境的幻想和追求。

近期，又培养自己散步回来，在黑夜降临时写作的习惯。原来黄昏时的慵懒消失了，随着黑夜的降临，身体中蕴藏的日常，就像古代的酷刑抽筋骨般，奇妙中贴近更虚无的小世界：人间本就是一场又一场的宴席，与无穷尽的灵魂拷问。

夜宵的花，沁入感，寻找到一寸之地，安静如斯。

让我持久生活的，永远是一小片白纸上的传奇，如同蚁族的奋斗史，在一个梦想中，历尽了甜蜜的回忆和希望，晚安！

纵然有千山万水，但眼下只有一群群麻雀来来往往，从树下到院子，我撒出的半碗米，希望它们长住此地。而那一只只黑白交替的喜鹊，它们来院子，总栖在金属撑起的晾衣架上，或者在墙头栖居，它们是为我而来的，是为了我们的相互遇见。

人潮汹涌，我心安静。

虔诚做好每件事，瞬间即是内在的生命走向，生活在自己的气象中，即是花好月圆。

今天几乎无法进入文字，生活中的几件事需要心力和缘分去解决。

作家更多时间生活在文字背后，世间表演者太多，功利愚钝者太多，虚荣媚俗者太多……人世浮生若梦，要记得每天给自己的身体注入黑暗和阳光。

两性关系，大都无法经受住时间的磨炼，面对现实和来自生活的细节，大都纷纷瓦解，最终走向漠然。其实，这也是最终的安排和修行之路。

我不喜欢与人交往时，人性中表现出来的自私和琐碎，面对这样的人，我会保持沉默或慢慢退场。但我喜欢自然和人生给予我的每一场变幻无穷的错落和细节。有了它们每天脱颖而出的状态，我获得了生的心智和解决问题的艺术过程。人的叨叨，为什么是噪声，而鸟语掠过天空时，为什么是天籁？

在瞬间而致的喜悦中，我又一次看见了那只像王后的喜鹊，它长长的黑色尾翼，饱满的身体掠过窗户外的枫树。天啊，每一次与它相遇，我的内心世界仿佛在茫茫宇宙中，寻找到了渊源和未来可期的路线。

每个词都是注定的天气预报

每个词都是注定的天气预报,当我说爱你时,其实,是跟一个广大的宇宙言说爱的未来。

早晨是我最喜欢的季节,每天都产生了好几个季节。五点半起床,浴身后诵经,这是二十多年来不变的生活方式。此刻,天还黑着,地平线还未完全敞亮,听见自己手腕上的银手镯在彼此起伏,仿佛目送银白色的夜晚已经过去。

今天是小年,喜欢吃黑芝麻汤圆,喜欢一切带来甜蜜的意象。眼前似乎飘过罗平的油菜花香,在盆地山腰上的油菜花色,如果来到画板上,春天就来了。点了外卖稀豆粉和汤圆,支持外卖小哥的生存职业,也是一种习惯性的美意,所以每周都有几次外卖生活。如果人人都不点外卖,这个职业就会消失。就像纸质书版,自从有了智能手机,读纸质书的人就少了,但真正的阅读者,是见了好书就会心跳的人,仍然在坚持着买纸质版书回家,我便是其中之一的人。每年大量地买书,重复地买书,因为每一次再版书目都像宇宙一样在变幻。任何物种起源,除了维持原生态之外,都要来一次又一次脱胎换骨的变化。今日之时代,已经不是过去,哪怕是一朵玫瑰花,也要散发出今天的香味,我要的就是此时此刻的香气四溢。

快过年了,早春到来了,小区内家养的鸽子们在人行道上散步,空中有从滇池边飞来的红嘴鸥,它们从十一月入滇以后,有四个多月要在云南的湖泊边生活。昨天途经海埂,很多人站在海埂长堤上看红嘴鸥,这是一道人文的风景,红嘴鸥会飞过来衔走游人手心的面包片。

在边远的地区,仍然有人在追捕野生动物。在丛林深处跑得最快的就是麂子了,我的诗句也在追索着麂子的速度,曾经在澜沧江边岸的山冈上,远远地看见过一只麂子,它的皮毛是深咖啡色的。也曾在半山腰的一座村庄的火塘边,突然抬起头来,就看见了火塘边的木梁上吊着风干的麂子肉,顷刻间,便低下头不再言语,烟火熏红了我的眼眶,泪光在里边旋转。我离开火塘,始终没有回头,我无法抗拒那一只纵横于丛林的麂子的腿,会风干于火塘边的梁柱。

人们为什么期待新年,因为想来一次彻底的,全身心的,寻找新大陆的梦想,每个人心中都有一次颠簸性的生活,称之为理想和乌托邦。

没有悬念，只有陷在尘埃中的生活，猛然一跳，会感受到空中寒冷，而放慢节奏，离焰火就近了。

语言如此美好，在桎梏中散发出蓝色光环，在向往一个词时，故事已经开始。写作者置身在栅栏身处，这是一个圆形的堡垒，安静芬芳的肉体之谜之上，有一个言说的天堂。

任何平凡的日子里，写作和生活，都是我的凋零和绽放。祝福平安吉祥如意，祝福九十多岁的母亲，每天仍然坚持读报，太阳照在母亲青筋林立的手背上，使她在遗忘中灵魂出窍。祝福人间有温度，哪怕在最寒冷的日子里，我们也能在幻梦中相见。

人与人的缘分，完全是天然的，上苍安排的。天荒地老或地久天长，都是寄寓于时间的不朽和永恒。我们只有被时间所消磨，才知道时间可以让我们成为奴隶。一生为奴，为你的所向而付出代价，自由就是从尘埃中仰起头来时，风过来了，驾着云图过来了。

一切事物都以稳定性立在此处，只有我们去关照或想象它时，才会有微妙的变化。这种变化就是写作。窗帘为什么形成了皱褶？在我激荡的身体里，乌云消失了，太阳一点点地犹如蚕豆花开放，房间里顿时亮了起来。

语言中的不确定或飘忽感越强烈，就越能揭开一幕幕烟火人间的时间之谜。真正的时态属于神性，是无法穿透的。相比坦言，我更迷幻于隐蔽的神秘语感。一个故事一个人的语言。在无穷无尽的宇宙中，只是一个个被你梦见的隐喻而已。

一个人，无论多么沉重，都不可能像礁石沉入海底。一个人，无论多么轻盈，也不可能像羽毛在苍穹消失。

喜鹊脖颈上的那圈黛蓝

喜鹊脖颈上的那圈黛蓝，只有离得很近才看得出来。人身上，都有一种特征，就是人的风格，很远时只能看整体的趋势，很近时才能看见那动人心弦的部分。不过，我刚发现那圈黛蓝，喜鹊就飞走了。鸟雀身上的智慧，是罕见的，也是人应该学习的。

母语陪伴我们的时间,犹如水土,假如一个人水土不服就会生病。因为,寻找到水土,就是安下身心,就像古人一样纺织耕耘。

写作,是上辈子就开始的生活,那时候我筑居于山冈,所以,这一世我总喜欢半山腰的山寨生活,每次坐在一架织布机前,就想穿上山里人的土布棉麻衣服,就想看见山坡上晒着一块又一块刚杂染过的土布,我站在里边拍照,无比的喜悦,仿佛又回到了前世。

我见过的最美的女子都隐藏在云南的大山深处,她们不施任何粉黛,却有天然的美。城里的女子,无论多么美,一旦卸妆,就会现出原形,而且很多年轻的女子,都做过整容术,仿佛是克隆人。这些被称为美女的人,离开粉脂唇膏,可能会更美丽。我认为三十岁以前的年轻女子,根本无须化妆,这个年龄就是刚绽开的花骨朵。

到处弥漫中的烟火味,这是所有味道中能让筋骨柔软下来的味道,我不反对坚强和勇气,但我更需要妥协和弯腰的习惯:小说在讲故事时,都在以心平气和的韧力,接受一切外在的变化。有一天,我站在一棵死去的枯树前,这是在林子里,那棵树太老了,也许有几个世纪了,它在静静地死去,没有去惊动身边那些茂密壮丽的树身,这棵树已经完全死亡了。而我却发现在它枯死的地上又冒出了一小根淡绿色的枝丫。

我的故事就是身边人的故事,就是他人的故事,在喝着同一条河流,吹着同一股阵风的夜色撩人中,我就像年轻时代,露着肩膀,任春风往心窝里吹,仿佛想召唤一群鸟儿到我胸口筑巢。

写作无法快起来,因为它不是一种被文明和高科技所发明的速度。我有钉纽扣的习惯,每件新衣物,如有纽扣,衣带,总习惯使用针线,如果那台上海牌缝纫机还在的话,我就会踩着缝纫机,缝床褥被套,也缝小衣件等。缝纫机走了,但针线盒是必备的,穿针引线比很多年前要慢一些,但凡是慢的东西,都在消磨时间,也在消磨耐心。写作,倘若没有做手工活儿的耐心,就无法长久。想想那些村寨里的绣娘,用一个季节,绣一件衣服上的上饰,这需要多少时间多少细节。

写作并不是逃出牢笼,而是在人生的牢笼中看见春光。生之牢笼就是一个写作的小世界,早晨看见一只白鹭,想它是从湖边田野过来的,就一只白鹭,划过我头顶,当时,我正在院子里浇花水,这真是逆行而来的白鹭,它逃离群体,可能就想看看人间的另外一种生活。因为白鹭飞过我头顶时,我正拎着一只红色的塑料水桶,这真是一幅好画。我想说的是哪怕在任何窄小的牢笼中生活,你也会遇见奇迹。

苦难是写作中最诱人的痕迹,没有苦难在语言中沸腾,那么就没有焰火和哲学。我写作时,水在沸腾,其实是烈焰在炙热中传递给我一个个生命的场景。人从出生后就开始经历了脐带被剪断的过程,当脚在尘埃中开始学会走路时,就必须对自己的生命负责,必须担当人的使命。

写作,从本质上讲也是一种使命。当你热爱上语言的那一天开始,许多常人无法理喻的事情在你记忆中,就是时间中的阳光和黑暗,就是被雷电劈开的树桩。所以,写作只是少数人所附体的命运,更多的人有他们不一样的担当和使命。当我困于写作的语言时,离我最近的那只喜鹊,总会闪烁着脖颈上的那圈黛蓝色……你的心绪仿佛从阳光灿烂中同时发现尘屑也在飞舞。

写作从早到暮色,就像一个人在旅途中所亲临的所有风光和人事。当我开始写作时,仿佛是一个秘密,那时候,生活在小县城有了一间几平方米的小房间。窗帘布的花色像野外的某片山地,取一角挂在窗前,遮阳或挡住外面的世界。人之所以安心,是有了墙壁和窗帘。同样的,人之所以自由,是因为可以走出房间也可以拉开窗帘。

我曾陪同一位青春期时代的女友去堕胎,她才二十多岁,意外怀孕。那显然是一次不安而忧伤的堕胎之路,为了捍卫自己身体的隐私,我陪同女友辗转出县境去另一座小镇医院。我们搭上了途经小镇的货运车,一路上,年轻的司机不断地跟我们聊天,他很开心,我们坐在他身边,陪他度过了四个多小时,之后,他继续沿山路而去,我们站在路边,寻找着镇里的医院。她的脸色在暮色中越来越暗,我们得住一夜,第二天才能去镇医院堕胎。黄昏前夕,我们坐在镇里的小餐馆要了当地人的米酒和几个小菜,她说,很抱歉让我陪她到如此荒僻的小镇。所以,一定要请我好好吃餐晚饭。我们坐下来,举杯时仿佛在此岸或彼岸寻找到自己,她问我今后想去哪里?会不会在小县城找一个男人结婚,我干了好几杯后,告诉她说,我不会结婚的,我也不会在小县城永远待下去的……我望着小镇的夜晚,不长的街景伸展到不远处的山冈……她也干了好几杯,她说听人说堕胎会很疼的……她迷离的眼睛望着天空和看不清楚的远方……

我们都醉了,第一次知道小镇上从土坛中倒出来的米酒,表面上没有酒味,味觉中很甜,其实后劲很大。我们最后是相互搀扶着回到小旅馆的。这样也好,醉了后我们睡得都很深沉,第二天公鸡叫醒了我们,我拉开窗帘看见了那只大红公鸡,它正站在窗外一座大石头上奋力地歌唱。我们起床后吃了米线,就奔往小镇卫生院。这大山之间的小镇上也有卫生院,说明生命是被社会受到保障的。那天上午,我在隔着一块白布的手术室外面,听到了女友堕胎时的喊叫。从那时候开始,我就知道肉体是会受难的,你的身体也会付出代价的。她的喊叫或疼痛在结束以后,也就结束了。我们又重新站在路边,搭上了一辆大货车回县城,在车上她沉默无语,没说一句话。回到县城的三个月以后,听说她跟着一个浙江商人走了。人的疼痛记忆过去后,生活仍在继续中去经历新的疼痛。

无尽的时间,人的特殊功能都在历经数之不尽的沧海,最终面对现实时,犹如站在海潮退后的沙滩上,回忆和哀愁最终化为平静。

从费穆说开去

◎ 南翔

一

我自南昌调来深圳,已经二十四五年了。深圳的读书活动并非因为有个一年一度的读书月才兴盛,日常的读书活动也十分活跃。以我策划兼主持的深圳书城周五晚八点"文学谈"为例,这是一个坚持了十五六年的全国学习品牌讲坛,来自全国各地的教授、作家、评论家、诗人及刊物编辑,每周五在此次第亮相。文学谈是一个泛概念,历史、科普、影视、音乐、舞蹈及人文地理诸方面都可以谈,只不过文学始终处于核心位置。事实上,不少文学教授或作家,他们的视野、写作与研究已逾越文学的边界。

前一段时间,我请来山东大学文学院教授马兵做客文学谈,他讲的是"费穆《小城之春》与东方电影美学";次日下午他在龙华书城"对话大家"讲坛的讲题也与荧屏相关:论作为伦理情节剧的《人世间》。

原以为这位学问与口才可以等量齐观的"七〇后"才俊,逸致旁出,一手做文学,一手搞影视。经聊得知,他是研究二十世纪四十年代的文学之时,想看看当时的中国电影样貌,于是注意到了费穆的电影,尤其是他的《小城之春》。

早在三十多年前,我的一位老友,中国电影艺术研究中心的研究员陈墨,就提醒过我看《小城之春》。他著作等身,写过《张艺谋电影论》《陈凯歌电影论》——且给这两位导演各写了两本书,还有《黄建新的电影世界——成人的游戏》《中国电影十导演论》……其中便有阐发费穆的一本:《流莺春梦——费穆电影论》。

多年前经陈墨提醒,看过费穆《小城之春》的印象犹存:一部一九四八年拍摄的黑白片,人物简单,故事有点儿悬念,却也没有起伏。一个带点三角恋的故事,自始至终没有戏剧性的矛盾与高潮。可以说是发乎情、止乎礼,恪守中庸之道,有无奈,却没有悲鸣;有惆怅,却没有哀怨;有忧伤,却没有冲突。

马兵此次做客深圳书城"文学谈",让我重温了这部电影故事——如果说,它还有点可以述说的故事的话:战后江南小城一对平常夫妻,丈夫戴礼言体弱多病,妻子周玉纹每日在买菜、煎药、绣花中打发着沉闷无趣的光阴。某日,礼言旧时同窗章志忱来访,而他恰恰又是玉纹当年的初恋情人。志忱的到来让玉纹本已心如止水的生活泛起微澜,她渴望志忱能重新给她在凡庸的生活里被消耗殆尽的爱情,而志忱也一直对玉纹未曾忘怀。洞悉了真相的礼言欲服药自尽成全二人,令志忱、玉纹悔恨不已。志忱选择离开,一切复又如旧。玉纹和礼言带着不能平复的隐痛登上小城极目远望,不免思绪万千。

不知道费穆有无受到过鲁迅的影响。鲁迅先生的《娜拉走后怎样》曾经提出过一个流传久远的名言:"人生最痛苦的事是梦醒了,才发现无路可走。"他的《伤逝》《在酒楼上》等名篇其实都从不同角度诠释过"无路可走"的人生窘境。费穆的电影看得到战后的断壁残垣,寂寥荒芜的旷野,却没有写饥荒、逃难,更没有写战火、死伤。所谓大时代都是背景,被画面推得很远,最多算是影影绰绰。一个困厄的小家,连邻里都不曾出现;小家庭里,男主人的病痛与苟安,女主人的庸常与不甘,是灰暗的主旋律。女主人的初恋志忱倏忽而至,犹如一块瓦片飞过一潭死水,削起一串涟漪,主旋律当中才荡漾起了一缕亮色。

马兵从技术和内容两个层面,剖析了《小城之春》与东方电影美学的襟带或折射,此处的东方电影美学,主要是指中国电影美学。他讲到了电影的两种时间:本事时间和本文时间;讲到了叙事人称和叙事视点;讲到了景深调度和场面调度;讲到了西洋画的焦点透视和中国画的散点透视。讲者在"家与城"的大叙事下,突显了"兰、烛、水、月"四个电影中着意表达的意象。

我与马兵对话,从多角度阐发了费穆这部经典电影的多重美学韵味。女主人玉纹给初恋志忱的卧室送去了一盆兰花,兰花在中国文化的语境里,含义丰饶:高洁而缱绻,寂寞且羞怯。最典型的表现莫过于李白的《古风·孤兰生幽园》:"孤兰生幽园,众草共芜没。虽照阳春晖,复悲高秋月。飞霜早淅沥,绿艳恐休歇。若无清风吹,香气为谁发。"好一株空谷幽兰,得有人欣赏,香气才不至于袅袅而逝！女为悦己者容的淡淡幽怨，通过一株孤寂的兰花，得以婉约表达。至于女主人几次点燃的蜡烛，无由令人想起李商隐的诗：春蚕到死丝方尽，蜡炬成灰泪始干。月上柳梢头，人约黄昏后；人有悲欢离合，月有阴晴圆缺；江天一色无纤尘，皎皎空中孤月轮——月既是爱与美的象征，也是孤苦情怀、永恒时空的对应。

一部《小城之春》，通过东方或曰中国传统美学诸要素徐徐呈现，一言以蔽之，中国诗学特征贯穿了电影的形式与内容。

我谈及电影中的五个人物，可以对应京剧中的几个重要角色，如女主人玉纹，是青衣（正旦）；两个男人，礼言和志忱是小生；还有一个活泼的女角色、戴礼言的妹妹戴秀无疑是花旦；至于男佣老黄则是丑角，无丑不成戏，尽管老黄在该片中出场最少，却也不可或缺。他在门外路边倾倒礼言用过的药渣——国人陋习，认为把熬过的药渣倒在路边会让踩过的人带走晦气与疾病，仅此一幕，便把他的丑角形象定型了。

戴秀这个角色的戏份显然比老黄重很多，她的出场一为贯穿，二为提亮。戴秀是戴礼言的妹妹，她在电影中有两次出场比较重要，一是在哥哥、嫂子和客人志忱面前落落大方地唱歌，唱的是一九三七年周璇演唱过的《天涯歌女》："天涯呀海角，觅呀觅知音，小妹妹唱歌郎奏琴，郎呀，咱们俩是一条心……"这一段唱可谓一石二鸟，一是表露待字闺中的戴秀对一位陌生男子到访的好感；另外也间接传导了玉纹的心声。

戴秀还有一次出场是在她的生日家宴上，这也是电影中为数不多的五人同时出场的一次。因是戴秀过生日，所有人都显得比较放恣，若为礼言、玉纹和志忱任一人庆生，都难以通过饮酒及划拳，露出喜气的一面。概因整部电影调子偏暗偏沉，一个热闹的生日场景，可以提亮色彩；亦可由此短暂释放人物内心的压抑与憋屈。戴秀的"表演"与中国传统戏剧中的花旦是吻合的，活泼放肆，类似《西厢记》中的红娘，《春草闯堂》中的春草。

尽管一九四八年《小城之春》公映之时，就出现了一些"那么苍白、那么病态""根本忘了时代"的批评，仍不妨此电影历久弥新，值得后人品味。该片于一九九五年被评选为中国电影九十年历史上十部经典作品之一；二〇〇五年被金像奖评为百年百大电影第一名。一九九五年,纪念世界电影诞生一百周年、中国电影诞生九十周年时,费穆被授予中国电影世纪奖导演奖。

二

马兵后来给我发微信很谦虚地表示:您昨晚讲的生旦净丑是我没想到的,很受启发。费穆确实对中国旧戏非常熟悉,他和梅兰芳还合作拍摄过《生死恨》。

我查得资料:《生死恨》这部京剧艺术片是中国电影史上第一部彩色影片,由费穆执导,华艺影片公司一九四八年摄制。齐如山原著,梅兰芳主演韩玉娘。故事讲述北宋末年金兵入侵,士人程鹏举和少女韩玉娘被金兵俘虏,发配到张万户家为奴,并在俘虏婚姻制度下结为夫妇。玉娘鼓励丈夫逃回故土,投军抗敌。她在丈夫逃走后,历尽磨难,流落尼庵,辗转重返故国。程鹏举因抗金有功,出任襄阳太守,后赖一鞋为证,得与玉娘重圆,但玉娘已卧病不起,憾然而逝。

看费穆的电影,听马兵的讲座,我同时想起堪称华语文学界翘楚的白先勇。多年前,我在《白先勇自选集》(花城出版社,一九九六年版)中读到他一篇《社会意识与小说艺术——五四以来中国小说的几个问题》,这是他在一九七九年香港首届"中文文学周"上的一次演讲。白先勇认为:"五四以来中国现代小说的主流一直表现着一种强烈的社会意识,这个主流也就是以鲁迅、巴金、茅盾、丁玲为首,以及后来许多左翼作家创作的一种写实主义小说……评论家往往以小说中的社会意识是否符合于某种社会政治的教条主张作为小说的标准,而小说的艺术性反而成为次要。"白先勇认为,一篇小说的社会意识与其艺术价值并不必要互相冲突,彼此不容。这些作家中表现最出色的是鲁迅,他的《彷徨》《呐喊》之中,那些激进叛逆的社会意识,受到了相当的艺术节制,如《孔乙己》,"虽然在抨击旧社会,但鲁迅对孔乙己这个象征旧社会落伍的人物,却怀有相当的同情与了解"。

白先勇同时列举了另外两位著名作家茅盾和巴金的各两部作品进行平行比较。比较茅盾的是《子夜》和《春蚕》,一般评论认为,《子夜》的意义是刻画了上海的都市罪恶以及资本主义的没落。"但从小说艺术的观点来看,这是茅盾的失败之作,这本小说的文字技巧相当粗糙,人物描写,止于浮面,尤其是书中主角资本家吴荪甫,茅盾笔调幼稚。我数了一下,书中吴荪甫狞笑过十几次。这两个情绪化的字,用一次已经嫌多,茅盾描写同一个人,竟用了这么多次。据我了解,旧社会中的大上海商人,大多手段圆滑,应付人,八面玲珑,不可能整天狞笑。茅盾笔下的资本家,是一个概念化的人物,缺乏真实感。"白先勇对茅盾另一篇具有强烈社会意识主题的小说《春蚕》却十分称道,这篇侧写了帝国主义经济侵略,中国农村破产的小说,"把老通宝塑造成一个有血有肉,令人尊重喜爱的老农人,尤其描写中国农人养蚕的那一场,那种近乎宗教虔诚,写得异常细致动人。与《子夜》中的粗糙轻率,恰成对比"。

他比较巴金的两部作品是《家》与《寒夜》,孙道临、张瑞芳、黄宗英以及潘虹、许还山等名演员,都分别出演过这两部小说改编的电影。无论当年或现在,《家》这部主张家庭革命,推翻旧制度,具有强烈社会意识主题的小说,都被认为是巴金的代表作。白先勇却认为,"他在抗战时期的长篇小说《寒夜》,在艺术成就上,要比《家》高得多"。原因在于,《家》充满五四时代的所谓"新文艺腔","是一种非常不自然,矫揉造作的语言。而且巴金喜欢在小说中现身说法,作者干扰非常厉害。作者的爱憎偏见,在《家》这部小说中,在在可见"。《寒夜》虽然缺少《家》里面的革命意识,"但小说中的人物刻画,要比《家》细致真实得多"。

对白先勇的这些文评,当然可以见仁见智。我之所以对白先勇二三十年前的这段文字过目难忘,在于他对同一作家的作品,有一个平行比较,臧否互见。他也告诫了后来的写作者,如何在作品中平衡社会意识与艺术追求,如何写出一部乃至更多具有恒常人性及审美意义的作品,其心可悯。记得十七八年前,我请他到深圳大学师范学院国际会议厅讲课,很想移樽就教于相关话题,无奈他那时已经沉迷在昆曲《牡丹亭》青春版的推广,且行色匆匆,无暇就小说展开更多的阐发与言说。

此文之所以拈出费穆《小城之春》以及白先勇比较小说名家作品的短长,来回顾、发微与引申,盖因时光飞逝,"问题"仍存。我们的作家在追求时代感、社会性与宏大叙事的过程中,思想大于形象的作品俯拾皆是。尤其是创作鸿篇巨制之时,那种大跨度、大场景、大主题一直梦绕魂牵,挥之难去,可驾驭起来,却空疏而惶然、粗粝而浮表、拖沓而赘疣。有评论家一言以蔽之:史诗情结阴魂不散——言重了,但也不失为忠言逆耳。

同样是表现离乱、战争与苦难,历史大事件的不缺席固然值得称道,我们欢呼有大制作源源涌出;化身为小说叙事或荧屏呈现,除了正面出之,更多的小人物、小场景、小事件的切入,勾勒与涂抹,同样紧要。个人及家庭的惆怅、彷徨、哀婉与伸张,如能折射出大时代的风雨沧桑,或许,更为生动而具有持久的艺术生命力。

《红楼梦》不是吗?

还有,费穆的《小城之春》。

2008：记忆与转折

◎ 刘大先

人类学家王明珂在《寻羌》一书的开头提到在松潘大尔边沟听老人唱羌族古歌《尼萨》的情形，那时候是二〇〇八年十二月，波及四边的汶川大地震刚过去半年，与灾区重建并行的是对羌族文化的抢救工作。《尼萨》讲的是开天辟地的过程，前两代人都在地壳的翻覆中毁灭，到了第三代才稳定下来。口头文学中还提到地壳稳定之后，地下有一头牛，只要它动一动，还是会发生地震。天神东巴协日用绳子将牛绑起来，但是忘了捆耳朵，牛耳朵晃动的时候，还是会发生地震。这大约是生活在这片土地上的人们在历代的血泪教训中所积累的经验，面对无常的大地，他们也无可奈何，所以留下了一个不确定的尾声。经验与预言凝聚在一起，成为古老智慧的总结。

无论如何，生活总会继续，人们不可能因为一个不可测的未来而踌躇不前。作为命运的组成部分，无常遭际被当作平常之事而坦然接受，它构成了四川西北部从阿坝到绵阳、广元，从汶川到北川、青川这一带的坚韧的情感结构。

十九年了，几乎有一代人的时间过去了，对于受创惨重的北川而言，如今的时代主题不再是抢救与自救，而是如何在重新建起的新家园上繁衍生息、富足强盛。

二〇二二年孟夏的平常一天。上午我在北川县政府召集了一个小型会议，审阅本县参加"中华颂"全国小戏小品曲艺大赛的参赛作品，是一个用四川清音的形式讲述乡村振兴和生态搬迁的故事，涉及灾后重建与移民，以及在新时代以来的脱贫攻坚。漫长的细节讨论会颇令人疲倦，午饭后，我回到宿舍准备休息一会儿。刚躺下就感觉沙发在晃，我知道是地震。

到北川挂职，我经历了好几次类似的摇晃后，对此种司空见惯的情形，早已失去了一开始的紧张感，就继续躺着假寐。但是，这一次明显比较严重，接着又是几次明显的晃动，门边的饮水机和立式空调机平移着滑行了一下，发出咯吱的声音。我忍不住爬起来从窗户朝外面望，正午阳光里，楼下没有人，只有知了凄厉的叫声，仿佛送别最后的夏日光阴。我返回沙发躺倒，几分钟后又来了一次余震，我再也懒得动了。我的房间在六楼，如果是大地震，跑下去无疑是来不及的，这栋楼是二〇〇八年地震后建的，可以抗八级地震。

本地人对小型地震习以为常，大多数时候漫不经心，浑若未闻。早在我第一次遇到这种情况的时候，就有人开玩笑地对我说："不用担心，小震不用跑，大震跑不了。"屡见不鲜后，那就该喝茶喝茶，该上班上班。这是在长久的连番折磨后形成的心理保护机制，说是麻木也可以，说是豁达也讲得通。

很快网上传来信息，九月五日十二点五十二分，甘孜州泸定县发生六点八级地震。

泸定与阿坝州汶川、绵阳市北川、雅安市芦山、都江堰市等地，几乎处于一条从东北向西南的直线上，这条直线的附近有三条断裂带，龙门山断裂带、鲜水河断裂带和安宁河断裂带，地震是寻常现象。

到北川之后，我增加了一个新鲜经验：时不时手机会收到世界各地的地震消息，国内的自不必说，远至拉丁美洲甚至大洋洲有地震，都会发来消息。这是北川应急管理局的日常操作，其他地方我不确知有无类似的举措，在本地是常态化的。

两天后，北川县干部和群众聚在县委门口为泸定、石棉灾区捐款。完全是干部带头，民众自发的举动。虽然北川的人均收入谈不上宽裕，但捐款显得理所当然。这是北川人心照不宣的感恩心理——二〇〇八年汶川大地震中，本地受到了来自世界各地的爱心援助，从不曾忘怀。他们感受过关爱，掌心的温暖还在，有能力的情况下，会第一时间想着去反馈他人。

这是爱的传递。

关于北川，人们知道多少呢？它是地处川西偏僻山区的一个平常地方，类似的县级行政区划（包括旗、区）在全国目前至少有两千八百多个。如果不去专门查询，多数人也许只是影影绰绰地听过它的名字，并不了解其内在的肌理。在更广泛的大众层面，它唯一可以标示的特征是在二〇〇三年被划定为全国唯一的羌族自治县，二〇〇八年地震的时候老县城曾经遭受灭顶之灾。

从地图上看，北川位于四川省绵阳市的西北部，北部连着平武县，西南部、西北部接着阿坝藏族羌族自治州的茂县和松潘县。地质学上将其归为扬子准地台与松潘—甘孜地槽褶皱的结合部，换个更易理解的说法，就是四川盆地向青藏高原的过渡地带，常有地层褶皱与断裂活动。

在没有永安、安昌等几块从安州区（原先的安县）划过来的平地之前，老北川全境大部分都是峰峦起伏、沟壑纵横的山脉，大致以白什乡为界，西边属岷山山脉，东边属龙门山脉。

山水纵横，风土奇崛，汉羌藏回多民族聚居，北川称得上极富特色。水道丰富，且依山势而走，形成许多激流险滩，也使得境内依循地利建造了许多小水电站。这一点在云贵川的山区是普遍现象，其中四川的水电居于全国之首。我是有一次去成都参加水电站安全生产专题培训才了解这一点，可见平常观光式的旅游，无法真的进入一个地方的内部。北川像任何一个小地方一样，有着其复杂而丰富的内在，外来者走马观花，并不了然。我花了大概一年的时间才把这些地理情况弄清楚。

一般人们对于北川的印象可能更多来自汶川大地震，在那之后，它的曝光度才明显增加。因为经常出现在中央媒体的新闻中，对于很多普通人而言，北川的知名度甚至堪比它的上级行政单位绵阳市。

二〇〇八年五月十二日震惊中外的汶川大地震，是一桩分水岭式的事件。它在老北川与新北川之间清晰地画上了一条断裂式的界线，成为创伤性的集体记忆，镌刻在人们的心中。对于当地人而言，更是渗入在后来的日常生活之中，某种程度上甚至改变了北川人为人处世的态度和情感方式。即便过去很多年，人们在交谈的时候仍然会不经意间谈及亲历或耳闻的人与事的细节。我想，哪怕再过许多年，当那些亲历者老去、故去，"5·12"大地震还是会被人们记起，它已经成为地方乃至中国历史与记忆的组成部分,就像一九三三年八月二十五日发生在隔壁茂县的叠溪地震,在后来衍生出形色各异关于"叠溪海子"的故事与传说。

历史变成故事,故事又转变成传说和神话,这是真实事件在时间长河中流转所发生的常态。但是,十几年的风霜雨雪还不足以湮没事实的痕迹。我踏上新北川的土地,听到最多的就是关于地震中的种种悲怆而动人的故事。灾难带来巨大的损失和伤痛,北川却也一次一次地在废墟中崛起,不屈不挠地如同凤凰涅槃一样获得新生。

刚到北川不久的一个冬日的凄风冷雨中,我经过属于曲山镇的北川老县城遗址,它完全成了一片废墟。房屋东倒西歪,道路破碎扭曲,可想而知发生地震时候的惨烈情形。四野无人,车子在巍峨的山间沿着湔江行驶,路依山而建,盘旋起伏,斗折蛇行。很多地方可以看到比汽车还大的碎石落在路边,都是山上在雨中滑落的,为了防止它们继续滚动,石头上勒上了巨大的铁索网,铆定在地面上。

在那个时刻,我忽然理解了为什么"危"有"高"的含义,危冠、危檣、危楼……"危"的古字形象就是人在山崖上。老县城两岸夹峙的高山,就是"危"山,它们过于巨大而临近,发生地震的话,山间的人、车、桥梁与树木、道路与建筑,都无处可躲。汶川大地震十几年后,这里又经过数次余震、洪水和泥石流,虽然总体的形势还在,地表已有了很大变化。即便今日,驱车行驶在修缮一新的道路上,仍然可以感觉到两侧耸立的山岩所带来的压迫感。

废墟上空空荡荡,只留下倾圮毁坏的建筑,矗立在显得荒凉的碎石滩上,房屋断折的荐口如同空洞的深渊,那是无声的诉说,显示出天地的不仁。当时的惨痛难以尽述,北川中学则最令人记忆深刻,学校就在山脚下,在山体推移中遭到了摧毁性的打击,许多遗体实际上无法挖掘出来。后来的余震、暴雨和泥石流,使得老县城一楼以下全部被掩埋了,遇难者同山阿融为了一体,它们短暂的生命重新成为大地的组成部分。

穿过老县城的路原是通往平武和九寨沟的必经之道,我第一次去的时候是冬季,又在疫情期间,很少遇到车辆。清早的雾气笼罩,枯水期的江对岸山上草木泛出枯黄,山岚蒸腾,远望已经看不出灾难的迹象,只余一片莽莽苍苍。大自然以其无与伦比的伟力将一切慢慢遮盖,人们却顽强地要记住这一切,将这一片废墟改造为一个祭奠、缅怀与警示的处所。这里面有一种直面痛苦的坦荡,一种时刻警醒的提示,一种渺小中的倔强。

如今来新北川的人,一般都会到老县城遗址去看一下,十几年的风吹日晒雨淋,中间又经历了余震、泥石流、滑坡、洪水的数次侵袭、冲刷、蚀刻、掩埋,当年被震垮的楼宇底层几乎已经全部被泥沙埋藏了。二〇二〇年八月十五日的洪水更是淹到了地表一楼以上,潮水退后,露在外面的断壁残垣依然让人触目惊心。我数次到这里,尽管已经很熟悉,但每一次内心都会受到很大震撼,不由自主地生出感动,为生命力的顽强,为人性在危急关头所迸发出来的光芒。那是对心灵的净化,对情感的陶冶,也是对人类精神的感喟。后来,只要有朋友来北川,我总是会带他们到这片遗址走一走,体会这块土地的苦难、坚忍和生生不息的顽强。

同一种创伤,伤害的地方与程度是不一样的。日子向前,生活还要继续,遗忘是自我防御机制的一种,很多北川人现在已经不怎么愿意去追忆当年的细节,而将那些痛苦隐藏在内心深处。从碎片中创造出新的完整的自我,虽然是一个艰难的历程,却也是必然的选择。

也有那种难以走出心理困境的人,在老北川中学遗址上立了一块牌子,上面是一位失去孩子的母亲写的信。那个悲伤的母亲每年都会写一封,逢到清明和五月十二日那天都会来看望。她不是祭拜,而是寻找,她的手机号一直没有换过,因为当初她孩子的遗体没有找到,她心中坚信他应该还在。这个执念支撑了她十几年。随着时日的流逝,也许重回旧地寻找的结果已经不再重要,她的行为已经成为一种仪式,一种另类的凭吊。有时候,可能人们都需要靠这样的精神寄托来挺过人生中的黑暗时刻。

就像那杆至今屹立在遗址上的红旗。它原先立于老北川中学操场中间,山体滑坡下来,整个学校被山石泥土往前推了十几米,教学楼和一应建筑悉数被掩盖,那杆红旗却奇迹般地依然竖立在那里,成为一种关于信念和勇气的象征。

刘烨园的信

◎ 张新颖

> 我保存着一些师友的信,也就是保存着过往岁月的温暖、激励和交流。有的生命逝去了,纸上的字还在,那就是生命的痕迹还在。手迹即心迹,或深或浅,灵动飞扬也好,沉郁顿挫也好,笔画勾连,生命的信息就游荡于字里行间,既表现于其间,也隐藏于其间。
>
> 我愿意收信人之外,还有别的人也能看见那些生命的划痕。
>
> ——题记

刘烨园离世已经四年了。二〇一九年六月最后一天,在朋友圈看到消息,心里大惊。我并不知道他的生活、身体状况,只是很多年前,与他有一段为时不长的文字之交,后来才在张炜家里见过一面。文字之交,短暂,却绝非泛泛,因为文字之于刘烨园,绝非泛泛随便的东西,认真读过他作品的人,有深切的体会。

我保存了他的四封信,犹豫之后,还是想抄出来。犹豫的原因,是他说了我很多好话,我未必担得起,难免还要招借人之口自我抬举之讥;终于不犹豫了,是因为,这是他的文字,完全可以忽略他谈到的我,而读到他对自己的认知和描述,读到他对文学的个人理解——是的,这是谈文学的信,写于二十世纪九十年代。写信谈文学,这样的事,怕是越来越少了吧。

新颖兄:

您好!冒昧去信,祈谅。

经常读到兄的大作(记得当年您在《萌芽》发的论张炜的文章,就是我在阅读惊喜中荐给张炜的),十分喜欢您以生命的碰撞、穿行,又以散文文采所写的文字。久有约稿之愿,只因性格原因,深居简出,遇事萌发念头后进入"状态"却迟缓,所以一次次被您的文字感动,却一次次延宕而至今夜,极希望兄能在百忙中能惠寄我刊大作,长短不拘,成组也行(我有两万字页码定稿权)。尤其欢迎在别处发不出的有个性有锋芒的文字。

  其实说约稿也是顺便的,触动我而写此信之意,是意识与心灵中想表达我对您的文字的心态:所谓喜欢一词,是心底的,郑重的,而非世俗的,随意的。

  叩 冬悦

刘烨园
96.12.22

  其时我刚回复旦读博士不久,很早之前就读过刘烨园的散文,但并不知道他在《山东文学》做编辑。"尤其欢迎在别处发不出的有个性有锋芒的文字",这样约稿,让我心动,我找出两篇极短的,自己也不知道算小说还是算散文随笔,就是任由心性写的,寄了过去。很快收到回复:

新颖兄:

  好。大作收到。我能感受到这种耐感受的文字的"石头"气息。很个性化,没有时下流行的同化痕迹,没有中国人写滥了的"花草"气息。精神——文字本质就是个人的,如果个人的生命背景、精神背景深厚的话,就是个性化。如果生命背景、精神背景是沟、塘、洼的话,即使再社会性,也浅薄至极。

  文字——散文唯一的"传统"或本质就是自由表达。散文的形式自由,源于心灵自由。许多人搞混了。仅讲形式自由,结果成了另一种不自由,无根无源。

  我喜欢"石头"里可以多视角感受(我隐隐觉出哲学味很浓的宿命和独吟独嚼生命的本质状态等等)的这类文字。你最好整理后都寄给我,我想整体地每次发六千至八千字,这样过瘾、痛快,好吗?

《投江·罪过》，我尽快安排。如果时间允许，您最近是否能再寄几篇，我好发一组。如来不及，我先发这两篇。

您的"冰雪气质"，使我吃了一惊。在这个贪图一目了然（如坐索道去看深山风景）的时代，我的写作，客观上成了一种抽刀断水，离时俗越来越远，从集市走向荒莽，不再有人识了。很好。很正常。但总还剩下几声长短不一的朋友的话语，算是民间的青鸟探问。但一语中的言之为"冰雪气质"的，您是唯一之人。我欣幸自己在阅读您的文字中没感受错；您的"判断"与我对您的悟力的敬意吻合。这种再次的思维印证产生了纯美的慰藉。

在这年头，平静，主观上是个人性格的，客观上亦是知识分子的独立，独立是人性中很重要很珍贵的"蓝色恋歌"，平静实质是最不"静"的永恒底色，它指向人们终有一天会悟出分量的那缕心香。

....

冬悦

烨园上
1.18

我写的这类找不到合适归属的文字，一共有十几篇，都是自由的虚构，自己概称为"迷失者的行踪"。既然刘烨园还看得上，就挑出最初的十篇，付邮。刊出时题为《行踪—— 一九九一》，年份是刘烨园加的，他细心地注意到这些短章都写于同一年；有了一九九一，似乎就会有一九九二。事实却是，后来的年份虽然还有几篇，但零零落落，不成起码的规模；不久我出随笔集，把这类文字一块儿都放了进去，也就不好投给刊物。

我寄了一本书给刘烨园。是哪本书，现在已经想不起来。他来信说：

新颖：

好。书收到了。谢谢。（在此之前，我虽然已经买了一本，但与您签赠

的不可同日而语）

那些文字仍是十分鲜活。很小的时候，我就纳闷，为什么像莎翁、荷马的文字，人死去那么多年了，历史也是我陌生的，我却仍然感动，仍能感觉到他们的激情与血性？后来终于明白，文字是一个燃不尽的星，一种永存密码。只要作者真诚地将生命倾诉其间，就永不会消失……文字实际是无时代之分的……历史过时、内容过时了，但那里面人的激情、血脉，仍是能扑面的……

您有一信说，还将整理一些旧文字给《山东文学》，集中在一起发。我等着。其实，无论是旧作新作，不拘一格地，寄我即可。在别处不好发的，《山东文学》都较宽容。您那一组"游踪"发出后，不少文学青年都告我，那写法"够味"，散文这么写的，不多见。事情就是这样，我们有时对自己的文字不满足了，但社会却仍是需要的。在这一点上，张炜的心态，就比我们要强得多。大千世界，是有多层次、多元的吸收的。

秋悦

烨园
8.9

我又寄去了一篇回忆性的文字，他回复说：

新颖：

好。大作收到。我很喜欢。读完突然联想到，您写这类文字的"冷清"与不动声色，同您写评论的激情、穿透如同两人。而且即使在散文界，这样"冷"的叙述语言，也不多见。不知到底何为您的"性格"，抑或兼而有之——问题来了，又怎么"兼"得如此分明？

留下发，并慢慢享用。

秋悦

烨园
9.26

此后我忙于博士论文,很少写之外的文章,过了两三年才又给刘烨园寄过一篇。

如今翻检二十余年前的信,写信人不在,文字还在,如何能不感慨系之。

江右词

◎ 胡性能

江西

先说江东。杜牧说:"江东子弟多才俊,卷土重来未可知。"中国历史上,江东是一个区域不断调整和变化着的地理概念。秦汉时期的江东、唐宋时期的江东,以及明清时期的江东,所涵盖的地理区域是有出入的。古代,人们还把江东称为"江左"。今天,对于江左,知道的人大概很少,但人们对江东不会陌生。一是三国时期,孙吴政权建在江东,《三国演义》和《三国志》一再提到"江东"这个词;二是楚汉相争时,项羽所带的核心团队,乃是八千江东子弟。宋代女词人李清照在《夏日绝句》中写道:"生当作人杰,死亦为鬼雄。至今思项羽,不肯过江东。"得益于小说和中国诗词的加持,"江东"这个词并没有被历史的大雾彻底遮蔽,它顽强地伸出时间的地表,显示着自身独特的存在。

曾经,我一度困惑江东被称为"江左"。谈到地理方位,我们通常所说的是"上北下南,左西右东"。这样一来,江东应该是"江右"才是,可它为什么叫"江左"呢?这还得从长江的流向开始说起。

群山耸立,海水退去,江河成为大海的悼词。研究表明,被称为世界屋脊的青藏高原,成因乃三千万年前开始的造山运动,而且如今仍然在缓慢向上生长。盯着旋转的地球仪看世界,看上面代表海拔高度的灰黄色和代表江河的浅蓝色,我意识到没有群山的隆起,就很难有江河的深陷与切割。只是这一升一降的时间太长,人世短促,无法看到整个过程。由于大自然的蓄意安排,今天中国的地势西高东低。如果从高空俯瞰,绵延数百公里的唐古拉山,雪峰群立,它在世界最接近苍宇的地方,接纳上天之水,化为冰雪,成为长江这条河流得以诞生的产床。我用手指触碰地球仪上这条山脉的主峰各拉丹冬,感觉有尖突的异物轻抵。三千万年,这座山峰长到了六千六百多米的海拔,成为藏语中所说的雪山之巅,也许只有它,才配分娩自己的婴儿。

我想象群峰融化的雪水,在重力的作用下,不断从雪峰汇集到山脚,借着地势,它们开启了往东数千公里的旅程。就像候鸟归乡,灵魂返回息壤,从各拉丹冬流下的雪水仿佛是信使,告诉大家东去的大江已经开始启程。于是大地上的水流按照各自的家族,认祖归宗,它们相约了一路前行,不断汇合,声势渐大。雅砻江来了,大渡河来了,岷江、乌江、嘉陵江、湘江、汉江也来了,在南中国,没有任何一滴水再沉得住气,它们纷纷从树叶上滑下,从草根上渗出,从悬石上掉落,呼朋引伴,彼此招呼,在西藏、云南、四川、贵州、湖南、湖北等十数省区市的土地上形成了万千水流,加入一路东去的合唱队伍。渐渐地,它由最初的沱沱河长大成为金沙江,继而成长为长江,东去之水渐渐有了一条大江该有的雄浑和舒展的气象。

从遥远的各拉丹冬,到长江的入海口上海崇明岛,六千三百六十三公里的流长,既是一条大江的物理长度,也是一滴雪水奔向大海得以永生的时间长度。海拔六千多米的雪域之巅,到零海拔的浩渺东海,这海拔与流长,似乎刚好相差了一千倍。巨大的落差,既意味着江水一路东行将获得的动能,也意味着每一条汇入的江河,都已经历了无数的跌宕与粉碎,然而正是这长度和高度带来的裂变与新生,帮助长江完成了自身的蜕变与成长。

面对东方大地上最长的大江,面对一往无前的浩荡江水,没有人会无动于衷,但太多的人无法表达,他们只能处于内心激动而失语的状态,只有那些天选的诗文大家,才会代替我们人类发声。苏轼说:大江东去,浪淘尽,千古风流人物;李白说:山随平野尽,江入大荒流;杜甫说:星垂平野阔,月涌大江流,又说:无边落木萧萧下,不尽长江滚滚来……在所有古人写长江的诗词中,杨慎的《临江仙》也许是人们最熟悉的一首。一五二四年,他被谪云南,由军士解押从京城一路南下,途经湖北江陵,望着浩荡的大江,他不禁泪流满面。辽阔天宇、苍茫大地、无尽人生、迷雾般的历史、数千年往事……在他目睹长江的那一瞬间注向了心头,以至他的胸中似有文字的千军万马意欲狂涌而出,于是杨慎当即挥笔写下:滚滚长江东逝水,浪花淘尽英雄,是非成败转头空,青山依旧在,几度夕阳红……

一路东去的长江,抵达江西九江时,不知是何原因改变了流向,竟自选择由西南流向东北,直至流到南京,这条大江又才幡然醒悟,调整方向东赴大海。长江这由南向北数百公里的流淌看似随意,却在昔日的吴楚大地间,形成了地理意义上的"江左"与"江右"。

人类文明发源于北半球,而且几乎都在北纬三十度附近,这是巧合、偶然还是必然,今天的人们仍旧众说纷纭。当我们用北极星定位,向北眺望大地时,形成的是北方为上、南方为下的空间格局。我们所熟悉的平面地图,采用的便是这样一个方位,所以我们说"左西右东"。然而古代中国,人们看待世界的角度与今天的并不一致。数千年以降,中国的权力中心几乎都在北方,王朝的天子在打量这个世界时,习惯以坐北朝南的视角来俯视普天之下的王土。因而古代中国的地图是上南下北,看待世界的角度一变,左西右东便调了过,江左对应的成为江东,江右对应的则成为江西。

从地理位置上来说,有江东就应该有江西。但今天的行政区划上,有江西,却没有江东。古代中国,对行政区划的命名常常会借助一个参照物,让被命名的地方直观明了,这便形成了两相对应的几个省区。山东与山西、河南与河北、广东与广西、湖南与湖北,唯有江西,像苍鹰遗留在大地的一只翅膀,另外一翼的江东,始终只是一个模糊的地理概念,而没成为一个行政单位。

作为省一级行政区划,江西破茧于公元七三三年。之前,唐太宗李世民将全国划分为十个监察区,江西属于江南道监察区;而后,唐玄宗将全国的监察区增加到了十五个,其中就增设了江南西道监察区,意为江南西部地区,简称为江西,一个省名就此确立。由于位于东边的江南东道素称"江左",故西面的江南西道,人们便用"江右"来指代它。自此以后,无论行政区划如何改变,都没妨碍"江右"成为江西的雅称。

"遥夜独不寐,寂寥蓬户中。河明五陵上,月满九门东。"这是唐代诗人戴叔伦《新秋夜寄江右友人》中的诗句。李商隐也说:"胜概殊江右,佳名逼渭川。"在中国的文化典籍里,"江右"是个出镜率很高的词汇,但就像不知道"江左"是什么意思一样,今天的人们对"江右"大多也感到陌生。在时间的遮蔽下,曾经闻名遐迩的"江右"很少被人提及了,渐渐地,它变得模糊,模糊得就像中国古代典籍里那些生僻的文字。不过"江右"这个词的隐退,倒是成全了作为行政区划概念的"江西",在中国历史中清晰起来。

迁徙

江西人成规模地往外迁徙,也许还得往前推几百年。公元九八〇年,后周殿前都点检赵匡胤在开封东北四十里的陈桥驿组织兵变,代周自立,建立了北宋王朝,结束了中国唐末五代长期分裂的局面。那个时候,江西是中国人口最为密集的地区,多达四百四十六万,占全国总人口的十分之一。经过两宋的发展,到了元初,江西人口竟多达一千四百万,其在册的户数和人口,分别占了全国人口的五分之一和四分之一。庞大的人口数量、有限的耕种土地、发达的经济,让江西人意识到,人生的路未必只能固定在土地上,于是赣地之民便有不少弃农经商。加之江西物产丰富,粮食、茶叶、布匹、陶瓷、纸张……大量的江西商人携货走出赣地,在全国各地将生意做得风生水起,历史上最具影响的"江右商帮"就这样出场了。

当年的江西人结伴而行,所到之处,他们建万寿宫,传播江右商人和合共赢、以义制利、童叟无欺的商业精神。一时间,江西商人风头无二。明代的张瀚在《松窗梦语》一文中说:"今天下财货聚于京师,而半产于东南,故百工技艺之人亦多出于东南,江右为夥。"公元一四二一年,明成祖迁居北京,全国各地的商人嗅到商机,纷纷前来建会馆。明代的北京会馆一共建了四十一所,江西的万寿宫就占了十四所,居各省之首。

迁徙到西南边地的江西人,他们入乡随俗,服饰、语言及生活习惯渐渐与当地人无异,得益于文化与财富的加持,有的人通过各种办法谋取了土司的职位,成为少数民族的首领。没成为首领的,也大多成为当地的大商巨贾。清雍正、乾隆时期,朝廷在西南少数民族地区实施"改土归流",竟然有不少土司被强行迁入江西。原因是朝廷发现这些土司原籍竟在江西,是因祖辈经商才到了少数民族聚居区繁衍生息的。

云南建水的团山村,离县城十三公里,如今是国家级四A级景区。这座古村至今保留着二十一座清代建筑、三道寨门、三座寺庙和一座宗祠,它是今天中国大地上保存最为完好的古民居群落之一,也是世界一百个纪念性建筑遗产保护对象,而这一切,都与六百年前迁居此地的一位江西人有关。

明洪武年间,江西饶州府鄱阳县许义寨的张福,来到了建水团山,并在此繁衍生息。张福后人在团山所建的张家花园,由三十幢房屋、二十一个天井和一个庭院式私家花园组成,其建筑风格融合了中原汉式青砖四合大院、彝族土掌房和汉彝结合的檐瓦土掌房,被誉为"云南的楼兰古城"。今天的团山村,居住的几乎都是张福的后人。村中的张氏宗祠,厅堂两侧挂有一副对联:"张氏始祖发籍于江西鄱阳县许义寨先辈正宗;氏族兴旺迁移在云南建水团山村后世立祠。"横批是"百忍家风"。这副对联,既讲明了张氏一族人的祖籍地与迁徙史,更明确了张氏族人为人处世的态度及恪守的族规家律。

走得最远的,也许应该数江西南昌人汪大渊,一三三〇年,他从泉州出海经商,足迹遍及南洋诸国及波斯等地,甚至抵达非洲的埃及、摩洛哥和莫桑比克等地,是开辟中非贸易的第一人。他著的《岛夷志略》被列为"影响中国的一百本书",这本书后来引起了西方学者的重视,自一八六七年以来,被翻译成多国文字,在世界流传,被学界认为对世界历史和地理做出过伟大贡献。汪大渊也因此被西方学者称为"东方的马可·波罗"。

囿于见识,很长一段时间,我以为江西在中国,有如一个不显山露水的中等同学,它既不像沿海省区那样经济发达,又不像西部省区那样风光绮丽,但把历史这本厚书翻开,才发现江西在古代是一个了不得的学霸。长达近千年,它一直是国家的优等生。它的一举一动,不仅影响着朝廷,也左右着地方。江苏一带,旧时有"三日不见赣粮船,市上就要闹粮荒"的说法。得益于商贸的往来与人类的迁徙,也许我们每个中国人的肉身里,都有南来北往的基因。而每个人的灵魂里,也都有或明或暗的东西各地的文化;也许,我们每个人,都是东方大地之子,有时间的馈赠,有基因的融合,有文化的滋养,从这个角度来说,我是你,你是他,每个他人,也都是自己。

摇篮

◎ 贾梦玮

　　我母亲小时候是有名的被送养的孩子。贫穷年代，孩子多了养不活，只能送出去一个甚至两个，给没孩子的家庭领养。那叫"减轻负担"啊。也没有人细究过：那"负担"是什么，那是怎样一种"减掉"？我母亲有一个姐姐、一个弟弟、一个妹妹，据说我的外公年轻时不怎么顾家，所以日子过得更加艰难。要减轻家庭负担，送一个孩子出去是现成的办法。姐姐是长女，妹妹是老小，弟弟是唯一的男孩，都有留下的理由。母亲成为送人抱养的最佳人选。

　　母亲那时四五岁，已经知道了"家"的意义。此时被抛弃，是得而复失，是生生扯出的血淋淋的伤口。哄、骗、逼，母亲在号啕中被抱走。外婆含辛茹苦，但要把自己的孩子送人，撕裂的痛苦，巨大的不舍，被送走的孩子也能感受到。外婆安慰自己的唯一可能的理由是：二女儿到了新的人家后能过上比较好的日子。据说外公表现出来的是减了负担的轻松，这对于母亲来说，无疑是最大的悲凉。这种伤害一定是寒彻肌骨的。对此，一直到外公去世，母亲也未能原谅。

　　母亲作为被抱养的孩子之所以有名，是因为她曾被不同的家庭抱养。第一次去的人家，因为后来生了自己的小孩，母亲被送回来。又送去第二户人家，可能是因为养母有了另外的相好，嫌母亲碍事，虐待她，逼她走，没办法，只好回来。母亲于是到了第三个养父母家。也是没孩子的人家，就在本村。"爸爸对我很好！"说起最后这位养父，母亲总是如此深情而肯定，没有丝毫的勉强。如今，快八十年过去了，母亲仍很自然地称呼这位养父为"我爸爸"。这也是母亲唯一称之为"爸爸"的人；对外公，母亲一直称为"老头子"，带着怨恨和不满。正因为是自己血缘上的父亲，天经地义的父亲，这种怨恨和不满更是深入心坎，难以消除。与此相对照，"爸爸"的形象更有了别样的光彩。

母亲接受了这个"爸爸"。因为是我母亲的"爸爸",我对这位从未谋面、只在传说中的男人也有了神秘的亲切感。后来,我从老家的地方志中查到此人,是中共烈士。就这样,母亲在这个家里生活下来,而且爸爸对她很好,她有了"爸爸"。除了终于可以吃饱穿暖外,有了"爸爸"的宠爱,母亲找到了"家"的感觉。至于"爸爸"如何对她好,我曾经问过母亲,她自然没能说出个子丑寅卯来。"好"和"爱"一样,是无法进行分析、概括的。天下的好,都是说不清道不明的。眼见为盲,口说如痖。

只是,"好",最容易失去,所谓"好景不长"。而且,灾难和打击来临之前,一定不会征求你意见,也不管你是成人还是儿童,有没有能力承受。母亲那时被她的原生家庭抛弃,"爸爸"是她唯一的依靠。

但是,"爸爸"突然被国民党反动派活埋了,而且是她亲眼所见。那是一九四七年,母亲六岁。国共斗争的残酷,特别是一九二七年前后和一九四七年前后,那种你死我活,我过去是从历史著作和文学作品中看来的,但都不如我母亲的讲述让我感受强烈。母亲也是后来才知道,"爸爸"是中共地下党的大队副,当年是和他的大队长一起被国民党活埋的,就在他们那个村的农田里。母亲说:"爸爸"被活埋后好多年,到了阴天,那片农田经常有两团"鬼火"上下翻滚、崩裂,照亮天空。母亲说:其中一团肯定是"爸爸",只是不知道究竟是哪一团。"爸爸"是不屈不甘,母亲则是难忘不舍。

"爸爸"被活埋时,他老婆也就是母亲的养母躲在家里没敢出来,母亲是跟着养母的妹妹,也就是她的小姨到了现场。"爸爸"被五花大绑摁在土坑边,周围有零星的人围观。母亲感觉到了什么,哭喊着要往"爸爸"那儿跑。小姨慌乱中赶紧用手捂住母亲的嘴,努力将她抱离现场,不顾母亲向着爸爸的方向奋力挣扎……类似场景,我也只是在电影电视中见过。

"爸爸"分明是不可能回来了。成了寡妇的养母暗示她已无力独自抚养她的养女——我的母亲。母亲于是再次回到她的原生家庭,成了送不出去的孩子。母亲也知道,随着年龄的增长和家庭经济情况的相对好转,特别是外婆的极力反对(外婆说,即使是带着母亲一起出门讨饭,也不可能再把女儿送人),她不可能再被送人。三次被"抛弃",心理情感上的伤口,何止三道? 母亲自然成了家中

"不一样"的孩子,心理上的阴影是无论如何擦洗不掉的。而且,还多了悲伤和荒寒,因为,"爸爸"是永远没有了。母亲说:时间长了,一年又一年地过去,那两团"鬼火"也渐渐消失不见了。母亲说:"爸爸"肯定已经重新投胎为人,显然是再也没法寻找。母亲与"爸爸"父女一场,只不到一年的时间。

　　听母亲说起她的这些往事,也是在我为人父之后。快八十年过去了,无可挽回的悲伤、身心撕裂的痛苦,似乎已经被时间漂白。母亲语气平静,只有当说到"爸爸对我很好"时,母亲的声音依然是有温度的,这时候,母亲分明还是被"爸爸"宠爱的女儿。

　　这世界上的每个人,心上都有一道或多道伤口吧,而因为伤口的主人是我们身边的亲人,恰恰被我们忽略了。那伤口曾经流血,正像火山,后来多年不喷发,休眠了。

　　母亲说到的这些,应该只是她心理情感经历的很小很小的一部分。有些她能理解,但她表达不出来;有些可能是她永远不肯说出的心底的秘密;而另外一些,她自己可能也弄不清楚。

　　大概只有小说家,或者用小说的笔法,才能捕捉孩子隐秘、精微的情感。我曾经读过一篇小说来稿,虽然因为其他原因未能发表,但小说对被弃养的孩子在见到血缘意义上的父母时的心理描写,给我留下了极其深刻的印象。这与我母亲的故事正好相反,是血缘的神奇关注与吸引。一个生下来就因为种种原因不得不送养的女孩,长到稍稍懂事时到自己的生身父母家治病。父母知道这是自己的亲生孩子,但孩子并不知情。神秘的血缘让孩子看到了父母看她时的"异样"目光,这是她从来没见过、没有"享受"过的。病中的她受到亲生父母迟来的加倍呵护,她甚至感觉到自己被一种奇异的花香包围,心脏的某个部位弱弱地塌陷下去,是那种甜美的塌陷,虽然她并不知道原因。生母眼中噙着泪水,叫女孩的名字时,嘴里像是含着一块痛苦的糖,克制着不咽下去。生父抚摸她头发的感觉也是她从来没有感受过的。他们看着她,惊异、满足而又悲伤。被这样的气氛包围,小女孩从来没有感觉这么愉悦和放松过,这个一出生就被人抱养的性格孤僻的孩子,竟然可以不停说话,对着陌生而又"熟悉"的亲生父母诉说她的遭遇,特别是原来生活的村子里的人看她的另外一种异样的眼神。这些是新闻报道所无法表达的。孩子心理上粗粝而又细微的纹理,那是生命贯通肺腑的真实状况与遭遇,是无法阻断、割舍的血脉神奇。

摇篮和摇篮曲,大概是幸福童年必不可少的吧。有视觉、听觉、触觉,关键还有内心的感受。但睡在摇篮里的那位,当时是没有能力描述对摇篮和摇篮曲的感受的。许多大作曲家如莫扎特、舒伯特、勃拉姆斯都创作有摇篮曲,艺术家们对"摇篮"的表达,既是回忆,也应是结合了自己为人父母后的体会,是父母和孩子的联合创作。摇篮曲旋律轻柔甜美,节奏配合了摇篮的荡动感,目的是哄宝宝入睡。清代诗人赵翼坐船时也找到了这种摇荡感:"一枝柔橹泛波空,牵曳诗魂入梦中。笑比摇篮引儿睡,老夫奇诀得还童。"(赵翼《舟行·其一》)小船轻摇,诗人无比享受,好似回到了小时候的摇篮里。

这当然是在水波不兴的时候。但风浪却是人生的常态,摇篮和摇篮曲注定成为回忆。人生造化不同,命运轨迹各异。人活一世,个人的心理图景更是各式各样,色彩明暗斑驳。心理情感世界,就连它的主人都不能完全明白。而世上每个人的命运都肇始于家庭,起源自童年。孩子的遭遇又总是有着最多的不确定性,有些甚至是被拐卖、送养或者走失,完全脱离原来的生活轨迹,漂泊到世界的某个角落,无法与他或她的亲生父母相见——有的是永远不得相见。父母与孩子,天造地设,血脉贯通,本来不仅无法分开,而且分别依靠对方存活。但因为种种主客观原因,有些父母与孩子被硬生生撕扯开,造成世界上最让人撕心裂肺的分离。这是人类最大的悲剧和极罪之一。那些丢失了孩子的父母,或是哭天抢地,或是"闭门屋里坐,抱首哭苍天"。然后就是希望与失望交替的寻找。

我看到一则新闻报道。一位母亲几岁的儿子被人贩子抱走,母子从此走上互相寻找的绝望之路。儿子终于从人贩子手中逃脱,辗转流浪,已经与父母隔了千山万水。因为当时才几岁,没法找回与父母失散的地点,被好心的渔民夫妇收养。在自己养父母的帮助下,儿子几十年一直在寻找亲生母亲,那个给他生命和摇篮,抱他在怀中,喂他以乳汁的妈妈。丢失了儿子的母亲离了婚,她衣服的胸口处永远印着她儿子的照片,寻找儿子成了她的职业。因为同属于"寻找的群体",这对母子已在同一个朋友圈里,并相互鼓励,但偏偏错过了母子相认。等到DNA比对上,母亲已经成为墓碑上的照片;悔得肝肠寸断的儿子,只能抚摸着千寻万找的母亲的照片,哭倒在母亲的墓前。

天可怜见。没有人能完全知道这对母子究竟经历了什么。

谢天谢地,如今有了DNA技术,有些走失的、被送养的或者被拐卖的孩子,通过DNA比对终于找到了自己的亲生父母,父母终于找回了失落的孩子。几乎绝望的寻找,终于等来了亲生父母与孩子相见的抱头痛哭——抱头痛哭,不准确,怎一个"痛哭"了得?我还没有找到一个合适的词来描述。这样的场景被各类媒体争相报道,引得受众感同身受,唏嘘流泪。回家的路有多长,只有当事人心里知道。但回去的家有些可能只是血缘意义上的,孩子今后如何与生身父母和养父母相处;孩子与自己的生身父母分离之后,身心究竟遭遇了什么,这些显然不再是媒体所关注的了。

孩子的感受与父母一定是不同的。父母是失而复得,痛苦也好,欣喜、愧疚也好,是明白的。而孩子当年还小,懵懵懂懂地过了很多年,突然出现了记忆中可能没有的生父生母,其实是有点尴尬的,何况还要面对抚育自己长大的养父母。孩子的心理情感历程曲折隐晦,有着说不清道不明的隐痛,是孩子无法承受,而又不得不承受的。而这些,可能成为伴随孩子一生的伤口和暗疾。

幸运的人,生命中都有一个有形无形的"摇篮"。父母在世,他们永远是爸爸妈妈的宝宝。有家,本质上是感受。有爱他的父母,孩子感觉有家;有自己的孩子,父母也感觉有家。丁克家庭,夫妻相守,有关于"摇篮"的回忆,是有家;现在有独居家庭,曾经有过父爱母爱,也是有家。而有些不幸的人,表面上似乎有家,其实是无家——从未有家的感觉,从未回过家。人生最荒凉的,莫过于此。

父爱、母爱,也许还要加上男女之情,那是人类前行的情感支撑,虽然它们大多数时候看不见,摸不着。我母亲缺少父爱,但绝不是荒凉,因为曾经有过,而且那么刻骨铭心。母亲一次又一次被抛弃,但她的心田也绝不是一片荒漠,因为她有过"爸爸"。小说来稿中的女孩,也感受到了血缘神奇的"异样",虽然她可能永远没有机会解开这个"谜"。她们一次又一次失去,但不是两手空空。

佛教讲"断舍离",一切都要放下,包括父母。但发肤乃父母所赠。出家人临终前,也许会念想自己的亲生父母吧。此时父母之义早已化为无形的东西。父母给的摇篮,父亲、母亲哄宝宝睡觉的哼唱与吟哦,孩子睡在摇篮里面时,是有形、有声的;摇篮里的那位长大后,摇篮无形,吟哦无声。可它们并未消失。而且,正因为是无形无声的,才是永不磨灭的,因为这些已经沉淀至心底,融入生命。体验者只有到了生命的终点,那些关于摇篮的种种才变得不可考。

《五灯会元》所载三位出家人的临终偈,涉及父母,其意味忠于佛教,似也超越佛教。重云智晖禅师临终偈语云:"我有一间舍,父母为修盖,住来八十年,近来觉毁坏。早拟移别处,事涉有憎爱。待他摧毁时,彼此无妨碍。"这是出家人的理性口吻,但再"佛系",他也知道父母所赐的身体发肤是不能选择的,而且"有憎爱",词义重心落在"爱"上。西竺寺的尼姑法海禅师殂日说偈曰:"霜天云雾结,山月冷涵辉。夜接故乡信,晓行人不知。"天明时坐化。她是接到故乡的来信走的。而父母所在之地,父母之邦,才是故乡;父母唤她回去,乃是往生。焦山师体禅师活了七十二岁,临终他没说父母所给的"一间舍"毁坏,也没说接到"故乡"来信。他的临终辞众偈说:"七十二年,摇篮绳断。"父母给的摇篮一旦坠落了,那也许才是最后的空。

摇篮在,一切仍在。

流沙之外的风景
◎ 裴海霞

一

在西北荒野,面对一条羊肠小道,我经常举棋不定。这些灰白的野径断断续续,从荒野的深处行过了多少道碱滩,翻过了多少座沙石梁,蜿蜒出现,往往让我猜不出,这是一条鼠兔常走的道呢,还是一条能通向前方蒙古包的牧人道。这种羊肠小道,顺着荒野的褶皱延伸,从无到有,从细到粗慢慢孕育而出,借由无数条行走其上的腿脚总结而成。时间久了,洞悉了狐狸、狼、黄羊、野兔、牛、羊、驼、马的心思,和荒野中漫跑的生灵关系最密切,千转百回,勇往直前。时间久了,就有了自己的名字,有了错综复杂的命运,以及波澜曲折的一生。

荒野中,对于一场风,时间与节气毫无意义。风儿们会不分时节说刮就刮,像千万匹奔腾的骏马汇集成的军团,呼啸长奔,重重地以大扫荡的姿态长驱直入,把羊肠小道们连根拔起,让它们消失在流沙之下。大风过境后,所有的喧哗戛然而止,足迹消失了,只有流沙中露出的骆驼的白骨苦苦煎熬着。

当然,羊肠小道也能改变许多东西,包括百年前荒野里的某段时光。

从民国年间开始,每年都有一串串的驼帮途经巴丹吉林沙漠北麓的额济纳荒野,细细的绳一样的野径拉扯着驼帮日复一日地往前走。驼帮傍晚打尖,翌日正午起程,滚滚而来的尘烟是那段岁月的底色。常有土尔扈特牧人骑骆驼路过驼帮的宿营地,打个招呼,打听消息,传个话,或者用些牲畜和皮毛货换药换茶。茶是金贵,一块黑砖茶能换一只羯羊。

牧人与驼帮往来多了,也就知道了驼道走向。这条贸易商路从敕勒川草原的大青山脚下的蒙地出发,大体沿北纬四十一度循阴山南麓西行,过额济纳荒野的沙漠戈壁入新疆境内。

那年头，南来北往的驼队多了，驼道沿途有井有草的地方，北京、山西、包头这些大地方跑买卖的商人，在驼队必经之地，搭了帐篷建了土坯房开起了买卖。商铺是个热闹之地，南来北往的各种人等蚁聚其间，各种口音都是远路上来的，抑扬顿挫间各种的消息，活色生香地在这个交换消息的万花筒里飞进飞出。仅仅两三年光景，旗里的衙门在几处驼道必经之地的商铺旁边设立了税卡。

建在胡杨林里的北京人开的买卖，商铺的门框会做得精致一些，窗户贴着麻纸，贴在进门迎面土墙上的财神被烟熏火燎久了，糊了一层蜘蛛网一样的油烟，有些北京厢房的腔调。与北京买卖相隔四五十里居延海一带的几家山西人开的买卖，存货大伙计多，商铺添了留声机等，以斯为盛。商铺门口牲畜饮水的水槽也是一道风景，一口人畜共饮的淡水井成了标配。商铺里的货品，最多的是普通零碎的皮货，缺乏整体性规划，就东一处、西一处，凌乱得很，也就积蓄了一股子烘热的腥臊气。买卖是些小买卖，进出的人有牧人，也有骆驼客，都是那个时代随处可见的小人物，一些靠下苦力混口饭吃顶不起眼的草根。所有的讨价还价都在袖子里完成，有的掌柜也就兼着伙计，多年跑江湖练出的眼力见儿，相羊相骆驼的斤两，上下差不了几斤。掌柜还能谝，装了一肚子的异境奇物、神仙方术、琐闻杂事。掌柜谝开了，各种消息在唇齿间上下翻飞，连说带比画，谝三天三夜，都不带谝重了。

驼道繁华了一二十年的光景。民国时从一家姓白的商铺里，旗府衙门里的人查抄出了宣传单，还有电台。白掌柜是谍报路线上潜伏过来的人，血统比较复杂，眉心间长有黑痣，古书上说人有异相必有异禀。白掌柜会"打踪"，不论是人还是畜群，只要从路上走过，一眼便可判断出是什么时间从这里经过，去了哪个方向。情报路线上游走的白掌柜脸红得像块红砖，嘴角带着善意的笑，常和店里的伙计并排蹲在墙根搓烟叶子抽旱烟，腰中的蹀躞挂着火镰和砺石。白掌柜被枪决后，伙计也不知所踪。

历史记载是残酷的，会筛掉很多普通人。白掌柜的记载却很幸运地保留在了额济纳旗档案馆里，我翻阅到时，一线阳光落在发黄的纸上。档案馆空寂清冷，远离喧嚣，黑黑的走廊里我好像听到有人走过，又好像不是，那兴许是多年以前的脚步声，从别的世界里意外投到了我的耳膜里。我听见了什么，又仿佛没有听见,看见了什么,又仿佛没看见,那一团似有非有的杂沓里,大概藏着被搁置在文字里的故人故事。想来,档案史料是历史情况的绝佳寓所。而今,岁月已逝,过去发生的事儿挤成一团更深的黑,在手指翻不到的角落里发酵,令我浮想联翩。

居延海一带春天黑风多,春天一过,蒙古高原便进入漫长的干旱季节。居延海东岸的芦苇荡里那时有很多野物,有狼、野驴、狐狸、黄羊、野鸡、野兔、黄鼠狼,凡叫出名的野物,芦苇荡里都有。夏秋两季,人在湖边远远地走,湖水湛蓝深邃,哗啦哗啦轻拍湖岸。冬天地冻结实后,牧人们骑着骆驼,穿行芦苇荡,芦苇粗壮如笔杆,能没过驼上之人。

驼道在居延海一带向西向北分成西北两岔。白掌柜的商铺往西二十里,山形如笔架一般的狐狸山横亘于苍茫大地上。西线绕过居延海后,顺着狐狸山南行过黑戈壁越过马鬃山后进入甘肃明水,抵达哈密。北线绕过居延海北去进入蒙古国境内,隔着广袤的戈壁,陶斯图雅斯图山看着近,离着远,在蒙古国境内绵延起伏,起起落落,没入云天。

二

沿着驼道过居延海往东南方向走,是一片沙漠。这是片新的沙漠。长河流尽,河水渴死成了沙子。站在干涸的河床里,不远处就能看到蓝天下巴丹吉林沙漠的曲线。绕过巴丹吉林沙漠北麓东进阿拉善荒野,天幕湛蓝高远,大地仿佛把所有的宁静安谧都给了这片黑曜石遍野的山峁沟壑。驼道与一条老旧的沙石路在这里重叠,顺着京斯图山脚流过。

京斯图山不甚高大,山脚下生长着几株红柳。秋日里,耐旱的红柳已经褪下五彩的花穗,在秋风的吹拂下轻轻摇曳纤细的枝条。沿着蜿蜒的小径我轻松地爬到山顶,焦渴大地的气象是荒凉的,同时又是阔大的。我竭力想找出那条尘烟滚滚的驼道曾经留下的痕迹,但是除了旷野的蛮荒之气外,什么迹象也没有。站在山顶,在离尘世百余米的高空处,重新打量我赖以生长的家园。京斯图山的东南是一处雅丹地貌,形状似古遗址的土墩连绵着遥远,似凝固了的海市蜃楼。京斯图山的西南是萎缩后的古居延泽,寂寥地泛耀出一线白光。

荒漠生命有着自己的生存方式,孤独漫长的西行路把四散的天地万物维系在一起,按照各自的生命秩序运转和循环,充盈着生命的葳蕤和蓬勃。时光选中驼道,沟通南北东西,成为广袤戈壁中的血脉和脊梁。时光之河滚滚向前,选中什么,遗弃什么,留下点什么,是偶然,也是必然。而那些最珍贵的,是带着血肉温度构建起一个属于额济纳荒野的整体性的存在。

三

在额济纳荒野,旷野的荒凉并没有遮蔽生命的勃勃生机。蒙古国境内的陶斯图雅斯图山就在居延海的对面,逶迤、连绵。二十世纪九十年代,陆路口岸应运而生。通关的前十年还是季节性的,荒野里的牧人们在口岸通关的日子里,拥挤在口岸上,与河南人、新疆人、甘肃人、宁夏人、本地人及蒙古国人做些吃吃喝喝的小买卖。

牧人南丁其实是个朝鲜人。口岸贸易刚开通那几年,远在几千公里外的吉林朝鲜族农民南丁看多了韩剧,从大车司机的口中捕风捉影地听说从额济纳荒野偷渡蒙古国后,可以遣送到韩国。南丁搭乘无数辆货车兜兜转转数月,内心强烈地漫行向荒野。

烟尘滚滚的陆路口岸,小小地火红着。天南海北的人就像一股水涌流着,同各种目的会在一起,同沙尘会在一起,同春天会在一起。大车司机口中所谓的"捎客",纯属子虚乌有的"神话"。南丁脑筋炸裂,恍恍然,猛地一阵聒噪,鞭炮的声音啪啪地炸开了。又有一个店铺开张了。新开张的店铺有了酬宾优惠,招引着一群人驻足,好在南丁赶上了招人落户。

南丁现学了熬茶。铁锅里烧的水沸腾了,一坨茶叶丢进了锅里,熬开的茶叶像细碎的秋叶在铁锅里上下翻腾。南丁拿着木勺子,把褐色的茶汤扬起来。此地人确信,与空气充分接触过的茶,喝起来更加好喝。这是北方牧人千百年流传下来的熬茶经验,如何好喝,南丁想是茶味更浓、更涩、更苦?抑或是后味里的一股子熟悉的草木发霉的味道停留在嗓子眼里时间会长久一些?茶熬至琥珀色加了食盐后盛到碗里,滚烫的热茶在肺腑里前行,似乎,荒野在用这种温度慰藉每一位辛苦奔波的人。

南丁那时面白，生得一副使女人心醉的模样。他善讲从韩剧上看来的故事，张口就来，妙趣横生，还讲得活灵活现。一切都是那么巧合又自然。南丁的一个不起眼的手艺，或者说是技能在冥冥之中发挥着作用。南丁会腌泡菜。南丁腌泡菜的手艺是在老家时看会的，此时成为他人生这一时刻惊喜的馈赠。南丁腌制的朝鲜泡菜，萝卜、白菜的那股子味儿大抵轻灵，入口爽脆，酸甜异常，一路畅快，滑过唇齿，落入咽喉，生出一条酸爽的水线。男人爱吃，女人也爱吃。一季的口岸贸易集市结束前，南丁与一个牧羊姑娘一起熬茶，一起做泡菜，互生爱慕。南丁做的泡菜在口岸上供不应求，听着众人对他泡菜手艺的赞誉，南丁享受着朝鲜泡菜馈赠给他的爱情与收入，心里也不再与"韩国思密达"的诱惑较劲，自此做了荒野中最会泡菜的牧人。

　　在被琐碎的生活招安之后，接羔、催膘、配种、打草、绞毛，四季往复中的放牧辛劳，是牧区生活的一部分，成为牧人的南丁安然地接纳。二十年后的南丁，秃顶、驼背、黑脸膛。这些年的牧区也在发生着变化，南丁的牧场更换畜群的品种，搞舍饲养殖，他在牧场上种梭梭、苁蓉，搞绿色种植，还计划着与周围的几家牧场成立合作社，将几家的牲畜合在一起经营。不过，他的牧场春天不再给骆驼绞毛，认为骆驼毛卖的钱还不够雇佣工人的费用，任凭脱落的驼毛柳絮般在红柳的枝条上挂来荡去。

　　午后时分，散养的骆驼三三两两回来喝水。饮完水的骆驼从牧舍出发了，一路结伴而行，南丁觉得它们比羊群更了解团结的好处。

　　每天干完活儿，南丁就喝起了茶，手心里捧着一个炙热的茶碗，茶碗里盛着琥珀色的茶汤。在牧区，茶是一天的开始，也可以是一天的结束。此时宁静的荒野铺在夕阳之下，天地浑然，无边无际，远处的巴丹吉林沙漠浓重浅淡、高低逶迤，生长在沙漠边缘的胡杨在晚风中拱卫着，上举天下接地，寂静而简单。

此去

◎ 沙爽

一

午后三点,世界黏腻,时间凝滞不前。我的遮阳伞吸收了大半条街的热量,头上的草帽成了一座火焰山。有几个人围在公园入口处的小摊前,隔着口罩,鲜榨橘子汁的香味让我心神一荡。现在,我只想找个阴凉的地方,放下手中沉甸甸的两袋水果,最好还能坐下来,喝一口水,定定神。

不要慌慌张张,不要胡思乱想。

从大门口一直走到花圃围墙外,树荫下的每一条长椅上面,都歪着三两个游人。我经过的时候,他们会认真地朝我看。回到小城的这几天,我发现,这座城市的人们看人的眼神尤为专注,不像在天津,擦肩而过的人几乎彼此视而不见。随即我明白了:在这个小城,随时随地遇见熟人的概率实在太高了,比如前一天,我和小姑子徐畅刚走进公园北门,一个漂亮女子就亲亲热热地拦住了我们,她和徐畅打了个招呼,转过脸,又开心地叫出了我的名字。这张脸看起来如此熟悉,但我既想不起她的名字,也忘了是在哪里与她产生过交集。同她道别之后,在徐畅的提示下,我终于记起来,二十多年前,她是公婆开办的那家服装厂里最年轻的一名平机工人。她这样的美貌,在旁观者眼中,生活原本在她脚下铺垫了另外的路径;但是似乎,她对此毫无察觉。也有可能,那时候她就已经知道,对一个凡人来说,最艰辛的路径,才真正掌握在自己手中。如今,她看上去一如当年的喜悦欢愉,上天也待她以额外的温柔,时光的刀刃落在她的脸上,在最紧要的地方滑脱开去,只在眼角留下一点轻微的痕迹。她居然还能认出我,这实在让人诧异——在镜中,我已认不出面目全非的自己。

三十年前,我们家距离这座公园不到五百米。从九岁到二十岁,这座公园差不多见证了我的整个少年时代和青春期。有至少一沓的拼图碎片遗落在这里，这假山，这湖水，这廊桥，这儿童乐园……在我一脚踏进公园大门的瞬间，那些曾经的我就一一活了过来。九岁的我，十二岁的我，十八岁的我，她们游走在我的身前身后，我一伸手，就扯住了她们的一截衣袖——可是，我心虚气短，无话可说……该发生的一切注定都要发生，那是一个个前因结出的果。而如果人生真的可以重来一遍，在你以为会出现多个选项的地方，你能够抓住的，其实仍然只有一个。

二

穿过公园，我去看望生病的婆婆。

早在半年前，疫情防控刚刚放开的那段日子，婆婆因感染新冠病毒住进了医院。CT全身检查没发现什么异常，但是出院之后，婆婆仍是身体倦怠，食欲也越来越差，仍类似新冠症状。

前段时间，家人们再次陪婆婆前往医院检查，腹部CT发现一个明显阴影，疑为恶性肿瘤。

婆婆是个热爱生活和美食的人，在这个虚荣的小城，婆婆算得上一个异数。在穿着上她大而化之，在饭桌上精益求精。她最拿手的那几道菜，我不仅搞不清烹饪步骤，甚至记不住都用了哪些食材。她会在大虾最肥美的季节买上几十斤，用一只超大不锈钢盆装着，一个人坐在小马扎上，一只一只剥出虾仁。她喜欢炸元宵、烙春饼、做黏豆包，一边笑话我和徐畅把日子过得年不年节不节的。我到山里闭关写作，她叮嘱我回来时给她捎两斤红薯叶茎晒成的干菜。她自己晒干豆角和干白菜，每天不厌其烦地晾出去再收进来。她告诉我什么样的苹果和西红柿好吃，用来包粽子的排骨应该怎么腌制。有时候我觉得她像一只老母鸡，迫切地要把生存技能传授给她的孩子。作为她的孩子之一，我以为晒干菜是件再容易不过的事，直到自己动手时才震惊地发现，只不过两天，晾出去的白菜已经发了霉。

有一次她告诉我，新鲜的蚕蛹从外观上就可以辨认：如果头部的那个圆孔——那是羽化后蚕蛾的口器部位——色暗发黄，则表明蚕蛹已经变质。我猛然记起,多年前在外祖母家里吃饭,七岁的雪表妹撰起一只蚕蛹,看一看又放回盘子里。我正要开口询问个中奥秘,二舅敲了一下雪表妹的筷子,呵斥她不许在盘子里挑挑拣拣,我只得把到了嘴边的话又咽回去。那一年我十八岁,深感自己在生活方面的懵懂无知。经婆婆这样一讲,我近二十年的困惑豁然得解,赶紧问妹妹知不知道这个事情,又跑回娘家去追问我妈。我妈觉得我大惊小怪小题大做,这种常识谁不知道呢?她自己就是从小观察出来的。这件事让我想了又想。很显然,在这世上,有些母亲更接近"母亲"这个词的本来意义;而有些母亲,她们自己也只是孩子。

我继承了娘家清教徒式的饮食风格,婆婆嫌我做的菜清汤寡水,我也乐得袖手做一个闲人。现在我疑心,正是多年来重油重盐的饮食习惯,在婆婆的身体里埋下了祸根。甫过五十岁,高血压、冠心病、脂肪肝、糖尿病纷纷找上门来。有几年,她心脏病频繁发作,深夜里电话铃一炸响,我的心就倏地跳到嗓子眼。婆婆开始检讨自己,对我说,做菜不要放太多的油,对身体不好。她开始每周三天吃素餐,每天早起,将步行去很远的批发市场买菜作为锻炼,还坚持晚饭后散步,顺便遛家里的两只博美犬。

二十年前,她查出宫颈癌,赴京手术,随后是持续数月的放疗。在生死面前,一个人最真实的本性悄然呈现,婆婆的平静和达观让我刮目相看。放疗杀死了癌细胞,也损害了她的消化器官,后来因为胆囊炎,不得不做了胆摘除术。她心爱的两只博美犬也显出了老态。她对我说,等到这两只狗狗老死,她就不再养狗了。她说得那样坦然,反倒是我,眼泪险些掉下来。

三

我离开这儿太久了。

为什么要在中年离开故土?这简直是一场意外事故。但后面的章节早就被铺排好了,当我还在这里工作和生活,看起来却像一个游荡在街头的异乡来客。我说我哪儿也不去,长途车站我只是在回家途中偶然路过,可他们不信。他们追着我问:说真的,你是从南方来的吧?

南方?对这个东北小城来说,"南方"这个词太广阔了。

多年以前，一个朋友曾经很认真地对我说："沙爽，你适合去大城市生活。"

我问："为什么？"

她说："因为你不像这儿的人——你的想法和这里的人都不一样。"

她并不算是我的知己，但她似乎以直觉洞悉了我的命运。也许她其实是一个天使，无意中向我透露了上天的秘密。去年秋天，她在野外摄影时被一只小虫叮了一下，第二天，大腿开始肿胀，又过了一天，她开始低烧、头晕，去市中心医院检查，医生给她开了一点外用药膏。两天后，她陷入昏迷，被家人送往沈阳急救——整个沈阳也只有两家医院能检测出这种蜱虫病毒——竟已是无力回天。

现在我已经走到了公园的北门外，一路打量着铁艺栏杆后面的一座座微型花园——其实更多的是菜园，种了些豆角、黄瓜、大葱、红苋菜，甚至还有几株半人多高的马铃薯。就是在这儿，曾经有一个属于她的小小花园。我看过她在朋友圈晒出的照片：粉色、黄色和橙色的欧洲月季，红色的杜鹃，玫红的蔷薇，还有一盆挂在墙上的、流瀑一样飞溅的蓝雪花。去年十月，我也买了一盆蓝雪花，那段时间，我一直想着要问问她，蓝雪花入冬前要不要修剪——却突然收到一张她的讣告照片。她是一个活得生机勃勃的人，她养的花也像她一样丰沛饱满。但是我在这两幢楼前来来回回地踅摸了好几天，也没有找到这样的一座庭院。那盆蓝雪花还在这里吗？那个失去了主人的花园，是这烈日下哪一张荒芜的脸？

四

我已经四年没有回到这座城市了。脐带已然割断，我是一个飘浮的、没有乡愁的人。

回来之前的一天夜里，我做了个奇怪的梦。在梦中，因为家中断了水，我不得不去另一户人家，借用他们院子里的自来水。我左手拿着个什么东西，只能用右手接水，囫囵洗了一把脸。

这件事本身已经够尴尬的了，哪里想到，更糟糕的还在后面。告别了那家人，我发现我认不出回家的路了。我猜我该走右手边的那条路，但是一个中年男人热心地指点我，出了前边的大门后，一直往前的那条路才是对的。"那是往一职高去的路吗？"我半信半疑。"对呀！"他说，"从这条路一直往前走，就是大润发。"

我谢过他,准备穿过前面的那排房子,可是一走过去,本该出现在那里的大门和路口都不见了,脚下只有一条泥泞的小径,通往几米远外唯一的一条大路上。而那条路的两侧,大水茫茫,分不清是河流还是湖泊。

我紧赶几步,追上了前边的一个女孩,问:"这条路是通往大润发的吗?"

她向我转过来一张漠然的脸:"我不知道。"

我找不到我的家了。醒来之后,我一直想着这件事。我的家,就在距离大润发不到二百米的地方,但是,我居然在一条笔直通往大润发的路上迷了路——是否,我的潜意识在向我宣布:真正的家园,已不复存在?

或许,梦境是冥冥中的某种感应?从高铁站回家,我发现大润发南段正在修路,整个路面被橘黄色的塑钢围挡起来。小区门口的甬路挖开后又草草掩埋,在雨后一片泥泞,依稀正是我梦中的景象。早上六点多钟,挖掘机开始在窗外轰鸣,我惊醒过来,身侧的床单奇怪地鼓起一个包,是猫咪把自己埋在了下边。这只叫坏坏的蓝猫是家里的猫二代,它来到这世上的四年恰是我之于故土缺席的四年,它的脚爪将一层隐形的梅花印在这空缺上面。初次见面的五分钟后,它借由它的基因认出了我,开始蹭着我讨摸摸,在我入睡后悄然潜伏到我的枕边。

有一天晚上,我从母亲家打车回来,年轻的司机竟然开着导航。我告诉他大润发门前正在修路,需要从保险公司那个路口绕过去。但是梦中吊诡的一幕出现了:我们一直绕到了三干线,一瞬间,霓虹璀璨,一片光怪陆离。而在几个小时之前,我去往我母亲家,网约车穿过大半个城市,停在一片楼群前。我一手拎着一包礼物,被明晃晃的大太阳晒得头晕目眩。我找不到我母亲家的那幢楼了。在这个我生活过三十多年的城市里,我像个彻头彻尾的陌生人,一脸茫然地愣在路边。

五

真没想到,长征小学已经迁到了公婆的新家旁边,就建在当年服装一厂的原址上。我母亲在服装一厂工作了二十多年,直到退休。而我家姊弟三人,就读的都是长征小学。这一校一厂,本来分别坐落在一条街的起点和终点,中间相距大约一公里。儿时的我走在这条路上,感觉非常遥远。

三年级上学期,我从西环那边的河滨小学转到长征小学,母亲将我交给班主任,转身赶去上班。下课铃响,我随着人流来到操场上,瞬间就傻掉了。长征小学一千多名学生,排成几十列纵队做课间操。我不知道我该站到哪个队列里,这里所有的面孔我都不认识。众目睽睽之下,我走出校门,一路哭着去找我母亲。幸好这是一条没有岔路的街,我沿着马路牙子一直走一直走,直到眼前出现了服装一厂的大门。在三楼一眼望不到头的平机车间里,上百名女工穿着一模一样的白色的确良工作服,她们头顶上的日光灯晃得人睁不开眼,而她们白帽子下边的脸仿佛飘浮在梦中。

过了一年半,我弟弟也到了上学的年纪,我拿着户口本去给他报名。

负责招生的老师从镜片上方盯着我:"你爸妈为啥不来?"

"他们上班没空儿。"

"二加一等于几?"

虽然不明所以,我还是老老实实地回答:"三。"

"五加二呢?"

"七。"

老师满意地点点头:"嗯,行。"

我这才会过意来,赶紧向她申明,要报名上学的是我弟,不是我。我已经上到四年级了,开学就要升六年了。

——我赶上了最后的那一届小学五年制。学校从四年级的十二个班级里,依期末考试成绩排出三个班,直升六年级;再从本应毕业的五年级里,让成绩排在最后面的一百名学生延迟升学,组成两个班。

那一年的寒假,将近年关,一辆运送液化气罐的大卡车行驶途中突然爆炸,火舌越过二十米宽的绿化带,把长征小学教学楼临街的一侧燎得乌黑。开学后没多久,一场春雨淋下来,暴露了大火埋下的雷——一道长长的裂纹从我们的头顶向着教室后边延伸,据说贯穿了半个楼顶。可是六年级的五个班教室都位于顶楼,小升初是要考试的,毕业班的课一天都不能停,怎么办?

最终校长想出了一个解决方案:顶楼的高年级借用楼下一、二年级的教室,一、二年级每两个班共用一个教室,上下午分头上课。

方案公布的当天,我放学回家,刚推开家门,我母亲心急火燎从里屋迎上来:"你可回来了!学校里到底出了啥事?"

"没啥事啊!"我一头雾水。

"那为什么你小弟说他以后下午不用上学了?说是学校里有个大蚊子?"

"没听说啊!"脑子飞快地转了两圈,我明白了,"他们班老师肯定说的是'大——墨——子'!"

我把这个笑话讲给徐畅听。她比我晚出生一个月,低两个年级。她完全不记得我们的学校被火烧过,和一、二年级分上下午上课这件惊天动地的大事了。

六

傍晚时分,公园的绿道上挤满了散步的人,甚至还有一列十几二十个人的暴走队,穿着统一的正红色运动服,从我们身侧铿铿锵锵地踏过去。人民英雄纪念碑前面的空地上则分出两个队列,一个广场舞,一个旗袍会。加入旗袍会有门槛,旁边的招募广告上写着:身高一米六二以上,面目姣好。仅此两条,就屏退了像我和徐畅这样的中老年妇人。有幸入列的女子每人撑一柄鹅黄色油纸伞,黑色旗袍长及脚踝,摇摇摆摆地踩在细高跟上。这边的广场舞大部队则一律白衣白裤,边上有几个明显是刚加入不久的散兵游勇,也穿着自家的白T恤,胳膊小幅度摆来摆去,舞步还踏不到点儿上。高蹈和庸常,大众和小众,表演和自娱,都在这里了。只有这个时候,我感觉小城还是热闹的,有这么多人的气息会聚到一处,共同抵挡着那缓慢的、注定要降临的暮色。

但是,一出公园的大门,这气息就散了。虽然大门外边也有两拨练习交谊舞的人,但他们是东一笔西一笔的彩绘,没有成形的光影和旋涡。

晚风习习,凉意渐生。我沿街信步,在这个螺蛳壳一样的小城,意外感受到久违的松弛和自由。我不再担心会有某个熟人突然迎面而来,事实上,那些曾经熟悉的人于我已然陌生。每个人要抵挡的事物是不同的,只是当众人聚在一起的时候,那些事物生成了某种相似的表情。

这次回来,我没有惊动小城里的朋友们。对我来说,过了四十岁,这种说不清来历的疏离就开始了。或许,当一个人年岁渐长,对于众友喧哗把酒言欢的热切便慢慢淡去，内心也渐趋空旷。而既然这年岁公平地铺排在所有人的身上，那么，彼此的感受或许也大抵相仿？

两年前，一位同事突然查出肝癌。那时疫情防控正紧，医院里禁止探视，连陪护的亲属也不能自由出入。正值四十二岁的盛年，我们都祈望他渡过劫波，重新回到我们中间。但仅仅两个月后，惊闻他去世的噩耗，其时丧事已经办完，家人说他离世前曾留下遗嘱，一切从简。后来又听说，最后的那段时日，他已出院回家，在自己的卧榻上安然离开。挚友们痛憾之余，也为之百思不解：这样一个对生活和世界怀有深情的人，为什么临去时却不肯给朋友们一个告别的机会？

但是在这个黄昏，我突然明白了：正因为深情，他不忍道别。

我拐上一条僻静的小街。太僻静了，我是这一小段时空里唯一的过客。这条街上有一家大型针织厂，是三十年前开始的国企倒闭大潮中支撑得最久的一家，它开发的一款暖棉内衣一度打入了高档内衣的行列。但是，毫无意外，针织厂大门紧锁，铁栏杆上锈迹斑驳。

几年前，一位朋友告诉我，在这家工厂附近，有百年前不知谁植下的三棵老树，两棵杨树，一棵柳树。

现在，我要去找到它们。

鄱阳帖

◎ 李晓君

一

　　我乘坐 K421 次火车,从瑞昌去鄱阳。在一群以突发灵感、擅长写作分行短句(中间夹杂着光头和长发垂肩者)的人中间,讨论完诗歌的日常经验、修辞学话题后,奔赴"湖城"——几个民俗学、人类学者,正在湖边徘徊,一场由渔猎活动形成的习俗、仪式、祭祀,等待考察分析。他们严谨而富有条理,不像诗人,徜徉在语言的花园,兴奋而忙碌;民俗学者们则对生活现象充满兴趣,他们像对口头传说、生活文化、风俗习惯保有敏感的采诗官,沉默而明亮的眼睛摄像机一般完成了对存在之物的捕捉。

　　三小时十八分钟的旅程,火车围绕着鄱阳湖转了半圈:途经九江、湖口、都昌,到达鄱阳。我第一次走这条线,比预想中的距离远得多。不像我,脸上露出不耐烦和焦虑不安的神色,我看到车厢里的人个个神情严肃、沉默不语、安之若素。显然他们对这行程早已胸中有数。在高铁已然普及的年代,绿皮火车的速度让我不能适应。我为何要急匆匆地赶场,把自己的身子抡起来,恨不能一脚跨两省。我年轻时,喜欢坐绿皮火车:车厢里拥挤而嘈杂的一切,窗外一帧帧移动的画面,都让我觉得美好。我会带上一本书或杂志,慢慢地看,情不自禁地发出微笑,火车缓慢行驶,窗外光影交错的风景,容易让人沉入往事——它们,和书中的故事,交错、纠缠在一起,制造出某种亦真亦幻的情境。那时的生活节奏,比现在慢得多——互联网与数字化,在加速这一切。速度在控制人的幸福感和期待。唯有自然的节奏和速度不变:河的流速、风速、花开花落的时间、湖水涨退弧度与速度,甚至一只羊嚼下一根草的用时、一只蝴蝶振翅的频率,日出和日落的节律、潮涨的咆哮和潮落的叹息、雨落在不同季节的微妙差别、泥土在犁铧之下慵懒地翻身、树木唱片般缓慢旋转的纹路、天黑下来阳光在地板上渐渐消失的温度……唯有人在打破这节奏：缩短的问候"书柬"、缩短的约会距离、缩短的会见用时（和成倍增加的活动次数）、寻求住地与单位最短距离的愿望和随城市无限扩张距离越来越远的事实、建筑对江河田野的侵占、灯光带来的缩短的夜晚、缩短的拥抱和吻……

因而我感到，从瑞昌到鄱阳这段距离仿似无限延长的不适，是与身体已经形成的节奏反差带来的。它在心理上增加了湖的长度。尽管如此，我却缺乏观察湖水的足够耐心。我发现，不仅我，车厢内的人都将视线聚焦在手机上（以各种姿势：端坐、侧躺、斜倚、低头俯视……），而对窗外一成不变的湖景无动于衷。金属车厢内，人们把身体交给这匀速移动的机器，手机屏幕控制着每个人（包括抱在大人怀里的幼儿，和嘴唇空洞的耄耋老者）。一种魔幻音效（笑声）不时锤击人的耳膜。那种搞笑小视频代替了从前的通俗读物和网络文学——在手掌间病菌般传递。随旅途仿佛新增长出来的时间，对旅者构成了一种赘物般的意义。对它的消费变得轻率和慢待——欣赏窗外的美景被降到看小视频的位置之下，从而将风景也变成了赘物。

当我目光向内，思索飘浮不定的问题时，突然，对面一个小男孩（此时，他放下了手机，目光看到窗外），嘴里发出"啊！"的声音（包含着惊喜、意外）。我循声往窗外看：一群牛在湖中的一座孤岛上嚼草。尽管因距离遥远看起来符号般的黄黑点，散落在草洲上，在大片蓝色湖泊中仍显得那么醒目。小男孩的新奇（他大概是个城里娃），很快被车厢内的麻木不仁所吞噬。火车行在桥上——水在桥下明镜似的铺展，让人产生一种舟行水上的错觉。我的脸贴着玻璃，看到漫不经心嚼草的牛群被水孤立在一片脱离村庄、人群、劳作的日常机制之外，像云中漫步的生灵咀嚼时间和空无——渐渐像粒子在显影液般的水面上消失……

二

这个季节，鄱阳湖的水已退去大半，远看像列维坦笔下的油画，阳光透亮，树影斑驳，村落安宁。在某个周末出门通过移动的车窗望见这一切的旅人看来，起伏的平原、开阔的草洲、蜿蜒的河流及远处灰亮的湖水，宛如明信片或某个摄影爱好者精心挑选的画面。

水落去后,齐腰深的绿草长出来了。原先被湖水阻断、东西相望的鄱阳、都昌两县,现在连成一片。在久远的过去,鄱阳与都昌是不分的,均属于"番地"。地震将古鄡阳县沉没了,大水蔓延过来,将鄱阳与都昌分属于饶州、江州。为争夺水资源,两地之间自古以来争端不断,械斗事件屡有发生。至今,两地人都还不太对付。走在草洲上,无法想象湖水——这头透明、庞大的猛兽,在冬天也休眠去了。我们像来到了历史的河床。湖水退去后,在空间上塑造了另一种景观:来自数万里之遥西伯利亚的几十上百万羽候鸟,在此栖息,将原先平静的湖面变成了众声和鸣的鸟的世界。丰茂的水草仿佛是为这一切所准备的。地平线以远的湖水及周边的湿地,提供了丰富的鱼类、虫类、藻类,足以让这百万羽自北而来的"客人"支撑到来年春天。

我想起,更早的某年夏天,乘船去湖心的岛上游玩。那个孤岛,或者说孤村,生活着七百余户人家。大船从西岸出发——兴奋感渐次消失,满眼除了水,还是水……我们的到来,惊起了栖息在岛上的鸟群,它们像一片阴影腾空而起,发出"嘎嘎"的叫声。湖心岛是个自足的世界:除了民居、道路、树林,还有学校和卫生所。如果不是无处不在的鱼干,这个村与内陆其他村看不出有什么不同。各种鱼,从大如磨盘的翘嘴白,到细如发丝的银鱼,摊晒在地上,悬挂在竹竿、铁线,甚至躺在屋顶上——离开水的世界,它们的身体在风中变干。游人眼中的干鱼,像树叶,积雪,不像鱼本身。它们游弋时的优雅、吐着泡泡的天真被取消了,身体展开成蝴蝶或飞鸟的形状。

岛上的渔民普遍精悍、瘦削、眼睛黑白分明。村四周都是水,茫无涯际,就像一条船,甚至一片树叶,漂浮在水上。我仿佛就生活在这样的情境中——这样想着,突然让我感到不安。

三

他长得精瘦,黧黑,硬朗——大约与鸬鹚长期朝夕相伴的缘故,浑身透着股鸬鹚的气息。他抽上好的纸烟,风吹日晒的黑瘦脸上,有一种没来由的优越感——也许是来自对鸬鹚家族无上的权柄,一种"教父"般的垄断性驱使与慈爱。这个鸬鹚家族的"父亲"——一个眼神,一个手势,一声命令,鸬鹚"儿子们"便能心领神会。它们——全用专注的、崇敬的眼神望着他,而不是烟波浩渺的湖面。据他说,这些家伙,熟悉这片湖汊下面每一分每一毫水域,连水底下哪处有一片破碎的陶片、一把渔夫的刀具、一枚锈蚀的锚,甚至游弋着水族的哪个种类:鲤、鳙、鲫、鳜、鲇、鲭、鲥,生长着什么植物:菱、芡、莲、藕、芦苇,栖息着哪些野禽:凫、雁、天鹅、鸰、鸥、鹭,都明镜似的了然;而他也完全懂得它们的一颦一笑,脾性爱好,静躁喜怒……长期厮磨,他们已浑然成一个整体:有着互通的语言,协调一致的行动,休戚与共的命运。

这是鄱阳湖边很平常的一个村落。也许并不平常。村里有供奉神祇的古庙,简朴但不掩风华的宗祠——女人们坐在里面(有的也坐在自家门口),在制作一种以坚韧的小竹片为材质的鱼钩(它们,有着让鱼类恐惧的尖锐卡口,谷子一般堆放在地上——既葆有一种丰收的喜悦,也散发出一种凌厉的可怖的微光)。这座渔歌飘荡的村庄,至今还有瞎盲的艺人,手持渔鼓,走村串巷。他后来被供养在非遗文化演习所,专事表演。但他时不时回到这里,闻着熟悉的湖水、水草、渔具、黝黑瓦楞雨水的气息……

来自温州大学的邱先生,就出生、成长在这个村庄。同样的黑瘦、硬朗,眼神中有湖水的湿润与浩渺。她说起一件往事(神情仿佛回到过去):"二十世纪七十年代的一个初夏,我的一位堂弟和邻居张叔共船捕鱼,遭遇暴风雨,翻了船,所幸二人在水中搏击风浪,最终获救。出事的那个晚上,电闪雷鸣,风狂雨骤,我们全家都被突如其来的暴风雨惊呆了。伯母惦念在鄱阳湖上捕鱼的小儿子,通宵未眠。第二天,当翻了船却活着回来的儿子站在她面前时,喜极而泣的伯母,口中不停地念叨:'晏公菩萨保佑!晏公菩萨保佑!'"

村西头见到的古庙正是晏公庙。

她从小要做各种活儿:削卡子、搭钩、补网、挑螺蛳、卖鱼……为此羡慕"咬鸟"的女眷,她们活得悠闲。"咬鸟",就是鸬鹚。听她这么一说,我们便明白了鸬鹚"教父"——名叫邹水义——脸上的优越感从何而来了。

四

如果不是数年前盗墓贼差点将海昏侯墓葬得手,这个传说将像无法得见天日的马蹄金一样永远沉睡在地下。盗墓贼够狠。他们在鄱阳湖边新建县大塘坪乡观西村利用工具打下去——离墓主人刘贺棺椁只差一米的时候,被村民发现被迫放弃逃走。重见天日的豪华墓葬已广为人知。当人们被煊赫的金子、精美的青铜器、稻谷般堆积的五铢钱吸引过去的时候,我想那无影无踪的盗墓贼始终在关注着这里的一切,并懊悔不已。

新的传说和故事,围绕着墓主人扑面而来——一场争夺话语权的搏斗开始激烈展开。古老、离奇而荒诞的故事喂养着新的传播者。历史在反复的书写和讲述中再次被遮蔽。

我情愿墓主人——刘贺,与驾船在湖上打捞证据的老人,是同一个人。后者是那荒诞皇帝、悲惨故事主人的转世和化身。

在那带有悬疑色彩的故事里,传说的轻逸性质再次超越了事实本身的沉重和物品的乏味,它像湖水的层层涟漪,闪烁着不定的、微妙的,同时难以言传的淡漠微光……

五

这个临湖沉睡来自山东昌邑的人,仿佛一个隐喻。他驳杂的身份,经由文字加工后,变得更加扑朔迷离。他是个不幸者还是个幸运儿?一具一千多年前的尸体,消失在围绕着他身边难以计数的物件背后(它们,构建了一个庞大的博物馆)。土耳其的奥尔罕·帕慕克先生出于玩笑或行为艺术的"庄重",将小说《纯真博物馆》中的物件,还原成一座真实的博物馆,这是小说走出文本向真实空间延伸的一次大胆尝试。也是小说逼近"真实"的一次极致表演:以物的真实召唤爱情的亡灵。现在,汉废帝、昌邑王、海昏侯……从荒诞的故事走到现实的前台——除了考古学家触摸到它的牙齿、骨殖,绝大部分人至今未曾目睹他已被时光毁坏、腐烂的真容。显然,物比肉身更能抵御时间的杀伤力——那些一千多年前,匠人们镂刻在金属上的线条、写在竹简上的汉隶、描画在漆板上的图案,依然清新如昨。当走进这个为亡者布置的豪华的物的盛宴,更会感受到一种生命的短暂和梦幻——而纷繁多样的金板、金锭、青铜器、玉器、陶、铜钱、竹简,就是为了抵挡对死亡的恐惧布下的迷阵,对生命脆弱的苍白掩饰,对渴望极乐和不朽的镜像式追逐……无论如何,这场为死亡准备的盛典,奏响的华彩乐章,更加有力地映衬着庸众的贫乏与单调——他们的生命,就像沙漠中的沙子一样呈现出惊人的单一性,缺乏光彩,整齐划一。现在,博物馆中所有的物件,在合力对一个人的生平展开叙事:每一个观者,都在同一个细节之处品咂出不同的况味,感受到一个不同的灵魂,激发出不同的想象。这些物件和留存的竹简、文书、档案,甚至摧毁了史书上对一个人的盖棺定论,而呈现出一个可能完全不同的人物形象。这些物件,被文博专家谨慎地布置在不同的展厅,摆放在不同的位置(经过精心的策展)——他们像小说家一样,加入了自己的意愿,对这场物的叙事进行了干预和结构。

　　参与叙事的,其实有个更大的角色——鄱阳湖。这些清新如昨、完整如初的物件,在没有缺席者的舞台奏响一个生命的黄钟大吕,离不开"天崩地裂"后洪水对墓园的淹没——而这一切,并非出自死者的意愿。是鄱阳湖保护了这个墓葬的存在,设若它还像当年一样埋葬在当时海昏国境内的山墩上,或许难以摆脱历代盗墓贼的觊觎。我们今天见到的很可能是个空洞的遗存,而无法让想象聚拢在这章节完整的物的叙事体系中。但没有几个人会意识到,湖的存在,使这场命名为"五彩炫曜"的展览引起的轰动,起到的至关重要的作用。这位忧伤(或快乐)的多重身份的拥有者,当他生命的潮汐退去时,其实早已加入鄱阳湖水永恒的咏叹中——生命入土为安后,围绕在这具躯体周围的阴谋、阳谋、谣言、争议、算计、攻讦、诋毁、颂赞……都烟消云散。水是最不可能永存的事物——但它又以穿透一切的渗透力,对这个伤痕累累的世界进行着新的清洗和构建。

大山捎来的讯息

◎ 沉洲

闽地濒临大海,除了碧海黄沙、遍地丘陵,其山地亦不可小觑。

贯穿闽赣两省的界山武夷山脉,往西南方向逶迤绵延了五百五十五千米,在毗邻广东的闽西武平县域内,从容收住逐渐放缓的脚步,就此立定打住。书籍上说,武夷山脉北段地势均在海拔千米之上,南段海拔多为千米以下,及至末端的武平县域,海拔高度仅余六百至七百米。现在核实了,这个数字只能是平均,那里仍然耸立着十多座海拔千米以上的高山。

我喜欢在武夷山国家公园的自然保护区内行走,数次登顶武夷山脉主峰黄岗山,立于海拔两千一百六十米,与山岩一起傲视华东,感受闽赣苍茫云天;也曾经徒步去了该区域海拔最高的麻粟自然村,追寻世界红茶原产地正山小种的生长情况。身揣如此喜好,对于武夷山脉南段余脉的梁野山国家自然保护区,显然无法抑制地神往已久。

在梁野山西边山麓,我目睹了流水的放浪不羁与恣意纵情。它们或轰然垂下,舒展成扇形,仙人一般白发飘逸;或紧贴岩面躺着缓缓滑落下来,敛声屏息,不仅润物细无声,前端水沫还一次次画出转瞬即逝的树冠图案;或在岩石上前仆后继,借九天玄女的金梭编织白练,丝缕毕见;或就着岩隙飞泻,刹那间珠弹玉跳,遇阻弹起再抛出一道柔美弧线……清流与岩石合奏出来的曲调,刚柔相济,激情高亢中不乏浅唱低吟。

不由得就想起明朝厦门行吟名士池显方,他留给后人这样一段文字:"但见天为山欺,水求石放。山重水复,别有天地。"这些文字与眼前的情形极其熨帖,细品则另有一番滋味。池老先生以拟人手法说山道石扯水,看似满腔人文情怀,实则因无法改天换地,臻至反写效果。正是由于屡屡被欺、苦苦哀求还修不成正果，才造就了眼前这感天动地的景致。这样的时候，风景与内心通电，让人不由自主地要去感喟一下人生。

这里峡谷蜿蜒，清澈水体下衬着姜黄、橘黄、玫瑰红的花岗岩体。峡谷两侧尽皆青翠，树冠葱茏，翻卷如烟。苍茫蓊郁的大山清空出一条捷径，捎来原始森林深处的讯息，也成就了山泉水忘情的表演。

倘若没有此前一路驻足凝视的登顶过程，我必定会好奇心十足，眼前这全然一幅声色俱佳的山水图景究竟源自何方？又是谁哺育了它？

记得曾经抵临武夷山脉中段的君子峰，国家自然保护区的管理人员做向导，带我分别探入西部和东部山麓。午后，偶遇的一位护林员告诉我，徒步登顶来回必须五个小时，一般要早上去。有了这个经历，昨天，我对梁野山保护区管理所的负责人直言欲登顶，他说没有五六个小时下不来。之后他再次提醒，天气预报明天有雨。我毫不犹豫回复没问题。他问还要准备什么装备，我道，一件雨衣一把伞。心意已决，为此我已经做了一身湿透的心理准备。

我明白，对接方必须考虑安全问题，而护林员也不愿巡山时多个累赘。我呢，一介书生，为了写一篇梁野山的文章，何苦这么折腾？我的心思是，好不容易有机会来一趟闽地西南"鸡鸣三省"的边城，不一气呵成把心想之事办了，日后很难专程再来。局外人不知晓我酷爱大自然行走，且身处形形色色的大山中，心里多少还揣着点古人"相看两不厌"的情怀。

上午刚过八点半，我已经站在梁野山西麓海拔五百多米的云寨村口。春末天气助我，今天雨转多云。仰望前方，梁野山横亘，犹如长条画屏一般。依着大山远近山势，灰白雾霭将它的上半部洇化入天，颇有中国画留白的意韵，渲染考究，远望着都悦目爽心。但见苍莽的绿基调底板上，新绿团团簇簇，白桐花间或嵌缀；常绿阔叶乔木钩栲林的穗状黄花，勾勒出一圈圈树冠的丰满，颇似波澜一样无节制地漫卷；那些一片片边缘不规则的墨绿色，则是松杉类的暗针叶林带。四月里万物生长，最是大山形色丰腴之时。

我所面对的，仅仅是梁野山国家自然保护区一万四千三百六十五公顷面积的一隅。这里属于中亚热带、南亚热带过渡区域，森林覆盖率百分之八十八点四，是迄今为止闽地保持最为完好的原生态天然森林群落之一。区内动植物资源丰富,起源古老,成分复杂,被业界誉为"天然绿色基因库""野生动物避难所"。

保护区派了两名当地护林员,俨然押送俘虏似的,一前一后把我夹在中间,足见保护区做了最充分的准备。上山石径时断时续,似雪桐花不时飘零,奢侈地铺陈一地,空气里渗出似有似无的淡淡药香。山谷飞瀑溅起的水声里镶嵌上鸟儿的长鸣短啼,在传输过程中,又被湿润的空气一层层包裹起来,柔和地钻进耳道。森林气息清新是肯定的,深吸一口再细细咀嚼,还能品出隐约的甘爽滋味儿。置身于如此环境,人变得有点贪婪,企图把美妙气息一股脑儿吸入胸腔,再分享到身体的每一个角隅。

行进中,眼睛四下巡梭,森林下落叶似水,漂浮于参差不齐的石面,路旁手指粗的苦竹成排疯长。有一棵倒下的大树,不知是遭雷劈还是烈风袭击,树根从土里被硬生生撬起,纵横交织,竖起一人多高的半圆形屏风,旁边一窝小苗衔着水珠,暗红油亮的嫩叶舒展若飞,与脚边枯叶形状酷似。心尖蓦地一颤,被生命的倔强感动到。捡起一片枯叶抚摸,我开始胡思乱想:一片叶就像一个人,生机勃发时它进行光合作用,输送养分;黄萎坠落,是腾出位置萌发新叶。漫长人类史也不过如此,人类前仆后继繁衍接力,凭着无数单体的迭代,使种群康健绵延,生生不息。

上苍创造人类时已设定了无法超越的规则,尾随生命降临这颗蓝色星球,向死而生的程序便自然启动。两千年前的庄子已然洞悉,当其妻离世便鼓盆而歌。生者必须坚韧,死则是一种安逸的逃逸。

原始森林里光线黯郁,乔木的树干、树叶已成剪影。目光越过稀疏枝叶的间隙,连缀起对面山上一溜树冠新芽,那里仿佛经阳光照亮了一般。遇见一根碗口粗的油麻藤,黑色藤干上,径直绽出拳头大的一串串素花,状如一窝窝羽毛油亮的白鸟。凑近细看,花瓣有弯钩般的尖喙伸出。隔着三四米,油麻藤居然凌空攀上了钩栲树十几米高的枝头,似乎本来就是从树梢窜将而下,细审其跟前亦不见朽木痕迹。攀缘之初,它是凭什么做到的?

钩栲板状树苑嵌窝着一群肥嫩水灵的浅褐色木耳,枯叶底下又冲出一枚精致的橘红色圆蕾,护林员告诉我,这是灵芝幼苗。青苔泊附的朽石一侧,还有不知名的菌类,伸出灰白色的袖珍枝权。这些目之所及,仅为冰山一角,保护区内拥有真菌六十三属一百二十二种。

也看到苍翠细叶披垂的南方红豆杉,武夷山脉成功阻挡了第四纪冰川的侵入,红豆杉属于幸运存活下来的古老树种,如今已经濒临灭绝。保护区的资料介绍写道:梁野山分布有近一万亩天然红豆杉群落,从幼苗到胸径近两米的大树均更新良好,种群结构呈金字塔形,为国内外所罕见。

我曾经就植物保护问题求教一位生物学家:保存植物种质资源,难道仅仅是为了让后代能看到它?他这样为我解惑:自然界的生物多样性属于一个完整链条,长远来说,缺失其中任何一档都可能影响到万物生长,人类当然也涵盖其中。而且,以我们目前的科技水平,并不能认识所有生物。换句话说,就是分离提纯紫杉醇科技问世之前,如果红豆杉种群已经灭失,那我们将永远无法获得那样一种天然生物抗癌药,永续利用自然资源也就成了一句空话。

走过保护区缓冲界碑不久,森林下一座废弃小炭窑赫然在目,苔藓蔓延,焦红的杉枝枯叶成堆。曾几何时,阔叶林对于现代人类而言,与原始人眼里的毫无二致,不成材的都是身价低廉的生火取暖耗材,可以随意斫伐。这不禁让人想入非非:在所向披靡的工业化进程中,天还会继续蓝,水还会继续清,民风还可能淳朴如昨吗?那些葳蕤的森林、蓝绿的江湖、静谧的村庄可还安详?

令人欣慰的是,当下中国已经转轨,进入生态化赛道,保护大自然生态,也是保护人类自己。人类自树上落地之后,一路高歌猛进,为了生存,为了发展,为了享受,征服了多少自然,征服了多少飞禽走兽和游鱼,从野蛮粗放到温文尔雅,这是文明的升级。

在这颗蓝色星球上,草木是最早的原住民。人类作为后来者,尽管跃居星球主宰,但无休止的物欲追求,致使气候变暖,森林骤减,生物多样性锐减……相比大自然的超强机能,人类沦为过客也有可能。无论有过多少高光时刻,待尘埃落定,终究还是要被生命力超强的草木吞没。

进入核心区后,为了节省时间——也许是看我的体能还可以,护林员决定弃绕山石径,取直登顶。那是一条山洪冲刷出来的沟坎,山岩铺地,每一坎都有齐膝高。约莫攀爬了一个多小时,钻出一片森林,天色大亮,身边尽是不足一人高的矮曲林,树身矮小且一概造型扭曲,我惊愕自己怎么就闯入一个生机勃勃的盆景园。大小石头渐渐多了起来,无棱无角的石面上苔藓漫漶,一副"天生我材必有用"的架势。山顶依然云遮雾绕,回望苍翠山间,风正放牧着一群群白雾,从一道道山坳里悠然而上。

爬上一道山脊,石蛋散布,其间被踩踏出一条似有似无的黄土路,路旁石缝间爆出丛丛簇簇的高山杜鹃,花艳叶嫩。它们在迷雾笼罩里渐次退远隐身。

从岩石垒叠的裂隙处,踩着蚀化沙石继续登顶,意外发现脚下岩罅间苔藓暗绿,湿绒绒的,看得见水珠不停滴落下来。环顾四周尽皆石蛋,何来水源?

所谓主峰一截,基本乱石峥嵘。站上海拔一千五百三十八米的峰巅,登山绝顶我为峰,显然是痴心妄想。众石簇拥上的那尊花岗岩石蛋,周遭圆润,四五人高,它傲立苍穹,号"古母石"。有清康熙时《武平县志》为证,梁野山"顶有古母石,大数丈,一石载之,登者见百里"。好啊,远古之母创造森林生态系统,涵养水源,孕育自然万物,值得人类天荒地老地去敬畏。脚下绝壁临渊,四下里白茫茫的混沌一派,古人的豁达与豪迈从心底袅袅升腾,"行到水穷处,坐看云起时"。即便看不到阡陌田园、屋舍俨然,望不见青山逶迤,又有什么可遗憾。就此,天地人已经物我相融,彼此难分。

热气腾腾的脸上,有冰针似的碎步一阵阵掠过。山顶的云雾就是一只长有无数透明小脚的巨兽,它时不时伸向大地,为人间捎来雨露甘霖。

登顶沿途所见已经足矣,无所谓再绕远路去寻觅那些名胜古迹,什么仙人洞、白云寺、白莲池、普福塔和古佛。啃完面包已到十二点半,我们离开山道,另闯新路打道回程。朝着大致的方向,再次蹚进森林走捷径下山。脚踩松软的腐殖土和窸窣作响的枯叶,双手紧紧抓稳树枝,身体前冲,学着皮糙肉厚的野猪,从茂密的树林里硬生生拱到了绕山主道。

踏着山涧流水上的石块匆匆前行,冥冥中,似乎有潺湲水声唤我回首。驻足侧望,那是怎样的一幅画面:硕大的土红色石面上,菖蒲遇石缝成簇成丛,绿茸茸的青苔上点缀着亮黄落叶;清泉水全然蹑手蹑脚的模样儿,依着石面形状丝绸一般亮亮地滑溜下来。四周雾霭氤氲迷离,眼前的一切仿佛都浸在清清的牛乳里。近处灌丛粉绿,感觉是从其后朦胧缥缈的树影里浮上来;空中树木虬枝、飞藤的黑影参差盘旋,快意穿梭。再往后,所有景象依稀,深邃处见一束天光返照。这一切投射进眼帘,竟似某个梦境缠绵的情形。恍惚间,山涧尽头似有一只雄鹿剪影,头上的角杈高举,伫立回眸,那一刻万籁俱寂,唯有心跳咚咚。深埋心灵幽处的原始记忆被唤醒:这可是我们祖先的家园……

久久凝视,再一步三回头离去,顺着山涧一路下行,在暮霭升起之前,便遭遇了那些美艳如歌的瀑布群。

在清冽空气中,目击花岗岩石上流泉飞瀑的精彩演绎,我的思绪犹如眼前的水雾一样纷纷飞扬起来:当我们穿梭忙碌于现代城市的钢筋水泥丛林,在一成不变的流水线上奋斗,身心被浮躁切蚀得粗俗干涩之时,一旦抽身出来,用心去欣赏原始森林分娩出来的清流,便会感动自己再去感染别人。在它冰清玉洁的水体、美艳溪瀑和令人神清气爽的水雾面前,有人焕发了人生斗志,有人激发了创造欲望,有人重燃了生命激情……无一例外地,人们对这颗蓝色星球充满热爱,珍惜、留恋生活,从而获得内心的能量与平和。大自然是滋润、修复人类灵与肉永远的安魂药剂。

郁郁葱葱的森林生态系统,我们那无法舍弃的梦中家园啊!

杂花生嘉树

◎ 张生全

  我的考察是从一幅地图开始的,这幅地图就是嘉陵江地图。

  当我打开嘉陵江地图的时候,我一下惊讶了。嘉陵江不仅是一条江,它还是一棵树。渠江、涪江是它最大的枝干,它健壮的根系在重庆深入长江里,细枝密叶舒展在巴山蜀水间。

  作为一棵树,嘉陵江和别的树有点不同,它是一棵躺卧的树。从长江出发,嘉陵江始终贴着地面往上长。它贴得很深,就像蚯蚓伸出尖尖的脑袋往上拱,一直拱进泥土深处,拱得浑身上下一股浓重的土腥味。这样的生长姿势,使得嘉陵江哪怕躺在喑哑的地图上,我也听得到它粗壮奔突的呼吸之声。

  我不仅看出嘉陵江是一棵树,还看出了它的四季。只不过,嘉陵江的四季不是时间概念,而是空间概念。从下游到上游,是它的春天和夏天;从上游到下游,则是它的秋天和冬天。

  在重庆的时候,我看到它只是一颗种子,伸出一根水灵灵的豆芽。到了合川,嘉陵江长出三瓣叶,两边是涪江、渠江,中间是嘉陵江。三瓣叶子齐头并进,各自往不同的方向挺进。随即枝条越分越多,越长越快。江水们奔跑着,欢叫着,仿佛出笼的群鸟,扑棱棱的灰影闪过,群鸟的羽翼已密密地布满巴蜀的大半幅天空。群鸟栖落的时候,白花花的阳光从天空倾泼下来,杂花生树,群莺乱飞,巴蜀大地由此到了池满鱼丰的初夏。

  不过,当我从嘉陵江的上游往下游看时,看到的是一幅归家的图景。归家是秋天的主题词,也是大树的主题词。嘉陵江的上游水系,就从这个主题词出发。此时,我仿佛听到一声呼喊,那是一个低沉浑厚的喉音,来自长江母亲的腹腔。喊声抵近,如同一片水波扑面而来。喊声所到之处,在山坡上撒欢的水、在草木间腾跳的水、在溪谷里藏猫的水、在石板上躺卧的水,一骨碌翻起来,开始了一场欢快的长途奔袭。

江水们的这一次长途奔跑,不但跑出秋冬,也跑出人生。

一开始,它们跑得又快又急,欢蹦乱跳。若是碰到礁石,就撒个野,弄一片浪花,喷出铺天的唾沫。不过,当它们跑到下游的时候,就像人生来到下半场,步子缓了,姿态低了,情绪平了。即便有声音,也藏在腹底,像一个还没吐出来就咽回去的叹息。

嘉陵江是一棵树,生活在嘉陵江流域的巴蜀人,是树上的虫蚁。他们在树上来来回回奔走忙碌,走了一辈子,或许都没能走出这棵树。他们似乎也不想走出这棵树,作为虫蚁,饿了咬树叶,渴了饮树汁,困了住树洞,这就够了。他们若是想远游,就弄一根丝线垂下来,任风吹着,吹往哪边是哪边。

也有一些巴蜀人不想做虫蚁,想做雀鸟。雀鸟比虫蚁去得远,一展翅,就到了广阔的天空。但任随这鸟雀飞得多高,清晨出,傍晚就回来了。有一根线拉着它们呢,这根线,就是嘉陵江在后面默默凝望它们的目光。雀鸟们在飞行中,不管遭遇怎样的狂风暴雨,它们都不会害怕,因为有那条视线,它们就有了根。有了根,它们就不会迷茫,顺着那条视线,它们就从容地返回来了。

看着嘉陵江这棵树,我想象着雀鸟们回家的场景。它们一收翅,就钻进繁枝密叶间,不见了踪影。就像雨水掉进湖心,雨水不见了踪影,但湖面留下了一圈微微的涟漪。藏在叶下的雀鸟们,它们粒粒清浅的鸣声,也正是湖面那一圈圈清浅的涟漪。

不过,把嘉陵江想象成一棵树,把巴蜀人想象成生活在树上的虫蚁雀鸟,其实是很奢侈的,因为必须把目光聚焦在农耕时代的嘉陵江,这样的想象才能顺利完成。

然而,农耕社会已经远去,作为现代人的我们,也回不去了。雀鸟们飞离大树后,沿着大树期盼的目光,它们能找到来时的路。然而,巴蜀人呢,他们的回程车票在哪里?

嘉陵江是古人永远的故乡。不管来自哪里,到嘉陵江都有一种归家的感觉。就像南来北往的候鸟,总会把它们路途中的树,当成自己的家一样。哪怕是异乡人到了嘉陵江,也会把这里当成是他的故乡。洪咨夔是南宋时期的临安人,临安是南宋的行在,也是实质上的繁华京都。当他来到嘉陵江时,他的感觉是这样的:"柳色黄黄草色微,一川新渌两红衣。老天也信还家好,淡日柔风送客归。"繁华的京都,似乎也不如偏僻的嘉陵江了,嘉陵江上的淡日柔风,正是送他归家的快艇轻舟。他对嘉陵江念念不忘,想起嘉陵江,就想起了自己的故乡。"东风吹老地棠花,燕子归来认得家。茅屋石田浑好在,白头何苦尚天涯。"燕子归来寻旧垒,诗人情魂落嘉陵江。

　　唐代诗人刘沧,白发苍苍时才考中进士。可以想见,在那些屡试不中的苦读岁月里,他的内心多么凄惶。然而,有嘉陵江,情绪就完全不一样了,"独泛扁舟映绿杨,嘉陵江水色苍苍",尽管依然只是一个人驾船,一个人面对生活的苦难,但绿杨依依,水色苍苍,嘉陵江宁静温柔的陪伴,红袖添香夜读书。"行看芳草故乡远,坐对落花春日长",哪怕岁月已经进入落花时节,但坐对嘉陵江,刘沧依然感觉生机盎然,春日绵长。

　　当然了,古人也有讨厌嘉陵江的时候。"嘉陵路恶石和泥,行到长亭日已西",唐代诗人张玭直指嘉陵江之"恶",乱石和泥滩,让行船变得极为艰难,巴蜀人与它奋争一生,还没靠岸,岁月已黄昏。明代诗人王叔承对嘉陵江之恶忌惮不已,谈之色变。一听说朋友要去嘉陵江,立刻担心起来,"见说嘉陵江水恶,莫教风浪打郎船"。王安石对嘉陵江之恶,有更形象的描绘:"天梯云栈蜀山岑,下视嘉陵水万寻。"他把公认难走的蜀道与嘉陵江并排放在一起,通过两个极端,造成空间上的极大反差,给读者带来强烈震撼。唐代宰相诗人武元衡的"路半嘉陵头已白,蜀门西上更青天",则从时间上进行夸张表达。"行到长亭日已西"说的是一日,"路半嘉陵头已白",这说的可是一生了。

　　当我把嘉陵江想象成一棵树的时候,嘉陵江之"恶"与大树之"恶",在树的概念上是同样契合的。巴蜀人对嘉陵江的讨厌,就如同虫蚁鸟雀对大树的讨厌。尽管大树能给虫蚁雀鸟提供清香的树洞、洁净的鸟巢,但同时也给它们带来灾难,让它们伤心绝望。

　　大风吹来时,树会随风起舞。它的舞姿开阔舒展,把树的生命张扬到极致,把树的姿容展现到极致,它们因此有了足够的尊严。但是,就在它们舒臂下腰的瞬间,虫蚁掉下了,雀鸟惊飞了,虫蚁和雀鸟的尊严,有谁在乎?

但是话说回来,大树之"恶",只是风雨之恶;嘉陵江之"恶",也只是水患之恶、难行之恶。这种所谓的"恶"是非常单纯的,和大树之"暖"与嘉陵江之"暖",是和谐统一的。大风大雨过后,大树会在阳光下站起来,抖一抖身子,它又变得蓬勃而清爽。那些浅浅的树洞,又会再次散发出洁净的清香;那些干爽的鸟巢,阳光在上面闪烁着金子般的光芒。

同样,生活在嘉陵江上的巴蜀人,风平浪静之后,他们又将"欸乃一声山水绿",又将"独泛扁舟映绿杨"。他们和嘉陵江就如同一对父子,相互依存,又针锋相对;相亲相爱,又仇视厌弃;须臾不离,又无时不厌。这一对矛盾体,依偎着、纠缠着,在农耕社会的嘉陵江上厮打、扑腾。尽管折戟沉沙,樯倾楫摧,却又从未分离。一叶扁舟,歪歪扭扭,磕磕碰碰,依然驶到了今天。

古代巴蜀人和嘉陵江是虫蚁雀鸟和大树的关系,但是这种关系已经解体,新的关系是什么?如何建立起来?是否依然能够继续相互依存?这是摆在当下巴蜀人眼前的一个艰难课题。

大禹没有找到彻底解决水患的办法,大禹之后的古人,也没有找到彻底解决水患的办法。更多的时候,他们需要寄望于神灵,需要不断凿造佛像神仙像,需要不断修建寺庙和道观。当神灵也救不了他们的时候,他们唯一能做的,就是熬,就是等待。

在这种情况下,现代巴蜀人,通过"熬"的办法,是不可能让这种"暗影"甚至"肿瘤"消失的。嘉陵江有强大的自净能力,以前它可以通过自净,回到它自己,现在它的免疫力已经大幅下降,要想再通过自净,通过"在床上躺两三天"的办法,它很难恢复健康了。

带着这样的忧思,我开启了一段特殊的行程。我从重庆开始,沿着嘉陵江顺流而上,对嘉陵江流域进行一段实地的考察。我像一条小虫,从地面沿着树干爬上树梢那样,实地触摸现代巴蜀人,看看他们如何重新定义自己和嘉陵江之间的关系。

我爬到的第一站是合川。

合川是一座英雄的城市,也是一座顽强的城市。南宋末年,蒙古人驾驶着他们的楼船,顺着嘉陵江、渠江、沱江三江汇聚到合川。但就是合川一座小小的钓鱼城,居然抵挡了蒙古大军三十六年的进攻,蒙古人的楼船愣是没能从这里通过去。直到南宋灭亡,蒙古人用和平谈判的方式,才让合川人让开了水道。钓鱼城在打死了蒙古大汗蒙哥以后,不仅为南宋续命二十年,也改变了世界历史的进程。蒙哥死后,攻打西亚、非洲和欧洲的蒙古大军停止了他们攻伐的脚步,西亚、非洲和欧洲的文明进程得以喘口气,战战兢兢继续往前延续。

嘉陵江作为一棵树,合川是这棵树最重要的分叉。尽管这里曾遭受过蒙古人的强力攻击,使得这个分叉形成了一颗突起肿大的骨节,但也是这样一颗坚硬强健的骨节,轻轻一敲,就能听到它发出的金属之声。这骨节的存在,确保了嘉陵江往下到重庆的这一段树干,免遭蒙古人炮火的打击摧残。因此这一段树干长得特别饱满、粗壮而又圆润。

只是,这颗骨节,能挡住异族的冲击,却无论如何挡不住洪水。

"大水入户,街道尽绝,南津街白塔荡漾在水波中。州人骑屋呼救,号啕声四起。"这段话是《合川县志》上的记载。虽然让人触目惊心,但作为三江汇合地的合川,这其实是比较正常的现象。从一七八二年到二〇一〇年两百多年的时间里,《合川县志》里记下的这种特大洪水,多达二十九次。

为何合川的骨节能挡住蒙古人的冲击,却挡不住洪水的冲击?

把嘉陵江想象成一棵大树,给予了我关于准确答案的提示。蒙古人在那时候相对于汉族来说是异族,就像白粉菌相对于大树来说是一种疾病一样。汉人会用他们强大的气概抵御外族的入侵,大树同样会依靠它们的自净能力,战胜病虫害的威胁。

不过,洪水则不一样,洪水是嘉陵江激情澎湃的血液。这就如同大树筛管里的汁液太多的时候,汁液会从树皮里迸出来,在树的表面形成树瘤一样。当嘉陵江里的水流太大的时候,水流也会泛滥起来,成为给巴蜀人带来灾难的洪水。

现在咱们可以用钢筋混凝土筑造出坚固的堤坝,可这种堤坝对于河流来说,却是一个异物,与河流的自然形态极不协调,甚至会破坏整个水生态。就如同为了保证一棵树往上长,给它支一个架子一样。这个架子不但破坏了树的美,还可能给树以及树周围的土壤造成伤害。所以既要筑防洪堤,又不能破坏河流的美感和生态,就是现代巴蜀人需要考虑的问题。

让我喜悦的是,我在合川城区涪江岸边,看到合川人对这个问题的思考。

最初我以为自己只是来到了一个湿地公园。后来我看到湿地公园里有一尊大禹的雕塑,这才明白,这里其实并非普通的湿地公园,公园的下面藏着一个防洪堤。同时,这里还不是简单地在钢筋混凝土上填土植树,搞个湿地公园而已,它是通过巧妙的设计,确保这里尽管有一个防洪堤,但是并不破坏江岸的美感,也不破坏江岸的生态。

当然了,光靠防洪堤,并不能彻底解决水患的问题。如果没有风调雨顺,洪水总会发生。有了洪水,它必然和江岸形成对抗。防洪堤再好、再隐蔽,毕竟是一处围栏。哪怕我们有能力修筑鲧不能修筑的那种堤坝,并且还能巧妙地把它藏在地下,但是我们永远不能小看大江的力量。这些年越来越可怕的水患事件,正在严肃地警示我们,只有风调雨顺,才是解决水患最核心的办法。

这一次的涪江行,让我真真切切看到了变化。涪江两岸已经不再是原先的样子,从路上一直延伸到水面的江岸,都是潼南人种的有机蔬菜。一垄一畦,绿色被梳理得像小姑娘的发辫。此刻,这个小姑娘正在江边洗头,她的头发流水一样顺着倾斜的江岸流进江里,并随着碧绿的江波起伏荡漾。

这样的古典诗意,让我沉醉,但也让我忧伤。我怕我只是做了一个梦,梦醒之后,又将回到几十年前我走过涪江边的场景。更让我忧伤的是,我所说的梦,并不是睡着以后的梦境,而是现实的梦境。我所看到的江边的蔬菜是现实存在的,但它们似乎又是脆弱的,洪水以及各种垃圾是强力涂改液,轻而易举就能把它们涂改掉。那样的场景的再现,或许就是我梦醒的时候。

我回到合川,重新沿着嘉陵江主干往上走。

没走多久,我就进了武胜。武胜人原先对嘉陵江有一个命名:"千里嘉陵,武胜最长。"后来他们试图喊出另一个命名:"千里嘉陵,武胜最美。"这个命名与潼南人喊出的"中国西部菜都"一样,多少有些"野心勃勃",不过却也同时给了他们巨大的压力。毕竟名不副实,德不配位,是会被人诟病的。

沿着嘉陵江往上走,我选择了水路。

我顺江而上的路线,恰好和当年蒙古人行军的路线相反,这使得我的行程,有了某种特殊意义。嘉陵江的江面非常开阔,蜀道自古难行,水路显然是更加便捷的通道。但这种便捷,也使得水路成为古代外部势力入侵巴蜀的一段快速通道。就如同大树兀立于地面之上,很容易招引雷电劈打一样。嘉陵江从古至今,都不乏刀光剑影。当年蒙古人入侵时,巴蜀人就在嘉陵江两岸修建了苦竹隘、青居城、大获城、运山城、钓鱼城等数不清阻挡蒙古人前行的山城,这使得嘉陵江其实也是一个古战场。千里嘉陵,武胜最长,"武胜"这个名字,本身就充满了金戈铁马、烈火硝烟。

不过,当下这个社会,战争已经远离。武胜需要被重新诠释。武胜人不但要能够打赢外族入侵这一场战争,还要能打赢环境保护这场战争。到那时候,他们说"千里嘉陵,武胜最美",才能让人心服口服。

我在顺江而上过程中,确实看到了武胜人的努力。他们加强了企业污水排放的监测,加强了城乡污水的处理,加强了面源污染的治理,加强了采沙作业的整治。他们放弃了水产品带来的高额的经济利益,实施了"十年禁捕";他们放弃了许多高利润高附加值但会对江水造成污染的企业,选择尽管利润不高但确保生态的林木和农业;他们放弃了金山银山,选择了绿水青山。他们始终让嘉陵江保持着二类水质,让嘉陵江重现"嘉陵江色何所似,石黛碧玉相因依"这种农耕社会才有的美景。

背水一战,置之死地而后生,一支能够把自己逼入绝境的军队,是战无不胜的。一个用"最美"这样的命名把自己逼入绝境的地方,也绝对不会打败仗。

嘉陵江是一棵树,嘉陵江这棵树可以称为"嘉树"。一棵树敢叫"嘉树",不仅应该有修长挺拔的树枝,有青碧闪亮的树叶,还应该有清香的"树洞"和洁净的"鸟巢",在武胜段嘉陵江的两岸,我就找到了数不清的这种"清香树洞"和"洁净鸟巢"。

在猛山乡,我看见了一个蚕桑现代农业园。

对于蚕桑我并不陌生,我小时候生活的那个偏远小山村,父母除了种庄稼,就是养蚕,养蚕成为他们经济收入的最重要的来源。

堂屋的两边,父母用竹竿搭了两排架子,上面铺上竹笆,这就成了蚕儿的家。父母收工回来,立刻就会背上背篼,去田边地坎摘桑叶。那时候田地金贵,需要用来种庄稼，因此桑树只能插空栽在田地的边角。

在我的记忆中，蚕儿虽然给我家带来了不少欢乐，但也带来了深刻的痛苦。

蚕儿初期生长过程中，它们朝气蓬勃，能吃能睡，白白胖胖，两只眼睛像黑宝石，又水灵又可爱。但是当它们蜕完最后一次皮，将要休眠结茧的时候，它们却突然不吃不动，身体变软，起黄斑，流黄水，然后死掉。这种溃烂是传染性的，一只蚕儿生病，一笆蚕儿也跟着生病了。黄水顺着竹竿往下流，流到地上，一层干了，另一层又淌过来。

父母其实并不知道，当蚕儿吃着桑叶，发出清脆沙沙声的时候，病毒也正在蚕儿的体内茁壮成长。只不过那时候病毒藏得很深，而且为了更长久地生存，它们隐忍了自己，与蚕儿和平共处。但是当蚕儿蜕掉最后一层皮，准备缩进一颗丝球里，变成一只茧的时候，病毒就坐不住了。因为变成茧的蚕儿，不可能再有浓稠的汁液。没有了浓稠的汁液，病毒就没了营养，就会饿死。所以，它们才会从蚕儿的体内奔涌而出，寻找新的宿主。

但是，父母不这么看。他们认为是蚕儿没良心。吃光所有桑叶后，蚕儿不吐丝不做茧而选择死亡，把所有鲜碧的桑叶，全部变成一摊恶臭无用的黄水，世上还有如此没良心的吗？

然而，病毒带来的灾害，对于父母的蚕桑来说，还不是致命的。致命的是，忽然之间，各地的纺织厂都逐渐解体停办了，随之而来的，是蚕茧卖不出去。想依靠蚕茧挣一点钱，已经完全不可能了。

绝望的父母把那些枝繁叶茂的桑树全部砍掉，捆扎成柴火，堆在柴房里，从此再也不提栽桑养蚕之事。在动刀之前，我看见父亲在桑树旁边坐了整整一个下午，直到抽完口袋里所有烟丝。

正因为有这样一段惨痛的记忆，当我在武胜县猛山乡看到这片无边无际的桑园时，着实大吃一惊。尽管我被桑园碧浪滔滔的气势震撼，却也有不少疑问：这么庞大的蚕桑园，能解决蚕宝宝吃光桑叶后死掉的问题吗？当全国各地的纺织厂，都因效益不行停产的时候，这么一大片蚕桑养殖园靠什么赚钱？

我走进了那个现代化程度非常高的蚕桑养殖工厂，参观了那些现代化的养殖流水线，以及做工精细华贵的锦缎产品，乃至于桑叶桑葚做的食品。我在感叹之余,一直萦绕在脑海中的疑问也被解开:越是环境保护做得好的蚕桑园,越能确保蚕儿健康生长,让它们最终变成洁白的蚕茧;越是质地纯净的蚕茧,越能够织出高品质的锦缎,在市场上才会获得更多人的青睐,产生更好的经济效益。之前各地的纺织厂之所以纷纷停产关门,并不是市场上不需要丝绸锦缎,而是粗放型的养蚕缫丝的做法,在市场上缺乏足够的竞争力,同时还将带来越来越严重的污染等问题……

显然,对于嘉陵江这棵大树来说,猛山乡的这个蚕桑现代农业园,正是大树上一个清香的"树洞"。因为有这个清香的"树洞",生活在嘉陵江畔的巴蜀人,因此能留在家乡,过上一种有尊严的生活。

这样的"树洞"很多,广安区龙安乡的龙安柚母本园,就是其中一个。

这个母本园,原先其实只有几棵柚子树。准确地说,只有一棵柚子树,这棵柚子树已经一百三十多年。后来它分蘖出好几棵,再后来,就成了一片果园,成了现在这个万亩以上的龙安柚产业基地。

由此可见,这里不仅是柚子的母本园,也是龙安乡经济的母本园,是嘉陵江绿色生态的母本园。

在嘉陵江这棵树上,龙安乡的柚子园是一个清香的"树洞",猛山乡的桑园是一个清香的"树洞",潼南的蔬菜基地也是一个清香的"树洞"……

在写这篇文章的时候,我一直在思考我的用词。当我把嘉陵江看作一棵树的时候,嘉陵江流域的这些生态实验基地,我把它们比喻成树上清香的"树洞"、洁净的"鸟巢"。有时候我又会想,我可不可以不用"树洞"和"鸟巢"这样的比喻,而直接把它们比喻成"花朵"。把它们比喻成"花朵"的好处在于,"花朵"是树本身的一部分。也就是说,如果作这种比喻的话,这些生态基地将与嘉陵江融为一体,成为嘉陵江本身的一部分,而且还是嘉陵江最美丽的那部分。

最终我还是没用"花朵"这个比喻。

杂花生嘉树——姑且把这作为一个期盼吧。

枕上山溪

◎ 储劲松

生意帖

前日看赖少其笔下梅花，满纸繁密的生意，寒瘦铁骨泠泠然，以眼锋叩之，似重金属相击，耳中有叮叮当当之声。有一幅题曰："以金农法画梅花，书法亦金农。此皆人所不为者，余之甚愚，识者叹恨也乎？"

金农梅花枝多花繁，朴茂清峻，一团蓬勃气象，一团拙野气息。他以梅自喻，一生知己是梅花，在《画梅》诗里说："一枝两枝横复斜，林下水边香正奢。我亦骑驴孟夫子，不辞风雪为梅花。"画法出入文人画，尽洗前人习气，作品为世人所珍理所当然。其笔下的梅，原是梅花真身，纯是天然本色。我家有红梅两树，苍枝老叶繁簇，叶凋之季望去也是一团混沌，就不要说春夏了。别人写取一枝梅，金农写的是一树梅。一枝易工，一树难画，就譬如《富春山居图》难工，枯藤老树昏鸦较容易画。书为心画，画为心声，赖少其先生以天地和古人为师，追踵前贤笔意，又何来叹恨呢？许是以谦为傲，扬扬自得吧。

六安台静农纪念馆里的赖少其书法，横竖撇点折亦如梅枝，如黄口小儿地上画符，全然不顾前人法则，却自成一家。其浑元稚气，充盈尺幅之间，收折冲樽俎之效，也收江山万里之功。

时令已然小寒，一年中至为寒冷的时候，户外滴水成冻，天地否闭无聊乏味，夜里观前人纸上梅花逸品，聊想春意。早上起来，望见窗前新架的小桥上覆盖着厚厚一层白霜，朝阳打上去，一桥星芒闪闪晶亮，一两个早行人的脚印印在上面，像山水画，也像某种隐喻。久居市廛里，鸡声茅店月不可得，人迹板桥霜倒是偶尔可以见到，也算不枉逐水而居一场。

桥边的红梅和绿梅，瘦硬而小的花苞粒粒鼓起。桃与李也是，先花后叶的落叶乔木似乎都是如此,只是花苞隐伏在铁色枝条上,更小更不易发现。在最凄苦的时节里,它们蓄势积能,预告春天。周秦以及汉初,以夏历十一月为正月,以冬至日为岁首,是大有道理的。冬至一阳生,如《周易·复卦》的初九爻,至为亨通吉祥。南方很多地方至今仍十分重视冬至,认为"冬至大如年"。古之君子当此之时,顺从昊天旨意,顺从自然法则,暗自砥砺其志、修洁其身。

万物凋零剥落殆尽,就像高山坍塌,颓落于大地之上,然后阴消阳生,冬去春来,雷在地中隐约震动,其声殷殷隆隆。先代圣哲推演八卦,法天则地,观物取象,《剥卦》之后继之以《复卦》,也是遵行自然之理。前贤解经,说《复卦》可见天地之心。并进而言之,所谓天地之心,以生长繁育万物为心。说得真好。大道坦坦,真理也总是朴素、低调、谦卑的,就像蜡梅和枇杷的花。

梅花品格为众花之冠,其中尤以蜡梅为最。

河边的蜡梅已经放蕊多日,低眉娇娇欲语,像西周诗人反复吟咏的"静女",像一卷佛经。它们是有气场的,一株即自成一帧风景,自成一个舍卫国,自成一个给孤独园。

枇杷的花,形与香绝似蜡梅,且比蜡梅更隐忍更低调,像《红楼梦》里的李纨。其叶肥大,质地如皮革,风雪频仍也不见凋残。质胜文则野,说的也许就是枇杷吧。它有一个别名,就叫"粗客"。其花色介于黄白,开在丛丛阔叶之间,且藏于层层花萼之中,不招人眼,唯有身静心闲之人才会注意到。世上有几个真闲人呢?真闲人的身不一定闲,不一定土木形骸,甚至很劳碌,其心必如槁木,如秋冬之水,像西周的周、召二公。好些年里,院外墙隅几株枇杷葳蕤成林,春来食其果,冬来看其叶,不知道它们也开花,就像不知道额上皱纹如桃核的妈妈,也曾经年方二八,也曾有灼灼芳华。

秋菊开败之后,蜡梅放蕊之前,枇杷花是南方山里唯一可见的花。每天从树下经过,总要伫立几秒,观其生生之意以慰萧瑟。老之将至,越发喜见杂花生树,怕见冷雨敲窗,也越发愿与少男女为伍,以为沾染了他们身上的周郎意气,沾染了她们身上的小乔风采,或可以稍稍延缓轰隆岁月。

岁月如驰啊,愣一愣神,眼底白云过,鬓上几度霜。血气与志气一并渐温渐凉,怕冷,骨头遇寒气即喹啷然。昨夜天霜月寒,躲在被窝里温习《金刚般若波罗蜜经》，暖风机吐气如春，陈年普洱红浓老厚，此身安泰，如在舍卫国，在祇树给孤独园。形相与无相，执与不执，如是我闻，我闻如是。以为个中奥义都在枇杷花与蜡梅花之间，在似与不似之间。以为佛经古卷里，自有被时间和尘埃遮蔽的兴隆生意。

春节临近了，吾乡做买卖的人家过年张贴春联，最喜欢"生意兴隆通四海，财源茂盛达三江"，有人甚至几十年不换联文。从前我年少清高，口不谈钱，不谈利，不谈恭喜发财，不谈生意兴隆，以为恶俗。而今双鬓已然星星也，愿见人家生意好，更喜见人间生意多。

山溪在枕上响了一夜

山溪在枕上哗哗响了一夜，云锦庄园像一叶虚舟，悠悠浮荡于江湖之上。我心无挂碍也无所系，任其所之。

将眠未眠时，以为已经漂泊到了故园木瓜冲。木瓜冲自然村落之间，也有一湾碧溪，映带四围青山、田园、炊烟、牛栏和草棚，平日汩汩泠泠如素琴晨张，丰水季节水势湍怒，从高崖头上如一匹巨练訇訇而下，白天在近处看了不免心战胆裂，夜里远远听来却仿佛远寺钟声。

云水禅心，一夕好睡。

清早五点多就醒了，木叶的清香带着水汽从窗纱嘟噜着涌进来，好闻得想打喷嚏。水音越发清晰，也越发欢悦，以为必是一条大河，必是白浪滔滔烟水茫茫。起来开窗一看，竟只是一鞭清泠泠的小溪，水面不过一庹，水深不过一拃。经过庄园时，有一道一人高的水坝，坝上水石之间遍生菖蒲。溪水柔弱，声势却雄壮，心中暗自惊奇。就像山野里的螽斯和纺织娘，些小草虫刮锉而歌，竟也能山鸣谷应。

夜里下了一场小雨，人在槐安国，春秋大梦里浑然无所知觉。

冶溪镇罗铺村为群山所抱，夏雨之后山气青渺，水汽迷蒙，满眼稻田瓜地、茶园菜畦，翠碧之色一如叶底水滴，远近人家红瓦粉墙，散落于山隈水曲，静好如叶间枇杷。昨夜酒后曾在村中漫走，柴犬七八只蹲在人家门前，吠声如豹，所遇村中童叟男女在门前闲坐纳凉，方言如太古之音。

山鸟啾啾鸣啭,云锦庄园里,数十株香樟、红豆杉、水竹、樱桃、山楂、葡萄、橘、柿,以及石桌、石凳、木秋千和健身器具,一应在静静等候主客醒来。园中一池绿水深若明眸,晨风送来风车茉莉幽细的清香,眼中清景无限。昨日来得迟,天已经擦黑了,又忙着与主人家寒暄,忙着大碗喝酒大块吃肉,未来得及细看。

　　庄园主人叶静先生文人武相,貌似赳赳武夫,实则文心如螺。云锦庄园的布局和陈设即是明证。他比林中的鸟起得还要早,清扫完地上的落叶,又在抹桌擦凳,烧水泡茶,见我起床,殷勤领我登楼四望。

　　庄园之后,数座青峰参差复叠,苍松、翠竹、板栗、芳草无尽连绵,那一溪水自林木深处发源,一路或伏或隐草蛇灰线而来。心里毛茸茸的,喜悦得很,如同正在盛放的板栗花。所谓画屏,所谓天然山水障,这就是了。想起唐朝贤相张九龄在《题画山水障》诗里说:"对玩有佳趣,使我心渺绵。"当此之时,我眼有佳趣,我心也渺绵。

　　与山水障相对的,是司空山。一峰斜插入云端,山体青苍浑茫如犀象。司空山是禅宗圣山,二祖慧可携弟子僧粲卓锡之地,二祖洞、三祖洞和传衣石仍在。司空山也是诗山,李太白当年避永王之难,曾藏身其间读书,留诗二首,一曰《题舒州司空山瀑布》,一曰《避地司空原言怀》。山在三十里开外,又似在眉睫之间,山中有大唐古道,有明代石门阙,有摩崖石刻数十方,曲折路径、石柱石梁、古洞古石和石上字画,仿佛可以遥遥辨识。

　　圣山为景,群峰为屏,清溪为琴,田地牛羊人家为邻,云锦庄园真是好气象,让人徒生云鹤之心幽栖之志。

雪意

　　暮冬这几天,山里的云颜色青黑如乱鸦,天空哑默低矮,时刻在酝酿着浓郁的雪意。阳历新年的第一场雪已经下过了,山头上一夜间砌玉一尺有余。接着冬雷阵阵,下了两天不大不小的连阴雨,雪国壮美无疆的版图顿时千疮百孔,如同末世摧陷崩塌的江山。过分美丽的事物往往是易碎的。雪后落雨,是很煞风景的事情,就像《权力的游戏》的终场,女神丹妮莉丝·坦格利安骑着她的龙,愤怒地焚毁掉七国之都君临城。

乡语说："日断阳来夜断阴，一辈子操不完的心；东搭葫芦西搭瓢，一天到黑到处跑。"一年忙到头，到了岁末，回头一望也不曾做过几件有意义的事，身体和精神却忽然懒怠下来，只想舒舒服服坐在沙发上，拥一炉旺火安静地等雪，看冷兵器时代的奇幻传说和剑影刀光。《权力的游戏》是电视剧，其实也是超长版的电影，它的原著小说名为《冰与火之歌》，我更喜欢些。以前我说过，电影亦梦也，好电影是风月宝鉴，是挪亚方舟，是勾魂索魄的使者，是明知其假反又信以为真的梦幻天堂。如今我还想加上一句：好电影、好戏剧和好文章，从头到尾都有东西把人心拎着。

身体和灵魂，必须有一个像娜拉一样出走，尤其是在草枯叶凋水瘦山寒无一点生意的残腊。观影、写作、读书、发呆走神以及等雪，都是出走的野径。

在南方，尤其是在长江以北的深山里，冬天是难过的日子，到处都像大冰窖，又漫长。穿着臃肿的羽绒服，把空调打到三十摄氏度，或者烤一炉火，前胸或者后背，手或者脚，总有一些部件还是冰凉。若是外出，冷风穿壁过墙，寒意钻骨穴髓，身上的两百多块骨头冻得叮叮当当响，像拖着一串铁块。幼年的时候，山里的冬天更寒冷，土壤冻得隆起半米高，踩上去吱吱作响，解放鞋陷进土里，也更怕冷，身上只有硬邦邦的卫生衣卫生裤，风从门窗缝隙和瓦沟里钻进屋，夜里冷到哭。妈妈说："怕冷，除非不出世，除非钻到牛肚子里去。"

通常，淮河以南以为淮河以北更冷，南人以为北人更冷，北方人又以为东北冻死狗。结果是，零下三十多摄氏度的东北，比气温在零摄氏度左右徘徊的南方要暖和得多。在现代，他们有比牛肚子以及子宫还温暖舒适的暖气，在古代则牵黄擎苍驰马射猎。江水与淮水之间，东吴与荆楚之间，从来都是一个尴尬的狭长地域，也是一个地理意义上不南不北的地方，既算不上江左也算不上江右，既算不得淮南也算不得淮北。此地冬天的寒湿无处躲藏，是连东北人也要逃之夭夭的。我在这里居住许多年，虽然皮已糙肉已硬，还是有些畏惧冬天。

造物主用相同的泥巴创造了人，又像撒豆子一样把人抛在不同的地方。生长之地并不容选择，因而我也没什么好抱怨的，何况这里是埋葬祖先骨殖的地方。何况，江淮之间，特别是处在北纬三十度线上的岳西，春是春夏是夏，秋是秋冬是冬，除了凛冬，其他季节都是宜居的。

在我们这里,四季的气候是分明的,但有时候也出现反常。譬如春天有倒春寒,夏天会下冰雹,秋天有秋老虎,暖冬偶尔早上气温二十几摄氏度,只消刮一阵北风,黄昏时就会骤然降到零下七八摄氏度,然后天上飘起雪花。

当年,王维画雪里芭蕉,又将桃、杏、蓉、莲同画一框,后世争议颇大。有人以为违反常识,有人以为高妙超凡,至今仍聚讼不休。我在江淮之间看正方反方互搏,不免暗自发笑,因为王维很有可能只是写实。如果是暖冬,在江淮之间,绸布一样的芭蕉叶会一直绿着,突降的白雪堆积在宽大碧绿的叶片上,是再正常不过的事。春日的桃杏与夏日的莲花同在一幅画里,道理也是如此。去年秋天山里大旱,三个月不下一滴雨,一年蓬、翅果菊、六耳铃、花叶滇苦菜以及其他好多植物,误以为春天已临人间,纷纷傻乎乎地抽条长叶开花。所以,雪里红梅是写实,雪里芭蕉也是实写,王维那幅画,兴许写的就是江淮之间的景色。

在江北,下雪一点也不稀奇,冬天总会落几场,不是明天落就是后天落,不是白天落就是晚上落,三四月里往往还有桃花雪。有时匆匆忙忙落一晚上,有时不疾不徐落几天几夜。我喜欢落雪的日子,觉得雪中的自己清寒脱俗一如古之隐士。雪像一碗野味,像一树桐花,像旧墙上贴一幅年画,庸碌的日子因之显得不同凡响。第二场雪还没有落下来,我静静等候,一点也不着急。这些年,即使脚步再匆忙,我的心也是闲的静的,似竹上的积雪,似雪里芭蕉。

一关名梅

◎ 罗铮

冷雨淅沥。远方山头迷雾阵阵,不识真面目。两侧山崖层峦叠嶂,树木葱郁。青石鹅卵石铺就的路面光滑、湿漉,像抹了一层油。

我抬头凝望。眼前这条石道,是中国古代历史的一条装订线,沿着这条线,就能穿越历史直抵一个个现场。它是一条改变无数人命运,延续希望的生命之路,无数官员、商贾、文人、郎中、僧侣、匠人步履维艰,行走过后,迎来新生。它又是一条贯穿南北、繁盛千年的黄金交通线,为朝廷创造了高额税赋,见证了大量奇珍异宝在壮汉们的肩挑手扛中,或北上中原进贡皇族,或南下出海开展贸易。它还是一条刀光剑影、烽火连天的军事要道,穿着各式甲胄的士兵在此浴血拼杀,只要打通此道,便可大振军威、势如破竹。

石道的核心是一道关卡,一夫当关万夫莫开的关卡,它的名字叫"梅"。梅关,梅关。念着念着,硝烟散尽,曙光陡生。千年梅关迎接我的方式,是一场风雨,似在考验我的诚意。既然上天有意迟滞我的步伐,我即顺从天时,一步一个脚印感悟巍巍雄关和漫漫古道的风霜雪雨与无尽沧桑。

踏石而上。路依山就势,盘旋蜿蜒。为什么不修一条平坦的栈道?"只有石路方能最大程度保存原貌。"同行的友人讲解道。难怪,假设庄重的攀爬朝圣简化成普通的拾级登山,怎能设身处地体验当年逃难人群的悲苦辛酸,怎能感受他们扶老携幼翻越重重山峦驻足这座关隘时眼里倏忽闪现的炯炯光芒?更何况,曾几何时,这儿并没有路。

世上本没有路,走的人多了,也就成了路。古书中常有记载,某支军队久攻某地不克,忽得樵夫或猎户指引,悄悄绕大山深处僻静小路至敌军身后,出其不意取得胜利。这些小径本不是路,被樵夫、猎户们走得多了,自然成了路。只是,靠人踩踏出来的路,多半荆棘密布、险峻陡峭,稍有不慎便有去无回。梅岭亦然。

遥远的古代,梅岭必定无路可走,杳无人烟。但山两边总有胆大之人,他们翻山越岭,或狩猎、或砍柴、或采药、或做点小买卖。久而久之,他们的脚印便在大山的褶皱里留下了不可磨灭的痕迹。这条路必定弯弯绕绕,一会儿没入树丛,一会儿被垂下的藤条遮蔽,一会儿出现似是而非的岔道。一场春雨可能让它泥泞不堪,一夜漫天大雪或许让它面目全非。它没有名字,地图上也没有任何标记,只存在于老百姓的口口相传中。

然而,还是有人找到了这条路。战国时期,为躲避战乱,以梅绢为首领的一批越人迁往岭南,在大庾岭一带安营扎寨。寂寞的山岭人声渐稠,山间回荡着完全陌生的中原口音。大庾岭遂把这段山峰命名为"梅岭",以报梅绢开拓之恩。

一举成名天下知。秦统一六国后,雄才大略的秦始皇又把目光投向了南方。秦始皇以屠睢、任嚣为帅,两次南征百越,大获全胜。其中一路大军,即从梅岭山隘进击。于是秦始皇在此设置横浦关,重兵戍守。梅岭第一次披上了朝廷的官服,原先的崎岖小道,也稍稍装扮得俊俏了些。

雨势渐大。友人劝我折返,我执意向前。赣南雨水多,顶风冒雨迤逦前行的古人应不在少数吧?"永嘉之乱"后,匈奴、鲜卑、羯、氐、羌等胡族大举入侵,劫掠中原,北方硝烟四起,人口骤减。迫于生存压力,人们纷纷逃离故土,集体向南。他们渡过颖、汝、淮诸水流域,进长江,入鄱阳湖,沿赣江南下,部分选择了地广人稀、崇山峻岭的赣南落户,部分深入梅岭继续向南。本来安详平和的小路,突然充满喧嚣。本来逼仄狭小的山路,突然拥挤得喘不上气。但是,这个苦难的民族却获得了宝贵的喘息之机。翻过横浦关,他们将血脉延展在岭南的土地上,他们将先进的生产力播撒在曾经的蛮荒之地。

从此往后,这条古道成了救命之道,重生之道。

随着京杭大运河的开凿,中原货物顺大运河南下,经扬州,逆长江而上,从鄱阳湖进赣江,逾梅岭入广东,沿浈水、北江抵达广州,渐渐成为全国对外贸易的主渠道。一批又一批光彩夺目的丝绸绢带、巧夺天工的陶瓷饰品、清香四溢的各式茶叶涌向梅岭,梅岭和它的古道又一次水涨船高。然而,它的外形仍然简陋、破旧,远远难以匹配如此高规格的定位。

好在,它并没有等待太久。唐开元四年(716),历史给这条道路派来了最大的恩公——张九龄。这位广东韶关人因负气告假还乡,途经梅岭。他的内心曾经数次憧憬,这条久负盛名的道路是多么大气壮观、宏伟磅礴。不承想一到现场,竟如此狭窄破烂。于是,家国情怀深重的张九龄向唐玄宗进言凿山修路,得到首肯后,立即带领一众民工"饮冰载怀,执艺是度",在"岭东废路""缘磴道,披灌丛,相其山谷之宜,革其坡险之故",把破烂不堪的老路修成了"坦坦而方五轨,阗阗而走四通"的官方驿道,道宽处达五米,迫于山势的最窄处也有两米。我脚下的青石鹅卵石,或许尚有些许当年的"遗老"。

除了旧貌换新颜之外,这条崭新的官方驿道选取了从大庾到南雄距离最短的一段路线,比秦朝古道缩短了整整四公里。遥想古人当年,不负重徒步四公里山路尚且需要两小时,如果背上行囊货物,时间更难算计。当然,路程的缩短必然给施工带来巨大难题。在没有爆破手段的情况下,唐人硬是发扬愚公移山的精神,削平了一个长二十丈、宽三丈、高十余丈的山坳。而且粤北韶关等地的石头容易风化,铺砌整块的条石难以保证使用寿命,工人们利用山体就地取材,不拘泥于原材料的规整,采用大小石块拼砌的办法,中间嵌以泥土,使其平整稳固。为了减少雨水对道路的侵蚀,将山洪减少到最低限度,设计者又在道路两侧设置排水沟渠,纵沟沿山势向下,呈自然坡型,再种植梅树护坡。在陡峭路段,又以小块条石砌筑横沟排水。

据传说,张九龄率人开凿到山岭的最高点、即赣粤两省分界地时,有一块大石,工人白天把它凿开,晚上它就自动合拢,反复多次。正当无计可施之际,张九龄怀孕的夫人不顾危险,站在凿开的石头中间,石头方才无法合拢,工程得以顺利推进。

待全线竣工,公私贩运"转输不以告劳,高深为之失险。于是乎镶耳贯胸之类,殊琛绝赆之人,有宿有息,如京如坻"。见此盛况的张九龄喜上眉梢,《开凿大庾岭路序》一气呵成。至此,这条古道真正进入了官方话语体系。它遇见了越来越多雄壮魁梧的高头骏马,身着朝服的官吏贵族,未曾谋面的山珍供品,特别是一篮篮新鲜的荔枝,足以让千里之外的皇帝和贵妃喜笑颜开。

梅岭山隘的官方驿道建成还不到四十年,"安史之乱"爆发,成千上万的民众挈妇将雏逃离家园。他们别无选择,只能跟着人流一路向南,向南。他们中的相当一部分循着古迹钻入梅岭,成为这条驿道的又一批受益者。还有之后的唐末军阀混战、五代政权更迭、北宋"靖康之乱",中原移民蜂拥南迁。南迁,已然成为中国历史上一种巨大的民族惯性。赣南,岭南,闽南,湘南,这些冠以"南"的大地,宛如毫无喧嚣的桃花源,慷慨收留了被战乱驱赶的一众难民。梅关,成为这条南迁路线上最醒目的标识,成为这片大地上最璀璨的明珠。难民们在把家园搬向南方的同时,更是把数千年的文明带到南方,也把赣南、岭南、闽南、湘南升华为毋庸置疑的客家原乡,让梅关上升为这个族群的命门,一个无法替代的精神地标。

坡渐陡。两侧的梅树花盛怒张,花瓣纷披,一会儿雪白,一会儿嫣红,梅姿百态,气象清明。点缀于万壑千岩之间,更显高贵。逃难的人群见此情景,蹒跚的脚步也该轻快不少吧。

苏东坡正是其中一员。北宋绍圣元年(1094),这位辞赋大家因"乌台诗案"被贬谪岭南,第一次缘上梅岭。驿道上的梅花在细雨中傲然绽放,有感而发的东坡奋笔疾书"去年今日关山路,细雨梅花正断魂"。书毕,梅岭古道的梅花就成为他心灵的寄托。当他获赦北归再次路过梅岭,又留诗:"梅花开尽百花开,过尽行人君不来。不趁青梅尝煮酒,要看细雨熟黄梅。"此诗彰显了东坡超脱出风雨颠沛的状态,变得淳美飘逸,襟怀洒脱。梅岭同样感念东坡的欣赏,将这首《赠岭上梅》刻碑于道旁。

一百多年后,南宋丞相、客家子弟文天祥最后一次踏上梅岭。在囚车上,他用一首《至南安军》与故乡作别:"梅花南北路,风雨湿征衣。出岭谁同出,归乡如不归。山河千古在,城郭一时非。饥死真吾志,梦中行采薇。"虽未如《过零丁洋》般脍炙人口,却同样思念忆昔,以死明志。但他足可欣慰,宋祚终结之后,"其随帝南来,历万死而一生之遗民,固犹到处皆是也……西起大庾,东至闽汀,纵横蜿蜒,山之南、山之北皆属之。"

脚步蹒跚的不只是将军和诗人,还有僧侣。禅宗五祖弘忍秘密将衣钵袈裟传给大字不识一个、只会挑水劈柴的弟子慧能,并嘱咐他立即离开湖北,南下避难。慧能朝着广东老家仓促行进,至梅岭,欲夺衣钵的师兄神秀门徒追至。慧能将衣钵弃置路旁,身为武僧的神秀门徒却无法挪动,只好无功而返。慧能法师正当口渴难耐之际,遂以锡杖击石,清泉汩汩涌出,味甚甘冽。幽静的六祖庙,正向每名朝圣的后人诉说这段惊心动魄的往事。

  留诗于梅关的文苑名宦数量众多,仅《大庾县志》就收辑了宋之问、刘长卿、汤显祖、戚继光、解缙、戴衢亨、袁枚等历代名人佳作二百余首。他们或带着报效家国的志愿,或带着对庙堂艰险的喟叹,或纯粹触景生情即兴吟诗,为繁华的古驿道添彩增辉。

  当然,梅关和它的古道并非时时充盈着苦难与悲戚。在秩序井然的盛世,梅关古道见到的大多是粤盐、铜铁、香药、珠宝、漕粮、茶叶、百货等。宋、元、明、清诸代,又多次对驿道进行维修和扩建,增设驿站、茶亭、客店、货栈。刚才路过的梅国驿站虽非原物,但黄色琉璃瓦覆盖的歇山式屋顶,质感强烈的赭红色立柱,布局似客家围屋的院落,仍然让我浮想联翩。

  北宋淳化元年(990),宋太宗在大庾设南安军。北宋嘉祐八年(1063),江西提刑、广东转运使蔡挺、蔡抗兄弟,代表两地共商扩建事宜,在驿道隘口修建关楼一座,并立石曰梅关。元明时期,海运空前发展,对外贸易兴盛,东南亚的占城、暹罗、真腊、古里、爪哇、苏门答腊等三十多个国家,以及欧洲的荷兰、意大利等国商人纷纷进入中国,熙攘的梅关又迎来了素未谋面的珍珠、玳瑁、象牙和孔雀、狮子等奇珍异物。明代著名学者桑悦《重修岭路记》记载:"庾岭,两广往来襟喉,诸夷朝贡,亦于焉取道。商贾如云,货物如雨,万足践履,冬无塞土。"清朝政府实行"海禁",只设广州一个通商口岸,梅岭古道更趋繁荣。

  前方,一个四四方方的饮马槽映入眼帘。虽青苔累累,但原先的规整古朴仍可管中窥豹。千百年来,得有多少马匹,高的矮的,胖的瘦的,老的少的,曾在此饮水休憩。

  到了近现代,梅关的脚步声依然驳杂。二十世纪二十年代的三次北伐,均有部队取道梅关挥师北上。一九三四年,中央红军突破围剿,经梅关开启二万五千里长征。陈毅更是在梅岭周边开展了三年艰苦的游击战争,梅关古道上留有他的脱险处,他也写下《梅岭三章》。

  拐过前面的弯就到梅关了。或许见我一路寡言,同行的友人好意提醒,我从沉思中拉回思绪。尽管步履滞重，身上却已大汗。对每一个试图接近它的人，梅关都要用这种方式予以洗礼。山势愈加雄险，林木更为茂密。脚下偶有数颗白色圆形石块，闪烁些许光泽。古代没有路灯，晚上只能靠火把照明，火光映在圆石上，即可反射出萤萤亮光，好似珍珠闪耀。夜间行走的路人至此路面，心中必定涌起股股暖流。

转过弯来，"南粤雄关"四个朱红大字赫然醒目。明万历年间南雄知府蒋杰的题刻依然如新。关门两峰夹峙，右侧立有一块两三米高的石碑，上书"梅岭"两个苍道楷体大字，为清康熙年间南雄知府张凤翔所题。走进关门，南北两侧大风阵阵，云雾缭绕，青石鹅卵石路面铺展开去，"一步跨两省""一关隔断南北天"的壮阔油然而生。倘若关楼尚在，一人看守足矣。南面关门刻有对联"梅止行人渴，关防暴客来"，一动一静，一刚一柔，余韵悠长。

大雨瓢泼，梅关和它的古道门可罗雀。它们终究是老了，曾经的繁华绚烂归于冷寂。牛马车行消失了，哨卡官兵不见了，行色匆匆的人们销声匿迹。关于中原战乱的噩梦般场景和烧杀抢掠、黑烟滚滚的情境已经模糊为前世幻影，永嘉之乱、安史之乱、靖康之乱，都静默为史书里的笔墨。如今的梅关，退化成一个遗址，一条老路。但是，来瞻仰梅关、重走梅关古道的人依然络绎不绝。因为，梅关还是一个象征，是若干家庭的精神图腾。这些后人要想完整了解家族的历史，彻底理清家族的脉络，梅关是不可或缺的关键。只有亲临梅关，走一趟古道，才能真正感悟这座关隘和这条道路是怎样给予祖先力量进而赐予祖先新生，才能真正感悟它们在家族中的沉重分量。

万物的印迹

◎ 南泽仁

兽蹄鸟迹

依布从小镇回来，经过磨房沟的时候，他望了一眼村口的平石板，上面坐着一位老人，孤零零的样子像另一块石头。

依布大步朝平石板走去，裤脚掠起了一场细碎的风声，他迫切地想从那老人看他的眼光里识别出一些微妙的东西，或一眼就能识破他极有可能取代祭师的地位。快接近平石板时，依布的脚步陡然就慢了下来，只见一只岩羊站在宽大明亮的石板上，它并不看依布，只用一位老人平淡温和的眼神凝望着对岸的黑岩子，石坳里跳跃着几点灰白的光影。

依布感到嗓子有些干涩，他咳嗽了一声，虚而不实地思想岩羊转过头来的时候，其实就是反穿着皮褂子的老人。岩羊在这时朝着黑岩子发出了鸟鸣般的呼唤，石坳里的灰白光影静止下来，接着，一群岩羊在回应它。岩羊开始在平石板上转着圈走动，坚硬的蹄子轻叩着石板发出了鼓点的回声，它纵身一跃消失在了平石板上。依布随手折断路边一枝正在摆动的丑火草，拿到鼻尖嗅闻。那是一种被诅咒过的气味，他厌弃地将它丢在路边不回头地朝家走去。

两扇屋门敞开着，依布轻轻地走进去，上了木楼梯。母亲背对着楼口在一扇窗下编织一匹氆氇，她在低声吟唱《平安歌》，一把胡桃木梭子穿过了黑白两色经线。依布的心微微地颤了颤，他没有惊动母亲，只默默地去歇坐在火塘边，好让她转头就看见孩子的归来本身就是一道光。母亲很快察觉到火塘边上的动静，看见儿子抱膝坐在火塘边，她惊讶地喊出了他的乳名，那也是村中一只流浪狗的名字。母亲解开盘在腰上的编织带，快速裹卷好氆氇，走到依布面前睁大眼睛，确认他的归来。依布仰起脸对母亲笑，他的笑脸很快就模糊在了母亲的眼睛里,母亲背过身去用袖口一把擦亮眼睛,然后赤着脚咚咚地踩响楼板为依布熬茶,又在铜瓢里为他炒嫩玉米面,持续的香味使依布感到了饥饿。这一路,依布搭乘了吉普车、大货车,最后换乘了小四轮才辗转回到家,山路崎岖,快把他的肠肚心肺从口中颠出来了。依布在茶汤里放入一坨酥油、一勺蜂蜜和两把炒面,开始团起一个糌粑来。母亲坐在一旁细细地端详着依布,瘦了、黑了,眼神却更加坚定明亮了。她在等依布详说这段日子去小镇寻马的事情。

依布团好糌粑后,掰下一块,在手中捏出手印才送进口中慢慢地吃起来,吞咽的时候,他做出了痛苦的表情,心里却是十分香甜。母亲看见他的样子,赶忙端起茶碗递到他手中,好使他的喉咙无阻而顺畅起来。

两月前,依布家丢失了子母骡马,找遍对河两岸三村,连个蹄印子都没有找见。有乡邻告诉依布,在磨房沟遇见几个马贩子,赶着一群大大小小的骡马朝小镇上去了。依布追随着线索到小镇上寻找,这一走就是数十天。此刻,他不知道该怎么开口告诉母亲关于子母骡马的下落,于是他又不紧不慢地捏起一块糌粑送进口中吃起来,还没有等他做出干涩难咽的表情,母亲的拳头就已经递到了依布的额头上,他顺势把自己当作一头好斗的牛犊,把头顶向母亲的拳头,一点点逼退她的拳头,火塘边就响起了母子俩欢快的笑声。

吃完整坨糌粑,依布的讲述也有了头绪:"阿妈,您可知道,我找遍了小镇上的骡马交易市场、养马的人户,总之,能闻到骡马气味的地方我都到过了。"依布说着,手指了指自己的脚,母亲就看见依布磨破的鞋底露出了脚后跟,上面有一块结痂的伤疤同木柴上的螺纹一样结实,她的眼神立刻为此黯然了下来。依布并不希望母亲因为心疼他而难过,他只是想表达出门找马,已尽了全部力量。

他继续往下说的时候,身体略微朝母亲倾斜了一点,语气徐缓。

"后来,我打听到距离小镇百里远的地方有个叫羊马的村庄,那里草山宽广,家家户户都养马。于是,我就找到羊马村,结交了一位养马的老汉,我利用自己的勤快帮忙他洗马、喂马,每天与他一道去放马。趁着马吃草,老汉打盹儿的时候,我朝着草原深处去寻马。就这样找了许久,我的脚步几乎踏遍了整个草原,涉过了很多条河流。不止一次地,我竟把河对岸的树木也当成了吃草的骡马,涉水过河,湿淋淋地站在树下,我就对着树大声呼唤子母骡马的名字,我是在自己的回声里逐步感到失望的。临走前的那个傍晚，我回到养马村，经过一户户人家门口，我一遍遍地向他们重复，我一直在寻找子母骡马，它们是我阿妈用七张氆氇毯子从一个赶马人那里换回来的。它们额上都有一块形似火焰的白印子，小骡马的颈脖上戴着一个氆氇项圈，上面缝缀着一朵染红的羊毛花，花心里藏着一枚小铜铃，奔跑时的声音格外响亮清脆……"

母亲听着微微蹙起眉头，母骡子坚韧，小骡子可爱，它们从不涉足泥潭，雪白的四蹄随时保持着清洁的样子在她心里越发生动明亮起来。

依布稍微顿了顿，他平稳情绪后的讲述氛围远远超出了一位祭师所具有的智慧。

"可是，羊马村的人告诉我，羊马人的栅栏只关自己的牲畜，并且整个草原也不会留下来路不明的马蹄印。听到这些话，我的心彻底松懈了下来，并放弃了继续朝草原边缘去寻找的念头。我回到老汉家，他早知道了我寻马的事情，看到我进门时落寞的影子，他放下提起的茶壶，倒了一碗荞子酒来安慰我。我喝下一大口酒，告诉老人家，自己离开家乡已两月之久，寻不到马，明天就该返回了。当我说出'家乡'两个字的时候，不争气的眼睛就涌出了大颗的热泪。老汉默默地看着我落泪，看着我端起茶碗喝茶般喝下荞子酒，我的身体渐渐轻飘起来，感觉进入了梦乡。

"老汉一声不响地起身去，抬出一张方桌摆放到灯下，我以为他这是要摆晚宴送别我。只见他捧出来一把麦面，均匀地撒在桌面上，随之拿出了一块手掌大的石盘，在轴心插入一根光滑的木杆，然后盘坐在了桌边。我有些酒醉的视线不稳定地看到老汉在朝我点头，示意我也坐到桌边去。看着他神秘的行动，我猜想这无疑是要进行一场问卜了，心中顿时升起了敬畏。我脚踩云朵般来到桌边，老汉让我捧起石盘，它其实是一个古老的纺轮，纺轮正面刻绘有古朴的鸟禽动物图案。老汉双手搓捻锤杆，我们一起放手，纺轮开始急速旋转，锤杆垂直着落在桌面上，刻绘在纺轮上的鸟禽动物全部飞腾起来，复活了一样。老汉的家人在这时关掉了我们头顶的电灯，屋子一霎陷入了黯黑里。老汉开始用方言念诵起祈请文来，那语气轻巧玲珑，像在月光下与万物轻声对话。我的手扶在桌边，感应到纺轮在微微振动，那绝不是因为我的害怕。纺轮转动得那样玄奥，似有一股细风在使它运行。纺轮逐渐缓慢下来的时候,老汉说了一声,开灯。我们头顶的灯就亮了。

"老汉移开纺锤,低头辨认锤杆留在麦面上的印迹。我看着那些凌乱的符号充满期待地望着老汉,我的心就要找到骡马了那般触动着感情。老汉看着看着,拧紧了眉头,他半响才开口说,南方高山上的雪地里,有一群山雕重重飞落的痕迹,它们的停留和两匹骡马消失的时长来自同一件事……我听到这话,身体感到一阵寒冷,并打了一个激灵。"

母亲耐心地倾听着依布的叙说,好奇、神秘、巴望的表情在她的脸上转变。听完依布说出这个结果,她用宽大的袖口一把掩住了半张脸,掩住了她对这消息的惊讶和难过。依布这颗漂泊无定的心,在这时才真正安稳了下来。窗外的天光在渐渐黯淡,火塘里的柴火在这场讲述中燃成了一堆赤红的炭火。母亲取来两只铜灯盏擦拭锃亮后,插入棉花灯芯,倒入熬化的酥油点燃,两朵小小火焰在闪烁。依布仿佛看到远路上正有两匹子母骡马朝着微光走来,它们的蹄声从容而庄重。

这时,楼梯上响起了一阵七零八落的脚步声,那节奏打乱了依布和阿妈静默。只见森布顶着一头蓬乱黑发的小脑袋显露在楼口,他明亮的大眼睛蓦地看到依布,他张开手臂飞扑向依布,把头埋在他的怀中一声声地喊阿哥。依布用温热的大手抚摸他的脑袋,又在衣兜里摸索着,紧接着,他取出来一个绿色温热的石头作为礼物送给森布。森布接过,以为是一只圆润光滑的青蛙,吓得一把将它丢弃在楼板上。绿石头在地板上滚了几圈,发出了一块石头该有的坚硬挣扎。森布这才重新拾起它在手中把玩起来,又把它递到火塘边借着火光欣赏,它的绿是如此通透明亮,仿佛能看见它起伏的呼吸以及内里的脏腑。

火塘边煨煮的牛肉粥在扑哧扑哧地响,发着诱人的香。森布忘记了饥饿,他摆弄着绿石头,又把它放在楼板上,扶着它蹦跳,口里伴着孤单的蛙鸣。依布沉浸在森布对这块绿石头的新鲜和好奇中,这是他在羊马村的溪流中捡拾到的,当时他以为自己踩死了一只青蛙,还尖叫着为它念出了一句真言。就在他回想这段经历时,母亲坚定有力的声音从火塘正上方传来:"你能再为两匹骡马的下落问卜一次吗?"

依布转头去看母亲，她的样子像依布对着老汉说出"家乡"两个字时一样失魂落魄。母亲知道依布从小就对微妙世界充满了好奇，他只有一头牛犊那么高的时候，就背着口粮去学习用串珠占卜，后来又跟着玩伴去朵洛彝寨找毕摩学习烧羊扇骨占卜。母亲相信依布一定也会从羊马老汉那儿学会了用纺锤占卜的本领。依布在心里短而快地温习了一遍老汉教他的祈请文，他怕忘记，昨夜是在念诵中进入睡梦里的。

他看见自己回到了村口，离开的这些时日，平石板边长出了密集的树木，走近才看清是村庄里的人。他们一见到依布就围拢上来喊他祭师。依布还没有正式为谁包括自己推断过未来，他不敢轻易答应，但他还是为这个心驰的称呼整理着褴褛衣衫，他抬头就看见祭师的女儿思曼正从人群中朝他走来。思曼的眼光月亮般清冷，抑或还带着几分寒芒，依布并不避让，是因为他的心里早为她打开了一片广阔的晴天。她走到依布身边，自然地伸手去挽住依布的手臂，依布就闻到了从她身上散发出来的柏叶芳香，这加持了他内心的力量。人们更加地簇拥着他们，并不是祝福他们牵手站在一起，而是提出了占卜请求。依布不借助任何器物，只数数自己手上的指节，就为一块土地卜算出了破土造房的吉日。他想在思曼面前显出自己的能力，便主动为新房大门卜算出了朝向，就在他要确切地指向南方的时候，他感到思曼的手像一把老鹰锁一样紧扣着他的行动。依布试图掰开思曼的手，却不能使出一点力气，他这才发现自己在梦里一直是个旁观者。

依布没有注重梦里的另一个自己，他沉浸在思曼留在梦里的柏叶馨香里，并不自觉地扬起了嘴角，母亲就知道他是答应占卜了。

依布从墙角抬出一张方桌，均匀地撒好麦面后，拿出母亲用来纺锤的纺轮和锤杆坐在桌边。母亲见状，握紧拳头杵在毡垫上准备起身与依布一起运行纺锤。依布抱歉地对母亲说，纺锤占卜的人要有文化，还是让森布来帮忙吧。母亲听到依布的话，蹲坐回毡垫上，但知道森布要跟依布一起占卜，她就对着森布露出了一个鼓励的笑。森布按照依布的提示，蹲在桌边，小小的双手去捧起光滑的纺轮，他回望了母亲一眼，母亲对他点了点头后关闭了电灯，并用火钩刨起炭灰掩埋了最后一点光。他们的眼睛陷入了黑暗之中，窗外的月光散发着幽微的光照进屋子。依布开始用羊马方言念诵祈请文,念完便观想起一子母骡马来,他的心中涌起了感动、虔诚,还有一些复杂的感情。念毕,依布搓捻锤杆,锤杆并没有转动,直接倒在了桌上。依布重又念了一遍,依然如此。这不符合依布的心意,他因为局促,手感到了发麻,并把这消息传给火塘边的母亲。母亲根据自己的见识认为,在七日村庄用羊马方言说话,任谁也是听不懂的。于是母亲又从暗处传出说话声:"请用七日村的方言念诵祈请文吧。"依布听到这声音,感觉是从另一个时空传来的,极具智慧和隐喻。他就用七日村的方言重新翻译祈请文,再次搓捻锤杆,然后和森布一起轻轻放手,纺轮带动锤杆落在桌面上快速地转动起来,他们听到锤杆在桌上沙沙地响动,窗外的风吹过杏树,也发着沙沙的动静。依布似乎还听到,那声音是随着自己的心脉在动,过了好一阵,纺轮才慢慢减速下来。依布请母亲开灯,并重新点燃火塘。森布因为紧张,狠劲地闭着眼,睫毛似要飞起的蛾子样抖动着。依布对森布说:"阿弟,可以睁开眼睛了。"森布睁开眼,不看一眼麦面上的痕迹就跑进了母亲的怀抱里深藏起来。母亲见森布的额上起了一层细密的汗珠子,她就捋出袖口为他揩拭,并在额头上轻轻地印下一个亲吻来抚慰他的心灵。

  依布开始在暗淡的白炽灯下细细辨认着麦面上的印迹,那是几头野兽在雪地上对视、嘶鸣、争斗过的痕迹。依布在一片混乱的迹象中运用起羊马老汉传授他辨别符号的口诀……他把所有印迹组织成一个词汇正要念出时,两盏酥油灯同时发出了呼哧一声响,只见两朵黑色的灯花蹿起两束幽蓝的火焰之后,就熄灭了。依布在那刻看见了思曼的面容,就是他在村后水沿边喂马时,看到思曼采集了一大束祭祀用的新绿松柏枝叶迎面走来,朝着脸颊发红的依布清浅一笑时的样子,依布觉得那就是松柏枝盛开花朵的样子。母亲在熄灭的灯光中,惊讶地再次用手拍响裙袍,又用宽大的袖口捂住半张脸。她仿佛已经听到了占卜的结果,并深信不疑。依布和森布一起看着母亲这一连贯的行为动作,他们怀疑她其实是识文断字的。

  依布收拾好桌子和纺锤,坐回火塘边,他不再说话,像倏然邃晓了占卜的本相那样沉默且庄重。

寻找张草纫

◎ 庞余亮

一九八四年,我十七岁,我在扬州做着我的文学梦。

这个梦于我,有点好高骛远。没有多少阅读积累,没有多少创作经验,当然,也没有任何文学导师在身边,还是不甘心。于是,就疯狂找书,找能够"辅导"我的书。学院图书馆里的书实在太陈旧了。我盯住了扬州新华书店。扬州新华书店在扬州最老的一条路上——国庆路。

我去国庆路新华书店总是步行着去。买书的钱都是从自己牙缝里挤出来的,和写作一样,我的阅读同样没有"导师"。我还没有学会阅读的辨别,只知道热爱,只要是诗与散文的新书我都要想方设法地买下来。在扬州国庆路新华书店,我盲目地买了一大堆价格不高,良莠不齐的书。幸运的是,在窘迫的、盲目的购书中,我误打误撞选中了一本上海外语教育出版社出版的书《俄苏名家散文选》。

这本薄薄的散文选,封面相当朴素,上面仅有两株白桦,青春的白桦。封底上仅仅署"0.31元"。打开这本书,我掉进了炫目的宇宙里了。这本仅有79页的散文集一共收录8位作家18篇灿烂的散文。这是一片多么蔚蓝的天空,蓝得连我怯弱的影子都融掉了。

我过去的关于"起承转合"的散文写作方式一下子被冲垮了。我学习(或者叫模仿)着写下了我的第一首诗《雾》,想想多稚嫩——"雾走了,留下了一颗颗水晶心。"——多年以后我只记住了这一句,而再看看普里什文的《林中水滴》,我感觉到了我的矫情,但我跨出了我面前最关键的一步,我从我的身体中不由自主地跨了出去——这蔚蓝的王国里有一朵矢前菊的诱惑。

普里什文和万事万物平起平坐的目光像雨露一样浇灌着我的文字。

我有了和过去不一样的文学嗓音,这嗓音后来也在获得鲁迅文学奖的散文集《小先生》中。

其实还不只普里什文。还有柯罗连科的《灯光》,屠格涅夫的《鸽子》,契诃夫的《河上》,蒲宁的《"希望号"》,高尔基的《早晨》,帕乌斯托夫斯基的《黄色的光》。我一直没有丢弃这本书。我有多次搬书的经历。从扬州到黄邳,又从黄邳到沙沟,在沙沟又经历了几次搬书,再到我现在居住的长江边的小城靖江,而这本薄薄的《俄苏名家散文选》,它是跟着我时间最长的书。

是时候说出这本书的翻译家了:张草纫。我的文学嗓音最值得感谢的人。或者说,他就是我文学嗓音的塑造者。

张草纫,当代翻译家,上海市人,又名张超人。一九四九年在上海沪江大学肄业。后入上海俄文专科学校学习俄文。一九五一年毕业后留校边编教材边教课。一九五七年主持《汉俄词典》编辑室业务工作并从事翻译,后任编辑室副主任、副教授。这是仅可以查到的资料。

没有多少人知道张草纫,好在我陆续买到了张草纫先生翻译的书:《浆果处处》《老人》《俄罗斯抒情诗选》《人类幸福论》。我还是最喜欢薄薄的《俄苏名家散文选》,当年印刷了30000册的好书。后来,有了孔夫子旧书网,我用了搜查功能。查阅的结果令我大吃一惊。张草纫先生不仅是出色的俄文翻译家,他还是一个研究古代文学的大家。《纳兰词笺注》《黄仲则选集》《二晏词笺注》……

我赶紧下单买回。这是一个深不可测的校音者。我终于明白了我为什么喜欢张草纫的嗓音,为什么不可避免地模仿并学习了张草纫的嗓音,因为张草纫先生已在翻译的同时把优秀的汉语化为乳汁哺育给我了。

多么了不起!十七岁的我遇到了这样的大翻译家。我决定继续寻找张草纫。有人告诉我,张草纫先生后来去了上海外国语大学。应该是俄文教授。我很想当面向这位无意中给了我文学嗓音的翻译家致敬。我拜托了上海同学。上海同学一番寻找之后,没有任何下文。一九四九年大学肄业,估计二十岁左右。二十世纪二十年代生人。现在,快一百岁了。

年轻的翻译家陈震知道了我寻找张草纫的事,他给我讲述了一个他为什么从事翻译这个行业的动力。他的动力就是一个被改装的成语——凿壁运光。翻译就是凿壁,把有光的墙壁用翻译之笔凿开,然后把光运给寻找光源的人们。张草纫先生就是这么一个凿壁运光的人。这世上许多翻译家都是凿壁运光的人。

中国文学的光,外国文学的光。

听了这段话之后,我再捧起《俄苏名家散文选》时,就觉得捧住了一盏明亮的灯。灯光深处,端坐着那个给我校准了文学嗓音的张草纫先生。

贤亮往事

◎ 蒋子龙

张贤亮兄在病逝前一个月,或许还要更早一些,记不太准确了——他来到北京,想见几个老朋友。我接到电话,心中一震,莫非这是最后的告别?

英国有一种专治肺癌的针剂,当时五千元一针,打了针有反应,肺癌就无虞;打了针无反应,肺癌无治。贤亮打了针后身上痒,有反应,就说明他的病能治好,朋友们都很高兴。

后来的情况却不是这样。我放下电话就往北京赶,赶到北京后贤亮却因病情有变,紧急住进医院,且不许朋友探视。我们便没有见上最后一面。

他去世的当天早晨,游泳馆里谈论的主题就是他。游泳馆类似大茶馆,许多人在岸上活动的时间比在水里游的时间还要长,因为池边有各种专业运动员训练用的器具和垫子。大家一边做着适合自己的动作,一边聊天。

我记得最清楚的,是一位五十岁左右的旅游公司经理的话:"张贤亮功德无量,像我这个年纪的性启蒙,就是读了他的小说……"还有其他泳友,相继说出了张贤亮一些小说中的人物和情节。

近几十年来也有一些作家去世,没有一位在游泳馆里能引起过这么大的反响。可见张贤亮在民间的影响之大。此后相当长的时间,网络和报刊上发表了许多自发悼念张贤亮的文章,在文化界和群众中,可谓备享哀荣。

这有两个原因:一是他的作品影响力很大,二是他风标独具的个人的魅力。他的魅力来自命运和时间的磨砺,他是个有故事的人。有些故事或真或假,但流传不可谓不广泛。不是有这样一句话嘛:"对一个男人来说,没有故事就没有魅力。"

我熟识的一位杂志女编辑,去宁夏采访张贤亮回来,相当长的时间口不离张贤亮,喜欢拿张贤亮做比喻……把张贤亮风貌俊逸的照片压在办公桌的玻璃板底下,扬言看一眼张贤亮的照片,比跟一些作家面对面交谈更有味道。

我结识张贤亮是一九七九年的冬天,有一次晚饭后在京西宾馆的院子里散步碰在一起。那时我们都是第一次参加文艺界的大会,都还没有可以散步聊天的朋友。他器识清爽,不像其带着浓重自身经历色彩的小说,一点看不出命运刻刀在他身上留下的痕迹。我们彼此都读过对方的作品,他问我"乔厂长"为什么挨批,话题于是就扯开了……

我在"特重体"车间的生产第一线,被监督劳动七八年,精神上的磨难跟他被打成右派送到西北有相通之处。他讲了自己的一个细节,一下子让我喜欢上了他的心性和才情——

有一次被卡车拉着去批斗,"地富反坏右"中他排在最后,得以背靠车帮坐在卡车上,但不能抬头东瞅西看。"罪行"严重的,则背插牌子或头戴高帽站在卡车上。正是夏天,他低着脑袋,眼前竟是一双裸露的虽不整洁却很好看的女人腿,或许处于那样的境地,只要是女人的腿就好看。他根据这两条腿开始想象这个女人的容貌、经历、为什么会成为今天批斗的重点对象……他讲那天的游街批斗成了一次美妙的经历,造反派喊了多少口号,批判词如何激烈,他几乎没有在意,低着头完全沉浸在自己对眼前这个女批判对象的想象里……他还说要把这次批判经历写一篇小说。

我惊奇于他的描述,坐在卡车上被游街批斗,竟然还有这份情致和胸臆。心灵自洽,历经世味却不究诘,安其所,遵其生。更重要的是通过这件事所表现出来的真实。唯其真实,才可信。这样的性格,令人尊重和喜欢。

此后天津作协和百花文艺出版社多次请他来天津。他生病后,百花文艺出版社社长郑法清,千方百计寻觅到好药,亲自给他送到宁夏。朋友们是真的盼他快点好起来。

一九八四年夏末,第二次中美作家会议在北京竹园宾馆举行。休息时间,几位中国作家和中国作协的领导在房子里喝茶聊天,不知怎么就谈到了张贤亮。

那时候作家们凑在一起,很容易讲起张贤亮的故事。

我口无遮拦,当着中国作协的领导发了几句牢骚,为那时还不让张贤亮出国抱不平,大意是以张贤亮的智慧和才华,到国外只会为中国作家的形象加分,甚至会让外国人喜欢中国作家……

时隔不久,中国作协派团出国,就有了张贤亮的大名。国外对他个人的邀请也不少,从此后他出国跟在国内出差一样方便。

这其实跟我在中美作家会议上的几句牢骚话毫无关系,堂堂中国作协不可能在意一个作家的牢骚,以张贤亮的影响力,也不可能老不让他出去。后来贤亮不知怎么知道了这件事,出国要到北京集中,特意提前到京,跑来天津看我。

过去中国作协每年一次的主席团会,到晚上休会,有那么几个人就聚集到张贤亮的房间里聊大天。会上下气降心,晚上汪洋恣肆,基本以贤亮为中心,主要是听他讲。像说相声一样,负责引出话题"捧哏"的,多是邓友梅。主要听众、偶尔起哄架秧的是陆文夫、陈国凯和我,有时也会增加两三个人。聊得太晚,会到外面吃点夜宵,多数是贤亮做东。

有一年的主席团会在上海召开,巴金老先生坐轮椅出席开幕式,会后和大家合影留念。那几天的会每有闲暇,贤亮就拉我陪他到上海一些重要的旅游街区,考察漂亮而简易的厕所。原来他的西部影城里,有些厕所还是"明代的茅房"。他想将影城的厕所全部更新升级。有时他会告诉我,今天影城又进账多少钱。他只要外出,影城的会计每天都要用电话向他报告当天的收支情况。他说在家的时候,每天早晨他都要站在影城明代围墙的制高点上,数着一辆辆来影城参观的大巴,每辆大巴上有多少人,大体就能算出当天的门票收入。

以后我去银川,出机场一上公路,就会不断看到西部影城的大广告牌。它是宁夏的三大旅游景点之一,或许还是最火爆的一个。商业自由是精神自由的重要内容,张贤亮可谓抓住了获得自由后的全部机会,无往而不通,在文学界卓卓一时。

一九八五年我发表了第一部长篇小说《蛇神》。当年冬天的主席团会在国务院第一招待所,头一天晚上聚会聊天,平时话不多的陆文夫突然说:"子龙的《蛇神》写的是张贤亮。"

我心里一惊，吃够了小说被人对号入座的苦头，如果为此得罪了朋友，我宁可不写这部小说。于是赶紧解释："实话实说，我写《蛇神》的时候真没有想到贤亮，不可能以他为原型。"

张贤亮接口说："邵南孙（《蛇神》里的男主人公）是子龙心目中的男子汉。"

他一句话化解了我的顾虑。当时社会上跟小说对号入座成风，并为此诉讼不断，贤亮的智慧和胸襟令我动容。他想必也听到传言读了《蛇神》，肯定了邵南孙是我刻意塑造的男子汉形象，说明即使如传言所说的是影射他，也无须怪我。

那天晚上的夜宵我主动埋单。

二〇〇六年的主席团会在宁夏张贤亮的西部影城里举行，我们住在银川市里，早饭后乘车去影视城。在城外下车，从城门口到开会的大厅，数十名明代武士装扮的人，上戴头盔，身披铠甲，手持长枪，威严雄壮地排列在道路两旁，欢迎我们，以示隆重。

我参加了二十年的主席团会，那是规格最高的一次，称得上是穿越到明代的盛会。因为影城的所在地，还保留着明代的围墙和一些建筑遗址，加上身着明代服装的工作人员，不能不让人产生错觉，把自己当成明代作家协会的成员了。

那些装扮成明代武士的，都是当地农民。张贤亮的影城为当地农村提供了三百多个就业机会，等于让三百多个家庭脱贫。这是一件了不起的功德。他年轻时受尽磨难和摧残，还能得享高寿，我以为与此不无关系。

那天中午，在影城附近一个非常有特色的饭店里，庆祝张贤亮兄七十大寿。中国作协的领导，代表全体主席团委员发表热情洋溢的贺词。寿宴的气氛热烈而欢快，大家吃得尽兴，喝得尽兴。

就是在那次会下，贤亮私下里送给我一件黄河滩羊羔皮的坎肩儿，咖啡色的绸缎面儿，穿在身上非常暖和。就是有点像影视剧中的地主老财。

转过年来，中国作协换届，按章程主席团委员七十岁退休。贤亮在前一年已经大张旗鼓地过完了七十寿诞，第二年大会组委会又把他列入主席团候选名单，毫无悬念地再次被选为主席团委员。他自己也哈哈一笑，不明白是怎么回事。说到底还是大家喜欢他，主席团里没有了他，似乎会缺少点什么。

也是二十世纪八十年代中期，广东举办笔会，在采访一个鞋厂的车间时，生产线上多是女工。张贤亮一派绅士风度,善气和存,见一女工面色憔悴,甚是疲惫,便上前采访。

他擅长与人沟通,三言两语那女工竟眼里含泪简单讲述了自己的故事:她的丈夫先来这边打工,一年前不再给家里寄钱,失去联系。家里老人治病没有钱,孩子要上学了也需要钱,她只好自己出来挣点钱。

女工的故事并不稀奇,却触动了贤亮的神经,他转身找同行的人借钱。幸好作为东道主的广东省作协副主席吕雷,身上有四千元现金,张贤亮拿过来就塞给那位女工。他回到宁夏后立即将这笔钱寄还给吕雷。

豪爽有风概,这是大家喜欢他的原因。

夏天,在庐山,男男女女的作家们都热得受不了。忽见路边有一水塘,不知深浅,也不知水质如何。张贤亮从后边赶上来,穿着皮鞋、长裤、衬衣就跳下去了。从容惬意,畅然自爽,真实而绝特。令活得精细的作家们无不心生羡慕,却无人能效仿。

他带着行李箱要打车去机场,进京参加一年一度的全国政协大会。路上碰见一熟人,因家庭变故已无家可归。他掏出自家的钥匙扔给对方:"我到北京开半个月的会,至少这半个月你可以住在我家里……"

仅我知道的,这样的小事还有不少。他的前半生,活得非常沉重;当命运解除了他身上的枷锁,他便活得异常轻盈,活色生香。

难以打捞的画像

◎ 王晓莉

猫的失踪

去年十月，平淡无奇的某一天，我的猫朋友小雪突然失踪。有四五年，小雪日夜出没于我住所附近。异于寻常小猫，小雪毫不惧我，每次见面，蹭裤腿、满地打滚求关注，且常在门口一辆老摩托车座上卧着，等我这个"朋友"。有时也不是为了吃，就为来看看。有时嬉戏一阵，玩够了就往惯常去的院子另一边跑。我们之间不黏不滞，却又两相牵挂。这种人猫之间的厚谊，在人间也属难得。我因此倍加珍惜。

"与小雪一直地相处下去吧，做世上最好的朋友。"虽然没有这样开口说过，我却常常听见胸腔深处传来这样直抒胸臆的期望。与我素日沉默性格有点不符，却属真实。对此我也很有把握。小雪有五六岁，以猫的平均寿命而言，我怎么也能跟小雪再相处几年。不说地久天长，朝夕相见还是有大把时间。然而不仅人事无常，猫也是一样。小雪竟然莫名其妙地彻底消失，没有任何先兆。总之就是有天早上小雪没有出现在院子里，然后每天它都没有出现。"出事了吗？"我问自己。怎么也不敢相信。那种内心震动，几乎有点像惊吓。就像相处甚为正常的枕边人某日突然消失，一个口信都没有留下那样，不正常到恐怖的程度。

要花非常多的时间我才能接受这件事情。不会这样吧。今天是会看见小雪的。起初每一天，我都这样想，抱着这样的希望，像抱着团棉花糖，郑重其事，小心轻放。为了遇见小雪，我比平时下楼更多次，取个快递也围着院子走两圈。我丈夫一天两次下楼去扔垃圾，也是怕错过小雪。院里还有其他流浪猫，比小雪惧人，总是昼伏夜出。夜间草丛中，偶尔会看见猫眼闪光，但并不是小雪。我们往猫碗里放粮，过一会儿去看，碗底已空，食者已无影踪。但肯定不是小雪干的。因为小雪吃完以后一定会原地等着,跟我们玩上一会儿。那算是它每天的盼头和消食方式。

渐渐地,希望的棉花糖缩得越来越小。我们很困惑,小雪到底去了哪里?很早以前我告诉丈夫某个听来的传说:如果一只猫走失,人可以拜托附近其他流浪猫,请它捎话给那只走失的猫,说人在想念着它,请它回来。当然拜托时一定要带好吃的才行,以示诚意。据说日本人特别相信,并有不少人据此找回自己的爱猫。我们当时都非常喜欢这个有人情味,不,应该说是有"猫情味"的说法,但也就是当个餐桌上可下饭的故事。小雪丢后不久,有天晚上丈夫从外头回来,他充满希望地说:"我拜托过啦。"我起初不知他说哪门子话,一脸蒙地看向他。他说:"你不是说过拜托其他小猫,就能喊小雪回来吗?我拜托那只小灰猫啦。"原来他把这故事记得这么牢。"我边往碗里放粮,边跟那只站得有点远的猫说话,说你把小雪叫回来,你就立功了。"丈夫又说。他音质比较低沉,平时几乎不肯高声说话。我想象了下他在黑暗中对着一只三五米远的小猫,有点提高嗓门说这事儿的情形,很遗憾自己错过这有点喜感又很难得的场景。若是说成年人也有童话,这大约可以算一幕。我们怀着希望等待了几天,并不见小雪,心下有点沮丧。不知道是小灰猫吃了粮却把这事给忘了,还是根本就没遇到小雪,总之话是没有捎到。过了些天,我网购了点很贵的猫零食,丈夫带去又拜托另一只大黄猫。我还是没有置身现场。"拜托"这件事很像某种仪式,而我往往对仪式这东西半信半疑。我很怕这心态扰乱了"拜托"的庄重。后来他又如法"拜托"几次,每次都没有下文。我们都刻意不去讨论这叫人有点沮丧的结果。这有点像某种心理暗示。仿佛能够"拜托",并且能够一直"拜托"下去,小雪就有回来的可能。

我们一边拜托猫界,一边也向院里的红发清洁女工打听数次。她养猫多年,熟知猫的脾性。更重要的是,她每天都在院子里转转,每个角落都到过。可以说没有人比她更熟悉这个地盘。女工说,她扫地时既未见过行动的小雪,也没见过小雪的尸体(别的猫尸体倒是扫过)。那么只有两种可能,一是有跟我们一样一直喜欢小雪的别人,伺机把小雪领回家了。二是小雪可能遭遇不测,死在院子外面的地方。按她的说法,流浪猫狗遭逢的恶劣事情太多:坏天气、烂食物以及各式各样的敌人,随便一种都能置它们于死地。所以第二种可能性更大。闻听此话,我心下又一沉,因为我本来也倾向于第二种,只是不肯承认。小雪以前是来过我家又坚决要走的。我知道它不愿意被收养在人类家庭里,它习惯并且喜欢自由自在的生活。但是我又希望能够实现第一种可能。希望它已在别家的窗台上打盹儿、晒太阳,与屋里的人磨合、互动得很好。那样就说明小雪还活在人世,且后半生无忧。那样即使与我们不能再做朝夕相见的好朋友,也行。

小雪失踪这件事上,我们就这样一直自相矛盾着,清醒地自欺欺人。在家里我们也把小雪消失的前因后果想了个遍,破案一样分析很久,始终没有头绪。我们一直觉得这小院是小雪的太平盛世,其实也有异样,只不过我们忽略了。小雪消失的前两天,联合了其他几只猫,深夜在院子里叫,叫得很凶。那两夜,院子里的人也许都被吵醒过。当时我根本没有在意,因为那有什么关系呢?猫不想压抑生物本性而已,过一两天就好。可是现在回想,却发现小雪失踪也许正与猫们的呼喊有关。动物们因为发出声响而带来杀身之祸的事情我并不是没有经历过。三年前院里曾来一只流浪小白狗,毛色发亮,昂起头的时候很帅。也许才刚从主人身边走失不久。起初它瑟缩在院子篮球场铁栅栏后,捡点吃的,样子惹人怜爱。可是两三周后它渐渐把院子当作自己的地盘,见人走过就要叫上一两声。狗叫其实是它身上看家护院的那部分基因被激活,被重新唤醒。它是在说,我喜欢这里,这里是我的。如果人能理解这一点就好了,人狗共处会更和平。但情况并不是这样。有天,一支三四个人组成的打狗队来到院里,把小白狗死死堵在篮球场一角,最后带走了狗。据说是有人举报狗吠吓着了院里的娃娃。打狗队是收费的,物业为此还交了一百六十元钱。我还听说,这样被带走的狗,只保留七天。七天中若是无人认领,就会"处理"掉。

叫喊,使小白狗从此失踪。在同样的地方,小雪失踪前两夜属于生命本性的叫喊,也可能扰了一些人的清静与安眠,令它遭遇不测。狗叫猫叫,本是因为那一刻它们本能释放与松弛,这种生命运行中的正常,却可能会使有些人觉得他们的地盘被打扰,他们的"权威"被挑战。在属于人的院子里,猫与狗最好不要发出声响,不要打扰到人。人是主角,其他一切都是陪衬与从属,主次要分清。

这样的态度,其实很多人都有。但小雪失踪,是否与此有关,我并不能下断语,只是我的某种直觉。而且人猫之间,并没有一个仲裁部门,可由我去提交某些蛛丝马迹。人的失踪,可去派出所报案、笔录、采集DNA。猫失踪,这些程序都不可能有。

我渐渐灰了心。楼下门洞常年偏黑,那辆久不见人骑的摩托车,小雪不把它当宝座,车坐垫已落厚灰。邻居暂时弃置的包装冰箱空调的大纸箱,没有小雪来当游乐场,也破损不堪得很。进出这里,我脚步虽然还是会放慢,但是知道小雪不会出现了。对院子里的声音我也还是保持敏感,但也只是因为那已成惯性而已。小雪的声音用一句俗话来说就是"化成灰我也认得"。那是很甜,很嗲,一种过得比较开心,并且只有对人敞开心扉才能发出的声音。有天夜里,院里突然同时有几只音色不同的猫叫,它们是约好了还是彼此感应,谁也弄不清楚。我又细听了很长一阵。接着我突然明白过来,自己纯粹是在幻想,幻想听到里面有小雪。我感到一阵凄惶。若是万物黑暗之中,猫们如此活跃与骚动,而小雪也不肯叫我听见,那就是说它怎么也寻不回来了。我不得不承认,小雪的确是不见了,像片雪花,一夜之间消融于无形。小雪这个名字,是我给她取的,我当初那么喜欢,现在看来,也许起得并不特别吉利。因为雪,意味着美而短暂。

并非与我们"躲猫猫",小雪此去,是一如灯灭了。

小雪失踪,成为我家一个对外秘而不宣的事件,一个分水岭,分化了我与丈夫对待猫的态度。捷克作家赫拉巴尔,天天搭公交车去往郊外的森林边缘,因为那里有群野猫等他喂。喂完他便搭公交车返回市内。赫拉巴尔其实是世上某类"只要有猫可喂就生有可喜生有可恋"的喂猫人的代表。我丈夫也是。他仍然执着去喂其他流浪小猫,定时定点,就像个执勤战士,不打任何折扣。新的寄托或替代,很快使他消弭了小雪失踪给他带来的伤感。他这种自我疗愈的本领一向很强大。有天我在离家有一定距离的一座桥边,发现一只猫崽子不仅长相酷似小雪,连声音的音质也近似。它缩在桥头餐馆巨大的排烟筒下面,大约那里可以取暖避风,又可捡些残羹冷炙。我回家描述一番,说:"说不定是小雪的崽。"隔日,我丈夫去买菜要经过那家餐馆,便包了一袋猫粮带去喂。回来他说,"原来那里是有两只。他很高兴又多了一只可喂的小猫。"

我却不再去过多关心其他的流浪小猫。我当然还是会驻足看它们互相接近、觅食,以及在停泊的汽车底下迅速穿行,我看一会儿就想起小雪,就走开。小雪的消失，令我觉得，我爱的事物如此挽留不住。甚至只要我一表达——因为我宣称过它是"我世上最好的朋友"，它竟然消失更快。作为小雪的朋友，我真失败。另外，我开始刻意与猫们保持距离，免得它们对人心生喜爱，从而放松对人的戒备与警惕。因为我没法提醒猫们，人中间有些居高临下的，他们习惯俯视，装模作样。如果要避免同胞小雪那样的命运，就要对这种不可一世的人谨慎，要小心避开。这个意义上，我情愿自己不再有猫界朋友。

　　从前我常看那些男娃女娃某天莫名失踪的新闻，"生不见人死不见尸"，家人在电视、媒体，在自己撰写的寻人启事上，总是痛苦地说这一句话。母亲为此哭瞎眼，父亲抑郁而终。家庭解体、破碎也是常事。这苦不堪言的境况，人间并不鲜见。现在，我发现，猫拘囿于小院，以为万无一失，却同样突然不见，莫名消失。小雪与我五年的交情，就这样一线掐断，令我牵挂无寄。猫界与人间，并无两样。

　　猫之苦，与人之苦，这都是生命缩影，生命象征。

　　小雪不见了，我不会找人说。失去一只猫怎么了？生活不就是一个不断失去的过程嘛。我劝自己。况且有谁会对他人与一只流浪猫微不足道的故事感兴趣呢？就算感兴趣，又从何说起？有些故事好讲，大起大落，一波三折；有些故事，却全是细节，一地的草屑子，拣起一两粒是无效果的。所有的沉默里面，其实都有太多的一言难尽。可是我还是很难过。好像小雪对我就是有点不同。是因为小雪是一个异族吗？人与异族结缘，总是有点奇幻色彩，遥远而玄幻，像在夜的天幕外发生的事。

　　我只是常常到院子里无目的地走，排遣着无可排遣的情绪，期望着不可能遇见的遇见。我想我是有些可笑吧，但又暗暗觉得，这可笑是可以被人们原谅的。

　　而正是在小雪残忍失踪的同一块地方，我发现，新的小猫们却在长大、思春、交合，小雪的孩子，或其他的新小猫又开始生命轮回。我意识到，生存，活泼泼的生存，其实也有非常残忍的一面，因为它迅速覆盖了死。它以强烈到可怕的生长欲望、繁殖欲望，将族类里其他同胞的死去或消失轻轻一抹，就抹了个光。而且，假设有一天这个院子里所有的人都搬走了，前赴后继的猫们，还是会满院子奔跑，像回到太古之前。

　　那个时候，在这些猫们那里，故事则变成了"人的失踪"。

大山深处

◎ 廖静仁

　　布鲁诺·舒尔茨说：在那些超凡脱俗的时刻，我们仿佛体验到顿悟的曙光。

山形

　　气喘吁吁的时候，终于爬上山坳了。

　　大山是刚被雨水洗刷过的。适才，在山谷行走时，那雨正好倾盆泼下，我藏匿于一个山崖的洞里，无聊已极，无聊就干脆看小溪的洪水暴涨。

　　那洪水是很有气势的。咆哮着，如千万匹野兽向前冲撞，大有把这个沉闷的世界冲走的企图。可是雨刚一停下，洪水就溃退了。这变化其实就是在瞬间的事。但，我毕竟没有因此大发感慨，说出那句古人用来借景喻人的话：易涨易退山溪水，易反易复小人心。

　　山溪不就是山溪吗？与人心有何干系？

　　即使是现在，我已登上高高的山坳了，也毫无抒情之意。"——啊，一览众山小！"我没有抒情。我早就说过，我已过了写抒情的年龄。当然了，倘是依旧地我这颗心还年轻，并且满怀了抱负，就算不吟诗吧，也许还会产生一种"走棋"的欲望呢。于是就会理所当然地对着匍匐的众山，问：你们是屈膝的朝圣者吗？

　　一时间，往昔对山的崇敬也好，厌恶也罢，都会一笔勾销了。手痒痒的，就很有可能想为满足自己这一欲望而随手拈起哪一座小小山冈，当小卒子推过楚河汉界去，以显示自己的豪迈骁勇气概：就是有灭顶之灾又如何？狠一狠心，再把一座山冈推出去，当车堵住炮击便是了，有谁敢言我残酷？这在棋术上说得很宽容，曰："弃车保帅"呢。胜者为王败者寇，胜利者是不会受到谴责的。只有在这样的时候,人也许才真正活得像个人样,才不枉来此世间一遭。于是往昔里那些令自己也令无数人敬畏得五体投地的人物,如:秦始皇、汉高祖……也似乎一下子离我很近,成了我的拜把兄弟。为什么不是?他们并不见得比我天才许多,只是命运之神把他们推到了那样的位置,给了他们翻手为云覆手为雨的机会罢了……

我说过我已无所抱负。

如今的我,没有了要与他人争雌雄论高低的想法。丝毫也没有。我的心平平静静,世界在我的眼里,当然也就平平静静了。何必要翻江倒海云水怒呢,硬要把这山那山当棋子推来推去?我奉劝自己。其实我无须奉劝,我说过,我已无所抱负。

世间万物,本来就各有各的样子。山就是山的样子。水就是水的样子。树就是树的样子。

当然了,倘是依旧地我这颗心还年轻,并且充满了灵性,就算不产生"走棋"的欲望吧,面对着峰峰岭岭,也会产生出许多的联想呢——这山峰像天女散花,是她把春撒满人间,于是世界才这般美好的;那山峰似观音坐莲,是她以慈悲为怀,普度众生,于是人心才如此善良……抑或,还会为显示自己的小聪明,猴跳着往那丛林子,去寻觅几个枯朽的树根,反复琢磨这树根像不像牛郎织女呢?牛郎织女已回到人间,过着团圆幸福的生活。那树根似不似八仙过海呢?于自由的气氛中,各自施展各自的才能……可遗憾的是,说那像什么,这似什么,只不过是自己强引着自己往那方面这方面去想象才似的。那是自己在欺骗自己,自己在为自己设置圈套。

人心无常,自己还被别人欺骗得少了?还被别人设置的圈套陷害得少了?不过也好,被欺骗被陷害的次数和方式经历得多了,心就麻木了,无所谓了。

麻木和无所谓后便是心安理得平平静静。

比如现在的我,心一点骚动也没有。平平静静地,任脚下万丈深渊也好,对面是群峰涌起也罢,我心依旧是我心。要硬说有什么感觉产生,也不过是产生那"不是滋味胜滋味"的感觉。在我的眼中,一切都是不具体的;在我的心里,一切都是不明确意义和内容的。

山就是山的样子。水就是水的样子。树就是树的样子。不雷同，不重复。这样不是很好吗？

山民

是那条蓝得发绿的小溪把我引领到这地方来的。我曾经为那小溪的刚烈和无畏感叹过，却根本也没有来得及萌发要探访它的源头的意思，只是觉得它很孤独很寂寞，就要陪一陪它。是相互的陪伴。直至到了它的源头，我惊住了：它是从一面有百余丈高的绝壁中的石洞里泻出来的，最后又飞泻落入谷底的深潭。

我是该重新认识这山溪了。

难怪它这般洒脱，这般自由，它一出生就根本没有想到要成全自己啊！就想起一句禅语来，曰："无路处时处处路。"但我不愿意再为它礼赞。作为处处小心谨慎、总是瞻前顾后的人的一员，我害怕破坏了自己内心的平衡。唯一可供描写的，是它落入潭中后，没有作短暂的歇息和停留，便顺着溪床，傍山穿峪，奔向远方；它的两岸，绿叶和红花掩映着一个个古老而传奇的故事，掩映着几个或一群早去晚归的人影。是不是有长颈白鹭亲昵过它呢？我想是有的。还有水车吱吱嘎嘎地旋转，靠水力带动的碾盘在喘息地滚动，这些，我已经目睹过。

抬眼往更高处远眺，就发现那一面百余丈高的悬崖绝壁之上，隐隐约约有吊脚木楼的飞檐翘角从古树林的枝丫绿叶间探出。鸟声呼唤着我，花香簇拥着我，双脚就踏上了一条用青石板铺成的古道。那古道蜿蜒曲折，像是天梯，是要把人引领进天外的世界里去吗？

走着走着，木楼就看得很真切了。

入乡随俗，我不应该把这鳞次栉比的吊脚楼群叫成"村落"，而应该称它为"寨子"才是。我数了数，有十几户人家，多是五柱八挂四品的排楼，板壁油漆发亮，窗棂雕龙刻凤；火塘、地窖，全是古老的模样；阶檐、坪场和过道都一律用青青石板铺成。这里不会常有外地人来吧？当然了，外地人做梦也不会想到此处还有这么一个胜似桃花源的小小世界。正想着时，就有一首山外闹市正流行的歌子飘了过来："外面的世界很精彩，外面的世界很无奈……"我是顿生了疑心的——这个寨子，会不会是讨厌了外面世界的那种喧嚣生活的人们来此修建的呢？

我也真想成为这寨子中的一员了。

在这寨子里度过了难忘的一夜后，我可以深有体会地向外面世界的人说：这里的民风淳朴若苞谷烧酒。无须掏钱，无须讨要，自会有寨中人笑脸迎你到他家吃瓦罐饭，喝大碗酒，品尝那野葫葱炒鸡蛋、酸辣汤煮豆腐、小虾米拌大蒜和干红辣椒、腊猪肉、腊鹿肉等独特菜肴。

入夜，在人情和苞谷酒的微醉中，还会朦朦胧胧见到织布机旁的中年妇女织起花格布来，见到吊楼走廊上有十五六岁的黄花闺秀织着花边。而那悠悠扬扬的声音，无疑是白天唱"外面的世界很无奈"的年轻人在吹响木叶或唢呐了。

遗憾也是有的。我问起他们这寨子始建于何年，是什么人所修时，老少皆是摇头。饭前饭后，他们都必定要去寨子后面一棵枯朽了的白果树下请安。那儿，有一座修筑得富丽堂皇的与寨子同样古老的土地庙。庙门两侧的条形石柱上，有一副对联镌刻得很醒目，上联是："山神问道谁家好？"下联是："土地答言此处安。"

这是怎么回事呢？属于自己的历史他们不去关心，为自己开辟了一个生存环境的祖先他们不去关心，却是如此地膜拜于这用铺路的垫脚石砌成的土地庙前！这不能不让人想要哼起另一首流行歌来：

　　…………
　　我不知道，我不知道
　　哪个更高，哪个更远
　　…………

山翁

是清晨了。葱郁苍翠的山的世界，被阳光洗浴得更是肃穆了。我的心很暖和，血液也畅响着，脚就有了非要活动不可的感觉，这样的时候，我复又踏上了那条弯曲坎坷且也神秘的大山的路了。没有与湖泊作别，走了就走了，人生，还是少一些情感的负担好。轻装而行，脚步会迈得更轻快些。

可目光还是被牵引了。那草木见过吗？密密的不能全叫出它的名目。那虫鸟见过吗？奇形怪状不能描绘出它的模样。有一种声音更诱人："叮咚！叮咚！"节奏分明,脆亮而又深沉。双手拨开遮眼的草木,我就发现那声音的来历了——原来是从石壁缝隙里渗出的水珠,可怜那水珠从石隙里渗出来,就没有可以前行的路了,但它没有退缩,而是平平静静地,一滴一滴地滚下崖壁,坠进崖下的一个小小石凹里……是命运之神偏偏赏识此种举动吗？石凹渐渐地深了,水滴也在渐渐中壮大了自己,成为这大山深处的一个小小石潭。于是每日清晨,当旭日刚一跃出山冈,它就能反射出七彩的光芒来；当夜晚来临时,它又可以把月的清辉拥进自己的胸怀……谁说我这样的推测是荒谬的呢？大智大愚,才能有大的成功。

愈往大山深处行走,就愈是为自己是外面世界的人而感到悲哀。不是吗？平日里自己在家中,总喜欢偷闲用一个两个小小盆罐植点花草,还故作花匠状,把花草截了直秆,剪了繁叶,让其依从自己的所谓审美观曲扭弯斜,说是讲究其大美！自鸣热爱其生活！

进了大山,我才真正地算是领略到自然的大气了。

迎面来了一位山居老翁。说他是老翁,首先是他的胡须吸引了我,胡须很长,很飘逸。他的脸色却极是红润的,比我这刚入而立之年的汉子气色还要佳。我是无法猜测他的实际年龄了。见了我,点了点头,他是礼节性地点了点头,复又朝前走去。他是那样悠闲,完全是一种无所事事的样子。跟着走走吧,于是转身,我循了他的路走去。走着走着,就到了一个山湾湾里。山湾很深,流泉的声音很悦耳。他就在山湾的一块方石上坐下来,也并不在意我跟踪,似是进入某种境界的样子。我想:他是来这儿听流泉的独奏吗？但我的猜想是完全错了。他只坐了一会儿,就随手从脚旁拔了一片草叶衔入口中,随即,各种各样的鸟叫声就从他的口腔中流出来了,声音是那样逼真。

最动人的情景出现了。

仿佛只是在瞬间,山林里的鸟们就全都栖落于这山湾里的树上了。先只是静静地谛听,像是也陶醉在山居老翁的"鸟鸣"声中了……但一忽儿,如竞赛一般,鸟们便争相地鸣唱着属于自己的歌声了……千姿百态,各自分明,鸟鸣声与流泉声交融着,这不是大山的交响曲又是什么？！这回我是实实在在地感到自己的悲哀甚至卑鄙了。

　　自己在家中,那是极爱鸟的。但我喜欢的只是一种鸟,那种亦被很多人都加倍推荐加倍赞赏的鸟,那鸟的名字叫"八哥"。很显然,八哥的备受推荐和赞赏,是因为它通人性,能模仿人的语言。有朋友来我家中,它会很乖巧地说:"你好!客人好!"倘是我送朋友离家时,它又会情意绵绵地说:"还来玩!还来玩哇!"但是,它除了会说乖卖巧又会什么呢?那几句单调的语言,不也是它的主人——我教的?多么可怜哪我的八哥。

　　我毕竟是醒悟了,虽然迟了一点。

　　并不是好奇,我靠近了那位老翁。他正捋着自己银白的长须,得意而痴迷地听着流泉和百鸟的鸣唱呢,我是不忍心打扰他了。他或许是辛劳了一辈子,如今,儿女们都成人了,他不再为生活所累了,才又有了机会重温自己在童年时就学会了的逗鸟的口技,在这有着流泉飞瀑的山湾里,他复又能品尝到无忧无虑的童年的滋味了……又或许,他原本就是大自然的宠儿,一来到这纷繁复杂的世界,就没有要奢求功名的志向,也无要争抢利禄的野心,而是常年与花草相依,与虫鸟为伴,过他自由自在的生活……但,这仅仅只是我的猜想,我并无资格妄加评说的。在此时此刻于此情此景中,无论是怎样麻木迟钝的人,我想也绝对会萌生出此种念头吧:自己也能变成这大山中的一只鸟儿多好,用自己的喉舌,鸣放出属于自己的独特的歌声,可千万别像那被人供养的八哥,有着自己的一张巧嘴,却学着他人的腔调……

　　啊,我没有被人世间的情感所累,却已被大山里的神秘所惑了。

带着太阳来德国

◎ 皮皮

柏林,不是巴黎、伦敦,也不是布达佩斯或者维也纳,用当年一任市长的话概括柏林——柏林穷,但性感。

柏林的穷,如影随形,柏林市政府是德国为数不多的破产政府,运营靠花未来的钱。

柏林的性感,仁者见仁智者见智,全靠体会。柏林没有上面提到的那些欧洲都市的气派,因此穷酸?但柏林有自己独特的命运,因此丰富!

一

站在柏林西南部麦基尔大街上,心里忽然响起一个声音——去柏林吧!

在我的想象中,当年这声音不止一次在卡夫卡的心底回旋。那时他拿到了一笔提前退休补偿金;那时,他心里满是爱情;那时,他想躲清静,在爱人的怀抱里专心写作,甚至和出版社签订了合同……

一九二〇年,卡夫卡来到柏林,在麦基尔大街的一幢别墅里租到了房子,这是卡夫卡在柏林的第一个落脚点。这条绿树成荫的幽静街道,今天仍属于所谓的高尚社区,雅致的建筑半隐在绿色的浓郁之后,有几分神秘,更有几分与人拉开距离的高傲。阳光和绿色从容地向人昭示着何为幽谧。

那时的柏林处在一战之后的百废待兴,因为战争赔款,整个德国都在经济和政治的双重危机中。这样的环境对于身心显然无益,除非卡夫卡想要躲开的一切比柏林更不利他的身心……这一切在对历史的回眸中已经消隐到时间的虚无中,清晰浮现的是命运的摆布。柏林,对卡夫卡来说,是一个终结之地。在卡夫卡第一位女房东眼里,卡夫卡算不算一个雅致的绅士,并无记载。在卡夫卡的描写中，这个女房东是个小巧精致的女人，但无法与卡夫卡和平相处。卡夫卡出身商人家庭，是犹太人，卡夫卡的女友也是犹太人，卡夫卡的起居习惯与常人不同……总之，这个女房东被卡夫卡弄得很痛苦，头疼得甚至脸色经常苍白，常有昏倒的危险，她的亲属都为她担心。但卡夫卡觉得，他和她的痛苦没关系，她可以忽视他的存在，这显然是小女人做不到的，只能用提高房租赶走这个作家，最后被卡夫卡写进小说——《小女人》。

我在这条静谧的街道上溜达，嘴角噙着一丝微笑回味卡夫卡的这篇小说，很有穿越感，似乎无法断定我身在何时，一百年前，还是在这对男女都消逝的一百年后？院子里传来一个男孩儿的大喊，定住了我的神儿。

绿森林街13号是卡夫卡在柏林的第二个住所，他被女房东用各种手段赶出之后，在这条同样安静的街上找到了一个有供暖的住房。他和最后的爱人多拉·迪阿曼特一起生活在这里，之后他们还搬到了另外一处房子。卡夫卡在柏林居住期间，沉浸在爱情的滋养中，但仍然时刻挂念他的写作。他希望通过改变环境来改善他的健康状况，这样就能更好地写作。

卡夫卡短暂的一生，从始至终贯穿着两件事：纠缠和写作。其实是一件事——写不尽的纠缠。

《城堡》，一位被派到城堡工作的土地测量员，到了之后无法进入城堡，因为无法证明自己……这荒唐可笑的初感，读到最后变成了惊悚。

《审判》，一个人不知道自己犯了什么罪，但被审判了，用昆德拉的话说，是审判寻找罪行……

卡夫卡小说中始终缠绕的双方——人和人面对的外界，在卡夫卡看来这个外在仿佛是一个巨大的机关，人永远斗不过它。这是卡夫卡永远的主题，他甚至在自己的生活中也严格"遵守"了这个主题。他与第一位女友菲利斯订婚三次退婚三次，他需要来自俗世的温暖和安慰，但他万分担心自己为此付出的代价是他的文学。他为了写作而退婚，但不妨碍他再次走进情感纠缠，他爱上女友的闺密，爱上已婚妇女，这样的情感将他带进纠缠，但不能带入婚姻。卡夫卡算得上最恐惧婚姻的男人之一，当我在绿森林街的树荫下散步时，尽管阳光明媚，但我心里仍然弥漫着无尽的感伤……

顺着绿森林街向东,不用走很远就到了商业街。人们涌进商店咖啡馆,从超市涌出,会成街上不息的人流。如果不去阅读每个人脸上的表情,这涌动的人流仿佛被某种无形牵引,可以被理解为生命的律动,当然也可以是无谓的奔波,最后宛如河流汇入大海,生命走向死亡。

这时才是卡夫卡式缠绕的终结?

有些来到人世的灵魂也许另有计划,他们的生命来此走一遭只为这计划的实现。卡夫卡来到柏林立刻陷入与女房东的纠缠中,也几乎是立刻开始变得有点心神不定起来,在《小女人》中,他写道:

  但是这种现象和事情本身没有关系。长期折磨别人使自己难以忍受,即使自己知道她如此生气毫无根据。我变得更加焦躁,开始在一定程度上用躯体窥视等待裁决,尽管从理智上我不相信裁决会到来。

卡夫卡之所以陷入与女房东的纠缠,是因为他结束了爱情的纠结。他完全彻底地爱上了多拉,一个犹太家庭出生的姑娘。于是,他与这个世界的纠缠需要一个小而精致的女房东滑入尾声。

周末的黄昏,柏林西南部的宁静带给人某种错觉,仿佛世界也屏住了呼吸,偶尔的鸟鸣也带来说不出的安慰,一切都还在呼吸。

柏林是卡夫卡人生的最后一站。在他最后的停留中,他搬进了新的住所,得到爱人的悉心照料,可他已经病入膏肓。爱情显然也无法帮助他战胜孤独和绝望的笼罩,但是多拉的拥抱和对卡夫卡的全然接纳,消解了卡夫卡对爱的恐惧。他做了最后的挣扎——他希望跟这个女人结婚,为此他给爱人的父亲写信,希望这位父亲同意将自己的女儿嫁给他。卡夫卡没有得到允许,他最后的抗争被无情地击败了:卡夫卡的一切,他可否拥有或放弃,他都说了不算;他的生命由纠结定义。

他在柏林通过切肤之爱,结束了爱与怕的纠缠;结束了爱情和创作使命的纠缠;结束了他与这个世界的格格不入……尘归尘,土归土。

纯粹的卡夫卡抵达纯粹的顶峰:当他不在写作和具体生活之间纠缠时,死亡向他走来。他要爱人和朋友销毁他毕生的创作心血!

他的纠缠,他的怀疑,没有解药,非常纯粹。他为了创作怀疑爱情,他为了创作怀疑生命,最后当他的肉体即将消逝,他怀疑最后一件事——创作。

很少听到对卡夫卡作品的负面评价,这是我站在他墓地时想到的。他的作品是他一生的痛苦的提纯。他被翻来覆去地熬煎着,四十一年在他人算是夭折的生命历程,在卡夫卡的履历上也够漫长。他几乎是纯粹的痛苦化身,而这是他写作的出发点,这是他写作的目的地,这中间没有任何歧途。他对他所质疑的荒诞世界,从未做过妥协,即使没有赢的希望,他仍然坚持了自己的质疑。这种对峙持续到他肉身的消失,甚至在后来某些灵魂中。

多年前曾会入布拉格游人的狂欢队伍中,却无法感受到卡夫卡的幽灵,那时临近正午,上千人仰头瞩望布拉格天文钟,目光从钟面的黎明滑向黄昏,等待钟面上的铅铸人出现……如今我忍不住再一次想到属于布拉格的卡夫卡:客死他乡,现在他的灵魂是否已经回归故里?回到了他的布拉格?

二

柔软的黑色皮夹克敞开着,滑腻的肌肤洋溢着青春的气息,随着有些癫狂的音乐,大卫·鲍伊修长清瘦的身体轻轻摇摆,从内到外的放松,仿佛此时 Everybody 都有可能变成英雄。

看一九七七年大卫·鲍伊《英雄》的 MV,他年轻的脸庞时而忧伤时而无谓,绝望和抗争的情绪都被战胜了。因为一句歌词:We can be heroes, just for one day! 如今,大卫·鲍伊去世多年,但这句歌词仍在鼓惑和激励我们,从透不过气的现实中爬出来,哪怕双手撑地,只够畅快呼吸一下。

当时的大卫·鲍伊与好友伊基·波普一起,他们彼此扶持,充分沉浸在当年西柏林的艺术氛围中。当年西柏林前卫艺术、地下音乐和电子音乐十分活跃,这些都直接影响了大卫·鲍伊的音乐风格。

一九七六年至一九七八年,大卫·鲍伊在柏林这条豪普大街 155 号居住过,据说这段时间是他职业生涯中最富有创意和影响力的阶段之一。这期间,鲍伊与音乐家布莱恩·伊诺合作,创作了被称为"柏林三部曲"的三张专辑:《低音》

《英雄》和《旅馆》。

还是据说,大卫·鲍伊是为了逃离纽约,才搬到柏林。如果纽约对他来说意味着工作压力和毒品问题,二十世纪七十年代的柏林正处在二战后的舒适期。西柏林生活富足,柏林墙像警钟一样,时刻提醒人们,尤其是艺术家的良知——墙的那边是另一片天地。

这是他当年生活过的那幢房子,如果不是旁边墙上的纪念牌,不会有人注意到这幢再普通不过的老房子。从它现在的样子也很难想象它当年的光鲜,纪念牌下面的涂鸦多少消解了一些人事皆非的伤感。

我离开公园旁边的一个墓园,再次回到大卫·鲍伊当年的故居,因为那里有一家很好吃的土耳其饭店。我拿着土耳其肉饼,站在街旁的一棵羸弱的榆树下,一边吃肉饼一边重新端详155号这幢旧楼。它的一楼已经变成一个理疗馆,治疗骨质疏松之类的病症。隔壁那幢楼房的一楼过去是一家很大很气派的古旧书店,后来还是到了坚持不下去的地步,倒闭了。以前每次经过这里,都为这家书店还开着感到欣慰,吊唁大卫·鲍伊的这个午后,我在心里为已然逝去的书店祈祷。

大卫·鲍伊这个家伙也来过这里,伦敦,纽约,柏林,今天这里,明天那里,现在在天堂那里吧。大卫·鲍伊的歌唱像是对着心灵的倾诉,他所要表达的仿佛可以脱离旋律、脱离文字,变成如此直接的感觉,进入到灵魂的深处。

专辑中《反叛者》这首歌我听得热泪盈眶,我们已经没有这样的爱,没有这样的坚定!我们所爱的一切总在变!爱你,不管你反叛与否;爱你,不管你富有与否;爱你,不管你衰老与否……爱你,如此爱你,没有条件,于是也没有变化。

当年,麦当娜演唱这首歌缅怀大卫·鲍伊,感情迸发倒在舞台上……这画面印入了我的潜意识,此时再次浮上来。写这样歌的人死了,这样的感情消逝了,一团糟却从脸上蔓延开来……

我不敢抬头看路人,宁愿低头看脚下的路,担心在他人的脸上看到自己的一团糟。

三

很早以前我写过一篇文章,关于柏林的冬天,文章的结尾写道,柏林的冬天,有时候需要自带阳光。柏林的冬天对中国的北方人来说,气温不是很低,不是很冷,但很阴冷,很潮湿。如果你独自一人,在这样的天气里就会备感孤独。假如你很低落,柏林冬天的冷雨会推着你走向更深的低落。

但这不妨碍你喜欢柏林这样的城市,因为春天它有同样令人难忘的太阳,夏天它有凉爽的朗透,可惜近几年冬天不下雪了。

在柏林你可以住在森林边的深宅大院里,满眼绿树,只听鸟叫不闻车鸣,寂静中感觉自己化为一只麋鹿,正在旅途中的客栈稍事休息……

在柏林你也可以投身喧闹,在新科隆区与各式各样的土耳其人擦肩而过。路边的咖啡馆、茶馆坐满了土耳其人,闻着土耳其肉饼的香味,听着快速且嘹亮充满力量感的土耳其语,有时候我会怀疑自己拿的是土耳其绿卡,就像人们调侃说,柏林是德土耳其的第二大城市。这也许是我还没去过土耳其的原因之一,因为去趟柏林新科隆区就像去过土耳其了。豪普大街上有所浅绿色的老房子,在夏天浓密绿树的映照下,房子的绿色更葱郁了。这所房子里曾经住过德国的另一个女作家,安娜·西格斯。在安娜·西格斯隔壁的房子里,我曾住过一年。安娜·西格斯是一位斗士,《第七个十字架》《人头悬赏》《死者青春长在》这些作品的名字都闪烁着战斗的意志,与她故居的静谧反差极大。每天经过安娜·西格斯的故居,最后的感受就是无感,也许一个新开的超市更能引起我的注意。

但我并不沮丧,我曾经怀疑我写作的坚定性,感觉自己随时可以放下写作,变成一个超市的收银员。吃喝拉撒是生命,但还有另一个生命从高处俯视这个生理过程。

一八八三年出生的卡夫卡和一九〇〇年出生的安娜·西格斯,因为他们都曾在柏林居住过,同时走进了我的视野。这些远离的灵魂其实并没走远,飘浮在柏林的上空,或许正对着柏林的乡音发出微笑。他们曾经的存在,在柏林在他乡他处,他们留下的作品,似乎可以接续空气中飘浮的一切思绪。

安娜·西格斯反抗纳粹的极权残暴,卡夫卡要斩断的是人与外在无休止的纠缠。让我惊悚的是绞架,因为它可以让发生终止。但让我更惊悚的是卡夫卡式的纠缠,它无法被绞架结束,它无休无止在不同的肉体上轮回。来到柏林的卡夫卡投入了爱情的怀抱,走出这些纠结纠缠,也走出了他的这一生:卡夫卡是为爱来到柏林，也是为死；他同时得到了二者。

四

  这就是柏林，来吧，穷或性感，总有一头儿站得住。带着内心的阳光，带着无尽的感伤，柏林够大，都容得下。柏林经历过的磨难，可以理解每个人的光阴；柏林春日明媚的阳光，足以让人产生错觉……此时此刻是你经历的最美光景。

  其实也是，何谈错觉！参观尼采最后弥留之地时，我曾经想过，谁的一生不是错觉呢。那所被午后阳光包裹的小房子，寂静中飘浮着寂静的喧嚣——对尼采的理解和误解，甚至对他的篡改，仍在我们所在的空间撕扯……但谁的一生又是错觉呢?！觉，哪有对错；觉，来，觉，去，便是生死来回的一辈子……这么想的时候，喜欢的一个城市，喜欢的一片湖水，喜欢的一棵大树，变得如此重要。它们是我们的参照，也许可以算作思绪的小锚，带来安顿的感受。

  柏林，作为一个欧洲城市，还算够大，不至于妨碍你的心胸和视野，你可以来去自如……一想有一天会彻底离开柏林，离开这个饱经风霜的都市，些许的难过眼前已经开始了。

  柏林，在变成新的柏林：居住人口在增加，居民组成更加国际化，德语再也不是大街上随处可闻的语言，各种听不懂的语言，带着不同的旋律，与你擦肩而过，穿过勃兰登堡大门，在菩提树下漫步，在德国最有名的西方商场购物，在阿拉伯人居住的莫阿比区吃烤肉……

故乡的味道

◎ 王开生

一

有些食物消失了。

秋之时节,崂山北九水蜿蜒的山路上,凉风习习,清溪潺潺。一辆"微面"停在山荫道旁,一位中年山民正在一棵老树上摘果子。车门大开的车厢里,有多半篮无花果、小半篮黑色的果子,忍不住伸手摸了一颗黑的,放进嘴里。是软枣!久违的滋味!崂山的软枣个头大,甜度高,若搁在四五十年前,此物多串成糖球沿街售卖,价格比山楂糖球要便宜,比山药蛋糖球略贵。小孩子们都买得起,也爱吃。如今,软枣糖球和山药蛋糖球都难觅其踪了!

小时候常吃一种炒面,现在很少见到有人家食用了。

炒面,并不是炒的面条,是炒面粉。二十世纪七十年代面粉也分等级,特一粉、特二粉、标准粉、普通粉种种。平民百姓一般炒的是普通粉,有时还加一点黑面,即是等外粉。炒面用一口八印大铁锅,燃柴,面中会添上一点红糖,干炒,火候比较难把控,炒至七八成时,面香弥漫厅堂。那是童年的家的味道。炒面炒熟后,用开水冲着吃,糊糊状,极黏稠,喷喷香。奶奶尤精此道。

我自小跟着奶奶爷爷长大。奶奶原籍胶州,嫁至青岛。她生于清末,长相清秀,手极巧,亦擅女红。奶奶的强项,是会做各种民间面食,馒头卡花枣饽饽,包子饺子擀面条自不必说,五月端午包粽子,七夕节烙饽饽,槐花饼、单饼、发面饼,等等。她的拿手好戏是烙葱油饼,奶奶叫"瓢子饼"。瓢子饼两面起焦,饼心抹上油盐,撒把葱花,煿熟烙透后,层次分明,空口吃,味极美,连掉在桌上的焦屑也不浪费。

二十世纪七十年代,粮油凭票供应。普通人家能吃上白面,实属不易,每月总要掺上几顿粗粮,黑面、地瓜面、苞米面都有。黑面蒸成馒头,地瓜面蒸成窝窝头,苞米面贴在锅边,糊成饼子,也可熬成苞米面粥,都挺难吃!改善生活时,奶奶会包上一顿糖包,白面,三角形,中间起三个面褶,也叫糖三角。糖三角,顾名思义,馅儿是红蔗糖,偶尔也包顿白砂糖馅的,更金贵。小孩子对甜蜜的食物尤其依恋,凡是甜食,皆当美味,吃一顿糖包,高兴得像是过年一样。

和糖三角差不多光景的,是甜豆包。豆包,馅心是红豆,但不是如今的豆沙包。甜豆包个头和大包子差不多,形状更圆,红豆馅儿是颗粒状,未碾成细沙,吃起来满口货,既香又甜,也瓷实。甜豆包馅中要添一点糖,糖供应紧张时,也可添一点糖精。很好吃!糖三角和甜豆包这对老朋友,我已多年不见。

中秋佳节,朋友圈中晒出各色美食。冷不丁的,一位画家朋友晒出来一个火烧,一瞧,是久违的名吃杠子头火烧,朋友还幽默地注释道:不带馅的月饼。

杠子头火烧,小时候经常见,时不时也吃,特点是面紧且硬,耐贮存,越放越结实,不易坏。女人走夜路时,揣上一个杠子头火烧,或可用来防身。青岛人形容某人又犟又杠又硬,便叫他"杠子头",人和火烧,不知谁的名字享用得更早些。杠子头火烧不独是青岛的特产,邻近的潍坊和烟台都有。有一年去外地出差,路上中巴车里,一位烟台朋友取出一袋杠子头火烧分给大家解馋。火烧是袖珍版的,比普通的杠子头火烧小三分之一,有嚼劲儿,有新麦香,也顶饥。一行人吃得不亦乐乎,共忆起旧时往事趣事。如今,正宗的杠子头火烧很少见了。

秋天是丰收的季节。旧时,每至此季,我家铁路宿舍东南头的上庄粮店门前,地瓜堆得山高,市民从家里拿了麻袋,赶来粮店排队买地瓜。整个秋冬季,地瓜是主要的副食,其身百变,成为小时候的一个不小的念想。冬天家里生了炉子,挑几个细而尖的地瓜,扔到炉膛里,烤熟时,地瓜会流油,扒去炉灰,剥开皮,细甜,喷香。一种叫"沙巴金"的地瓜品种,瓤是深橘红色的,口感更甜,是地瓜中的皇后,万里挑一,偶尔才能遇到。沙巴金佳瓜难觅,不小心中了奖,会欢呼雀跃。那时候,快乐来得真是容易。

二十世纪九十年代初,偶然发现八大关武胜关路临街的一处偏房里,有位老妪专门售卖烤沙巴金地瓜,生意很好,同事们时不时去买回一点儿解馋。后来,不知何故烤地瓜不卖了,再后来,老太太也走了。一晃眼,一别沙巴金三十年,弹指一挥间的事。

地瓜枣儿,并不是枣。地瓜煮熟了,切片切条,晾在盖垫上,或晾在院里的墙头上,借阳光晒至半干,即是地瓜枣儿,老青岛人都这么叫。地瓜枣放置一段时间,表面会生出糖霜来,似一层白布,更可口,也更抢手。地瓜枣儿是零食,不当饭。

地瓜生切片晒干,叫地瓜干,粉白色,是补充主食的副食,当粮食吃。最简单的食法是蒸地瓜干,空口吃,吃多了易胀气。地瓜干切成丁,在糖精水里泡一泡,可包成地瓜干包子,味道说不上好与孬,充饥而已。我在写下这些文字的时候,地瓜干的影像在脑海里像过片一样,我开始有些怀念它们了。

靠海吃海。小时候印象中的海货,是各种冰鱼,以带鱼鲐鲅小杂鱼居多。有一年国营菜店后院里进了一卡车对虾虾头,售价仅三分钱一斤,少有人问津。对虾头没油水!那时一年到头,常吃一种盐渍小鱼干,叫"青板儿",至多一拃长,样子扁平,细刺多而密,极咸,空口吃不得,太齁人。家里多是将鱼干蒸着吃,熥上一遍又一遍,很下饭。到了冬天,将鱼干支在炉圈上,烤着吃,烤出鱼油,烤干烘焦,连刺也能下咽。如今生活好了,咸青板鱼干也随之遁迹于市。

六七年前的一个重阳节,我随文联大沽河采风团行至胶州少海老城,在友人的一户农家小院吃晚餐,朋友端上来一筐箩飘着葱油香气的面食,香气直抵肺腑。瓢子饼!我忙不迭地抓起一块塞进嘴里,全然不顾吃相。这是一张真正的瓢子饼,虽时隔四十多年,但完全是熟悉的奶奶的味道!一刹那,我的眼泪跟着就要流出来了。

我们是失去故乡的一代人,只能把出生地当作桑梓地。奶奶勤巧的手艺,成就了我对故乡的味蕾记忆,成就了有迹可循的家乡味道、家乡小吃、家乡念想,不然,我们的灵魂将如何安放是好?

二

在青岛乃至胶东半岛,刀鱼是老百姓餐桌上不可或缺的寻常海味,喜食者众。刀鱼属无鳞鱼,按照旧俗,虽上不了大席,却是过春节时每家必备的年菜。其实,本地人所说的刀鱼,应称带鱼。不知何故,一直以来,青岛土著皆称呼带鱼为刀鱼,约定俗成,习以为常。像带鱼那样细长的刀,该是种什么样的冷兵器?此命名着实令人费解。

带鱼为野生海捕,鲜美细嫩,鱼刺呈上中下状排列,分布有序,易食用。在冰鲜的鱼类之中,带鱼凭其口感多处于"领鲜"的地位,岛上人家几乎无人不爱。过去春节置办年货时,有两种鱼类忙年时必会提前加工制作好,其一是五香熏鲅鱼,再者即是煎(炸)带鱼,青岛方言称之为"煿刀鱼"。煿,有两面煎之意。

煎带鱼,应属吾家餐桌上的"非物质文化遗产"菜品,沿袭弥久。岛上传统的煎带鱼,须先用生抽、轻盐和五香面腌卤,再挂上干面粉,下煎锅慢煎至两面金黄。煎鱼比炸鱼更讲究火候,口感亦佳。先煎后蒸的带鱼,风味尤殊,喜者如我,常年食来乐此不疲。据闻同好煎蒸带鱼者,绝不在少数。

"刀鱼头,鲅鱼尾。"这句出自岛城关于吃鱼的民谚,旧时广被传诵。除了煎、炸、熏等常规烹调方法之外,新鲜的带鱼,多与应季的韭菜或茼蒿一起下锅带汤烹制,青岛人称之为"熬刀鱼"。菜取鱼之鲜美,鱼吸菜之清香,互相成就,相得益彰。尤其个中的鱼头,食之鲜美无出其右者。

二十年前舟山渔港路边的海鲜大排档,正如火如荼在城市中蔓延。消夜明档里偶遇一种类似大砍刀状的海鱼,长约半米,肉白质嫩,味道佳绝。当地人皆称其为刀鱼。仅从外观来看,倒是恰如其分。由此可见,海洋中之刀鱼,的确另有其身。

"溶溶晴港漾春晖,芦笋生时柳絮飞。还有江南风物否,桃花流水鮆鱼肥。"苏东坡这首《寒芦港》诗中所咏的鮆鱼,古人又称为鲚鱼、鱴鱼等,江南人如今皆称之为刀鱼,多出自淡水的江河湖泊之中。

李时珍《本草纲目·鳞部》记载:"鲚生江湖中,常以三月始出,状狭而长,薄如削木片,亦如长薄尖刀形……肉中多细刺。"古人将产于江河中的刀鱼,称为江鲚;出于湖泊里的刀鱼,叫作湖鲚。江鲚贵于湖鲚。而产于黄梅季节的刀鱼,又称为梅鲚。其肥腴鲜香,与白虾、银鱼共称为"太湖三宝"。

江南流域春季应市的刀鱼,前些年价格之巨令人咋舌。扬州近郊、瓜洲沿江即盛产刀鱼,味极鲜美,李笠翁誉之为"春馔妙物"。据闻刀鱼身价鼎盛时,每斤可售七八千元,是名副其实的"黄金鱼"。近年价格虽有所回落,但一两千元每斤总要有。长江刀鱼单尾重逾二两者,已属上品,价格更高。

依北方人的性格,似乎注定食不来淡水刀鱼,无关价格之高低。其肉寡刺多是主因,另外也的确没那个耐心。吃一小口鱼肉,要吐三四口鱼刺,实在有些划不来。江南人对此却情有独钟,引为春季食之盛宴,多用绍酒和火腿等合而蒸之。据闻旧时江南之大户人家,亦有在此季取刀鱼肉而成馄饨者,费工费力费银子,叹为奢侈之举。

所谓不时不食。刀鱼的最佳品鉴期,以清明节为分界线。清明之前,鱼肉之美自不必说,鱼中大刺且皆柔软,可清炸后蘸椒盐食之,酥香脆鲜。过了清明节气的刀鱼,大骨立马变得生硬,肉质亦大打折扣,价格也一落千丈了。

刀鱼另有凤鲚和刀鲚之分。年纪稍长一点的北方人,大都食过凤鲚,其多以五香罐头的形式面市。在物质生活相对匮乏的年代,此是绝好的下酒菜。凤鲚俗称凤尾鱼。

三

谷雨到,鲅鱼跳,丈人笑。

春季鲅鱼上市,女婿要给老丈人家送鲅鱼礼,是青岛地区独有的民间习俗。从何时源起,已不可考。故鲅鱼时节,亦是考验青岛女婿孝心之时。手里拎的鲅鱼个头越大,老丈人的脸上越有光。而这些年本地春鲅鱼价格的一路上扬,也让年轻的女婿们着实有些吃不消了。

鲅鱼,学名蓝点马鲛,属近海温水性洄游鱼类,产于我国东海、黄海和渤海海域,舟山、连云港和山东沿海等渔场最为多见。习惯上认为,崂山近海出品的鲅鱼,品质尤佳。

幼时,五香熏鲅鱼是过年时的一个不小的念想。青岛本土菜系的构成,传统上既少辣,又少甜。而口味偏甜的熏鲅鱼却是个例外,其风味更接近于淮扬菜。苏帮菜的传统熏鱼,食材是淡水青鱼,与岛城的五香熏鲅鱼,虽属一南一北,熏制口味上却如出一辙,出人意料。

鲅鱼的做法颇多,最接地气的是土法家常烧。以崂山渔家出品为正宗,多佐以应季的蒜薹同烧,双鲜!烹调时,若选用柴烧大铁锅,可在锅沿边贴上玉米面饼子,风味尤殊。我独偏爱挂糊少许的煎蒸鲅鱼。将鲅鱼切成厚片,先两面煎至焦黄,再回锅蒸熟,以自家出品为上选。诀窍是加少许生抽和五香面腌制,百食不厌,是舌尖上的乡愁味道。

肉质鲜美,少刺无鳞,是鲅鱼招人喜欢的原因。故鲅鱼水饺和鲅鱼丸子亦是岛城独特的地方风味,汤鲜馅美,人皆爱之。尤以巴掌大个头的鲅鱼水饺,最显渔家风情。

鲅鱼多在春秋两季为汛期,而春鲅鱼之口感,明显优于秋鲅鱼。袁枚在《随园食单·时节须知》中讲:"有先时而见好者……所谓四时之序,成功者退,精华已竭。"即是说,有些食物提前食用,则更显美味,旺盛期已过,精华则尽。故鲅鱼以春季为贵,春鲅鱼又以体大者为尊。鲅鱼出水即含恨而逝,亦不能人工养殖,这是其价格逐年走高的重要原因。

鲜鲅鱼略施轻盐水,风干后,崂山渔家人称其为"一卤鲜"。保存得当,可贮藏数月之久。其可蒸可炒,可煎可烤,深受岛城吃货们的青睐,亦是众多海鲜土菜馆里的必备家常菜。

春鲅鱼的鱼籽是无上妙品。二十世纪七十年代,我曾在母亲单位的公共食堂里吃过一饭盒红烧鲅鱼籽,大快朵颐,满嘴留香,给幼年味蕾留下终生印记。那时,鲅鱼籽是下脚料,不受待见,价贱如泥。如今,鲅鱼籽却鹞子翻身般,俨然成为稀罕物,身价亦不可同日而语。

每年春夏之交,崂山渔家都会在临海的院里,自然风干一些鲅鱼籽,青岛人称其为"甜晒"。甜晒后的鲅鱼籽,最宜支在铁炉子上炙烤,鲜得流鱼油,香得流口水,是最本味的海洋美食。加上葱姜后隔水蒸食,风味亦佳。我一直认为,甜晒蛤蜊肉、金钩海米和风干鲅鱼籽,可称之为淡干海鲜类的"岛城三宝",品质上乘,又可独自成肴,更是下酒的妙配。

四

胶东菜和济南菜,花开两朵,撑起了八大菜系之鲁菜。济南菜,如敦厚朴实的山东大汉,沉稳内敛,以烹制内陆菜见长;胶东菜,如灵慧可人的山东小嫚,轻松活泼,以烹制海鲜为强项。而青岛菜是胶东菜中的旗舰、风向标,亦好比是山东小嫚中的时尚女郎。

青岛原住民对本地所产的各色海鲜,有着自己独特的分类方式。传统上归为两大类:一类称之为"小海鲜",价格亲民,最接地气,以贝类为主打,约涵盖了蛤蜊、毛蛤蜊(毛蚶)、扇贝、蛏子、刀蚬、海虹(贻贝)、海蛎子(牡蛎)、小海螺、香螺、辣螺、泥螺等,以及八带蛸(章鱼)、蛎虾、虾虎、海星、海胆、海蜇、末货等。其他的虽都归为"大海鲜"范畴,但本地人却并无此种叫法。"大海鲜"一般是指海参、鲍鱼、对虾、螃蟹、大海螺以及各种海鱼等相对高档的海鲜。餐桌上,大海鲜支撑场面,小海鲜满足味蕾。

青岛人请客,讲究以大海鲜点睛,小海鲜铺底,原则上要有一整条海鱼,以示隆重。若要上档次,可再加海参或鲍鱼、对虾等,也基本算是常态。

冷菜,在席中热菜上桌间隔时,起调剂缓冲作用。在岛城,海鲜类冷盘中会有几个热门选项,分别是:冻菜凉粉、菠菜拌毛蛤蜊、白菜拌海蜇皮、黄瓜拌海螺片、小葱拌八带、腊八蒜拌扇贝和五香熏鲅鱼等,最显岛城地方特色。

俗话说,冷水蛎子热水蛤。隆冬时节牡蛎最肥,初夏时节蛤蜊最美。小海鲜的烹制,多以蒸食和白灼为主,最能保留其本味。熟能生巧,技术含量似乎并不高。"哈啤酒,吃蛤蜊",已成为岛城市井百姓饮食的标配,外地人至此,多也十分乐意尝试一下渔岛风情。

青岛菜的经典名品,无一例外出自"大海鲜"。传统的代表菜如葱烧海参、煎燘大虾、扒原壳鲍鱼、清蒸加吉鱼、百花酿蟹钳和油爆螺片等。此类菜品烹制精良,但口味和形式上过于传统,多见于正式场合。如"煎燘大虾",色泽鲜亮、装盘美观,但口味偏甜,制作费时费力。本地海鲜餐馆,多将此改良为"大虾烧白菜"替代。用大白菜锁住大虾流出的虾油和鲜汁,使之成为最接地气的改良版本帮特色菜。

另有一类海鲜,因其小众和高端,难见于大众餐桌,却在美食江湖上留有神话般的传说。

乌鱼蛋,为海洋美食名品。梁实秋先生在《雅舍谈吃》中有专门介绍的短篇《乌鱼钱》。只不过梁实秋先生将其误以为是墨鱼的子宫了。其实乌鱼蛋是墨鱼的缠卵腺。水发之乌鱼蛋,外表似山鸡蛋,其内呈薄片状黏连在一起,须人工将其一片片剥离。漂在汤中的乌鱼蛋薄片,如浮起之古钱,故雅称"乌鱼钱"。酸辣乌鱼蛋,既是鲁菜的经典名品,亦是国宴的首选汤菜,历时久矣。

传统上,乌鱼蛋宜用高汤煲之,配料首推优质的酸黄瓜,再是上乘的胡椒粉,可解腥提鲜。缺一,味道即失之于平淡。另佐有米醋、香菜末等,用淀粉勾薄芡而成。其酸辣可口,亦营养开胃。

"更有诸城来美味,西施舌进玉盘中。"这是清代郑板桥在做潍县县令时所咏的《潍县竹枝词》中的词句。西施舌,应称为青岛地区海鲜中的贵族。其形如大蛤,上尖下圆,光滑饱满,肉质洁白软韧,入口爽滑,鲜美异常,俨然美妇之舌,故名。其实,若按其出身,西施舌应归之于小海鲜家族。但因其对水质要求苛刻,亦不能人工养殖,且季节性强、产量少等因素,遂物以稀为贵了。大众餐桌上几乎难见其踪。

《本草从新》记载,西施舌"补阴、益精、润脏腑、止烦渴"。岛城原胶南县泊里镇所出,壳大薄脆,食之微甜,品质上佳。其秋季多产,以深冬所采挖者,尤为肥美。

芙蓉西施舌,是鲁菜的经典名款。一九七二年八月,柬埔寨西哈努克亲王访问青岛时,其为欢迎菜单上的第一道热菜。同年九月,日本时任首相田中角荣到访中国,亦曾慕名品尝了高汤氽西施舌,食材即是原胶南县泊里镇所出。

西施舌最讲究的吃法,是只选取西施舌大半个舌尖之肉,以高级清汤和原汁煨之。余下内脏等皆弃之,方达味之极致。另多佐以野生竹荪增鲜,小菜心点缀。此亦是国宴中的经典菜式之一。

经年之秋,曾在海滨某地吃过"原汁西施舌",连壳带肉浸在汤盅里,黑乎乎的内脏令人望而止箸。不但可惜了一碗鲜汤,还白白唐突了西施美人,实在是暴殄天物,大煞风景。

仙胎鱼有"崂山中华鲟"之美称。清《即墨县志》记载:"仙胎鱼出白沙河,从九水来,山回涧折,其流长而清湛不染泥尘,鱼之游泳于清泉白石中者也,大可五六寸,鲜美异常。"其生长极富个性,幼时游至海中以藻类为食。及长,重回河流。即是青岛人所说之"两合水"。仙胎鱼有嫩黄瓜般的清香气,汤汁洁白,比泰山赤鳞鱼更为珍稀。

五

北宋时，高邮籍婉约派词人秦观有《鹊桥仙》一词广为流传。词曰："纤云弄巧，飞星传恨，银汉迢迢暗度。金风玉露一相逢，便胜却人间无数。柔情似水，佳期如梦，忍顾鹊桥归路。两情若是久长时，又岂在朝朝暮暮。"农历七月初七，称为七夕节，是民间纪念牛郎织女相会的日子。《风俗记》亦记载："七夕，织女当渡河，使鹊为桥。"秦观之词，无疑是众多咏七夕之诗词中的经典。

古代，女子在七夕日有向织女乞巧之风俗，故七夕节又称"乞巧节""女儿节"等，在民间亦几乎是妇女们的节日了。此日，北方风俗有：设香案摆瓜果供奉织女，穿针引线巧手比赛，在瓜棚葡萄架下听牛郎织女说悄悄话等。江南民俗则有：庭中露台拜双星，穿针引线测目力，搭"乞巧楼"于庭院等。

而南北方趋同的食俗，即是食自制之巧果。

著名的百年老字号糕点店稻香村，每年七夕节来临之际，皆会制作精美的巧果应市。其多以模子成型，烤箱中烘焙而成。此当属现代之巧果，亦成为时令点心的一种了。

沈朝初《忆江南》词曰："苏州好，乞巧望双星。果切云盘堆玉缕，针抛金井汲银瓶。新月挂疏棂。"江南的巧果，传统上多以面和糖制作，或以麻花形，或以飞禽形，油炸令其脆，亦谓之巧果。《姑苏志》亦记载："七月七日以油面作巧果，盖以吃巧叶，乞巧也。"

北方之巧果，旧时多用面粉干烙而成。据说七夕节吃了巧果，女孩子会变得心灵手巧。

小时候，胶州籍的奶奶，亦是做巧果的好手。每至七夕前日，老人家会用两种四格老榼子，做出各种形状的榼花小饽饽来，青岛人称其为"卡花"。一般将面粉中加入鸡蛋、糖精和面，用一口十人大铁锅，下燃柴火松球。把翻榼的面团，两面反复翻烙至熟。熟后之卡花，面饼呈淡黄色，面皮微焦，香甜而有嚼头。卡花即是巧果。奶奶还会用一条细彩绳，穿上小篮子、小桃子、小元宝和小鸡等造型的袖珍卡花，套在我脖子上。在外边玩饿了，咬一个吃，既富童趣儿，也是童年片刻的甜蜜幸福所在，亦是年中的一个念想和盼头。

谁在暗夜里低语

◎ 吕敏讷

比低处更低

像一个人,朱颜辞镜,但名字依旧好听。人们叫它商贸街。老,残破,小。

一个大气又时髦的称呼里藏着的,其实是一条长不足五百米、宽不足十米的小巷道。当年聚光灯下的光鲜亮丽,现如今被大树一样发育起来的楼群掩盖。像一件款式过时的旧衣衫,丢弃在城市的某个角落。时间斑驳而去,馈赠于商贸街的,是时间和生活的一层包浆。黝黑,古旧,脏污。

暮色降临,矮店面挤在小街两侧,像弯腰弓背的人。卷闸门破锣一样次第响起,路面上的光,被一一唤回去。灯光像听话的孩子,各回各家,躲到门里去了。

高楼的灯光,照不到路面,楼外的街灯,也照不到小街。楼群的深井里,商贸街像一个走失的老人,灰头土脸,双眼迷蒙,暗淡无光。

水波一样恢复平静的路面,燥热还未退去,安静混合着汗味。

一双看不见的大手,隐藏在暗处,周而复始交接着。商贸街的白天和夜晚,像走程序似的。

又一个白天的程序基本走完了。灰尘得以落下,矮房子和住在里边的人都长长地舒着气。

巷子东头,一家店还开着,灯光像流水,滑过五颜六色的包裹,往门外铺出来,在坑坑洼洼的水泥路面上,划出歪斜的长方形。一辆快递三轮,像头盔、制服武装下走街串巷的外卖小哥,疲累的身子,靠在夜色里。主人没有下班,它还得在长方形的光里乖乖站着。

门楣上的标识,凸显着。"快递"两个字像瞌睡的眼睛挤在一起,努力张着。

小街即将昏昏入睡,但快递坚决不能睡,如果快递早睡,整条街次日的程序将无法正常开启。早市上的蔬菜、快递店的包裹、繁密的生活从乐此不疲的翻捡、挑选开始。

我一脚踏入长方形的光里,记起有包裹,收到短信取件码好几天了。快递店低于路面,我绕开脚底下的快递箱子,跨步踩下去进入店内,用惯有的慵懒语调,面无表情地念出取件码。潮湿、霉味、灰尘味迎面扑过来,即便太阳要把路面晒裂,暗室一样的店里需终日开暗黄的灯。再往里走,三个不规则的小房间积木一样套在一起,堆满包裹。怕顶子碰到头,里面的人要缩着腰背。

报完取件码,我低头刷手机上有用没用的东西。慵懒、卑微、钝感变成我的习性。似乎只有这样,才能融入小街,成为五百米当中的一分子。

塑料的特殊气味掺杂着灰尘,混在35℃的沤热里,窜进我鼻孔。充塞的货物让人有窒息之感,它促使我的视线离开手机。

抬头环顾四周,油腻的简易躺椅上,多出来一个孩子,三岁左右,侧躺,熟睡中。额头渗出汗珠,一颗颗在灯光下晶莹透亮。面部清瘦,小嘴嘟囔着,大概梦见吃糖。躺椅置于两个货架间的空隙,强烈的压迫感之下,孩子睡得香甜。粉色莫代尔小裙子被汗湿了一大片,背部印出大大的椭圆。我疑惑的目光投向老板,怎么让孩子睡在快递堆里?

店里多出孩子,却少了女客服王艳。

我想起王艳,就随口问,王艳干得好好的怎么突然就不干了?同时又想,我的问话岂不多余,人家王艳这样端庄有气质,随便找个轻松的工作是不难的。她有理由厌弃烦琐和脏乱的快递堆,她适合到优雅的环境里去工作。

张梅刚刚还笑成一朵花的脸忽然僵住。一声长叹。唉,她干了三四年了,人细心,脾气也好,从来没有出过差错,工资也涨到三千多。马莲绳打细处断,老天爷让她雪上加霜。张梅一声哀叹,我听懂了藏在优雅背后的那个王艳。

被生活的风浪卷来卷去,依然保持安静优雅的女客服王艳,让我心生敬意。我拿出手机翻找小太阳,滑到那朵发光的向日葵,点进朋友圈,翻看她的动态。我发现她深夜或凌晨发出的朋友圈,像一粒石子掉落深井,被黑夜吞噬,没人看到。

把自己称作小太阳的女人,她从大房子搬到小出租屋,从大货车换到快递小三轮,从生活优越的小女人变成灰头土脸的快递工,生活的风浪里,她的确退了,不止一步。她的心变了,没有变小,反而变大了。她退了之后,生活还是没有给她让步,没让她海阔天空,反而步步紧逼,又给了一股风浪,把她卷走。

张梅和我一时都唉声叹气起来,我们谈论着王艳,讲着别人的故事仿若说着自己。话题就多了起来。

唉,我也是个租客,我住在江那边。房子这么贵,谁买得起。我们一家来自康县,租房八年,搬过三次家。铺面是租的,住宿是租的,娃娃是借读的。没办法啊,江那边有些远,步行得半小时,但房租便宜。夏天晒得流油,冬天两头抹黑。你看,娃不得不睡快递堆了。每天早上六点,闹钟一响,老公不敢偷懒,不洗脸空肚子去物流园拉快递。我和娃七点起床,吃早餐,送幼儿园,孩子不满三岁,一直是我带在身边,现在我没办法了,只能提前送幼儿园,是班里最小的。王艳不干了,找不到合适的人,没办法,我干脆辞职,夫唱妇随算了。

张梅甩一下齐耳短发,侧头看庞风,他正把头埋在电脑前的一堆快递单里。说话时她面带红晕,还调皮挑逗地笑。庞风只盯着单子核对,念念有词。大概是感受到老婆的目光,他嘴角向上动了动,挤出一丝笑。看得出来,老婆说啥,他都是温暖的。老婆虽然辞掉了工作,但一家三口在一起,心里踏实了。

庞风说话笨笨的,张梅开朗,无论什么话题都咧嘴笑着。开心的事也笑,遗憾的事也笑。

你看看他,瘦得跟猴子一样,才一百斤。每天货拉到店里,九点多。我把女儿送到幼儿园,就开门营业,店门一开,取快递的人就来了。人多的时候,就得排队,一排队,就把人家隔壁的店面挡住了,进出的车也堵住了。一想到每天门口排长队,我们根本没有理由多睡一分钟。

庞风没有表情。要说表情,那就是瞌睡的表情。

张梅不一样,她眉飞色舞地说,我刚来的时候,看到堆积如山的包裹,头都要炸了,从早到晚把自己埋在快递堆,上蹿下跳出库入库,腿肿了,脸肿了,脚像两个大馒头。手里的扫描器发出嘟嘟的声响,红外线的光照在识别码上,我头脑嗡嗡响,头皮发麻,那包裹像面目狰狞的魔鬼。一个多月后,我适应了生活,才动脑子想办法,咋样能更快地找出快递。包裹越来越多,似乎是一天比一天多,大家电、日用百货、食品水果、衣服鞋帽,啥都有,一些小东西,没有你买不到,只有你想不到。但凡人能想到的东西，都能在网上买。上万元的东西，几毛钱几块钱的东西，都在包裹里。

张梅按照包裹的类型分类，特大件特小件，编出不同格式的取件码。盒子装和塑料袋包装，也编出不同格式的取件码。相同类型的包裹按顺序摆放在一个货架上，只要顾客说出取件码，客服人员能迅速在货架上抓取到。

我说，原来是这样啊，手机接收到的取件码格式不同，有的是字母加日期，有的是数字缀字母，要么就是单纯的数字。这些字母数字组合代表什么？

代表什么不重要，重要的是客服方便找到快递。起初我经常和顾客吵架，有的人等一分钟都吆三喝四，我忍不住，暴脾气就上来了。张梅突然不说话了，短发盖住了脸。我偷看她，她的眼泪已经挂在红彤彤的脸蛋上。我们一家人以前分在四处。老人在望子关，种几亩菜籽，榨油供我们吃；大女儿在康县中学，毕业班，一个人照顾自己，我呢，在平洛镇带着小女儿。现在我来了，一家三口住在一起了，但我没感到生活变轻松了，反而是手也没闲，脚也没闲，头里面也没闲着。这老板娘当得狼狈啊。忽然她又开心了，说，不过我意外的收获是瘦了，两个月掉十几斤，以前我是一百五十斤大胖子哦。她跨步站到磅秤上，一行红字显示六十三公斤。我以前学习药理学，考医师资格证，半夜从床上爬起来看书，都从来没感觉这么麻烦。疫情让我惧怕了当医生，干了快递后，又觉得当医生更有尊严，生活就是这山望着那山高。生活的大山，其实一座比一座高。问她以前在干什么，她破涕为笑，几分自豪，是乡镇医院的主治大夫嘞。张梅翻照片给我看，仿佛要将前十年的生活一键还原。照片信息显示：主治医生，高贵优雅，雪白大褂，高跟鞋；病房、病人、病床，救死扶伤；厚厚的防护服，疫情第一线；悠闲时光，同事聚餐、跳舞、爬山；她临别时大家欢送她，她手捧着鲜花，被簇拥在白大褂中间，笑成一条缝的眼睛藏在眼镜后面。

一名主治医生辞掉工作来干快递！天使来到商贸街啊，我笑着说。你遗憾吗？我最后忍不住问了这句话。

没办法，遗憾不遗憾，再不想了，再不回头看了。

说起这间怪异的店面，庞风笑着说，商贸街住户密集，快递多，但租一间店面实在不容易。这原本是统建楼上住户的地下柴火房，三家的柴火房打通，也就这么大,入口本来在院子里边,前面的路面加高加宽,单元楼里的人砸了临街的一堵墙,装上卷闸门,就成临街铺面了嘛。一排相似规格的矮店面,原来都是由地下柴火房改造而成的,这是蜷缩着的商贸街的身世之谜。

低矮的快递店门口,人们报取件码,低头刷手机,贴着四面墙壁的货架之间,客服人员像智能机器人一样,前后左右快速转身,精准抓取一串数字所指代的包裹,确认姓名电话,保证对号入座,然后扫描出库,包裹来到客人手中。尽管如此,取错件的情况经常发生。快递店时不时地要进行一些赔付。

一群在快递店找寻自己的人,每天报着姓名,把中国式的队伍一直排到狭窄杂乱的街面上,队形歪过来扭过去。老人趿着拖鞋,小孩背着书包,下了班的人,手里提着各式各样的塑料袋,装着买的菜、面条和烧烤串。打扮时髦的年轻人,染着彩色的头发。

队伍里的人,在商贸街拥有一个地址,这些地址,藏在老旧的单元楼里,藏在蔬菜铺子里,也藏在拐弯处的固定摊位里。地址不确定的人,就借助于某个建筑,比如,喜来缘宾馆楼下,商贸街西头大电杆下,市场口左拐,宠物店隔壁,电器修理铺后面,等等。与那些有醒目标志的小区门牌号或写字楼、办公楼的几栋几层相比,这些隐秘的晦涩难懂的地址,很难找。地址后面藏着来自天南海北的张王李赵,连接着的是不为人知的生活。每个包裹,一头连接着遥远的世界,另一头牵扯着楼群缝隙里的某人,挤压变形的脸、蜷缩的腰背和一日三餐的生活。熟识的人,用微笑打着招呼;陌生的面孔,视而不见。这些熟悉和陌生的人,是老住户或者商贩租客,有的住了几十年,有的则像候鸟一样迁徙,来的来了,走的走了。做小买卖、修锁配匙、卖早点、理发、修补衣服、洗鞋、榨油、开宠物店、开药店、针灸按摩推拿、美甲美容、供孩子上学,来自各地的人,操着不同口音。冷漠与熟悉之间,商贸街冷清着,也繁盛着,连续不断的小日子程序一样进行着。

队伍蜗牛一样挪动,排到后面的人不耐烦了,伸长脖子朝店里大喊,慢死了哎,该送货上门的,每天让我们排队等。这句话蛮有煽动力,队伍里的埋怨声响起。几秒之后,又恢复平静。客服人员假装听不见,面无表情,恨不得把眼睛变成四只找包裹。

老板侧过瘦削的身体,从快递堆里探出头卖笑安抚,大家理解一下,能送的都送了,有些地址实在不确定,都是街坊邻居,就劳烦顺路取上。找快递不敢懈怠,大家多多包涵。人们急匆匆来,急匆匆走。这间不足十平方米的小店,除了留出窄门通道,常年被源源不断从全国各地簇拥而来的包裹塞满,店里塞不下的,就摆放在路面上,中间留出一人宽的地方排队,似乎移动一下目光都会显得更加拥挤。小店里进进出出的大包小包,包裹着的是小街的日常和衣食住行。没完没了的包裹,就像没完没了的日子,接踵而来,堆积着,得不断地翻腾、寻找、归位、交接,似乎稍一停留,商贸街就会陷入混乱和僵持。

在互联网上,商贸街的快递店是全国密密麻麻的网点中的一个,每个快递无时无刻不在卫星定位中实时监测,精准运送至不同地点。然而,商贸街的快递店,蜷缩的店面,深陷楼群,它在比低处更低的地方,没有属于自己的位置名称,只能借助于附近更知名的建筑物给自己定位。

发给人们的取件码,写着这样的取件地址:鲲鹏大厦后面商贸街高家牛肉面对面。

湮没的历史

◎ 万宁

一

走进临武汾市镇渡头村委会时,公元二〇二四年立夏后下午的阳光,穿过云层,在湿润的空气里投下斑驳的光影,远处的风绕着漫山遍野的桐花,在光影里起起落落,而后,低旋着从武水对岸的山坡上吹了过来。

这是一幢房子的二楼。

满屋子白色塑料袋与收纳箱,编着号,堆放在架子与地上。窗前案台边,穿着"湖南考古"T恤的修复师,在一堆碎陶片中,试图修复一只一千八百多年前的陶罐。隔壁的几个架子上,陈列着已经修复好了的各式陶鼎、陶壶、陶四联罐、陶钫、陶盒、陶釜,还有青瓷熏炉、铜镜、铜盒、铜钱、铜矛以及漆器与环首铁刀。这些东西中,有极少数只要清理上面覆盖的尘土,古老的手艺与主人的气息就弥散在当下的时光里。譬如架子上那几座千年屋,当然不知道在他们那个时代是否叫千年屋,不过这些陶屋是货真价实的千年屋。它们从西汉、东汉或晋代的墓穴里发掘出来,早已跨越了千年。对了,从墓穴里出来的陪葬品,应该叫明器,也叫冥器。摆在这的明器还有谷仓,上面刻了一个让人一辈子也吃不完的数字。来自樟木冲三星赶月墓群里的一座陶制千年屋,两层,一楼有两个门,左门边蹲着一只狗,右门有只小鸡探出头,里边有猪,有粮仓,有舂米的石臼与棒槌,那么二楼主人的日子自然就殷实富足了。不过下辈子的事,谁都不清楚。考古人员说这些墓穴的主人都氧化了。棺木与尸骨腐化后如一缕轻烟,飘散在古远的空气里,倒是一些明器仍在原地,固守着主人当初的意愿,譬如:五谷丰登,六畜兴旺。

古墓群分布在汾市镇的渡头、南福、白石三个自然村低矮的山冈上,它们之所以存在，是因为两千年前就已存在的渡头古城。墓穴里躺着的人，肯定有古城里的官吏。他们由朝廷任命，在这里开疆拓土，镇守边关。在渡头墓区的公公坪发掘了一处西汉夫妻同穴合葬墓。随葬品表明墓主身份地位非同一般，墓葬形式为带斜坡墓道和过洞的竖穴土坑墓，这种带过洞的斜坡墓道墓常见于中原地区，加上随葬铜镜的习俗，可以认定这对夫妻为中原人。当然具体是哪里人谁也不清楚，但有一种可能是他们曾生活在渡头古城里。古城的城壕在西汉早期就建成了，西汉中后期遭废弃并回填。东汉末年至三国时期，又在城外修建城壕，两晋时期沿用，至南朝晚期，城壕被废弃与回填。城壕内出土了成叠的粗、细绳或弦纹的板瓦，还有云纹、涡纹以及人面纹的瓦当，从人面纹瓦当来看，此城曾是东吴的一个地方性衙署。

二

仍是这个下午，我从村委会走出来，沿河向东，跨过光绪年间修建的渡头五拱桥，站在武水南面的雷公岭半坡间。一整块坪地像是新开垦的，坪地的周围是茂密的杉树林，武水从西往东逶迤而去，几十里的南北两岸尽收眼底。放眼望去裸露在太阳下带红色的黄土呈网格状，我不知道是考古发掘成这样，还是古城邑本就是这个结构。古城址呈长方形台阶式，四面城墙皆用夯土筑成，东南西三个方向有护城河遗迹。东南角有一个用夯土筑成的瞭望台。城的四周修成陡壁，并挖有壕沟。北城墙正中有城门，沿阶而下一百来米，就是武水河渡口，这里可屯船上百条，沿水道可下广州。这里也是武水的一个分水岭，它的上游急滩礁石，无法航行。另外，古城东北边缘是先秦时期走出来的湘粤古道。如此，这城就不是普通意义上的城邑了，而是一处重要的军事县邑，控制着湘南粤北的水路与陆路。

我在城址中部偏东位置，看见一处大型长方形房址，房子坐东北朝西南。房址的基槽、门道、道路、水井、活动地面清晰可见，他们说，房址就是当年的办公建筑。城址内是办公区，城址外东北角才是居民生活区，而西北部的矿冶遗址为手工业生产区域。在房址的北边，有一口圆形井，十几米深。青砖从井口错缝相叠而砌，井壁竖直，井砖一侧平面饰有绳纹，侧面有菱格纹与中脉纹。我踩着井沿，从口径一米多的井洞里，弯腰往下探。目光穿过十几个世纪，才看到我头顶天空上的几朵白云在井水里飘荡。一滴壮实的水，落了下去，云朵碎了，古远的滴水声在井底寂寂回响，与此同时，一股千回百转的气流扑面而来，三国东吴时期临武的人与事从井口喷涌而出。

三

我们在简牍上看到了三国东吴时期桂阳郡临武县衙的文书档案，一些屯田、矿冶、赋税、账簿以及田租往来的记载，与岭南近在咫尺吴国边境的地方管理。简牍上很小的一个信息，我们可以无限遐想。在渡头古城址的展板上，展了两组简牍照片。有一枚简牍，是那时候的名刺，类似现代名片的文书简，上面书写着俊秀的文字：弟子黄某再拜问起居长沙郡醴陵字公直。字如其人。我们有理由想象这位名黄某字公直的人，年轻俊朗，风度翩翩，他来自长沙郡醴陵县，专门到临武衙署拜见某位人物。也许这位叫黄某的人是来任职的，他手执名刺，来衙署进行礼节性拜访。又或许他要南下，去广东，途经临武，而这里正好有他的一位老乡或者老师，他来拜会。还有一种可能，他是来投资的，临武矿产丰富，他经朋友介绍来此开矿。遐想在时空里奔腾，浩瀚与广袤像风一样，无边无际。

简牍上的文字也有不能想象的，那是铁板钉钉的事实，更改不了的。譬如这枚合同，在古代叫"莂"，在这里我看着很像现代的收据。"莂"是一式三份，同样的内容在木片上写三份，在年月日上面画了四横杠，以备单份剖开后，画上去的杠杠可以合得相同，这也是"合同"的原意。这枚合同只有两份，右边的一份被劈走，估计是给了支付人。合同上面写着嘉禾二年七月八日，一个叫徐佳的人，支付给仓吏谭蒙的钱税情况。仓是储存物资粮食的地方，仓吏负责登记、统计、核对，是那个时候的基层公务员。在这批出土的简牍中，有许多枚合同上都有"仓吏谭蒙"的个性签名，到后面他的签名变成"仓啬夫谭蒙"。仓啬夫是仓的长官，是仓的一把手。我们在这里偷窥到谭蒙职场的升迁史。

渡头城址的展板上，还有一枚特殊的简牍叫封检，它很宽很厚，相当于现在的信封。这枚封检上写着：西乡安善里，下面就挖了个槽，槽横向锯有三道封线，中间还挖了一个四方框。然后槽下写：个人名薄。下面又挖了一个跟上面一样的槽。下面写上年月日。考古人员说，信件或重要文件放在封检的后面，在两处槽的三道封线上绑上三道麻绳，然后用封泥封在中间那个四方框里，再在封泥上盖上印章。这种古老的邮书形式，传递着私人信件以及官府报送的各类文件，临武那个时候的古道是五里一亭、十里一铺、三十里一驿。"驿"为"邮"，是边境城邑，其意思引申为"从边境城邑传来消息"，后来"驿"专指为传递公文和军情所设置的机构，也可以说是最早的邮局。

无法想象这些只有寥寥数字的简牍，暗藏了那个时代不为人知的密码，一些生活细节与基层百态，像一幅画卷，在徐徐展开，而画面上完全不是我们从书上看到的，那个战火纷飞金戈铁马的三国。

四

泥土覆盖着城，慢慢地，庄稼种在了城邑上。人们抱怨：这地容易涝，不肥，泥土里老有断砖碎瓦。庄稼长不好肯定是地里的城邑在作怪。只是把一座城挖出来，这事情远比我们想象的要复杂。渡头古城遗址的发掘区地层分为八个部分：第一层为耕土层；第二、三、四层为两晋南北朝（六朝）时期文化层；第五、六、七、八层为汉代文化层。不同年代的陶器、瓷器、瓦器、铜器、铁器就这样重见天日。沉默的城邑开口说话了。这里是汉朝至南北朝时期临武古县治所在地，也成了湘粤古道上唯一保存古县邑的聚落遗址。

这座城邑的消失一直是个谜。各种猜测似乎都与战争有关。也许本就是一座因战争而起又因战争而废的城邑。考古人员在北城壕发掘了一些陶制球状遗物，球上布了十几个孔，孔内还残存木屑。这是一种陶制攻击武器，孔内插上削尖的木条或竹条，再把这个刺球投向敌人。说起来这座城邑更像一个城堡，高高地筑在山坡上，环绕着城墙与护城河，明明就是个军事哨所，观察与注视着中原与岭南的一切往来。

然而沉睡在山冈上的城邑并不寂寞。一条千年古道从旁边经过，这可是"国道"，建于先秦，完善于东汉，它北起长安，南抵广东徐闻县，可接海上商船。此道贯穿临武全境，以渡头古城为中心，向北跨武水河，经汾市镇，到镇南铺至春陵江上的舍人渡，古道沿着北藏岭的余脉缓坡而上，又缓坡而下，路途上十里一铺,五里一亭。古道向南,经南佛铺、梧桐境、猴子岭,抵骑田岭山脉的顺头岭,这里陡峭险峻,青石板顺着山势蜿蜒逶迤,两千多级石阶直通山顶的南天门老铺,此处设有驿铺,可休息补充给养,走过这二十里,就到达星子埠,与广东的连江相接。如此,珠江水系与长江水系的道路就互通了。再加上古城边的武水河,虽然之前是"崖峻险阻""悬湍回注""崩浪震山",后经历代开凿治理,航行的船只越来越多,而且这里是航行起点,武水流到这,河床才有六七十米河面,于是经汾市镇,出宜章,入广东,到韶关曲江与珠江的支流北江相连。这是老天赏饭吃的地理位置,想不热闹都不可能。

躺在泥土里的渡头古城,在明朝嘉靖年间,看见武水河上每天往来数百艘船,外地客商沿武水北岸置铺开店,一时成了南岭周边八州县最繁华的商业物资集散地。一条依武水而建的老街,房子在街的两头,紧挨着武水不断延伸。它们紧靠河一边,用大小不一的条石垒砌在石壁上,搭建起错落有致的吊脚楼,吊脚楼下又是各种码头,而每个码头都有一条用青石板铺设的石阶小巷连接主街道,街道两旁的商铺一家挨着一家。在粤盐通湖南时,那条从渡头遗址去星子埠的古道,每天熙熙攘攘,行走着数以万计的肩挑贩夫。这些人几乎是同一装扮:斗笠、皮坎肩、无袖的短汗衫、短裤衩、草鞋,一副沉重的盐担子。盐担是清一色油篓,一边篓盖上挂着芦苇编织的饭盒,一边挂着天凉要加的衣与一双新草鞋。人们叫他们"担盐古",百把斤的担子,翻山越岭几十里,运气不好时还会遭遇各种抢劫。他们队伍庞大,带动了沿途的乡村、市集的人气,而人气就是财气。

只是所有的繁盛,逃脱不了败落。有位叫曾昭璇的地理学教授,他写过一篇万多字的汾市历史地理考察论文。他说在这破碎的山地里,平原陷在狭小的河谷里面,这些村落仅足以自给,可是竟有这么多人集中在此,还建造了长达数里的看上去宏伟的建筑。他的视角与采访对象在一九四五年。那时他是中山大学的一名硕士生,而此时中山大学正与汾市有交集。因日寇攻克乐昌,中山大学法学院、理学院从坪石镇迁到临武,理学院的设备从水路运到汾市后,再难以搬运,就租用了两间过去储盐的仓库存放。曾教授是不是随行人员,不得而知,但在他的文章里看他对汾市的了解,没有一年半载是难以做到的。他全景式再现了汾市的街道与铺面,对密集的店铺逐店勘察,甚至丈量。他发现盐店最多房屋最大，建筑形式有点西欧式，然后米店、杂货店、洋货店、伙店、小商店，酒店以及墟场、学校与大桥都详细分叙。从前的繁华在文字里冒着缕缕热气，而人去楼空却已成事实。他说上述的店铺没开了，有几家被用来造辗谷米场，有的住家了，有的荒废到不可收拾，墙壁污秽，瓦面漏水，梁柱腐朽，后店倒塌，仅有一些壁画与浮雕让人恍若隔世。他感触最深的是商店变回农舍，街上走着鸡和鸭。最后，他被大量的废墟遗迹惊到了。沿武水河走，西边与北面有一座座土基，四方形状，高出平地，看着是栋房子，屋里却种着番薯。一些耕种地，瓦片碎砖多得种不出庄稼。教授说这些沙砾土地，土地里的墙基，是多个时代的遗址，不只是因为盐制，因为粤汉铁路通车与公共汽车的发展。他从地理与建筑学中推算，汾市最繁华时，人口有三万人左右，船夫与露宿的工人还未算在里边。他从各种角度各种机缘分析这里的风起云涌与潮起潮落，就是没有提到湮埋在地里的古城邑。

五

　　从渡头古城址走下来，太阳从西边的山丘穿过杉树林，把万丈霞光照进了武水，我站在五拱桥古老的石板上，长长的影子拉到了桥下。抬头似乎看见扑面飞来的桐花，从山谷溪涧，披着霞光降落到水面，那水面正停泊着数十艘船，人们忙着装货卸货。踮起脚再往西看，沿河棕灰色的房屋炊烟袅袅，那褐色的门板边，锃亮的石板路上，往来着担货的、挑水的、洗菜的，甚至河边棒槌敲打衣服的"啪、啪"声，在临街水面与山冈之间回响。我凝神静听，四周一片沉寂，武水河仍是武水河的样子，水里荡着青山树木，荡着白云蓝天，这里早在二十世纪六十年代就不通航了，曾经的各种优势被现代文明冲刷得干干净净。

　　站在武水河上，我奇怪地觉得渡头古城址有话要说。也许在它正式开口说话时，这块土地又开始热气腾腾。人们争相而来，在这听兴衰的往事，看千年前百姓的日常，甚至用手指去触抚，从而走进这座城邑，随它一起经历沧海桑田，看花开花落。

　　如此一想，走到桥头的我忍不住再次张望，这回那片红色土壤忽然有了一种神秘莫测的表情，莫非这座城邑还暗藏了更惊人的秘密，只是我们还未发现。

把酒

◎ 朱法元

在奉乡喝酒,一不小心就是豪饮。

上了年纪,我喝酒就有所顾忌了,逐渐在控制酒量,一般不会喝醉,顶多也就喝个七八分收手。可是那天硬是没有控制住,有点喝高了。原因有二:一是那酒好喝,是修水有名的"上奉米酒",又甜又浓,入口好极了;二是需要压惊,当天在拜谒大板尖下山的路上,我们乘坐的那辆火石村朋友的爱车,被一辆载客的"昌河"车拱了一下屁股,差点葬身山崖。回来后几个人都心有余悸,口干舌燥,端起酒杯便是庆幸劫后余生,一饮而尽。

我曾经与外地朋友多次说过,到江西喝米酒千万要小心。江西多好酒,尤以米酒为甚。全省百多个县市区,几乎都有自产米酒品牌,你看,井冈山的叫"红军可乐",九江的叫"蜜沉沉",赣南的叫"酒娘",南昌的叫"封缸"。上奉米酒自然名列其中,而且尤为香浓,尤其容易迷惑人。江西米酒又称老酒,初喝像糖水,几无酒味,少喝无妨,民间还将其作为一种营养饮料,比如产后发奶,比如做中药引子,等等。可要是喝多了,那酒劲就非白酒黄酒啤酒能比的了,它会让你三天三夜醒不过来,七天之内走路打晃。很多饮酒高手都是轻"敌"纵情,酒后进医院打吊针抢救,才知道它的厉害。

当然那天我的纵酒,主要原因还不是这些,而是想表达一种心意,什么心意呢?是敬意,也是歉意,抑或是可惜之意、期待之意,总之是兼而有之吧。我跟同伴说,我们来到奉乡,来到何市镇,不能不肃然起敬,不能不拜谒先贤。人是要有敬畏之心的,《易经》讲"天地之大德曰生",孔子说"君子有三畏:畏天命,畏大人,畏圣人之言。小人不知天命而不畏也",《尚书·舜典》记"月正元日,舜格于文祖",《论语·学而》载"慎终追远,民德归厚矣"。说实在的,我真的是孤陋寡闻,正如汪玉奇先生自谦的,一句"一寸光阴一寸金"这么广为流传的话,直到年过古稀才发现是他的乡贤王贞白的诗句。我有一次写了一首纪念苏东坡贬居儋州的小诗,有诗友谈及"牛栏西",我竟一时茫然,回到家中赶忙翻书,方知那三首《被酒独行,遍至子云、威、徽、先觉四黎之舍三首》早忘到九霄云外去了,真真愧煞人也。那次去何市,原本也是应友人之邀,去爬一座山峰——说得不好听,是健身去的。谁知一进奉乡,就如同掉进了一座宝窟,顿时被那里厚重的历史文化所震惊,也为自己以前对这个家门口的地方缺少关注而自惭形秽。我们对历史,对先贤,对文化,对宗教,都太缺乏敬畏之心了!

奉乡地处修水县何市镇,又称奉仙乡。我惊奇于那个"仙"字,因为我知道修水以前叫分宁,也曾设州,叫宁州,清朝后期还因为打击太平天国残军有功,被朝廷封为"义宁州"。全域划分为"高、崇、奉、武、仁、西、安、泰"八乡,都是单字,加一"仙"字必有含义。到得吴仙里,才知此地确是仙乡,说是神仙圣地毫不为过。

奉仙之仙,首推吴猛。吴猛真的非等闲之辈,二十四孝中的"恣蚊饱血",说的就是吴猛的故事。我以为中国传统文化中,确有精华、糟粕之分,所谓传承,一定要取其精华去其糟粕。二十四孝中有两孝出自修水,黄庭坚的"涤亲溺器"值得大力宣扬,发扬光大;而吴猛的"恣蚊饱血"就有点不可思议。脱光衣服让蚊子叮咬,能不能办到是个问题;他让蚊子咬了是不是就没有蚊子咬他父亲了也未可知。当然作为一个八岁的小孩,能有这样的孝心也难能可贵。相比之下,有些就真的难以置信了,如"卧冰求鲤""哭竹生笋",明摆着就是封建迷信;而"孝感动天""埋儿奉母"则更是愚昧至极的行为。封建社会鼓吹愚孝,目的是要人们愚忠,搞上智下愚一套,好让皇帝老儿踏踏实实安坐龙廷。现在还要宣扬就太不合时宜了。

吴猛的伟大,当然远不在这一件事情上,他是把他的孝心变成了孝道,史书上讲他四十岁时"得至人丁义神方。继师南海太守鲍靓,复得秘法。吴黄龙(230)中,得白云符,遂以道术大行于吴晋之间"。那么四十岁之前他干了些什么?据《搜神后记》《老氏圣纪》载,他是晋西安(即今修水、武宁一带)县令干庆的幕僚,职位为"舍人"。我想吴猛所处时期为三国至西晋时期,那时还没有科举,选拔官员实行的是九品中正制,盛行"举孝廉"。他那"恣蚊饱血"的大孝行为,应是感动了地方的九品中正官,便被举荐入仕,当上了地方官。偏偏吴猛志不在当官,而是崇尚老庄,专心研究道家学说,他把儒、道两家思想糅合,主张"欲修仙道,先修人道","非忠非孝,人且不可为,况于仙乎?"因此他在斩蛟治水、炼丹除疫、治病救人的活动中,大力宣扬伦理道德,教化民众忠君尽孝。晚年又收南昌许逊为徒,把他的所有秘术尽传于许逊,后又转拜许逊为师。二人在互相切磋、共同研习的过程中,逐步形成了明忠净孝的思想。

孝文化的起源,可以追溯到三千多年前,早在商周时期,祖先崇拜就已压倒夏以来的鬼神崇拜,成为社会主流,邹鲁之风其实就是忠孝之风,孔子所竭力奔走呼号的"克己复礼",也就是要复忠孝之礼。不能不说,孝文化的力量是异常强大的,以孝为核心的家风家训,巩固了家族;家族的代代传承,结成了宗族;宗族通过联姻接亲的关系,推而广之,便形成了民族。家族、宗族、民族,有了孝文化这根纽带相连,就能日趋强盛,牢不可破,就能自立于世界民族之林。我行走在吴仙里,也就是今天的何市镇火石村,所到之处,无不感受到孝文化的浓厚氛围。

中国孝文化中,以"事母至孝"一类的故事居多,这是母性的特点所决定的。一般情况下,养育子女都是"严父慈母"型,相对父亲而言,母亲更加温柔和顺,其教育方式更易为子女接受。封建社会女性在家庭中的地位偏低,所受苦难最多,生活最为艰辛,遇到大的挫折更加无助,因而更为子女怜爱。你看,古代神话有《宝莲灯》沉香劈山救母,佛教有目连救母,包公戏里的《打龙袍》,讲的便是宋仁宗接母孝母的故事,其实包拯自己就是一个孝子,他中进士后被朝廷安排在建昌(今江西永修)任县令,就是因为他母亲年迈体弱,他要尽心侍奉不离左右,便毫不犹豫地辞去了颇有诱惑力的官职。直到父母双亡,又完成丁忧三年的使命,前后历时十年,才再次出去做官,"故以孝闻于乡里"。类似典故不胜枚举,即便当代社会,带着病弱母亲出去求学务工的儿女,也时有出现,其中突出的还被评为了感动中国的年度人物,受到央视等媒体的宣传表彰。

离神山十余公里的地方,便是大板尖。大板尖为逍遥山主峰,高998米,雄奇险峻,神似玉板,故而得名。人们常说有一种天人感应,我深以为然,因为很多巧合都无法解释。要不为何就叫逍遥山?是先有山名还是先有道观?反正既为"逍遥",自有神仙居住。果然这山很不寻常,它发自幕阜、九岭山脉,东西走向,迂回百里。除大板尖外,沿途还有东浒寨、仙姑岭、陶姚尖、龙崖石窟等山峰,形态各异,别具特色,都是道家修行炼丹场所。更有极为珍贵的山背文化遗址,令人向往。山背遗址为东南地区罕见的有代表性的新石器时代晚期文化遗存,与江汉平原的屈家岭、浙江良渚、岭南石峡一起被归为中国东南三种新石器晚期文化,在考古学上具有重大意义。可惜自从二十世纪六十年代被考古发掘,八十年代被命名为省级文物保护单位后,至今没有继续挖掘,也没有作为文化旅游景点被开发,不知何时才能重见天日。

　　登大板尖并非易事,可说是险象环生,艰辛备至。由于缺乏修缮,那条盘山公路至今还是沙土路,天晴尘土蔽日,下雨泥泞难行,且又是路陡弯急,不熟悉路况的车辆上下山很不安全,一不小心就会掉下万丈深渊。为防远道来的车辆出事,当地加强了管理,组织了一批小面包车专营香客运输,但还是有胆大的外地司机自行上下,交通事故在所难免。乘车上山之后,还有一段数百米的人行道,甚为陡峭,均是石板台阶,需拾级而上。我注意观察了一下,真是人来人往,不绝于途。与我走在一起的是一个老汉,手提一只竹篮,装着一篮香纸爆竹,还有一包功德钱。我问他从哪里来,来求什么。他说他是湖北通山人,专为求子而来。我问他高寿,他说六十有五。我不禁愕然,心想这么远道而来,又是年逾花甲之人,还求什么子?他也尴尬地笑了,说他是求孙子。他仅有的一个儿子结婚多年,至今没有生育,他和老伴心急火燎,他知道"不孝有三,无后为大",自己年纪大了,要是见不到孙子,死后怎么面见祖宗?他早就听说来大板尖求子最灵验,便上山来向赵、白二仙求个孙子。看到这个身材矮小、一脸忠厚的老者,我心里不觉受到了触动,真心为他祈祷,希望他这次能够求到一个孙子,以满足一个老人对祖上的一份孝心。

　　站在山头望去,古奉乡尽收眼底。崇山峻岭簇拥之下,八卦地形清晰可见,乾坤艮巽各处其位,丹霞仙观居中镇守。山梁左右都是肥土良田,正是孟秋时节,水稻已是颗粒饱满,在绿野之间铺开片片金黄,间或有白墙黛瓦点缀其间,酷似一幅凡·高笔下的油画,美不胜收。原来的道教圣地,受千年孝文化滋养,果然非同凡响。就在这幅画里,曾孕育出许多杰出人才,他们源源不断地走出大山,走向天地间的博弈场。北宋徐禧,松林村人,少时饱读诗书,喜好旅游,却厌倦考试,不事科举,熙宁时王安石变法,推行新法,他来了兴致,以《治策》二十四篇陈朝廷,立即得到王安石、吕惠卿的重视,竟然打破常规,以布衣之身入仕,任经义局检讨,此后一路擢升,官至御史中丞左迁给事中。后为鄜延路经略安抚使沈括(就是那个写《梦溪笔谈》的历史名人)邀请,到西北边境建永乐城,并率军守城。在与西夏军队的鏖战中,因寡不敌众而全军覆没,他自己以身殉职。徐禧儿子徐俯,历任谏议大夫、翰林院学士、端明殿学士等职。为人刚直忠勇,颇有才华,受舅父黄庭坚的影响,诗词出众,风格平易自然,名列江西诗派诗人。火石村的祝彬,自幼孜孜不懈、超悟拔群。宋皇祐六年中进士,擢抚州路崇仁县丞,曾主持湖广、江西两届乡试,元至顺时,升任翰林院文学徵仕郎,同知制诰兼国史编修官。徐禧、祝彬均列入修水"八贤祠",修水是个大县,八贤之中,一个乡就占了两个,足见风水之盛,底蕴之厚,实属罕见。

不知从何时起,文人在一起聚会饮酒的时候,形成了一个习惯:酒过三巡,菜过五味,便开始了吟诗唱和,或长诵或短吟,或新诗或旧词,抑或歌曲戏剧,不拘一格。一人吟罢,众皆举杯畅饮,我对此甚为赞赏。中国的所谓"酒文化",一般都是俗气的,豪饮之后,便借酒交际,或以酒充能。要么是喝喝叫叫,匪气十足,要么猜拳行令,你输我赢,都是些市井浅薄之气,毫无文化含量。而吟诗唱和就不一样,有此雅兴,就得有个良好的心境,真正能够不为名利所累,不搞阿谀奉承一套,只管"人生得意须尽欢,莫使金樽空对月"。你看太白饮酒,就会"与君歌一曲,请君为我倾耳听",何等惬意!当然还得肚子里有货,倒得出诗词歌赋来。总之,多了此等高雅之事,就提高了酒席的档次,甚而提高了城市的文化水准,何乐而不为?每每出席这种活动,我都兴致盎然,恍惚穿越到了唐宋,与李杜苏黄们同乐,岂不快哉!那天告别奉仙时,我们几个雅兴又起,都说在这样的文化重地,不能不一吐胸襟为快。我突然想起了一首诗,其中一句是:烹茶可供西天佛,把酒能邀北海仙。"奉仙,奉仙",我在口中念叨着,等到那坛上奉米酒上来时,我提议,这第一碗酒,就先敬这里的各位先贤,以表达后学们对他们的敬意、歉意,还有对这方宝地的可惜之意、期待之意……

敬酒之后,便是饮酒吟唱,奇怪得很,几人所选的诗赋,竟然都是善、孝一类的内容。

城市状态

◎ 田鑫

斑驳

斑驳之街，本名长城路。它是这座城市为数不多的单行道，因此没有任何一辆车可以在这条路上走上一个来回。

如果你从西到东走一趟的话，就会发现，它的名字里包含的意象。

街道两边的行道树，垛口墙一样，把这条贯穿整座城市的主干道紧紧抱住，没有阳光从树叶之间的缝隙漏下来的时候，你会有压抑之感。其实，这条街的主要特点，就来自路两边的这些行道树，它们在春夏秋三个季节里，用叶子、枝干和阳光组成无数个光斑，使得整条街斑驳起来。

走路的人是感受不到这一切的。路两边的人行道和非机动车道，只有铁青着脸的沥青路面，斑驳是主干道的特征，只有在清晨才能感受并参与其中。

不管从哪条街拐到长城路，都会有穿越的感觉，瞬间进入了另一种状态。车轮向前，迎上来的光提醒你，这里是斑驳之街。迎面撞上去的光，没一束是完整的，它们碎得像刚抵达岸边的海浪，假如消除掉发动机的轰鸣声，就一定能听见它拍打车窗的声音。

没猜错的话，我应该是第一个发现斑驳占领街道的人。它们先用不完整的光，引起你的注意，久而久之，你对它有了喜爱之情，从此以后，你总想把车拐到长城路，以感受斑驳之美。可是，斑驳从来不是为了显示美而存在的，它们用细小的光，一点一点占领了街道，从而使原本千篇一律的街道，变成斑驳之街，因此有了特点。

作为主干道，除了人流和车流，街面之下还有大量的管道和线，人和车总会有摩擦，而地下的管道也经常需要更新，再加上时不时出现的爆管、泄漏，这条街经常会被半幅封闭,只要蓝色的铁皮围起来,街道一定会因为失去一半功能而变得拥挤不堪。原本还沉浸在昨夜的好梦中的人、谋划着今天能有好心情的人、对上班充满期待的人,都被长长的车队所钳制,他们的心情因此变得糟糕起来,每个人的内心都被一股说不清楚的烦躁包围。

这个时候,斑驳之街也就变成了烦躁之街。每一个被堵在路上的人,总会用鸣笛表达不满,有一辆车鸣笛,紧接着就有第二辆第三辆,然后多米诺骨牌一样,此起彼伏,斑驳之街变成了噪声之街。这才是长城路的本来面目,但是斑驳的迷惑性,让你忘了这一切。

长城路的斑驳,有时候来源于大街上行走的人,有时候来源于建筑、植物、车辆,以及所有出现在街道上的事物。当然,也包括它们的影子。建筑的影子、植被的影子、车辆的影子,移动的,静止的,随着太阳的位移,不断转换、重叠、分离。如果给城市来一场延时摄影,它一定是处于斑驳之中的。

影子之中,人的影子最能让城市变得生动。骑自行车的人,影子像一道闪电一样,划过街道留下一股风。开心的人,一边走一边唱着歌,影子也显得跳跃而有节奏感;伤心的人,影子失魂落魄,软塌塌的,你都怕它被一股风吹走……连那只被人牵着的棕色小狗,经过斑驳之街的时候,都变得威风起来,花斑落在它身上,让它恍惚觉得自己不是狗,而是一只猎豹。

街道上,人群没留下脚印,却把丰富的内心世界通过影子留在斑驳之中。如果你想知道他们一天的心情,只需要翻阅这斑驳的街道,并且动作要快点,到了黄昏时分,一切就无迹可寻。

夜晚的城市要比白天斑驳得妖娆一些。黄昏之后,斑驳就变成两种:一种来自灯光,它们静止不动,只要长时间观察,就能发现端倪;另一种来自月光和不断前进的车辆,它们或缓慢或快速地形成斑驳,你一不留意就会错过。

第一种斑驳有根,只要不关灯,能持续到天亮。因此,通过观察夜晚的斑驳去了解城市,一定是不错的选择。你可以持久地观察影子的样子,也可以拦住一片影子和它聊聊,这样会方便你了解整座城市。而第二种斑驳,让这座城市充满了神秘,它们不断地变换着,有一些还私下勾结,让斑驳更复杂一些。它们诡计多端,人根本不是对手,不信你可以守在路边感受一下,你从来都抓不住它们。

多变

步行街最终一定会因为多变而被人们从记忆里剔除,多年以后,当人们提起步行街的时候,才发现,不管动用多少脑细胞,都无法准确地描述出同一条步行街来。

在外卖小哥眼里,步行街是两头围着栅栏、进入需要费点工夫的地方。充满电的电动车,在光滑的地面上跑动,两边的黄金首饰店和熟食店,让他们有一种恍惚之感:不知道那些香味是从哪里散发出来的,也说不清烤面包的色泽是不是像镀过一层铂金。他只知道在香味和金黄中来回穿插,可是根本没有时间停下来仔细辨别。

环卫工人则是这么描述步行街的:它是一面长方形的镜子,较宽的两侧是格式不同的匾额和门头,窄的两头有铁栏杆围挡。多希望步行街只能容人进入,地面就会干净很多。下雨的时候,这面镜子最干净,它能照出藏在云层背后的太阳呢。

悠闲地走过街面的时髦女人,完全把步行街当成一条长长的铺着红毯的星光大道。为了从这一头走到那一头,她穿上白色的高跟鞋和白色的礼服,穿在身上有一种特别曲线的衣服,吸引了大批目光。女人轻盈地走过一段路,那段路上就有无数的闪光灯,似乎整条街不是被太阳照亮的,而是男人的目光。

不必再一一举例了,不要说步行街作为一条街道所表现出来的多变,其实,整座城市都处在不断的变化中。城市虚幻、易变、多维,交织着生与死,又逃不出生死的轮回。不管是街道,还是小区,城市的内部总是一边在出生一边在消亡,一边在扩张一边在收缩。艺术家的画笔和摄影机,作家的记忆和笔记,市民的过往和经历,都赶不上城市设计师的速度。城市在他们手里,跟孩子手里的积木一样,随时变化,反复修改,他们总想让城市呈现出一种让所有人接受的面貌,结果却让城市永远地处于多变的状态中,反反复复,生生不息。

闲适

在家庭之中,个体拥有封闭空间,既可以是隐私地,也可以是避难所,人们可以随意地躺着,可以免受噪声的烦扰,可以逃避别人的目光,可以不和他人打交道。住处保证了个体的功能,保护着个体最隐秘的行为,其实,公共空间也具有这样的功能,前提是,作为主体的个人,得做得出来这一系列动作。

我们经常在中山公园或者街边微型公园的长椅上看到躺平的人,他们做到了随意,也避开了噪声和别人的目光,他们不会去主动和别人打招呼,把公共区域当成自己家,甚至比在家里还睡得香。因为这里睡觉不操心物业费、水电费,也不用为清洗床单被褥而烦恼,这里只有"睡"这个动作,他们一气呵成,从来不受任何影响。

我一直觉得,他们之所以可以闲适地躺在公共区域,和人们的宽容度有关。

在乡下,有人躺在地上,就会有人去打探情况,熟悉的人很快会把他送到家里,即便是陌生的人躺在那里,也会有人将他们转移到适合睡觉的地方,乡下人的同情心,不容许一个人睡在野地里。而在城市里,同情心换来的是拨打报警电话,等警察赶来,发现是流浪汉,或者醉鬼,会把他们送到救助站或者家里。但大多数情况下,正常的睡眠不会被打扰。人们看着身边酣睡的背影,要么一脸嫌弃,因为在城市管理条例里,这一条确实是不被许可的;要么一脸羡慕,毕竟好睡眠不是谁都能有的。行走的人们,多希望那个睡在地上的人是自己啊,如此一来,即便不是完全的解脱,也能睡个好觉。

我不羡慕这些,我喜欢的场景有二:坐在湖边手持一竿和鱼较量,手捧一本书坐在公共交通工具上穿越城市。第一种是定力,第二种是适应力。城市在不断挑战着人的底线,很多人已经忘记自己的出发点,但坐在湖边和手捧书籍的人,已经洞穿了城市的计谋,以闲适应对一切。

亲切

街道作为城市最主要的构成部分,既有生命又没有生命。它为人们的出行和城市的扩张提供便利,它经常改头换面,永葆着青春,似乎有着蓬勃的生命力。但是,它在你着急的时候不会缩短距离,在你痛苦的时候不会给予安慰,在你饥饿的时候不会指引你面包的方位,它又是明确的无生命体。可是,这一切在我们自己的意识里,都会变成另一种情感——亲切。

当我们对一条街熟悉之后,就觉得它跟家里的过道一样,你闭着眼睛都能从这头走到那头,你在不同的时间段能闻到不一样的味道,你觉得走在其中就像是在家里畅游。在街道上,你完成了某种身份的构建,确认了和这座城市的关系,那就是:你不是主人,但是你和这座城市已经亲密无间了。至少在某些已经熟悉的路段和区域,你的体验感很强,你觉得亲切无处不在。

实际上,街道的设计者在一开始的时候,就没考虑过亲切感这个功能,他们觉得街道的实用性要比任何功能都重要,其次才是别的功能。

街道不仅仅是为了把人们从一个地方送往另一个地方,它们是住区的重要组成部分,极大地影响着当地人的整体生活品质。经受住时间考验的新华街,就是这样的例子,它将作为城市主街道的交通需求,和一开始就形成的商业功能,以及随着城市发展出现的各项社交需求整合在一起。不光合理地利用城市的建筑和空间,也综合考虑居民的需求,比如在市人民医院和承天寺塔附近设立停车场,以方便就医和参观,人们不会因为没有地方停车而耽误看病,也不会因为没有地方停车而放弃一次参观。不仅如此,街两边众多的餐饮场所、文化交流场所和药店、丧葬品商店,还拓展了街道的功能,来到这里的人,总能满意地离开,因此亲切感油然而生。

建筑带给人的亲切感要比街道真实。不管是栖身的小区还是宾馆,不管是上班的场所还是休闲的咖啡厅、餐馆,当你进入它们的时候,往往有一种"回来"的感觉,当然,离开的时候,离开的感觉也很惬意。你身处其中,扮演着不同的角色,获得着不同的快感,时间长了,亲切感就越来越深刻。你会觉得,建筑有一种可以抚平焦虑、让人安定、使人走出痛苦的功能。当你疲惫时,家里的床和宾馆的床都可以让你做梦;当你饥饿时,家里的厨房和餐馆里的厨房都能让你饱腹;当你生病时,家里的环境和医院里的环境都会让你安宁。这是建筑带给我们的错觉,也是城市给我们的安慰,最后受益的人是住在建筑里的人。

其实,不管是在街道上,还是在建筑里,在城市获得的亲切感,都是来自个人的内心体验,它不同于乡村本身带有的安抚力,城市之所以让我们感到亲切,是因为创造它建设它维护它的人,想通过各种功能让城市的水泥钢筋变得柔软,以至于跟乡村里的土房子一样给人安全感、舒适感和亲切感。总体来说,城市的亲切感不是城市带给我们的,而是我们在和城市打交道的过程中安慰自己的 种假象,与其说是城市给了我们亲切感,不如说我们在和城市相处的过程中,学会了和自己相处。

眩晕

每个城市都有一群患上眩晕症的人,他们大多集中在医院附近,医院在他们眼里,既是诱发眩晕的因素,也是救命的稻草。

作为通往市医院的四条路之一,南薰街有着和其他三条街明显的区别。

围着市医院的四条街中,民族街西侧是市医院,而东侧是住宿区,在行道树遮盖之下,看不出特点。胜利街上,药店和花圈寿衣店犬牙交错,似乎预示着人的一生,安稳之外,药店和花圈寿衣店是必去的,谁还没个疾病了,治好的,继续逍遥,治不好的,花圈寿衣,一生就画上了句号。而进宁街上,则是文房四宝加文玩,似乎要告诉人们,活着的时候,有点别的追求是好的,毕竟人生苦短。只有南薰街,宽阔的六车道上,总有眩晕的人经过。因此,我将这条街命名为眩晕之街,它的主要状态是眩晕。

和发作时常常会感到天旋地转,甚至恶心、呕吐、冒冷汗等自律神经失调的症状不同的是,发生在这条街上的眩晕,更多的跟心理作用下的病症相似。有人会因为上午没有来得及吃早点被突如其来的低血糖搞得浑身发抖视线模糊,每一步都像踩着云朵,软绵绵的,担心自己从坚硬的柏油马路掉进无尽深渊,那是一个让人目眩的过程:旋转、倾倒感、坠落。有人会因为下午在单行道上开车被阳光刺激而眩晕,那时候双眼会有短暂失明,根本看不清前方,很多时候,就是看到前面的路都会感觉人生没有希望,更何况一瞬间看不见了,恍惚感和眩晕感交织,让人有一种进入旋涡而无法自拔的痛苦。好在悬在空中的红绿灯和停在前面的车,会终止这一切,让人回到现实。

走在这条路上的每个人,都有眩晕的嫌疑。要么是被急救车呼啸着送来的,要么就是自己颤颤巍巍走过来的,反正他们跟在别的街上出现时完全不一样,他们似乎被某种力量所左右,脚下无力,面无表情。

在这里上班的医生,清楚地将眩晕解释为因机体对空间定位障碍而产生的一种动性或位置性错觉，但是他们却说不清这条街为什么会让人眩晕，甚至他们有时候也会有同样的症状。

我一直在寻找这条街让人眩晕的原因，可是根本没有证据。我只能从自己身上找原因。我努力回想了所有跟这条街有关的记忆，找到一条线索：很可能是有一次我走在这条街上突然眩晕，从此以后，看到这条路就会习惯性地眩晕。如果真是这样的话，我宁愿相信，那次眩晕何其漫长，我至今还没有从中走出来。

其实，从进入城市的那一天开始，我就走不出这座城市的任何一条街道了。很多时候，多种状态会以混合的方式出现在同一条街，也就是说，这些街道经常互换自己的状态。斑驳之街有时候也会让人眩晕，洒水车进行洒水作业，水珠从喷头里高速迸发出来的时候，无数光和无数水珠组成炫目又难以描述的场景，这些水和光落在路面上，又形成新的炫目又难以描述的场景。你就会恍惚，这是到了眩晕之街吗？城市不会给你任何答案，它在你恍惚之际，正琢磨着接下来要变成什么样的状态。

零工

◎ 王选

我上班,坐 24 路公交车,要经过张家沟。张家沟是片城中村,趴在山坡上,呈阶梯状,挤满两层的民房,全住着打工者。有一年,所有民房刷了白漆,远看,层层叠叠。张家沟山根下,是个丁字路口,路口西北侧,有片较为开阔的人行道。一年三百六十五天,除去年三十前后的十来天和有雨雪的日子,人行道总是挤满了人。

这便是这座城市最主要的零工市场之一。

说是市场,其实是半截马路而已。具体哪一年有的,说不清了,或许从二十世纪九十年代开始,乡里人能短暂离开土地进城打工以后,这里便渐渐有了人。那时尚且不叫打工,叫搞副业,主业还是务农。三月,洋芋、玉米、葵花、胡麻、荏、荞这些庄稼种完后,家里留下媳妇、老人料理农活家务,男人卷起铺盖,绳子一捆,搭个班车,进城搞副业;到盛夏,割麦子时节,再搭车回来;秋收结束,九月、十月,相对清闲了,又出去搞副业。远点的,去北京、西宁、兰州、西安、乌鲁木齐,近点的,就去城里,往返方便,家里也有个照应。去外地,多是建筑队,也有煤矿、铅锌矿等矿场,有老乡带着,或者包工头领着。一去干多半年,能积攒点。在城里的,有一部分,也去建筑队,多则半年,少则数月,算小长工。另一部分,就是打零工的,活儿期短,一两天,最多六七天,干完了,再找,人们叫搭场,有活儿干,叫搭出去了。

起初找活儿的人没有固定场所,而找民工的老板(打零工的人把所有找人干活儿的一律叫老板,也不管是否真是老板,而被叫的人,心里也美滋滋的,有种高高在上的感觉)又无处可寻,加之那时联系不便,于是口头商议,就约在张家沟山根下。一开始,几个人,接着三五十人,后来越聚越多。小老板不用再东寻西找,直接来这里叫人干活儿。这里位于城中心,交通便捷,属于一处交通枢纽,有很多公交车都能到,加之附近有不少城中村,村里有民房出租,月租金二三百元,打工的人就近租一间,来回步行,不费时间。

天长日久,这里便自发形成了一处零工市场。每天一早,五点半,天尚未亮,打零工的人起床,囫囵一洗,拿一片馍,塞进衣兜,提上工具包,匆匆出门了。到地方,已聚了不少人,大家围一堆,借火点烟,有一搭没一搭说着工钱、活计,抑或天气、农事和疾病、家务。抽完烟,掏出馍馍干啃起来,没有水,不小心就噎住了,得咳好一阵才气顺。就这样,啃着馍,等老板们来叫人。慢慢地,人越聚越多,有二三百了,大家都一样,一样的破旧,一样的单薄,一样的黯淡,一样的啃干馍、咳嗽。

过了七点,就有老板来叫人了,因为叫好人,拉进工地,开干,刚好八点,时间合适。老板多是开车来,车在路边尚未停稳,人们就簇拥过去,把车围个水泄不通,大家你推我搡,往前挤,挤不到前面,老板看不见,自然叫不上。早点搭出去,早点心安,一天的工钱也就基本到手了。老板摇下窗户,慢悠悠,点一根黑兰州,吸一口,吐出烟圈,故意显摆。人们有点心急,嚷道,老板,干啥活儿?老板伸一把手,五个,挖井桩。大家又轰隆一下,往前挤去,争先恐后,齐声道,我能干,我能干。挤不到跟前的,只得在外围踮起脚尖,朝里张望,但只能看到密密实实的花白脑袋,无奈之下,只能干着急。挖井桩,工钱高,一个井桩二三百元,这是行价,但极为辛苦,全靠力气。但打零工的人最不惜的就是力气,只要工钱高,都能吃下这个苦。大家都想去干,老板叫嚷着:后退一点,我下来。打开车门,把上半身放在外面,扫了一圈。都是一张张五六十岁、饱经沧桑、沟壑纵横、黝黑粗糙的乡下农民的脸,头发灰白,嘴唇干焦,胡子凌乱,前半生在泥土中摔打,后半生在城市里拼命。

老板挑选了五个稍微壮实、年轻的,一一指着,说,你们几个,跟我走。被点中的人,抱着工具包,挤上车,带着几分庆幸,几分踏实。没有被叫上的,嚷嚷着,散开了,三五成堆,闲聊着。

若再有人来叫,还是如此,争抢着,围上去,问工种和价钱,然后期待着被挑中。到了九点、十点,找人干活儿的,基本就没有了。一早上,搭出去了有一百来人。剩余的,要么坐在地上,掏出扑克,打牌玩,要么坐在台阶上,抽烟、发呆、刷手机,要么聚在一起,听能谝的人讲段子,说古今,吹牛皮。但毕竟没有搭出去,人们心里空落落的,因为一天的收入没有着落。

我下班,还是坐 24 路公交车,正好赶上学生放学,车里塞满了人,大家前胸贴后背,挤得喘不上气,似乎再挤,就跟气球一般爆了。

车过张家沟,我贴着车窗朝外看,马路上还坐着一些人。有些人没搭出去,回屋子去了,想着下午再来。有些,中午不打算回去,在附近买一碗牛肉面,八元,填饱肚子,然后回来,在路边屋檐下的台阶上躺平,睡一阵。万一,万一有人来叫呢?大家抱着期待的心理,坐在道沿上、花坛边,或索性靠墙斜躺下来。许是出了一丝太阳,有些闷热,加之没有搭出去,心里拧着疙瘩,一个个蔫耷耷的,像连根拔起的苦苣菜,丢在路边,被暴晒了许久,再晒就成干叶子了。

人们把希望寄托在下午,要是下午能搭出去,也可挣五六十元,两三天的饭钱就出来了。

我有时想,这个露天市场,或许就是某种隐喻。一大群人,每天为了生计早早赶来,等着被挑拣之后,再去出卖力气,换取一二百元。而它的四周,从高档幼儿园开始,再到重点高中,然后是高端小区,最后回到了祖先的宗庙。另一些人的一生,在这个闭环里,以阔绰富裕的方式完全实现了。这或许就是差别,作为生命的差别,作为活着的差别。

我不知道在这里打零工的人在闲聊时,谈及那所幼儿园、那所高中、那个高端小区以及伏羲庙时,有何感想,也不知道去幼儿园的孩子们、坐在教室的中学生、进出小区的富人们、来来往往于景区的游客们,看到这里大量聚集着的打零工的人,有何感想。

这个世界就是这样,好多事情,我想不来。

我在公交车上,每次经过张家沟,常常听到不同的对话。有小孩看到窗外密集的人群,问道,那些人是干吗的?大人答,搭场的,打零工的。孩子不解,问,啥是搭场的?就是出死力气挣钱的人。孩子还是懵懂。大人指指外面教育道,你可要好好念书,将来别跟他们一般。也有年迈的老太太,提着花鸟市场买的菜,多是白菜萝卜辣椒等便宜菜,看到外面,便说,挣点钱不容易啊,你看,那么多人等活儿干。另一个接着说,都是乡里来的,唉,为了挣点钱,真不容易。有时也有中年夫妻,看相貌,是纯粹的市民,女人惊呼道,你看你看,密密麻麻的人,我有密集恐惧症,见不得这么多人。男人瞪一眼女人,接着盘他的珠子,不屑道,看你大惊小怪的,这有啥,每天都这样,人家一天一二百,光出点力气,啥心也不操,哪像我们,一点低保盼不来。唉,这公交车,慢死了,又把人一锅麻将耽误了。

当然,光这一块马路零工市场是不完整的。马路对面,摆着一排电三轮车,二十来辆的样子,清一色的暗红色,旧了,漆皮掉了,但还是暗红色。电三轮车晚上是不开回去的,停那里,开电三轮车的人晚上回去即可。他们不搞装修、不和水泥、不挖井桩,他们主要搞运输,用车拉东西。总有好些东西,是要用电三轮车拉起来更方便,比如冬天拉煤,比如搬家,比如运装修材料,比如送菜,等等。他们来了,一屁股放在车位上,吃馍馍,抽烟,等老板。若过了十点等不来活儿,便凑几个人,坐在电三轮车的车斗里,开始玩扑克,斗地主、挖坑、打升级,总之消磨时间。若有人来叫,还是凑上前,簇拥着,问啥活儿,多少钱,能干多长时间,商量个差不多,最后还是老板点,点到谁是谁。互相也没有怨言,毕竟老板点人,谁也左右不了。

电三轮车从墙根处倒出来,突突叫着,扬长而去,带着几分得意。开电三轮车的人就像咸亨酒店中"穿长衫站着喝酒"的一类吧。

24路公交车还会经过青年北路,在十字路口拐弯,朝东去了。

在路口,也有一小群打零工的人,他们和张家沟的不一样。他们是拉架子车的,也是这座城市唯一靠拉架子车为生的一拨人了。

我上班时,他们已在墙根下等着,有八九个人,八九辆架子车。车子竖排着,一辆挨着一辆。都是那种用了多年的车子,车架陈旧,木头腐朽,扶手开裂,用铁丝固定着,绑了一圈又一圈,时间一久,铁丝生锈,也不牢固了。车轮倒是结实,城里的路毕竟平坦,不比乡下那样坑洼。车架后面没有刮圈,刮圈在通过下坡路时和地面摩擦产生阻力,起到刹车作用,不过在城里用途不大,城里一马平川。车架下面,有的用化肥袋,有的用旧布绑成一个兜状,里面塞着干馍、衣裳、工具、水杯等。他们有时斜倚着车帮,坐在地上,有时坐在车架里发呆、看手机,也有时几个人凑一起,地上垫一张广告纸,同样打扑克玩。实在无所事事,他们就躺在后车斗里,闭着眼睛装睡,睁着眼睛看天。

每一天,车流、人流、轰鸣、嘈杂、权力、金钱、高楼、会所,这座城市极力用光鲜亮丽和森林高耸,展示快速发展的辉煌,一切冠冕堂皇、一切粉墨登场、一切欲壑难填,一切都在加速,一切都在奔跑,一切都在以满足人的无限欲望为目标。而这些和他们没有关系,他们是被遗忘者,是落寞者。

惯于长夜

◎ 高玉宝

有一天,老谭很神秘地对我说:"你说,要是把铁道线上的所有生灵,包括动物啦,昆虫啦,都养起来,那是什么阵势?"

这个想法挺让人着迷,我想象不出养一群这些东西会是什么场景。春天的夜晚非常迷人,清风吹过,带着冬雪融化的味道。

一九九四年夏天,有许多个夜晚,我和老谭拿着玻璃瓶子到站台上捉蝎子。潮湿的夜晚,许多蝎子会从石缝中爬出来,爬到站台的石壁上,或者就顺着墙角、举着高高的尾刺,骑士一样爬行。许多蝎子的脊背发青、肥硕异常。遇到母的,就放掉,母蝎子很好区分,脊背开裂,背着一排白嫩的小蝎子。这样的蝎子不忍心捉。其他的,用筷子搛入瓶子里,一晚上能抓一二百只,抓了也没啥用处,泡酒,可能泡得太多了,我和老谭喝过一次,第二天开始拉肚子,吓得我和老谭把酒和蝎子都倒了。油炸,其实也没啥味道。最后,似乎就是为了抓蝎子而抓蝎子了,老谭在东面找,我去西面找,都装瓶子里,回到行车室,倒盆子里,一条一条数,比比谁抓得多,谁抓的个头大。老谭用镊子轻轻夹出肚子大的,说:"这只一看就是母的,要下仔了,放掉。"每一次,我都比老谭抓得少,尽管,我们都不知道抓这东西有啥用——多么无聊与无趣的生活。当然,有时我也抓了蝎子和蟋蟀放在一个瓶子里,巨大的蝎子弹动尾刺,把玻璃瓶子扎得叮当响。它总是扎不准,不过,用不了几下,那蟋蟀就完了,伸直了腿,肚子朝天,很快就成了蝎子的美食。蝎子不懂感恩,不会感谢我为它准备了食物。这个无趣,就用筷子再搛一只壁虎进去,壁虎倒不怕蝎子,因为,它似乎从来不认识这个举着个旗杆的家伙,伸口去吞,天!被蜇着了,飞快地跳到一边,不行,蝎子撵着蜇它,又将尾刺弹得玻璃瓶叮当响。一会儿,壁虎就奄奄一息了,可怜。再放一根红黑的大蜈蚣,蜈蚣似乎不大怕蜇,但也不主动出击,两个东西在瓶子里乱爬,相遇了也不交手,没意思。

铁道两旁种满了庄稼,夜里,原野飘满了玉米的清香,引来无数个闪着蓝光的金龟子,它们趴在玉米须上,狠狠地将头扎进玉米芯里,大口大口吸食着玉米的浆液。我和老谭提着小水桶,钻进玉米地,轻易就能捕获它们。泡了水的金龟子飞不起来,只能在水面上打转儿,一会儿喝饱了水,就沉了下去,淹死了。捉回来的金龟子去翅,然后洗净,晾干后下锅油炸,好吃。老谭炸这东西有一套,焦黄、脆生,像花生米。吃几个还可以,吃多了不行,太油腻。

老谭说,大雪之时,野兔会深陷雪中不能自拔,任人拎着耳朵带走。小时候,我信了这个谎言,顺着兔子的脚印在雪地里艰难追寻兔子的踪迹,一次又一次,非常奇怪,我从来没有追到过一只野兔。

铁路两旁总会出现野狗,它们顺着铁路流浪,低垂着头,眼睛躲闪,对于人类,它们不再信任。只有火车的灯光吸引着它,火车去往的远方吸引着它。

还有一些傻野鸡,它们三五成群地在铁路上觅食。火车到来,惊吓了它们,明亮的灯光吸引着它们迎着灯光飞去,往往被撞得血肉模糊。

还有狸猫——金钱豹一样的皮毛,体形修长,任谁看了一眼,都不会错认为家猫,哪怕是死的,你也会被它骨子里的冷酷惊到。我和老谭在集市上见过这样一只狸猫,它被猎人误杀,爪子鹰嘴一样锋利,牙齿尖利。它被挂在墙上,尾巴粗长,毛发鲜亮。可怜它不幸误入了猎人用来套野兔的圈套。这只壮年狸猫一直被挂在集市上,无人问津。下起了雪,雪花落在它的尸体上,很快就融化了。老谭吐出一口气,"唉,这东西,真好看。"

老谭给我讲过一个故事,说的是铁道两旁,零星地卧着一些坟茔,里面住着凶猛的野獾,这样的东西总是住在坟里。有一阵子,火车站上总出现一个白胡子老头,他一身白衣,白发飘然,悄无声息地坐在车站条石台阶上看着来往的旅人,像在等待一个永远也等不到的朋友。终于有一天,一个猎人出现了,他背着红缨枪,手臂上裹着兽皮,脸上带着野兽抓咬留下的疤痕。猎人走到老人面前,眯着眼,像看着自己的亲人。白胡子老头慢慢站起身来,目光冰一样寒冷,面色沉静,迎着夕阳慢慢走向原野。猎人并不跟着,只是放下行囊,拿出磨刀石,先是磨亮了自己的短刀,然后,再磨红缨枪。一切就绪,天色已晚,枯黄的月亮悬在天上。猎人随着白胡子老头的脚步,走进辽阔的荒原。荒原中立有一冢,冢子的门洞大开。猎人扔下行囊,一手提着红缨枪,一手握着短刀,弯身走进洞中。

顷刻间,冢子里传来厮打之声,下起了大雨,刚刚升起的月亮被大雨洗刷得更加明亮,七彩的云朵不断涌向远方。大雨冲刷着坟冢,雨声掩盖了厮杀的声音。终于,猎人浑身是血地从洞口爬了出来,红缨枪只剩下枪头,短刀也断掉了。猎人的脸上添了几道更深的伤口,这些将会成为他脸上新的疤痕。猎人无比虚弱,几乎是匍匐着爬回车站。他忘记了自己遗落的行囊。

第二天,朝阳初上,早班车站台上,人们再次见到那白胡子老者,他的脸色苍白,伤了一条手臂,用绷带吊在胸前。他的身后,跟着一家四口,儿子、儿媳、老伴儿和孙子。孙子很小,眼睛黑得透亮,等车的时候,他在奶奶的怀里睡着了。车站候车室的门口,人们发现了一摊雨后的血迹。

有人知道,那是受伤的猎人留下的……

冬天下起了雪,老谭坐在炉火旁边,一脸凝重,通红的火光映在他的脸上,把他的影子投到后墙上。老谭用火钩将炉子封好,从墙上摘下长枪,把火药瓶装进口袋,把枪沙装进口袋,把改装后的信号灯挂在腰上——那时的信号灯像一把水壶,底座里装着半块砖头一样大小的盐酸电池,分大头、小头。大头里面装着碗一样的搬机,搬过来,红的,搬过去,绿的,再搬一下,是白灯。铁路信号,灯语很多,一种灯光代表一个指令。小头比较聚光,得细心调试,直到将灯碗聚到中心处,打出的灯光又远,又亮。刚参加工作,调灯,是必修课。要看谁的活儿干得怎么样,不用盯着他,只看看他手里的灯光,还有信号旗干净不干净,就行,这些都是人手一份的,不混用,上班第一天,站长就把这一堆东西塞进我的怀里,说:"去吧,跟着师父好好学。"

老谭就是我师父。我抱着这一堆东西走到他面前,他将旗子抖开,甩了一下,说:"洗一下。"我心想,假干净呀,新的,洗什么?尽管这样想,我还是把旗子用肥皂洗了,用夹子夹在晒衣架上,很快就干了。旗子很薄,是鹅毛织成的,"为什么要用鹅毛?因为有时干活儿,遇到下雨,旗子不容易湿,打出的手信号才清楚。"老谭细声慢语,一边说着,一边锯台球杆——车站有一间台球室,里面好几根不能用了的台球杆,老谭从窗户伸进手,抽出一根,站长肯定发现不了。老谭的手很巧,锯出两根旗杆,顶在办公桌上,用小刀嗤啦嗤啦地刮着,直到把两根棍子刮得一样粗细,伸进旗里,塞得紧紧的,不会一甩就把旗子甩掉了。从那天开始,我养成了每一个夜班都要洗一下旗子的习惯。红旗、绿旗,洗完了,用夹子夹了,吊起来,天亮了,旗子也干了,插上旗杆,左手红旗,右手绿旗,拎着出门接车。山风浩荡,从北吹来,一只野兔一蹦一跳地在光秃秃的原野上跑着。老谭紧盯着它,一直到兔子上了山坡,钻进枯草里,不见了。

洗过水的信号旗皱皱巴巴的,但是,握在手里,真清爽。有些人,信号旗从来不洗的,脏得没法看了,就扔掉,换新的。这样的人,干不出啥利索活儿。师父老谭瞧不起,我也瞧不起。

夜晚,老谭扛起枪,去打兔子。

改装过的信号灯挂在他的腰上,来回晃着,我拎着我的信号灯,跟在他的身后。据说,兔子见到灯光,会顺着光柱逃跑,那时,举枪就是。

脚下的原野泛着蓝色的光芒,霜花扑满了枯枝败叶,我们从山坡下往上走,忽然传来一声尖叫,两只大鸟飞向天空,我举着灯光照向它们,它们四散冲着月亮飞远了。老谭的枪一直举着,并没有开枪。

他放下枪,嘴里嘟囔着:"差点没吓死我。"

回到屋里,老谭将枪挂到墙上,依然坐到炉子旁边。这天他的运气不好,没有遇到一只野物。

夜班是漫长的,行车室控制台上的光带一闪,一闪,电台嗤啦嗤啦地响。没有活儿的时候,我拿出小砚台,铺一方小羊毛毡,开始练字,老谭站在旁边一声不吭地看着。来活儿了,我拎着灯出去干活儿。回来,老谭坐在我的位置上,手里拿着我的毛笔在端详,捻着毛笔头,按压着毛笔的弹力。那笔似乎是江西进贤笔庄的,不贵,用起来很顺手。

我们每一个夜班都要到火车的屁股后面"撂闸",通俗来说,就是到最后一节车厢后面看看火车是否全部通了风,查看一下火车制动性能是否完好。如今,这个活儿已经很少了,有了电子产品替代人工了。我独自一人走向原野,顺着火车前行。夜晚寂静无比,只有灯光陪着我,有时,会看到那只红毛狐狸,灯光一照,它的眼睛像黑夜燃烧的火焰。它正在伏击铁路沟里觅食的田鼠。夜枭"嘎"的一声叫起来,飞到电线上落下来,嘎嘎嘎地发出一串"笑声"。

有一次,在雪夜,我遇到过一个夜奔女,让我想起《红拂夜奔》,简直像得不行。漫天飞雪扑到脸上,灯光被雪花扑满,大风呼啸,我裹着棉衣深一脚浅一脚前行,隐约看到风雪的铁道线上有一个人影,用灯一照,吓得我差点把灯扔掉。这个女人,穿了一身红衣,从头到脚都是红的,鲜艳得像雪地里的一道伤口。我喊她:"下来,下来,危险。"

她好像没有听到般,径直走远。风雪一会儿就将她的身影掩盖了。我似乎出现了幻觉。回到行车室,我推门就喊:"真吓人呀,有一个红衣女,在铁路上走!"老谭看了我一眼,努了努嘴,我回过头,看到门后正站着那个穿着一身红的女人。

我搬了一张椅子,让她坐下。她垂着头,坐下来,长发遮住了她的脸。下半夜,我们开始做饭,将肉切成条,打四个鸡蛋,切一绺韭菜。行车室正中的火炉奇旺无比,炉膛烧得火红,铁锅支上,很快就热起来;倒上油,放上肉,翻炒两下,添上水,一开锅,浇上蛋花,再开锅,放入韭菜,出锅。

再下面条,特意多下了些,要算上红衣女的那一份。整个晚上,她一直垂着头,一声也不吭。我为她洗了一个碗,先给她捞了一碗面条,倒上卤子,放在她面前。垂着的头发里,我看到她闪动的目光。吃了饭,女人到水龙头下,把碗刷了,放回原处。

第二天,我给她村子里打了电话,很快,她的家人就把她接走了。她从三十里外的村子跑出来,在结婚的当晚。我只知道这些,还有一个叫白家营的村名。

一天,老谭提着一只被火车压扁了的黄鼠狼进门,北风冻红了他的脸,像喝了酒。他把黄鼠狼的尾巴剪下来,扔进盆里,细心地清洗完,晾在窗台上。火车很少压到黄鼠狼,它们非常机灵,铁路沟里它们排着队前行,遇到人,领头的会站起身子,眼睛黑亮,盯着你,小鼻子也是黑的,毛发油亮,很招人喜欢。我一直想养一只这样的宠物,不过是想想,没听说过谁养黄鼠狼的。

不知老谭在哪里搞到了一块洁白的羊皮,据他说,是山羊皮。他将羊毛慢慢拔下来,泡在清水碗里,羊毛整齐地浮在水面上,让人想到白胡子仙人。没想到老谭有一个小小的工具包,还有一只熬胶的小铁碗,他用蜡把松香融化,用玻璃排上羊毛,齐刷刷的,毛锋向外,根部朝里,又从黄鼠狼的尾巴上拔一撮毛,也泡在清水碗里,整齐地覆在羊毛上,也是毛锋朝外,根部朝里,排好后,用小镊子轻轻将毛卷起来,再用小镊子用线把毛捆紧,根部蘸上松香,吊在阴凉处,晾干。老谭找到一支废笔,将笔尖拔掉,用细砂纸把笔管磨了,用小刀将头部刮得干干净净,然后,在笔管头上抹一圈白乳胶,把晾好的笔尖按进去,用纸擦掉残余的乳胶。他把新做成的笔递给我,"试试。"

我研了墨,写下一个"新"字,别说,老谭做的笔,挺顺手。

春天里,松树上的鸟巢里发出斑鸠咕咕的鸣叫声,小斑鸠的绒毛细软,风一吹,像柳絮一般轻柔。车站民警老王捡到一只"光腔"麻雀,用针管给它喂奶和小米粥。小家伙长得很快,似乎转眼间就长大了,老王走到哪儿,它就跟到哪儿,在他的头顶飞来飞去,一招手,它就落在老王的肩膀上。见了外人,小麻雀就飞到橱柜顶上,歪着脑袋盯着来人。

老王还养了一只警犬,名字叫大车,这个名字谁叫也不好使,只有老王一叫,警犬才会跑过来,冲着老王摇尾巴。我们习惯了将火车司机称作"大车",老王给他的警犬起这样的名字,让火车司机很生气,找他理论。老王有点不好意思,说:"那咋办啊?火车站的警犬,不叫大车,叫啥呢?给它改名,它也听不懂呀。"司机红了脸,说老王存心埋汰火车司机,不改名,就杀了狗吃肉。老王或许真的觉得这个名字起得不咋样,只好给他的警犬新起了个名字,小车。后来,车站调来一位新站长,姓车。幸而,那时老王已经退休,牵着狗回家了。

火车道还没有全封闭以前,铁道线上总出现意外伤亡,老王值班要负责处理事故,将死者的遗体移出铁路,拍了照,到车站附近的村子里查找死者姓名。老王就让小车在死者旁边站岗,小车一步也不离。有一次,老王临时有事儿,回了车站,同事要叫小车跟着回去,咋叫也不好使。没办法,只有老王回去,小车一蹦老高,围着老王转,跳到老王的自行车上,老王骑着自行车,小车蹲在后座上,像一对一辈子的好哥们儿。

那一年,开始收枪。老谭将枪交给了老王,老王登了记,在手里掂着老谭那把黑亮的枪,还凑到鼻子底下闻了闻枪筒,"你放过这东西?"

老谭苦笑着摇头,说:"想放,胆小,一次也没敢放。"

驭风记

◎ 姜琍敏

我们有一种迫切的表达的欲望："我曾在这里,我看见了它,它对我很重要。"

——阿兰·德波顿

所谓"驭风",清桐城派盟首戴名世有云："吾读公诸子之文,凌云驭风,飘飘乎莫不潇洒而自得也。"而我在此指的却非读书,而是真驾驭——脚踩油门,手持方向盘,眼观八方而心驰天外;那份"凌云驭风,飘飘乎莫不潇洒而自得"的感觉却不差分毫。

并不矫情地说,看景不论,开车尤其是独驾游历本身于我就是个赏心悦目的旅游目的。因为我可谓是个天生的驾车控。一个明证就是:我在上班期间,常让司机到副驾位上打瞌睡,由自己来"操刀"。到退休时,我的驾龄已近十年,也已经在北京、河北、河南,还有云贵川、皖浙赣等地自驾过多次长途了。

记得有记者在街头随机采访一个六十二岁的美国老太太,问到她生命的意义,她说"活着,尽量好一点活着"。问到她此生花得最值得的钱是哪笔,她不假思索地答曰"旅行,尽可能多地旅行"。她的回答真是说到我心坎上了。我也看重旅行的意义。注意,老太太的用词是旅行,而非旅游。旅行的意义则主要在于行走,在于使生命动起来或曰"变化"——这实在是"活着"的最好形态。生命似水,你让它无忧无虑地安伏成一汪清塘,头顶高广青天,背倚四围大山,看似能波澜不兴自以为是地活上哪怕千年,实际也是局限而缺乏生趣的,甚至是苟活的。只有让生命之水流动起来,波荡起来,翻山越岭,穿越大地,哪怕经受疾风惊雷,冒着渗漏干涸的危险,只要最终能饱览自然之美并汇入浩渺无垠的大海,这样的生命才是值得的、有意义的,甚至是永恒的!

顺便提一句,我在国外,比如法国,也有过多次长途自驾的经历。这有个特别的好处,不必受制于旅游团节奏,想走就走,想停就停。能深入旅行社因时间限制而难以安排的线路,探访最原生态的乡俗,呼吸最具代表性的风情。

自驾,使我的腿延长了。

自驾,使我的视野开阔了。

自驾,使我的心境摇曳多姿。

自驾的根本好处就如上述所言的,能展现出一种特别的自由。去任何地方,途中我都经常停下车来,或随兴拐进乡间小路,到某个不在计划中的小村小街里溜达一番;或站在风景绝佳处,久久凝望神秘而辽阔的远方。

而细看那些随团旅游时会被车轮一掠而过的近处,也多有迷人景致和特别感受。比如艳阳朗照时,笼罩着淡淡薄雾的田野,常会呈现出分外深沉、温存而多情的意蕴。新翻耕出来的乌油油的土地,一球一簇广泛散布于田野之间的机械收割后压制成团的牧草垛,还会随风送来泥土和草叶清香的气息。此时,混杂其间的灌木丛和小河、村落、牛羊,仿佛都在愉悦地沉吟着,望去令人沉醉而浮想联翩。

当其时,我常会想到艾青。他说:"为什么我眼中常含泪水?因为我对这土地爱得深沉。"而眼前虽是陌生的土地,但和我千里万里外的故土并无太多分别。目光触摸着她,我也会心潮起伏。土地是人类之母,她总会厚馈其子嗣。只要人类善待,任何土地都会还你以百倍的产物。因此,全人类地不分南北,人不分种族,无不会本能地亲近大地,亲昵田土和河流。且愿从此永远没有战争等阴影,再遮蔽或玷污亲爱的母亲……

好司机

我爱自驾,与我的一种特别的自信也有关。我一向认为,自己是个天生的好司机。虽然我从没当上司机,但从小就有这个梦想。二〇〇〇年前夕,单位要盖福利房,我有机会看到图纸,见上面有地下室设计,下意识地说了声:"干吗不把地下室做大点?这样就能停汽车了。"至今记得众人的哄堂大笑和头儿的嘲讽:

"嘀,你这辈子还想有私人汽车啊?"

结果,怎么着?才不过几年,满大街都堵满了私人汽车!

说真的,当时我也以为自己是在臆想。而当私家车主的身份似乎是一梦之间降临时,我经常会向人由衷地说上一句:"改革开放就是好呀!做梦也没想到,我这辈子居然也开上了自家的车!"

我喜欢自驾的内因,或许和儿时的兴趣有关。当时尽管不富裕,我也有过电池驱动的挖掘机和卡车玩具。因为那年代玩具稀罕吧,它们曾让我反复把玩,如醉如痴,以至于后来下放煤矿时,我虽然当的是人人羡慕的地面电工,但我自己最羡慕的工种却是运煤卡车司机。我经常会待在路边,痴痴看着那些卡车在崎岖的土路上,颤颤巍巍、晃晃荡荡却坚韧不拔前行的样子,内心升腾着力量与雄伟之美,仿佛那就是自己在勇往直前!

后来,车间里一位八级钳工师傅,敲敲打打组装了一台柴油机三轮车。他准备试车时,我既未上过什么驾校,亦不知驾驶原理,却自告奋勇。简单听他说了下什么是刹车,什么是油门离合器之类,就在工友们的惊呼下,轰轰隆隆地开着它上了路,在狭窄起伏的环山公路上转了一个多小时,平安返回。而且沿途收获了大把当时还少见多怪的山民们的惊叹与喝彩,或许这也刺激了我对驾驶的热衷吧。

当然,从心理上看,我喜爱驾驶,主要就在于那份掌握自我命运、纵情挥洒自我的"驭风"感让我满足。同时,我后来演变为单人独车出游,多少也与我平素就喜独处的性格有关。但究其实质,恰也是为填补寂寞、修饰人生那不可避免的孤独感。为逃避庸碌平淡的日常,消减痛苦、无聊甚至是对死亡的恐惧,我才自觉不自觉地企图用行走代替空虚,用过程冲抵生活中无可规避的矛盾、琐屑、无奈的扰乱,让心境多多少少恢复宁静甚至安逸,以忘却烦闷与柴米油盐带来的厌倦、乏味……

有句歌词说:"有时爱就像开车,危险又快乐。"那反过来说,开车不也像爱吗?危险又快乐。不过,我其实从没觉得开车有什么危险。只要你大胆、谨慎、不抽风,出事故的概率微乎其微。记得刚拿到驾照半个月时,我就驾着自己的小"周末风",一气从南京开到浙江安吉。第二天又驰上盘旋入云的天荒坪。不久后,我又与同事驱车前往信阳那陀螺般盘旋而上的鸡公山,坐车的朋友惊呼自己后背都湿了,我却只有愉悦和满足。对,就是愉悦,就是满足——无拘无束地叱咤风云的愉悦,俨然掌控了自己命运的满足。而一个人来到世上,究竟有几多自由自在的时候?仅仅是就业选择上,就如安德生所言:"世界上有一半的人都在从事着与自己天性格格不入的职业。售货员想要教书而不得,天生的教师却在经营着商店……"何况在人生的任何方面,几乎都呈现着种种不如意。不是社会掣肘,就是人事羁绊;不是这条规矩,就是那个道理,我们恐怕是太需要放松自我,太需要自主、自控了!开车,多像是一个隐喻、一种象征,一个尽管是虚拟的,甚至是意淫式的,可毕竟是很形象很直接地体验和伸展自我意志的好机会。

没能从开车中获得自由自主的体验与快慰的人,也缺乏必需的兴趣和期待;没有意愿,尤其是没有自信的心态,焉能开好车?

"专路"

"专路"之说,显然是俏皮话。但你若得知我的经历,或许就会觉得这说法还不太离谱。就说最近一次吧,我开车去外地。刚出门就见大雾弥天,很担心高速会封闭,堵在入口进不得退不得的滋味可不好受。所幸我顺利上了高速。不料开出没多远,就见电子显示屏上亮出"大雾全线封闭,请就近驶离"的通告。我寻思能见度还行,结果因为各入口都封闭,有下的,没上的,那车就越走越少,不多久整条道上惟余莽莽,独剩我一个在"遨游",真仿佛那一条高速,完全成了我的"专路"!

说遨游,也非夸张。漫天迷蒙中,前不见来者,后不见去人,感觉就是在云里雾里飘零。什么叫"路漫漫其修远兮,吾将上下而求索"?这不就是嘛。而什么叫孤独?这就叫孤独嘛。而人真有些怪,一旦意识到这份特异的孤寂,一旦发觉几条车道全让你一个人独行,心里非但没有自由之欢,反而也像塞满迷雾,越来越游移不定了——"嘤其鸣矣,求其友声",说得太有道理了。人本质上还是需要合群的动物呀。

还有一回,我在苏州过年,原定年初三上午回南京。初二晚饭后,忽见洋洋洒洒,飘起大朵雪花,不禁担心次日高速会封闭。看看时间才晚上八点,于是当即决定,现在就走!结果也是如愿上了高速。正喜决策英明,那大雪却给了我当头棒喝。还没到无锡就遍地皆白,且越积越厚,很快就完全看不见路上的标线。而这标线你平时并不太在意,一旦失去却顿觉彷徨无凭。恍然意识到,那些平时让你生厌的规则、律法什么的,简直就像空气——呼吸它时你并不知珍惜,一旦失去却顿觉憋闷!那亮晃晃、白茫茫而空旷凄凉的一片,反让你不知所措,只好以路两旁的隔离栏为参照,瞪大双眼,小心前行。然而不久之后,道路全线封闭了。沿途只有下的车,没有上的车,漫天皆白、天昏地暗中竟只有我独自在"嗦嗦"攒行!说"嗦嗦"也不是夸张,一是心理开始战栗,二是那越积越厚的雪让你的车轮吱吱叫唤,不停打滑,方向盘便摇抖不已。这倒罢了,你还不能开灯。一开灯,车窗前映出群蛾般密集的雪片,完全遮蔽了你的视线。加之车在前行,那感觉活像有万箭迎面射来,又似金蛇狂舞,让你惊恐惶迫,只好关灯而行。然那份昏暗与混沌又使你心生绝望——前行吧,前路越孤苦迷茫。下高速吧,这深更半夜的,我将投奔何处?于是只好咬紧牙关,苦苦挣扎。结果正常两个多小时的路程,我赶到南京家中时,已是凌晨两点有余!

瞧,同样有个"专"字,那"专车""专业""专职""专人"什么的,想必感觉都不会太差。唯独这"专路",不要也罢。不过回头想来,我倒并不太后悔。人生在世,酸甜苦辣、悲欢离合,原是应有之义。谁能预见前路会有什么在等着你?而很多事,过来了也觉不过如此了,不如顺乎自然,从容应对,逢山攀登,遇水泅渡。一旦雪住雾消,倒也于虚惊之外,别有一番滋味,甚至是自豪在心头。

父亲在夜里生起一堆火

◎ 钟二毛

父亲去世得太早了,这里有我很大的责任。

对于父亲的去世,我这几年——人到四十后——经常反思。我也跟哥哥和几个侄子重复说起我的反思:父亲发病后,我没有给予重视,至少不像对母亲那样,及时到大医院检查、治疗、拿主意、做决定,是我疏忽了;而这疏忽的关键原因是父亲发病的时候,我才二十四五岁,对父亲和父亲的健康的关心、关注,我没有落实到行动中!

我常常为自己的不成熟而自责。

同时也给自己一个推脱自责的理由:一个二十郎当岁的人,能有多成熟?!

我甚至经常和妻子聊一个话题:我们的孩子要得太晚了,等我七十岁有病有难的时候,大的才三十出头,小的才二十七八,这个岁数玩都没玩够,什么大世面都没见过,懂什么呀!

父亲得的是脑血栓。

最初发病应该是二〇〇〇年的样子。父亲生于一九三七年,二〇〇〇年他六十三岁。二〇〇〇年,我二十四岁,已经大学毕业一年了,在深圳当公务员,是一名警察。大概是暑假,知道父亲经常叫街上的医生到家里打针,症状是身体麻木,手颤抖拿不稳东西。但打针不见效果。家里比我大一岁的堂侄胜涛当时卫校毕业,在家里开诊所。他诊断父亲得的是脑血栓。从此,胜涛接过父亲的病,开始有针对性地治疗。我记得很清楚,我休假从深圳回到老家,经常和胜涛坐车去广西贺州买一种叫"溶栓胶囊"的药。我们家位于湖南、广西、广东三省交界处,具体与广西相邻的地方叫贺州,大约八十公里。与广东相邻的地方叫连州,路程要远一些,有一百多公里,且有一大截是山路。

经过治疗,父亲的病情是稳定了,身体恢复得比较正常。过年回家,一切正常,吃饭、喝酒、聊天。第二年,二〇〇一年夏天,父亲和母亲第一次来深圳,和我住了三个月。那时候我租住的地方是深圳罗湖布心的华秀花园,并正着手从公务员里辞职,要去报社当记者。父亲知道我要从事文字工作,很支持。按理,他那个时代的人,而且还是一个农民,应该会觉得在政府上班,而且还是戴大盖帽的警察,应该优于报社记者。但父亲没有反对。当然,或许在父亲的理解里,记者也是政府单位,只要是政府单位,哪里都一样。我记得有点模糊,当时他似乎说了一句话:"你就适合去搞采访。"

二〇〇一年,父亲母亲在深圳和我住了三个月。

二〇〇二年,又是夏天,父亲母亲又来到深圳,和我住了三个月。依旧是华秀花园那个一房一厅里。父母睡房间,我打地铺睡客厅。二〇〇二年夏天,我已经当了记者快一年了。做上自己喜欢的职业,每天忙碌而充实。很多时候下班很晚,父母就做好饭等着我。吃饭的时候,我会聊起当天采访了什么,有时候会拿出报纸,让父亲看我写的报道。我当时主要报道社会新闻,经常曝光一些丑恶与不公的社会现象。对于我的工作,有句话记得很清楚,父亲是这么说的:"写文章就是一把刀,刀可以杀人的,你写文章可千万要谨慎。"有时候吃完饭,父母在里面的房间睡下了,我还在继续写稿。经常地,母亲在里面说一句:"老满,你怎么还不睡?"接着会听到父亲的动静。

合起来,二〇〇一年、二〇〇二年,父母和我住了半年时间。这半年时间,现在回想起来,多么宝贵。一九九〇年,我十四岁到县城寄宿读高中,父亲去世是二〇〇五年,这十五年里,也就二〇〇一年、二〇〇二年,我和父母相处的时间最长。而这"最长"也就三个月!如果再扣除自己上班时间,这所谓"最长的三个月",要论"朝夕相处",折算成小时,又有多少?少得可怜!

庆幸的是,那两年,我带父母也去了不少地方:海边、公园、景点;那年胜涛到东莞开了药店,我还带他们去了东莞;大侄子荣江来了深圳打工,在巴士集团,哥哥也在东莞打工,我们一家五口三代还去了盐田看明斯克航母,虽然没有买票进去,但愉快地合了影拍了照。阳光灿烂、蓝天白云、海浪拍岸,那都是回忆起来无与伦比的快乐!更多的时候是,夜幕降临,我们坐在当时东湖街道办门口的一块草坪上聊天,聊家史,聊我的小时候,有时候一坐坐很久,都舍不得走。

二〇〇三年夏天,父亲母亲没有来深圳。具体原因现在想不起来了。有可能一个是全国闹"非典",一个是父亲的病复发了。当然这个复发应该还不是特别严重。如果特别严重,二〇〇四年夏天父母就不会第三次再来深圳了。

二〇〇四年夏天,父亲母亲第三次来到深圳和我同住,住的地方依旧不变。这一次父亲的病应该是有点严重了。印象中,一开始父亲不愿来深圳,后来是母亲说"去一次算一次了,去吧",父亲才来了深圳。来深圳后,父亲走路已经看出来不灵便了,腿脚和手都有点发抖。下楼梯的时候,他一手扶着栏杆,坚持不要我或者母亲帮忙。他总是说:"你走前头吧,走吧,我跟得上的咧。"有天晚上,不记得是发高烧还是呕吐,还是躺床上动不得了,总之父亲出了问题。我说去医院看看。父亲说别麻烦了,还是先回家吧。我和母亲把父亲扶下楼。当时我已经买了车子。把父亲扶进车里,去了附近的东湖医院(现在改名深圳市第三人民医院,搬到龙岗区了)。在医院里打了吊针。稍微好一些之后,父亲再次提起回老家。父亲是个很温和的人,但是一旦做了决定就会很倔,很难听进别人的意见。母亲执拗不过,最后和父亲回了老家。那一次住的时间只有一个多月。

父亲去世之后,有次和母亲聊起她和父亲第三次在深圳的事。母亲说:"你爸那么着急回家,一个是怕麻烦你,影响你工作,一个是担心花钱。"

我悔恨的是这一次我没有把父亲留在深圳,认真地在深圳的医院里检查一次,认真治疗他的脑血栓! 我没有意识到问题的严重性,以为跟前几年一样,只是间歇性发病,没准过一段时间又好了。所以父亲要回家,我就让他回家了! 我怎么一点主张都没有!!二〇〇四年,我二十八了。那一年,每天沉迷于记者的工作中,感觉每个细胞都为这份职业雀跃,同时每个月收入也很可观;那一年,我开始写小说,小说在网上很火爆,出版合同也顺利签订了;那一年,我几乎是大学班里早早就买了车的为数不多的几个人之一,春风得意;那一年,深圳各种灯红酒绿、光怪陆离的生活吸引着我,感觉整个人都是飞起来的。我当然心里挂着我的父亲,但那只是想想,我没有拿出具体有效的行动! 不像二〇一四年年底母亲身体不舒服,当时三十八岁的我第一时间带她到深圳的大医院检查,查出是食道癌后,第一时间安排母亲住院治疗,治疗过程中及时做决定,停止第三次化疗,转回老家,让癌症晚期的母亲有了接近一年的宁静时光,儿孙都在她身边。

二〇〇四年,我缺钱吗?也不缺!治父亲的病要个十万八万,我也拿得出!

一切都是我没有行动!如果二〇〇四年夏天,我能像应对母亲的病那样有步骤、有节奏、有主张,我想父亲不会那么快离开世界,他一定可以多活几年,甚至十几年!

可是这个世界没有"如果"。那个阶段的我,想问题做事情,只能到那一步!

有件事,现在想起来心仍很复杂:父亲回家后,我让他每天到村口的小河边安静坐一会儿,看着缓缓流动的河水,想想自己脑血管里的血液也跟河水一样在流动,并告诉他这会对他的病有好处。

这个"秘方",并非我杜撰,是我从一本书里看到的,是一种心理疗法。父亲果然按照我的方法去做,每天中午,他一个人就走到小河边,安静坐着,看着永不停歇的河水。

之所以说想起这件事心情很复杂,一方面,这或许是一个方法,另外一方面,我仍悔恨自己堂堂一个大学生,为什么不积极治疗,而搞什么鬼心理疗法!

父亲第三次从深圳回到老家半年后,身体状况一直不太好。当时是哥哥在家照顾,三天两头请医生到家里打针。突然在农历的十二月二十几的上午,接到哥哥电话说父亲不行了。我立即开车回家。那天走的是深圳—清远—连州路线。当时的清连公路还不是高速,只是一级公路,且路面非常烂,被大货车压得东翘起来一块西凹下去一块。那天我一个人开车,五百多公里,到了老家境内翻山越岭走山路,天寒地冻,开在半山腰上,雾气特别大,侄子荣江下来一点一点引导,距离家两三公里的时候,轮胎爆了,最后硬开回了家。回到家,父亲已经被搬到堂屋里了,人睡在床板上,家族的堂哥们、舅舅们正在围在一起,谈论接下来的丧事如何分工。母亲也在准备人过世后需要的衣服、物件。

这是我第一次看到亲人就要离去。我记得很清楚,一踏进大门,看到父亲被抬在门板上,我非常生气地说:"送医院啊!怎么不送医院啊!"一个堂哥平静地跟我说:"老满,人到了这个地步,救不来了的。"其他人也附和着。我平静下来,看着神志不清但仍有一些呼吸的父亲,号啕大哭,像一个孩子那样号啕大哭!现在回想一样,我那时候不就是一个孩子嘛!要不是一个孩子,早该给父亲检查,送大医院治病了!

我和哥哥守了一天一夜,第二夜的凌晨,眼睁睁地看到父亲呼出最后一口气。那口气是白色的,像抽烟的人吐出的烟雾,升在空中,但很快就不见了。那天是二〇〇五年农历的大年三十夜晚。

现在说说父亲的生平。

父亲生于一九三七年,地地道道的农民,世世代代的农民。但父亲又是个"不安分"的农民。

根据父亲的自述,家里很穷,大概几岁的时候,他就被过继给一个外号叫"张瘸子"的人家做儿子。在"张瘸子"家没两天,父亲就跑回来了。什么原因?父亲说,他叫"张瘸子"给钱买糖吃,"张瘸子"说没钱。我父亲说,没钱?没钱还叫我当你儿子?没钱你当我儿子还差不多!这个故事成为全村人的笑谈。

回到自己的家里,也就是十五六岁的时候,父亲就开始跟着大人去挑瓮卖。要走一天的山路,才到达山里,然后低价买进,挑回家里的集市卖。父亲常常说起这段往事,但落脚点是说带他的唯一的哑巴兄弟——我的伯伯,怎么怎么好,怎么怎么照顾他,以及走远路的时候最忌讳的就是中间停下来休息,因为人一休息就不想走了,一定要慢慢地走,不能停。父亲说的这个哑巴伯伯,我是没见过的,据说是有天在村中的石板路上摔了一跤就去世了。

父亲大概是十八九岁的时候,被驻扎在我们当地的一支部队的"老总"看上了,然后成了"老总"的勤务员。"老总",部队首长的意思,好像是连长。父亲喜欢说起当勤务员时的一件事:"老总"让父亲夜里送信,父亲说,深更半夜的,又要穿过树林,你得给我配把枪。"老总"给了父亲一把手枪,还有五发子弹。送信送到后,返回部队路上,父亲心想,这枪和子弹不能白背着,于是在密林里啪啪啪过了一把枪瘾。回到部队,"老总"问怎么子弹全打光了?父亲说,路上感觉有人躲在黑暗里,发出哗哗的响动,不知道是树木还是坏人,为了完成送信任务,我就对着有声响的地方啪啪几枪,打完之后果然没动静了。

父亲还讲他去"院里"(县里)开会,去看"水牢"。人被关在"水牢"里,水有半人高。这景象让人浮想联翩,同时又感觉到阴森可怕,心里总有很多为什么,但似乎又问不出来。

父亲应该是机敏的,读过"高小"(网上说,在中华人民共和国成立前的旧社会,有高小文凭实属不易,除了数理化不敌如今初中生,文言文水平远远超过)的父亲是有点文化的,表现之一是他的毛笔字是拿得出手的,另外类似《增广贤文》的古书能谈出不少。部队要转移的时候,"老总"要带父亲走。父亲没有跟着走。原因是我的爷爷说父亲当时是家中独苗(可见,他那摔一跤就去世的哑巴哥哥走得很早),不能跟着部队走,走了万一打仗打死了,香火就断了。就是这个理由,父亲留在出生之地——一个只有三十多户人家的小村子。父亲回忆起这段往事,也是有悔意的。他经常说,要是跟着去了部队,不说当大官,至少不用当农民了。

父亲似乎也是在给"老总"当勤务兵的时候,脱离了他的第一段"婚姻"。"婚姻"之所以打引号,是因为它未成事实。经过媒妁之言和双方家长同意,父亲和乡里某村的一个姑娘订了婚。订了婚才有交往。父亲发现这个姑娘耳朵很背,同时待人接物也不灵活,就一直没有继续交往的念头。"老总"知道后,劝父亲离婚。这一点,父亲听了"老总"的话,跑到乡政府要求离婚,原因很简单,四个字:感情不和。

没有跟随部队远走高飞的父亲,接下来面对的社会变革是:一九五八年,全国搞人民公社,进入集体制、生产队、大锅饭时代。父亲是公社的秘书。这在那个时代,也是一个重要的职位了。父亲还经常讲到,他带领社员搞"制种"——培育水稻种子之意。母亲补充得最多的则是,父亲朋友很多,"伙计"(结拜兄弟)不少,这些"伙计"经常是深更半夜到家里来,父亲到处找酒给"伙计"们喝。

"文革"后,父亲不再任职。原因是和其他几个"管事"的人不合而被排挤。

父亲再次当回了最普通的农民。这个时候,社会再次变革:吃大锅饭的人民公社取消了,十一届三中全会召开,分田到户、农田承包责任制开始了,老百姓可以放心大胆经商了。而这时,我已经开始懂事,对父亲的记忆更加清晰。

父亲一边老实种着几亩田,一边想门路让家里生活好一点。

我记得父亲会很多手艺。最开始是做玩具,就是把木头雕成公鸡、小鸟。公鸡有红色鸡冠。小鸟有彩色羽毛。它们的头好像还是可以动的,可以表演啄米的动作。父亲还会编竹篮,一把竹片被破成细细的竹篾,然后编成不同形状。父亲写春联也是有两下子的,不太确定是不是有一年父亲还想上街卖春联。最想不到的一个手艺是,父亲还能够做"灵屋":竹篾扎成房屋状,白纸糊成,白纸上还画着图案,用来陪葬烧掉。父亲做"灵屋"好像是我读大学的时候。我曾经问过他,怎么晓得做这个?父亲笑着说,看几下就学会了。后来我想到,"灵屋"最关键的技术是用竹篾打成"房屋"框架,固定住。这难不倒父亲。父亲年轻时能编竹篮的呀。编竹篮复杂多了。

父亲最令人想不到的,还是熬薄荷糖这件事。熬薄荷糖,肯定不是父亲的独创,但他从哪里学到的?隐隐约约记得父亲说过,他年轻的时候看别人做过,然后凭着记忆自己操练。这段记忆我是清晰的,刚开始的时候,八几年吧,父亲和哥哥在家里试验:七八斤的白糖放进锅里,中间加醋,白糖熬制成黄色,然后倒到一个洒了茶油的铁锅里冷却。用来冷却的锅,是放在一个装满冷水的木盆里。旋转着水上的铁锅,加快冷却速度。一定时间后,黄色的糖居然变回了白色,这时候锅里的糖就像一团柔软的面团。把"面团"拿出来,挂在一个钩子上——这个步骤叫"上钩",然后不停地拉伸,跟兰州拉面表演类似,拉伸的时候,加入固体的、长条晶体状的薄荷冰。最后"下钩",把半成品的糖放在跟门一样长宽的木板上,再像擀面团一样擀成一根根手指粗,最后剪成长约十厘米一小截一小截的成品。二十世纪八十年代的时候,一截糖记得是两分钱,后来慢慢涨价了。这是全过程,但开始试验的时候,往往在放锅里冷却的时候就失败了,糖没有凝结好,成不了团,没法"上钩"。

但最终还是试验成功了,各个环节的火候都掌握了。这门生意,在整个镇上就两三个摊位,而且这种情况持续到这门生意不好做为止。不好做的原因是时代变化了,物质丰富了,人们上街可买的零食太多了!

清凉解暑的薄荷糖生意,虽然一年只能在夏天做,但它改善了我们家的条件。若干年里,父亲、哥哥上街,都能被人认出:"熬薄荷糖的钟师傅。"

这就是父亲的个人史。他是农民,小农思想里的明哲保身、目光短浅、缺乏勇气他都占了;同时又始终在寻求改变,改变自己、改变家庭。后者,让他的农民身份多少有了一些亮色和可记录的故事。

有什么样的家庭就有什么样的孩子。有什么样的父亲就有什么样的儿子。

我是很受父亲影响的，优缺点都是，甚至随着岁月的增长，我觉得自己就是另外一个父亲。

父亲是一个温和、隐忍的人。他和母亲配对，似乎就是看谁比谁温和、隐忍。家里是容不得一个人说话声音很大的。父亲经常在饭桌上讲一个故事：你走在路上，有人在你头上拉屎，你怎么办？他的答案是，抹掉就是了，不要和人家吵。这是一个很难理解的答案。这不是明摆着欺负人吗？这不是明摆着承认自己很无能吗？父亲有两个解释：有时候他会说，放心，有人会教训他的；有时候则说，这个人总有一天会反转过来想的，会感谢你的。这个故事，更像禅宗故事，我不知道是父亲从书里看到的，还是自己悟到了。同时，这个故事，就算我十几岁开始听，到今天三十年了，等于我用了三十年在思考父亲给的答案。要问我现在是否想通了，我想我应该是想通了，我赞成父亲的答案。

父亲从小到大还给我灌输两句话。第一句话：羊痫风都要学三分。就是什么事都要学，人要多才多艺，多门手艺多条路。第二句话：人一定要有计划。印象中，父亲经常问哥哥一个问题："你今年有什么计划？"他还经常这么骂人："床上要多翻几个身，要想些问题，不要眯起两个眼睛就扯大觉。"这句话对我影响太大，没有这两句话，我觉得自己会一事无成。

父亲还有一句话也是经常说的："自己家的事，不要别人插嘴。"有时候也会改成另外一句话："别人喊你去吃屎，你去不去？"意思就是自己拿主意，不要听别人的闲言碎语。有一次，不记得因为什么事，总之就是一家人在商量一个事，一个堂哥进来了，跟着七嘴八舌出主意，父亲火了，直接把堂哥赶了出去。

父亲有时很急躁，很倔。一旦自己认定的事，恨不得连夜不睡都要做起来，做成功。一旦决定的事，要改变他，也很难。

父亲是重视教育的人。我是五岁就"开蒙"上小学。按道理六岁才达到入学年龄。父亲让母亲和老师说情，我得以提前上学。小学，我的成绩不错，班里总是第一名。父亲经常带我去外婆家，在老表们面前写字。写字都在火炉前的地上写。随便拿根棍子，考我。春节的时候，他会叫我一定要去老师家里坐一坐，也就是拜年的意思。

在父亲，包括母亲眼里，有句古话是真理，那就是"万般皆下品，唯有读书高"。父母认为我是读书人,所以很多农活、家务事是不会刻意要求我去干的。也可能跟我是"满崽"有关。老家似乎有一个普遍的习惯:疼满崽。

一九九五年,大约是七月底八月初,我就拿到了中国青年政治学院的录取通知书。家里摆了喜酒,还放了两个晚上的露天电影。当时村里有人说风凉话:大学是考上了,关键能否送得起?父亲和母亲原话是这么说的:滚我都要滚出这个大学生!那年,父亲五十八岁了。很多年后,母亲常说:你爸五十八岁了还在送你上大学。

大学每次假期(主要是寒假)回家,父亲都会在车站附近的一个路口等我。那个路口是我下车的地方。北京到老家的路途太遥远,先是火车坐到冷水滩火车站(后来改名"永州站"),然后坐大巴。似乎每次都是深夜或者凌晨抵达小镇。每次一下车,就能看到一个黑影。那就是父亲。他总是习惯地拍下我的肩头,然后接过我的背包,一起走路回家。

大四的时候,班里不少同学选择考研。我是农村娃,我从来没有动过这个念头,我只想早点工作。一九九九年大四下学期确定了在深圳工作、当警察的时候,我把消息告诉父亲。父亲第一句话是"安全问题":"深圳是搞资本主义的地方,能不能去啊?"二十世纪九十年代初,深圳经济特区有过"姓资姓社"的争论,但邓小平很快做出"黑猫白猫,抓到老鼠的就是好猫"的定论。没想到,一个六十二岁的农民居然考虑到了这个层面。

二〇〇一年春天,因为宅基地纠纷,家里和他人打上官司。父亲召唤我立即回来。这是我第一次感觉到父亲对自己的需要。自己也有一种长大成人的感觉。我坐长途大巴回来,到达小镇已经是凌晨两三点了。父亲那个黑影又出现在那里。父亲照例拍拍我,然后问我冷不冷。可能是他看我穿着一身单薄警服的原因,他说:"烤下火先。"父亲从路边扯了些树枝,居然很快烧起了一堆火。他完全不顾及我已经是一名警察,而且穿着警服在身。烤完火后,我们才走回家。第三天,去镇里的法庭应诉。一路上,父亲迈着大步,跟认识的人大声地打着招呼。法庭里,我拍着桌子大声质问对方。中间休庭的时候,父亲提醒我:"不要拍桌子,讲就是了。"

有次上网,无意看到自己的一个博客,里面有一条内容是关于二〇〇五年的愿望。我写的是:"希望父亲身体好起来,我想带着我的父亲,去北京看看我的大学,看看天安门。"

显然,这个愿望再也实现不了了。

二〇二〇年的国庆节,我回了老家。我把父亲和母亲的身份证收了起来,放在我的钱包里。下次去北京,我就随身带着父亲和母亲的身份证,再专门去趟天安门。不仅去北京,以后去上海、出国,我都会带上他们。

时光清澈

◎ 王剑冰

春雨淅淅沥沥下了一夜。敲边鼓的雷,并没有妨碍雄鸡的个性,一大早的,谁起个头,就都扯着嗓子高唱起来。鸡鸣中,田野的香气,顺着条条小路飘过来,在屋舍间绕来绕去,最终绕到大觉溪。大觉溪的水更大了,水带着乡音,起起伏伏往前涌,一个陡坎下去,变成了白亮的丝绸。溪边摇摆的长茅草,为这丝绸添了好看的花边。

一座新房的门前,两位老人对着一条溪水闲坐,早晨的阳光打在她们的银发上。我上前搭话,问这源溪村的由来,却引出一段尘封的历史。原来,这村中大部分人,是从浙江迁来。已经耄耋之年的董老太当时年仅二十五岁,她带着三个孩子一路颠簸来到源溪。"国家需要,咱就搬。何况,这里好山好水,到哪都是过时光。"董老太笑着将过去一语带过。

半个多世纪前,国家筹建新安江水电站。建了电站,能及时解决华东地区的用电问题,谁听了不欢喜?可是有得就有失,库区要淹没淳安县及周边五十五个乡镇。就此,三十万人告别祖辈生活的家园,疏散至全国各地。一时间,送的送、接的接,到处彩旗飘舞,锣鼓喧天。真可谓可歌可泣的壮举。多年后,库区有了一个美丽的名字——千岛湖。

走在村子里,这边一大抱蔷薇翻上篱笆,那旁海棠、桃花比着鲜艳,细长的翠竹,攀着比着往上蹿,像孔雀开屏。"尊老爱幼、互帮互助"的文明公约立在路口。虽说是移民村,但对那些移民来说,这里已是亲切而温暖的家园。

看到一座古色古香的民宿,是移民的后代阿霞开的。阿霞的女儿在红河学院学美术,屋子里里外外都是她的装饰画。

进门一束藤萝垂成花瀑,石磨仍守着旧时光。老瓦在墙上勾勒成花瓣。石头水缸里的金鱼逗着睡莲,绿苔悄悄爬上缸沿。红辣椒、黄玉米在檐下欢喜,门上的春联,还沉浸在新年的回味里。一间敞开的小屋,放着半棵树做成的案台,上面摆着笔墨纸砚,谁有雅兴还可以挥毫泼墨。地上有完成的条幅或斗方,有的颇似那么回事。

上到三楼的平台,视野一下子打开。这里有竹摇椅、竹蒲团,还有竹案和茶具。阿霞说,人们最喜欢晚上坐在这里,说话喝茶。是啊,茶香缭绕,明月挂在当空,星火明明灭灭,那景象,着实让人陶醉。

经过一家小饭馆,门头标着"帅帅农庄"。村民告诉我,"帅帅"是个孩子的名字。帅帅两个月时,爸爸干活受伤,没有了劳动能力,妈妈熬不住走了,全是奶奶支撑。走进饭馆,笑脸相迎的正是帅帅的奶奶李大娘。帅帅奶奶看到乡村旅游越来越火,就把家开成饭店,亲自做大厨,忙不过来便请亲戚来帮忙。孙子一天天长大,儿子也坚强地生活着,在网络平台为饭店做宣传。

村里谁家有红白喜事要请客,都会到帅帅这里来,照应这一家老小的生意。也有不少热心邻里,在微信朋友圈转发饭店的信息。说起这些,帅帅奶奶含着热泪微笑着。

是啊,世上的花千万种,却有一种花永开不败,那就是生命之花。不管在哪里,不屈的生命,都会辉耀出一片天地。

帅帅后来到县里上中学,有个邻村的同学,爸爸老洪也是残疾人。老洪有颗善良的心,也有颗不屈的心。三十多岁认识了湘妹子红曼,结婚的时候,家里什么都没有。两个人一点点闯,开了小茶厂,又开民宿,有了一女一子,生活平静而幸福。两口子通过儿子知道了帅帅的情况,由己及人,将心比心,每天中午去县城的学校接孩子吃饭,总是把帅帅一起叫上。自己的孩子吃什么帅帅就吃什么。帅帅奶奶说,有这么多好人帮衬,还有什么过不来呢?

云在山间聚拢,像冒着腾腾热气。一团云掉落下来,纱屏样挂在半山。

走进新月畲族村。小村一看就认真打理过,一座座两层小楼排得整整齐齐,房前屋后,桂花、香樟、白玉兰、女贞子各展风姿。一位老汉坐在路边听收音机。他倚着一棵树,眯着眼,眼前山峦竞秀,万马奔腾。一只狗卧在草地上,不时看看老汉,看看收音机。收音机里,单田芳正让一条大河狂吼着,从峡谷中喷涌而出。

恰在此时,玉兰花瓣鸟儿样悄然落下。

我走到跟前,老汉竟然没发现,跟他打招呼,他才拿起收音机,关小了音量。

老汉姓蓝,来时只有六岁。兄弟五人,他是老三,一家九口迁到这山脚下,都是"舍小家,顾大家,为国家"。他说,来时这里是一片荒地,叫"大草湾"。大家夯土垒墙,互相帮衬,盖起了茅草屋,后来又有了砖瓦房。再后来,村子慢慢变大,有了现在的名字。

聊着聊着,七十五岁的蓝大娘也加入了我们的谈话。蓝大娘说,在政策的扶持下,新月村种上了花木,到处花果飘香。地方对畲族也很重视,抚州有两个全国人大代表,其中一个就是畲族人。畲族人希望每天都是欢歌起舞的日子,旅游旺季,全村百姓都会盛装迎接远方来客,展现他们的热情和精神。

问大娘会不会唱山歌,她笑着说唱得不好,却从一个庭院引出一位四十多岁的大眼睛女子。原来,这是蓝大娘的女儿丽珍,她嫁给了蓝老汉的兄弟老五。蓝老汉说,丽珍家原在山那边,两人对山歌对上的。除了唱山歌,丽珍的丈夫还会畲族武术挤棍、板凳功,是省级畲族民俗传承人。看到她家的老照片,丽珍的丈夫雄姿英发,耍着一条板凳,丽珍扭着腰身,甩着长发。你就想,畲族男女的那份快乐,只有他们自己体会深刻。

茂林、株溪、莒州、务农、石陂……一个个村子里,我们见到了许多浙西移民。而在资溪,只有三分之一是本地人。如今,已难分清本地人和外来移民,大家一同生活在这如画的乡间,包容、团结、互助、和谐。

那些移民与这片山水结缘,并把根深深扎在了这里。他们的后代,一代代地成长起来。有的留在这片热土上,有的工作在四面八方,但无论走多远,那些游子总会顺着一条条山路回来,带着缠绵在心头的乡愁。

从盘山路绕上高高的山冈,看到蜿蜒的泸溪河。每个村子的流水都汇入了泸溪河,之后奔腾不息地流入长江,再流向大海。葱茏的绿色中点缀着红瓦白墙的村子,村子周围的稻田已经灌上了水,像一块块明亮的镜子,倒映着蓝天白云。再过几天,那里会插上一片翠绿的秧苗。山风拂过苍茫的山野,时光清澈,一群鸟儿恰恰地飞过。此时,不知从哪里传来动听的畲族民歌:

　　山上层层桃李花,云间烟火是人家……

滚雪球

◎ 毕亮

一

　　许多作家都说，文学是一种无中生有的艺术。作家们对此各执一词，却又能自圆其说。

　　"长江之山皆不知名"，此为齐白石题画之句。"皆不知名"和"无中生有"有异曲同工之妙，妙在不可言说。要想了解作家或画家，最好先看看吸引他们的那些事物。反之亦可成立，从他们的作品中可以发现吸引他们的那些事物。对此，陆文夫曾有精辟的论述，他论的是"吃"，对文学，似乎更为妥帖：不懂吃的人是"吃饭店"，懂吃的人是"吃厨师"。

　　本地有民谚说，一人一个模样，一种习俗流传一个地方，一方水土养一方人，一个羊羔一把草。五月的伊犁，走在满是白杨树和苹果树的路上，路边开满的是洋槐花、紫槐花和忍冬花。我们边走边谈，风把我们的话吹走了，这是另一种无中生有。

二

　　前几天，天天去本地某宾馆开会，做会务服务。路过小城硕果仅存的一家旧书店，拐进去看看。我是经常去的，近年买的旧书多源于这里。到门口时，碰到书友老冯，他准备走了，我才来。扫了一圈，不见新收之书。书店老板也是十来年的熟人了，他说："现在的书很不好收啊。"抱着贼不走空的心思，淘了一本《丁玲办〈中国〉》，费银五元。作者王增如曾经是丁玲的秘书，写过《无奈的涅槃——丁玲最后的日子》，与人合写过《丁玲年谱长编》等有关丁玲的书。书架上还有一本七八成新的《太阳照在桑干河上》，是从伊宁市某学校图书馆流出来的，定价也是五元，掂量了又掂量，还是没买。最初知道丁玲主编《中国》，应该是大学时从李辉的《恩怨沧桑——沈从文和丁玲》中了解到的。后来看孙犁的文章、书信，也有提及，《中国》文学杂志当时到底什么情况，也没细究，直到遇到王增如的书，看了后才有所了解。书中很多书信和当时的会议记录，几乎没有提及沈从文。出远门回来后，我第一时间就看完了《丁玲办〈中国〉》。作为丁玲晚年最后一任秘书，王增如在写此书时，态度鲜明，爱憎分明。也因为她的这一身份，书中含不少第一手史料，有她当年记下的会议记录，也有当年的日记，以及有关人士的回忆录、书信、谈话，比较完整地记录了特殊时代的一份特殊杂志在不到两年时间创办的全过程，是一本短暂杂志的传记。看完后我不由得不感慨：何处不江湖，文坛更如是。

三

伊犁的文史学者里，老一辈中我最佩服的是赖洪波、姜付炬、吴孝成"三公"，他们如今都八十多岁高龄了。他们的《伊犁史地文集》《伊江集》《伊犁古今地名论札》等论著是我的案头书。比他们年轻二三十岁的中生代里，数李耕耘老师学问最为扎实。他是新疆大学历史系科班出身，编著过两种《新疆·伊犁风物志》，第一版《新疆·伊犁风物志》在云南人民出版社出版时，他才三十出头。和李老师聊天的十几年里，对他的博闻强识真是由衷地佩服，近几年听他讲清代以来伊犁文人群体的比较多，也见他孜孜不倦地搜寻、编注《清代伊犁诗词选》和《清代惠远望河楼诗选》。我一直鼓动他写一写文史随笔，因为他的公务繁忙和有几分材料说二分话的严谨，以及"偷懒"，终于未见一篇。但他用了十来年时间钩沉域外探险家在伊犁的活动轨迹，今年终于完成了一本以外国人对伊犁的探险考察为主题的文史随笔。让人期待。

四

外国作家布封说："把恰当的词放在恰当的地方。"

中国作家汪曾祺也说过类似的话："语言的唯一标准是准确。"

其他诸如此类的话语，许多作家都曾说过。

前两年驻村,在村里听村民翻译家说:"语言就像是金灿灿的苞谷。"

对语言的日常判断,是一个写作者和阅读者日积月累的锤炼。正如日常生活所见,卖面的见不得卖石灰的。

一篇作品,一篇文学作品,语言是它们的皮肤和面孔,是第一印象,亦可能将是唯一印象。

通过语言,文学作品显示着我们生活的多样色彩和复杂性。

初秋时,去了一趟骏马奔腾的昭苏草原。在草原深处,遇到一场马术比赛,我们一行是围观者。看骑马的少年,更看奔驰的骏马。

"不要找骏马,要去找生活的道路。"人群中的一句话,吸引了包括我在内的许多人注意。仿佛是哲人之言,让我们联想到了文学和创作,只因我们是一群文学写作者。

也是在草原上,听一场阿肯弹唱,其中一句让人难忘:"歌的源泉是人民和生活,如果是阿肯就要歌唱人民和生活。"果然,草原给人的教诲无处不在,对创作者的指引和启示,也无处不在。

小麦说:"你若把我埋进厚雪里,我就把你埋进面粉里。"生活和文学的关系,或许亦然。

五

《书房记》是南京大学图书馆公众号里的《上书房行走》栏目内容的结集,所收或为南大教授或为南大校友写自己的书房,以及由书房引开的阅读史,每篇文章写前都放了一首南京大学图书馆馆长程章灿教授的题某某书房的诗,随书配了许多和书房、读书有关的图片,让我等读者一饱眼福。作者中,有八十多岁的老学者、老教授,也有三十出头的学术新秀,有人文社会科学学科的学者、教授,也有许多自然科学方向的研究者,他们的阅读和书房更值得留意,他们在文理之间行走,开阔了视野,也拓宽了学术研究之路。关于书房,可以谈论、写作的题目实在太多了,我的书房里就有薛原主编的《如此书房》及其续编,董宁文主编的《我的书房》。十多年前,我还没书房时,应薛原老师之约,写过一篇《书房在心中》。近几年,搬过两次书房,倒是未曾记录。看完了《书房记》,逛北大书店,见有一本《坐拥书城——北大学者书房》(北京大学出版社),定价一百二十八元,折后也要近百元。

买,还是不买?

六

因为要在北京大学培训学习几天,每天早早就在学生食堂吃晚饭了。饭后,满校园乱走,进来不易,乱走简单。除了未名湖、博雅塔等大众景点外,在校园内时常有意外的收获:西南联大纪念碑、燕南园里大师们的故居……然后步行三公里回宾馆休息。如此两三天后,觉得不能瞎逛,应该先看看书,于是躺在床上从微信读书里找出这本《风物:燕园景观及人文底蕴》来翻翻,后面几天晚饭后就根据书里的内容,逐一走过。中午,则是在家园食堂或者农园食堂午饭后去燕南园散步,后来从《风物》里看到一张燕南园居住名人一览表,便按图索骥,一一走过。看完《风物》后,又找到宗璞和陈平原的书来看。在燕南园看到冯友兰故居,再想到以前看过的宗璞的《燕园寻树》《燕园寻碑》等文章,不知宗璞可还住在这个院子里。有天中午,散步路过冯友兰故居,见门前停着一辆电动车,真想敲门问问。想想而已。

七

初春早上七点半,我站在北屯市火车站的站台上,冷风从脖子灌入,我裹了裹衣服,站在"巴里巴盖←北屯市→福海"的路牌下等着下车的同伴。路牌显示北屯市距巴里巴盖还有三十二公里。我将在北屯市转车去往布尔津县,包里装着一本丰收老师新出版的散文集《可克达拉之约》。

"巴里巴盖"的地名,最初就是我从丰收老师的文章中看到并记下的,没想到此时不经意间相遇并距离如此之近。昨夜,躺在铺位上,就着车厢里的灯光细读《可克达拉之约》,读到的正是《将军与北屯》这一篇,写的是北屯市的创建。书中还有《可克达拉之约》和《伊犁河谷的花语》,写的是我现在居住的可克达拉和日常所见的薰衣草。而在《幸福城》等作品中,作者则写到了"遍布天山南北以部队番号称谓的农场,都有一块'幸福城'这样的墓地。""幸福城,还有这些

259

'连'或'地',是绿洲农场最早的历史和文化,这一方生民的根基。"这其实是竖立在大地上的一块块碑石,闪耀着光辉、光芒。

和丰收的许多报告文学作品一样,《可克达拉之约》中的散文写得大气而不失细腻,富含历史纵深感。从布尔津回来后,我又细读了书中其他诸篇,对兵团和兵团人有了一些了解。为了更多深入地了解,我又一次翻开了丰收老师的大部头作品《西长城》《镇边将军张仲瀚》。和几年前不同,此次重读,更多的是敬重,是对一个人、一群人、一个群体的敬重。

丰收笔下写到了许多上海知青,恰巧我也在看当年在农四师的上海知青回忆录;把他们的回忆文章和丰收作品放一起对读,让我们这些后辈对当年的生活有了更多的了解。

我来伊宁市的头几年,在伊宁市的旧书店,曾买过很多上海知青留下的书,书的扉页有他们当年留下的"购于上海×××书店××年××月××日"的记录。其中就有诗人顾丁昆的诗集和从他的书房流出的书。顾丁昆是以前在农四师的二牧场工作、生活的上海知青,他写下了许多兵团生活的诗篇,其中有"一条长河追赶着太阳"的诗句,这条长河可以是伊犁河,也可以是兵团人汇聚成的长河,诗句写尽了"兵团人前进的脚步汇成追赶太阳的滚滚长河"。

每次翻这些书时,感觉拉近了我和他们的距离。现在看丰收的书,"十万上海知识青年给新中国的屯垦事业带来一股股文明的潮动,大大浓缩了西部拓荒的历史进程"。他们和众多转业官兵、支边青年等群体一起,"撒种子,汗水淌,要把戈壁变粮仓",对新疆、兵团的影响真是方方面面。正如艾青先生所写的:"兵团的人,个个都给绿洲留下了一支歌。"

于是,书桌边的小书架被腾空,摆放着的是以往买的,最近搜购的,从图书馆、师友处借来的,关于兵团、四师及各团场的人物口述、大事记、回忆录。他们和丰收的作品一起,成了我最近几个月的案头书。

阅读真如滚雪球,由一本书而扩展为一堆书,而将它们置于案头、床头柜,也如一盏盏指路明灯,指着我人生的朝向,前行。

再见，西桥！

◎ 王啸峰

转眼间，我在西桥住了十年。西桥没有桥，是南京鼓楼附近一条东西向的小巷。搬离西桥那天上午阳光很好，风从南窗吹进来，又从北窗溜出去。窗外是热闹的街市，汽车、电瓶车、自行车、行人匆匆而过。我也是其中之一，连背影都不会留下。

十年，对整个人生来说不能算短。十年前，我来到这个陌生的城市工作，被安排租住到离单位不超过五百米的西桥宿舍。据说这几栋公寓房，是当初房改时留下专供建造单位新大楼的项目部人员住的。周末，我通常乘火车回苏州。十年候鸟般的生活，西桥是我在南京的栖息地。

平日一有闲暇，我便以西桥为起点，盲人摸象般探索南京城。探索方式有三种：步行、乘地铁和骑电瓶车。最远一次步行到夫子庙，穿过宽阔马路、狭窄小巷、繁华商圈、热闹食肆，耗时也不过一小时出头，顿感南京与其他名城相似，古城被城墙包围，范围也不是太大。坐地铁通常是去南京南站、南京站，没有地铁四号线之前，走到鼓楼转盘边乘地铁，往往为了赶火车奔得满头是汗。四号线开通后，云南路站就在旁边，大大方便延伸我漫游的足迹。去往河西、仙林、紫金山、江北新区等地，都从云南路站始发。在老城区，最便捷不过电瓶车。春秋天，骑着电瓶车在南京古城里转，落英与落叶，朝阳与晚霞，喧闹与安静，都会在漫不经心间体验到。别人只要提到某个南京地名，我便会很自然地想那地方离西桥有多远。地理目标的测量，最终还是在心里：去那里，我是走路、骑车还是坐地铁呢？不过，三种方式加起来，也没有让我真正熟悉南京，我只是这座城市的匆匆过客。

宿舍楼下有一家烧烤店，每天晚上油烟四散，气味熏人，客人喧哗，吵闹不休。但是,一个瓮声瓮气的独特的女人声音,总会扼住其他声音,直飘楼上。我便自以为是烧烤店老板娘的声音了。二〇二二年,是我在南京住的时间最长的一年。我这才发现,原来老板娘是一个坐在收银台后,脸永远涂得煞白,头烫得爆炸的中年女人。瓮声瓮气的妇女只是传菜的帮工。老板娘同她说话时,她也是一副激昂高调样。看来,在市井生活里想要突显价值,还是要有特色和特点。对于作家来说,还要善于洞悉其中奥妙。西桥每一家小店都有奥妙,不少店在网上评分都很高。比如有一家鸭血粉丝汤店,我只去尝过一两次,可在"阳康"后的第二天,我却固执地非要吃一碗不可。那天,我戴着口罩,拿上玻璃饭盒,虚弱无力地走了三四百米,进到店里。老板在向饭盒里舀汤的时候,问我要不要加辣加香菜。我基本上是闻不到味道的,但我脑子里出现的却是浓烈的香味,刺激着口水分泌。饭盒递过来时,老板说粉丝不能搁时间太长,我说十分钟之内吃掉。他笑着说那就好那就好。我的确很快就吃完了最后一根粉丝,尽管闻不到香味、吃不出味道,可那却是我吃过最过瘾的一次鸭血粉丝汤。

一个人的生活,到底应该是什么样的呢?每当这个问题袭来,我都会想到村上春树。最初阅读村上春树的《青春的舞步》《挪威的森林》《象的失踪》等作品时,是在二十世纪九十年代初,那时我还是一个向报纸副刊投稿的文学青年。村上那些小说里的青年形象深深吸引着我。他们独居、少言,自己做饭,穿名牌衣裤,有一份不用坐班的工作。我羡慕他们可以自由支配时间。不过实践下来,小说里的东西毕竟难以走进现实。就拿吃饭来说,村上常安排蔬菜沙拉、煎或者炖鲈鱼、火腿意大利面等西式菜肴进入小说。我也按章操作,还非常注意地配上了气泡水,代替小说中无处不在的啤酒。可是,做了几次之后,我就放弃了。饭菜味道好不好倒是次要的,关键在于我似乎不怎么喜欢做菜的过程。村上有一样爱好,我一直保持着,那就是跑步。不管跑多跑少,我都会在心里为自己加油。我喜欢脚步滑过分秒的感觉,很像在一个巨大的谜前面探索着,很快我就将成为解谜人。在让很多人觉得异常煎熬的跑步机上,有一阶段我一跑就是十公里。

村上春树作品里的人物是把自己内心清空,而我们是把环境清空。当然,也只有特殊时期才这样,总体来说,西桥周边是充满烟火气的。我习惯了在嘈杂环境下读书、写字和写作。有一年春节刚过,楼上邻居添置了卡拉 OK 设备,每晚十点一过,《红梅赞》《洪湖水浪打浪》《妹妹找哥泪花流》等歌曲轮番上演,一个女高音反复练习,接近零点才收兵。这么勤奋,似乎是在准备重要演出,可从声音悦耳度上看又不像。一个深夜,《草原之夜》她唱了几十遍,再好听的歌曲也禁不起这么唱。我几次放下书想跑上去理论,但是忍字当头,我克制住了。过了零点,我根本无法再看书,脑子里只有报警、敲门、敲楼板等念头。无奈中,我先采用最经济实用的敲楼板方法,用拖把往天花板上戳,平时看着挺长的拖把,到派上用场时竟然短了一截。我只能垫个凳子。音乐声似乎停了一会儿。我把拖把扔回阳台角,回到卧室,望向白色天花板留下的几个麻点时,"美丽的夜色多沉静,草原上只留下我的琴声"又飘下来。我披上棉袄,果断地开门,半层楼梯仅跨了三步。到楼上我傻眼了,人家是老式防盗门加房门两道门。我只能拍打防盗门铁栅栏,但根本使不上劲,自己先泄了气。下楼后,我决定采用另一种"抵抗"方法,双耳塞高弹性海绵耳塞,从源头上切断一切声音。终于,我找到了抵抗令人心烦意乱的噪音的最佳武器,世界尽管喧闹,我反正听不见。就这样,在南京大妈大嗓门聊天、大爷高声喝酒、社区喇叭反复通知提醒告诫等多重奏中,我读了好多书。

有段时间,我的作息时间是这样的:早晨八点起床。早餐一般是牛奶咖啡加碱水面包或者包子。从北窗望望人迹稀少的云南路,空荡的公交车无声驶过,红绿灯疲倦地变幻着颜色。我拿起小楷笔抄经。音响里放的是静心乐曲,可内心总会涌出无数纤毫念头,像春天的野草,毫无规则地狂乱滋长。收笔后,我舒展身体,打两遍八段锦。网上有人说,练八段锦几个月后,身体有明显改善,但这在我身上看不到。我把八段锦作为舒展练习,伏案后放松,倒是很好。有了空气炸锅,饭菜质量大为提高。午餐时,我做过脆皮五花肉、十三香鸡翅、干炸带鱼、五香排骨等,口味都偏咸。我更喜欢自己炒的菜:笋丝炒肉丝、茭白炒蛋、芦蒿炒香干等。我还做椒盐花生、茶叶蛋,给同事们品尝,得到好评。午饭后,我借倒垃圾,顺带着沿北京西路走一圈。遇到行人,自觉让开一步距离。偶尔碰到不戴口罩的人,更是唯恐避之不及。午休后,我斜靠在床上看书。书和音乐是让人脱离现实社会的最佳方式。那些优美的文字、旋律背后不正是狼藉处境、鸡犬相鸣吗?超脱是困难的,也是必须的,学会顺势而为才是这个年纪体会到的最有用的哲学。

傍晚时，我会在跑步机上跑上几公里，陪伴我的是高分电影。胡金铨、吉赛贝·托纳多雷、昆汀·塔伦蒂诺、小津安二郎的作品，我几乎都看了。晚饭吃中午剩下的荤菜，再炒个青菜，或者芹菜，或者苋菜。上街散步回来，我开始写作。酷狗音乐年度报告推送给我时，是这样评价的："你总是喜欢在夜晚听歌。22:00—23:00是你的私人专属时段。"是的，大数据总是精准无误。这个时段就是我写小说的时间。大数据还告诉我，这个时段，我喜欢听音乐而不是歌曲。我回想了一下，写东西时，我偏爱听轻音乐，其次是爵士乐，还有民乐。注意力不能太过分散。我主要创作中短篇小说，每年也不过写十几万字。回过头来看这些文字，字里行间竟然流淌着乐曲声。

相比较而言，我更偏爱在傍晚时分散步。从人车混流的西桥走向典雅的颐和路，或者宽阔的北京西路，或者别有风味的大方巷、二条巷、傅厚岗等小街巷，或者索性走到紫峰大厦边享受猛烈的"落山风"。颐和路小环岛的先锋书店几乎是我每周必打卡之地。樊锦诗的《我心归处是敦煌》、杨苡的《一百年，许多人，许多事》、汪曾祺的《人间草木》等都是从这里到了西桥。拎着装书的塑料袋，我走到颐和路上。这条路最大的特点是没有一家店铺，夜里更加寂静优美。但是，西桥总是我心目中的最佳去处。"西桥是拍紫峰大厦的最佳地。""西桥成了网红打卡点。""穿汉服在西桥拍照是时尚。"这些都是单位里的年轻人告诉我的。稍加留意我就发现，站在宁海中学北门口拍照的人特别多。我停下脚步由西往东看，四百五十米高的南京第一高楼镶嵌在西桥街道正中。摄影师照片中的西桥建筑，虽然有点微黄陈旧，但都齐刷刷地"转头"向紫峰致敬。这就是我住了十年的地方：市井、闹猛，却又谦卑、诗意。

把宿舍钥匙交给管理员时，我最后一次推开房门，从北到南把每个房间看了一遍，每个角落我都是那么熟悉。住在西桥的最后一星期，每天晚上我都提醒自己，必须要整理打包物品了。可每次我都对自己说，明天还不搬，再等等。关门的时候，我对管理员说："整修好，趁下一位房客还没搬进来，我再来看看。"他连声说好。其实我知道，我再也不会回来看了。即便以后走过路过，也不再是那十年间的西桥了。

半年后的一个傍晚，我产生了强烈冲动，想走回西桥看看。尽管单位就在几百米处,但是行走线路一旦偏差,就会像两条平行线永远无法相交。那是一个阳光灿烂的午后,我的心情像吃一粒果味夹心糖先把外层糖衣舔掉那般,绕了一个大圈子,走宁海路、江苏路、山西路、傅佐路、五条巷,曾经熟悉的街巷、菜场、书店、小吃店、水果店等,已变得陌生起来。我站在街对面,惊诧地看到房前铁栅栏被拆,莫名其妙的地基像个巨大的窨井盖,被杂乱的钢筋围绕着。我根本没料到仅隔半年时间,曾经最熟悉的地方就变得面目全非。仰头看了一眼我曾经每天开关的窗户,现在正黑洞洞地开着,他们是在通风吧。一瞬间,我的眼睛酸了,心里有个声音说:唉!以后就不要再来了。或许,任何人或物每天都在细微地变化,只是天天相见就失去了敏感。

赶在红灯亮起前,我小跑着穿过人行横道线。我的西桥,再见了!

纳林果勒河东岸

◎ 西洲

隐秘的波马

还有一个星期就立冬了。远山在大块的云朵下显出雪线。从可克达拉市沿着迎宾大道一路往西，走清伊高速到巴彦岱转高伊高速走到墩麻扎，再沿着577国道一直往前，就到了位于昭苏县境内的第四师七十四团。

在出行前，我曾查询过天气预报，得知伊犁河谷将面临大面积降温，而昭苏地区下暴雪的可能性则相对较大。对于昭苏的冬天，我非常了解：大雪说来就来，当傍晚的彤云笼罩天际时，大雪便已开始纷纷扬扬地落下。夜晚，昏黄的路灯映衬着漫天飞雪，仿佛光源是一个不断洒落雪花的花洒。次日清晨，雪依旧悠悠地下着，地面已被积雪覆盖，难以辨认道路。寒冷的天气令人瑟瑟发抖。从住处到办公室的短短几百米路程，眼镜早已无法佩戴。围巾带来的温暖使哈出的气体凝结成霜，瞬间眼前白茫茫一片。头发、眉毛乃至眼睫毛上都结了一层厚厚的霜。

十一月，昭苏的气温突变，让人措手不及。心中忐忑不安，既担忧严寒，又期待着浩瀚无际的白雪。在身着秋裤、裹紧厚实大衣的同时，考虑到深入山林的行程，我还准备了厚实的毛衣与羽绒服。然而，实际体验远超预期，这得益于近三公里长的隧道贯通，从特克斯到昭苏的旅程不再需要翻越冰达坂，不仅节省了时间，更减少了过往的危险，如晕车等令人畏惧的情况。

十年前，我时常往返于七十七团与伊宁市之间。乘车过程中往往不可避免地出现头疼、恶心、胸闷气短等症状。如果车里再有人吃个茶叶蛋，那气味，简直无法形容。熬到车子翻过特克斯达坂，停在一个小小休息站的那一瞬，必须奔向垃圾桶……现在回想起来，仍有少许的胃部不适。

如今，人们无需再经历那曲折的山路。二〇一九年一月，双向四车道的特克斯隧道通车，将这段路程的时间缩短了近一个小时。从高空俯瞰，一辆辆五颜六色的小汽车，瞬间消失在雪岭云杉覆盖的大山之中，远山连绵，雪峰矗立，唯有雄鹰在空中翱翔，这景象着实令人称奇。

远处山中已经下过不止一场雪。晴空下，群山之间，雪洁白清晰——是新雪没错了。天空是雪后无限清新的蓝，一大片云朵簇拥着、低垂着，生动如初夏。只有路两旁、山坡上灰黄的草，落光叶子的树，还有披着一身金黄叶子的钻天杨，才不断提示着人们秋尽冬来。

条田里的细杨树，只余梢头的一点儿叶子，远远看去，枝干柔弱，树梢轻盈，就像孔雀羽毛，只显出尾巴尖上那眼睛一般深邃的孔雀蓝，仿佛双手一拢就可以把它们拢起来插到花瓶里。

在第四师工作了十几年，所去的团场却很少，即使当年在七十七团工作时，附近的七十五团、七十六团，我都没有去过，更别说最远的七十四团了。这个位于第四师行政区划最西南角的团场，在地图上呈一把长弯弓状，是一个水到头电到头风到头路到头的天尽头。这把弓，数十年如一日地驻守在天山脚下，驻守在纳林果勒河东岸。河的西岸，就是哈萨克斯坦了。

到海拔一千八百余米的钟槐哨所时，乌云聚拢，山风阵阵，雪大概要来了。纳林果勒河近在咫尺，被野草、云杉遮挡，只能听见哗啦哗啦的流水声。对面的山坡上只有一户人家，隐约可以听见音乐声，偶尔一声汽车喇叭声、狗叫声，灰白的炊烟从圆白的房顶袅袅升起，飘荡在黑绿的云杉林上空。

自二〇一七年起，七十四团职工高崇权与他的妻子韦哈开始担任钟槐哨所的守护者。在担任护林员期间，他们熟悉了这片山区的一切，包括种植树木、修剪草地等任务。在执行巡逻任务的道路上，他们曾经历无数次大雪纷飞，亲眼看到过各种野生动物，如野猪、黄羊和旱獭等。一次，他们与一头狼对峙，也曾被一条蛇惊得跃起。在夜晚，满天繁星犹如无数双眼睛在幽蓝的天空中闪烁。火红的狐狸趁夜色偷偷靠近哨所寻找食物……

哨所离团部约十公里，离最近的连队也有八公里。人烟稀少，春天的大风一吹，噼里啪啦，拍打着木门。好像有人来访。

距离钟槐哨所三公里左右，就是当年被挖开的墓葬群，现如今被称为"波马墓群"。一九九七年十月，七十四团修建木扎尔特边防公路的时候，需挖土铺垫路基。当挖掘机铲斗挖向公路南侧百余米处的高坡时，一铲下去，镶嵌红宝石的金面具、金盖罐、包金剑鞘、金杯、金戒指，镶嵌红玛瑙的虎柄金杯、错金单耳银瓶等文物和织锦、绮绣服装残片、金箔饰、铁质箭镞、铠甲残片一起露出……

遗憾的是，当墓葬被挖开，宝藏露出时，被在场的人哄抢，墓穴也被破坏殆尽，后来经过七十四团和伊犁州文管局的多方努力，花了好几年的时间调查追索，追回了七十多件文物。

当我在伊犁州博物馆看到部分实物时，不禁为它们的美所震撼，也为它们曾经的遭遇而感到遗憾。黄金的黄和宝石的红，交相辉映，在馆内灯光和玻璃的映衬下，散发着朦胧而神秘的光芒。

尤其是其中一张金面具，从眉毛至下巴均镶嵌着红宝石，高 17 厘米、宽 16.5 厘米，重量为 245.5 克。面具左侧眉毛已有部分缺失，仅余 4 个铆合孔。右侧眉毛所镶嵌的红宝石亦大多佚失，胡须上的红宝石一颗未留。面具两侧嘴角微向下弯，显露一丝怒容，与以三十多颗红宝石装饰的络腮胡相得益彰，使整个面容笼罩在一股难以言喻的忧郁氛围之中。

伊犁州博物馆展览前言上说，一九七〇年代新疆文物考古研究所曾在波马发掘过二十余座墓葬，但发掘简报至今未刊布。而这些文物就在其中一座发掘过的墓葬的东北、距墓坑约 1.5 米处出土，现场仍可隐约看到当年发掘的墓坑遗迹。

是不是可以说，当时如果再向东北多挖掘一两米，这些珍贵的文物就不会呈现出目前的样子？那根至今仍旧充满谜团、却被很多人证实见过的短拐杖一样、手柄处镶嵌有宝石的器物是不是就可以完美地呈现在我们眼前，至少可以告诉我们它主人的部分往事？

《新疆文物》一九九〇年第二期文章提到上文说的一九七六年的发掘，称考古工作者在（此墓地以东的）波马附近发掘墓葬二十二座，据发掘资料，墓葬形制、葬式、随葬文物等特点同夏塔墓葬相似，也被推断为战国、西汉时期的塞人或乌孙文化遗存。据一九八八年第二次全国文物普查报告，该墓群定名为"纳林果勒墓群"。

云气动物纹锦、卷草纹锦、方纹绫、菱纹绮……在博物馆的灯光下,普通人已经很难辨识出那些织锦碎片的细致纹理,只能借助专家的命名和描述,想象它们曾经的美丽和质地。灯光下,串缀在一块织物上的小金珠闪着幽暗的光。

一九九七年的十月,昭苏已经很冷了,海拔一千八百余米的波马,已经落过几场雪。被薄雪覆盖的枯草连绵到仿佛近在眼前的山峦,灰蓝的天空中,苍鹰在盘旋。但土地大约还没有上冻,在挖掘机的巨铲落下前,荒凉的大地之下,埋藏着繁华草原往日的马蹄声声,埋藏着数不清的秘密像草原上的浩荡白云,风吹云散,而神秘的墓葬依然神秘地静默着。

波马,蒙古语意为"边防要塞"。然而,这一称谓似乎并不准确。边防要塞的概念建立在存在界的前提下,然而在很久以前,这个地方并不被视为边界。

一切都悬而未决,一切都归于了神秘。也许,这意外的挖掘和毫不意外的散落,让隐秘的波马更加隐秘,而这也许更暗合了墓葬主人的本意?谁知道呢。

木扎尔特河流过

干冷的风吹过落光叶子的河边次生林,棕灰色的爬地松匍匐向前,占领了目之所及的一片又一片平坦的深秋大地。

木扎尔特河从南向北,从雪峰下、峡谷中,穿过雪岭云杉密织的山林,一路山花盛放流水蜿蜒,又奔向了远方的雪峰。在上午阳光的照射下,波光粼粼的水面上,闪烁着一片片耀眼的光芒。迎着太阳望过去,天空蓝得有些发灰,云朵紧贴着山尖,和雪线连成一片。红柳青杨和灌木们在河的一边稠密排布,好像任谁也插不进去一只脚,另一边却稀疏有致,在河水中倒映出优雅的剪影。水中沙渚边缘被薄冰包裹,在流水的浮动和微风的吹拂中渐渐融化,岸边干枯的茇茇草一丛一丛轻轻摇动。

公路的另一侧,红柳的红和沙棘缀满果实的黄筑成一道又一道自然的藩篱,三五成群的红棕马在结了微霜的草地上啃食枯草——我常常对秋冬季节还在草原、山坡上啃食枯草的动物心存怜悯:那一派萧瑟中哪还有什么可以啃食的呢?无非是枯瘦的干柴一般的根茎,几乎贴着地,它们的嘴都要啃到泥土了!

但看上去我是多虑了。一群一群的马牛羊在牧人的陪伴下，即使在落雪的大地上，也经常能看到他们的身影。动物们默不作声，在辽阔的大地上，在粗粝的山坡上，在大雪纷飞中低头啃食。有时风雪模糊了它们的身影，模糊了世界的影子，它们渐渐融入风雪，也渐渐隐匿在原野的尽头。

天气还没有那么冷，但是野生动物们几乎很难见到踪迹，当然，也是因为我并没有走进湿地深处。

偶尔能在河面上看到三两只水鸟的踪影——那也许是野鸭。春夏秋三季这里是野生动物的天堂。大型飞禽蓑羽鹤、黑天鹅、赤麻鸭很常见，小一点的花彩雀莺、灰蓝山雀、北长尾山雀等也时常在林间啼鸣。那时，爬地松应是墨绿的颜色，身下藏着万千生命。

可以想见，春天的此地，湛蓝的天空下，野苹果花的白和野杏花的粉在杨树柳树白桦和其他叫不出名字的树们捧出的一片深绿浅绿嫩绿中，兀自娇嫩。通向人类的远方，有大块深绿色麦田，油菜彼时刚刚冒出的嫩叶恰好可将黑土地铺满，它们一起融入飘带一般温柔的木扎尔特河，在白雪覆盖着的迢递远山的映衬下，那么明艳动人，那么辽阔。

是的，辽阔。没有什么词比辽阔更能形容昭苏，形容高原上的这片湿地。

雪山和冰川孕育了木扎尔特河，河流孕育了这一片湿地，孕育了雪豹、狼、棕熊和北山羊，孕育了苍鹰、灰鹤、云雀和斑鸠，甚至湛蓝的天空和"茂盛"的云朵。

二〇一七年，国家林业局批准设立了木扎尔特国家湿地公园，批复面积4843.92公顷，其中湿地面积就有4102.89公顷。

在我原有的认知中，新疆拥有伊犁河湿地已属罕见，然而在位于昭苏高原的七十四团，竟还藏着一个规模庞大的国家湿地公园，这无疑令人倍感惊奇。

今年七月在福州长乐区闽江入海口南侧的闽江口河口湿地参观，在湿地博物馆查看我国湿地分布地图，在地图的尾巴尖，突然看到木扎尔特国家湿地公园的标识，像见到了故乡的亲人般，眼睛瞬间潮湿起来。

湿地公园里盛开着紫色的马鞭草、五颜六色的大波斯菊，恍惚中，像是身处伊犁大地，只是炎热和湿乎乎的海风，如雨的蝉鸣令人从恍惚中抽身。

闽江河口有红树林和红树林中的蟹鸟鱼虫,木扎尔特有爬地松和松树下的万千生命;闽江河口有高大的杉树、松柏和乌桕,木扎尔特有云杉、青杨和白桦;闽江河口是通往大海的辽阔,木扎尔特是从冰川蜿蜒的磅礴;从中华燕鸥和白鹳滑过的闽江河口往西北偏北五千公里,就能到达群鹰翱翔的木扎尔特。

在木扎尔特,一只白鹭展开双翅,从河中沙渚点水而起。一群野鸽子从沙棘林中飞走。几匹棕红的骏马腾起四蹄,奔向远方。木扎尔特河,仍然淙淙流淌。

小时候看到书上有人写家乡的河,总是很艳羡,那类似广告画片中的河:水草丰茂,河水清澈,流水淙淙,如佩玉鸣鸾,白鹭叼起小鱼儿点水飞向菜花黄的远方,从远方回望,河流宛若飘带,蜿蜒向更远的远方。夕阳西下,远山轮廓柔美,倦鸟归林,小村子炊烟袅袅,有人正荷锄归来⋯⋯

我们的河不是这样,我们的河,不管是大河还是小河,都有陡峭的斜坡,是典型的倒梯形的河。小时候每一家都被派过工,去挖渠,给河道清淤。偶尔有河边出现草地,也是因为河水干枯,才露出了一大片的河床。只有水中的芦苇渐渐青翠,才显出清秀柔美的风韵来。收割的芦苇可以盖房子,编凉席,芦花打成草鞋,钉上木桩,像木屐,走在泥水地里不会弄湿脚和袜子⋯⋯

年岁渐长,我才意识到,那些关于河流的全部想象,是对江南山水的想象,对书中他人故乡河流炊烟的向往,其实是对江南山水人家的向往。在内心深处的向往中,无疑还包含着诗词所赋予的想象力。芭蕉夜雨、杖藜桥东、杏花烟雨、绿竹潇潇等独特江南景象,也逐渐成为我内心某种隐秘的憧憬。

但现在,我已西出阳关,在西北偏北的新疆伊犁,兵团四师。西北偏北,是洪亮吉所言"地脉至此断,天山已包天"的所在。但西北偏北,有粗犷的大河磅礴,也有婉约的杏花烟雨。木扎尔特河,从深山峡谷,一路流淌出百转千回的河滩湿地,流淌出几代兵团人的饱满粮仓,也流淌出一个异乡人心底的故乡。

也许有一天,在木扎尔特河流过的地方,雪中送别,也可像岑参那般"雪中何以赠君别,唯有青青松树枝"。

柿子的隐喻

◎ 杜怀超

一

深夜的大幕沉沉落下，严严实实地覆盖着远的山峦、近的田畴，还有眼前的铁轨，柿子般的壁灯挂在墙壁上，一字排开，照着每一个卧铺车厢。他双手支撑在靠窗户边的座位上，久久深陷于黑暗中。他不相信那明亮的光线会消失，那些柿子般的面孔、树木、草丛及隐秘的诸物会消失。穿过这茫茫黑夜，绿皮火车必将再次迎来黎明时刻。

这是他多年来，在东西南北的奔走中，关于中年男人、绿皮火车和柿子的炸裂志。无数次的火车之旅，他和她，或无数的人，在一列叫人生的列车上，一次次目睹柿子模糊而清晰的身影。

二

那段日子里，就连夕阳都像个羞红的柿子，保持明亮。

他站在厨房门口，看着她下班到家，放下包袱脱去外套，换上居家服，然后在那张胡桃色椭圆形实木餐桌旁坐下，面对着红烧带鱼、香菇青菜、丝瓜毛豆还有一盘太湖青虾欢快地拨动筷子，这是他最为惬意的时刻。丰盛的晚餐里，藏着他小小的成就感。

他索性躺在一张竹编的藤椅上，对着阳台开阔的前方继续眺望。圆顶的苍穹，高远辽阔，无论从哪个方向看，都像是个丰满的柿子，左边明亮，右边灰暗；或者半边赤朱丹彤，像暗红的血迹，半边灰色暗紫，而隐秘在内部的那份暗流，成为人们认知天上人间的最大隐喻和密码。

目光下移。接着是林立触天的楼宇。城市楼群一个比一个高，阳光从天穹里走下来，沿着顶层向着大地漫溯，像踩着恨天高的女式皮鞋，在墙壁上留下光亮的斑痕。他从墙壁的侧面，打量着夕光从空隙里锋利地照彻、切割，坚硬而笔直、恒远而无限的暗物质；一部分楼宇站在光线里，缄默不语，另一部分楼宇站在光芒的背面，谁也不知道它们在凝思什么。

也许脖子酸累，或者说他的身体已经支撑不住头颅的重量，眼睛在持久的审视里短暂微闭又睁开，他低下头，把目光降落在敷菜的绿树和密集的灌木丛上。需要说明的是，他此刻觉得舒服极了。是因为从仰视到平视，与天地之间的万物对话？居于五楼，小区很多上了年纪的树木，早已在时间和褐色鸟群的叠加里，从堆积的灰白鸟粪、水分和白天流动的二氧化碳里，抽枝、整叶，不断从地表之下汲取营养，获得向上的力量；它们早已蹿过了三楼的高度，有的枝叶已绿出了葳蕤，开始对六七楼眉目传情呢。

从楼缝里漏下来的光线，像画家一天里所有剩余的涂料，混合成凝重的赫黄，毫无保留地倾泻在大地上。为此挺身而出的，是那些蜿蜒的小径、躺椅和高高低低的植被。尽管草坪也在暗中发出细小的声音，抱怨是对它们看起来弱不禁风体质的轻视，从高处倾倒下来的重量，岂能由一棵或一丛由黄转绿、由绿到黄的绿植担当？他可不会那么龌龊无耻地认为。事实上，接收下夕阳最后光芒的，不是树木、高楼和草丛，而是那些从工厂忙碌一天、疲惫晚归的男人。

这正契合他的想法。在家的屋檐下，他努力成为那个晚归的人。

大病初愈的她，是个半青半黄的柿子。那些历经的风霜雨雪，可以从她鬓角处隐秘的白发里找到线索，或从眼角的鱼尾纹里发现蛛丝马迹，或从生活的角落里看到脆弱和伤痕，比如走路没劲，稍微走上一段就气喘吁吁；比如怕风，哪怕些许微风拂来，她也会喊头疼；再如买菜，菜可以买，但超重的她拿不了。什么样的菜量叫超重，三斤、四斤？其实一斤半还不到呢，从菜场到住宅小区三四百米的距离里，目前她很难圆满完成生活简单的测试。

好在一切都在转向开阔、恬静和明亮。彼时完全被天边橙色的光芒所怔住，大地万物在光线的折射下，所产生柿子般的镜像令人着迷。他有点恍惚，产生某种臆想，瞬间的光线，不是毫无来由地出现，还有深嵌其中的明暗、青红、冷暖、疼痛和生死等，所有的一切，神隐于事物内部，万物如谜。

三

  他长期是个绿皮火车漫游者,反复搭乘一列绿皮火车,从一座城市奔赴另一座城市,黄昏出发,黎明抵达。

  之所以选择绿皮火车夜行,是因为很多事要在缓慢的白天里安顿好,然后背包出发。室内地面要吸尘,垃圾桶要清理干净,衣服要洗完,卫生间下水道要彻底通畅。除了厨房、卧室、客厅还有卫生间的,还有她床头那些散落的棉签、药汁的斑痕。免疫力稍有下降,脚气病就会适时发出警告,她要用棉签蘸着炉甘石涂抹消毒,地板或窗台上总会留下一些用过的棉签。风干的、裹满石灰的棉签,总是让人莫名想到绷带、伤口和消毒水,有人从生活的战场上受伤折回。干完那些活计以后,他还要查看厨房的冰箱、米面口袋。离家时间短,还算容易对付,去菜场多买点蔬菜、鸡鸭鹅鱼、几斤米面,储存个三五天。按说都是成年人了,且有着三十多年的美食手艺,不承想病好后,厨艺一落千丈,不要说他吃不下去,连她自己也难以下咽。而米面、菜及各种负重的生活物资,则令她胆寒、却步。每次她在微信里自我责备、叹息,感慨饭菜难吃时,隔着手机屏他只能把肩膀一耸,算是回应。

  白天早就被高铁、动车等家伙占据了,只有夜晚才属于绿皮火车。绿皮火车也知道自己慢腾腾的性格,自然也就不跟它们计较什么,拖着星斗、薄雾和夜色裹紧的钢铁身子,在午夜的铁轨上发出咣当咣当寂寞的声响,以此向时间证明自己的存在。

  别看那些高铁家伙白天跑得欢,一到晚上就蔫了,像一只只斗败的公鸡,早早回窝休息。少数不服气的动车家伙,硬撑着要较个高低,坚持到午夜十一二点,最后一头爬进站里,在大口大口地喘息中偃旗息鼓。当它们呼呼大睡、沉浸梦乡的时候,绿皮火车睁着明亮的眼睛,驰骋在夜色下的河山、小镇,驶向远方。

  绿皮火车不睡,他也不睡。人很奇怪,困倦起来浑身酸软无力;可一旦过了睡觉的那个临界点,精神却抖擞得很,说是打鸡血也不为过。每次离开家,他都选择午夜十一二点出发的火车,那时正是他困瘾掉了的时候。

  相对火车而言,绿皮火车的硬座车票最便宜,这是车厢拥挤的原因之一,是很多四处奔波的人青睐的一种出发或抵达的方式。他曾经在深夜里订过一张长途火车票,以一场十七个小时的现场盛大演出,目睹着一幅幅拥挤不堪的图景:过道、座位下面,甚至屁股大的洗手间里,都可以成为漂泊者的栖身之地。只要能抵达,牺牲睡眠、身体又何妨?灰头土脸的人还讲究什么?年轻一点的,更是不把硬座当回事,从一上车就拿着手机看视频、电影,完全没有在意到站、出站及每一个站点的名字,还有上车的人群,肩扛手拿的大小包裹,形形色色的蛇皮口袋,巨型的包装袋,越过挨挨挤挤的山峰峡谷,扑向自己座位。有时候拥挤到极致。很多人与硬座无缘,只能以无座的方式乘车,然后借助一张当天其他旅客丢掉的日报或晚报,铺在座位下,身子熟练地一扭,人躺在报纸上面,算是完成一种自制的贴地硬座或硬卧,一夜到天明。当然,绿皮火车也有怜悯的时候,到了后半夜,上客稀少,偶尔走动的是上洗手间的人。这时中间过道位置就会无故空出一两个,有人前脚刚离开,后脚就有人迅速填补上,铺上衣物或裹着厚实的棉衣酣睡。在梦中他也许在为自己省下半张卧铺的钱偷着乐呢。

  坐硬座还有一个令人费解的原因,即车厢里那明晃晃的灯光彻夜不熄。这是不是很多旅客迷恋它的原因?怕黑,还是对未知旅途的担心和恐惧,那种光亮度似乎旋转到最大刻度,照彻车厢里的人、座位、餐盘里的食物、旅客脸上的表情,还有地面上掉落的食物、纸屑和废弃物;如果仔细凑近的话,还可以看清邻座旅客脸上的青春痘、皱纹、斑点及鼻孔里的毛发。

  绿皮火车的硬座车厢,没有什么私密可言。它所能呈现的,就是一个人满为患的巨大移动空间,这个空间是不设防的,对所有人敞开。认识的、不认识的,男的、女的,老的、少的,抽烟的、吃零食的、喝饮料的,穿西装的、穿皮夹克的,裹着棉大衣的,一旦相聚于硬座车厢,三三两两马上就会熟络起来;就着存放钢盘子、零食、水杯的狭长桌子,天南海北打开话题,哪里人?细皮嫩肉的,江南人吧?

  当然,更多的人是严防死守的,不是把包环抱在胸前,就是背在身上,然后坐在座位上保持假寐的状态。也有人情不自禁地发出鼾声,甚至在梦中搅动着嘴巴,发出神仙般的梦呓,因为那梦呓的语言也许只有神仙才能译出。可是,你不要被这假象所迷住,只要你从他们身边走过,或者移动一下行李箱,他们一定会从梦中惊醒,然后微微睁开双眼,盯着自己的行李,暗中监视着你,随时等待喊叫或报警。所有人看上去都在沉睡,事实上他们时刻都在清醒。换句话说,所有人都在暗中防备着;对各自而言都是潜在的假想敌。即使之前说过几句话,送过几块饼干或给了一个苹果,那又如何?进入后半夜,有新的旅客上车,所有人再次栅栏高筑,保持高度警惕,一有风吹草动立马惊醒,虎视眈眈。

　　他也是一路无眠,神经绷得紧紧的,不可避免地进入一种不敢睡去的境地;既要时刻提防左侧留长发的男子,他是艺术家、小偷、流浪汉或精神抑郁者;还要留心右侧那个神秘妖娆的女子,她是名媛、风尘女子还是发廊妹?万一不小心,人家把那妖艳的口红沾染到自己的衣服上、脸上,大喊非礼,自己跳进黄河也洗不清。为了避免那些所谓的意外,他只好微闭眼睛,处于一种半休息半睡眠状态,只要有一点反常的动静,他随时做好理性应对,以免节外生枝。

　　一旦到了后半夜,一切都流离失所。所有人最大限度地呈现那种自由、放肆的生命状态。他看见陌生的男女旅客,因为座位的挨近,困瘾上来了,腿、手凌乱地交叉在一起,怎么舒坦怎么睡,哪里还管得了美丑、性别及好坏人。睡。睡去。只求痛痛快快地睡去。醒来你会发现很多哭笑不得的场面:有的人抱着人家的脚,有的女子抱着男子的肩膀,还有陌生的两个人,不知道怎么就偎依在了一头,嘴里发出梦呓的声音。

四

　　她坚持不吃柿子。每次路过菜场水果摊,他总要被黄澄澄的、灯笼般的柿子照亮。它们隐匿在苹果、香蕉、菠萝、火龙果中间,收敛着内心金色的光束,以一副羞红的面孔面对世人。他被它吸引,每次都要问她要不要吃柿子。她的回答总是很肯定,不吃。他也不清楚为什么自己如此执着和唠叨。尤其是在她大病之后,他跟柿子接上了头。他曾久久凝视过一颗柿子,剖开柿子内部,看着鲜嫩诱人的果肉、水分饱满的汁液,以及皮肤般薄薄的黄色皮囊,内心有过一阵颤抖。这样的果实,究竟是怎样的时间光纤孕育的?这是人间的尤物吧,如果沿着口腔输送到肠胃,没人不被这光芒温暖,没人不被这光芒照亮吧?

　　她对柿子不陌生,甚至熟悉得很。谁的故乡门前不有着这样或那样的果树?土生,自然就是土长。从泥土里长大的桑树、枣树、苹果树、梨树、柿树等,都在以泥土的名义,支撑起乡村饮食的美学。她曾摘过一颗青涩的柿子,翡翠般的柿子,一口咬下去,是柿子青涩的尖叫。他能想象到,一颗没成熟的柿子,如何发出尖叫,最终被无情地抛弃。这种经历他也有过。第一次与柿子相遇,免不了要粗暴地摘一个,以此填补人生经验的空白:最美的柿子只有让它红在枝头上。

可是柿子什么时候红呢?久居都市的人,早已忘却;深居乡间的人,熟视无睹。没有人准确地说出柿子成熟的时间。他曾多次问过乡下年迈的母亲。母亲捋了捋满头银发,支支吾吾说不上来,反正就是那个时间点一到,或者哪天抬头一望,树上的柿子突然就红了,无数盏小灯笼挂在风中,把俗世照亮。

红透的柿子投射在他心里,就像镌刻的大红印章。此后他四处乘着绿皮火车游走,每每看到柿树,他总要多看上几眼。他对山里的柿树印象尤其深刻。光秃秃的山,他说的光秃秃是草已枯黄、打碎、随风飘逝,山坡上留下灰黄枯槁的草根;柿树呢,在秋风的拷问下,褪去所有树叶的伪装,从外表到内心,最大限度地裸露,如果你走近细看,将会看到树干上那些凸起的纹路,不正是它暴露出来的静脉和铮铮铁骨?一树的柿子呈现在盛大的天幕下,你很难想象不见柿叶只见光溜溜的果实,如何缀满山梁,把秋色染遍。

柿子不言,在众生里由青转红。这是大山精心捧出的秘密。一颗柿子就是一个日子,一颗柿子就是一个生命。山风、石头和流动的水分,加上疾飞而过的小鸟,造就一棵柿树的落生、成长、结果。这通红的柿子里,藏着怎样的生命历程和岁月期待?

如何让她脸色再次红润起来?一年前她结束了六个疗程的治疗后,脸色铁青,皮包骨头,那种藏在骨缝里的单薄,像一把锋利的刀子,刺痛着他的胸口。

这也是他屡遭她拒绝后,每看到有人在路边兜售柿子,总是要停下来,看一看摸一摸,然后执着地买下一些。还没等到家,柿子皮已破,纠缠成一团糨糊状,瘫倒在布袋里,熟得太纯粹、太放肆。她继续重复她的责备,明知道她不吃,非要买,不浪费吗?看着她嗔怪的样子,他没有理会,从布袋里挑出一颗仅存的还算完好的柿子,放在屏风架上,瞬间客厅生满了光辉。

蒲庄的似水流年

◎ 吕虎平

一

暑假期间,我在蒲庄一家粉丝厂当缫丝工。那年我十三岁,我不知道这算不算童工,粉丝厂的老板不知道,整个蒲庄也没有人知道。蒲庄遭受了一场暴雨的袭击,这么大的雨,过去不曾见过,后来也没出现过。暴雨前的两天,我的右手被缫丝水烫伤了,老板多给了十元工钱,这事就算了了。

蒲庄的故事深邃而绵密,有一个看不到的开头,又有一个深山遮不住的结尾。那年夏天,隔三岔五下一场雷雨,自然界充满了燠热和潮闷,对此,我的感觉是迟钝的、麻木的,尽管如此,我仍然记得当时的细枝末节。天刚放晴,我迫不及待地走出屋子,打算到庄外的沣河滩走走。在家里捂久了,对一个十三岁的孩童来讲,无异于坐牢。我照例喊上黑蛋和三奇,他俩是我童年的玩伴。我们跑到沙滩边的大柳树下,折上柳枝,编成柳帽。这是我们童年生活中最有趣的游戏,也是我们最擅长、最乐意从事的手工。有资料显示,手工是人类最古老、最具普遍性的综合艺术形式之一,和人们的日常生活紧密相关,它伴随着人类走过了漫长的历史。

奔涌的沣河水,发出汩汩的声响,这是一种难以用语言描绘的音乐,是直通人心的交响乐。沙滩上先是堆着枯黄色的柳叶,之后飘着雪片似的柳絮。或者,先是飘着雪片似的柳絮,之后堆着枯黄色的柳叶,童年的记忆有些模糊紊乱,我无法还原当时当境的真相。河岸除了柳树外,还有白杨树、杏树、桃树,耀眼的阳光斜射而下,穿过树隙,使大片的沙滩分开了明暗光影,恰似生活中的黑与白、幸福与痛苦。水岸边是一片狭长的芦苇,兴旺而茂盛,有野兔、野鸭出没其间,我还在芦苇荡捡拾过几只鹌鹑蛋和麻雀蛋,足见芦苇丛滋养着更多的生命。

连续的几场雨,沣河水暴涨。涨水的样子,像极了面目狰狞、张牙舞爪的野兽,让人惊悸、眩晕,甚至有着逃离的窘迫。水流湍急,浊浪翻滚,携带着断树枝、杂草,还有泡胀了肚皮的死猪死羊。我们以孩童的认知做了各种推测,三奇说是猪羊死了,被人抛入河中;黑蛋认为是上游的大水冲塌了猪圈羊圈,冲走了没来得及跑的猪羊。我们在不断地争吵中,得出了一致答案:它们是被水冲掉的。想想也是,那年月缺肉少油,瘟鸡都会掏了内脏食用,何况猪羊这样的稀罕物。我们争论的焦点始终停留在"吃"的上面,"民以食为天",当生存都成问题时,真的很难去思考其他层面的东西。

沣河滩的沙土地适合种棉花。我最喜欢棉苗初长的样子,满河滩的绿,仿佛锦毡,铺陈而去,又汹涌而来。对农人来讲,有地种、有粮吃、有衣穿,就是最好的日子。有一种虫叫棉铃虫,它们咬噬棉叶、棉花,直至咬断棉秆。它们吃的是食物,毁的却是蒲庄人未来的衣衫。喷洒农药是消除虫害最有效的办法。蒲庄的男人干的是挑担、扛包、拉车的重体力活,给棉花喷洒农药的活计自然落在女人肩上。蒲庄人已习惯于村庄和农具的思维,他们思考的深度就是犁铧的深度,他们所能感知的温度就是烟火的温度,这是蒲庄人最基本的生存法则。这一法则,没有人去僭越,也没有人能僭越。刘福贵家院子有一棵石榴树,石榴快成熟时,往往遭鸟啄虫害。刘福贵媳妇肖兰花喷洒农药时,藏了一小瓶,打算给自家石榴树喷洒。液体的农药代号是"1059",粉状的农药代号是"666",我有些纳闷,既然是农药,却没有名,只有一串数字代码?肖兰花嫁给刘家,先是不开怀,一开怀三年生了俩女娃。经济落后的年代,农村最好的养老保障靠儿子,家族的香火延续也靠儿子,这是蒲庄人拼命要生男丁的缘由。没有男丁的人家,时常处于恐慌和生死两茫茫的境地。婆婆自然不高兴了,先冷脸,后吵架,再见面就是暗斗。她们针尖对麦芒,时常吵得鸡犬不宁。

肖兰花带着小瓶"1059"刚进门,婆婆黑下脸丢了句:"咋,喝药寻短见呀!"媳妇说:"我喝了,你管得着!"一来二去,话赶话,肖兰花拧开瓶盖,一仰脖喝下去,转身进了厦屋。婆婆慌了神,捶胸顿足喊了几声"救命啊救命","哇"的一声瘫倒在地。婆婆的喊叫声引来一大群人,满院子的农药味,众人慌了手脚。有人说,快灌浆水汁;有人说,快灌肥皂水。大家七手八脚,几大碗灌下去,婆婆醒转过来,有气无力指着厦屋说,"快、快、贱、贱货,不、不,福贵婆娘,喝、喝药了,快快……"人们这才又给肖兰花灌肥皂水灌浆水汁,又是几大碗下去,地上吐了一大摊。年轻人身板硬,肖兰花躺了一天就能下地干活了。婆婆因惊吓过度,"哼哼唧唧"躺了七八天才勉强下炕。此后,婆婆再也不说一句重话,唯恐牙齿碰牙齿磕出事端。肖兰花娘家人找刘福贵要说法,刘福贵夹在中间难做人。娘家嫂子埋怨小姑做事不想后果。肖兰花悄悄告诉嫂子:"我才没那么傻,我是顺着脖子倒在衣服上,把老狗吓个半死,只是那几碗水,又胀肚又恶心。"

过了一年,肖兰花又怀了身孕,眼瞅着肚子一天天隆起来。原来的生活一旦被打破,就不会从沉默陷于更深的沉默。婆媳矛盾看似解决了,实际上仍旧暗流涌动,各自斗法。婆婆背地里骂着"赔钱货",当着面又不敢言语。肖兰花对自己的肚子虽然没底,但她表现出来的却是无所谓,"死猪不怕开水烫",生仨闺女也是你刘家的。第三胎终于生了个男丁,取名刘三奇。有了三奇,肖兰花在刘家的地位提升了一大截。月子期间,老太太问寒问暖、问吃问喝,极尽巴结讨好。就连刘福贵,在妻子面前声气也低了许多。

二

一通锣鼓,"咚咚锵锵",就是大戏的序曲。不同的把戏,敲出不同的锣鼓。舞狮子的鼓点平缓,雄狮、母狮,还有一步三颤的幼狮,随着锣鼓的"咚锵咚锵",绕场一圈,明眼人知是暖场。耍猴的有些简单,不拖泥带水,铜锣一点,场子就烘起来了。

我在古戏楼听《说岳全传》,说书人一把折扇、一根惊堂木,讲得声情并茂,让人热血沸腾。日上三竿时,母亲喊我吃饭,正在兴头上,我不愿回去。书场旁边有个吹糖人的老汉,手艺精巧,用一个竹片儿,剜一坨糖稀放在手心,嘴里噙根小管儿连吹带搓,眨眼间变幻出各式玩意儿,有孙悟空、猪八戒、沙和尚,还有黑脸张飞、红脸关公、白脸曹操,你要啥他能吹啥。母亲看我有些动心,掏出二分硬币,我便挑了孙悟空回家了。

过了小年蒲庄便热闹起来。东、南、西、北四个队敲锣打鼓闹社火,只要社火头应承下来,社火也就耍起来。闹社火,是北方春节最具特色的传统,为的是红红火火,平安吉祥。蒲庄的社火以奇、悬、险而远近闻名,尤其是戏剧人物的扮相,更是栩栩如生。不过,在蒲庄,社火与社戏有时相互依存,又相生相克。年景好了,白天闹社火,晚上唱社戏。年景差了,只是唱几折小戏,便敷衍了事。有一年风调雨顺收成好,古戏楼从年初六唱到了十五。白天折子戏,晚上全本戏。折子戏刚散场,杂耍又粉墨登场。杂耍只是借用古戏楼的场地,随意拉开场子,类似于北京的天桥。后来,小杂耍变成了大马戏。马戏阵仗大,需要搭台围场子。我曾看过河南人的马戏表演,攒劲,有看头。

清末民初,蒲庄出了个民间秦腔老艺人王敏,满脸麻子,人送绰号"王麻子"。王麻子教了八个徒弟娃,主唱木偶戏,人称"八个娃跑台子",后来这八个娃分别成了角儿,包括袁派鼻祖袁克勤、丑角名伶晋福长。由袁克勤牵头创立长安木偶剧社,率团赴朝鲜为志愿军演出,还应邀与苏联木偶艺术大师奥布拉茨卓夫等国际友人同台演出,大受称赞。可惜袁克勤英年早逝,其徒弟刘鹏举撑起木偶团的门面。有一年冬天,刘鹏举率团在蒲庄演出秦腔木偶戏《走雪》《朱春登放饭》和《大报仇》,三出戏连演六场,整个戏楼被观众围得水泄不通。

舅姥爷也是王敏曾带的徒弟,晚于"八个娃"。出科后,舅姥爷加入正俗社,与结义兄弟李正敏合作《看女》,一炮走红,名扬三秦。舅姥爷因此遭人嫉恨,在西市的一场演出下来,喝了别人递的茶水,突然失音"倒仓",从此告别了戏曲舞台。舅姥爷先在正俗社做导演,后加入民众剧团,也就是省戏曲研究院的前身。在戏曲行当,导演不算什么,只有当红名伶才受人待见。然而,对舅姥爷来说,即使他不登台,曾经的名望也无人轻看。八岁那年,我随母亲看望舅姥爷,他正指导编排秦腔现代戏《祝福》,中场休息,扮演贺老六的秦腔大师任哲中摸了我的头,说这娃长得周正,品相好,适合唱戏。舅姥爷嘻嘻哈哈,敷衍过去。舅姥爷吃了唱戏的苦,他是不会让小外孙走他的老路的。人吃黄连,才知其中味。

那年冬天,寒冷覆盖了蒲庄的街巷,一阵风裹挟着又一阵风,夹杂着复仇似的雪片,在蒲庄上空疯狂肆虐。一个耍猴艺人缩在屋檐下,与猴子抱团取暖。他瑟瑟发抖,嘴唇发紫,被寒风掳掠的头发,像干枯的柴草。这是一个与命运抗争的人,他是强者,又是弱者。他与天斗、与地斗,却斗不过饥饿与寒冷。那年头,饥饿,是每家每户最难解决的困境,寒冷,又是无法逾越的坎。北门外的风楼已拆除,只剩下形式上的房子,改为高压变电站。电,能给现代人带来光明,带来希望,同样,也能带给人们如黑夜一般的恐惧。在无法窥知真相的年代,人们习惯于从自然和图案里寻找支撑,寻找活着或者死后的密钥。蒲庄家家户户关了大门,虽近年关,却很少有人走上街头。耍猴艺人躲在风楼里,四面透风的墙如何遮风御寒?不知什么时候,什么原因,他被电死了,烧成了焦炭,唯有那只猴子围着他吱吱叫。那是一只有情有义的猴子,人们看到了它眼角浑浊的泪水。队长找来木匠,钉了一个简易棺木,将他草草掩埋了。他是哪里人,姓甚名谁没人知晓。过了几年,蒲庄来了一对河南人,是耍猴人的父母。女人撩起衣襟擦眼泪,男人脸色铁青,身材佝偻,稀疏的头发,像缺水的韭菜贴在头皮上。他看上去很虚弱,说话声调却又高又粗,像在和谁吵架。"你说这公平吗?俺是造了什么孽,你也不能这么和俺过不去呀!儿子好歹有个手艺,没挣下钱,还把命搭上了。老天这是不开眼啊,专找可怜人欺负吗?老天为啥这么干,不中啊!"仔细听才听明白,他确实在吵架,可他吵架的对象不是哪个人,而是老天!他怨老天太欺负人,太拿他不当人。他一边吵,一边用手指着头顶,好像老天就在他眼前,正眼睁睁地看着他。

三

那个雨夜,距今一百多年。在百年前的那个雨夜,一个书生模样的年轻人,跌跌撞撞冲进观音庙。一道闪电,天空被连峰分割,这座远近闻名的观音庙用幻象般的姿态从夜晚飞向光明:两排高大的柏树,给寺院增了几分森森寒气。高低错落的僧舍,各具形态的十八罗汉雕塑,仿佛朝着深邃的夜空发出嘶鸣。所有这些,在夜雨中影影绰绰,让人不寒而栗。这个跌跌爬爬、气喘吁吁的书生,就是我的太爷爷山衡。

辛亥年农历八月三十,是西安府暴风雨来临的前一天。白天还是大晴天,到了傍晚,秦岭北麓布满乌云,云层聚集,向古城翻卷而来。起先,南五台上空划过几道白光,又转向青华山,继而从沣峪口狂飙而下,席卷了关中大地。黑云压城,眼看就要变天了。这将是一场翻天覆地的大事变。庄稼人急忙往家赶,留在家里的,抓紧时间将粮食收归囤,把劈柴往廊檐下搬。不大工夫,豆大的雨点砸将下来,真是惊天动地啊。伴随着电闪雷鸣,瓢泼大雨没完没了,在屋瓦、檐墙和树梢,拍打出噼里啪啦的响声。从屋檐注入天井的水柱更是要命,排水沟排不急,快要漫过大理石台沿。

我对匍匐于大地、依靠万物生存的太爷爷,始终抱着神秘的猜想。佛说,不要被执念困在原地。佛又说,一念放下,必是自在。太爷爷的执念,既放不下又收不回。在吕氏祠堂,我翻到族谱记录:辛亥年八月三十,子时,清廷欲镇压哥老会及革命党人,吕山衡雨夜奔观音庙送信,众人速撤,次日黎明至林家坟聚会议事,午间发动陕西举义。这一天,在西安府打响了辛亥革命的第二枪,真的是一场大事变。由此看来,太爷爷的壮举,至少在蒲庄绚丽一时。此后,太爷爷置办田亩,扩建酒坊,使吕氏一门迅速发迹,算得上富甲一方。太爷爷的资金从哪里来,无人知晓,但此事却为我的祖上以及后来的家庭埋下了祸根。

循着族谱的路径,我得出这样的佐证,也许在今天看来,这是十分荒诞不经的事。太爷爷冒雨冲进观音庙,守卫的两名壮汉差点刀劈了他。年轻的首领说:"宁可信其有,不可信其无。"他们迅速撤离,于黎明时分会聚于城西的林家坟,在密林深处,召开了著名的林家坟会议。据传,清兵包围了观音庙,却扑了空,只剩下年近九旬的住持气定神闲,闭目打坐。官差怒气冲冲,推了住持一把,大声喝问,住持却纹丝不动,再推,住持便软软地倒地圆寂了。这样的传说,神乎其神,有传奇甚至宿命的成分。

就此事,我求证于祖母,祖母不善讲古,时常前后颠倒,云山雾水。从祖母的叙述中,我无法弄清太爷爷一介书生,是如何得知清廷官兵围剿事宜?蒲庄上千人,唯独太爷爷会去报信?住持是圆寂还是被清兵屠杀?事情已过了一百多年,当事人全都入了黄土,所有的细节,已被带入另一个世界,没有了答案。

太爷爷为人耿倔,人送绰号"倔子"。陕西举义后,陕西巡抚允升逃至甘肃,又领兵反扑西安府。有人向清廷举报了太爷爷,允升亲自监刑,将太爷爷拷打了三天三夜,直到活活鞭笞而死,全身上下没有一块好肉,血滴滴答答就被草草掩埋了。好在形势已发生了变化,袁贼虽然窃了国,但清廷的颓势已成定局,此事才未波及家人。事情的发展并不璀璨,而且充满了无数的困境和无奈。

太爷爷耿倔,爷爷耿倔,父亲、大哥和我,处事不懂回旋。耿倔,已渗进吕氏男人的骨髓里。西安解放前，胡宗南部溃逃四川途经蒲庄，驻扎补给。一个娃娃兵自称户县庞光人，是被抓的壮丁，跪求爷爷救他一命。爷爷将他藏在地窖里，盖上木板，压上两只大酒缸。班长发现有逃兵，上报连长，连长上报营长，营长上报团长。团长向营长要人，营长向连长要人，连长向时任村长的爷爷要人。几个国民党兵搜遍了蒲庄也没找到，于是将爷爷绑在我家老榆上拷打了半晌，也没问出半个字。

母亲任村会计时做事公允，坚守本心，却得罪了小人，再次为我家的未来埋下了祸根。母亲遭人诬陷，许多原本嫉妒吕氏发达的人又落井下石，就连个别族中人也加入其中，推波助澜。有人翻起旧账，扯出太爷爷为同盟会通风报信的事，扯出爷爷帮助国民党逃兵的事，善与恶的较量，在此时已达到了人性的极致和巅峰，祸水如凶猛的野兽。田产没收了，酒坊充公了，粮食抄没了，家什农具被毁了。当时，我的认知是，母亲定然有她的不是，否则，怎会有那么多人，在墙倒的时候合围来推？因此，当我被人欺辱时，我就怨怼母亲。那时，生存对我们家来说是极其艰难的事，是生之底线，死之边缘。一度，母亲想一死了之，当她将绳索拴挂在房梁，襁褓中的二姐因饥饿而哭醒，使得母亲大梦方醒。那年，我还处于娘胎里的萌芽状态。过后，母亲时常与我说笑，若是那次她撒手人寰，就没有后来的我。多亏了时任陕西省戏曲研究院秦腔团导演的舅姥爷私下里接济，我们家才勉强度过饥荒。在整个社会经济都不宽裕的年代，靠接济也不是长久之计，何况，谁家手头也不宽裕。母亲在后院种了萝卜、青菜，用各种菜蔬代替食粮。在"瓜菜代"的年月，后院的蔬菜已渐渐吃光吃净，各种植物的秸秆、玉米芯、谷糠麦麸、树叶树皮，都成了充饥的东西。饥饿像魔咒一样噬啃着胃，空空的肚子饥肠辘辘，头脑里全都是吃，吃，吃。吃，已经不是生活的日常，而是生死的较量。

母亲擅于织布纺线，擅于精打细算，但那个年代，不是纺车能够缝补的日子，也不是算盘珠子能够敲打的日子。母亲靠给人家织布、纺线和缝补衣衫换些零钱，抠抠搜搜勉强度日。夏收的时候，村集体也能分得些口粮，秋天的时候也能分得土豆、红薯。但对我家来说，僧多粥少，母亲必须做长远谋划，才能确保分得的口粮吃到年根。后院的南瓜熟了，于是，一天三餐，顿顿南瓜。早上南瓜饭，中午南瓜饼，晚上南瓜汤。母亲说，南瓜成了她的心理阴影，看到南瓜胃就作酸。

这是精神上的障碍,生理上的应激反应。味蕾是有记忆的,打我记事起,南瓜就是我家餐桌的禁忌,如今,在我的日常采买中,菜篮子里也不会有南瓜。

　　生活在蒲庄的我,似乎对它熟视无睹。当我离开村庄,走向城市,反观蒲庄,才发现了它的细枝末节。蒲庄寺庙众多,除了观音庙,还有兴国寺、菩提寺、灶王庙、地母庙、土地庙、财神庙。兴国寺始建于唐朝,是皇家寺院。与兴国寺相比,菩提寺只有五百多年历史。寺内碑文记载了释常修、释顿等僧尼历尽千辛,重修寺院的功德。摘录碑文如下:"菩提寺建于明代隆庆年间,为观音菩萨显身度生之道场。传,隆庆官兵被困高丽,开山祖师以神力化为老太,送食于官兵,战胜。帝问老太哪里人,曰:长安蒲庄人。帝建此寺厚报深恩。寺庙后被毁,片瓦无存,有雨即漏。为护佛理佛,兹道场共修韦驮殿三间、平房二间,次年修僧房五间。过五载,恭建大雄宝殿三间,塑木刻西方三圣像、韦驮弥勒诸菩萨像,有香炉数个,宽鼎、洪钟各一座。"

　　有一年大年初一,我起了个大早,本以为去菩提寺能烧上头炷香。谁知寺内早已人头攒动,挤满了善男信女。我便折回来,在地母庙烧了一炷香。地母庙人不多,一位老尼在蒲团上打坐。同样是寺庙,香火不一,冷暖自知。

居于林中

◎ 傅菲

一些花开在高高的树上

　　春天打开万物的迷局,山巅之上,苍鹰在孤独地盘旋。细腰蜂也在盘旋,三五只,围绕着一树花盘旋。花是白花,一朵朵缀在叶腋下。双河口至桐西坑的溪谷两边,垂珠花树从粗粝的石缝或乱石堆中暴突而出,一杆独上,分出数十枝丫,叶披而下,在四月初,垂下白花。叶花映衬,如雪落于青苔。

　　公路沿着溪谷在群山环绕。每个星期四上午、星期五上午,我在这条山中公路往返:德兴—上饶,上饶—德兴。我坐的是拼车,开车的师傅也很相熟。我们用市井的方式,交流人间消息。但大部分时间,我靠着车窗,眺望向后逝去的山坡,沉默着。山并非高耸,坡却陡峭,山峦一层层堆叠,叠出圆笠状的山尖。溪谷南部的山腰之上,是广袤的茅竹林,山腰之下是乔木与灌木混杂的阔叶林;北部山坡是原始次生林,密匝、厚实。在入秋之后,原始次生林黄叶飘飞,树木显得稀疏,露出嶙峋的石峰。山,是时间的另一个窗口,以色彩彰显季节的原色。

　　垂珠花开,返回时,我有时会在铁丁山停下,沿公路徒步。垂珠花树属安息香科植物,花香浓郁。铁丁山有五户人家,其中有三户常年大门紧闭。有中年妇人在树下摘花,兜着布裙,剪下花,塞入布裙。妇人说,花可做花茶,泡茶时,撮几片花下去,口舌不长疮。这里是荒山野岭,以前没有住户的。问了才知道,住户是山坞迁出来的。那个山坞距公路有五里,有一条机耕道进去。我一直没有去过那个山坞。山坞还有一座很小的寺庙,只有一个僧人,自种自吃。机耕道路口有一座石砌的四角凉亭,路人在此歇脚。站在凉亭下,可以眺望整个南坡。

　　坡上散了稀稀树叶的高树,开满了白花。树冠分出伞状的枝条,花铺在上面,如铺满了棉花。在视觉中,花呈絮状,其实不是,是呈珊瑚状。问了许多人,他们也不知道那是什么树。我爬上坡,入不了林。林太密。一个开翻斗车的师傅,在一块茅草地翻着车斗,倒泥土。他说,那些开花的高树,叫萝卜花树。

"往前走半公里,右转进去,有一个山弯,有很多萝卜花树,你可以进去看看。"开翻斗车的师傅说。他是毛村人,对这一带地形十分熟悉。

他说的山弯,其实是一个弯来弯去的山垄。山垄有一条荒草萋萋的小路,小块小块的梯田都荒废了,长满了茅草、虎杖、野芝麻和酸模。山边有数十棵萝卜花树,高高地举起白焰似的花。花朵如白珊瑚,又像萝卜丝,花萼略带阴绿色。我一直往山垄里走,走了约三里,有些后怕。山垄太深了,空无一人。我控制不了自己的双脚,继续往山垄深处走,越往深处走,开花的树越多样。我知道那些是什么树,是栲槠、甜槠。

栲槠的花如新叶,淡黄泛白,簇拥而生,圆盖一样罩在树冠之上。这让我想起乡间酿豆腐,煮沸的豆浆泛起一层泡沫。栲槠花就是沸起的泡沫。有一次,我去婺源太白,见沿途的丘陵开满了栲槠花。同学俞芳说:"壳斗科木本开花,都是穗状花序。"她的话让我惊讶。栲槠和甜槠都是壳斗科锥属植物,花都是穗状花序。甜槠的花偏白,花萼偏黄。

春阳下,山是沸腾的山。树在喷涌,喷出了花。生长之树,注满了热情。

在栲槠花凋谢之际,油桐花开了。在大茅山,无论是南麓还是北麓,油桐树十分常见,长得也高大。尤其在大墓源,油桐花横切北麓,如一座巨大的屏风。一夜,满山飘雪,终月不融。油桐花素白,繁盛如雪,被称"五月雪"。二〇二一年五月,我去大墓源下的一个小村,在村后的山路边,有数十棵油桐树。我拾级而上,看油桐花。

天微雨,石阶湿漉漉。雨窸窸窣窣,零星的水珠从油桐树上滴落下来,滴答滴答。一个年过七十的大叔走在我前面,肩上搭一个棉布缝制的长布袋,低着头往山上走。布袋里不知装了什么东西,半鼓半瘪。他脚上的布鞋半湿半干,他的头发半黑半白,他身上的衣服半灰半麻,他的脚步半轻半重,他手上的伞举得半斜半正,落下来的油桐花打在伞布上,滚下来,落在背上,滚下来,飘飘忽忽落在台阶上。油桐花从台阶上一级级滚落。我捡起几片花瓣,缓缓站起身,大叔停下脚步,回身看我。我看到了他的脸,菩萨一样的脸。

油桐是一种非常倔强的树,即使是在十分贫瘠、难以蓄水的煤石堆上,它也旺盛地长。它落叶早,开花晚,差不多和山矾、木荷同季节开花。在远处,木荷花不可见——花藏在叶腋,花朵小,被树叶遮蔽了。而山矾不一样,花小朵,缀枝,满枝白花,盖住了树叶。

德兴是覆盆子之乡,也是中草药之乡。北宋药物学家寇宗奭撰《本草衍义》20卷,载药物472种,详尽阐述药性。其载覆盆子:益肾脏,缩小便,服之当覆其溺器,如此取名也。乡野的黄泥山多覆盆子,花期五月到六月,果熟期八月到九月。其实,在低海拔的向阳山地,覆盆子、金樱子、悬钩子等蔷薇科小灌木,在三月末就开花,六月就结了青果,圆铃一样挂着。我去采覆盆子。青果多毛,酸涩。采下的覆盆子,摊在圆匾晒三个日头,装入布袋抛抖,再用圆匾翻抖去毛去叶苞,装入酒缸焐酒。这是乡间小酒馆的制法,也是我的制法。

双溪村多黄泥山,也多覆盆子。我去采摘。在公路边,看见一棵树铺满了白花,花大朵大朵,白绸结似的。树在山冈的顶上。我爬了上去。那是一棵大叶青冈栎,枝丫横生,却并没开花,开花的是缠在树上的藤萝。我不认识这种藤萝,藤粗黑,叶圆且肥厚,花排列成伞房状,单瓣,宽倒卵形。

有些藤本在树上寄生,如薜荔。有些藤本缠树而生,如络石和忍冬。树,是它们的骨骼和营养源。它们在树上开花、结果。这给了我们假象。其实,所有的树都会开花。即使是毫不起眼的白背叶野桐、盐肤木、楤木,也有漫长的花期,只是花色暗淡,或花藏在叶丛,不易被人瞩目。它们在不同月份开花,只有花色彰显或色彩艳丽或芳香浓郁的花,才会被注目。

《诗经》有名篇《伐檀》。"坎坎伐檀兮,置之河之干兮。"远古的先人在砍伐檀木,抬到河岸上。河水清清,泛着涟漪。黄檀或许是南方最迟开花的木本植物之一。在大茅山,黄檀也很常见,尤其在马溪溪谷,黄檀斜出,半边树冠压在溪面之上。黄檀是落叶乔木,春寒彻底结束了,它才从休眠中苏醒过来。到了六月,黄檀才开始发新叶,边发新叶边开花,圆锥花序顶生或生于最上部的叶腋间,花期很短,结出豆荚。

当然,四季都有木本植物开花。油茶树在霜降时开花。枇杷在小寒时开花。枇杷是被人类驯化的树。我不知道有没有野生的枇杷树。蜡梅、茶梅、结香、木棉也在冬天开花。在大茅山山脉,过了七月就鲜见木本植物开花了。山呈现出一派严肃、庄重、渐衰的样子。山色墨绿,看起来很凝重。树一层层地往山尖延伸,(在视觉中)树不再是树,仅仅剩下色彩。

色彩随着时间渐变,霜叶泛红泛黄,秋已深沉。花以果实的形式续存了下来。山民有捡拾栲槠子的传统。栲槠子即木栗,又称苦槠栗、尖栗、珍珠栗。霜熟,栲槠的壳斗开裂,落下栗子。栗子椭圆或扁圆,绛红色,泛着金属的光泽,摸起来润润的,溢出包浆似的,个头和色泽与桂圆核接近。它是猴子、松鼠和林鸟的至爱食物。山民背一个竹篓上山,蹲在栲槠树下,拨开落叶捡拾。一棵高大的栲槠,产百斤以上的栗子。入冬了,栗子拌沙子放在铁锅里翻炒,或浸在盐水里煮。山民捂着火熜,挨在门边,剥熟栗吃。或者剥壳磨浆,做苦槠栗豆腐。我还记得,三十年前,在上饶县城读书时,德兴占才的同学带一麻袋的熟苦槠栗去学校。我们围着木箱大快朵颐。熟栗松脆,满口生香。在物资匮乏的年代,栲槠子是山民度春荒的粮食之一。

我也跟乡人去捡栲槠子。水坞有一条幽深的山垄,栲槠树挤在垄里,挤得密不透风。那里曾有数户山民,在三十年前外迁了。走路去很近,不足十里。树上长的,终究落回地下。树上长了多少叶,树下就积了多少叶;树上结了多少果,树下就落了多少果。叶与果,也终究会腐烂,化为腐殖质。这是刚刚入冬,地燥,落叶烘出舒爽的气息。地上都是苦槠子,无须拨树叶,就够一双手忙活了。

捡拾回来的栲槠子,洗净,锥子扎一个孔,入锅煮盐水。

腊月了,祖明约我去富家坞吃晚饭,说:"今年最后一次去富家坞吃羊肉了,早点去,爬爬山、走走路,随意走走都是舒服的。"

我们三点来钟就去了。大茅山北麓如横屏,翻动着尽染的深冬山色。入了村口,有妇人在剥油桐籽。油桐黑黑,烂了壳。妇人坐在竹椅子上,掰壳,抖出油桐籽。我问:"现在还榨桐油吗?"

"当然榨啊,桐油比菜油贵呢。"妇人说。

祖明说,我们可以办一个桐油厂,大茅山的油桐籽捡起来,至少可以压榨十万斤桐油。

"桐油是个好东西。"我说。桐油不仅可以作漆剂，还可以作镇痛、解毒药物。二〇一二年冬，我妈妈突发阑尾炎，在上饶县人民医院就医。老医生用十年的陈桐油糊老石灰，敷在我妈妈腹部，一天换药一次，敷了三天，阑尾炎就好了。

陈桐油就是从大茅山找来的。富家坞的前山，有大片大片的油桐林。油桐落尽了叶子，山显得空无。大山雀在唧唧叫着。小溪边的草丛里，落了许多油桐籽。它们已经烂壳了。油桐籽富含植物油脂及氮、磷，有些林鸟吃油桐籽，吃了又消化不了。鸟成了油桐的播种者。油桐雌雄同株，繁殖力惊人，生命力强大，漫山遍野就有了油桐树。油桐籽在土壤表层也可以发芽、生根。

种子落土，埋在泥里，长出了树，树开出了花。花开得高高。

渔民的鸟图腾

◎ 徐观潮

  二〇二三年十月十日,习近平总书记考察九江时指出,长江是长江经济带的纽带。无论未来长江经济带怎么发展、发展到哪个阶段,都不可能离开长江的哺育。要从人与自然和谐共生的生命共同体出发,着眼中华民族永续发展,把长江保护好。

  鄱阳湖是长江流域最大的湖泊,也是中国最大的湿地之一。

——题记

失雁

  起风了。塘口近湖上渔火点点。渔船如摇篮般在水上沉浮。佳佳止住了哭声,江赛娥也不再哼无词的曲儿。

  塘口是一个渔村,有四百多户,地处鄱阳湖北岸中段,形同一个半岛。节气已过寒露,湖上风暴渐少。渔船一般不进入塘口与下岸垴中间的避风港,就在毫无遮挡的湖上过夜。下午下网,第二天早上收网,既可以看护渔网,又少走了很多冤枉路。

  风渐渐大了起来。风钻进船舱。

  "哇,哇哇,哇哇哇。"佳佳最先敏感到一场风暴的到来。江赛娥也醒了,她一边哄襁褓中的女儿,一边喊丈夫段庆县,醒醒,起风了,莫不是打风暴。段庆县呢喃,睡蒙了?快立冬,哪来的风暴?渐渐清醒的段庆县似乎也觉得不对,将头伸出舱外,看着漆黑的天空,自言自语,咋这么大的风,还是南风,真要打南风暴,气候变了?

  这是三十三年前鄱阳湖的一个夜晚。段庆县向我讲了一个很少向外人道来的秘密。

段庆县有兄弟姊妹七人,男兄弟三个。一九七八年,母亲患关节炎,失去了劳动能力,段庆县上面一个姐姐又死了,父亲不得不将读了半年初中的段庆县从学校拉出来,在渔船上做帮手。那年他十四岁。一九八四年,段庆县结婚,娶了没上过一天学的江赛娥。两年后生了女儿佳佳。一九八八年分家,他分了一条小船。船是家里花一百八十块钱买的,段庆县到手还找补了兄弟九十块钱。分家后,段庆县想生一个儿子,结果又生了一个女儿。

段庆县一家人住在渔船上。船是个小划子,年久失修,船底慢渗透,半夜还得起来将渗进舱里的水舀出去,否则下半夜就得睡在水里。

江赛娥拍打着段庆县的屁股说,别愣着,快将船划到岸边,用锚固定好。

湖上的渔火像落叶一样被风吹到了岸边,都熄灭了,夜更加漆黑。遇到这样的风暴,渔网是没法收的。

那时候,湖里的鱼不少,就是卖不上价钱。渔民捕鱼赚的钱也就堪堪糊口,没多余的钱买收音机,自然听不到天气预报。渔民也会看天气。傍晚的时候,西南角有乌云缓缓升起,这是南风暴要来的征兆。关键是他们不相信过了寒露,还有南风暴。

船外狂风怒号。雨点砸在船篷上劈啪响,人仿若在鼓中。船身一起一落拍打着水面,发出沉闷的响声。佳佳吓得不敢哭了,一家人在窄小的空间里大眼瞪着小眼,等待着肆虐的风暴过去。

半夜,才风平浪静。第二天早晨,段庆县爬出舱外,打算去收网,网吹到了岸边,乱糟糟的。段庆县皱起眉头,鱼没捞着,却要花半天时间解开一团乱麻般的渔网。让段庆县没想到的是渔网竟然网住了一只鸟。鸟是雁,大概雁被风吹落,渔网缠住脚,后又被浪头裹着的渔网罩住。段庆县对江赛娥说,没捞着鱼,却罩住了一只雁,也可以一饱口福。佳佳更是欢呼雀跃,拍着小手说,有雁吃啰,我要吃雁。

虽说在湖上天天见到雁,但段庆县从来没动过吃雁的念头。今天是送上门的口福,尝尝也无所谓。段庆县有些小兴奋,网也懒得去理,跟江赛娥打了声招呼,便上岸去叫爹到船上来吃雁。

爹说,吃雁?

段庆县说,吃雁。

爹问,知道鸿雁传书啵?

段庆县说,听说过。

爹又问,想生儿子啵?

段庆县说,哪儿跟哪儿?

爹叹,放了吧。雁有灵,吃不得。

段庆县犯愁了。女儿眼巴巴在船上等着吃雁,爹突然说吃不得。段庆县想了一路,也没想出一个办法说服女儿。他回到湖边,见一只雁在自家船的上空飞,嘴里还发出咿咿呀呀的叫声。段庆县猜,那雁应该与渔网里的雁是一对。听说雁一生只找一个配偶,一只死了,另一只就成了孤雁。天上飞的雁是在恳求自己放了它的伴侣,还是为伴侣举行最后的"葬礼"?段庆县心里有点疼。自己已经够苦了,为何还要给另一个生灵带来撕心裂肺的痛苦?段庆县没有再迟疑,将网里的雁放了。

两只雁在段庆县的头顶盘旋数圈后,飞走了。

段庆县拿出身边的小剪刀将渔网剪开一个大口子,若无其事回到了船上。佳佳问,爷爷咋没来,什么时候吃雁?段庆县装作沮丧的样子说,雁跑了,爷爷不来了。佳佳哭着说,你骗人!段庆县说,网破了一个大洞,不信带你去看。佳佳哭着钻进了船舱。

江赛娥问,网真的破了一个大洞?

段庆县悄悄对江赛娥说,爹说想生儿子就别吃雁,雁有灵。

江赛娥对丈夫的决定自然不敢有异议。湖边的女人没生儿子就不算是女人。江赛娥苦笑,不吃就不吃,为啥要把网剪一个洞? 雁没吃着,还得补渔网。

段庆县也笑,不剪洞能瞒过女儿?

第二年,江赛娥生了一个儿子。段庆县笑得合不拢嘴。

救雁

日子在段庆县放网收网间不经意地翻动,好不起来,也饿不死。

江赛娥每天收网后,总要把一些卖不出去的小鱼小虾抛在湖滩上,引得一群湖鸟来抢食,就像农妇饲鸡。

二〇一〇年下半年的一天,一个快六十岁的小老头儿来到段庆县的船上。段庆县认得老头儿,他是塥上曹家的曹意助,县里的下岗工人,住在乡下,有落叶归根的意思。曹意助却不认识段庆县。

曹意助轻声问,有鸟儿卖啵?

曹意助捅到段庆县软处,他一脸不高兴说,什么鸟?

曹意助说,只要是湖里的,什么鸟都行。

段庆县拉下脸说,你好歹也是吃公家饭的人,现在没饭吃,还不至于做鸟贩子吧!

曹意助笑,你认得我?

段庆县骂,谁不认识塥上扫马路的曹意助,装什么大尾巴狼?

曹意助年轻时在养路段扫马路扫得好,被领导看中,招进城做了工人。

曹意助说,骂得好。小兄弟,我不是鸟贩子,访偷鸟贼呢!

段庆县说,我偷鸟?护鸟还差不多。

曹意助说,你想护鸟?加入我的小天鹅保护协会吧!

段庆县反复问清楚了曹意助此行的真实目的和小天鹅保护协会的情况,欣然加入协会。曹意助说,你还不能算正式会员,我得考察你一年半载。段庆县没在乎,问,鸟在天上飞,够不着呀,怎么保护?曹意助说,不用管天上,盯住地上就行。

段庆县空闲下来就跟着曹意助在湖边上巡,防投毒,割天网,捉鸟贩子。江赛娥也已把三个儿女养大。佳佳学了一门手艺,上户做裁缝。二女儿和儿子在外打工。她夫唱妇随,也加入了巡湖队伍。鸟是段家的天,也是她的天。

二〇一二年,段庆县成为协会的正式会员,县里发了护鸟员证。两年里,段庆县学会了识鸟,知道有冬候鸟夏候鸟。除了大雁,他还认识了白鹤、白枕鹤、小天鹅、东方白鹳、白鹭、苍鹭、凤头鹰、猫头鹰、游隼……大雁也不仅仅就是鸿雁,还有白额雁、豆雁、斑头雁和灰雁。这两年,他还认识了县林业局的领导,如候鸟保护局的李跃局长,野生动物保护站的曹达桑站长。

曹意助跟段庆县说,做手艺也只学三年,你已两年,该出师了。湖岸线有三十多公里,我们分一下工。火山垅以北归你巡,以南我巡。我提拔你当副会长。当不当副会长,段庆县没在意。曹意助快六十了,还坚持下湖,自己身强力壮,怎么就不行?

独立巡湖的段庆县也拉起了一支队伍。队员都是他的渔民兄弟或者兄弟的老婆。他先是忽悠,鸟也是一条生命。人说,废话,蛇虫蚂蚁都有生命。段庆县嘿嘿地笑,你们都知道啊。人也笑,能不知道?我还知道,你儿子是用雁换来的。段庆县说,你说怪不怪,没放雁之前,赛娥只生女,放了便生儿子。人说,那是巧合。段庆县说,不是巧合。放雁后,我对生儿子就有了信心。人问,那是什么?段庆县说,是点化。西游记里,那么多妖魔鬼怪都得观音菩萨点化,才修成正果。人说,还迷信上了?段庆县说,不是迷信,是悟出了一个理儿,天地万物,你让我活,我便让你活。不说点化,就说护鸟,我们没事就到湖边走走,是不是对身体有好处?在船上打牌喝酒,既输钱还伤身。被忽悠的人中,男人一笑置之,女人却听进去了。女人都讨厌男人打牌喝酒,推着自己的男人说,去,去,跟庆县哥去。男人不情愿。女人说,你不去我去,男人便都随段庆县去了。几年下来,段庆县登记在册的志愿者就有六十六人。

也就在段庆县独立巡湖的这年冬天,他遇到了一个麻烦。一天,他带了三个人去巡湖。湖滩上一只鸿雁趴在草地上,咯咯地叫,想飞又飞不起来,口吐黏液,屁眼流着白色粪便。雁中毒了。段庆县急得直跺脚,嘴里不停叨叨,怎么办?怎么办?就像儿子病了。送医院,医院也不接鸟呀。哪里有治鸟的医院?他想到了候鸟保护局的领导。

段庆县抱起雁,四个人一路小跑,先到西源乡邮电所,给李跃局长打了一个电话,雁中毒了,身上滚烫的,发烧呢。李跃说,不是发烧,候鸟正常体温就有四十摄氏度。滚烫说明还有希望,送县里来。段庆县也没多想,四个人坐班车到县里,下车后又往候鸟保护局狂奔。到了候鸟保护局楼上,四个人头上冒白烟,棉袄都湿透了。李跃看看雁说,死了。段庆县说,不会吧,我一刻没停就送来了。再看雁,眼睛紧闭,头软绵绵垂下。段庆县哭,怎么会死?不应该啊!李跃说,你们做得很好。但中毒时间太长,埋了吧。又拿出四十块钱给段庆县做路费。段庆县没有接,我不要钱。同伴接了,说,局长给的路费咋不要?这钱不单是钱,是奖励。

段庆县抱起雁念叨,回家!他把雁葬在塘口的湖岸下,垒了一个坟包,郑重地叩了三个头。愧疚堵在心里,隐隐作痛。江赛娥劝,你尽力了。段庆县想到另一个问题说,要是懂一点点救护,雁不会死。

段庆县无法从雁的死亡阴影中走出来。

救护站

段庆县像着了魔,一次又一次往县里跑,找曹达桑。曹达桑问,你想怎么做?段庆县说,想救鸟,而不是往县里送鸟。曹达桑又问,你读了多少书,懂医?段庆县说,小学毕业,不懂医。曹达桑摇摇头,委婉将段庆县请出了办公室。段庆县又去找李跃。李跃说,事是好事。李跃把曹达桑叫到办公室。李跃问段庆县,你想救鸟儿,有办法吗?段庆县说,没办法,有决心。我跟老婆和儿女都商量了。佳佳还打算给我买手机。曹达桑问,佳佳是干什么的?段庆县有些不好意思说,做裁缝。曹达桑又摇头。段庆县急了,人畜一般,我可以找当地医生。李跃说,要不让他试试。段庆县跳起来笑,试试就试试。

段庆县回到塘口对佳佳说,可以买手机了。佳佳也很高兴。她靠一针一线一年也缝不了几个钱,但为了买爹高兴,还是花了一千多块钱买了一部智能手机。

段庆县干劲儿十足。队员集资了六千多元,将他空闲下来的老屋进行了改造,隔了几间鸟舍,做了治疗室、观察室、病房。病房里做了水池,开了天窗,屋顶盖了封闭式荫棚。救护站有模有样。

段庆县知道,只有"站"不行,还得有"救"。他在手机上查找鸟的救护办法,找医生请教如何给鸟治病,但医生都摇头,这要找兽医。他还真找到了一个兽医。兽医是塘口走出去的大学生段载金。段载金从江西农业大学兽医专业毕业,分配在省农业厅野生动物保护部门工作。他与段载金是小学同学。段载金不能帮段庆县治鸟,但他有问必答。听说段庆县要办救护站,二话不说,支持了一批救护物资,有套靴、防护服和防护手套,还有三套救护设备。

曹达桑来塘口,小有成就的段庆县向曹站长汇报救护站的筹备情况。曹达桑说,好是好,最好还有医生志愿者加入。段庆县又去忽悠村医查玉莲,病人越来越少啊。查玉莲叹气,人越来越娇气,小病去县里,大病要去北京上海。段庆县说,没病治,手艺要荒废了。查玉莲笑,就是荒废,还不至于跟庆哥混。段庆县说,话不能这么说。人有人性,鸟有灵性。没赚钱,还不积些功德?查玉莲说,知道庆哥在做一件大好事,我也不缺那点时间。药品呢?空手治不了鸟。段庆县说,人来就行,药品我想办法。有了医生,段庆县又去找侄子段长喜。段长喜养鸭,家鸭是野鸭驯化而来。养鸭就得搞防疫。段庆县任命段长喜为防疫员,又从县里讨来常用药品。

以前段庆县怕鸟受伤,现在有些盼。做了这么长时间的努力,能不能治鸟?他需要实践。

塘口大源垅一片树林是夏候鸟繁殖地,有苍鹭、白鹭、夜鹭、池鹭和绿鹭。段庆县经常到那里去巡。鸟似乎明白他的用意,果然让他在林子里找到两只摔伤的夜鹭幼鸟。段庆县抱回家,江赛娥接过来吓了一跳,说,鸟伤得好严重,高烧呢。段庆县学李跃的口气说,孬婆,鸟高烧说明还有救,鸟体温高,就怕下降。江赛娥说,我去叫查玉莲来。查玉莲检查了一番,说鸟没受伤,养着就行。段庆县有些失落,分明是树上掉下来的,咋没受伤?江赛娥小心照料了二十多天,鸟硬了翅膀,段庆县便抱到林子里放飞了。这次严格来说不能算救,只能算护。

二〇一七年,段庆县巡湖发现了一只飞不动的斑嘴鸭,两只鼻孔流鼻涕,拉白色鸟粪。查玉莲怀疑是病毒感染,便用抗菌消炎药,口服注射同时进行。段庆县担心查玉莲治出问题砸了自己的牌子,说,药试着用,用量别大了。查玉莲也是第一次给鸟治病,心里没底,治疗时小心翼翼。没想到,两天后,斑嘴鸭又活蹦乱跳。段庆县用手机拍了视频向县里汇报。

段庆县两次救护实践还真引起了县候鸟保护局的关注。二〇一八年一月九日,李跃似乎是想检阅段庆县救护站的救护能力,将彭泽县林业局送来的两只中毒的小天鹅调度到塘口,让他到三汊港去接。段庆县兴冲冲骑着三轮摩托赶到港头十字路口,在寒风中等了一个多小时,接到小天鹅便往塘口跑。救护站也如临大敌,小天鹅是国家二级保护候鸟。查玉莲早早穿上了防护服,消好毒,在治疗室等。小天鹅上了治疗台,她先从小天鹅翅膀上细小的静脉血管注射了半支阿托品,接着又给小天鹅输液。段庆县问,咋和人一样输液呢?查玉莲说,打阿托品解毒,输葡萄糖、氯化钠补充营养,还能排毒。段庆县叹,缺谁都不能缺医生。段庆县与江赛娥一人抱着一只小天鹅输液。小天鹅血管细如发丝,给它输液比人慢,两人熬到第二天凌晨三点才输完液。

　　第二天继续用药,到了第四天傍晚,小天鹅缓过来了,四只小眼骨碌碌转。江赛娥喂小天鹅吃谷,小天鹅不吃。江赛娥说,咋不吃呢,没好吧?段庆县说,倒一碗水来,干巴巴的咋吃?江赛娥又端来水,小天鹅仍不吃。段庆县琢磨,这回该吃呀?!他将水倒进装谷的盘子里,两只小天鹅欢快地吃起来,还不时地昂起头叫唤。江赛娥笑,天鹅吃东西像鸭子。

　　小天鹅天性喜欢戏水。江赛娥买来一只大盆,装满清水,再将谷撒在盆里。小天鹅既可以戏水,又可以找食,玩得不亦乐乎。

　　经过一个多月的精心护理,两只小天鹅完全康复。二月二十一日,县候鸟保护局、野生动物保护站、监测站来人亲自监督,两只小天鹅在塘口放归大自然。同年十一月,鄱阳湖国家级自然保护区领导视察塘口一锤定音,一个渔民能如此执着,为什么不支持!段庆县喜滋滋到民政局申请登记。民政局领导说,野生动物救护站是行政机构,你是民间社团,叫协会吧。段庆县说,就叫协会。年底,段庆县正式挂出"都昌县野生动物救护协会"的牌子。

羊群走过村庄

◎ 段吉雄

几场秋雨之后,田野瘦下来了。

喧嚣从山坡转移到村庄。每一户农家小院都腆着肚子,屋檐下、院墙上挂满让人眼馋的果实,白的花生,红的辣椒,还有那闪着金光、耀得让人睁不开眼的玉米棒子,你贴着我,我挨着你,互不相让。院子里,更是连下脚的地方都没有。几只夏天才出生的小鸡仔硬是迷失了方向,找不到出口。想退回去,却一个趔趄跌倒在黄豆铺就的地毯上,尖叫着,挣扎着,爹起毛在上面翻滚。

炊烟臃肿了许多,慢吞吞地绕着房屋不肯离去,直到一碗金色的南瓜苞谷糁从厨房里来到院子里。秋南瓜结实、软糯,和新磨的苞谷糁相遇,诱人的味道能让秋风疾驰的脚步变软。再来一勺新捣的蒜泥辣椒,香甜和辛辣的砰然相撞,这是农人安抚忙碌饥饿身体的独门秘诀。一碗下肚,意犹未尽;再来一碗,一个季节的疲劳就减去了一半。一般情况下,农人会毫不客气地干上三碗,之后顶着一身的骄傲和心满意足去迎接秋阳。

田野里一片静谧,风大踏着步子来回丈量,计算着这一季的收成。大地陷入了沉思,齐整地码在地中间的苞谷秆成为秋季最后的明显标志。它们聚拢在一起,垛成一个个圆形的"城堡",里面钻进三两个人是没有问题的。孩子们喜欢在这里捉迷藏、避雨、嬉戏,在一浪高过一浪的欢呼声中,云彩也被吸引了过来。抬起头,秋水长天一下就铺满了眼眶。

我坐在苞谷秆垛里面,透过逼仄的缝隙看着三只羊在田野里散步。一只母羊,两只小羊,他们是我的伙伴。平时放羊时,绳子从来没有离过手,母羊有些粗心,看到悬崖上有喜欢吃的酸枣便会忘乎所以,忘了自己还带着两只小羊羔。多少次,我左右胳膊各抱一只,跟在它后面狂追。我的呵斥声、小羊的呼喊声,它理都不理,只顾自己大口大口地吃,间或扭过头咩咩地叫上几声,那神情和眼神,淡然得像天空滑过的云彩。不过,最终它还是下来了,拖着圆滚滚的肚子。正在我身边玩耍的两只小羊箭一般地冲出去,我捡起早已准备好的荆条,攒足了劲儿准备好好教训它一顿。穿过几蓬荆棘,我看到它站在一块石头上,两只小羊钻进它怀里,一左一右噙着奶头正在吸吮,白色的奶液喷薄而出,顺着小羊的嘴角滴到了石头上。母羊站得很稳,但两只小羊吃奶时不时用头使劲儿地拱,每拱一次,母羊都会重心不稳,需要重新调整姿势。它没有发现我渐渐逼近的身影,也没有发现高高扬起的荆条,正全神贯注扭头看着两只小羊,四肢牢牢地抓着石头。我呆呆地看着它们。后来,当它发现我的时候,已经有星星在天空闪烁了。

田野里没有了庄稼,剩下的都是杂草,它们在这里撒欢,嬉戏,然后仰着头摘苞谷叶子,低头寻找那些黄色的马泡,吃到嘴里酸得直摆头。突然,母羊站住了,扭着头四周张望着,嘴里发出急促的咩咩声,身后的两只小羊不知所措,也站直了身子跟着一起叫。我坐在苞谷秆垛里面看着它们开始往我藏身的地方走来,母羊边走边叫,不时心不在焉地叼一口挡在面前的杂草,两只小羊远远地跟在后面,在地上寻找新鲜和惊奇。不知道因为什么,它俩开始瞪着眼,憋着脸,头抵着头低声呜咽。母羊一声悠远的呼喊顺着风传到它们耳边,它俩抬起头,看了看母羊已走远的身影,便尥起蹶子,飞快地跑起来。它们蹦得老高,像两朵云彩砸过来。追上母羊之后,又准备钻到它的肚子下面,但这一次它们被无情地踢开。母羊继续朝前走着,眼睛在空旷的田野里搜寻着。

慢慢地,它们靠近我藏身的地方,我能看得到它们的脸了,听得到它们的出气声了,闻得到母羊身上的奶腥味了,也看到了小羊脖子下面两个可爱的肉坠。我屏住呼吸,趁着母羊仰头叼苞谷叶的一瞬间,突然探出头来。母羊反应很快,拖着臃肿的身材一个箭步窜出去老远。两只小羊也跟着窜了出去,只是腿上的爆发力没有那么强大,侧身摔倒在地上。我从苞谷秆垛里跳出来,顺势朝地上一扑,就把那只还没来得及爬起来的小羊羔揽在怀里。小羊挣扎着,尖叫着,呼喊着。定下神来的母羊扭头看着我,便住了逃窜的脚步,开始向我冲过来。我一手抓住小羊,一手捡起土坷垃向它砸去,但这丝毫没有影响它冲过来的速度和决心。我只好仓皇地从地上爬起来,放下手中的小羊,奋力躲避着。后来,它站住了,在离我不远的地方,眼睛里满是怒火,肚子急剧地起伏着。

母羊带着它的两个孩子又去寻找吃的了,我坐在地上,看着一堆蚂蚁抬着一只受伤的蚂蚱朝不远处的洞穴走去,蚂蚱不停地挣扎着。我静静地看着它们博弈,就在它们快要到达洞口的时候,我把蚂蚱捏起来,赤着脚朝着远处走去。蚂蚱在空中晃荡,不时地弹一下腿,就有一些蚂蚁从空中落下,但还有一部分死死地咬着不松口。我带着它们来到山羊吃草的地方,把蚂蚱连同附在它身上的蚂蚁丢在地上,然后又找羊们玩去了。傍晚,我的羊吃饱了,我们准备回家。找鞋子的时候,我又看到了那只蚂蚱,身上爬满了更多的蚂蚁,还有不少蚂蚁在匆忙赶路。我打量了一番,它们距洞口最多只有一步的距离了。我把挡在蚂蚁前面的鞋子提走,拉着羊绕了个弯,朝着回家的方向走去。

在我和羊群捉迷藏时,父亲挎一个箩筐,沿着苞谷秆垛转悠,眼睛像篦子一样梳理着每一根苞谷秆。秋收时,被农时撑得焦头烂额,恨不得生出三头六臂来,为了把粮食抢收回家,手下自然就有了疏漏。现在,终于腾出工夫来了,得重回田野把那些漏网之鱼捡拾回家。实际上,那些被遗漏在田野里的玉米棒子也是心有不甘,它们撑破层层苞谷壳,露出金光灿灿的笑容,就等着那回眸一瞥。父亲不需要这么明显的示意,仅一眼,就能从那枯黄的苞谷秆中准确无误地找出它们,踮起脚尖,伸直胳膊,抓住玉米棒子的头部,手腕一转,再顺势一扯,箩筐里就又多了一分收获。

苞谷秆垛的内部一片漆黑,但这难不住父亲。几个月前,借助微弱的月光给苞谷间苗,父亲手中的锄头就像长了眼一样,行距、间距标准得像用尺子量过似的。这些农活儿,都嵌在了他的灵魂里,一株玉米苗拔节的时间,什么时候育花,什么时候抽穗,什么时候灌浆,都在心里呢。黑暗里,父亲伸出胳膊,手掌在苞谷秆上游动,那些苞谷叶子收起了一贯的嚣张,顺从地伏在他的手掌心。驰骋在平滑的茎叶上,指头准确地捕捉到了藏在苞谷叶深处的凹凸不平,扒开层层阻碍,又揪出一个玉米棒子。一圈下来,父亲的眼睛已适应逼仄和黑暗,胳膊上的箩筐也越来越沉重了。

绕着田地转一圈,箩筐已经快满了。父亲坐在地边石坎上,掏出烟袋,点燃一锅旱烟,回头看着那些垂头丧气的苞谷秆垛。风快速地在它们中间穿插着,一次又一次地带走青葱和记忆。当那些往事全部被风干的时候,苞谷叶子就会发出风铃般的哨声。父亲在石头上磕着烟袋锅,腾出里面的烟渣,在叮叮当当的撞击声中,秋雨开始淅沥起来。

　　土地经过了一个季节的辛劳,身体里像是嵌进了一块钢板,在秋种之前先松松土,会让播下的种子的每一个梦都柔软而舒适。一场秋雨把休整了一个夏天的铁铧唤醒,它擦亮铠甲重出江湖,在土地上翻江倒海。大部分时间里,它在泥土里泅渡,一趟又一趟地唤醒僵硬板结的土地,偶尔浮出地面的时候,明晃晃的铧面闪烁着逼人的寒气,秋阳在上面来回翻滚。遗漏在地里的花生被铁铧翻了出来,带着一脸的陌生打量着这个同样陌生的世界。准确地讲,它们现在不能称之为花生了,应叫花生芽。它们躲藏在松软的土层里,没有了其他庄稼的排挤和对营养的争夺,仅一场秋雨和三两个劲道的秋阳,它们就能快速完成蜕变。

　　土地翻得可真是时候!此刻,这些花生芽已经有小半拃长、筷子粗细了,洁白的胚轴、微微泛黄的胚芽,看起来水灵灵的。要是再晚两天,等到太阳一番撺掇,它们脚下就会长出细长的根须,头顶上的胚芽也会受光线刺激而变绿,不但开始纤维化,而且营养、口感都会大打折扣。

　　没有了点种和撒化肥的任务,我的心情愉悦了许多。母亲提着竹篮走在父亲后面,我则跟在母亲后面。铁铧犁开地面,像船头劈开水波,一垄垄土层翻滚着、呼啸着,那些白色的花生芽像海浪里的鱼儿似的,从土层里跃出来,在泥土中蹦跳着、欢呼着。从它刚刚钻出土的那一刻起,就已经被我们锁定。一哄而上,几只小手开始搜寻。正在埋头犁地的老牛被吓了一跳,弓着腰猛然向前一窜,父亲猝不及防,叼在嘴上的烟杆掉到了地上,涎水划出一道弧线后跌落在泥土里,扶着的木犁差点脱手。来不及捡烟杆,父亲紧走两步,左手抓住木犁的扶手,右手紧拉撇绳,嘴里喊一声"喔——"。老牛明白了父亲的意思,定下身子,又恢复了不紧不快的步伐。父亲扭回头,一脸怒气,刚准备训斥我们,母亲赶紧捡起掉在地上的烟杆,在衣服上擦去泥土,塞进他嘴里。

　　花生芽并不是随处可见,有时跑几趟也捡不到一颗。父亲嫌我们踩地,就不让再跟着跑了。我的山羊在远处山上吃草,它们藏在一片红色乌桕树叶下,偶尔才传过来一阵咩咩的叫声。我没事可做,看着满地跳跃的蚂蚱,想起了那群鸡仔,它们大概还没有品尝过这等美味。人们常说,秋后的蚂蚱蹦跶不了几天,但在我看来,秋天的蚂蚱更不好对付呢。它们经历了夏天的酷热和生物链弱肉强食因果循环的历练,已不是春天时娇弱无力的样子,个个变得身强体壮,身手也异常敏捷。特别是那种土灰色、蹬着粗壮大腿的大个子,鼓着两只大眼睛,一副睥睨天下的样子,它们弹速很快,飞得又高又远,很难逮着。实际上我也不愿意逮这些家伙,它们两条布满了钩刺和锯齿的捕捉足连我的皮肤都能划破,更别说鸡仔们那娇嫩、细薄的喉咙了。那种青色、尖头的蚂蚱相对要娇嫩一些,在秋收后的田野里也容易被发现,趁着它们歇息时,慢慢靠近,突然出手,就能按住一只。被捉住的蚂蚱开始拼命反抗,于是手心便开始酥痒,快乐顺着胳膊蔓延到全身。手里攥不下了,便扯过一根狗尾巴草,从蚂蚱的头部穿过,一直滑到草穗子上,然后像叠罗汉一样把它们串在一起。

  一块镶有淡薄金边的夜幕缓缓坠落,笼罩在村庄上面。幕布上,有疲惫的老牛、温顺的山羊,还有扛着犁耙的农人在缓缓游动,他们步伐从容,悠闲。站在山冈上,老牛抬起头,伸直了脖子,吐出一口浊气,"哞——"从田野和村庄传来的回应声扫去了它一身的疲惫,脚步开始加快,牛铃声弥散在淡蓝色的炊烟里。

  小鸡们缩着脖子在鸡笼前徘徊,在进不进巢中抉择不下。老牛看都不看它们一眼,径自走到树下,躺下开始休息。山羊也是,先到食槽找水喝,然后舒舒服服躺下,开始反刍。还是我给小鸡们带来快乐,从狗尾巴草上取下一只蚂蚱丢地上,它们围过来,歪头打量,咯咯咯叫着,像在示威,也像在彼此鼓劲。那只蚂蚱并不示弱,尽管身体伤痕累累,却支棱着翅膀摆出一副进攻的姿态。小鸡们围成一圈,也摆出攻势,就是没有哪只敢先迈出第一步。蚂蚱有了底气,瞪着这群稚气未脱的鸡仔,夯翅猛飞,把小鸡们吓了一跳,四处散开。蹲在鸡窝里闭目养神的母鸡探出半只脑袋,睁开一只眼看了看,起身出了鸡窝,几步来到了正在示威的蚂蚱身边,都没有正眼看去,抬起一只脚,便把蚂蚱死死地踩在了脚下。小鸡们看到母鸡过来了,又迅速围上来。母鸡抖了抖翅膀,抬起脚向鸡窝走去,一边走,一边还打着长长的哈欠。

  一只又一只的蚂蚱从我手中落到脚下,小鸡们扇动着翅膀,围着我游走,胆大的还飞到我腿上,从我手上抢夺。灯光下,一层细细的灰尘笼罩着我。老牛的反刍声从角落里传过来,坐在椅子上吧嗒着烟的父亲像是接到什么命令,起身走向厨房。一瓢新鲜的苞谷糁、一瓢麦麸,再加大半桶温水,搅拌均匀。提着桶走到门口时,父亲想起什么,又折回厨房。是的,还要加半把盐。平时饮牛时很少加盐,但到了农忙季节,无论再晚,也不管再累,父亲都会亲自做这件事。开水冲开麦麸,搅拌后再兑凉水,调至不烫不凉,然后再加上半把盐。

之前有一次,我刚把牛从田地里拉回,就急不可耐提来一桶水,想让它解解渴,却被父亲喝止,头上还差点挨了一烟袋锅。后来父亲说,牛和人一样,累得太狠不能猛喝水,不然会炸肺。当然,也不能马上喂它草料,要等它歇过来之后。歇好的标准是什么?就是牛开始倒沫(反刍)。

看到父亲走过来,老牛从地上一跃而起,直接把头扎进水桶里,我能清晰地听到水在它腔管流动的声响。父亲小声嘟囔着,用指头敲着水桶的边缘,提醒它缓口气再喝,但老牛根本不予理会,一口气干完了半桶,抬起头的时候,还意犹未尽地用舌头舔着挂在嘴巴上的浆汁。父亲转过身子,从院墙外抱进一捆新鲜的红薯秧,放在它身边。我的两只小羊闻到甜浆味,也踮着脚步过来,却被父亲呵斥一顿:啥活儿都没干,吃了一下午,还吃!小羊羞愧地走了,母羊卧在角落里,眯着眼冷冷看着这一切。

母亲从厨房里走出来,香气和灯光迅速弥漫开来。下午就熬好的绿豆南瓜汤,刚刚起锅的千层饼,当然最让我们期盼的就是那盘花生芽了,看起来白白胖胖,吃起来脆生生的,嚼到最后,嘴里还有一丝丝甜味。我撺起一根,咯吱咯吱咬着。小哥看了我一眼,说我在倒沫。说完,他自己也咯吱咯吱起来。我没工夫跟他打嘴仗,花生芽的香甜消磨了好胜心。

咯吱咯吱,这边是我和小哥咬花生芽的声音,那边是老牛咀嚼草料和母羊倒沫的声音。夜色越来越浓,声音越来越大,村庄在咯吱咯吱的声音中渐渐滑进了深秋。

山坡上,乌桕树叶被染成了浓烈的红棕黄色,随着气温跌落,叶绿素逐渐褪去,类胡萝卜素与花青素被秋风唤醒,变魔术般把树叶染成深红、明黄、暗绿,调节着大自然的心情。我选择地边上叶子特别红、果实挂满枝头的一棵乌桕树,抱来几捆红薯秧,在树杈上搭起一个舒适的窝。正午,秋阳微辣,红薯秧的甜浆味随着阳光蒸腾而起,在鼻尖游来游去,惹得肚子咕咕作响。地里已没红薯了,母亲正用锄头搜寻那些遗留在地里的"漏网之鱼"。我朝着母亲大声喊:饿了。母亲抬起头,看了看前面的地,又回头看看我,从箩筐里拿出一个拳头大小的红薯,拍了拍手上的泥土,撩起衣角把泥土擦干净,用指甲把外面的一层皮抠去。浓稠的浆汁把她沾满细灰的手洇湿,一层稀薄的泥水挂在红薯上。抠完皮后,母亲掀开外套,用秋衣把红薯又擦了一遍,才递到我手里。

三只羊站在我的窝下面,母羊仰着头叼着红薯叶,两只小羊够不着,看着我咩咩叫着。我跳下来,把其中一只抱起来,放进树上的窝里。和初秋时相比,它已经壮实多了,也沉了许多。我躺在窝里啃着红薯,小羊卧在我身边吃着红薯叶。看到它身上沾满了苍耳,我便腾出一只手帮它摘。摘一个,朝下丢一个,有的落到了地上,有的蹦到了母羊身上。天上的云彩一大团一大团慵懒地堆积在一起窃窃私语。看着它们,我觉得自己的思绪也飘到了天上,跟着云朵一起游走。当然,我是带着羊一起去的。

母亲把我叫醒时,小羊已不在我身边,睁开眼除了那一片片火红的乌桕树叶子外,还有铃铛一样的乌桕籽。愣了半天,我才发现自己还躺在红薯秧里,坐起身来,背后有些凉意。我从树枝上跳下来,发现母亲已经把地又拾掇了一遍,挖出整整一大筐红薯。她把红薯分装在两个箩筐里,用扁担挑起来往家走。三只羊卧在树下闭目养神,我摘下几颗乌桕籽递到其中一只小羊嘴边。它嗅了嗅把头扭开了。我强按着它的头,掰开嘴巴,把乌桕籽塞进它嘴里,它上下牙关仅磕了一下,便甩着头跑开,一边跑一边呸呸呸地朝外吐口水。我起身准备追,母亲冲着我喊:那是苦的,不能吃。我拿起一个放进嘴里,牙齿一磕,苦味瞬间蔓延开来。我也呸呸呸吐口水。

我有些纳闷,这么苦的东西,灰喜鹊为什么喜欢吃呢?

一场秋霜之后,小昆虫们集体遁形。树林里,那些平时摩肩接踵的浆果也都消失得无影无踪,灰喜鹊双脚踩着树枝,喳喳喳地埋怨着。乌桕树的叶子已经完全脱落了,只剩下一树繁华。远看,白花花的一片,像是树上开满了白色的花儿,走近才发现,那是乌桕籽。棕黄色的外皮已脱落,露出玲珑的小白果,三个三个抱一起,如珠玉光洁,如凝脂柔美,看起来比春花还娇美。

灰喜鹊歪着头,用尖尖的喙啄食乌桕籽表皮上的蜡质层,一边吃一边斜眼打量着树下的我。箩筐放在地上,袋子缠在腰上,鞋已经脱掉了,我朝手心里吐两口唾沫,纵身一跃,紧紧抱着树干,噌噌噌几下就爬到树杈上。灰喜鹊看到一个黑影突然出现在面前,发出喳喳喳的惊呼声,展开翅膀跃到另一棵树上。我没工夫搭理它,从腰上取下蛇皮袋子,一手提袋子,一手摘乌桕果。别看这些果实不能吃,但有专门的药贩子来收购,晒干后块把钱一斤呢。也许是看到我并没有恶意,灰喜鹊又飞回来了,落在一枝高高的树梢上又开始啄食。

乌桕籽是整个山坡上最后一种被带回的果实。当它们进入村庄时,大地等待的将是冰雪的覆盖,田野会变得温暖,一些想法在田野里生根,活着过冬。

我和我的三只羊在寂静的空旷里行走,母羊肚子又凸起来了,步履有些滞重。两只小羊,不,它们已经不能叫小羊了,个头比母羊还大,走起路来,后裆里两大坨甩来甩去。我不止一次听到父亲说,等手头上的事忙完了,要给它们做绝育手术,这样才能保证在冬季迅速把膘养起来,过年时卖个好价钱。

我把装有乌桕籽的袋子从羊身上取下,搭在自己肩上。卸下重负,它们尥起蹄子,划过两道白光,飞快朝远处跑去。母羊眯着眼,跟在我身后,一步一步走向村庄深处。

三只各怀心事的大象

◎ 段弋

断尾

第一次在野外见到大象的时候,我大学刚毕业,分配到电视台当记者,扛着摄像机,神气活现地四处采访。那年一月,进入了森林防火重保期,台里派我去边境小镇拍防火带。

越往上走,山势越陡峭,山路越湿滑,经过六个多小时的跋涉,终于来到了山顶棱线,也就是国境线。近四十米宽的草木被砍尽,就连枯枝都被小心地收集到一边。防火带宛如一条长龙,匍匐在绵延不绝的棱线上。我架好脚架,调好光圈,拉近焦距,开始拍摄。突然,一群大象晃晃悠悠地闯入取景器,连嘴里咀嚼的树叶都看得一清二楚,大象近在眼前!我摘下机器,转身就跑。

晚饭时,镇里在家的领导都来看望我这个被大象吓跑的记者。陈副镇长用夸奖的语气说,看看市里来的记者,觉悟就是不一样,生死关头,还把摄像机抱在怀里。

还好没遇上断尾。林副镇长没头没脑地说了一句。

再次到小镇是十五年以后了,我去拜见岳父岳母。到小镇的路,一多半已修成了双向两车道的高等级公路,车程也缩短到了三个半小时。国庆长假第一天上午八点半出发,到家正好赶上饭点儿,于是一下车就被带到酒桌上,家里把年猪提前杀了。岳父有四个兄弟姐妹,于是我多了一众叔叔和姑姑,其中一位姑姑在镇里工作,我随口问起宣传员蓝先,姑姑用稍带惊讶的口气说,蓝先走了,你不知道吗?

一年前,野象来破坏庄稼,蓝先去拍现场,遭野象袭击,不幸身亡。野象用鼻子把蓝先卷起,一遍又一遍地摔向大树,蓝先全身骨骼没有一寸是完好的;接下来，大象用粗大的象蹄像打桩一般，把蓝先一点点打进土里。

蓝先的遗体被抬下山时，薄得像一张草席。

姑姑的描述让我在毛骨悚然的同时，心如刀割。

蓝先一直没有到台里来学习。几年前，我任新闻中心副主任的时候，在通联的稿费单上见过他的名字，仅此而已。

接下来，我用几天的时间，搞清了事情的原委。

袭击蓝先的是一头叫作断尾的独象。关于"断尾"这个名号，还有一段离奇的故事。

十多年前，为了躲避境外猎人的追击，一对野象母子逃向中国。身后是疯狂的追击，头上是呼啸的子弹，母象终究难逃厄运，它用最后的力气，把小象推过了国境线。它自己倒下的时候，身子一半在国内、一半在境外。小象试图用鼻子阻止母亲正在合上的眼皮，结果并没能如它所愿。于是，它竖起尾巴，虚张声势地向追来的凶手怒吼，凶手的枪管火光一闪，霰弹击断了小象的尾巴。后来小象被别的象群收留，成年以后，因为不时攻击其他同伴，被逐出了象群。从此，它开始转向攻击人类。

儿子出生以后，我和媳妇每年的长假几乎都是在镇上度过的。一方面是外公想念外孙，另一方面是我一直想打听断尾的消息。听说蓝先出事以后，我开始关注亚洲象，在采访亚洲象繁育中心时，认识了"象爸爸"。"象爸爸"姓徐，在一次巡护中救助了一头奄奄一息的小象。小象发高烧，他把自己的铺盖卷搬进象舍，整夜用冰块给小象降温；小象吃不下东西，他拿自己的积蓄买了半吨奶粉，灌在奶瓶里一口一口喂小象。按照当地老百姓的说法，他是一把屎一把尿把小象带大的。后来媒体来报道，给他取名"象爸爸"，今天在百度上还能搜到关于"象爸爸"的很多信息。"象爸爸"告诉我，大象有超强的记忆力，记忆水源、记忆食物、记忆仇恨。断尾还会继续攻击人类！

节后，林业公安局奉命对断尾进行围捕，围捕组专程到上海动物园借来了麻醉枪，围捕的方案是，麻醉后将断尾送到安全地带喂养，为此，还用碗口粗的钢管焊了个集装箱大小的铁笼。

我带人参加了拍摄工作。林业公安局的谢局长是我的老相识，见到我半开玩笑地说,拍完以后,视频全留下,暂时不要报道。我没有亲眼看到围捕断尾的场景,台里承办全省的新闻年会,把我抽调了回去。半年后,我到相邻县的一个乡镇采访,亲眼见到了断尾。

硝塘是野象补充盐分的地方,于是林草局在硝塘周围,用直径二十厘米的钢管围了一块三百多亩的亚洲象中转站。我去的时候,正好是喂食的时间。工作人员用皮卡车拉来两车黄灿灿的香蕉,投放到围栏里。这里一共有六只大象,其中最高那只约莫有四米,独自享用着堆成小山的香蕉,其余的大象则在它身后耐心地等候,如同餐厅里排队候餐的食客一般。

我注意到,独享美食的大象左边象牙断了一截,额头上还有不少陈旧的伤疤,那应该是它征战多年留下的纪念。它吃得慢条斯理,用鼻子把香蕉串立起来,庞大的象蹄灵巧地把香蕉撸到地上——就像人们把烤串撸到摊开的卷饼上一样——再用鼻孔吸起香蕉,不停地塞进嘴里咀嚼。

它就是断尾。镇里陪同的小白说。

断尾?

我往左边移了几步,果然看到那条只有半截的尾巴。

这也太出乎意料了!它与我想象的凶手完全不一样。我脑子里勾勒的断尾,要么是被铁链锁着、蹲在铁笼的角落,用猥琐的目光偷窥着我;要么竖起尾巴和耳朵,发出排山倒海的鸣叫恐吓我,绝不是在我面前这般心安理得进食的家伙。

我用颤抖的声音问怎么处置这家伙,小白说,驯化一段时间,送动物园,或者是亚洲象国家公园。

公园开始建设啦?

方案已经申报到国家林草局了,开工日期指日可待。小白的目光里充满了自信。

小半截

大年初一的中午,我提着两杯老挝咖啡找到了岩尖。他刚刚起床,两只眼睛由于彻夜未眠红得吓人。我叫了他的名字,他脸上的表情顿了一下,旋即热情地欢迎。

姐夫来了！快请坐。

昨晚熬了个通宵吧。我把咖啡递给他。

没办法，人们过节，大象也来凑热闹。不过今天不用去了，邻近乡镇派了一组人员来支援，我们可以上一天班休息一天。

我打开纸和笔，说自己在写一篇关于亚洲象的文章，想了解一下象群里有意思的事情，比如说哪一头大象最调皮。

小半截！岩尖不假思索地脱口而出。

小半截是当地的方言，可以理解为问题少年。小半截精力旺盛，从监测图上看，它经常跑到其他乡镇，有一次还闯进了境外的军营，那边的军人抬起枪一阵乱扫，幸亏小半截跑得快，没有受伤。不过从此以后，它再也不敢往境外跑了。

小半截长着一对优雅、修长的象牙，这是象群中美男子的标志，小半截也借着"帅哥"的外表，时不时骚扰群里的母象。按理说，大象的发情期相对固定，一般是每年的三四月或者八九月。小半截不一样，它满脑子想的就是干那事，动不动就爬到母象身上。有一次，居然试图去爬年纪最大的母象，按辈分算，那头母象可以做它的奶奶了。象群里最大的公象实在看不下去，跟小半截大战了一场，小半截落败，被逐出了象群。

这样一来，小半截就像没人管的孩子，四处惹是生非。小半截的脾气很坏，看到路边的摩托车，就会上去踢上几脚；见到地里的瓜棚，也要去拆个七零八落。它还有个霸道习惯，只走大道，车辆必须给它让路，否则它就竖起耳朵和尾巴吓唬人。

它伤过人吗？我停下笔问。

自从断尾被送走以后，小镇再没发生过大象伤人的事件。其实，大象一般都不会主动攻击人。一年前，保护站招人去学无人机，得知是要去监测大象行踪，大家都有顾虑，断尾把大家吓怕了。一开始，监测人员看到大象，骑上摩托车就跑。后来发现，大象并不像传说中那么穷凶极恶。有一次，在谷子地里监测人员离野象只有一百多米，它们只顾埋头吃喝，连看都不看监测人员一眼。渐渐地，大家胆子也就大了。

监测人员还通过粪便了解野象的健康状况，在粪便里发现野象的食谱很广,没有消化完的水稻、谷子、玉米、菠萝蜜籽都有。有一次发现粪便是红色的,监测人员担心是野象便血,急忙送去化验,结果是野象吃了火龙果的缘故。关于野象吃肉的说法也不可信,因为在粪便里从来没有发现任何动物的骨骼。还有人说大象吃鱼,实际上它们只是到鱼塘里玩水,一方面为了降温,另一方面裹上厚厚的淤泥来防蚊虫叮咬,在大象的粪便里也从来没有出现过鱼刺和鱼鳞。

余下的春节长假,我几乎都是和岩尖一起度过的,我们一起喝酒聊天,一起去飞无人机监测大象。一次我们的摩托车在机耕道上遇见了一只身材修长的公象,它洁白的象牙在阳光下格外耀眼。岩尖把车拐下机耕道让行,公象甩着长鼻盛气凌人地从我们眼前阔步走过。

它就是小半截。岩尖平静地说。

转眼到了八月份,北上的象群南渡元江,"象爸爸"作为市里派出的第二批随队专家,护送着象群回到了自然保护区。

在亚洲象繁育中心,我们谈起了小半截。

看了小半截的照片,"象爸爸"十分肯定地说,它是在保护区长大的。一出生,它就比别的小象身形健硕、活泼可爱。整个象群对它都十分溺爱。比如吃母乳,亚洲象的哺乳时间就一年多,最长两年。但从观测数据来看,小半截一直吃到三岁半才断奶,这样的情况非常罕见。有一次,它长出的牙齿把象乳都戳破了。母亲奶水不够的时候,它就去吃别的母象的,有几次,它甚至去吃头象的奶。象群是母系社会,头象的辈分往往是祖母辈,像这样隔代母乳喂养的现象并不常见。

断奶以后,它还经常去吸吮母亲的乳头,含住就不放。象群以为它吃不饱,一旦找到好吃的,都紧着它吃。

它就是一个被宠坏的孩子。"象爸爸"怒其不争地说。

巨婴?这也太像人了吧。

见我一脸怀疑,"象爸爸"打开电脑找出了亚洲象大脑包家族的资料,尽管还没有长出獠牙,但从桀骜不驯的模样上,我一眼就认出了小半截。在这里,它有个文艺的名字——知秋。十五个月前,它跟随大脑包家族一路南下去了小镇。

我掏出手机,拍下知秋的图片,由于电脑和手机的分辨率不一样,屏幕上一行行闪动的摩尔纹在无休无止地游动。我实在忍不住,提出了心中的疑惑。

那是大象,是动物,就算杀父娶母,它也不会受到谴责,不能用人类的道德去约束野象。保护区也出现过类似小半截的情况,后来给过度发情的公象找了个媳妇,情况就好转了。如今两口子过得恩恩爱爱,还生了个可爱的小象,组成了自己的家族。

无牙

"象爸爸"说要去镇上给一只受伤的母象做手术,问我有没有兴趣。我当然有兴趣,到节目制作中心一年多,还没遇到过这么好的选题呢。

窗外的风景飞驰而过。如今,从市里到镇上已是全程高速,不到两个小时,我们就到达了目的地。车队拐下高速,进入一片丰收的果园,一位满头银发的老者正指挥着村民们往大货车上搬运成箱的火龙果。"象爸爸"上前与他握手,并向我介绍老者名叫波涛香(傣语:香爷爷)。

这里是波涛香的火龙果园。他把我们带到大棚里喝水,工作人员和摄制组加起来共有四十多人,除了繁育中心,还有专程从昆明动物园和大医院请来的专家。波涛香烧了好几壶水才让每个人手里都捧上了一杯热茶。

大棚是用彩钢瓦搭建的,约莫二十米高,一千多平方米的样子,支撑的都是厚重的钢梁。有餐厅、堆料场,还建有冷库,以便储存鲜果。我注意到紧挨着棚顶用木板围了间小屋,一条细长的楼梯通向那里。

我问波涛香晚上不回寨子睡?

波涛香说要守果园,就睡在那间小屋。

小屋离地至少十七八米,野象来了也不用担心。"象爸爸"专业地分析道。旋即又问起受伤的母象在哪里。

波涛香看了看棚外的天色,说还早,天黑了才会来。

天黑了,一头三米多高的母象蹒跚着走到大棚前。

麻醉组将母象麻醉后,大棚被开辟为临时手术室。应急灯把棚内照得如同白昼,我吩咐同行的编导小何带人架设了两个固定机位,自己手持一台佳能单反站在医疗人员身后,做好了全程记录的准备。母象的伤口已化脓,当"象爸爸"

抽出脓液时，恶臭让我胃部一阵痉挛，为了不吐在口罩里，我拔腿跑向棚外，谁料一脚踩进了排水沟，我清楚地听到了脚踝传来的骨裂声。

好在有省城大医院的专家，否则人生第一次就得让兽医给我看病了。专家诊断的结果是脚踝骨折，建议立即返回市里治疗。

躺在回程的车上，我心想，三十多年前拍防火带的惊吓，加上今晚的狼狈不堪，大象已经让我在自己的岗位上两次临阵脱逃，算命的怎么就没算出大象是我的克星呢？

手术以后，"象爸爸"来看我。他明白我想知道什么。

母象的手术很顺利，一个多小时就结束了，目前正在康复中。不过也有两个坏消息，一是母象是被象鼻刺伤的，由于发现阴道也有撕裂伤，估计是因为拒绝与公象交配。

小半截干的？

没有证据。不过，我们已经在制定方案，解决小半截的问题。

另一个坏消息是，受伤的母象已经六十多岁了。亚洲象的寿命一般在六十五至七十岁，六十岁已经是高龄了，身体的各种机能都在退化。特别是牙齿，大象咀嚼高纤维的食物，靠的是磨牙，到了六十岁，最后一颗磨牙磨损后，大象很可能死于营养不良，如果改喂磨碎的食物，它还有可能继续活下去。

你的意思是，就算手术成功，它也活不了几年了？

是的。

直觉告诉我，再去一次小镇。

母象已经完全康复，但越来越消瘦，于是波涛香每天骑着三轮摩托，到附近的果园收集残果和坏果。到了晚饭的时候，母象会按时来就餐。母象的食量惊人，每天要吃一百公斤的食物，波涛香觉得有些力不从心。我把情况发了朋友圈，附近几个种植公司的朋友看到后，主动联系我，提出每天无偿提供一百公斤的新鲜食物，除了各种水果，还有大象最喜欢的胡萝卜。

饭后，波涛香陪着吃饱喝足的母象散步，我也用无人机拍到了梦寐以求的画面。

夕阳的光线让大地披上了温暖的外套，万亩成片的果园漫延着辽阔的生机。一人一象在阡陌上漫步,光线把他们长长的影子投射到地面上。忽然,大象扬起了鼻子,单从影子上看,仿若一对勾肩搭背、互诉衷肠的老友。

我把纪录片取名为《老友》,主题从"妇科手术"改为人象之间的友谊。煽情的部分是老象磨齿损坏以后,老人每天为它收集便于消化的食物,两个老友相互为伴、共度晚年。解说词出来后,编导小何提议给母象取一个名字,方便叙述。

就叫无牙吧!我说。

在一年一度的中国(广州)国际纪录片节上,《老友》入围了最佳纪录片。为了颁奖晚会,我花了大半个月的工资买了一套西装,还准备了获奖感言。评委会主席宣读了十部获奖纪录片的名字,但一直到最后,都没有出现我们的《老友》。

纪录片的生命在于真实,一旦出现了编导强加的观点或违背真实的情节,就很难得到评委的垂青。

野象真到了老得吃不下东西的时候,它会走向自己的葬身之所——只属于野象的隐秘归宿。生老病死,这是大自然的规律,从生与死的维度上讲,人和象都是一样的——向死而生。

花的信仰

◎ 高维生

神秘的地丁草

在不密实的树林,碰上小巧的灰椋鸟,落在附近草地,鸣声低微而单调。它们以虫为主,对森林害虫的发生起到抑制作用。当一只受惊起飞,其他则立即响应,整群而起。

我遇见紫堇色花,于是着急赶过去,想弄清什么花。心思不在这里,思想不集中,忙乱中容易出错,由于只顾去看花,往兜里装手机时,没有装好掉落地上。如果不及时发现,一会儿走远,再回过头来找,这可是有难度的,整不好丢掉了。这个意外发生,提醒我在山野中,遇事不能慌张,要稳住气,否则会出问题。

我捡起手机不是检讨,而是怪罪紫堇色花,在草丛中显眼。我被撩起浓厚的兴趣,快走几步,蹚过草丛来到紫堇色花前。距离近了,才认清是东北堇菜,它好似漂亮的紫蝴蝶,正在享受阳光的沐浴。植物和野花为了生存,想尽一切招数,用高超的技术伪装自己,以不同形态,逃避天敌伤害以保护自己。我看到叶子上的露水,尚未被阳光吸尽,伏在花瓣上,给人伤感的美,担心滚落地上,融进泥土中。露水作为输入水资源之一,能改善土壤水分平衡。阳光照在花瓣上,紫堇色由红色、蓝色和白色混合而成的,色调比紫色更深,接近紫罗兰色,柔和的颜色,给人浪漫的感觉。

我从东北堇菜的正面拍了几张,花瓣鲜嫩可爱,也是一道美食,嫩苗可蘸酱、做汤和炒食,味道鲜美。我转到侧面如视轮廓,如丝绸般流畅,有着内敛的美,散发独特韵味。背面的曲线,含蓄中给人无限想象,有难以言喻的魅力,使它变得出色迷人。

东北堇菜的邻居长白蔷薇,落叶小灌木,枝条密集,白花绽满枝头。我离开东北堇菜,退到几米远的地方,与它们形成三角形。这个位置拍照更好,发挥广角镜头作用,留下诗意画面。它们隔着空间,似乎唠着家长里短,互相照应着。

我拍完照后,没有再回到东北堇菜前,只是望了一阵子,作最后的告别。它带给我的惊喜,使上午心情愉快。大山雀活泼而大胆,不甚畏人。头部黑色,头两侧大白斑,灰背白肚子,行动敏捷,在树枝间穿梭跳跃,边飞边叫。

我离东北堇菜越来越远,眼前总是出现它的身影。走过小片猪牙花,花期接近尾声,不似开时狂野而艳丽。早春气温低,昆虫出现得很少,这时候的虫媒花,为了引起注意选择黄色。花吸收光能量越多,温度高起来后容易被灼伤。处于低温的环境里,花瓣通过浅颜色起到保护作用,因为过多吸收光线,会把自己燃烧掉。猪牙花泌蜜丰富,可以用来养蜂。根状茎含淀粉可酿酒,幼苗可食,能蘸酱、腌渍和炒食,调拌凉菜。

我在黄雀鸣声中,在猪牙花边没有待多久,只是选了花色好的拍照。我继续向前遇见五角枫,灰色或灰褐色,小枝细瘦。萝藦攀伏在五角枫上,甚至快到树顶了。这种灌木长得不出奇,但是好中草药,乳汁液有解毒作用,对黄蜂蜇伤起到很好疗效,亦可治疗虫咬的疮口。萝藦随便折断,便有乳汁液流出,它的单花有两层海星状结构,外层大海星状就是花冠,里层的小海星,由5枚雄蕊聚合在一起,抱于雌蕊上的结构,叫作"合蕊冠"。

二道白河镇地处长白山北坡,地势南高北低,素有"长白山下第一镇"的美称,是旅游的必经之路。小镇上有一条长路以"五角枫"命名。我每天走在这条路上,清晨起来去一家"鸿福粥饼城",点两个黏米饼子,一个酸菜包子。早餐实惠,吃饱后去二道白河,在岸边遇上五角枫,有特殊的情感。

我又发现东北堇菜,察看每一朵花,觉得色彩有点淡。尽管与刚遇到过的为同族,相距不遥远,但叶色发生差异。

水珠草

我没有贪心拍一堆花,观察半天,在花丛中选择最具特色的一朵。利用天空作为背景,一片淡积云,让主角水珠草突出。

淡积云呈孤立分散的小云块,底部较平,顶部呈圆弧形凸起。光线起着决定性作用,对拍摄花很重要,淡积云形成天然柔光箱。画面上是水珠草侧面形象,单朵的花相对独立,使画面主体突出,更好表现花蕊的姿态。

我从水珠草各个角度拍摄,想获得满意效果。镜头盖揣在兜里,右膝跪地上,由于膝盖手术过,平常注意保护它,尽量不让它过度地承受力量。在水珠草面前,一切规则都不好用了,只有一个念头,拍下最美的形象。

我熟悉水珠草,在没有见面之前,看过书中的图片过于老实,没有突出特点。植物学家周繇在网上草木吉林专栏,发了水珠草文章,配有一组图片,从水珠草的正面、花序、植株和果实,多角度表现。我似乎看到在山野中,植物学家拍照的情景,他在为水珠草留下肖像。每一张照片承载的不仅记忆,而是真实历史,从中看到过去发生过的事情,给予人们对大自然思考。

我从图片中认识水珠草,又读了文字,全面了解水珠草特征,紫红色的花,花瓣倒心形。水珠草全草入药,别看不是珍贵的花,却有宝贵之处,既是中药可以治病,嫩苗又能食用。

我在观察水珠草,短翅树莺在柞树枝上叫个不停。观赏水珠草需要静心,不能意志不坚定,犹豫不决,想这样又想那样。伸手触摸水珠草的花瓣,指尖接近时,短翅树莺叫起来。这个声音吓一跳,第一反应不是找声源,而是先打个激灵,被突发的声音惊吓,激发出本能的防御行为。我产生恶作剧的想法,故意大声咳嗽,看短翅树莺如何反应,这个胆小怯人的鸟儿,安静一会儿。

短翅树莺站在柞树上,树皮暗灰褐色;小枝褐色,叶片卵形或椭圆形。它的木材可制造车船、农具和地板,树皮是制造软木的原料。种子富含淀粉可酿酒,朽木是培养香菇和木耳的好材料。我从不同角度凝视枯柞树,想从它身上看出点什么。长白山灵芝是多孔菌科类植物,其生长在柞树上而得名。它的主要成分灵芝多糖,具有抗肿瘤、免疫调节、降血糖、抗氧化、降血脂与抗衰老作用。在长白山区采草药讲究时节,民间流传"到了时节,一采就是药"之说。采药是文化,人在山上林中如何走路,怎么说话,一切行为都有祖辈留下的规范和传承。

我追赶着短翅树莺,离开水珠草,往前走了几步来到柞树下。我并不是喜新厌旧的人,它们都是朋友,不存在新旧之分,就是想变换角度,看一下水珠草生存环境,灌木的物种组成,结构和空间分布情况。这里有多种灌木,以东北山梅花、毛榛和簇毛槭为主要优势。东北山梅花满枝的花朵,已经凋谢,附近的宽叶蔓乌头蕴积激情,接替东北山梅花,开出蓝紫色花。

我看到苍鹰从天空飞过,两翅平伸,向上抬起,飞行快而灵活,短圆的翅膀和长尾羽,可以调节速度和方向。在林中上下,或高或低穿行于树丛间,在树林中追捕猎物。也在林缘开阔地上,直线滑翔,窥视活动的动物,发现猎物迅速俯冲,抓捕猎获物。我没有来得及举相机,拍下它飞翔的英姿,就消失树林上空。

森林的黄精灵

"山地豆"这个土名,无法与学名"牡丹草"联系在一起。五月初,我在林缘遇上名字好听的牡丹草,已过了开花的旺期,进入衰退期,再过不几天,花就凋落了。

我拿着相机追鸟,这个季节花陆续开放,幸运地遇上牡丹草。淡黄色的花,长着6枚花瓣,热情地微笑。我在远处,就被淡黄花吸引住,奇妙的感觉来得突然,又找不到准确的词语表达心情。在绿色的林缘遇上淡黄花,有大自然的温暖,这是快乐和希望的色彩。

我看到淡黄色的花,眼睛盯住目标,不肯离开一点。脚步变得急促起来,举动莽撞,只有一个想法,去看这是什么花。走得快离花越近了,在几米远的地方停下,举起相机,准备拍全景的大场面,突出地域特色,还有花的特点。长焦镜头可以拍到淡黄花,从镜头中认出是牡丹草。

我能看见黑枕黄鹂、红尾伯劳、麻雀。长白山天气转暖,好多候鸟回来了。我被吓了一跳,黄腰柳莺不知怎么冒出来,在树顶枝间鸣叫,鸣声清脆。它的头顶色较暗,中央淡黄绿色纵纹,长眉纹芽黄色。站在树枝上,大声地吵着,打破山中的寂静,树林里过于静谧,听见灌木丛中昆虫发出的声音。我停下脚步,听见树林深处黄腰柳莺的歌唱。

我手中拿着的牡丹草,在山野中是不起眼的小草,极其普通,名字却牛气冲天。名字中的"牡丹"极其神秘,自然联想到"国色天香"的牡丹。然而此牡丹与彼牡丹不相关,一个"草"字差别极大,在分类学上,属于两个完全不同的科。牡丹草的土名"山地豆",突显地域特色,这是牡丹花无法比较的。

有一年,我在兄弟峰的林边看到冰凌花,它素有"林海雪莲"的美誉。长白山地区寒风凛冽的日子,它不畏严寒,在冰天雪地中开放,把春天的信息带给人们。它是一种神奇的花,花遇见阳光就会开放,气温下降马上闭合。因为这种耐高寒原因,成为抗风湿、治伤痛的中草药。我在山边转悠半天没有发现它,便沿着进山的毛毛道,往上面走去。

我找了半天,竟然没有遇上一朵,意外地遇见牡丹草。当时我登上半山腰,在蒙古栎下,休息一会儿,没有几步远,就是牡丹草,它在冰层中抽芽。在残冰雪中吐蕾了,露出淡黄色的花,随着山风舞动。

有一年春季,我去天桥岭镇,清光绪年间,开通宁古塔至珲春的驿道。此地有通往二岔子沟,现在称东新,阿米达如今叫桃源,和春阳的三条通道,故名小三岔口。和当地朋友聊天,他说到了天桥岭,必须去葡萄沟林场施业区内的天齐山,海拔940米,林木葱郁,山上有五个连绵逶迤的山岭,形似天桥,故将小三岔口更名为天桥岭。第二天朋友开车,联系林场朋友做向导,陪我去天齐山。由于有向导带路,我们走得很快,落叶松林下碰到牡丹草。这里是花的乐园,开着早春的花,猪牙花、五福花、紫堇等野花。我与牡丹草是老友了,偶然在天齐山相遇,留住我的脚步,打开相机开关,拍摄这个春天开得最早的花。我奔向牡丹草,为了拍得更好,必须靠近它,也是为了欣赏。

牡丹草是山中的小花,自然天成,它是早春的花。看起来精致,淡黄色的花,成总状花序,6枚花瓣状花萼。雄蕊的蜜腺较小,细心观察才能看出,花瓣退化成蜜腺状,吸引访花者。我看到采蜜的长白山中蜂,昆虫触角上的感受器多,可以识别一些化合物,以气味的形式传递信息,叫作"化学语言"。触角不停摆动,接受不同方位的气味。各类昆虫访花的不同时间里,访问次数变化较大。这与花的泌蜜节律有关。我想和它似的品尝牡丹草花的味道,捡起新落的花,咬一小口,气味清香。

长白山区的牡丹草,不仅是早春开花植物,又是短命植物。它赶在树木展叶前,完成开花结果的使命,为来年积蓄能量。牡丹草的根茎近乎球形,所以当地人称作"山地豆"。它的根状茎可以食用,又能提取淀粉或酿酒。

山坡上疣枝卫矛的花开了,花紫红色,花俊秀淡雅,气味芳香。我望着枝上的蓝歌鸲,这是一只雄鸟,鸣声清脆响亮,婉转动听。

伤杯

◎ 柳未未

案几上一只杯子。

矮墩墩,朴素厚实,明朗质朴。样式普普通通,一只杯,一只茶漏,一只盖儿,就是寻常杯子的样子。

倒是颜色的断定上让我犯了难。浅浅薄薄的釉色并不均匀,鼓凸的地方铺得很饱满,到了边缘就浅下去。釉色不碧不青,不翠不绿,非黄非土,非柘非赭。《说文》里,青字上半部是个"生"字,青字之"生",寓意草木破土萌发。青还有蓝色的含义,青天,青海,是天水的颜色,就是蓝色的天,蓝色的海。青在五行中象征东方,是春天的颜色,青苗,青葱,青苔,都是蕴含水汽,孕育生机,能感受到新生和拔节的力量。而王国维《蝶恋花·阅尽天涯离别苦》中"花底相看无一语,绿窗春与天俱暮",柳恽《捣衣诗》里"深庭秋草绿,高门白露寒",这其中的"绿",就是伤秋的思绪和感怀之情了。再看我这只杯子,像葱青,又像翠樽,有麹尘之清绝,又有素綦之沉稳,隐约里还含了青梅和瓷秘的灰质调,到底什么颜色,很难言说,也自不必定义。

取出一颗青柑普洱,撕下薄而软的一层淡黄色棉纸,青柑顶部的小盖尚未揭开,奇香已经逸散开来。广东江门新会的青柑越陈越香,内里塞满云南西双版纳勐海的普洱。我不懂如何冲泡,后来才摸出些门道来:将一颗放入茶漏杯里,水烧沸,略等一等,灌入杯中,起茶漏,筛过第一道茶汤舍弃;再浇入热水,冲泡出清亮的棕褐色,又起茶漏,把滤出的茶汤倒入一旁早就预备好的另一只杯子——一只不锈钢桌面杯,担起了盛转茶汤的职责。杯子外表纯白,只一幅简单的写意画:头发和唇上胡须皆浓密的大先生,一手一书托于腮下,一手一杯抻于膝上,上面一行字——在咖啡馆喝茶。有些背反和放肆的意境在里头。

冲泡几次后,大概因为茶叶塞得紧实,慢慢地就冲不出颜色来了。我一人独饮,也就不管那许多规矩,食指避开沸水的高温,轻戳它,让它在杯中上下沉浮、翻滚,借力逼出点颜色来。指甲涂有蔻丹,是近乎琥珀清透质感的暗橘红,压住茶果朝水里摁时,水漫上来,在指甲上留下细小水珠,那琥珀反着光,像是沁了油一般。色泽温润的汤器,棕褐色茶汤,青绿的陈皮,琥珀红的指甲,还有手腕上滴溜溜环着的一只菠菜浓绿的细圆碧玉镯,这茶突然平白地显出好来了。

茶汤灌入杯中,唰一声。想起家中束之高阁的那些杯子。茶杯,牛奶杯,咖啡杯;陶杯,瓷杯,搪瓷杯,玻璃杯……不知多少名堂,用也用不过来。上半年,有个朋友去温州开会,买了一套当地唤作瓯瓷的随行杯,从遥远的地方寄来给我。快递公司包裹不当,等我收到打开时,杯子已殄了。破碎的恰好是茶漏的卡口处,像是没有赶尽杀绝,然而每一片都碎在了关节上,欲罢不能却再无回旋余地。摊了一手的瓷片碎屑,几只客杯也顶着一头的白灰。明明是那样透亮温润的玉一般的釉水啊,是碎片和尘屑也掩盖不住的光彩,然而,现实就在那里——它殄了,无法复原,再难尽它的本分——盛一盅茶,可畅快入喉,两下里品饮茶器和茶气了。

而被我束之高阁的那些杯子,虽完美如新,亮丽光鲜,有塑封或纸盒小心包裹着,但因我太贪心,数量过多了,以至于哪天才会被取出来冲一壶咖啡泡一杯茶,都很难说。其下场倒落得和那套殄了的杯子一样了。从收买到收藏,原本的使用价值变成了欣赏价值,又因藏得深,以至于连欣赏价值都丧失了。

买杯子常去的地方,是铜官老街,离市中心约莫三四十公里的样子,从前开车过去要经过好几处村镇,路窄人稠密,须要提防再三方能抵达目的地。沿江的路修好以后,双向四车道,柏油马路可抵消声息,车轮碾过路面,只撑起来一阵风,沙沙声美妙得和风吹过树叶的声音一样。顺湘江北上,一边是江景,一边是农田。到了下游,沩水的好多条支流在这里汇入湘江,但水量也远不及市中心环绕橘子洲的那一江水那样丰厚饱满,间歇地露出一些半干涸的泥地,青草茂盛,倒喂肥了沿岸的牛。"影转帆随曲,苍来雁落汀",鹭鸟也眷顾这儿,有可落脚的地方,浅水好捉鱼捕猎。我喜欢在离古镇还有两三公里的地方,找个斜斜的土坡停下来,踩着早已被人被牛踩出来的路,绕过一堆堆湿湿干干的牛粪,去挨着水面的草地上散散步。斜阳在水面留下倒影,对岸有养牛的人在大声吆喝着赶牛回家,几只纯白的鹭鸟惊起,水面漾出涟漪,太阳像被搅散的卵黄,在水里黏稠地悠游晃荡着。

这次我约了一个朋友一起。

朋友的母亲刚查出肺部的问题,他一直在忙着各种检查治疗和对症下药,还有病人的安抚、病情的隐藏,过得小心翼翼。我父亲刚走也才几月,同样的病症,复发转移,去得痛苦。两人对坐,声音低低地交换就诊的经验和抗压的路径,聊着这些平时难以向人提及的隐秘情绪,眼眶就渐红起来,泪渐打湿了胸口。世上少有共情,哪怕只有些微,也是莫大的安慰。这些深藏不露的情绪,平日里全压抑在为人儿女的孝顺、为人父母的忍耐、为一箪食一瓢饮的强装淡然里,此刻才终于可以毫无顾忌地发出来了。这是有共同境遇的互相理解。泰戈尔有句诗——"把自己的忧伤抱紧,决不受人安慰,是英勇的"。英勇吗?未曾去想过,但抱紧自己的原因切实地只是因为没有那样一个有着相同经历的人可以相互温暖慰藉罢了。

史铁生的夫人陈希米说,一个人最大的好处就是无论你在干什么都可以立即停下来,停下来发呆,停下来流泪……我觉得她说得对,很对。悲痛来袭时,我只想一个人待着,流泪,悲伤,但不期冀任何一个无意义的拥抱,无共情的礼节性的安慰让我反胃。我曾躲在医院的墙后,在藏经殿的古樟下面,在盛着夏荷的大水缸前,在报恩堂里父亲的牌位旁,隐忍地啜泣,流泪,任凭哀伤的情绪席卷。那样的悲伤没有人参与,我都是一个人完成的。不用在乎谁会看你哭,不用担心谁来制止你落泪,去到那些地方的人,都是悲伤的。谁也顾不上谁。

长沙的季风还和往年一样妖,从南吹到北,从晓春吹到季夏,春寒料峭夹枪带棒,夏暑燠热出火流膏,吹足了七七四十九天,依旧吹不干那片潮湿。

老镇子上,街道约五人并行的宽窄。几处砖地的拐角,长满了碧绿的苔衣,亦荣繁亦萧瑟,抵牾地生长在这片齐整干净的黑瓦红墙中。街一边是嗲嗲娭毑们开的小馆子,卖芝麻豆子茶,还有糯米丸子甜酒冲蛋;另一边则是一些陶艺人开的工作室和"非遗"传习所,有的通透的玻璃大门敞开,有的沿用旧厂房的小木门紧闭。整条铜官街不过两百来米,刚走到一半,落起了密密的牛毛雨,石板路立刻打湿了。路上游客本就不多,这些商户开门不开门的,就更随性。客人进屋,老板们也懒得望一眼,只有门口挂着的陶瓷风铃发出轻微的撞击声,来报有客到,只是这撞击声脆生生地裂在细雨和风里,一瞬便淹没在后山传过来的鸡鸣鸟叫声里了。

进入一间小小的店面,在一张矮矮的桌子边坐下,请双眼已经生翳的娭毑下一碗甜酒丸子。娭毑家的瓷杯和瓷碗都有朴实的简单,灰白的底瓷,碗里勾描的蓝花花没有釉水,灰扑扑的,间或拿到的茶杯或者汤碗上还会出现个把豁口,吃茶喝汤时须得转动一下,以免割到嘴。老街我来过几次,只在这个娭毑的门里吃这甜酒丸子。娭毑八十多了,身体已是诸多毛病,精神却还健旺,糯米丸子也搓得极妙,一面扁圆,一面平坦,像极围棋子。围棋落子定局,丸子落肚定心神。一碗旋着蛋花撒了胡椒的热汤溜下肚去,立时松缓了郁结的心。娭毑的嘴细碎,如同她跛行的足,一刻不停地问你这碗热汤好吃与否,又念叨着对面同卖丸子汤的风韵的女老板如何怀着"阴暗"的心思抢她的生意……看到我们露出肯定或者恍然或者同戚戚焉的表情,便获得了安慰,得了短暂的满足,招呼我们记住她的门头,好下次再来光顾,嘴上一边说着让我们再多坐会儿,一边却走过来飞快地收走我们手里的瓷碗和金属调羹。

和朋友相视笑笑,站起来出门去。

沿着石板路,几处房檐下面,摆在街面上的,是那些喊不起价的、残次的和没有设计感的陶瓷器皿。像是降临这世界的前夕发生了基因突变,丢失了优良品质,沦为培育者的负担和耻辱,终究不配被奉于厅堂,失去了博古架上的一席之地。此刻,这些粗糙丑笨的东西,盛了一半的落雨,还有经年的一些细碎的苔藓,透散出一些自卑的寥落来。不知道这样的作品,最终会由什么样的人买了去,最后又会是什么出路。也自是没有去问询过价格,和去处。觉得不敬,也有不妥。其实许多的手艺人已经不再守着这儿继续这数代人传承的事业了——来了好几回,我便也看出一二来。最早来这儿时,总可以看到坐在巷子口简陋的工作室外面,那些专心致志拉坯的人:他们双手沾满陶泥,在匀速转动的转盘上,不断将陶泥反复揉抚、挤压、修形,间或把手掌沾湿,让浑浊泥水滴落在陶泥坯顶部,以调节湿度便于塑形。陶泥坯在他们手下不断被按压或拔高,据说这步骤叫

"抱正"。又有陶泥坯已进展到开孔环节的,就见手艺人将两根手指直插入尚未成型的泥坯里,紧贴泥坯的内壁,用指腹调整厚薄、曲度。矮矮圆圆的一坨陶泥,经一双双手揉搓压塑,最终扶摇直上,再送入窑炉中,被火淬炼,终成了眼前高矮胖瘦形制各异的杯盏碗碟。然而慢慢地,这些人逐渐地减少,消失,终于连在人前表演的兴致都丧失了。

  站在街面上抬头打望,还能看到后山上一座土黄色烟囱,柱形英挺瘦削,傲然耸立于山巅。曾经数座窑炉的烟火从那里吐露,经年累月的熏烤,烟囱的外表已经发黑,像是被人为地涂了一层水墨的皴笔。只是这几年那烟囱也冷了下去,再没作过用了。

  铜官人家向水而生,靠山吃饭。《水经注》载:"铜官山,亦名云母山,土性宜陶,有陶家千余户,沿河而居……"水是湘江水,山则是云母山。云母山有设游道,一头就在古镇的牌坊下面,可由一条窄窄的石阶上山,因为少有人走,已被荒草掩盖了。另一头敞亮明朗,是老铜官人日常出行的必经之路,路口就在铜官街的中间,道路分岔的地方。我略微往左欠个身,就上到街背面的云母山上去了。半山腰一株四五人合抱的古樟,枝叶丰茂。樟的繁茂下面,是老街一幢幢小楼的屋顶。视线向下延伸过江边的大道,远处的天空是似火的云霞,把一江水也烧得通红,是咬人眼睛的红,盯得久了,眼睛仿佛也要流出水来。江面上显然是有风的,吹皱了某一处,拂起一片赤色的波纹,那是风的形状。继续往前,路过一间只半人高的小小的土地庙,里面供奉了土地爷爷。盘香烧出香烟缭绕,风来,便涣散了两秒,风过,又悠悠然复回原形,让一颗刚才还扑通扑通的心也宁静下来。乡村里头常见这样的土地庙,就在人经过的道旁,简单的水泥小龛,是乡下人朴实的心愿——心诚则灵。

  挨着土地庙的旁边,是村里人修的一个"众神园",金属的支架搭出众多牌面来,每个牌面上都是有名字的神形,质朴的土陶,或者上了釉色的瓷面。第一个便是土地正神,胖胖的脸,圆圆的身形,脸皮的颜色做得如此逼真,像是就要从牌面上跳出来落在你面前。此外,神医华佗,刘海仙人,窑神,酒圣,武圣关羽,送子娘娘,青苗之神,神农帝君,观音门神,朱衣老人,镇宅福神,都一一列位在此,是村庄人一年到头的朴素愿望。神人们憨实淳朴,形容各异,制造人的字体规整,小心翼翼中夹杂了不少别字,是可爱的人做出来的可爱物件,看得我笑出声来。

推开头顶和面前长得肆意的灌木和杂草,山上满是高低错落的房屋,蓝底白字的牌牌上面,标记了各栋房屋的村组楼号,是屋子们前世的一张身份证——因为改造开发的规划,屋主们大多已经搬离了。在那些随意打开的门房内外,只留下一些破碎的生活物品,散落了一地,彰显物和人的曾经来过。而门上还落着锁的,我仿佛看到了主人家的端正的板眼,只是这些板眼里都满是不舍。一处门户大开的平房里突然冲出来一条灰黑的癞皮狗,挡在狭窄的路口,朝我们一通狂吠。主人早已远去,可忠犬依旧在原地做着无望的守候。我定定心神,安慰自己和同伴:会叫的狗不咬人,装着若无其事,两股战战地走了过去。我并不直视它的眼睛,只在一阵吠叫声里暗中找到了它的鼻子的位置。

过了乱糟糟这片废弃的房子,后山的厂房、烟囱和窑炉就显露出来。并没有火气,也听不到人声,只有附近人家养的狗听到了我的脚步声,朝着这边的方向发着警告。

大历四年(769),杜甫入湘。从岳阳溯湘江而上,途经望城的乔口、铜官进入长沙城。在铜官时,他看到漫天的火光,以为春耕烧肥,后来知道是在烧窑,感慨其壮观,作了一首《铜官渚守风》:不夜楚帆落,避风湘渚间。水耕先浸草,春火更烧山。早泊云物晦,逆行波浪悭。飞来双白鹤,过去杳难攀。距今一千多年的铜官,曾"方圆十里,炉窑林立,遍地皆陶",烧窑之时火光冲天,烧红了半壁江山,"焰红湘浦口,烟浊洞庭云",那样的壮观景象是再不复存在了。站在山顶远眺,青瓦红墙,青瓦白墙,一丛丛松柏苦楝和泡桐,此刻被暮时的薄雾轻烟笼作一处,是水墨的村庄,是艺术的图景。

突然陷入一种安静。那种巨大的时空迁移中,人物渐渐退散至幕后,只留下各色布景板的巨大的阒寂和落寞。这溃破的舞台上,如今只落下了我一个人——被世人世俗和时代抛弃了的我,彷徨地找不着出路,不知何处方是理想夙愿的光明顶。龙脊一样的窑炉安静地依山势趴伏着。我弓身从窑炉的一个点火口钻进去,里头积着厚厚的土灰,四下里散落摆放着或完整或破裂的杯盏罐子和瓮。灰头土脸地钻出来,拍拍衣袖沾上的窑土,我听见头顶上方传来清晰的鸽哨,像疾风划破水面,像小李的飞刀刺透一席缎面,余音一半消散,一半绕梁难绝。是方才路过山腰上那株古樟的时候,留守的谁家阁楼里豢养的一笼家鸽。渐微的鸽哨声散佚于暮色里,鸽子小小的身影越来越远。它们会在牛背落脚吗?它们会飞过江的对岸去吗?在那样的高空中,想必它们什么都能看见吧?这人世间的流离,云母山的世代,长沙窑的变迁和流布,想必它们都已见过了吧?

我父亲原也是爱鸟的人,年轻时养画眉,养八哥。父亲爱鸟爱得疯魔,年纪大了还爱上山里去关鸟,用雌鸟诱捕雄鸟,没有雌鸟时便放鸟鸣声的录音,捉回来好几只竹鸡。整个人晒得黢黑,手上和衣服都要被棘草割破,却还是难掩的兴奋。竹鸡的叫声特别嘹亮,响亮到扰民,最初养在县城的厂区里,都是一帮老头老太,彼此年龄相仿,爱好相近,生活区里有点响动,反倒隐蔽掉了年轻人外流的冷清。住到城市以后,这样的爱好悬于阳台展示,就引起对面楼栋邻居指手画脚的禁止。父亲无奈地摘下鸟笼,将爱鸟赠予好友,为此事他郁郁寡欢了很长一段时间。父亲临终前那段时日里,因为疾病的原因,丧失了语言的能力,喜怒哀乐再无法表达,只有偶尔清醒时的一两个表情,皱眉表示痛苦,猛然地睁眼代表他听到了我们的呼唤,难得的笑意——那可能是我或者姐姐抱着他亲了一口——这些就已经是和我们仅有的交流的全部了。我们想尽一切办法搭建同父亲沟通的桥梁,大姐从网上找来竹鸡鸣叫的音频,成日里在父亲耳朵边循环播放。"戏水筏,戏水筏"的声音洪亮,起初还能在父亲微张的眼睛里看到一线光芒,到后来无论怎样调大音量凑近耳旁,也再收不到任何反馈。父亲离开后,我曾数次悄悄地避开人,上香时在父亲的照片上亲吻,泪水沾着相框积下的灰尘,连带着香灰抹在脸上,脏污成一道道印痕。父亲生前我没做过这样亲密的事,就只最后那几天,我亲过他的脸颊,因为潜意识里的害羞,也就那样的一两次。而那时他早已意识模糊,常不知近在眼前的人都是谁……

终于到了烟囱底下,地上一溜长方形的地笼子——约莫一个半手掌宽的口径,铁丝网成。走近去看一眼,里头密密地塞满了青绿色杯、碟、碗、盘、壶,看了让人头皮发麻。铁网早已锈蚀发黑,杯碟碗盘壶都布满水痕灰尘和污渍,失去了原本该有的光彩。那样的场景令人心生震撼,是这些陶瓷物件的牢笼吗?仿佛又更像埋葬它们的坟墓。尘归尘,土归土,从哪里来的是不是总归要回到那里去?

若要此时摆在眼前的这些器皿最终埋藏于地底,是不是也要几百上千年以后才等得到沧海桑田了?尘土归元也是无憾了吧,因为它们永远也难成腐殖,遗憾的只是,它们终究是陷于这囹圄间,被制造出来却毫无利用的价值,也不曾真正享有过世人的瞩目啊!

这时我听见从哪里发出了一种奇怪的声音——

循着声音,踏上一条石板小径,我朝后山下面一处两层四方宅院走过去,路的尽头透出破败的景象,宅院中却有假山,白石,白象两头,绿草几畦,矮灌一丛。一堆整齐的陶瓮,一摞烧来做摆设的陶土骷髅,就在院子里的山茶树下,格外打眼。一层的走廊外面是数十个瘦柱,撑起二楼薄薄的阳台。阳台是露天的,一树葡萄藤已然发满了葡萄架,给主人制造出阴凉所在。旁边摆有一张小几,两三张藤椅凳环着,显然是主人家休闲喝茶纳凉的地方。葡萄藤、蔷薇枝蔓和爬山虎将二层一面墙遮了个严严实实,想要再往深处窥探一眼,已是不能够了——两扇紧闭的玻璃门漏不进去半点光线。而我们越离那未知越近,那声音就愈清晰,是越来越明白的窃窃私语,轻轻的嬉笑,是某个金属器具部件和部件的摩擦声,还有,随着我的脚步加快,离我却越来越远的纷乱的脚步声。等我把头探进院门去,只看见两个顽皮羞怯又慌张的小小的背影,和一个被水打湿,泛着好看的光亮的汲水。

布料里的翅膀

◎ 金艺

江南四月的天气，摇摇摆摆，前两天还在倒春寒里身披大衣，这会儿就得在衣橱里找夏天的裙子了。长的、短的、花的、素的、厚的、薄的，指尖轻轻划过，落在一件白地大印花的长裙上。这布料灵动飘逸，行走间裙摆时不时轻触脚踝，微风一起，恍如彩蝶轻舞。

从小到大穿过的衣衫布料，储存着缓缓流动的时光。

灯芯绒是最早的记忆。五岁或者六岁的时候，妈妈给我做了两件灯芯绒的春秋外衣，一件大红色，一件深绿色。两件一样的款式，胸前上方一条横褶皱，上部分是横绒条，下半部分是竖绒条，褶皱处用彩色丝线绣一排小花小草。这样的布料、颜色和款式配上小女孩白嫩的面庞黑葡萄样的眼睛，还有高高马尾辫上的蝴蝶结，在二十世纪七十年代末的一片灰黑白蓝中就是行走的年画。四十多年过去，全家人都还记得这两件灯芯绒的小衣裳。我也喜欢，胆小羞涩的时候就捏衣角上的细绒条缓解情绪。

其实我更早知道的布料是棉。

学龄前的大部分时光我都在乡下外婆家度过。外婆住在曾经住过她的上辈的百年老屋里，外婆的隔壁住着她的房下叔伯婶婶，我只知道叫她二嬷嬷，白天很少看到她，一到晚上就听见她摇着纺车纺棉花，吱吱呀呀的声音有时响到深夜，有时和清晨的鸡鸣无缝对接。外婆早早吹熄煤油灯催我上床后，纺车的声音让夜晚显得愈加寂静。大人们说二嬷嬷不停地纺线，是想用棉线给她的两个孙女各换一条毛料裤。大人们还说，二嬷嬷一天从早到晚最多只能纺到四五两线，那她要纺到什么时候才能换到两条毛料裤子呢？

二嬷嬷纺的棉纱织成棉布，棉布做成的衣裳，吸汗透气，可是穿过后就很容易像二嬷嬷的额头一样起皱纹。那会儿我们家还没有电熨斗,爸妈先把衣服在桌上放平整,然后拿个缸面印有"团结就是力量"或者"劳动最光荣"的搪瓷茶缸,装满滚烫的热水放在衣服上,利用搪瓷茶缸底部的导热性,在褶皱处来回熨烫,褶皱在高温下很快变平,但是洗过后再穿又要重新熨烫。运动搪瓷茶缸时要十分小心,既要防止拿缸把的手触碰缸体被烫着,又要防止来回动作太大里面的水溅出来。棉布还容易缩水,买来后一定要先下水后再裁剪,尺寸才拿捏得准。在那个"新老大,旧老二,缝缝补补又老三"的年代,这种布料不怎么实用,多穿几水就容易"炀"掉,我们把布料越穿越稀疏称为"炀",就像钢铁被熔化一样。

我也是老三,不过幸运的是我不是"又老三"。妈妈一视同仁,三个孩子都有自己的新衣,我和姐姐的衣服常常是一起打版一起做。

给我们一起做的衣服用得最多的布料就是的确良。二十世纪七十年代末八十年代初,这种人工合成面料坐火车从香港广东一带来到小镇,很快取代棉布成为时尚。的确良不容易皱,也比棉布结实耐用,它能印染出各种鲜亮色彩,彻底推翻暗色系"一统天下"的局面,人们的个性似乎也随着颜色的提亮而变得张扬起来。

我的相册里还珍藏着一九八六年我和姐姐在八一公园湖边杨柳树下的合影,上衣是同款的白色的确良短袖,小翻领,胸前两片衣襟绣着彩色的小花小草,这是我妈的作品。下装都是及膝裙,我的是粉色泡泡纱做的,裙裾飞舞,因为比较透,里面还穿了一条白色乔其纱的小衬裙,《排球女将》里小鹿纯子同款的发型让上白下粉的颜色搭配更显青春。姐姐的是弹力棉人字形黑裙,布料硬挺,配山口百惠似的齐耳短发,端庄大方。这样的打扮虽然出自小镇,在当时的南昌街头也算潮流。

不过的确良在夏天的确不凉快,闷,不透气,一出汗就黏在身上,它只有在冬天才"的确凉",不贴身,一贴就像碰上了冰。可是这并不影响人们对它的追捧,没有闲钱或舍不得扯布做衣裳的,就买些的确良布头做成只有衬衫上半截领子而无衣身衣袖的"假领子",穿在卫生衫的里面。还有人做了各种花色和款式的"假领子",轮换着穿,就好像真的有好多衬衫一样。

多年以后人们才意识到,相比的确良,之前亲肤透气的全棉制品才算高档。

冬装的面料心仪的不多，开司米起球，纯羊毛贵，舍不得用料，个子长了衣不长，紧紧的让我伸不开手脚，人造棉太空棉把我裹成个球也还是让我冷不丁打哆嗦。

我也并不是对所有穿过的布料都叫得出名。

比如高一时妈妈给我做的藏蓝色喇叭裤，连我妈这个啥事都整得明明白白的人都不记得是用了什么布料，她说不是平布，不是牛仔布、水洗布，也不是卡其布，只记得平时脾气温和的我爸狠狠说了她一顿，大意是一个女学生穿成这样像什么话！我不知道他俩为这事吵了架，反正那条喇叭裤我还是穿了。包臀，修长的裤腿，裤脚盖住黑色丁字高跟皮鞋的大部分鞋面，帅气又妩媚。那会儿费翔《冬天里的一把火》还在我的胸中燃烧，歌手文章的歌词"为何看不到，我的山川我的岁月我的天"，暗合青春的激情和对未来的初始迷茫。我的喇叭裤还算收敛的，不像有些男同学，从膝盖处突然放大，走起路来像个大扫帚在教室里和操场上扫来扫去。

又比如，我上课开小差，在白日梦里穿的衣服。

那会儿老师管上课开小差叫"开飞机"，我也经常"开飞机"，不过从来没有被老师发现过。我的"飞机"只会带我去金庸武侠小说里练就绝世武功的地方，奇山峻岭、荒谷瀑布、高山古墓，它们的共同点是人迹罕至。只有我一人身穿白色挺括又飘逸的古装长裙，束腰佩剑，吃野果、饮甘露，在山谷间飞来飞去，上演一个人的叱咤风云。看过《九歌·山鬼》后，我为白色长裙配上了花花草草，并且多了一个坐骑赤豹，时常伫立山巅，看云海茫茫浮游卷舒。这件长裙我没想过它是什么布料，只知道色彩是层层叠叠的白，在飞来飞去的时候和我的长发共舞。

很多年后，我在某个夜晚的梦境里，看见了曾在现实里穿过的一套衣服。梦里一束光照进我的衣橱，落在折叠得整整齐齐的一件蓝色针织衫和一条浅蓝色牛仔裤上，针织衫是鸡心领宽松休闲版，牛仔裤低腰，我通常搭配一条棕色宽边牛皮腰带，整条皮带上零星点缀着彩钻，在举手投足时若隐若现。这套衣服穿着很舒适，也符合我这种外表看着文静、内心又有点执拗的气质，仿佛为我量身定制。穿上这套衣服后，我每天一百分的高兴去上班，又一百分的愉悦下班回家，没有工作和人际关系的压力，也没有家长里短的烦恼，即便有，我也能从容应对或者压根就不在乎。后来这套衣服旧了,衣袖口松开而且起皱,牛仔裤也变形不再称身形,我把它们送进了小区的旧物回收箱。

我肯定是在心境灰暗时做的这个梦,梦里对那套衣服的怀念,让整个人从梦里到梦外都缓缓舒展,好像终于呼出憋了好久的一口气。

对于真丝,大多数女性都是绕不过去的。在还没有穿上这种由蚕丝原料加工而成的面料时,它在我脑海里是个神秘的存在,与商贾驼铃、大漠孤烟、反弹琵琶有关,"丝路花雨"是我中学时觉得最美的四字组合。

期盼多年后,我终于在杭州的某个批发市场买了一件白色重磅真丝衬衫。至今我还记得店老板说批发价三百元钱两件,买一件就一百六十元,那会儿刚参加工作没多久,一个月的工资也就几百块,有点担心买贵了,又有点担心买到假货,我和同事商量着合买了两件。在夏天的尾巴上我穿了两次,小心翼翼,怕碰着哪儿抽了丝,怕溅着啥污了白,洗的时候轻轻揉,不能用肥皂,用专用洗涤剂。不敢在阳光下暴晒,还要防潮防霉防虫,太难伺候。入秋后我就把它收进衣橱,挂了一个冬天,又过了一个湿冷的春天,当再次拿出它时,它已经像骑着骆驼穿过了沙漠一般严重泛黄没法穿了。

肯定是我的错,面料里的骄子,只适合做成时装在模特身上熠熠闪光,怎么可能成捆成捆地堆在批发市场呢?这之后我又陆续在专卖店和网购平台为衣橱增添了几条彩色印花真丝裙,当然它们不总是同时出现,我看中它的轻薄柔软滑爽透气和珍珠般的光泽,就要容忍它的褪色以及不够结实,当一件色彩绚丽的新裙荣登衣橱,可能就会有另一件如孤烟般消失。

各种面料在衣橱里来来去去。我也不知道从什么时候开始,有一种面料悄悄成为最坚定的盘踞者,一直到现在。轻巧的防晒速干衣是它,保暖的登山服是它,线条流畅挺括的西服套装是它。它可以是一条夏裙的全部面料,也可以是皮衣、羊毛大衣的舒适内衬,还可以是羽绒服光滑的外表,锁住细密的绒毛和你冬天的体温。

它叫聚酯纤维,说通俗一点儿,又叫涤纶,是一种人工合成纤维,它成功避免了之前提到的各种面料的缺点,抗皱免烫,坚实牢固,虫不蛀霉不侵,不沾毛不掉色,吸湿透气,冬可暖夏可凉,随便怎么洗怎么晒怎么折叠怎么放。根据服装的不同用途,如果要增加面料蓬松柔软、弹性拉伸、耐磨耐热等性能,只需要它的兄弟姐妹腈纶、氨纶、芳纶、锦纶单独或携手贡献一点点力量。如果面料加点醋酸纤维,就会有蚕丝的光泽与柔顺,显得高贵典雅。

这种面料大大节约了我打理服装的时间和成本,要说有缺点,就是总也穿不坏,让我的衣橱越来越拥挤。

我愿意拥挤,而且希望它越来越拥挤,"女人的衣橱里永远少一件衣服"的论断一再被验证。

休完产假不久我去外省出差,对口接待的是一位小姐姐,矮胖、白皙,五官单独拎出来都还行,凑在一起总感觉位置有点不对,可这一点儿也不影响她的爽朗和自信,和我刚见面就无话不谈。她说每天早上起床后就想一件事,今天穿什么?正式一点儿还是休闲一点儿?衣服配裙子还是裤子?穿高跟鞋还是平跟鞋?配手提包还是背包?在镜子前反复折腾满意后才急急忙忙出门,留下一床的衣服东倒西歪。

我从来没有和别人谈论过这个话题,现在一个陌生人告诉我,她每天早上做的事居然和我一模一样。

算不清在衣衫布料的选择上耗费了多少时光,看似漫不经心的装扮其实也是精挑细选,希望这些轮番出场的布料能编织成一副副自信的翅膀。

但我又没时间和兴趣对时尚进行研究,完全凭感觉搭配,这样就难免生出偏颇,有时自己费尽苦心,在别人和后来的自己看来也不过尔尔。

布料在不断演化,时尚在不断更迭,衣衫下的躯体却做不到日臻完善,能最大限度地保持就算万幸。这让我对生命规律的蛛丝马迹生出焦虑,比如白发,比如皱纹,比如不再苗条的身材。我尝试用酸奶洗头,用黑豆、何首乌、桑葚做出的产品护发,用传说不会长皱纹的全真丝枕头铺垫我的梦想,可白发还是在我看不见的地方暗中滋长,细纹还是小偷似的爬上眼角。

保持有形的美与美的无法永恒,成了我精神上的枷锁。

不确定从什么时候开始,我决心朝着另一个方向"修缮"自己。

干洗店取回来的冬装,我一一叠好放进收纳箱,只留一件黑色宽松休闲版、一件驼色修身版的羊毛大衣和一件大红色的羽绒服,再有两件羊绒毛衣就足够过冬了,夏裙依然挂在衣橱里,只是还没来得及挨个儿穿遍,风中就传来秋的味道。我不再做精细的面料搭配,一个黑色的休闲公文包从春拎到冬,也不再因为月亮的阴晴圆缺而依赖不同的服装来调整心情,春秋衣的更换频率由日改为周。

大学同学在群里推荐一家网络直播卖货的店铺,称赞店铺的衣服时尚又实惠,她今年已经买了二十多件,我才突然意识到自己很久没买新衣了,在衣橱前翻来拣去的记忆似乎变得遥远。

清晨我喜欢在小区花园和不远处的赣江边散步、用手机随手拍,记录大自然的千变万化,欣赏小昆虫们的忙忙碌碌。我不用迎合小花小草小虫小鸟,它们也不会在我面前刻意表现自己。衣服换来换去的窸窸窣窣声被斑鸠、八哥、云雀的鸣叫声取代,爽肤水护肤露眼霜打底霜遮瑕粉饼的合成香,变成了阳光晒着青草、雨露滋润泥土的自然芬芳。

去年初夏的一个早晨,在赣江边的灌木丛里,我发现二三十只土黄色的蝉蜕。蝉蜕是蝉羽化过程中舍弃的旧衣。蝉的幼虫在地底下生活几年甚至十几年,将要羽化时,在黄昏和夜间钻出土表,爬到树上,慢慢地从外壳中自行解脱,就像从一副盔甲中爬出来。我知道它们如果在蜕皮和展翅的过程中受到干扰,将终身残疾,无法飞行与歌唱。

我庆幸自己及时从各种布料的诱惑和束缚中挣脱了,伸展开新生的翅膀。

有时也难免对自己产生怀疑:穿着越来越追求舒适是成熟的标志之一,是不是也是未老先衰的表现呢?

答案其实无关紧要。

我依然喜欢看打扮得花枝招展的小姑娘,喜欢看性感或清纯的女郎。自己不追逐时尚,却开始关注时尚界,惊叹模特们的魔鬼身材和天使面容,欣赏地域文化在服装上的呈现,分析设计师们如何将美学、文学、神学、哲学、科学交融,将各种布料裁剪得出神入化。

我希望看到几十年后的自己,穿着印花长裙坐在冬日的壁炉前,在暮色里、星光下读诗或是打盹儿。我不知道长裙的布料是什么,但必须是深浅棕色搭配的,必须是宽松的,必须和我的满头白发、长满青筋的手、缓缓流动的眼神完美契合。

一棵树的修行

◎ 李冬凤

陈齐福是陈家圈最后一个木匠。之后也出现过木匠，但都不是真正意义上的木匠，既不会做大木，也不会做小木，只会用锯和钉子，像堆积木。木匠，分为大木和小木。大木如建房柱、梁、额、斗拱、椽，看似粗活，实则细活重活。小木如建房时做门窗、室内装饰，又如做家具，这类活轻巧细腻，精雕细琢。不管大木小木，都是要求极高的技术活。

陈家圈是义门陈之后，有百十户人家，以圈为界，与我们的李家鸡犬相闻。枫田村先有陈家圈，后有李家大族。陈家圈与李家大族联姻甚多。陈齐福师傅就是我同村叔爷爷的小舅子。

陈齐福是村里的老木匠，年逾古稀，身体健壮，只是耳背得厉害，面对面说话，声音都得提高八度。他耳背还不愿带手机，找他挺费周折。村里很寂静。见有人闯入，三条懒洋洋的狗狂吠着围上来，让我手足无措。我站在那里，用眼瞪着狗，狗也站着不动，叫声却小了许多。我突然吼一声，作追赶状，狗便逃了。与大村庄比，小村的狗胆子要小得多。大村庄的狗就不会逃，而是远远地站着，监视你的一举一动。

枫树李家是大族，有十四个生产队。锡江铺是八队。八队多土豪乡绅，锡江铺就是一个土豪李锡江开的油盐铺。油盐铺生意非常好，名气也很大。李锡江赚了钱就盖了一栋花厅，供子孙居住。

现在锡江铺的人都是李锡江的子孙，想重修花厅。重修花厅框架不能动，构件不能动，只能换掉腐烂的横梁或构件，卯榫仍要严丝合缝，修旧要如旧。这样的木匠非得陈齐福。

齐福早已不接大木或小木的活了，也无活可接。他像个老顽童，闲不住，种了些菜。他嘴巴也不闲,遇上石头都有话说。老伴儿笑他把前五十年的话积攒到现在一起说。前年,他帮村里江生修猪圈,闪了腰,在医院住了一个月,把儿子折磨苦了。儿子发狠,再接活就不让他进家门。锡江铺人找他修花厅,他死活不肯。

一天下雨,下不了地,老婆拿钱让他去买肉。肉铺里摆了五张麻将桌供人玩乐。齐福平日不打麻将,今天突然手痒,摸了几把,才三圈下来,把老婆给的买肉钱输了。不把肉拎回家,耳根三天都不得安宁。他窘迫得老脸臊红,很想找旁边的江生借钱,又开不了口。锡江铺的镇巴佬看出端倪,凑过来说,齐福师傅,要多少钱,我给您,修花厅的事您就应了吧!满屋子的人都知道齐福是有名的妻管严,都齐声附和。他像蛇被打中了七寸。这时,村里老书记李国初买肉时咳嗽了两声,对齐福说,应了吧,修花厅是枫树李家的大事,非你莫属。

老书记的话在齐福这里就是金科玉律,老书记有恩于他。他高小毕业,老书记曾荐他去读都昌卫校。都昌卫校是县里培养乡村医生的学校,学制两年。上了卫校,就是吃公家饭的人,祖坟上都要冒青烟了。陈齐福还真到县城报到了,可是不久,这批学生都派去南山公社星火大队支农去了。三个月后返校,卫校宣布解散,一同解散的还有都昌师范,知识青年都要到农村去,接受贫下中农再教育。人拧不过命,但陈齐福记住了老书记的恩情。

回了家父亲问他以后干啥,他说,良田万顷,不如薄艺一身。他便跟着村里的李咸勇学木匠。

那时师傅不好找,村里的所有手艺人都归大队管,收徒弟要大队批准,且一个师傅一次只可收一个徒弟,好在李咸勇是村里人。可是李咸勇正带着徒弟。

齐福十五岁那年,李咸勇的徒弟出师,他正式拜在李咸勇门下。

学徒有学徒的规矩,两千年来亘古不变。徒弟清早要到师傅家,帮师傅干活,挑水担粪扫地抹桌子。做完了家务,齐福再把长长短短的凿子、大大小小的刨子,还有墨斗等工具全部收进木箱里,与斧头、手锯并作一担,如沙僧一般挑着,跟在师傅后面,翻过村后的篁竹峰,过寻夫岭,到黄兰村。六十多斤的工具挑在肩上,走十多里山路也是压力山大。他将扁担从左肩换到右肩,又从右肩换到左肩,肩膀磨出了血泡,又压出了血水。他龇牙咧嘴,师傅扭过头,瞄了一眼说,种子要出来,得钻破一层土,然后,把手放背后,顾自往前走。

师傅常挂嘴边的是，端了别人的碗，就要服别人管。齐福不是很懂。师傅说，在户主家吃饭，不能放开量吃，要学会看菜下饭，菜只能吃眼前的，不能夹远处的，桌上的肉一般不能下筷子，这是户主撑脸面的菜。齐福照做。

师傅交代的第一个活是刮树皮。木工师傅的工具多，拿什么来刨树皮？齐福挑了半天，手被锋利的小锯划了一道，血喷涌而出。他怕师傅看见，更怕户主发现。没有谁家开工喜欢第一天就见血。他紧紧捂住伤口，借口上茅房，蹲在茅坑里，一边抹眼泪，一边用草纸包了一层又一层，直到伤口不再出血，才敢出来。师傅隐约猜出来了，眉头紧皱，从工具箱里拿出一把如月的弯刀，左右脚前后分开，身如弯弓，双手轻按，往回一拉，弯刀之下，一块长长的树皮随刀飞出。师傅将刀丢在他脚下，冷冷地看了他一眼，又忙自己的事去了。

剁料，是学用斧头。师傅说，宁剁千层浅，不剁一层深。剁料要一下一下来，斧头、鼻梁要成直线，看准下斧。树木长大，是在不知不觉中；功夫练成，也应该是在日积月累间。陈齐福按照师傅教的，先在家里练，用废料练。那时候，木材缺乏，别说盖新房子添置新家具，就是维修也需要拿旧料去换新料。如果因为他斧头出了错，那就是大错。

接着是拆料。师傅说，拆料有诀窍，要保证姿势端正，肘弯和膝盖成直线……师傅说话从来不重复，听见了便听见了，没听见，再问，他不会说第二遍。

师傅领进门，修行在个人。经受了第一次人生挫折之后的齐福开始懂事了，挑着工具，跟在师傅后面，进东家出西家，少说话，多琢磨。他个子不高，师傅安排他干活，脚搭不上工作台，就找土砖垫脚。

时光如流水，一年又一年，他从少年长成了英俊小伙子，师傅的"十八般武艺"他也学得八九不离十了。学手艺，三年徒弟二年伙计的日子结束了。他给师傅家水缸担满水，把扁担挂在门背后。师母杀了下蛋的老母鸡，师傅满上了两杯米酒，用手掌擦擦刚洗出来的水淋淋的筷子，说，来，齐福，这五年跟师傅吃苦了，也长大了，本事也长了，今天我们师徒整两杯，明天你就可以自立门户了。师母给他夹了大鸡腿，说，你师傅老是老了，手脚不如以前利索，但儿女还未成家，木工活还是要做，辉祥手艺学得不如你精，还要跟他爸再练练。你看看我们枫树李家的木工活也不多，你呢，还年轻，有大发展，要去大地方。师傅又说，树挪死,人挪活!

树苗破土要吃苦,树想长大要扎根,人想成长要经历。齐福感恩师傅的教诲,也明白师母的担忧。

十里长街半窑户,迎来随路唤都昌。景德镇是都昌人的码头,陈齐福另立门户之后,一头扎进了景德镇。那时没有班车,有班车也没钱坐。从家里走到景德镇需三天。齐福在景德镇的叔祖父、姑父、舅舅家成了他的落脚地。

白天,陈齐福到街头摆一块写着"木工"的牌子,蹲在路边等雇主上门。

行人靠近问,有大队介绍信不?

齐福有些蒙,还要介绍信?

行人说,没介绍信,谁敢请你!

齐福只得又回到枫田村,找大队书记开介绍信。大队书记说,出去搞副业挣钱,要交公积金,一天一块钱。交了公积金就和村民一样,队里给分粮食,分布票、油票。不交钱,不分粮食;不分票,有钱买不到东西。大队书记得到陈齐福的承诺才开了介绍信。他拿着介绍信到景德镇市场管理局注册盖章,手续妥了,找事很顺利。

都昌人称景德镇为镇上,就像家门口的集镇。景德镇是大码头,东家修房西家做家具有忙不完的活。户主款待师傅也很客气,每天一块五角钱的工钱,还管饭。陈齐福浑身来劲,除去上交队里,还有节余。

手艺人遇上好东家,是福气,也是财气。有一次陈齐福在戴家弄修房,吃午饭时,陪匠人吃饭的有一位老者。老者问他,小木做得怎么样?年底我儿子结婚,想添置高低床、九斗书柜、挂衣橱等家具。陈齐福心里一惊,这些家具都是在城里流行的,师傅没教过呀!他抬头看向老者没说话。老者以为他问话唐突了,又说,看你干活细致,小木应该不赖。给我家做,每天开两块钱工资,咋样?陈齐福赶紧点头,送上门的生意,傻子才不做。

东家告诉陈齐福,老者是景德镇市第二人民医院有名的骨科专家蔡元庆。陈齐福暗暗心惊,说出去的话收不回,也不能收回,只能硬着头皮上。之后,他有空就到景德镇手工业产品市场看各种新式家具。外行看热闹,行家看门道。他有画线、打眼、下料、卯榫、抛光、收边的小木功底,依葫芦画瓢的事倒不复杂。德式床、高低床、屏风床、九斗书柜、高低橱、挂衣橱、梳妆台，他看一遍，量个尺寸，回到住处，就能画出图纸。半个多月，他画的图纸做成了一本册子。

一个月后，他挑着工具，带上画册，去了陈家街。蔡元庆就住陈家街中心，大门朝东，檐角二重翘，"万"字斗砖墙，门槛大麻石，足有二尺高，一看就是大户人家。师傅进了门，大门便不关，像是有意展示师傅的手艺。来来往往的人时不时地就进来看看、摸摸，评价一番。

师傅，这缝线没得说！

师傅，这书柜小巧玲珑，漂亮！

这床做得真扎实！

没几天，陈家街上的人都知道蔡医生家请的木匠木工做得一流。陈齐福半年的木工活都让陈家街的人预订了。

景德镇人口最密集的就是一条十里长街和几十条横弄。陈家街的活做完了，苏家坂的活又来了。苏家坂最有影响的当数红旗瓷厂的江厂长。红旗瓷厂是景德镇十大国营瓷厂之一。叔祖父是红旗瓷厂保卫科科长。江厂长让叔祖父介绍木工师傅，叔祖父介绍了陈齐福。

进苏家坂，拐过弯，就是一个三岔路口，路口就是粉彩车间，车间对面就是厂长家。陈齐福在陈家街出名后，来拜师学艺的人不少，他选中了一生中第一个徒弟，叫建希。建希挑着工具担跟在陈齐福后面。建希嘴巴甜，手脚利索，个子也高，重活从不让师傅出手。陈齐福也搬用他师傅的招数教训建希，在东家、老板家吃饭，只能吃面前的菜，荤菜只能夹三下……

江厂长很大方，除了三餐还有两点，上下午煮点心，中晚饭不少于六个菜，师傅、徒弟一样付工钱，每天都有两块钱。但是，他对木工活要求也很严。床不离九，意思是九子十三孙。床长六尺三，床宽三尺六，床上高四尺五，床下高一尺八，他亲自用尺量，有丝毫偏差，都会要师傅拆开重做。他讲究很多，如床档不留线，有线会尿床。家具的样式也不能与别人家的样式一个样，他会提出很多的具体要求。师傅除了按要求做到，还要做好，做得比他想象的还要好。

向下扎根，才能向上生长，这是树的修行。看透了树的修行，也就懂了人如何修行。陈齐福也是一个有傲气且倔强的人，户主要求有多高，他就逼自己有多狠。他站稳脚跟,狠下功夫,直到他的小木手艺已炉火纯青,从裁料、拓料、刨料到定型、划线,都是意到手到。在操作时,他的姿势像杂技演员走钢丝,既讲究角度,又得掌握好平衡,组装一气呵成。光滑面做到能上线,不差分毫。做出来的家具要模样有模样,要亮度有亮度。

手艺人互相赞扬的少,拆台的多。陈齐福名气做出来了,同行并不服,私下里多有攻击。一回他在刘家弄做事,同村的师叔也在刘家弄做家具。按理说,同门应该互相捧场。可这位师叔却到处说他的坏话,陈齐福也不跟师叔计较。师叔给东家做圆角樟木箱,怎么都组装不起来,急得直冒汗。师叔无计可施,只好厚着脸皮找陈齐福。齐福二话没说,就来了。圆角樟木箱的卯榫错位了,上面增一分,下面减一分,半个小时给搞定。

在景德镇十一年,陈齐福踏遍了景德镇四山八坞九条半街,上到观音阁,下到小港咀,东到黄泥头,西到二亭下,没人不认识陈齐福。他还带出了一批徒弟,留给景德镇的是一代人的记忆。

农村联产承包,田地到户后,陈齐福回到了家乡,进入了半耕半手艺的岁月。春种秋收,农闲就开始上户做木工活。人勤地不懒,各家各户的生活都在慢慢好起来,手里有了多余的钱,就想拆旧房建新房。这一年,他师傅李咸勇去世,儿子辉祥没了助手,便找到陈齐福说,下半年有几栋屋要做,你是爹最得意的徒弟,我们联手吧。陈齐福的人缘都在景德镇,本地反而生疏,便一口答应了。

那时农村人结婚也做实木家具,但做小木的师傅多,就显得没那么吃香。倒是做大木的木匠越来越少。建砖瓦房是大木。分田到户,人人家里要打谷仓,做犁耙水车、风车、土车和石碾,这些都是大木。这些大木难度大,差之毫厘,谬以千里。如石碾,做石碾难在给石碾木架定中心,如果没有定好中心,两个碾砣走不到碾槽中间,谷便碾不碎,米也碾不成粉。风车很多木匠更是无从下手。又如做房子,柱梁之间都是大起大落,一个地方没算准,房梁架不上去,累死人不说,留给后人的更是一世的笑话。陈齐福虽然也有一些大木没做过,但他脑子活,会算计,还会画图纸。

乡下做屋,先"通课",也就是请地仙(或称风水先生)看地,然后根据年份天干地支,确定好大门方向,诸如某年是东西大利,某年是南北大利。接着测算户主的生辰八字,精准确定门的八卦方位。大门定了,房屋的中线就出来了。选好黄道吉日,放鞭炮开工,用石灰圈屋树桩位,摆好"三角马"(固定树木,便于裁料)。乡下人将开工之日称为"架马"。

陈齐福与辉祥联手,领头的是辉祥,陈齐福只能算二师傅,但大事都是共同商量。做房从选料开始。"头不顶株","株树不能做房梁。"脚不踏梓",门槛不合适用梓树。做房屋多用杉树。杉木的收缩和膨胀率小,具有更好的稳定性,在不同的温度和湿度下能经久耐用。杉木中,又以赣木为最佳。赣木是红心杉木,稳定性更好,而且还有天然木纹,带漂亮的自然光泽。树有树性,人有人性,识性而用,方为大善。

陈齐福经常说,做人要厚道,做手艺要厚德,要处处为东家老板节省,既不浪费木材,又要考虑房屋质量。乡下人做屋是人生一件大事,叫添"世业"。"世业"是要传代的。

选好料后,就是裁料。根据木材大小,锯成长短不同的树段,什么料用在什么地方要心中有数。画线也很关键,横线、竖线、十字线,线线相连,线画对了,打眼刨槽才不会错,也不会浪费材料。吊线是技术活,入门徒弟做不了,至少要三五年道行。如果上面歪一点,下面就会歪掉一寸。点、线、面结合好,是房屋稳固的基础。屋树打眼要精确,角度要准确。木匠是用独眼创造世界,凭的是目测能力,卯榫咬合有时也凭经验。

这半年,陈齐福和辉祥完成了四栋房屋。他穿方插砂,金梁点坚,每道工序都做到90%的正确率。别小看90%,这水平已经超越了远近的木工师傅。陈齐福成了主墨师傅。他接活的多少,能看出村里生活水平的高低。

一次,陈齐福把目光瞄向同行华贵。陈齐福说,华贵哦,今晚准备炒花生吧!华贵入行不久,听不懂行话,一脸疑惑。陈齐福又说,上午,我在小水的工地转了一圈,屋基和房屋的进深不配对。华贵心里一紧,他将信将疑。下礅墩时,他可是反复测量过距离的。华贵没接话,拿起尺子,转身去工地丈量。陈齐福哈哈大笑,别量了,礅墩与礅墩之间不是边到边的距离,如果你这样下料,屋树偏离中心,后拖房的屋树就要排到墙外去了。吃你花生不冤吧?

华贵炒了花生,请齐福。齐福没去。齐福说,明天鸡鸣一遍,你我带上锹,把磉墩挪正即可。华贵臊红了脸,感激他及早纠正,不然等到上梁,全村人围观时,屋梁架不上去,那脸就丢大了。

陈齐福越来越有大师傅的样子。他会经常在村里遛弯。遛弯不是真无所事事,而是遛弯去看谁家建房,谁家在做家具。他就逗留着,观察着,然后私下指正。他除了手艺了得,唱曲也在行。做屋最热闹的日子是上梁,主梁是一栋房子的核心构件,也是农村人眼里一栋新房的祸福所在。上梁就是想讨个好彩头。梁分大小,东边为大,西边为小,大头在右,小头在左。先暖梁,主人沐浴后着干净内衣,时辰到了,就脱下内衣把梁榫包起来。出梁时间一般为寅时。陈齐福干活时话少,像他师傅,一句话不说两遍。上梁前,他对房东招招手,房东便拿来绕梁红布一丈九、发锤两个、三寸三红布包、白酒、酒壶二把、红阉鸡一只……房东知道他话少,怕听不明白,事先便打听清楚了要准备的物件。

木工用的发锤是用红布包着的,挂在屋树顶部。陈齐福与辉祥分别爬上左右屋树顶端,先祭鸡。祭鸡得唱吉祥词。唱词只有陈齐福唱得齐全,这也是辉祥做不成主墨的原因之一。陈齐福一开腔,就像变了个人,眉飞色舞,声音高亢,仿佛是一只鹅"曲项向天歌"。

祭鸡完毕,正式上梁。辉祥和齐福同时发力,用发锤将梁扶正,打进槽里。

祭鸡、祭酒、祭梁完成后,便开始抛上梁粑。粑是圆粑,象征金元宝,也代表福气。

陈齐福在梁上像孙悟空一样,把高高的横梁当作了单杠,翻过来跨过去喊,兜宝粑了!他手里抱着装圆米粑的红布兜,喊一句,便抛下圆米粑。下面的人发疯似的抢"金元宝",笑得前仰后合。

这样的笑声终归走进记忆,成了历史。实木结构的房屋和家具在城里消失了,不久在乡村也终结了。陈齐福便告别了这笑声,也告别了东家的声声赞叹。

二十世纪鄱阳湖最后一次发洪水,湖边的砖瓦房倒塌了不少,陈齐福心想,这回该忙起来了。没想到建房户没有一家做木质结构的房子,一色都是钢筋混凝土结构。无所事事的陈齐福不得不加入装模队伍。装模是粗木工活,没多少技术含量,只要一把短锯,一袋铁钉。和尚畈村占西九家做房子是他装的模。现浇时装模师傅必须到场,叫守模。做到第三层现浇,再往上就要封顶,没想到出事

341

了。陈齐福手里拿着板条和铁锤，口袋里装满铁钉，在震动棒响之前，又检查了一遍顶树，发现顶树之间间隔太大，又加上一根。震动棒打得混凝土嗡嗡响，顶树和模板纹丝不动。他认为万无一失，便与石匠师傅闲聊起来。这时出事了。装混凝土的翻斗车，一个倒反——咔嚓！整个板面下沉。推翻斗车的两人也跟着沉了下去。事故原因后来也查明，是模板腐烂了。陈齐福终归是阴沟里翻船，所幸无人伤亡。陈齐福赔了钱，便退出了装模队伍。

齐福不装模，一门心思干农活。闲时就去景德镇走走亲戚，会会老朋友，日子过得悠然自得。

锡江铺修花厅，七十多岁的齐福被老书记"逼上梁山"。

陈齐福有些年头没进过花厅。门楣是红麻石，上书：锡江铺。字迹有点模糊。风雨侵蚀的杉木门遍布沟壑，变成了褐灰色。推开门，湿漉漉的潮气扑面而来。零星的阳光穿过屋顶破瓦洞照进来，室内倒不觉昏暗。天井口的麻石也布满青苔。"破四旧"年代在横梁、窗棂、屏风上留下的伤害隐约可见，"五女拜寿""梅花报春""松鹤延年""昭君出塞"的雕花已残缺难辨。陈齐福看完残破不堪的花厅，心像被虫子在撕咬。现在不给他钱，他都有修的冲动。

上厅东边茶厅的夹金树烂了，下厅西边偏房的屋树虫蛀了，祖先坐堂全部要换。陈齐福拿着尺子反复丈量，祖先坐堂地脚五米，高三十厘米，厚九厘米。夹金树下半部分烂了，要锯掉两米。被虫蛀掉的屋树至少有五根。门窗得修缮，花板得修复。陈齐福找来几个徒弟做帮手。他老了，高高低低的事还得年轻人来。

两个月过去，花厅修旧如旧，得以还原本来面目。来参观的人无不惊叹，百年前，锡江铺竟然有如此典雅的建筑？陈齐福也一雪装模前耻。

陈齐福一生成就了无数棵树，无数棵树又构筑了他的一生。

鲜食记

◎ 李丹崖

吾乡有俚语：离地鲜，香煞天。意思是：刚刚从地里、枝上采下来的蔬果，鲜灵灵的，滋味格外好。念及吾乡的"离地鲜"有哪些呢？春天里的槐花，拌面蒸了，这是他乡吃不到的美味，毋庸讳言。至于三月里新下来的枇杷，苍翠叶片下，一枝金黄，甚是让人欢喜，与之相映衬的是五月里一地薄荷绿，一走近它，一股鲜爽的气息扑面而来。六月里的樱桃饱胀了紫色脸膛，树下开始有孩子垂涎张望。七月瓜棚喜气盈盈，带着露珠的苦瓜、垂着青瓜的丝瓜藤蔓，是降暑不可多得的哼哈二将。秋风一吹，豆角饱满，这些身材匀称的豆角总能成为一道道赏心悦目的佳肴。十月里北风凄厉，吾乡人喜欢一头扎进浴室，泡个澡，吃上一只沙窝萝卜。晚间，风炉架起来，烤上几只红薯，与三五知己促膝围炉，不负好年华……

夫子曰："不时不食。"品尝美食，不妨趁鲜。

枇杷与薄荷绿

故乡北关的老院子，在雨季会有青苔气。青苔气总让人想起幻绿的一丛丛色彩，是一种令人格外着迷的气息。

若是在枇杷成熟的季节，这样的院子又有枇杷气，黄中带着光泽，不是鹅黄，不是金黄，就是枇杷黄，开宗立派的色彩。这样的季节，在枇杷树下遇见一位昂首去摘枇杷的女子，长发如瀑，最好是穿着薄荷绿的长裙，这一定是美的，或者称之为"妙"，人人都是好"色"之徒。

枇杷清香，果肉鲜美多汁。今年，枇杷成熟的季节，收到苏州的文友快递来的东山枇杷，打开纸箱的瞬间，一股组团的枇杷的清香；拆开后，一枝枝炫目可爱的黄，原来这些枇杷是带着枝条摘下的，鲜得紧。

把带枝条的枇杷置于汝瓷盘中,放在案头,做清供;翻两页书,吃一盏茶,枇杷在眼,香气莹然,真是赏心悦目。

夏季多蚊虫,母亲从乡下帮我挖了两棵野薄荷,顺便带来了故乡的土,薄荷用白瓷盆栽种,置于案头。盘子里枇杷的暖香,花盆里薄荷的凉幽,相映成趣,让人不得不停下手中书卷,端详了再端详,入神,出彩。

山西的一位老作家,喜欢餐毕用一枚薄荷叶泡茶,爽爽然,能清肠胃。薄荷叶绿油油的,最好放在温水中,水最好也是矿泉水或山泉水,水温不伤薄荷的绿,又吸纳了薄荷的凉,很是特别。

枇杷清爽,滋味雅淡。雅淡是一种格调吗?

当然是。

《红楼梦》里,有一段宝玉与莺儿的对话:"松花色配什么?""松花配桃红。""这才娇艳。再要雅淡之中带些娇艳。"联系到滋味上,亦格外相称。喜欢枇杷的淡,将熟未熟之时,果肉脆爽多汁;全熟之后,绵软甘香,汁水亦不损。食大肉之后,一颗枇杷下肚,犹如一支笔,横扫千军如卷席的快感。

枇杷黄了,正端午;薄荷青绿,映眼明。

旧时,端午之后,枇杷可放在筐子里,在地窖储存一阵。今时,冰箱里的保鲜格似乎可取代地窖了。但也有人不这么认为,冰箱似乎不透气,地窖则不同,透气且接地气。

枇杷一树金,在旧时庭院,有吉祥气。有一年去扬州的个园,恰逢雨停,在一处名为"竹西佳处"的拱门后,遇见一棵枇杷树。枇杷上结着水珠,晶莹赤黄,吉气更足,让人禁不住垂涎。

清少纳言在《枕草子》中写过一位恬静的小镇女子,"薄荷绿色及踝长裙,长发束起,面容平淡",寥寥数笔,画面感却很强,这样的娴熟,惹人欢喜。面容平淡,又让我想起枇杷的滋味,枇杷不会太甜,亦不会不甜,甜丝丝的,也算是平淡了。淡然的女子娴静如《诗经》里走出的静女,淡然的枇杷黄和薄荷绿,亦是平淡色泽。这样的色彩,让人想起瓦蓝、杏黄、葱绿、枣红、豆青、雪白、橙黄、橘绿、羽白、天青……触目皆是熟悉的事物,满眼都是讨喜的颜色。

"百搭君"豆角

北风劲吹,摧枯拉朽之势渐浓,天地间一片萧索。每到这时候,母亲都会从塑料袋里拿出一把干豆角来,泡在温水中,待干豆角慢慢吸水舒展开来,隐隐有青晕。

我见过母亲做干豆角时的情景。新鲜的豆角,从豆角架子上"寻"下来,用热水焯一下,放在案板上,根根将直,在毒辣的日头下晒至焦干,收纳在塑料袋中备用。

冬日一到,雪花飒飒飘下来,故家人便闲了,干豆角拿出来泡发,稍事切分成两段,用来煨肉,最相宜。将最好的五花肉切成薄片,双面煎至金黄,下入八角、葱段、姜片、花椒、干辣椒,炒香后,放入泡发的干豆角,加水焖煮。约莫二十分钟,待到豆角已经绵软,捞出作料,稍稍收汁,装盘,撒上小葱花,油汪汪的干豆角煨肉就做成了。

这道菜的好吃在于豆角的皮嚼劲儿十足,籽粒甘香,亦好吃在于嘉蔬中吸纳了油脂的香。干豆角煨肉是一道下饭的好菜,少年时,每每母亲做这道菜,我都要吃两大碗饭,吃到肚皮发鼓,方才作罢。

其实,凉拌鲜豆角,亦是道好菜。清锅煮水,水沸撒入些许食盐或食用油,把择净的鲜豆角切成段段放进焯水,水沸三滚,豆角捞出来,与吾乡特有的变蛋一起凉拌,甚为清爽可口。旧时,母亲在做这道菜时,一般还会从园子里摘两片薄荷叶放进去,鲜香怡人。变蛋切开后,金黄呈琥珀色的一团,豆角直溜匀称,绿意如翡,薄荷叶青中带着紫意,一盘子悦目。

有些菜,像极了人,合群得很。豆角就格外随和,能够和很多菜打成一片,可谓"百搭君"。豆角烧茄子就是最明显的例子。紫茄子切成条,豆角切成段,放入沸油中烹炸,待到豆角表皮微微起皱,捞出控油,油锅中的热油不必倒尽,稍稍留一些,放入肉末、蒜末、葱姜、豆瓣酱,炒香后,放入豆角、茄子,稍事翻炒,待到汤汁稍稍浓稠,关火装盘,滋味酣畅浓郁,亦是一道下饭的佳肴。

曾在皖南看到一位山民腌豆角的过程。先将陶坛子洗净了,放在院子里晾半个时辰,再将豆角择净,控水,放入陶坛子里,后放入姜、蒜、小米椒、盐巴和一些腌菜酵母。封坛七天后,豆角腌制完成。于清晨取出两三根,切成小段,用来佐粥。呼噜噜地喝粥，爽脆地吃腌豆角，实在是美极之事。一碟腌豆角，让一碗白粥有了风致。

念及祖父，他生前也最爱吃腌豆角。他吃腌豆角的时候，还不忘嘬一嘬揿豆角的筷头，虽然不甚雅观，但他说，美味的灵魂都在这筷头里。竹木一旦遇见了腌菜汁，就不再是木头了，也是美味。祖父在说这些话的时候，仿佛腌豆角的汁水给筷头注入了灵魂。

有一次去北海，在退潮后的沙滩上漫步，遇见许多捡拾沙蟹的人。这些海里的小东西，退潮没来得及返回，就被捡到了，放在清水中让其吐尽细沙，清洗干净后，可以做成沙蟹汁，可谓鲜美无匹。用这样的沙蟹汁腌制的豆角，豆角依然是翡绿的，佐当地的海鲜粥来食，粥黏糯，沙蟹汁鲜中透着爽脆，嚼而有趣。

豆角到底是百搭的，人畜无害亦合群，平沙海滔不违和，不愧是"百搭君"！

红樱霞光

不知道谁最先把樱桃和口唇联系在一起：樱桃小口。

真叫一个传神！口之小，仅一粒樱桃大小，且娇艳欲滴，那样子可谓勾魂摄魄。当然，这只是夸张的手法，若嘴巴只有樱桃大小，吓人不说，吃饭都成问题。

不过，说起樱桃的样子，真是好看，足以用"可人"二字来形容。翻遍水果界，能称得上这二字的着实不多。依稀记得那是六月里，我还是一位十五六岁的少年，趿拉着拖鞋，在渡口等船到对岸去。对岸，有一座名叫大寺的镇子，我要跟着堂叔到那儿赶集。我是晕船的，尤其晕柴油船，哪怕是两三分钟的船路也不行。站在船上，我力图让自己不想这是在船上，目光直勾勾地盯着对岸，那应该是几株樱桃树，细碎的叶子，盖不住星星点点的红。那红，绝对是最诱人的色彩，一切颜料都调不出来的红。樱桃树下，站着一位穿着裙装的女子，那裙子有着细碎的花纹，与她头顶的樱桃相映成趣，真是好看。

很奇怪的是，那一次，不知是樱桃牵着我的心，还是那个穿着裙子的女子牵着我的心，我竟然没有晕船。上了岸，我也没有立即跟着堂叔去赶集，而是在樱桃树下看了又看，那樱桃饱胀着一颗颗红，像是随时都要炸开一样，晶莹剔透，让人垂涎。那个穿着裙装的女子是樱桃树的主人，十八九岁的样子，微风吹来，裙角和发丝一起飘起来。也许是在樱桃树下的缘故,那风也是甜的。

"樱桃卖不?"

"当然呀!您要多少?"

看我不走,堂叔硬要给我买半斤尝尝。半斤已经足够。用一汩汩水洗净了樱桃,我忙放入一颗在嘴中,冰爽甘甜,好似一颗颗浸了糖的冰炸弹,在口唇之间炸开。那种甜,是一下子就能通过味蕾攫取你的心的,那滋味,我至今难忘。

故乡有一句俚语:樱桃好吃树难栽。樱桃树有多难栽,又是在几月里栽,我不得而知。只知道,我们整个村子很少见到樱桃树,有的几棵,也因水土问题,或者缺乏养护,产量不行,结出来的樱桃也少了盈润的光泽,吃起来,酸涩难耐。所以,每每遇到肥腴光泽的樱桃,定然是迈不动步子的,在一棵樱桃树下发呆,甚至是垂涎三尺,我觉得不算什么丢人的事情,爱美之心人皆有之嘛。试想,面对一树樱桃,压枝欲滴,你竟然丝毫不为所动,正眼都不瞄一眼,拿什么让人相信你热爱生活?

据说,在唐朝,每每到了新科进士放榜的时间,都城长安都会举办樱桃宴。你以为这些新进士们会大吃特吃吗?你错了。樱桃会用白瓷盏或琉璃盏装着,每人一小碟,碟心处,一小堆樱桃,如火一样,一簇簇烧着,这是最红火的水果,也是当季最珍贵的水果,映衬当时新科进士的喜悦心情。若有酒在,一边饮酒,一边吃樱桃。宴席之间,碟心的樱桃红,进士们两颊的绯红,映衬在一起,半个长安都羡煞了这片大红大紫的"霞光"。

在一处古城,曾经喝过樱桃露。樱桃那么小颗,做成果汁,得多浪费。若能做成酒,兴许还好,以酒的热烈,来成就樱桃的果香与甘甜,方不负樱桃这妙不可言的滋味。

打酸枣

◎ 刘学刚

　　早上五点多钟，太阳还没露头，小米粒就在后墙根"咩咩"叫着，比院子里"勾勾喽、勾勾喽"叫着的大公鸡还卖力。大公鸡尖着嗓子叫，声音就像风挤过窄窄的胡同。小米粒叫的时候，小嘴唇犹如花瓣那样慢慢打开，声音听上去稚嫩而清晰。

　　学羊叫是我们搞特别行动的召集令。如同炊烟把高低错落的房屋连成一个村庄，好听的羊叫声把我们聚在一起，结成同盟，瞒着大人，躲开其他小孩儿，干一些冒险的事儿。

　　春天，我们上树掏鸟蛋。毛豆往树下滑的时候磨破了衣服，鸟蛋也挤碎了，血迹和黄汤把他的衣服画得惨不忍睹。夏天，我们背上绑了杨树枝，头顶一片大荷叶，猫着腰到瓜地里偷瓜。冬天冰封大地，我们的行动更加英勇，扛着铁锹，远征洪沟河，凿冰捉鱼。小米粒人小眼贼。他打前哨，蹑手蹑脚地找鱼。发现鱼后，猛跺一脚，受到惊吓的鱼反而卧在冰下不动。毛豆凿冰，我断后，撩水捉鱼，有鲤鱼、鲫鱼、鲢鱼等。夏天时凶猛狡猾的大鲇鱼也经不住这一跺二凿三撩，变得老实木讷，伸手即可捉到。

　　这一次，我们是结伴去西岭打酸枣。

　　酸枣，是相对甜枣而言的一种叫法。甜枣，即大枣、红枣，个头儿有大人的大拇指那么大，吃起来又甜又脆。酸枣呢，它只有小孩儿的指甲盖儿那么大，枣肉不够塞牙缝儿，酸味儿糅着几缕甜丝儿，越咂摸越有味儿。

　　枣树和酸枣树都有尖细的针刺，和树上长满毒刺的洋辣子一样，专挑细皮嫩肉咬。有枣没枣打三竿。举着竹竿模样的打枣器，敲一下枝杈，大枣就噼里啪啦落下来。毛豆却不这样。他手搭凉棚，抬起左膝，往树上观望一番，又转了几圈手里的短木棒,再扔向高处的树枝。他这一番操作,吓得小米粒弹出十米远,生怕被疾速下落的木棒砸伤。

打酸枣,我们仨各带了一条蛇皮袋。出了村子,拐过一片高粱地,毛豆把藏在胳肢窝的蛇皮袋抽了出来,对着西面的山岭挥舞着。我和小米粒长吁一口气,吸的时候立即尝到了秋日空气的清甜。小米粒戴上他父亲的大手套,像拳击手那样踮着脚走路,不时对路边的白杨挥一挥拳头,嘴里嚷嚷着:"洋辣子快出来,吃小爷一拳。"

西岭在我们村西南,是东西两个乡镇的分界岭。岭地大多属西乡,有一条叫甘花路的县道直插山岭。在甘花路如鱼脊隆起的路段,坐落着一个漂亮的村庄,名字非常好听,叫花家岭。

整个春天我们都在眺望花家岭和花木葱茏的西岭,在田垄,在草滩,在洪沟河岸畔。遥看春风拎着桃花的红染料、油菜花的黄染料把山岭粉刷得异常鲜艳。当别人说起西岭时,我们慌慌地捂着嘴巴,堵住即将夺门而出的"酸枣"二字。

从那个春天开始,我们有了眺望远方的习惯。有时,看着一朵白云悠悠地消逝在天际,我们的眼眶填满了深深的怅惘。

我们在洪沟河岸畔养护着一棵酸枣树。这可是一棵报告西岭花果期的消息树呀。我们用破的脸盆端了水,拖着几条细细的水线,给它浇水。小米粒去河滩捡了两条干巴巴的小鱼做肥料,埋在小树下。我觉得,酸枣树是被我们的儿歌喂大的:"三月十五枣发芽,四月十五枣开花。五月十五捻捻转,六月十五青蛋蛋。七月十五枣红圈儿,八月十五枣落竿儿。"我们天天围着它哼哼唧唧地唱,酸枣树还好意思不给你长?酸枣从蒂儿那儿红。就在这一遍遍嫩声稚气的哼唱中,枣子的小脸蛋儿红了。硬硬的小果犹如玉珠落盘似的,一声声敲打着我们的小心脏:去西岭打酸枣的日子,近了。

我们这次打酸枣不同于以往。除了翻山越岭走远路之外,我们打酸枣不是吃它的枣肉,尽管酸酸甜甜的味道激活了我们的味蕾。我们要的是以前随口吐掉的酸枣核。酸枣浸泡一宿,搓去果肉,捞出酸枣核就能卖钱。酸枣核扁扁圆圆的,却能变成亮灿灿的钢镚儿。这可是一个刷新我们认知的大事件。

就是那次凿冰捉鱼,我们的行为吸引了北岸三个小孩儿。那天,我们低头捉鱼,冰面上突然出现一个亮闪闪的光圈,我们向前挪动,光圈也跳到前面。抬头一看,三个瘦瘦的小孩儿站在北岸,拿一面小镜子晃我们。毛豆招招手,他们溜下河岸。领头的小孩儿说:"教我们捉鱼吧,我告诉你们一个大秘密,赚钱的大秘密。"捉鱼的队伍变成两排,一左一右,踩得冰面嘎吱嘎吱响,如群马踏过。分别的时候,领头男孩儿说出他的大秘密:他们乡上有家药店,收酸枣的核,一斤酸枣核给一个钢镚儿,五角呢。他张开右手,比画着,仿佛钢镚儿一抓一大把似的。

"小哥哥,打一大袋子酸枣能卖五角钱吗?"在蹶死树上掉落的一只洋辣子后,小米粒有些羞涩地问。我说:"没问题。"小米粒嚷嚷着要用这笔钱买五本小人书,再用它们交换阅读其他孩子的小人书。小米粒似乎看见他的小人书张开白色的小翅膀,在村庄上空飞来飞去,孩子们蹦跳着,追着小人书跑。

攀上西岭,毛豆爬树折木棒的空儿,小米粒倒背着手,像生产队队长一样踱着方步。他看了看岭上密如繁星的酸枣,又看了看远处悄无声息的村庄,做了一个重大决定:"明年秋天我就上学了,我要用打酸枣换的钱买好多铅笔和演算本。"说话的时候,他又挥了挥他的大手套,那样子像个憨憨的小笨熊。

打酸枣要比凿冰捉鱼难多了。冬天一结冰,鱼就像喝醉似的,晃晃悠悠,行动迟缓,发现一条捉一条,想失手都很难。

小米粒从没有打过酸枣,他只会用手摘。毛豆丢给他一根槐木棒,小米粒抄起木棒,瞄着沟沿上的一棵酸枣树扔了过去。枝叶哗啦响过两声以后,木棒好像断了翅膀的鸟儿一样,跌落在沟底。几粒红红的酸枣击落在草窠里,犹如酸枣树发出的几声低低的叹息。

"哎哟,哎哟!"毛豆龇牙咧嘴地叫着,好像树上的干木棒反弹回来,砸了他一下。他说话的口气也变了,像干木棒一样硬邦邦的:"照这么个打法,给你一座木头山,也打不了几个酸枣的。"

"我们还是像凿冰捉鱼那样合作吧。"我想了想说,"打了酸枣分三份,一人一份。"

三个小脑袋一散开,顿时觉得满山的酸枣向我们扑来。大人时常说的荒山野岭,居然盛得下这么多好看的花花树树。松树们就像一些攀爬达人,从山谷向上涌动着。野菊花开得到处都是,宛若一群蝴蝶,或散落在石缝里,或聚集在草滩上。酸枣树就更好看了,坐在石头上,看一眼纵横交错的枝条,又看一眼碧蓝的天,就觉得无数壮观的蝌蚪在水里游动,似乎要把细长的尾巴拖拽到白云里。

"酸枣,酸枣,快快跑到我的口袋里。"小米粒一边念叨着,一边把蛇皮袋展开,铺在树下。这是我们从大人那里学来的招儿。打甜枣的大人们要在树下铺几片塑料薄膜,以免击落的甜枣像小鱼儿那样到处乱窜。我们的采摘难度更大一些。酸枣树探出的针刺宛若深山老妖尖尖的指甲,比豆粒大不了多少的酸枣是老妖竭力守护的宝藏。小米粒两手抓着蛇皮袋,像母鸡下蛋一样半蹲着,他说他摆弄的不是蛇皮袋,而是一个有软软床铺的家——酸枣听见木棒的喊声就蹦蹦跳跳赶往的地方。

每一阵酸枣雨落地,小米粒就忙不迭地捉拿蹿跳到草窠里的红果果,挑了一颗慢慢咬着,嘴唇如小兔那样上下嚅动,他那种咬更像是啃,就像用牙细细地啃食骨缝里的肉,最后吐出一个圆溜溜的枣核,暗红色,好像瘦了一圈的酸枣。小米粒捧着枣核,仿佛捧了一条活蹦乱跳的小鱼那样,双手微微颤抖着。

小米粒是在酸枣成熟的秋天出生的。

小米粒出生以后,他母亲奶水不足,可秋天的红果遍野。他母亲头戴红围巾,恍若一朵红云,飘向西岭,回来时背了一大袋东西,就像她许多次从西岭背着一捆木柴回来。那一次,她带回了红枣、枸杞和酸枣。她先将红枣横着切成一个个指甲盖儿大小的圈儿,再把泡过水的酸枣装入布袋,像洗衣服那样反复搓洗,搓去果核。红枣圈儿、酸枣肉和枸杞晒干,用石磨磨成细细的粉末。小米粒就是喝这种"三红粉"长大的。他啃食酸枣的憨态,酷似婴儿吸吮母亲的乳头。

毛豆打枣的活儿要累一些。我拿着一根绑了铁条的木棒,把探向山谷、伸向山坡的酸枣枝拉过来,供毛豆棒打。毛豆有力气,木棒好像长在他手臂上似的,特别灵活。他打枣的频率并不快。不单单是让小米粒的甜梦多飞一会儿,更因为他的木棒成了打开西岭秘密的金钥匙。

毛豆抡起木棒,逆着枝条一阵击打,伴随枝叶的哗啦声和酸枣落地的簌簌声,枝条合拢又散开,露出许多美丽可爱的东西。有一个瓜蒌被击落在地,还有两个瓜蒌像线穗子一样在枝条上晃悠。"这是羊婆奶,可甜啦。"毛豆丢给我们一人一个,掰开,像小羊吃奶那样轻轻舔食一下,再咬一口清甜的山风,瓜蒌的果浆真有羊奶芬芳的味道。

　　我们这些大人眼里的小屁孩儿出门是不带干粮的。真的,除了小筐、镰刀、袋子等工具,我们什么都不带。喝的,在河渠。吃的,在田野,在山岭。秋天野果满枝,伸手可得。如果捡到山鸡蛋,我们就用泥巴把它们逐个包裹起来,放在火堆上烧熟,拿木棍敲破蛋壳,吹着热气,一小口一小口地咬着,味道比家常炒鸡蛋还要香,还要嫩。给村里小孩儿描述泥糊山鸡蛋美味的那天,毛豆讲得唾沫乱飞,小孩儿们听得口水直咽。

　　毛豆看见几个鹌鹑蛋卧在酸枣树下面的草窠里。鹌鹑蛋有红枣那么大,蛋壳上散布着大小不一的棕褐色斑点,看上去宛如裹着一件美丽的豹纹外衣。小米粒凑上来,小眼睛成一条缝儿,看了看我,又看了看毛豆,说:"我拾一些干柴去,咱中午烤鹌鹑蛋吃?"毛豆盯着鹌鹑蛋看了许久。也许只是几十秒的时间,但小米粒觉得太漫长了,他急得直跺脚:"毛豆,你哑巴了?"

　　鹌鹑蛋是毛豆发现的,他有发言权。他说:"到山谷找个草窠安顿它们吧,明年小鹌鹑就会'追追'地叫了。"

　　毛豆经常早晨去村东小树林听鹌鹑叫。若是雌雄两只鹌鹑,那追逐嬉闹的场景特别迷人。鹌鹑的鸣叫响亮而欢快,犹如雨滴击打瓦片的声音。"咯咯喳,咯咯喳",雄鸟就像一个情窦初开的小伙儿,站在树枝上,摇着短短的尾巴:看看我,看看我。雌鸟抬头看了一眼,张开翅膀,蹬开树枝,飞到杨树树巅,留下一串清脆的"追追"声。

　　鸟类的交流就是这么简单而真诚。毛豆傻傻地想,要是他父亲变成一只鹌鹑该多好,即使责骂他,也像唱着一首婉转的歌。

　　安置了鹌鹑蛋,毛豆的表情有些轻松,接着又变得深沉,犹如从阳光遍洒的草地走进黑松林,脸部的变化是明显的。他像是自言自语,又像是和我们商讨:"酸枣树越打越旺相,越打越肯结果儿,为什么?"

　　小米粒觉察到毛豆言语间弥漫的忧郁,他想赶走这沉闷的氛围。"打是亲,骂是爱,不打不骂不成才;打是亲,骂是爱,情到深时用脚踹。"唱到"用脚踹"时,小米粒对着空气踹了两脚,又转过身,用手捂着一只脚,装作很疼的样子,哎哟哎哟地叫着。"

你见过薄荷吗？不打顶，它长不大。越打顶越旺相。打一次顶，就长出好几个侧枝，一棵细针一样的薄荷能长成一个大草滩。"我不知如何回答毛豆，就和他聊起了薄荷。

毛豆的父亲赶马车跑运输，他把鞭抽棍打那一套熟练地用到教育子女上，对毛豆的管教是小错打手心，大错踹屁股。有一次，毛豆放牛的时候踩坏了几棵玉米，受害方拎着玉米的断茎残叶来找毛豆的父亲。后者二话没说，抄起顶门棍就抽毛豆的屁股。有一棍子打在毛豆的大腿上，毛豆一瘸一拐地往外跑。他以为腿被打折了，跑远了一看，裤兜里的雪花膏盒有一个深深的凹陷。那个小盒子是毛豆用六只吱吱叫的蝉儿换来的，装上沙砾就是一个响器，特别是用手疾速一转，小盒子备受鼓舞，在平地上转呀转呀，转成一个近乎透明的圆球儿。毛豆心疼小盒子。

一个小孩儿长大的突出表现，就是和他的父亲斗智斗勇。那以后，毛豆不想再吃父亲的闷棍，一看见父亲要脱鞋或者寻木棒，撒腿就跑，边跑边喊："你追呀！你追呀！"父亲追得"哼哧哼哧"直喘气，看着追不上了，扔下一句狠话："等晚上回家，再收拾你小子！"

到了晚上，毛豆也不回家。他去了张四奶奶家。张四奶奶是个孤寡老人，很慈祥，我们见了她，犹如鸡崽崽找到鸡妈妈，叽叽喳喳叫个不停。张四奶奶就像老母鸡那样，腰间的布兜里孵化着暗红的干枣、圆鼓鼓的花生、满是皱褶的核桃、煮熟又切片晒干的地瓜片、香甜软糯又有些弹牙的柿饼，仿佛那里生长着春华秋实，生长着乡音风俗口味。

毛豆不止一次向我们描述张四奶奶夜晚捣酸枣仁的情形。黑夜寂寂，如一口深不可测的枯井。在梦里，毛豆被人追杀，"嗖嗖嗖"，好几根棍子挟带着风声和吼叫从背后打来。毛豆左右腾挪，棍子擦着他的耳朵呼啸而过，"噼里啪啦"，被击中的酸枣树发出哀伤的惨叫。"咣咣咣"，张四奶奶用蒜槌捣酸枣仁的声音清晰而响亮，它们拧成一股结实柔韧的绳子，将毛豆拽到温暖迷人的灯光下。毛豆揉揉惺忪的睡眼，看见橘黄灯光映照下的一张慈祥亲切的脸。

"奶奶在捣什么？"

"酸枣仁呢。这东西泡水喝，不失眠。"

"奶奶,我真想失眠,这样就不做噩梦了。"

"傻娃子,你还年轻,很多好梦等着你呢。"张四奶奶又指着天空说,"小草们也有好梦,它们的梦是天上星,清晨醒来的小草都挑着几颗亮晶晶的星星。"

一老一少的对话在屋里飘着,就像云朵在夜空慢悠悠飘着,安静而温馨。

毛豆从回忆中转过神来,朝手心吐了两口唾沫,抓起木棒,对着酸枣树"噼噼啪啪"一阵猛打。一阵簌簌声响过,毛豆说,他那份酸枣不卖了,他要取出酸枣仁,送给张四奶奶。

中国房间

◎ 黑陶

中国房间·强烈光线

二〇二三年十月二十九日。看望母亲之后,从太湖西岸的宜兴丁蜀镇大姐家,开车返回太湖北岸的无锡。这次,不走惯常的大道,认准大方向,专挑连接村落与村落的乡间机耕路走。瞬间,便又置身于亲切又巨大的江南空间之内。

此季,在这个巨大空间之内,整个身心,感受到强烈光线——南方成熟稻子的金黄色光线。田野和人家大小不一的晒场上,全部是稻子:田野里,是尚未收割的金黄稻子,或是已经收割但还没有运走的金黄稻子;晒场上,摊晒着的是已经脱粒完毕的金黄色饱满稻谷。浓烈野拙的暖色调,视线里呈现并充满的,是凡·高版中国江南乡野图。这些已然收获或等待收获的南方粮食,貌似寂静,实则每一束、每一颗,都在呼啸着弥射金黄色的喜悦光芒。

在决定性的成熟稻子金黄色的光芒中,其实,还夹杂有其他的微光:农舍旁边树上累累柿子的红光,或新或旧的石灰墙的白光,屋角一丛无人管顾、兀自烂漫的秋菊的黄光……你将车停在某个不知名村落背后的机耕路上,在无限广大又感觉无限收缩的原生态田野上,金色的、收获的光,携带新稻草激人的清香,尽情沐浴着你,浸透了你,并且,照亮了整个南方。

中国房间·达基沙洛

达基沙洛,位于中国西南大山深处的一个微小、偏僻村落。到达它,并不容易:先是从无锡乘飞机到成都,再由成都转乘高铁到西昌,然后,从西昌坐汽车到布拖县,最后,再从布拖县城坐汽车,沿崎岖曲折的山路,到达这个彝族村落:达基沙洛。

在达基沙洛,群山的蓝空底下,我进入的土黄色房子内,有火塘和石砌的壁炉。四周石头的墙壁上,饰挂着熊头、牛头和黑绵羊头。

屋外,到处呈现的,则是白云般的寂寞。满坡的土豆,正是花开季节。

达基沙洛,是彝语,意思为生长蕨棘和麦子的谷地。这里,就是诗人吉狄马加的故乡。

那天,奔波于伟大的大凉山之中,我的心里,时时听到的,是静默而汹涌的"群山的回声"——这是家乡群山给予吉狄马加深挚诗篇的呼应,也是群山对于他,这位归乡游子的热切欢迎;我时时呼吸到的,已不再是诗中呈现,而是现实中漫山吐露的松脂清香。作为吉狄马加的读者,我的内心,在那一刻,涌动有旁人并不知道的深深感动。

鹰,是彝族的原型意象、父性象征。如果说彝人吉狄马加是一头诗歌的雄鹰,那么,我理解的他搏击于空的双翼,一翼是对自我民族(彝族)文化身份的高度自觉和高度认同,一翼是他对中国文化、世界文化的广博涉猎和深刻领会。这两者深度融合,所形成的吉狄马加的诗歌之声,既是个人之声,也是民族之声,同样可以视之为此一时代,地球这颗蓝色星球上整个人类的某种族群之声。

在达基沙洛,我吃过独特的苦荞。彝族的苦荞,是母性象征。对于"吮吸星辰乳汁"而生长的苦荞,诗人写道:"我们歌唱你/就如同歌唱自己的母亲一样。"

阅读吉狄马加,理解到他对于当代诗歌的贡献,还在于他恢复了诗歌抒情的荣光,重新呈现了诗歌抒情的力量。"诗言志",这是中国古老的诗学。志,士之心;《说文解字》称:志,意也。诗歌就是抒发心意。吉狄马加的诗篇,有着直击人心的动人力量。我记得他这样深切地吟唱:

  让我们把赤着的双脚
  深深地插进这泥土
  让我们全身的血液
  又无声无息地流回到
  那个给我们血液的地方

能够写出这样诗篇的诗人,他是强大的,是无法被打败的。写到这里,我又一次清晰回忆起,置身于中国西南磅礴野莽群山中的那一刻,我所感受到的异于他处的土地温度。这种温度,源自太阳,源自彝族古老的火,也源自诗人赤烫的血液在土地内部的漩涌和奔流。

中国房间·西湖

"上有天堂,下有苏杭。"杭州西湖,春阴天气中,仍在我的眼前满幅荡漾。但是,"柳浪闻莺"的春季柳浪中,充满的已经不是莺声,而似乎全是永远不歇的市声;"断桥残雪",这个季节当然不见白雪,在西湖和湖畔宝石山的衬托之下,坚固完整的"断桥"上,挤满的是密密人足——插足之地,确实已经没有,人只能随着桥上人潮,慢慢向前移动。

之前,从凤起路地铁站 B 口出来,走孩儿巷,在名列网络推荐的杭州馄饨必吃榜上的"曹盛记"馄饨店内坐定,点一碗当季的笋尖肉馅馄饨。瓷碗内的馄饨汤,清淡而鲜美,但馄饨馅明显用的不是笋尖,感觉有渣。对面桌旁一个戴眼镜的小伙子,点了一盘拌面和一碗小馄饨,用手机絮絮直播给远方女友:我吃的是什么,下午准备去看城内大运河,见面时要送你一个榨汁机,等等。孩儿巷有时尚小店和纷杂鲜艳男女。穿过一段武林路,再拐上龙游路,这里据说是武林夜市所在地,路当中也是长长的各式摊铺。煎炸油烟、玩具首饰、杭州特产、游客喧嚷交混于龙游路内。做过西泠印社社长的沙孟海旧居,就在这条路侧,这是一幢中西结合的坚固的青砖别墅,宁波人沙孟海在此居住了整整四十年。进去转了一圈,书法多为复制品,看其字,功力当然深厚,但书法风格好像不是我喜欢的类型。

出沙氏旧居,没走几步,就是杭州城的环城西路,天下闻名的西湖,周长约十一公里、平均水深两点五米的西湖,就在路的那边。西湖古老又新鲜的水气息弥漫过来,但环城西路上行驶如急潮的车流,阻挡并切割了人群亲近湖水的迫切之心。警察在费力维持交通。终于,斑马线那端的绿灯亮了,汹涌的人流瞬间又切割并静止了钢铁的车流。随着人潮,我又一次抵达来过很多次的西湖近旁。西湖在荡漾。这座曾经是南宋"行在"的临安古城,也在西湖天光般的荡漾中晃动。西湖水质不错，在岸边我看见湖水中有成群的穿条鱼在游弋。湖上散落着游人划桨的小舟，也有堂皇富丽的画舫。湖岸线的树荫下，游人如密密之鲫。在一棵高大法桐树下的四围条石上坐歇，眼前是观湖人潮，身旁也满是坐歇之人。近侧坐着的人起身离开，一对年纪很大的母女（应该是）即刻占据了空出来的位子。瘦弱的老太坐在轮椅内，已过退休年龄的女儿，将推着的轮椅停在条石前。身旁的这对母女，或许就是住在附近的居民，她们可能已经习惯了每天这样的功课，从开始到来直至我起身走开，她们没有说过一句话。母亲坐在轮椅中静静看西湖人潮，坐我近侧的女儿，则一直低头在看她的手机。除了这对年老的母女，一位年轻母亲带着两个孩子，则在发出喧吵：孩子仰着头，大喊着在看法桐枝杈间敏捷蹿动的小松鼠。西湖岸边的树上，原来有这么多松鼠，它们或飞快移走，或安然趴伏枝上，好奇注目这热闹的人世红尘。穿衣袂飘飘彩色汉服的姑娘，在湖边互相拍照，或站或蹲做出各种自觉好看的动作。一群东北口音的男女像风一样涌过眼前，其中一人的声音是：啊，西湖，我已经很多年没来了！过超级拥挤的长长断桥，在白居易的白堤边上，有戴棒球帽的父亲领着儿子，在简易钓鱼。何谓简易？父子的钓鱼工具，只有一根没有竿的渔线，绿色的几颗浮子靠在近钩处，鱼饵是一只结实的小面包。父亲将手指捏实的小颗面包鱼饵帮儿子装上钩，稚气的小儿子便将钩用力甩向湖水。瞬间，穿条鱼竞相来啄，绿色浮子沉入水内，男孩随即拉线，一条闪烁银光的西湖小鱼，便挣扭激跳在视线，可惜的是，在半空中鱼终于挣脱落水，引得男孩懊憾大叫。我默默看了一会儿钓鱼的父子，便重新折返断桥。断桥桥堍靠北山街，有很大的"云水光中"公共亭子。亭内一圈，坐满甚至站立了众多观众或游客。亭内有音箱，亭子中央，是唱歌跳舞自娱自乐又兼带表演性的老年男女。此时，一个从中年迈向暮年的妇女正在拿着话筒唱歌，她的身边，是两个伴舞的同性同伴。歌曲有着鲜明强烈的节奏，伴舞者的舞蹈，同样节奏鲜明强烈。唱歌妇女的长裤异于寻常，是无数黑方块白方块拼接而成的紧身喇叭裤，妇女的身材保持得不错，臀、腰、胸比例依然合适，她显然也自觉于此，在不羁型风格的演唱中，骄傲地进行自身展示。妇女唱毕一曲，她的朋友——坐在一旁、已经发福的老年男子上场，有人对他说，音响好像不是太好。他握着话筒自嘲："我又不是周杰伦……"这是西湖边真实的世俗和日常。

浓密的西湖暮色,很快从浓密的春天树冠之间蔓延下来,从近旁宝石山上始建于五代的保俶塔顶蔓延下来。北山街上,仍然是人潮人潮人潮和车潮车潮车潮。但是突然之间,世界在我的主观中奇异地寂静下来。我想到明末张岱所看到的西湖,大雪之后"湖中人鸟俱绝"的西湖,"惟长堤一痕、湖心亭一点,与余舟一芥、舟中人两三粒而已"的西湖。是的,每天来临的午夜,会收走一切人世喧嚣,收走雷峰夕照、南屏晚钟、三潭印月、花港观鱼、苏堤春晓、曲院风荷、岳墓栖霞、平湖秋月、断桥残雪、北街梦寻。彼时的西湖,是一个我们不在的平行世界。只有巨幅银色的纯粹湖水。月光照耀下,传说中美丽的白娘子和小青,冉冉升出湖面,凌波微步。只是,许仙不见了。无边的寂静中,月光照耀着她们。西湖呈现的,是红尘繁华之外的深深孤寂。

中国房间·山中幻

南方,群山是青绿色的沧浪。我认真注视的时候,它们凝固;当我走神于其他事情时,它们便尽情波涌。波涌又凝固的沧浪。严羽的《沧浪诗话》。我睡眠于群山之间的这座小城,这里是南宋严羽的故乡。黎明的恍惚中,白色严羽领着我,在赤色朝霞初染城中文昌阁的时辰,将密密青碧松针尖缀挂的晶莹汉字,一一指示我看:

它们,就是在贫瘠暗夜,
也会闪烁的……南方诗光。

山中月亮,晶光炫耀。难忘金坑的月亮。武夷山中的金坑村。月亮内部,那一团金色火焰,在我长时间的凝视里,慢慢地,慢慢地,被黑暗山中的清澈溪水浸洗成为安静的银白。

古老小城,在山中的一条大溪畔。溪如江流。一个人,在最热爱的旧城区漫步。被遗弃的窄街中山路。狭小幽暗却依然闪烁香火的观音堂,建筑式样与相邻的低矮民居同一。门旁是完全褪色的牌子:"水官,全称'下元三品解厄水官洞阴大帝',俗名水官大帝,隶属太清境。水官由风泽之气和晨浩之精组成,掌管江河水帝万灵之事,每逢十月十五日,即来人间,校戒罪福,为人消灾。"观音与水官,民间信仰之杂融。从那个只剩半副陈旧春联"福旺财旺运气旺"人家的侧弄穿出去,就重新看见倒映青山的大溪。溪浪泛银,低飞的白色涉禽,是严羽的化身?城侧高高的堤岸上,有男子在悠闲垂钓。在这个城,在被溪声浸透的午夜,我吃过著名的闽地"扁肉"。六个分别来自江西、福建、辽宁、广东、江苏的人,因为无名的缘,携带各自的人生,也偶然相逢、相聚于溪畔的一个房间。山中的米酒,像无形炭火,驱除群山与溪流的冬寒,让原本彼此陌生的心,渐渐熟识、发热。

在山中,最后要记述的,是一棵巨树:枫香。那棵巨大的枫香树,独自生长在沧浪群山间空旷倾斜的城外坡地。这是一巨束燃烧的火把。每一片金黄的叶子,都是一朵抖动的火焰;无数的金黄树叶,就是无法数清的火焰集合体。从黄昏到黎明,从此季到彼季,枫香的巨型火把汹涌燃烧。它的自足,它的寂静,它内敛又恣肆的生命状态,让遇见它的我,顿然凝神,肃然起敬。

中国房间·梅影

中国东部的江南房间内,隐约散逸中国传统的缕缕梅香。

苏州邓尉、无锡梅园、杭州超山,为个人注重的江南三大赏梅佳地。私意以为,三个地方中,以超山之梅为最佳。为什么这样说?

"昌硕""天寿",几乎可以专门用来形容梅花。所以,最后收藏了吴昌硕、潘天寿的杭州超山,它的梅花,受二人强劲生命气蕴之滋养,是秀出众梅的。

从杭州临平区的塘栖镇中,前往超山。那次,先一段是水路,乘船,秋阳水暖,大片蓼草。舍船上岸之后,沿途一路伴随的荷塘里,参差荷枝异于他处,皆极长、极高、极茂。路旁不绝的木槿,花是紫色的。

到超山的季节,虽不是花季,但所见唐朝之梅树、宋朝之梅树,以及近代吴昌硕手植之梅树,皆勃勃显示生机。梅林之间,我瞻谒潘天寿墓、吴昌硕墓。

出生于浙江安吉鄣吴村的吴昌硕,曾诗写超山梅花,感性感人:"十年不到香雪海,梅花忆我我忆梅。何时买棹冒雪去,便向花前倾一杯。"

在超山漫步,一处室内,偶观当地人郁毅的小型书画展,感觉格调清高,文士气很足。记住一幅很小的行草,内容系书录宋代林逋诗一首:"秋山不可尽,秋思亦无垠。碧涧流红叶,青林点白云。凉阴一鸟下,落日乱蝉分。此夜芭蕉雨,何人枕上闻。"

苏州邓尉之梅,当年我在苏州读书期间,曾和同学骑自行车前往观赏。从姑苏古城东端十梓街1号的苏州大学到邓尉,有约三十公里路。躺坐于散生梅林的山坡,风吹太湖发出的湖波声中,所带吴地梅香,至今犹自清晰可嗅。

居住于无锡,已逾三十载。每年,城西梅园梅花盛放之时,是无锡人的节日。梅园最早系无锡荣氏私家园林。我记住的,是园中诵豳堂内的对联:

发上等愿,结中等缘,享下等福;
择高处立,就平处坐,向宽处行。

据说,在香港中环七十层建筑物内某巨商的办公室里,也曾挂有此联。

绩溪是徽菜发源地。如此婚宴菜品,可谓十分丰盛,只是著名的绩溪一品锅,看来不在婚宴之列。

读过胡适。胡适,原名洪骍,直到一九一〇年参加留美官费考试时,才正式用"胡适"之名。

在安徽省绩溪县上庄村,我品尝过原生态的徽州一品锅,还读到过胡适于一九一六年写就的《沁园春·誓诗》,词中有句云:"为大中华,造新文学,此业吾曹欲让谁?"二十六岁,其胸襟和抱负,就有如此。

中国房间·运河夜

这个名叫"塘栖"的房间,充满了夜和京杭古运河的湿润气息。

穿越市镇的长河边上,我感觉到,那块有皇帝笔迹的暗黑驳蚀石碑,在午夜,有神秘的动态。石碑上密密的楷书字体端庄却又呆板,这时竟然微微扭动起来。扭动的碑上汉字,生出淡淡白色水汽,然后,幻化为一个前朝人形。他阒然地走向河边码头。

明代的七孔石桥,是市镇的标志物,也是坚固、强力的神器,它稳稳地撑开欲夹挤运河的两岸。一块块桥的巨石构件,被岁月碾磨得细腻无比。光滑石面的夜露之光,成为古老月光的源头之一。

这个运河市镇,无处不在的水色波光里,还有船的影子、丰子恺的影子。

丰子恺从家所在的浙江桐乡石门湾前往杭州,如果乘坐当时的机械动力轮船或火车,均只要一小时就可到达。但这位现代文学史上的生活家不这样,"我常常坐客船,走运河,在塘栖过夜,走它两三天"。

客船是江南的人力船,分为船头、船舱、船艄三部分,都有板壁隔开,互不干扰。客人的空间在船舱,内设一榻、一小桌,两旁开玻璃窗,窗下都有坐板。舱内隔壁上都嵌着书画镜框,这种船,便是古诗中所谓"画船"。

丰子恺喜欢在塘栖过夜。镇上市井间的寻常酒店,很有特色:酒菜种类多而分量少,几十只小盆子罗列着,有荤有素,有干有湿,有甜有咸,随顾客选择。"真正吃酒的人,才能赏识这种酒家。"这种酒菜模式,现在江南的传统面店和传统茶楼仍存。丰子恺自称酒徒,"酒徒吃酒,不在菜多,但求味美。呷一口花雕,嚼一片嫩笋,其味无穷。""我吃过一斤花雕,要酒家做碗素面,便醉饱了。"酒菜尽兴,丰子恺会到有廊棚淋不着雨的塘栖街上散步。"塘栖枇杷是有名的。我买些白沙枇杷,回到船里,分些给船娘,然后自吃。""闲梦江南梅熟日,夜船吹笛雨潇潇",无端,我想到这唐朝的句子。

运河的暮色里,在红柿累累的桥畔,我曾进入一户吕姓民间画者家中。那位清癯的男主人,似在介绍,又完全是喃喃自语:"现在的塘栖,已只是过去的十分之一。我们家族,在塘栖六百年没有挪窝。"昏暗的室内长台上,东边有瓶,西边置镜。重帘不卷留香久,古砚微凹聚墨多。白兰花树,在清洁的庭中静静吐香。

夜晚的市镇水边,我还亲见一条大鱼,蹦跳挣扭着,被人用网捕捞上岸。运河仍然是活的。运河,就是一条银白挣扭的大鱼。

然后,就是午夜。狭长的运河,那块驳蚀石碑旁侧的狭长运河,被一只白鹭衔着徐徐飞上空中,变成为白光闪耀的天上银河——这是梦境,但确实又是如此强烈的现实。

三味烟纸店

◎ 宇秀

小女孩儿踮着脚尖,两手扒着柜台,铆足劲仰着伸长的头颈,下巴颏还是没能够到柜面。老伯伯探出柜台问,给阿爹买香烟还是帮好婆打酱油?女孩儿摇摇头。她手里捏着五分钱硬币,盯着柜台上几只广口玻璃瓶,在三样零食之间举棋不定。

这个黑白电影般记忆里的小女孩儿,便是几十年后的今天,在太平洋西岸的温哥华回首往事的笔者。

对于一个未满学龄的幼童,可以自主选购零食是莫大的喜悦。而区区三样零食却不能同时满足,又是不小的纠结。这种眼巴巴看得见的愿望,伸手却够不着的刺激与折磨,是今天随心所欲的小孩儿根本想象不了的。由忽然忆起的儿时烟纸店,我想到了鲁迅,便对自己的"小题大做"有了几分心安理得。贪嘴乃活着的一大乐趣,并在时空里沉淀出绵长的人生况味。

鲁迅先生有"三味书屋",我有"三味烟纸店"。两者相提并论,是否不知天高地厚?虽均系偏正词组,皆有"三味"做定语,但修饰、说明的事物雅俗云泥。"三味书屋"留在鲁迅的经典美文里,世人皆知,无需赘述。至于哪三味,说法不一。有说是指读书时辰,也有说是指经史子集不同类别之书,所谓"读经味如稻粱,读史味如肴馔,读诸子百家,味如醯醢"。三味书屋主人寿镜吾先生之子寿洙邻的回答是,其父之所以给书屋取名为"三味",乃因在老父眼里,"布衣暖,菜根香,读书滋味长",各有滋味。我喜欢最后一说,至少其中"菜根香"与我的"三味"接近。又想到鲁迅除了嗜烟,还好零食,且贪嘴,比如一包朋友送的柿霜糖,吃了一半被许广平提醒生口疮时可作药用,这才住嘴,而夜半想到那柿霜糖的滋味竟夜不能寐。《华盖集续编》里写道:"因为我忽而又以为嘴上生疮的时候究

363

竟不很多，还不如现在趁新鲜吃一点，不料一吃，就又吃了一大半了。"如此想来，我的三味烟纸店，倘若先生在世，也极可能喜欢的。

烟纸店，在二十世纪六七十年代的上海、苏州一带吴方言城区星罗棋布。此类小杂货铺从四十年代就开始开办了，如我这一代江南生长的人，童年记忆里都有一爿烟纸店，而且必是生命早年味蕾上绽放的花朵。

烟纸店之烟纸，顾名思义就是香烟和草纸。也有说是"胭脂店"，因为吴方言的烟纸和胭脂是同音，但那时日常生活里是没有女人化妆的，所以烟纸店里有烟纸而无胭脂。虽然香烟非开门七件事"柴米油盐酱醋茶"之一，但百姓生活中却少不得，而且从前的香烟壳上是没有"吸烟有害身体健康"的警告的，上年纪抽烟的女性很普遍，比如我的祖母和弄堂里的阿婆们几乎都"吃香烟"（江南人称抽烟为吃，如同喝茶是吃茶一样）。涉及烟，自然少不了火，火柴叫作"自来火"或"洋火"。烟纸店的纸，指的是草纸，是那种黄色的粗草纸，纸面上常夹杂着没有化成纸浆的稻草。草纸是论刀出售的，我不记得一刀是多少张了，但记得祖母将买回的一厚沓方形草纸，对开裁成两片，放在马桶边上一个浅浅的竹篾筐里。烟纸店的纸还包括信纸、信封。我的祖父虽是木材公司的会计，却从不带回单位的一根鸡毛，所以祖父用的信纸也是烟纸店买的。

记得五六岁时，我常去祖母口里的"对过烟纸店"买三样零食：桃瓣、话梅、五香豆，这三味皆入口生津，久有余味。烟纸店零食自然绝不止此三味，我喜欢的枇杷梗、麻酥糖、云片糕等，也都有的，但对于手头仅有的五分钱，它们实在是太奢华了。再说，这些比较贵的东西，祖父会从观前街的稻香村、采芝斋，或者我家附近石路上最大那家食品店买回来。

当然，祖父并不晓得，我也不能让他晓得我常常在烟纸店的"三味"里拿不定主意。究竟这次买哪一味？恨不得三味一次买全，但五分钱只能选一样，最终买桃瓣的次数最多，因为便宜，三分钱一包，如此每回可省下两分钱。一分到小人书摊看三本书，另一分，攒到春节和压岁钱并到一起，去大商店买零食以外的东西。虽然平日我的吃用都不缺，但我就是很想到大商店里自主购物，用攒下来的钱，就好像是自己挣来的。可惜，买桃瓣省下的两分钱，从来没能攒到过年就被我吃掉了。往往攒到四分的时候，就被永福桥头的油墩子换了去。而攒够四分钱也是困难的,因为除了看小人书,一分钱一包的盐津枣就轻易破坏了我的攒钱计划。这个盐津枣有个很恶心的俗名叫作"老虫污"(苏州话:老鼠屎),每次烟纸店老伯伯递给我三角形小纸包时故意说,又要吃"老虫污"啦。我一向惧怕老鼠,但这个黑灰色的小颗粒"老虫污",我却一点没觉得恶心,一粒含在嘴里比一颗糖更长效。偶尔,我也会把三味中的话梅换成烤煸橄榄。但这样的时候很少,因为橄榄肉吃掉,里面的那个核就没有味道了,不像话梅和桃瓣,吃掉了果肉,那粒核还可以在嘴里吮吸很久,余味不去。话梅和五香豆均五分一包,一次就耗尽我手里的全部钱款。但五香豆一包里数量更多,只当是一颗颗话梅慢慢吃,而且豆皮上面有白乎乎的一层粉末,最是有味,咸甜混合,含在嘴里让舌头好一阵玩味,最后豆皮软了,再咬那豆子,嚼得它粉身碎骨,还在齿间留香多时。

一次,我帮隔壁美娟家做来料加工的出口绣花拖鞋,即把缎子的或丝绒的鞋面缝合在人造革软鞋底上。说是帮忙,其实是人家宽容我白相相(玩耍)。此乃绣花拖鞋加工的最后一道工序。我的手指好几次被针戳出了血,却不肯罢手,终于熟能生巧,后来居然做得不比美娟外婆慢呢。那批送走的拖鞋里,有好几双是在我手里变成成品的,我好一段时间在想,不知谁穿了我做的拖鞋呢。那次,美娟娘给了我五分钱奖赏,让我自己去烟纸店买包五香豆吃。我至今都记得买回那包五香豆的满足,不亚于后来期末从学校拿回奖状。

坦白说,我的三味烟纸店,并不似鲁迅笔下的那个有"三味"的匾额,不过是我心里的名字。事实上,我从没留意过店名。当年,祖母烧菜时临时发现缺了酱油、醋、黄酒什么的,就给我五分或一两角钱,拎着自家的瓶子去买。祖父则常常叫我去买一盒自来火、一包香烟什么的,记得买"飞马"和"大前门"最多,偶尔也买"黄金叶"和"牡丹"。现在想起来,眼前就浮现出祖父吃香烟的前戏:他先从烟盒里抽出一支无过滤嘴的短"飞马",那时的香烟好像都没有"海绵头",祖父将香烟一头在桌上磕一下,然后塞进一根棱柱形的有机玻璃过滤嘴里,香烟立刻长了一倍。我喜欢替祖父跑腿胜过帮祖母,因为祖父常常会把找头里的"癞头分"(硬币)给我做犒赏,不会给毛票,五分钱封顶,那便是我去烟纸店的资本。有一点是一样的,他们差我去烟纸店时从来都不说店名,只说"去对过烟纸店",我自然就知道是哪里了。

"对过烟纸店",实则在弄堂口外永福桥对面沿马路的丁字街口,门面是平滑的弧形,比一般开在弄堂里的烟纸店略有规模,柜台里的人从左边走到右边,就等于从通往石路的马路转到了另一条通往东方红电影院的马路,就是永福桥延伸下去的街道,如同"丁"字头上的一横,老虎灶、大饼油条店都在这一横上。而通向石路的街对面是永福桥下的潺潺小河,以及"人家尽枕河"的河浜住户。同所有烟纸店一样,"三味"也是典型的麻雀虽小五脏俱全,居家生活的零零碎碎,从灶披间到马桶间的必需品无所不有。我记忆中最清晰的画面是,那些斜躺在柜台铁架子上的长方形广口瓶里透出的糖果、糕点、蜜饯,极为直观,小孩子见了无不被诱惑。另有柜面上摆着木框玻璃盖罩着的一尺见方的木盘,里面的小格子分别盛着各种零食。现在烟纸店里那对老夫妻的面容已模糊,但那个笑我又要吃"老虫污"的老伯伯身上的两样东西却在眼前晃动,一是两只胳膊上戴着的洗得发白的蓝布袖套,二是吊在两根鞋带上的老花镜。老伯伯清瘦和蔼,但就不像夹在居民中间的弄堂烟纸店店主那样八卦,左邻右舍关在门里的事情都晓得。老伯伯话不多,世界到他镜片后面的眼睛里便沉默下来了。

我觉得那时候的日子过得很慢,每一天都很长,一年更是要到天边转一大圈,再慢慢走回到地上。在那漫长的日子里,三味烟纸店是我永不厌倦的去处,那时的我以为,它是和清晨醒来、夜晚睡去一样日复一日的存在,永不会消失。

我不晓得三味烟纸店什么时候打烊,但我碰到过烟纸店一早开门的情形。那日天蒙蒙亮,我跟着祖父母,还有从无锡乡下来接我们的外婆去坐船。走出弄堂口,穿过永福桥,正看见烟纸店老伯伯将头夜上的门板一块块卸下来,玻璃柜台便逐渐展开,一天便开始了。我们那次去乡下,是有点逃难的意思。那时弄堂里人心惶惶,传言要打仗了,满大街都是备战备荒的标语。没等居委会组织钻防空洞演习,外婆就来接我们了。那个早上,看着老伯伯将一块块门板卸下来,心里禁不住为烟纸店发愁,要是真的打仗,他们怎么办呢?那些广口瓶里的零食搬到哪里去呢?或许在我和祖父母躲到乡下去的时候,老伯伯会把广口瓶和木盘里的零食分给小孩子,而不需要付五分钱。我跟着大人走下永福桥,一路顺着安静的街道向码头走去时,却扭着脖子看身后越来越远的烟纸店,胡乱想着。

许多年后我在苏州读高中的一个夏日,在同学家里一扇高墙小窗下听到

"嗡嗡"的苍蝇大合唱,同学让我站到凳子上看外面的"风景",我一看立刻头皮发麻,天哪!从没见过那么大阵仗的苍蝇群体,黑压压地贴地低飞,在满地暴晒着的各种潮湿的蜜饯上狂欢。同学笑着问我还要不要吃桃瓣、话梅了,我惊悚了好一阵子,除了五香豆,不再吃另两味。然而,二〇一八年秋,我回上海出席海外华文作家会议期间到古镇朱家角,看到桃瓣和话梅,还是忍不住各买了一袋,并立刻拆封塞进嘴里,企图找回童年烟纸店的味道。

　　在我幼年无数的人生第一次中,三味烟纸店之所以深刻地印在我的记忆里,除了口欲的满足,更有一种奇异感觉,就是我对那五分钱的自由支配权,仿佛是给自己量身高刻在白墙上的划线,是一种肉眼可见的"长大"。

在库尔德宁镇库热村

◎ 梁晓阳

我沿着库尔德宁镇巴扎的一些被杨树杏树拥护着的巷口走进去,偶尔相遇一些头戴四棱花帽或者白色回民帽且一脸憨厚显出某种虔诚的少数民族居民,顿觉被一种神秘的宗教色彩或者古朴得近乎原始的气息所迷惑。在我们吉尔尕朗河两岸,这些古老而和平的村庄是如此之多,同时又是如此之宁静幽谧,绿树掩映中不时传来一阵一阵的马嘶声、牛哞声、羊咩声,还有弹奏声、唱歌声和孩子们的嬉闹声,甚至还有烤馕的浓香和煮羊肉的醇香,而日子并不因为这些和声而显得喧嚣,相反是那么古朴而宁静,有时候,这还是宁静的村庄开始歌舞的前奏。

我继续走进去。一些穿着不同衣服的孩子正在苹果树下玩耍,几个包着各色头巾正在打馕的妇女围坐在各自院门前发白的土台上,无论是放进馕还是把馕一个个夹出来,都显得那么专心致志,身手敏捷,纵使是上了年纪的妇女夹起馕来也有条不紊。这时候我抬头左右打量,那些仅仅是用些花草、泥坯、火烧砖和几何图案就装饰起来的乡村民居,会制造出一种特立独行的风情把你倾倒。

游览那些民居,特别是在正午土黄色的阳光下游览那些民居,会发现它们更具美的质感——在杨树榆树掩映下,无论是厚实的土墙房子,还是土黄色的砖房庭院,那种明暗交错使本来极其普通的泥土显得深具内涵,仿佛其中有一种古朴的美正在律动。几乎所有的建筑都保持了土地的原色——土黄色,显得宁谧、朴素、温暖和亲切,仿佛开天辟地以来这些建筑就已存在,我们只不过是一名发现者。诚如我在开篇就已说明的那样,我是一名美的发现者。那山坡上、巷子里的泥土颜色如果是在清晨灿烂的朝霞中,会变得明亮而富于朝气,而在黄昏红彤彤的夕照中则显得柔和而深沉,凝重而健康,两种时间中的土地都像富有生机的季节一样吸纳着太阳的瑰丽光彩。

村庄就这样一步一步成为经典。因为是正午时间,嗅觉的灵敏空前未有,我闻到了煮羊肉的销魂味道,原来在白杨树荫下,黄泥炉灶上的羊肉汤正在几缕白烟下翻滚沸腾。此外,我闻到了许多植物和尘土的纯粹气息,那是一种仿佛还没有人迹干扰和脚印践踏过的气息,因而那些气息是没有被掺和过的,是纯粹的。尽管有金阳照耀,但是空气中依然能感到那些气息在轻盈浮荡,这让我在有阳光的天空下感到亲切温凉,这让我踏进去的脚步也跟着小心翼翼起来,不敢让自己手脚摆动的幅度过快过大,为的是不扰乱周边原有的秩序,不惊醒村庄朴实的宁静。

点缀着一切的除了变幻的阳光,还有明亮的窗户、高高的门廊、一株偶尔伸出院墙的苹果树,或者杏树,也许是樱桃树。还有,不时有一两串叶子鲜绿的葡萄藤攀缘到极可能是一位维吾尔族少女住的房子窗前。有时也有晾在两棵树之间的铁线上的艳美衣裙,或者是在院门前坐着,一边做针线活一边想着心事的俊俏媳妇,或者是在院子里的阳光下翻晒着各色地毯的雍容富贵、慈眉善目的维吾尔族老太太。

转过村口的拐角,在秀气峻拔的杨树下,有时会遇到几个迎面走来的维吾尔族女孩,她们比男孩子文静、干净,身材高挑圆润,在炎热的正午阳光下,她们穿着漂亮的南疆和田产艾德莱斯绸做的连衣裙,更显俊朗和俏皮,她们通常还戴着饰有各种图案或小珠子的枣红色小花帽,眉毛用她们喜欢的乌斯玛描得又浓又长,手指甲被海娜花涂得红艳鲜亮。她们都是够格的小美人,或白净或红黑粗糙的脸蛋轮廓分明,又黑又大、清澈明亮的眼睛,扑闪着的长长的秀气的睫毛,还有那高挺精致的鼻子,这些都是这个地区特有的人物风情,都能让我沉醉。在巷口或者村口拐角遇见,犹如在一片密林山岭之后倏忽见到一条明冽小溪,眼前为之豁然开朗,你也仿佛可以听到泉水叮咚叮咚的声响,心中为之一震。实际上,这些眼前的和耳边的新鲜,是一种处于恍惚到来的幻觉之中的陷溺。

我来到了库尔德宁镇库热村。几位维吾尔族少女在前面的白杨树下走着,像几株正在生长的小白杨。她们的身材苗条、匀称而轻盈,几根乌黑油亮的小辫子垂在身后。她们走着走着,倏忽之间美丽的身影就隐没不见了——她们就在你因为遐想联翩而不经意的某个瞬间,走进了一条白杨掩映幽深狭小的巷子,走进了自己的家门。

小巷幽深,光影也迷离——有泥墙的浑朴、烤馕的金色在浓密的果树间随风变幻。如果我胆子大一点,跟着其中的一位维吾尔族少女绕过门前的果树进了她家的院门,我也许会因此在自己的知识和阅历方面赢得更大的收获。

比如有一次,我走进她们的独门独院,但见葡萄藤和各种果树浓绿成荫。清清的渠水穿院而过,令人悦目赏心。土木结构的住房窗高门大,廊檐宽敞。

正当我为找不着她们而左顾右盼时,忽然其中一间房子的门就打开了,男主人朗朗大声地喊我进屋,等我走进他们挂着新颖图案和富有特色的壁毯的客厅里刚刚坐定,端着一盘子蜜枣、杏干、沙枣干、葡萄干之类的女主人出来了,一位穿一身大气的红裙装的维吾尔族姑娘也迎上来向我打招呼。女主人很快就为我倒上了一大瓷碗的奶茶。

女主人当然就是一位在当地算得上很富有的妇女。在吉尔尕朗河两岸,这些妇女随处可见,她们穿着纱底丝绒花纹长裙,头上围一方纹路多样的鲜艳丝质头巾,典型的维吾尔族女人的脸庞。尽管并没有什么太明显的特征,但是可以看出来女主人年轻时肯定是个美女,这从她丰盈高挑的体态和深深的眼窝、依然高挺精致的鼻子、大大的黑眼睛以及入鬓的黑眉毛可以看出来。

温热喷香的奶茶喝过,甜润润的果脯也品尝了一些,和主人谈了好长一会儿,他们始终热情地和我交谈,丝毫显不出一丝疲倦的神色。从有关传说和记载可知,维吾尔族人原本就是幽默健谈的天才,可以和来访的客人聊上两三个小时而依然兴致勃勃。而两三个小时过去了,午后的阳光斜射在院角,黄褐色的看家犬从刚进门时的狂吠到现在的毫不搭理你,正在院门边悠闲地伸着脖子,才恍然觉得自己早已成了他们这一家的朋友。

好朋友来了自然是要吃上一顿羊肉抓饭的。除了年纪大的女主人,年轻的女主人古丽努尔也在厨房里忙开了。大约半个小时后,姑娘灵巧的手揭开锅盖,做好的抓饭白里掺黄,油亮生辉,饭香肉烂,美味四溢。席间,男主人会用匙勺不停拨拉手抓饭至你的面前。喷香的手抓饭在主人的热情拨拉下,已堆积成小山,我吃得嘴巴油亮,饭匙也油亮。主人一家围坐着看我,脸上露出满意的笑容。

十年来我在吉尔尕朗河两岸的大地上来回穿梭,常常会遇上一些值得永远铭记的事物,当然也会错过一些有意思的东西。但是,如果我运气好的时候会遇上穆斯林盛大的古尔邦节。在这个像汉族春节一样隆重热闹的节日里,穆斯林的每家每户提前一天或者一大早就把房屋打扫、粉刷得干干净净,制作各种食品,宴请宾客,走乡串户,拜年祝贺。这个时候去一户维吾尔族人家做客是最当时的——有许多美食和最好看的风情供我享受。比如有一年古尔邦节时我们去了库尔德宁镇阔克塔力村的牙合甫江家,他英俊的儿子麦尔当和有着一双褐色眼睛、一个高挺鼻梁的漂亮女儿古丽加娜提热情大方地迎接我们进门。他们的院落大约有三亩地,显得非常宽敞,正房的门厅很长,厅廊上雕刻着伊斯兰风格的图案,廊檐粉刷成蓝色,墙壁则跟平日里我们见过的一样白得一尘不染。男主人牙合甫江和我们一一握过手,他头发稍卷,留着两撇黑浓的胡子,脸色有点酱黑,但一笑就会露出一嘴的白牙齿。牙合甫江的媳妇帕提古丽也走了过来,下着浅棕色的裙子,上身着蓝绿色的羊毛外套,米色的羊毛头巾和灰褐色的披肩搭配得浑然一体,高挺的鼻梁,深陷而大的眼睛,两颊挂着一团苹果红,到了我们跟前微微地低下头,用每个字几乎都是阳平的声调说"你们好",然后接过我们带来的砖茶和冰糖。

我们坐在大炕上,炕前的小桌子上摆了许多果脯和糖果,还有一盘黄澄澄的多层圆柱形馓子。几分钟后,我们都接到了女主人捧来的滚热的砖奶茶。我们吃着馓子喝着茶,看了一会儿电视,出门就看到牙合甫江正在院子的东边一个棚架下宰羊,雪白的肥羊已经倒挂在架子上,掏出的羊杂碎放在刚剥下来的羊皮上,羊头俯伏在地,像在接受抚摸。牙合甫江用一把不大但很锋利的刀子在羊身上飞舞着,一块块的羊肉紧接着扔到了羊皮上。这边帕提古丽也用一口敞口锅把水烧热,羊肉拿来的时候,水温也刚好合适,羊肉就放进了锅中,一会儿浮起一层掺着油腻的泡沫,帕提古丽用勺子把它们撇出,然后放上盐巴再加火熬煮,十来分钟之后羊肉被盛到了一个大托盘里端上来,香味随着热气满房子蒸腾。羊肉块蘸一下淡盐水就塞进嘴巴,啃得满嘴留香。在主人的邀请声里,大家都把酒杯高举,一饮而尽,真是肉香酒醇。帕提古丽坐在大炕的右下角,身边放着一口羊肉汤锅，一碗一碗的羊肉汤从她手里舀好端上来递到每个人手上，热热地呷上一口，鲜、甜、香而又暖胃祛寒。再看她富有礼节的动作和她披肩上耷拉下来的长穗，蓝中泛绿的羊毛外套上绣着美丽的花儿，让人既为她的端庄勤劳而表示敬重，又为她那种自然随意之美而表示赞赏。

吃了鲜嫩而不油腻的手抓羊肉和清甜而去了膻味的羊肉汤，又看到了活泼美丽、早熟苗条，嘴唇和鼻子都极度精致的十七岁姑娘古丽加娜提，黄底紫格的头巾包裹不住她两鬓一小把稍显卷曲的头发，她那深陷却精致的小眼窝里，在长睫毛的笼盖下，一双眼睛扑闪起来非常迷人，深深吸引了我，她为我们献上了第一支动听的维吾尔族歌曲《古丽》。

古丽，鲜花的意思。这首歌的节奏感很强，句与句之间也非常紧凑连贯，维吾尔语的句式结构也很明显，多用反问句式，然后又自我回答，自我肯定，体现了维吾尔族人的沉着、自信而又活泼，体现着他们的智慧和对生活的独特发现。古丽就是花，花就是名字，古丽加娜提，维吾尔语就是天上花园里的花，依我看，也可以译作村庄里的花，在这个和静美丽如仙境的村庄里，她就是一朵最惹人注目的花。

维吾尔族人举办这种活动常常是全家行动，一起欢乐。现在，父亲牙合甫江弹拨起了都塔尔，儿子麦尔当打起了手鼓，母亲帕提古丽和女儿古丽加娜提便在院中翩翩起舞。如果你也天生具有跳舞的天分，那么你完全可以大胆加入到他们的行列中，大胆学一些维吾尔族人的动作跳起来。我的一些简单的维吾尔族舞蹈动作就是在平时跟他们学来的。那天，男主人牙合甫江、麦尔当都邀请我们下场了。这时，古丽加娜提的兴致更浓了，闪着她那双又黑又亮的大眼睛，绕着我们边舞边唱那首著名的《阿娜尔罕，我的黑眼睛》：

  我给你摘一颗金黄杏，
  你一甩辫子扭过身，
  是害羞，是难为情，
  怕酸了你的红嘴唇，
  啊，阿娜尔罕，

我的黑眼睛。
············

当我聆听这歌声的时候,我总是联想起维吾尔族姑娘的活泼调皮,而维吾尔族姑娘的美丽也一如人们传说的那样美得特立独行,美得别有风韵。特别是当她用透薄的丝巾轻掩她那红润精致的嘴唇,用又黑又亮的大眼睛从眼角瞄上你两三秒钟时,保不准你的内心会一声鸣响,仿佛有人在你的心弦上狠狠地弹了一指,你便摇摆得几乎把持不住自己。

古丽加娜提的长相很像她的母亲,一张有点儿像西亚女人的脸轮廓分明,但年轻的她更有着苗条而又丰满匀称的身材,披肩的长发栗红卷曲,丰满红润的嘴唇上闪闪发光。她那肉感的鼻子和明亮鼻翼下的鼻孔,高高的眉宇,一对黑亮亮的大眼睛在长睫毛下特别动人,浓黑弯长的眉毛下目光看人很快,都很明显地表现出一种任性的热情和无所顾忌的勇敢。她旋起的风让我闻到了一股玫瑰花的幽远鲜润的淡香。就在我在看她的时候,她稍稍地转过头来,迅速地朝我瞅了两眼,手上脚下依然灵巧地绕舞着。我感觉到她的目光像蛇信一样闪耀跳跃着离开了。

闪动着一对黑宝石一般的眼睛的维吾尔族姑娘,长长睫毛就像吉尔尕朗河两岸的野丛林一样被风掀动的维吾尔族姑娘,在她深邃的眼睛里,隐藏着一种怎样的情感?据说维吾尔族姑娘天生就很多情,连歌舞的姿势也是一组传递感情的神奇密码,你围着她欣赏她的歌舞,你看她柔软的手臂,看她旋转的身体,你内心就会有一种不可抑止的震动,会有一种半带欣赏半带爱慕的感情油然而生,在这种感觉里再迎着她电光一样的眼神,你又会感到她的眼神是专门抛射向你的,尽管她的眼神在整个舞蹈中习惯四方善睐,但你依然相信她是专门送给你的。这些年我在各种场合观赏她们的歌舞,注目她们神秘的眼睛,实际上我更愿意相信,她们的眼睛应该是一幅立体感极强的美女画上的那对令人联想的眼眸。

重行故地儿时路

◎ 杨海蒂

一

暮春三月,江南草长,杂花生树。在这美好的时节,我放下所有杂务,心无旁骛回到故乡:萍乡。

萍乡,名字与它的气质很匹配。这个名称的来由,与楚昭王有关,更与孔夫子有关。宋代文豪黄庭坚诗云"若非精鉴逢尼父,安得佳名冠此乡",《汉书》《孔子家语》《太平寰宇记》等史书对此亦有记载。得名于孔子,是萍乡的荣耀,也成为萍乡的历史文化基因。两千年来,无论朝代如何更迭,无论世间如何变化,萍乡未曾更改过名称。

其实,我这次是专程回大安里的。

"大安里"是自古延续下来的一个整体地域概念,也成为一个特定的文化符号。一九五八年至一九八三年间,大安里系新泉、麻田、张佳坊、茅店、万龙山五个公社的总称。

二

五十多年前,是舅父用箩筐把我挑上鸭主垅的,箩筐一头是我,另一头是母亲、我和姐姐的衣物。在那场史无前例的"文化大革命"中,父母被抛出原有人生轨道,进牛棚挨批斗后,父亲进了劳改农场,母亲"下放"到鸭主垅当农民。母女仨被安置在"鸭主垅婆婆"家,母亲每天早出晚归,有时还得跪在地垄田头挨批斗。两年后,不到三岁的我和不到五岁的姐姐,在"鸭主垅婆婆"照看下,学着养小鸡、捡柴火。

四面苍山如海,满目葱郁青翠。"报恩台!姆姆(伯母)娘屋里(娘家)",姐姐指着窗外说。我赶紧打开车窗探出头去,风雨瞬间刮进车里。报恩台,这名字与伯母的命运有着某种草蛇灰线般的联系。

车到石螺冲,一栋屋子就是山路的尽头;崎岖的山路,茂密的树林,蜿蜒的小河,共同成就这方世外桃源。小钟书记把车停在屋前,三人打着雨伞徒步登山,很快裤腿全淋湿了,鞋子上都是泥泞。

"喏,那就是崖下,与鸭主埭遥遥相对,还记得吗?"姐姐指着远处一座云遮雾罩的山峰问我。我茫然摇头。"崖下啊,这都不记得啊?杨新文家就在崖下,我们砍过柴的地方。"姐姐说。

姐姐说的崖下和杨新文,我全然记不得了。对鸭主埭,我刻骨铭心的记忆是,父亲来过一次,带给我一只破旧搪瓷杯当礼物。那是我第一次记事,也是我有记忆以来收到的第一件礼物。

"再往上走,就到金梅山了,我们常来金梅山砍柴,这总记得吧?"姐姐说。

"吾少也贱,故多能鄙事。"高中毕业后在省城就读金融院校,轮到小组打扫卫生时,男同学总是一边从我手里抢走抹布或拖把,一边怜香惜玉地说,"仙女一样的杨妹妹,跟林妹妹一样弱不禁风,哪能干这种粗活呢?"我也总是认真地解释:"我小时候干过的活,比你们加起来都多!插秧、砍柴、扯猪草……什么农活都干过!"只是他们不肯相信,看我的神情就像在看一个骗子说谎。

不到六岁,我就跟着姐姐和小伙伴们上山砍柴。我们还砍毛竹、冬茅,卖给公社供销社。冬茅长长的叶片如刀片般锋利,我总是脸上身上被割出一道道血淋淋的伤口。我最拿手的是挖野淮山,辨认淮山藤一看一个准,淮山在地下长得深,但我挖出来的淮山大多全须全尾。我们通常早上出门,在山上摘野果当午餐,天黑才拖着山货归家。我年纪最小,有时会掉队,独自夜行深山的恐惧难以言说。成年后每次观赏动画片《狮子王》,每当看到孤单无助的小狮子辛巴绝望地呼号"来人啊,任何人",而回应它的只有山谷里绵长的回声,我总会不由自主地生出代入感。又累又饿回到家,遇到母亲心情不好,我和姐姐不仅吃不上晚饭,还要挨打罚跪。尤其我,因为脾气倔,被母亲打得更狠。

野径上的奇花异草,充满诱人的勃勃生机。上到金梅山,完全没了路。有座孤零零的农舍大门紧锁,似乎已被废弃。姐姐说:"这是我张佳坊中学同学杨肇启家,杨肇启小名秀太。"秀太,我被这名字逗乐了。

"鸭主垵太高太陡,早就没人家了,山路长期没人走,就会长满草木。没有路,上不去。"小钟书记说。

心有不甘,四顾茫然。姐姐见状,对小钟书记说:"请你指一下'鸭主垵婆婆'家的大致方位吧。"

"那儿差不多应该就是你说的'鸭主垵婆婆'家。"

顺着他的手指,我抬头眺望远处的荒山野岭,看见几朵乌云翻滚而过。向着大致的"故居"方向,我深深地鞠了一躬。

回到石螺冲,小钟书记领我们径直上那户"桃源人家"。主人叫张辉,正在设法将这座老屋打造成民宿。真是无巧不成书,张辉正好是"鸭主垵婆婆"的女儿张桂香大姐的女婿。张辉说,他岳母还记得回娘家第一次见到我和姐姐时的情形:姐妹俩养的小鸡一时找不到,两个小女孩紧张得要命,哭着说"妈妈会打死我的"。

大家都笑了。笑着笑着,我突然泪流满面。

归途中,我问:"中窑棚离得远吗?"

"不远,要去吗?"小钟书记说。

我摇了摇头。

从未踏足过的中窑棚,于我是个特殊的存在。我五岁那年,难得父亲从劳改农场回了家,夜里,母亲压低声音与父亲商议,要把我送给中窑棚李家,那家男主人在公社武装部工作,独生子在外地当兵,女主人在家务农照顾老人,夫妇俩膝下空虚,想要领养一个女儿。父亲以沉默表示反对。母亲又说,中间人说了,那边会把她当亲生女儿,她去了会享福的,这样,海棠中学毕业后也不用当插队知青了……我全身紧张屏住呼吸,生怕父亲被说服,幸而父亲坚持不肯。那一刻,我无比感激父亲的不弃之恩。虽然每天如惊弓之鸟,虽然常挨母亲打骂,虽然总是半饥半饱,我还是不愿和害怕离开亲人,也许这是孩子的一种本能吧。

三十年后,有次全家在海南过春节,我跟母亲怄气,口不择言,指责她不仅下狠手打我还曾想抛弃我,母亲先是一愣,继而号啕大哭伤心欲绝。事后闺蜜责备我,说我母亲当年脾气暴烈,是因情欲受到压抑而产生的歇斯底里症,在西方视为恶魔缠身,这不是她的错,而是她的不幸。想到这里,心里猛一阵痛,泪水夺眶而出。子欲孝而亲不待,我想说出的歉疚与悔恨,母亲却再也听不到了。

三

如果我真的被送往了中窑棚李家,我现在会不会是一个儿孙绕膝的农妇?曾经从母亲的咒骂中得知,原本等我长到两岁,就会跟母亲好友、官太太钟姨的三岁小儿子对换。然而,人算不如天算,"文革"狂飙突降,两家挨斗各自飘零。"四人帮"倒台后,钟姨丈夫官至大城市市长,如果到了钟姨家,我又会是怎样的命运呢?

人生似乎充满"如果",人生其实没有"如果"。命运自有它的安排,不会为我选择另一条路。

我还是杨家的女儿,琉璃塘是我的祖地。

雨下得越发地大。到了琉璃塘,姐姐和小钟书记没下车,我打着伞,在滂沱大雨中深一脚浅一脚地奔向祖居。

祖居只剩下两间昏暗破败的旧屋,青砖、黑瓦、木门、雕花窗,墙基的墙皮全部脱落,露出黄泥和石块,墙根长满青绿色苔藓。大门紧锁,门边残留一副老对联,上联"风月征清*(*代表此字已毁)",下联"烟霞适性情",门楣上方的横批为"玩竹"。祖母名讳"慧清",这副对联是祖父专为爱妻题写的吗?对联边有两块老牌匾,左匾内容完整清晰:"我们作计划、办事、想问题,都要从我国有六亿人口这一点出发,千万不要忘记这一点。"右匾残缺不全,字迹模糊不清,依稀能辨认出内容为"团结起来,参加生产和政治生活,改善妇女的经济地位和政治地位"。在左边牌匾上方,还有一行潦草的白色大字"抓好路线教育",大概是当年琉璃塘生产队队长的手笔吧。

我久久地伫立在空弃的祖屋前,恨不能把它一寸一寸看仔细。它如今破败不堪,它如今进风漏雨,它如今人去屋空,然而,它庇佑过我杨家祖祖辈辈——清末,我祖父从这儿走出去,就读国家最高学府国子监;世界上最疼爱我的人、我亲爱的祖母,曾经就生活在这儿;民国时期,我那受了大半辈子屈辱的可怜的父亲,就出生在这里;"文革"后、上鸭主垅前,我被送到这里由祖母抚养……

大雨如注,天地间只有风声雨声。

我没见过祖父,他在我父亲两岁时就过世了,听族里老辈人说,我祖父因吃了老虎肉又坐轿子淋了雨,严重外寒内火而英年早逝。

往事依稀浑似梦,都随风雨到心头。

似曾相识的景象,让我对儿时的记忆渐渐清晰起来。父亲曾在祖地上开垦一片荒地种菜,夜幕降临,母亲让我和姐姐带着弟弟去喊他回家。快到菜地时,草丛里突然窜出一条蛇,吓得我和姐姐惊叫狂奔,趴在姐姐背上的弟弟大哭不已,从此每夜啼哭抽泣。母亲请来神汉驱魔逐邪,神汉做完法事后,说我弟弟吓掉了魂,必须为之叫魂,让我和姐姐"天黑后,到那天受惊吓的地方,喊弟弟的名字,路上不要说话,别人喊你们也不能答应"。神汉询问这片土地的前世今生,得知我祖父去世后安葬在琉璃塘,疑心那条蛇是不是我祖父显灵现身,说没准他想看看孙子呢。

而我现在找不到祖父的墓地,也无从问起。

又一场大雨倾盆而下,冲刷土地上的一切,天地玄黄,宇宙洪荒。我心头涌上地老天荒之感,宛若回到了无限久远的过去,又仿佛走入了无限遥远的未来。

四

"山水有可行者,有可望者,有可游者,有可居者",武功山就是这样的山。为方便次日登武功山,我和姐姐夜宿山下茂林修竹掩映的璞园酒店。清晨,"朝阳始出,而山已明"。阳光洒遍山坡,洒满山谷,洒落在溪涧上,我不由想起美国作家约翰·缪尔在《夏日走过山间》中说的话,"你要让阳光洒在心上而非身上,溪流从心上淌过而非从身旁流过"。

四面峦秀谷幽,满目苍翠欲滴。我感叹道:"别处是区域生态,这儿是全域生态。"按照导航走,十分钟就到了麻田。好一派美丽的田园风光!"绿树村边合,青山郭外斜",阳光照耀着广阔的田野,大地一片生机,屋舍俨然,村庄安详。麻田之美,让我瞠目结舌,让我有点鼻子发酸。

我十二岁那年,祖母与世长辞,长眠于麻田。祖母没能等到我长大,是我内心永远的痛。走在这片弥漫过祖母气息的土地上,想起古以色列王国大卫王之子所罗门的话：一代过去，一代又来，地却永远长存。

从麻田到大江边，于我而言，就是从亲爱的祖母家到敬爱的伯母家。

大江边村位于武功山脚下，村庄沿山谷展开，因建村于河畔得名，与毛泽东诗句"一山飞峙大江边"无关。大江边曾是萍乡苏维埃政府旧址所在地、湘赣革命根据地重要组成部分，也曾是中国工农红军独立第一师诞生地、"三五九旅"发源地，是光荣而贫困的革命老区。"改革开放"后一段时期，大江边的青壮年大多外出打工，"客行野田间，比屋皆闭户。借问屋中人，尽去作商贾"，眼前的大江边，流水潺潺、梯田层层、波光粼粼，是一块生态优良的绿色宝地，是一幅春和景明的大自然画卷。大江边获授江西省"森林乡村""红色名村""生态文明村"称号，村民靠山吃山，民宿和"农家乐"经常供不应求。

提起伯母，一声叹息。美丽贤德的她，可谓红颜薄命的写照：十八岁嫁给我伯父，从报恩台来到大江边，结婚不到一年，儿子还在腹中，丈夫就跟随蒋太子溃逃台湾。伯母拒绝所有爱慕者的追求，当裁缝谋生，艰难地把儿子拉扯大。犹记伯母来杨家田小住时，在我母亲面前哭得梨花带雨的情形。才五十岁出头，伯母就被相思和生活煎熬得灯枯油尽，走完了孤寂凄苦的一生。"拨乱反正"后，我堂兄当上了大江边生产大队书记，大我二十岁的堂兄，每次见到我都要说，"红红小时候在我家住过，你打赖时，婆婆（祖母）拿你没办法，我就吓唬说要把你丢到牛栏去……"海峡两岸恢复往来后，在那边儿女成群的伯父，辗转得知伯母守身如玉含辛茹苦，据说老泪纵横誓言要为其立贞节牌坊。伯父于垂暮之年叶落归根，最终安葬于大江边故土。而今连堂兄也已作古，真乃物是人非，世事一场大梦。

历史的瞬间，是一代人的岁月。人逃避不了历史的支配，正如草木不能逃避季节的支配。

五

里山乡很奇怪，别的地方是沿着水走才能走出大山，唯有里山，人是朝着山走而走出大山的。

舅父家，就在芦溪县宣风镇里山乡。

峰峦从四面八方聚拢过来，合围出一条不断盘升的山路，我们的车就在迂回曲折中，通向群山万壑的更深处。建于清代的宣风兴文塔，静静地耸立在袁河边，远看就像一支向空中挥毫的巨椽。宣风兴文塔立塔后第三年，萍乡出了五位举人两位进士，其中最著名者为积极致力于维新变法运动的"榜眼"文廷式。

　　虽然宣风与万龙山相邻，但在我的印象中，大安里与里山乡被重重大山阻隔，没想到，二十分钟就到了。我惊奇地问："我记得，去外公家，京口是必经之路，怎么没看到京口凉亭呢？"姐姐说："我们走的是大安里跟里山打通了的新路，不用经过京口了。"

　　下车伊始，我四下张望，找不到旧时痕迹。不远处一位穿金戴银的大妈，双手牵着一大一小两条宠物犬，走过来盯着我们老半天，问道："是海棠、红红吧？""是咯。您是十外婆吧？"姐姐迟迟疑疑地说。

　　果真是十外婆，比以前胖了一大圈。虽是外祖母辈，但她比我母亲年龄还小，看上去现在日子过得很不错。十外婆邀请我们上家坐坐，我和姐姐连连道谢，说舅舅今天刚出院正在家等我们呢。

　　对外祖父的印象，停留在我八岁那年。中秋佳节，母亲指派父亲和我去里山看望外祖父，父亲骑自行车带着我，车右边把手上挂着一盒月饼两条鲜鱼。以前从大安里到里山，不啻一场长途跋涉。每当上坡，我就从后座上跳下车追着跑，到了平地再跳上车。父亲骑得轻松时，心情轻快地为我描绘未来蓝图，山风拂掠，我只听到"新疆生产建设兵团"几个字。父亲是希望我长大后远走高飞吗？我痛悔自己从不曾问过。我右脚不小心伸进车轮，被车链条绞住，父亲继续往前骑了一小段路，才听到我的连连惨叫，赶紧停车查看，我右脚已是血肉模糊。父亲一脸歉意地问，"疼吗？"我一瘸一拐，含泪忍痛说"不疼"。到京口凉亭歇脚时，已经日落西山。夜里九点多，我们终于到达，父亲喊了很久，外祖父才出来开门。一轮明月清辉遍洒，映照着外祖父瘦削惨白的脸，这张脸上不仅没有丝毫笑意，反而满是愠怒，像是恼恨我们搅了他的睡眠。

　　表弟过来迎候。舅父家刚落成的三层楼新居很是豪华气派，造型甚至有些豪华别墅的意味，但明瓦天井、彩绘阁楼的老屋彻底消失了，还是让我不胜惋惜。表弟说："一百多年的老屋了，不拆要成危房了，再说，我得让父母亲住上新房子,尽我的能力让他们安享晚年。"表妹在电话里说,她十三岁的儿子听说要拆老屋,兴奋得上蹿下跳。

躺在床上的舅父,业已风烛摇曳,脸尖瘦像极了外祖父。舅父终究有福,娶到小他十多岁的萍乡城里下乡女知青为妻。后来舅母全家按政策回城,舅母对农民丈夫不离不弃,坚持留在里山。舅父母的一双儿女都有出息,我表妹随夫在江苏创业有成,表弟入伍退役后回萍工作,已成长为素质全面的企业负责人。

"有只柜子上,有你外公写的字,是他去世前不久病得难受时写的,不然他的字更好更有力",听说我这次回乡专为访旧人旧事,舅父努力坐直身子说道。表弟领着我和姐姐上楼,打开左厢房,我第一眼就看见了舅父说的柜子,是一个双门橱柜,上面的黑漆红字十分抢眼,上为"寿考大富贵*"(*代表模糊不清的字),下为"钻科技以图强",这柜子是外祖父家唯一的"老件"。

"茶油炒菜真香啊!"姐姐闻香进厨房,我尾随而去。舅母正在热气腾腾的炉灶上炒菜蒸饭,忙得不亦乐乎。舅母终日劳作克勤克俭,我想,这或许是外祖父临终前的最大安慰吧。

烟熏腊肉、小炒春笋、清蒸小河鱼、辣椒炒鸡蛋……舅母端上桌的,全是我最爱吃的家常菜,又是最地道的家乡口味,这顿饭把我撑得脑满肠肥。饭后,跟随表弟在村里转一圈,青砖小路依旧,两口水井依然,新房错落有致,旧屋所剩无几。

从宣风经芦溪回萍乡市区,车必过京口。隔窗远眺京口凉亭,看见暮霭从天空与山峦间急促涌出,远山飘荡着美丽的晚霞,农户的青瓦屋顶炊烟袅袅,乡村的夜晚始于这一时刻。

那些汹涌及明亮的事物

◎ 蔡红

最近刷知乎看到这样一句话:如果说人生的路很漫长,最要紧的也只有那其中几步。

是的,过了这许多年,我还始终记得那个风雨肆虐的晚上。我和母亲以及小侄女端坐在堂屋里,那个时候家里没有电灯,只在堂屋中间摆放的吃饭用的方桌上点一盏煤油灯。灯火被风吹得摇摆得厉害,堂屋里忽明忽暗,外面大风大雨肆虐,这样的天气在老家被称为"过龙"。堂屋最中间柱子的顶端斜插着一把母亲用的菜刀,是为"降龙"。外面除大风大雨,一片混乱。乡亲们匆忙地来回奔跑,村里的牛啊、狗啊、猪、鸡等各种牲畜的叫声混杂在一起。

母亲只是坐着。闭着眼双手合十嘴里一直嘟囔,我知道母亲在做什么,她的那副样子我太熟悉了。

堂屋正中间的位置搁置了一条长方形的木头条几,比一般的桌子高出一大截,上面的木壁上贴了一张伟人画像。条几的两侧各有门洞通向堂屋的后门,条几中间的位置放着母亲请来的宝贝。母亲在家里的权力最大,父亲和大哥都对她俯首听命。那个宝贝是用两根大约五厘米宽的木条交叉成"人"字形的物体,上面用红布盖着。母亲不管遇到什么事都会站在它的面前絮叨。事情大的时候她会絮叨很久很久,比跟父亲说的话还多。从这个六月开始,母亲每日三次上香,一遍遍对着那宝贝念叨:"菩萨,你老人家一定要来咧,一定要保护我们度过这个天灾大难,我们可都是你的信子信孙。"结束后母亲端坐在一旁,心有落定似的,跟我说:"再等下,等你爸和你大哥回来再作打算。"

我只听见张婶子的声音从隔壁屋里传了过来,一句比一句清楚。她在喊她的跛脚大孙子:"涛啊,你回来咯,别往外跑了,等洪水来了咋办咯!"

那是一九九八年六月的某一天,它本可以是从日历上随意被撕下丢掉的某一个普通的日子。可那个晚上太不寻常了,它是后来被很多报道描述过的惊心动魄的夜晚。

那年我才十三岁。现在想来,十三岁该有多好啊!我的一整个人生在那时还是一张白纸上模糊的一个小点。

我记得那个时候的乡村多热闹,家家户户都有七八口人,基本都三代同堂。父亲和大哥都有成年男子该有的挺拔伟岸的身躯。父亲在相隔三个村子以外的饶峰村担任村支部书记,大哥是乡里的干部。后来被拆掉重建的老屋在那个时候还傲然矗立在村里,四四方方、亮亮堂堂的青砖瓦屋与父亲和大哥的伟岸形象一起,在村子里散发着独一份的光辉。那是与别家不同的。

那一年,大哥已经成家了,在乡里找了个房子另住着,姐姐也结婚去了别村。家里还留有一个侄女、两个外甥和我与母亲一起生活。那样的一个晚上,我虽只有十三岁,却已经是家里的长辈了,是母亲身边最可依靠的人。

我的家乡昌洲乡属鄱阳湖水系。昌江从东北边刘凤咀入境分为南北两支,南支经其林岸、永平街、北旺;北支经塘下、南湖、北丰、小渡至磨刀石与南支汇合西流。境内河道长三十公里。文献上记载昌洲乡自然灾害主要为洪灾。

我的村庄洪村是附近几个村里面积最大、人口也颇多的一个。连同一整个乡,几代人依山傍水与昌江隔着一条总长三十六公里的圩堤生活。在我漫长悠然的童年时光里,这条昌江河承载了太多的记忆和故事。我人生当中第一次和死神擦肩而过也是在这里,那个时候乡村孩子们的童年灿烂而又疯狂,坚韧而又顽强,几乎谁都和死神打过照面,且还不止一次,但大多都幸运地被命运留了下来,送回了母亲的怀抱。

我总觉得我人生的分岔口该是在这一年里,我人生的记忆就是从那场汹涌的洪灾开始往下延伸。

那条陪伴着我成长的昌江河,在那一年的六月一改以往的平静、清澈和温厚,因接连不断的雨水而变得面目狰狞。水流急速,汹涌而浑浊,水面上漂满了来历不明的各种垃圾及树枝。

从六月初始,就持续不断地下雨,昌江河的水位噌噌上涨。父亲和大哥困守在自己所管辖的村庄很少回家,到了六月中旬整个昌洲乡已岌岌可危,被笼罩在洪水肆虐漫延的可怕气氛当中。我带着一个孩子该有的懵懂和淘气被裹挟其中,白天一遍一遍跟着其他人去圩堤上查看水位线,然后回来向母亲汇报。

"嗯呢(我们那边对母亲的称呼),还剩五个台阶。"

"嗯呢,水已经快要喷出来了!"

圩堤上总是围满了人。我蹲在圩堤边上看着快速漂过去的各种树枝,思忖它们是从哪里而来又将漂到哪里去。我还没来得及成熟的脑袋里的世界很小,远方就是到过几次的县城鄱阳。它们大抵就是去了那里吧。我还特意捞了好些回去想给母亲看。

回家的路上不断有人在搬东西,一袋一袋的稻谷,桌子椅子、锅碗瓢盆,还有人把牲畜绑起来运到别的地方,运到哪里我也不知道,只见一路上热闹得很。人的声音和动物的叫声混在一起,我有种奇怪的兴奋,对于即将到来的事件有种错误的期待和懵懂的害怕。

回到家,母亲便唤我做事,把堂屋后面小房间里的稻谷用麻袋子装起来。还没熟透就被收割回来的稻谷,湿漉漉的一直被晾在堂屋后面的地面,用装谷子的塑料袋垫着。母亲跟我说半袋一装就可以了,方便我们自己搬得动。母亲终于也着急起来了。父亲和大哥连面都没有露一下,她开始焦急又有条不紊地吩咐我做这个做那个,把家里能搬得动的柜子和桌子什么的用楼梯搬到阁楼上去。那时老屋在三角形的瓦顶和房间之间有个只能匍匐前行的阁楼,我弓在阁楼上看着母亲吃力地一遍又一遍爬上楼梯,把我能接得动的家具递给我归置。

在那个时候,我虽只有十三岁,也觉得自己已经成了一个大人的模样。

半天里,我和母亲把一些小型的家具全都运到了阁楼上,再把用麻袋装好的稻谷用绳子绑在扁担上,和母亲一前一后抬着运到离家不远的曹家婶子的楼房上,我稚嫩的肩膀忍着疼痛,仿佛在那天突然变得强壮有力。

还没到晚上,天空传来几声惊人的响雷,像是某种爆炸物要把老屋震裂开来。家门口的那棵柚子树忽地沙沙作响,伴着铺天盖地的大雨剧烈摇晃着,围栏里母亲养的猪的哼哼声也一直不停。到处都是叫声,人的牲畜的,一起混在了大风大雨里。

圩堤上仍是很多的人，基本都是男人赤膊上阵，把各家能拆的门板和麻袋装的沙子一遍一遍运上圩堤围成一个圈，可仍然抵挡不住昌江河的水一次次翻滚上涨。母亲在天将黑时把最小的两个外甥放在曹家婶子楼房里睡觉，看着慌慌张张来回奔走、敲锣打鼓喊叫的村民，母亲慌了，拿着空的箩筐和扁担要去把他们接回来。我也拉着侄女的手跟着去了，跟跟跄跄在黑暗中行走。待到曹家婶子家，把两个小外甥放在一个箩筐里，和母亲一起抬了下来，又往家里赶。

到了家，大哥和父亲都回来了。母亲哭了起来，骂骂咧咧说再不来让她一个人带几个孩子如何是好。大哥说："都不要管了，白州高家已经决堤了，水很快会漫延到这里来，外堤的水不用管了，我们只管往圩堤高的地方走。"父亲只是四顾看了一下家里便拉着我的手要走，我哭起来了，为什么哭我并不知晓，仿佛眼泪是那个氛围里必然的部分。父亲一拉我的手，我便跟着哭了起来，止也止不住。

天好像开始蒙蒙亮了，也不知道到了几点，也没人关心到了几点。整个村子陷入了一种前所未有的混乱当中，耳朵里只听得各种叫声，却分辨不出是人的声音还是牲畜的声音。我只记得曹家婶子的声音特别惨烈，从很远的地方传了过来。父亲拉着我的手往外跑，慌乱中我顾不得哭了，只看得见天地一片白茫茫。水从四面八方涌了过来，曹家婶子跌坐在路边上大叫："何种办咯，耀祖去田地抢收谷子还没回来哦，也不晓得情况如何……"父亲没有停下来，只是朝着那边大叫："你别管，赶快上圩堤，耀祖会自己回来的！"

涌过来的洪水比父亲的脚步还快，眼看着就要到脚边。这时从圩堤上跑下来许多人，纷纷叫着："这里的堤也决口了，大家快往高的地方跑！"父亲接过母亲手里的外甥扛在肩上，拉着我的手，我又拉着母亲的手。除了两个很小的孩子被扛着，我和母亲、大哥、侄女互相紧紧拽着彼此的手往圩堤上蹚去，水很快漫延到了我的小腿，不停地有各种尖锐的物体从我的脚踝部蹭过去。大哥嘱咐我们不要走快，走慢一点走结实一点用脚抓牢地面。我的心里咚咚地一直跳个不停，牢牢抓着父亲和母亲的手，已分辨不出是害怕还是难过了。

整个村子很快被洪水淹没了，到处都是人在喊，房顶上、树上也到处都是人。许多没来得及处置的生活用具被洪水推动着浮了起来，锅碗瓢盆连同桌椅一起，在浑浊的洪水里来回飘荡，已分不清是谁家的。还有些牲畜被绑起来了又来不及运走，就那样被遗弃着在水面上挣扎哀嚎。

即将被写入历史的这场一九九八年的洪灾，以一种气势汹汹的姿态展开在我的眼前。我身在其中。

几天后，父亲再带着我们回村的时候，跟以往的七月一样，太阳开始明晃晃地照着，圩堤完整地显露出来了。外围的水位退了下去，只是仍旧浑浊不堪。整个村子还是淹没在水里，只露出个房顶，还能依稀找回原来的样子。村民们将拆出来的门板当船划过去，把家里还能拿的东西搬出来，乡政府给每家每户分发了帐篷、被子、水和大米。

不到一天，长长的圩堤上布满了藏蓝色的帐篷，人们将锅碗瓢盆陆续搬了上来，从浑浊的水里打捞飘过来的树枝放在自家门前照着太阳晒干。他们大概觉得命里就是如此，该来的总会来，该去的也会去。日子总还是要照旧过的，他们开始抛掉过去，忙碌着安顿下来。人和人之间变得比以前更亲密了，相互寒暄安慰。

于是在七月酷热阳光的照耀下，我们的村庄呈现出一番别样的安居乐业的景象。

这段我最不愿提起的生活，牢固盘踞在我的记忆里，越想忘掉就越清晰。甚至在后来的漫长年月里我都无法和这段回忆拥抱与和解。我的十三岁被强烈的羞耻感包裹着，困在一种想要快速长大逃离却又无能为力的状态里。

只有几平方米的帐篷，安放不了一家好几口人的生活，除了生活用具，没有一点私人空间。人们的生活被暴露在圩堤上，暴露在明晃晃的太阳下，这让我感到窘迫与难过。

父亲带着全家老小在与家相隔五百米的堤上安顿了下来，紧挨着的是耀旺家，他父亲比我父亲年长几岁，我喊他大伯。耀旺算作我的堂哥，小的时候耀旺家的伯母常拿我开玩笑，说我长大以后要给她家做媳妇，由此我常怀恨在心。她的形象在那个时候不是长辈该有的形象，肥胖的身体，行走的时候胸前的两个乳房总是晃得汹涌，少女时期的我很是嫌弃这样过于明显的身体曲线，一边渴望长大一边害怕自己的身体将要发生的变化。耀旺家伯母那张黝黑又经常无故涨得通红的脸,因为话说得太多嘴角总是有分泌物残留,我几乎一看到她就别过头去,连说话的机会都不留给她。

这种情绪日后想起来连懊悔都会觉得苍白无力。可在当时,在十三岁的青春时期我就是这样任由无知和浅薄蔓延。

长大后的耀旺堂哥生了场莫名的病,脑子开始变得不太正常,老拿眼睛直勾勾往人身上看。发起病来的时候常追着比他年龄小的女孩跑,于是村里的女孩们一看见他就跑,耀旺堂哥追得越发厉害。有的时候在其他男孩的教唆下,他还对我们动手动脚,有一次在我毫不知情的情况下,他竟伸手在我脸上摸了一把。我越发憎恶他,远远地看见他就躲,连看一眼都觉得自己会缺斤少两似的厌恶。伯母没有生女儿,加上耀旺哥一共有三个儿子,她好像特别喜欢我,瞧见我就憨厚地笑起来,和我打招呼,我却总是一个转身躲了起来。

我的青春里总带着一种不接地气的骄傲和羞耻感,这种骄傲使得我目光短浅,完全看不见大人们黝黑黝黑的脸庞和已经直不起来的脊背,看不见这个贫穷而又落后的村庄正在遭受的一切,看不见靠着水稻养活的一代又一代人。

我只看得见自己。我只看得见那双眼睛,那双直勾勾地盯着人看的,让我无处遁形的眼睛。吃饭的时候,洗澡的时候,还有该死的上厕所的时候。那个时候正常的生理排泄成了我人生当中首先要面对和解决的难题,母亲把用来盛放排泄物的木盆赤裸裸地搁置在帐篷的最里面,使得帐篷里面有终日散不去的让人难以忍受的气味,吃饭的时候,睡觉的时候,都要与其共存。我也不止一次撞见过其他的成年男性,白日里公然对着圩堤的背面撒尿,阳光下黝黑的生殖器像魔鬼一般,让我无比恐慌又无法忘掉。我只恨我不能在自己身体里完成消耗。在经过了很多年以后,这个困境仍然以各种场景回到我的梦里,一年又一年、一遍又一遍地,我在不同的梦中经历同样的窘迫和羞耻。

这种接近幽怨的情绪,浑浑噩噩不知道持续了多久。我的世界还太小,容不下其他,我不知道昌江河以外的人们是如何过活的。偶尔会有大船运过来一些食物,每每这个时候圩堤上比以往更热闹一些,人们一边理所当然地冲上去接受给予,一边又埋怨给予得太少,相互叫嚣。昌江河里的鱼成了我们主要的盘中菜,除了鱼,还有从河水里漂过来的牲畜的尸体和流窜出来的各种活的生物。我吃过蛇和老鼠等各种奇奇怪怪的东西。如果说灰暗的时光里总该有点光亮的话，我人生第一次吃到了方便面，在那个时候真是美味啊！

生活总是匀速向前，在时光的长河里你再回头望去，留给你的，和你当时正在经历的，或许是不一样的，只是当时我全然不觉。

在圩堤上惶惶待了一个月后，生母（我是家里抱养的孩子）来接了我过去小住。坐在租来的船只上，回头望去，藏蓝色的帐篷和父亲母亲以及那双直勾勾的眼睛一起，被我抛在了身后，越来越远。

这场从六月开始直到九月结束的洪涝灾害，百年一遇。虽然各级政府全力救灾，有些人还是永远停留在了那一年。由于房屋的倒塌和田地的颗粒无收，一些村民离开了土生土长的村庄外出讨生活。

而耀旺堂哥，听母亲说我走后不久就不知道跑哪去了，自此，那双直勾勾的眼睛永远消失。

后来我长大离开家乡，远离了我整个少年时期生活里的人和事，开始去漂泊。再后来，我带着自己的孩子回到乡村的时候，从不走别的路，只驾车从那段圩堤上慢慢开过。圩堤已经被筑高了好几层，雨水不多的月份里，昌江河里的水干枯得不成样子，一眼望去竟比以前小了很多，整个村庄在我眼前也小了很多，站在圩堤上一眼就能从村头看到村尾。只是那村庄后面的田畈还是那样漫无边际，看不到尽头。我已找不到从前我生活过的影子。曾经可能留下过的欢笑和幸福的影子，连一点也没留给我。

回村的时候也会去看耀旺家伯母，她和村庄一起，和回忆里一样却又不一样了。阳光的热辣还在，我的乡村却显出一种寂静和萧条的模样。穿过村里几乎看不到人的巷子的时候，我竟期待她看到我便展开的笑脸，虽然还是那张黑里带红的脸，却是那样纯粹的朴素和真挚。我喜欢她用满是茧子的宽厚的双手一遍一遍地摩挲我的脸和手，她那过于丰满的胸脯也变得如此的温暖可亲。

经过岁月的洗礼，我竟开始对眼前的一切饱含着无法言喻的深情。

雾里探菌

◎ 孙茂

四牧说,七年前,他走在云南的大山上,脚下是绿油油的青草和密密麻麻的菌子。菌子种类繁多,颜色各异,有青色的,有黑色的,有黄色的,有红色的。他在一棵矮松下的荆棘中发现一片伞盖红润的鲜艳菌子,他拔出其中一棵菌子,凑近鼻翼,一股清香袭鼻而来。四牧掰开伞盖,一股乳白的汁液涌溢出来,贴手粘黏。四牧将汁液噘嘴抿尝,入口清甜。四牧随即坐在矮松下,很享受地饱吃一餐天然菌子以充饥。吃完菌子,四牧说,他浑身通泰,唇齿回甘。后来四牧得知,他那天吃的红色菌子叫"奶浆菌"。在云南,部分菌子可生吃。你在山野捡拾到,即可趁着菌子最原始最淳朴最天然的风味享用它。事后回忆,那是人生之幸了。

下了一夜雨,第二天太阳出来,草间的菌子,俯拾皆是。

夏日,就这样在日益丰盈的绿色中穿梭。夏日的清晨,清辉素月,云天共影,彼时,山林是寂静的,林雾涤荡,晨珠润土,我在寂静之中听到了蚂蚁林木虫鸟的对话之音。

昨晚夜间做梦,也是故乡的山,满山的菌子在松树下冒着头,有的菌子探完头又悄悄地缩回土里,仿佛是在呼吸一样。我举着篮子,尽情地捡拾菌子。天亮之时,那嫩绿的松针和绿树叶泛着毛茸茸的亮光,我背着满满一篮菌子回家,穿行在白雾里,像是在白雾行,不知走到什么地段时突然不见了影踪。梦随之苏醒。

山间景物会耳语,一滴雨,一朵花,一株小草,一棵树,一条路,一只蚂蚁,一座山,一朵菌子,一缕白雾,一段时间,太阳、清风、明月,他们合在一起,恰如柴米油盐和酸甜苦辣,酿成人间风味。

与雾的亲近从早晨就开始了。雾早早就聚拢在山林,天快明亮,它们就迫不及待摆弄起来,在草丛、山间、田地里、林木间恣意流淌。进入山林,是一片迷蒙,天有亮色,却难辨阴晴,眼前尽是雾,看上去深不可测,一脚迈开,就扑进了一个雾的世界,一个迷蒙的世界。雾化成雨,悬浮的雾珠在空中飞着舞着。雾雨霏霏,看不见远处的路,却感觉到路的潮意。越往前走,雾越厚。一小会儿,头发上便结出一层细小的珠子,雾气亲吻在人脸上,留下一排湿湿的唇印,衣裤鞋袜荡湿了,也洇开一层潮潮的雾水。顿时,空气里漫溢清新。

一

每年六七月,云南雨水充沛,阳光普照,田地的庄稼瓜果生长旺盛,大地一片青绿。此时,山中菌子如雨后春笋般冒头。汪曾祺曾在其文章中多次写到云南菌子。其作《菌小谱》言曰:"雨季一到,诸菌皆出,空气里一片菌子气味。无论贫富,都能吃到菌子。"在云南,野生菌可以说是上帝赐予的人间美食,是上帝对云南人的厚爱。菌子季,拄着拐杖跟跄而行的老者、腰间挎着竹篮头顶蓝色头巾白发飘飘的老奶奶,机敏迅捷的小孩、风尘仆仆粗壮纯美的妇女、神采奕奕的青年,他们都要上山拾菌。有独自一个人上山拾菌的,有三五成群的,夫妻、兄弟、姊妹、发小,赶场似的,一个劲儿地往山里涌。

我们村流传着一段因菌促成的姻缘佳话。说一对青年男女赌约拾菌,只要男子在清晨太阳当顶之时拾满四篮菌子,女子就嫁给他。男子在第二早四点进山,十点出山,果真拾了满满四篮。此时太阳还未全然立于穹顶。菌子提到女子家时,女子浑然惊愕。后来女子真的嫁给男子了。这对青年就是我的四爷爷和四奶奶。听四奶奶说,在姚村,菌子可以作为求婚之物,还可以作为婚嫁聘礼。你可想象,一个青年手握一朵菌子求婚的场景吗?抑或提溜几筐菌子下聘娶亲的场景吗?可在姚村,往昔即是以菌为媒,以菌为聘。多么美好的爱情啊,纯朴纯粹,令人向往之。

二

入山,拾菌。在开启这场夏日巨大的盛宴时,我是无比开心的。夏天拾菌,是我每年最期待的事儿了。

从家至山林,需经过一段小路。迷蒙的黑夜,沿路皆是蛐蛐儿虫鸣,藏躲在暗角的灵虫一路欢歌，人伴着悦耳的虫声一路轻声细脚地前行。彼时，大地仿佛在释放某种气息。幽幽暗暗的路上，仿佛能听到沿路屋子里酣睡人的心跳声和打鼾声。

夏天有雾的日子十分美妙，你早晨上山捡拾菌子，鸟儿从草丛里一纵而出刚好从脚下划地飞起，你猛地跳跃一惊，那鸟儿立刻就消失在白茫茫的、凝然不动的雾霭之中。可是周围的一切多么宁静，一种不可言说的宁静！万物都已醒来，万物沉寂无声。此刻听得到露珠滴落打在草芥或大地上的明晰声音；有时雨并不落下来，而是沾在拾菌人的衣裳、鞋子上，衣鞋顿时湿漉漉的。空气异常清新明净，旷野里，是某种柔软的声音混杂；定睛一看，细小的绿虫蜷缩在绿叶下熟睡，又或者在一棵菌帽下安眠，更深的夜里它一定在怀孕、产卵、生子；蜗牛爬附着，那种慢吞吞却依旧坚持不服输的坚韧劲儿时刻鼓舞着每一个捡拾菌子的人。人行走在大地上，隐隐约约中甚至能感受到菌子慢慢钻出土层，那种顶破土皮使劲儿想要挤出头的生命的声音，那是菌子生长的声音，那声音是那么清脆，又那么低沉；是那么灵动，又那么羞涩；是那么豪放，又那么婉约。

我经过一棵松树，一蓬荆棘；我路过一块石头，它一动不动，清闲自在。此刻，它就是它，它也是我，无数个人影的化身。我虔诚地倾听松树的呢喃，荆棘的呐喊，我贴近石头，倾听石头内部的声音。透过弥漫在空中的薄雾，在我面前坐卧着远山的暗痕，暗痕隐隐约约、若隐若现。林间的小松鼠蹿来蹿去，细小的爪子落在毯子一样光光滑滑铺满林间的松针上，松鼠瞪着蓝莹莹的小眼睛细细打量拾菌人，拾菌人一挥杆，松鼠一晃就逃之夭夭。拾菌人是专注的。我小心翼翼地游走在附近的林子。低着头，仔细寻找着大地上冒出的生机。林木间偶然吹来一阵阵风，透过茂密的林子可以眺望到头顶的一小块淡蓝的天空，穿越薄如烟云的雾气，村庄模模糊糊地袒露了出来；清晨九点，一缕金黄色的阳光攀爬过山尖蓦地闯入，长长地流泻着，照耀着田野村庄，照射着丛林的一切。一小会儿后，白雾笼罩群山，晨阳最终被朦胧魔幻的乳白云雾遮蔽起来。这一较量就像两座博弈的群山持久地进行着。但光明终于取得胜利，最后一团团蒸热的雾气或像幅布似的铺展开来，或盘旋而上，消失在阳光和煦的高空之后，天气变得无法形容的美好、晴朗。

三

　　青头菌最常见，也是人们爱吃的菌类。洁白的菌杆，淡绿的菌帽，一朵朵俊俏挺立在山林。今人普显宏在《人间至味野生菌》文中这样描述青头菌："青头菌也长得漂亮，美丽的绿斑如一幅染出来的水彩画，浅一块深一块很诗意地印在凹凸有致的菌盖上，活像一位头戴瓦帕的彝族妇女。想不到野生菌也有绿色的！我每次见到这种带点绿色的青头菌，就会想到那墨绿可爱的新鲜蔬菜，就有了想吃这种菌子的欲望。"

　　青头菌菌菇藏匿于腐土下呈乳白色，冒出土层或开放的菌帽为青绿色，像一栋栋青绿菌屋。云南有座菌子山，因菌子繁多而得名。夏天可供人捡拾菌子。菌子山上真有人们依据菌子样式建成的菌屋供人赏玩休憩。乍看青头菌，与周围绿草颜色并无两样，给人清新感。眼神不好的人，很难发现这类菌。世间物为了生存真是不易，你看，菌子也会保护自己呢。土鸡炖青头菌，或爆炒，或煮汤，菌味鲜腴。最好吃的要数烤青头菌菇了。将菌菇置于炉沿，烤至菌盖发黄，菌圈溢汁，菌香漫溢，佐以食盐入口，顿时让人觉得人间满足不过如此了。

　　我最得意的是一种叫"见手青"的菌子，炒食极香。见手青也叫葱菌，有着红红的伞盖，黄黄的伞柄。此菌神奇，倘若伤其肌肤，人用手轻轻一碰，菌肉立马变成乌青色，我想它的名字大概得来于此吧。长大后，我才知道它的学名叫牛肝菌，算是比较名贵的菌子。它常常躲匿于松针之下，需用树枝扒开，才能找到。见手青是一种毒性很强的菌种但可食。因翻炒时油放得不够或是节奏太慢，塔底粘锅造成受热不均匀，抑或菌片粘黏未炒开，都会使人中毒。姚村一般舍不得吃此菌。拾到了都拿去集市典卖，可以卖个好价钱。

　　鸡枞菌是菌中的贵族，乃山中珍品。因其稀少而珍贵。破土而出后菌帽顶着一些泥土，却也白白净净，如亭亭玉立的少女。有的鸡枞身着褐色衣裙，苗条的大长腿，从下而上，由细变粗，伞盖是一顶灰白的帽子。夏日的鸡枞没有秋日的香，秋天的鸡枞冒出土的像一朵灿然的灰褐的菌花。隐于泥土之下的菌帽紧紧裹挟着菌杆。鸡枞是认窝的，每年就是在山下的玉米地、洋芋地、烤烟地里，一窝一窝地冒出来，有的也在石山的草地生长。庄稼地的鸡枞和草地鸡枞风味各异。

以草地更盛。鸡枞有窝，鸡枞根底是一个疙瘩样的蚂蚁窝，里面住有许多白蚁。不动窝，鸡枞来年还在同一个地方冒出来。拾菌人倘若刨通了窝子，鸡枞往后就不再出了。我有一年在烤烟地拾得一窝鸡枞，数了一下，鸡枞大大小小有六十四朵。那时候鸡枞的价钱很高，我们留一小部分自己吃，更多的拿去集市售卖。

酸菜烩杂菌，简直绝了。所谓的杂菌，多是草鸡枞、奶浆菌、鸡油菌、大红菌等。草鸡枞是鸡枞的缩小版，伞盖伞柄如鸡枞，样式却比鸡枞袖珍。奶浆菌分红奶浆和白奶浆。红奶浆可生吃，可煮吃。生吃香甜。红奶浆多是成片生长，以菌群出现。红奶浆拾而可吃，微微划破，乳白的浆液流溢而出。白奶浆无毒，但口感欠佳，我们大多不吃。白奶浆破了口子，亦是奶浆涌溢，浆汁流尽，破口处立马变成黑色。鸡油菌小巧橙黄，煮吃香醇，味道极美。红菌有毒，但大红菌无毒。评判菌子有无毒，看颜色即可得知。色彩艳丽的菌子通常都有毒，不可食之。毒菌的伞面大多呈大红色或淡红色，有的呈绿色或青紫色。

箩筐已经很满了，但菌子还很多，多余的菌子怎么拿回家呢？我们常是拴一根细草，用牛尾草将菌子穿起来，提溜在手上。一串串菌子肉质肥硕，令人口水直溢。

回到家，第一件事将菌子分门别类，进行第二轮安全筛选，不确定的菌子我们都要丢掉，小命金贵，谁也不敢贸然试毒。用青绿的瓜叶清洗菌子，主要是借助瓜叶的毛刺发挥作用。中午将开花的菌子炒吃。长势肥美的菌菇都要留待晚餐。母亲今晚要做青椒火腿炒青头菌，清炖鸡枞菌，酸菜烩杂菌，再配一碗鲜嫩的玉米小瓜。晚饭吃得很香。鸡枞质细丝白，味鲜甜脆嫩，清香可口，可与鸡肉媲美。杂菌肉质细嫩爽口，入口即化，味道鲜美，菌汤营养丰富，香味独特，唇齿生香。真是难得的人间美食。实际上，对于姚村的拾菌人来说，拾菌子比吃菌子还要开心。这种深植于味蕾的记忆萦绕在舌尖，印刻于心底，令人久久不能忘怀。

春殇

◎ 刘绍良

　　两只松鼠死了,我为它们默哀。一只松鼠平卧在房侧的水泥地面上,四脚伸向外侧,头部对着正前方,尾巴垂直地伸展着,远看如一个标本。这是我从城里开车回到果园时看见的情景。我停好车后,蹲在这只松鼠身旁,并提起尾巴看了看贴地的那一面。毫无疑问,它死了,应该是在昨天夜里。这是一只雄性的壮年松鼠,只是不能判断它有几岁,但我相信,它从一出生就是我的邻居,我熟悉它们,它们也熟悉我。

　　松鼠是被人喜爱的,它一身灰黄色的绒毛,拖一条长长的毛茸茸的尾巴,并且常常向上卷曲着。脑袋却总表现得鬼头鬼脑,但它屏息凝神时,一对黑黑的眼珠却很生动。我喜欢看它们跳跃,起跳时前后腿几乎并拢,脊背拱起,只在空中那一瞬,身形是完全伸展的,前腿在最前,后腿在最后。前腿到达目的地,头部也就到了,这时的后腿很容易地抵达物体,稳住了整个身体。

　　春天到了,万物萌动,人们的眼睛也会因此明亮起来。不过,春天也会有忧伤,春天的忧伤会从如我一般的农人的眼睛里流露出来。在冬末春初的日子里,不管春寒料峭,手脚麻木,我们总还得爬到树上,为了丰收而修剪梨树。过去,我们在修剪梨树时,总会从荒草丛中发现一两个完整的梨果,咬一口,很甜,多汁,带着淡淡的酒味,但是,它们的皮色果肉全都乌黑了,我们就把这种梨叫作酒梨。这种酒梨在草枯水冷、万物沉睡的日子里,是那些生活在这块土地上不肯冬眠的生灵的最好食物,比如麂子、野兔,比如松鼠。但是,当我们把一大群黑山羊放养在梨树林地里的时候,这种酒梨就成了稀缺之物。

　　松鼠非常愿意做我的邻居,我想这原因一定与我这个人有关。我的这幢两层的山居木屋,是我设计并领着几位雇工建盖的,我很满意,松鼠们当然也很满意,我一住就是二十多年,松鼠们当然也是一代接一代地一住就是二十多年。建盖房屋时,我只想到让我住着舒服,让被我接待的访客们舒服。并且,用料和风格都得与环境相协调,并彰显主人个性。如此,我把二楼框架用木质材料结构,并把二楼的外墙全用了杉松边皮板,内墙呢,又用另一些精致的材料,显得既雅致又古朴。我完全没有想到的是,无意中留了一个既宽敞又温暖的夹层空间,让以松鼠为主的、以蜜蜂和一种纯黑的翘尾鸟为辅的生灵们,做了它们跟我一样满意的巢穴。

我的门外有一棵树龄近二十年的梨树,为了兴趣,我嫁接了五个品种,它们颜色形状各异,滋味有别,成熟先后,如此,面对客人时,我就有了讲解和炫耀的资本。有一枝雪花梨的枝条伸到我的门口,离房门竹帘也就有约一尺的距离,秋天,我读书写作累了,口渴了,常常会起身掀开竹帘,探出半个身子,摘一个梨果进来咀嚼。但是,松鼠们却常常会从我门框上方的二楼木板洞里爬出来,轻捷地跳到高一层的树枝上,肆无忌惮地啃吃它们想吃的那个梨。这就是说,在它们眼里,这棵梨树是我们共享的梨树;一树果实,是我们共享的果实。不同的是,我是高级动物,懂得栽种梨树,并适时地做一些管理工作,所以,我说梨树是我的,有着充足的理由。它们是低级动物,所以,它们的天性让它们在一年之中的大多数时间,都只把梨树当作了游乐场所,公母嬉戏调情,老少交流技艺。这个时间,它们在树上的腾挪欢叫会让我疲惫的眼睛转换空间,进而让心情松弛下来。当然,我肯定会讨厌它们天性中恶劣的那个部分。每年梨花开过之后,小梨果就渐渐一簇簇地涌了出来,成为小小的可爱的植物的精灵,可是,松鼠们没有一点点慈爱和怜悯,它们会把小梨果咬得一地都是。我明白,它们缺少食物,就只好啃那些生涩的小梨果了。天气渐渐热起来之后,雨水也渐渐到了之后,松鼠们的食物也一定多了起来,这就让半大的梨果安全了一些。及至夏末中秋,不断成熟的梨果又成了它们的最爱,让我深恶痛绝它们又再次糟蹋我的梨果。与人类相比,它们不懂得什么叫骄傲,什么叫荣誉,什么叫珍惜。不同品种的梨果先后成熟,最大最好最熟的那一个,必然地被它们先咬一口,或者几口。如此,有的梨果还留在枝头,对着阳光天空,对着我的客人的目光,展示着伤疤。有的,被它们的前爪或是后爪,弄断梨把,任其掉落地上,砸出许多飞溅的梨汁。我视它们为邻居,对此恶行一直宽容忍让,并彰显我的代表人类的博爱之心。面对客人,我还常常会从地上捡一个相对完整的梨果,用小刀削去创口部分,再削去外皮,先切一块送进嘴里,然后说:真甜!然后再用小刀切一块,送给客人,并说:松鼠最聪明,被它们咬过的梨真的最甜!

另一只死去的松鼠,是我在茅草房后给梨树浇水时发现的。但是,它只有一条尾巴,一条一拃长的尾巴。我把水管放在地上,用两个手指捏起这条尾巴,查看了断口露出的灰白色的骨头,并判断,它就是从与屁股的连接处断开的。我能够从一地去年的灰暗的落叶中以及许多修剪下来的断枝丛中,一眼就看出了它的与众不同。至于断尾,那一定是生活在这同一块土地上的其他的动物所为。这块土地上的所有野生动物都是我的邻居,但我知道,麂子、野兔和果子狸,都同属草食性动物,它们不可能;那么猫呢?猫有两种,一种是家猫,但我的五六只家猫都集中在老院子里,有一只母猫还刚下了一窝小猫,五六只,都还好好地在老院子里喵喵喵地欢叫着。但是,还有一种被叫作香猫的野猫,个子较大,毛色更深,它们有可能是吃掉那只松鼠尸体的对象。香猫一般藏在箐沟里,与人无缘,这就让你很难看到它们的踪影。我捏着松鼠尾巴在思考的时候,把家养的动物也想了一遍,比如家狗,大狗因让我不满意都卖了,留下的一只半岁的小黄狗,不愁吃不愁喝,长得憨憨的胖胖的,却也不近人前,总与人保持着一种属于野性的距离。如此,它不会跑到我的中心木屋的院子里来,并对死去的松鼠感兴趣。黑山羊有七八十只,稍不注意关门时,会跑到这个被钢网围住的环境里,但它们是更为可靠的草食性动物。老院子周围,还养着三千只鸡。过去给鸡苗脱温时,发现过老鼠偷吃鸡苗的案例。当然,也怀疑过松鼠。不过,假如松鼠真的也偷吃了鸡苗,但成品鸡也绝不会去复仇般地啄食死去的松鼠。我把这条一拃长的松鼠尾巴捏在手里,想了又想,种种可能都经历了肯定又否定、否定又肯定的分析。突然,另一种可能出现在脑海里。那就是蛇。蛇在人们眼中,有的非常美丽可爱,如《白蛇传》里的白娘子;有的非常丑陋可怕,如张开血盆大口,能吞进一只羊的巨蟒;也有的形体不大,却有着无解的剧毒,咬人一口,立即致命的眼镜王蛇。在我耕耘的土地上,蛇是客观存在的,并且,一定也会在我的保护下繁衍了种族。这许多年来,我在林地里、车道上多次见到过蛇,它们的形体长短粗细不一,颜色也不尽相同,但是,从未发生过蛇被人打,或人被蛇咬的情况。这都说明动物有灵性,我从不伤害野生动物邻居,这些野生动物邻居也从不伤害我。

许多年前,我从一个废弃的蓄水池里救起了一条两尺来长的红花小蛇,那是在我巡视土地时发现的,它一定是在蓄水池边看见了自己的倒影,或者是想喝水,一下子就跌入了水池底部,那里四面都是两米高的笔直的水泥墙体,底部只有约一尺深的积水,我看见时,它已气息奄奄。活肯定是活着,这种动物的生命力极其旺盛。但是,当我用一根长棍子去挑起它的时候,它连攀附的力气都没有了,让我弄出了一身汗。离此不远的慧明禅寺的法师对我说过:不杀生和放生都是功德,是修行。这条小蛇终于被我挑上来放生的时候,我感觉它艰难地回过头来,看了我一眼。

去年夏天,另一条小蛇给我留下的印象深刻而美好。那是一个晴朗而又炎热的下午,我在房间里看书累了,便站起身来,猛地掀开竹帘,想到外面听听鸟鸣,吹吹凉风。可是,掀动竹帘的时候感觉竹帘的下摆碰到了什么东西,接着,酸涩的眼睛便看见了那东西被碰到了门前的台阶下,初一瞥,像是一根新鲜的竹子。我这里房前屋后都是竹子,叫作金竹的,可以做鱼竿的那一种。可是,才看似像竹子,那东西马上便扭动起来,定睛细看,却是一条也是约二尺多长的青脊背、白肚皮的小青蛇。我此时已站在门外,庆幸没有踩伤它,于是,我专注地看着它爬到墙角的一个纸箱后面,藏匿了整个身体。我顺其自然,便想到了另一个问题,这就是它被我,被我房间的气息所吸引,逗留门外已经很久,透过竹帘的缝隙,好奇地看着我这个人,在属于人的巢穴里干着什么。也许,它最想爬进来,与我共居一室,正在寻找着进门的路径。

这个情景让我感觉有趣,尽管我顺其自然,却再也没有见过它的身影。这样的小蛇是不可能吞食一只死去的,或者奄奄一息的松鼠的,不过,据为我做活的雇工告诉我,说要我小心,他在阶前看见过一条小碗粗的大乌梢蛇,簌簌地就钻进爬地的金银花丛中去了。我从电视上看见过大蛇吞食其他动物的画面,那嘴那喉那腹的张力极强,在弱肉强食,或生物链作用下的这种现象,充满残酷和血腥,却也是一种合理的自然现象。回到眼前,这只松鼠被蛇吞食了的可能,就成了越来越清晰的画面。那么,尾巴掉了一截,一定是那只松鼠中毒后还没死,还有一些力气,在与蛇的搏斗中,被咬断了尾巴。

　　这块土地上有近万棵梨树,但我关注最多的就是门前这一棵,因为有松鼠,它不仅愉悦了我的眼睛,还愉悦了我的心情。可是,由于我对松鼠的喜爱和宽容,还引发了另一种让我心痛的现象。前几年,每到冬末春初,梨树中上部分的主干和侧枝,因树皮比较细腻滋润,都会被松鼠啃食了一部分,这就对梨树的生命本体造成了严重伤害。老话说:人怕伤心,树怕剥皮。树皮是维系一棵树生命的主要器官,树皮没有了,树也就死了。还好,前些年松鼠们的犯罪行为,只发生在门前的这棵树上,并且,树干和侧枝,只被啃了一面,没有被环啃的现象。经过春夏秋三季的自愈努力,有的伤口会从皮层剖面涌出再生树皮的汁液,逐渐往里凝结成新皮,以恢复一棵树的生命能力和结果能力。

最热的一天

◎ 王善常

八年前的夏天,我在恒达广场做外墙保温。那是我最后一年干外墙保温,截止到那一年秋天,一共干了八年。

外墙保温就是给楼房外墙贴一层保温板,好比给楼房穿上棉袄棉裤一样,冬天能减少热量散失。外墙保温属高空作业,从楼顶垂下两根钢丝绳,钢丝绳连着吊篮,人在吊篮里施工,上上下下,晃晃悠悠,每年都会发生几次伤亡事故。但工资特高,因此还是有好多人抢着干。

当然干这活儿不一定都用吊篮,也有用脚手架的,恒达广场就是。恒达广场的外墙是铝塑板,外墙保温不太好做,保温板要粘在纵横交错的钢架下面。最主要的是,出于防火的考虑,恒达广场用的不是聚苯乙烯泡沫塑料保温板,而是石棉板。石棉板相对重一些,而且不挺实,粘板时不好操作,而且石棉对人体还有伤害。

那段时间持续高温,每天气温在三十摄氏度以上。八月十二号,天气预报说当天最高气温达三十五摄氏度。

早上就十分热,还没伸手干活儿,身上就开始冒汗了。我和老郑搭伙干一个凹空,干到四楼了。站在脚手架上望出去,远处的楼房如同浸在了热油里,要被煮化了一样,不断地颤动、扭曲,泛着粼粼的波纹,像沙漠中的海市蜃楼。天空中连鸡毛那么大的云都没有,白茫茫的,像无影灯下危重病人的皮肤。太阳不是很大,敌敌畏一样毒,它似乎缓慢转动着,每转动一圈,就射出成千上万支细若牛毛的毒针,扎在人的皮肤上。

外墙保温上料多用滑轮,滑轮挂在脚手架的横杆上,滑轮上挂着一条长绳子,上料时小工在楼底下把材料往绳子一头的铁钩子上一挂,再拽住绳子的另一头往下拉,料就上来了。

给我俩上料的是徐姐。虽然外墙保温的小工有一半是女人,但徐姐不适合干这活儿,她太瘦弱,好像来一股风都能把她刮跑。每次上料时,她拽绳子都很费劲,尤其是楼层高或上的料多时,好像她都会被绳子拉上来一样。徐姐是城里人,丈夫死好几年了,她自己带着儿子过。她儿子来过一次工地,穿一双雪白的耐克运动鞋。那天他是骑一辆山地车来的。他一定很爱惜他的运动鞋,到工地后也没下车,一只脚的脚尖小心地支着地面,另一只脚踩在脚镫子上。他冲正在干活儿的徐姐喊了一声妈,徐姐没听见,他就又使劲地喊了一声。这次徐姐听见了,慌忙放下手里的胶桶,哎呀一声,说我儿子来了,乐颠颠地跑了过去。她儿子是来要钱的,学校组织什么活动,交一百块钱。当时徐姐的钱不够,就问明天交行不行。她儿子很不高兴,一脸不耐烦,问徐姐,学校是你家开的啊?徐姐实在没办法了,从我这儿借了一百。

徐姐先上了四桶粘板胶,又上了两捆石棉板。每次徐姐上料,我或者老郑都会在上面帮她拉拉绳子,这样她能省不少劲儿。

接完料,我已经热得不行,赶紧拿出水瓶,咕咚咕咚灌了一气。我有一个大号的雪碧瓶子,能装五斤水。最近天热,我媳妇天天给我装糖醋水。头一天晚上烧一盆开水,凉凉,放白糖、醋和小苏打,灌瓶后放冰箱冷冻室里镇上,第二天拿出来时都是冰碴。但今天实在太热,刚开始干活儿,水就已经不凉了。

凹空里连头发丝细的风都没有,空气是黏稠的,像融化的沥青。我戴着口罩,喘气费劲儿,胸部像缠了好几层纱布。用锯拉石棉板时,细小的石棉纤维被热气托起来,飘在空中,迎着阳光一看,闪着晶莹的光,如同漫天星星眨着眼睛。

石棉纤维落在我汗湿的脸上,痒痒的,像许多只小虫爬来爬去。这之前我没干过石棉板的活儿,所以前几天我没做任何防护,结果第一天我的脸、脖子和胳膊上就都起了红点子,又痛又痒。第二天,这些红点子连成了片,肿了起来,而且更痛更痒了。后来才知,这是石棉纤维扎进皮肤引起的炎症反应。石棉纤维是针状的,两端都是刺,可以轻易刺入皮肤。不只是我,别的工友也大都这样,甚至有几个症状更严重,皮肤溃疡,不得不回家治疗。

我特意在电脑上查了一下石棉的危害,不查不知道,一查吓一跳,原来每年因石棉导致的全球死亡人数竟高达二十三万。一些防火的建筑材料基本都是石棉。石棉的纤维重量极小,体积极小,一旦被释放到环境中,便会悬浮在空气里很难落下。石棉纤维会伤害人的皮肤,导致一些皮肤病,一旦被吸入肺部,危害将更加严重。空气中的尘埃一般都是颗粒状的,就算吸入肺部,也会很快被肺清理出去,但是石棉纤维一旦被吸入肺部,就会像针一样,扎入包括肺泡在内的肺组织,难以再排出体外。随着吸入的石棉纤维越来越多,会进一步导致尘肺,甚至肺癌等疾病的发生。

石棉不只对皮肤有伤害,它对肺的伤害更严重。尘肺和肺癌都属于绝症,只要得上,积蓄就迅速减少,痛苦逐渐增加,然后是呼吸困难,疼痛,大量咯血,呼吸衰竭,直至死亡。

为什么在干活儿前没有人告诉我们?告诉我们石棉对身体有害,告诉我们必须做好防护。甲方、工程监理、工长和安全员都没告诉过我们。是他们也不懂,还是他们怕我们知道这种危害?我想一定是后者,如果所有人都知道石棉会引起尘肺和肺癌,还会有几个人肯来干这活儿呢?就是有人肯来,要给多高的工资才能让人接受呢?

我心里经过一番较量,较量的双方互相摆事实、讲道理,最后想挣钱养家的我战胜了怕石棉伤害身体的我,于是决定第二天继续去工地。这活儿一天三百二十元,比其他工地高五十元,五十元可不是小数目,我媳妇去包子铺做小时工,每天干三个小时刚三十元,我大嫂在一个小区里做保洁,一整天刚五十元。

我本来想找工地负责人,跟他说说石棉对人有害的事儿,犹豫一番后,还是放弃了这个想法,我能预知他会怎么回答我。他会傲慢地说,你可以走,有的是人想干。是的,我走后留下的空位马上就会有人补上。满世界都是需要钱的人,一个接一个,前仆后继。

再干活儿时,我特意做了防护,戴口罩、戴橡胶手套、穿长袖衣服、戴套袖、领口处围上毛巾。当然,我这样做也不能完全防住石棉纤维。首先我戴的口罩不是防尘口罩,估计还有少量的石棉纤维穿过口罩,进入我的肺。但这已经不错了,只不过口罩透气性差,这么热的天戴上它,让我喘不上气。还有,虽然我穿长袖衣服,戴橡胶手套,脖子上也围了毛巾,但石棉纤维还是无孔不入,会寻找一切细小的缝隙,穿过我的防护,扎进我的皮肤,只不过量少了而已。

知道石棉的危害后,我曾跟工友讲过,叮嘱他们做好个人防护。但只有一部分人相信我的话,大多数人只认为我娇气,都是干活儿的粗人,没理由怕这怕那,只要是体力劳动就都对身体有伤害,外墙保温本来就很危险,如果什么都怕,不如回家睡觉,可钱从哪儿来?对于这些工友我无话可说,我理解他们。首先,他们只相信看得见的危险,石棉纤维那么细小,吸进肺里也不会有什么让人难受的症状,至于若干年后才有可能出现的病痛,那太过遥远。其次,几乎所有的体力劳动者都有一种无畏的精神,这应该是一种代偿性的适应,它可以通过不断淬炼出来的粗犷性格,去蔑视或抵抗外界环境对身体造成的伤害。

我不知道,这些工友后来有没有人因为石棉患上尘肺或者肺癌。我想不应该有,一是我们总共也就干了两个月,和石棉接触的时间不是很长,进入肺里的石棉纤维很少,得病的可能性应该很小。二是他们和我一样,都穷,也都善良,这样的人活着已经很不容易了,高高在上的神心怀怜悯,应该适当地向他们身上施加一些小小的运气,而不是追加病痛。

就是相信我的那几个人也没有坚持戴口罩,天气太过闷热,戴着口罩憋闷。就连老郑都是这样,他只戴了两天,就再也不戴了。他有他不戴的理由,他说,这么多人不戴,我就不信都能得病,就算有得病的,也不一定就轮到我。当然,他也有自己的防护办法,每当拉锯时,他都会紧闭嘴巴,把脑袋躲到凹空挡出来的一块阴影里,以他的认知,石棉纤维是喜光的,只在阳光下飘浮。

天太热,表针都懒得转,我虽感觉已干了很久,可一看手机,才刚刚九点。我和老郑的水都喝光了,我俩把瓶子装在胶桶里放下去,让徐姐给我俩灌水。搅胶那儿有自来水,温突突的,还有一股汽油味,但总比没有强。从早上到现在,我的汗水几乎没有断过。我的身体像一个巨大的水袋,储满了水,这些水冲开了我身上每一个毛孔的盖子,不停地向外冒。身体里的水刚减少一点儿,我就捧起瓶子,咕咚咕咚把水灌进去。我的胃不断地膨大,身子一动,就咣当咣当响。我的衣服水淋淋的,像刚从水里捞出来的一样,紧紧地溻在肉上,再加上安全带紧箍着,这让我的皮肉痒得难受,总想伸手进去痛快地抓抓。脸上的汗水最多,我的脑袋就像正在融化的冰块,汗水小溪一样向下流,流进眼睛里,像辣椒水。手上黏满了粘板胶,根本没法擦汗,我不得不来回扭着脖子,再勾着脑袋,用脸去蹭肩膀上的衣服,当是擦汗。最难受的是我的大腿根也出汗,湿漉漉的,稍一迈步就发出咕叽咕叽的声音,裤裆如同藏着一只蛤蟆。头发里也都是汗,安全帽一点都不透风,还不敢摘下来,不戴安全帽罚款一百。

干完一步跳后,我和老郑开始返跳板。跳板是六厘米厚的松木大板,每块有几十斤重。返跳板时我右脚的大脚趾被砸了一下。我和老郑分别站在跳板的两端,抓住跳板,刚直起腰,还没有向上举呢,老郑就脱了手。他那一端的跳板砸在了脚手架上。受到震动,我这端也没有抓住,跳板的立面瞬间砸在了我右脚的大脚趾上,我惨叫一声,疼得连续在横杆上跳了两三下。我龇牙咧嘴地脱下鞋,又扒下袜子。我的大脚趾明显发红,虽没有想象中的血肉模糊,却十分疼痛,我估计里面的骨头受了伤。老郑忙过来查看,还试图用脏手帮我揉大脚趾,被我恼怒地推开。

之后不几天,那个趾甲就慢慢地开始变黑,从根部向上逐渐蔓延。又过了一个多月,那片趾甲脱落,里面长出了一片新的趾甲。我的脚天天出汗,加上干活儿时鞋不透风,一捂一整天,所以原先我的这个趾甲被真菌感染了,是暗黄色的,很厚。没想到脱落后长出的趾甲是健康的趾甲。真是因祸得福,我应该感谢老郑才对。

返完跳板,我和老郑从窗口跳进楼里。我摘下手套,手已经被捂得发白起皱,像溺亡者的手,有一股酸臭味。我又把围在脖子处的毛巾取下,把上衣脱掉。楼里阴凉,还有一丝微弱的穿堂风,舒服极了,我真想就此耍赖,四仰八叉,从此再也不出去干活儿。

我从兜里掏出烟,烟盒是瘪的,早已被汗水濡湿、濡软,好在里面仅存的几根烟还是干的。我捏出一根,用指头抟直,向老郑比了比。老郑摆摆手,从衣兜里掏出一个塑料袋,开始卷旱烟。我跟他说好多次了,出来干活儿就得抽成盒的烟卷,因为时间有限,抽旱烟太费事儿,别人嘴里都冒烟了,他还没卷成型呢。可他就是不听,梗着脖子说旱烟有劲儿。其实我知道,他就是想省钱。

老郑比我大八岁,出了大半辈子力。他儿子正读大学,需要花钱的地方多,他必须争分夺秒地干。他儿子是他的骄傲,他跟我说得最多的就是他儿子,都把我听烦了。他说他儿子大学毕业后就去南方发展,指定能找个好工作。又说,等他儿子结婚生孩子后,他就不干了,和媳妇去哄孙子。他一说起这些就满面红光,像打了兴奋剂,干活儿也更起劲儿了。

二〇一八年秋,工地下班早,他被工友拽去喝酒。他平时舍不得喝,那次别人请,难免要放开量,于是就喝多了,晚上谁也留不住他,非要回家不可。他的破摩托车没有车灯,他骑得又飞快,那几年经常有拉残土的翻斗车图省事儿,半夜把残土偷偷卸到公路边上,那天晚上他就撞上了一堆刚卸下来的残土。他飞了起来,摩托车摔得稀碎,他也受了重伤,腿断了,从此失去了劳动能力。老郑拖着残腿告了好几年状,也找不到谁倒的残土,最后公路局勉强赔了他三万多块钱。一晃好几年没见他了,也不知道他和他媳妇去没去南方哄孙子。

天越来越热,干到十点多时,我右手边的老李热得受不了,摸出手机给工长打电话。手机在他的裤兜里沾满了汗水,闪着湿漉漉的黑光。不行咱放假得了,太热了,实在受不了了。他对着电话说,同时俯身看着楼下的工长。工长正光着膀子坐在阴凉处。不能放假,甲方着急完工验收。工长说着,从阴影中站起身,往前走了几步,走到了太阳下,好像被晒疼了,马上又返回了阴影里。老李不甘心,继续说,国家不是规定超过多少度就不让在室外干活儿了吗?工长急眼了,在楼下跳着脚对电话喊,那是指国家正式工人,你是吗?可我快热死了。老李说。他的脸上不住地向下淌着汗,几绺湿头发从安全帽下露出来,贴在脑门上,像被牛犊子舔过一样,黏糊糊的。那你就回家,明天别来了,以后也别来了。电话里传来工长的吼声。老李无声地挂断了电话,骂了一句娘,转过身接着干活儿。他灰色的衬衫全湿透了,黏在肥胖的背上,像蒙着一板刚点完卤水的豆腐。

终于熬到了十一点半。我和老郑跳进楼里,从步梯走下楼,先到搅胶那儿洗了脸和手,然后随着人流走出了工地。工地门口那条街上开满了饭店,都是专门针对建筑工人的小饭店。我和老郑去了一家面馆。我要了一大碗打卤面,一个拌菜,又要了一瓶冰镇啤酒。老郑只要了一碗打卤面,没要菜,也没要冰镇啤酒。我说,天这么热,整一瓶凉快凉快。他说,不喝,酒这玩意儿越喝越渴。

饭店里挤满了人,屋里坐不下了,就在外面支出了一个棚子,不少人坐在棚子下吃饭。虽然工地不让喝酒,但也只是刚进工地时口头上说了一次,之后再也没人提过,所以午间吃饭时就有不少人喝酒,就算再热的天,也有人喝白酒。白酒不贵,一块钱一杯,比啤酒实惠。

体力劳动者几乎都喜欢抽烟和喝酒,是有原因的。抽烟一直被认为有解乏提神的作用,而喝酒有舒筋活血的功效,这些作用和功效无疑很适合体力劳动者。但这只是其一,其实从根源上看,是烟和酒能麻痹或刺激一个人的神经,使人飘飘欲仙,或者精神亢奋。体力劳动者少社交,他们少泡吧,不听音乐会,不旅游……只有无休止的劳动,和劳动后深深的疲惫和寂寞。怎么办?只能把抽烟和喝酒当作精神生活。两块钱一包的劣质烟,一块钱一杯的散装勾兑酒,就能给他们带来快乐和享受,让他们腾云,让他们驾雾,消除他们的疲惫和困倦,驱赶他们的伤心和忧愁。

即使喝酒,我们也吃得很快,七八分钟一碗面就下肚,慢点儿的半小时也能完事儿。建筑工人早六点干到晚六点,中午只休息一个小时,这一个小时特别宝贵,绝不能都浪费在吃饭上,必须省出点儿时间休息一会儿。吃完饭,我们都回到了工地,进楼里躺一会儿,一般能躺二十多分钟。二十多分钟虽短,但特别解乏,直直腰,松松胳膊腿,有的人躺那儿就能睡着。

下午更热,脚手架的钢管被晒得滚烫,身子不敢挨上去,我估计一碰就会刺啦一声,把肉烫熟。我的汗水哗哗地向下流,不得不一个劲儿地喝水,刚过去一个小时,我新灌的一大瓶水就又见底了。还没等我喊徐姐灌水,她就拉上来四瓶冰镇矿泉水,是她给我和老郑买的。我和老郑总帮她拉绳子,她记在心里,隔三岔五就给我俩买水。她是一个知恩图报的女人。

下午两点是一天中最热的时候。我旁边的老李实在熬不住了,他太胖,浑身都湿透了,像刚从水里爬出来一样。妈的,老子不干了,再干命都没了,大不了明天不来了,以后也不来了。他嘟囔着,收拾好工具,笨拙地从窗子爬进楼里。他的脸像萎靡的向日葵花盘,脸上一片红,眼皮是肿的,好像哭了一天一夜。

老郑对老李说,都两点了,别走了,再坚持坚持就正好一天工。老李的脖子稀软,勉强抬起头摇了摇,说话的劲儿都没有了。

老李拎着工具筐下了楼。我和老郑站在四楼低头看着他。许多人也都停下了手里的活儿看着他,他们眼睛里都一定像我一样,带着许多的羡慕和敬仰。

在楼下，老李和工长争吵了一会儿，然后慢吞吞地向他的自行车走去。他耷拉着脑袋，仔细地把工具筐绑在自行车的后货架子上，然后上了车。但他刚蹬了两下，就停了下来。他歪着身子，先用一条腿支着地面，两手把着车把，慢慢地把另一条腿从大梁上艰难地抽下来，然后蹲下身去，用手去捏车轱辘上的车胎，捏完前面的，又捏后面的。他的两个车胎都瘪了，应该是被太阳晒爆了。他早晨没有考虑周全，自行车放在了太阳下。他沮丧地在太阳下蹲着，一动不动，我甚至怀疑他被太阳晒化了，站不起来了。过了好半天，他终于挣扎着站了起来，推着自行车走出了工地。他的影子又矮又小，却十分沉重，拖住了他的身子，让他走得十分缓慢。他拖拖拉拉地走，身影慢慢地消失在了燥热的空气里。以后我再也没见到过他，他就像是蒸发掉了。

老李走后不久，有人中暑晕倒了，要不是拴着安全带，那人会一头栽下楼去。几个工友赶紧把他从窗口抬进楼里，有人往他头上浇水，有人掐他人中，还有人打电话叫了救护车。

救护车走后，工地停工了，不停工不行，怕出人命。我很高兴，甚至在心里偷偷感谢那位中暑的工友，在感谢他的同时，我希望他能很快恢复。老郑有点儿担忧，他说，再熬三个点儿就是一天工了，现在下班，不知道能不能算一天工？

我骑着摩托车往家走，公路上静得出奇，没有车，也没有行人，只有灼热的阳光充斥在天地间，那情景很像末日电影中的镜头。我不断地加油门，摩托车如一把巨斧，劈开凝滞闷热的空气，我因此创造了风。风迎面而来，掀起了我的头发，吹拂着我的身体。公路无限延长，那一刻我不知道公路通向何处，更不知我要去向何方，那种感觉，如同在梦里滑行。

回到家，媳妇给我晒的洗澡水已经很热了。我插上院门，脱光衣服，痛痛快快地洗了一个澡。我右脚的大脚趾已经肿得老大，不敢碰，我忍不住又骂了一句老郑。

洗完澡，打开电脑，在邮箱里看到一家刊物给我的回信。我的心脏怦怦地跳，赶紧点开。编辑说我的小说不错，给我提了修改建议。我写的是一篇钢筋工生活的小说，在干外墙保温之前，我干了四年钢筋工，有这方面的生活经验。编辑的意思是，应该让小说人物积极乐观一些。

我有些不满,我的小说是按实际去写的。钢筋工就是那样苦那样累,我写的那个人其实就是我自己。尤其像我干过的这些体力劳动,工地小工、钢筋工、粮库装卸工、外墙保温,这些劳动都很辛苦,都必须用全力,甚至有时候还要咬紧牙,否则就无法坚持下去。人只有认命了才容易满足,才容易乐观。我不想认命。

我对着电脑抱怨了好久,最后还是冷静地敲下:感谢老师的建议。

我开始认真修改那篇小说。我喜欢文学,正在偷偷写小说。在当时,写作是一件令我羞耻的事儿。人在穷困中可以有理想,这能让人理解,只是这个理想必须切合实际,譬如温饱,譬如小康。但如果纯是精神层面的,可能就令人难以理喻,甚至会招来嘲笑。即使写作是羞耻的事儿,我也必须写下去。并没指望成功,之所以写作,只是为了给自己竖起一根精神支柱,好支撑起我平庸而穷困的一生,好让我在逼仄抑塞的生活里,能呼吸到一丝新鲜的空气,看见一缕来自天上的光。

傍晚,天空中慢慢聚集来好多云,越聚越多,越压越低,终于在半夜时下起了大雨。

悲喜交加

◎ 离离

一

我在读美国黑人女作家托妮·莫里森的《恩惠》,开头句就已经很打动我了。"别害怕。我的诉说不能伤害你,尽管我做了那些事;而且我保证,我会在黑暗中静静地躺着——也许会哭泣,或偶尔再一次看到流血——但我绝不会再伸展四肢站起来,并露出牙齿。我在解释。你要是乐意……"

今天突然想起村里的那个人。他幼年的时候得了白内障,眼睛一直瞎着。可让我们奇怪的是,他能用塑料桶和一个黑色的罐子去河边挑水。那些路都是由石块砌成的台阶,即使我们走着也会磕磕绊绊的。小时候他走在前面,我们跟在他后面,都会走得心惊胆战。很多年过去了,他一直都生活在那个小村子里,似乎没去过镇上,更没去过县城,他一直和自己生活在那个不完整的身体里,和身体之外,方圆不过一公里。

雨下了好多天。我看见的,除了雨滴,下落时有些凌乱,还有什么呢?我们都曾这么脆弱过。窗台上一簇海棠花迎着阳光开着,红色的,有时候安静,有时候会发出一点点吵声。作家麦伦·尤伯格的笔下有听障的父亲说红色是很吵的声音,我相信。看见桃花盛开的时候,恰好是早晨。看见火车经过的时候,正好是黄昏。想起这些的时候,我正在蔬菜店里挑着几颗西红柿。我的手指拨弄那些深浅不一的红,红色就开始吵吵嚷嚷地挤进我疲惫的耳朵。

二

我喜欢书店,喜欢它的有形胜过无形。把书店和咖啡吧连在一起,我喜欢有这样奇妙想法的人。那位叫"富贵"的老人和他同名的老牛,在很多年前的中国,我见过吗?在我的老家,听过很多老人讲过去的事,有时候我叫它们"故事",有时候我更愿意叫它们"伤痕",或"断裂的部分"。很多人饿死了,只有一少部分活了下来。我的祖父母也吃过树皮和野菜,有时候甚至连这些都没有。我一直都难以想象那段充满饥饿的日子,曾是多么空旷。整个天地都是一个庞大的胃,很多人都在其中艰难地翻滚着,挣扎着。能够活着,是多么美好的一件事。

记得有一次在飞机上,噪声很大,我想捂住本来听觉就比较弱的左耳,怕它受不了。我的担心有时候总显得多余、无用。想去医院看看这只耳朵,似乎很多年了,它已经表现出和另一只不一样的一面。我怕有一天自己会失去它,也不是怕失去它本身,而是怕失去它带给我的那部分不完整的声音。

三

我想疯狂地买书读书的时候,我的眼神一定表现出前所未有的不安,我的内心也是。直到它们被邮寄回来,被我整整齐齐摆放在书柜里,当我瞅着书架上安安静静的它们,我的心里就平静多了,我会忍不住伸出手,打开它们当中的某一本。读书时经常会被什么事情打断,一个学生送我的青花瓷图案的书签,就会很安静地代替我的目光,把两个不同的页码隔开。

有一天整理其中一个书柜,把以前的旧东西全都翻出来:书、笔记本、影集、眼镜盒、耳机、几个不同样子的打火机……书还是中学那时候买的,都包了结实的牛皮纸封皮,都有旧时的微弱的气息。

那时候,坐在旧的电影院看电影,也是很有趣的事。椅子都是硬邦邦地连在一起,人们嗑着瓜子,说着话,轻轻把头靠在一起。这是个小地方,小到不能更紧地抱着它。在文庙街,灯光柔和,我说想一个人走走,很久都没有这么走过了。三三两两的人,都在这里过着相似的生活,我没有想过自己有什么不同。只是灯光照在每一个人身上的角度,确实有些不一样。

四

某一天在外县的街上,看到小时候吃过的一种豆子,后来再没见过的,于是买了好几斤,带回家慢慢吃,仿佛还是以前那种味道。我想到"相遇",这是个多么温暖的词,又感觉词语的背后还是少了些什么,是再也找不回来的。就像我原以为,我们的相遇不会那么悄无声息,灯光也不会离得那么远,我至少可以看清你的脸,在黑暗中,你也一定想看清楚我的。可是,巷口并没有灯光照着,我们只是礼节性地握握手,彼此说着"你好"。以前,很喜欢透过窗户看楼下的院子,被一层厚厚的水泥板覆盖着,冬天里,上面也会落着雪,那些白,就是一切。那时候,送出去的目光感觉又被折回来,孤孤单单地落在身体里。我敲下很多字,又删掉。整个冬天,这样的动作反复重复着。后来,我发现自己有些累了,这样的感觉之前也有过。

因为沙尘天气的缘故,地上桌上总落着很多的尘土,手摸上去,到处都是,却也感觉亲近。在这个小小的办公室,我和几盆植物一起享用着上午几小时的阳光。虽然快到春天了,可北方还是冷,每隔一段时间,我都会打开暖风机,它的声音有点吵,也让人心烦。但是我真的喜欢身后暖暖的气息。是我的亲人回来过吗?我总是感觉自己的亲人如此稀少,因此而奢望。

五

每天接触到不一样的新鲜的光的样子、树的样子、橘子的样子和你们快乐的样子,我惊喜于内心里突然而来的如此细小的波澜。做一颗橘子有什么不好,做一颗苹果有什么不好。很多事都是不可预料的,有时甜一下有时酸一下,有什么不好。晾在阳台上的衣服,在等着我们的身体,在等着我们疲惫地回来,被疼爱。

可是,那天下班回家的路上不小心摔了一跤,当时的情景让我很尴尬,似乎有很多路人用异样的眼光盯着我看,我确实顾不了疼痛,得赶紧爬起来,可是我第一次还是失败了,后来,等我终于站起来时,身上、包包上都是土。回家后他们问我好好的怎么就摔倒了,我也迷糊呢。第二天专门又跑去那里看,看到那个该死的台阶……一个人开车走了大半天,从这个小城的几个方向出去,再折返回来。阳光不错,最后一站是自己的老家。回去了,就想去看看父亲。在他的坟前,我只看到那么多草,枯萎、松弛,和不安。我想从它们的隙缝里,发现点什么,我知道我的亲人已经不是原来的样子了,可他现在会是什么样的呢?去扫墓,去看父亲……可是我一直都不明白,往坟上挂的那些彩纸是做什么用的。很多不明白的事,却一直都在做着,做着做着慢慢就老了。

爱的尽头是星辰大海
——怀念我的父亲程树榛和母亲郭晓岚

◎ 程黧眉

今天,二〇二三年十月三十日,是爸爸去世周年的祭日。

二〇二二年十月三十日,我和先生以及妹妹、妹夫守在爸爸的病床前,我握着爸爸的手,突然听见医生妹夫的耳语:"姐,爸走了。"看到屏幕上心电图似是而非的一条线,我竟茫然不知所措。后来抬来一个棺椁,爸爸被放进去,我依然是做梦的感觉。回家告诉妈妈,妈妈竟然也是一副无知无觉的样子,我们好像都掉进了懵懂的旋涡,不哭不喊也不说话,房间里阒寂得可怕。就这样一天又一天,当第二个死亡之日到来——十二月十五日,新冠阳性的我和妈妈下午通了一个视频电话,说好第二天送她去住院,但是妈妈没能熬过那个晚上。我抱着她微温的身体,不相信她已经死了,我甚至粗暴地扒开她的眼皮,一次次呼唤,但是死亡是不会有回应的。

前后相隔四十七天,爸爸妈妈突然都没了,这是玩笑吗?我的眼泪好像被这个玩笑埋葬了,堵得流不出来。那段被死亡逼到墙角的日子,刻进了肉里。前后两次走进相同的火葬场,重复一模一样的流程,一次又一次摸到爸爸妈妈热乎乎的骨灰,我不知道这是真还是假。那时我只想抱着他们逃离火葬场,快快回家。

第一次是我抱着爸爸的骨灰盒回家,一路上我把脸贴着他,轻轻说:"爸,现在已经到了二环上,今天天气很好啊,我们很快就到家了,妈妈等着你呢。"第二次是妹妹抱着妈妈,我不敢回头看妹妹满是泪水的脸,而家里已经没有人在等待了。一进家门,我和妹妹心照不宣同时把两个骨灰盒并排放在爸爸妈妈的卧室,在熟悉而空寂的床前,跪了下去。

不知过了多久,我们拉好窗帘,像以往离开前那样大声说:"爸、妈,走了啊,下礼拜来看你们!"父母听力都不好,需要大声跟他们说话。最后一次送爸爸去住院的那天下午,他坐在沙发上一贯的位置,安静地看着我,说:"我走后,骨灰撒大海,如果妈妈愿意,我等她。"父亲的眼神纯净得像一个少年,他的眼睫毛很长,充满深情和眷恋。

坐在旁边一向听力不好的妈妈,似乎完全听见了,她会意地点点头,用手抚了抚爸爸的手背。我知道他们之间并没有商量过,但是他们之间有几十年的默契,在生死之际,他们必然有跨越日常的沟通天赋。

爸爸还说:"不开追悼会,不搞遗体告别,一切从简。"

那一刻,我绝望地看着爸爸妈妈向死的神情,突然悲从中来,感到自己的虚弱和无能。我说:"爸,别瞎说,咱们很快就出院,妈等你回家呢!"但事实是,爸爸再也没有回来,他翻开的书,还扣在枕边。而我的妈妈,她终是等不及了,经过四十七天与命运的纠缠,果断地抛下我们去追爸爸了。

什么叫生死相随?这是我在人世间见证的唯一例子。我的妈妈是一个勇敢的女人,年轻时她像"十二月党人"的妻子那样,义无反顾追随爸爸到北大荒,如今耄耋之年,她又决绝洒脱地追他到死了。

爸爸离世当天,《人民文学》主编施战军就赶到家里看望妈妈,第二天,中国作家协会和《人民文学》的领导都来到了家中。他们都安慰妈妈,悼念爸爸。妈妈微笑着感谢大家,没有流泪,我以为她是坚强,实际上她好像一直沉浸在爸爸的生命里,已经不大理会自己的悲伤了。

还记得敬泽关切地问我以后妈妈怎么办?我说我会接她到我家。事实上,妈妈在我家没住多久,就请求我送她回自己的家,这是我最不能原谅自己的地方,我居然就送她回去了?!因为她说她想回去看看,看看她和爸爸的家,过几天就回来,我就信了她的话,很多衣服都没有给她带回去。我以为可以等她回来,但是这个曾经齐齐整整的家,一瞬间就人去楼空了。环顾每一个房间,都有他们走来走去的影子,如今这些影子,是连一角衣服都抓不住的虚妄。所有貌似虚妄的点点滴滴,唯有在回忆中寻找踪迹了——

爸爸程树榛一九三四年出生于江苏邳州。爸爸不幸,三岁丧父,祖母独自一人将他抚养长大,孤儿寡母,历尽世间艰辛。爸爸从小天资聪颖,兵荒马乱之中断断续续累计读书三四年,竟然以优异成绩考入当时的江苏省立徐州中学,成为家族的骄傲。他热爱文学,十七岁就开始发表文学作品,他的目标本是北大中文系,但是高考时正值新中国成立不久,百废待兴,国家急需发展重工业,于是爸爸满怀激情报考了天津大学机械制造专业。

我的妈妈郭晓岚,原名郭凤梧,取义"梧桐树上落凤凰"。我的外祖父早年是杨虎城部队的一员,一九三七年一月,外祖父配合中共地下党组织,亲手将一台印刷机秘密运往延安,这是延安历史上第一台印刷机。而恰恰在这个时候,我妈妈出生,外祖父给这个小女儿取名"凤梧",寄予了他对未来所有美好的期待。

当这个热爱古典诗词的花季少女遇到早慧的青年作家,该是怎样的喜悦——金风玉露一相逢,便胜却人间无数。爸爸妈妈就是这样互相爱慕,鱼传尺素,直到先后奔赴北大荒。

虽然学工,但是爸爸对文学的热情丝毫不减,大学实习时,他克制不住激情,写下了长篇小说《大学时代》。这部手稿命运多舛,在动乱时期被抄走,幸运的是后来辗转重回到爸爸手中,就这样,他二十三岁时创作的长篇小说,二十三年之后才得以出版。爸爸大学毕业后到了北大荒,那里正在建设我国重工业基地的"国宝"第一重型机器厂,爸爸和建设者们一起住窝棚、啃窝窝头,热火朝天地战斗在工地。作为技术人员,他有幸参与到我国第一台万吨水压机的制造中,并在二十五岁写出了之后在省里公演的大型话剧剧本《草原上的钢铁巨人》。后来,他又将其改成长篇小说《钢铁巨人》,并由长春电影制片厂拍成电影公映。改革开放后,爸爸创作了描写改革者的报告文学《励精图治》,获得全国优秀报告文学奖,引起巨大反响。基于爸爸的创作成就,他被调入黑龙江省作家协会任主席,同时任黑龙江省文联副主席,主编大型文学期刊《东北作家》,这期间他还被选为党的十三大代表。再后来,爸爸奉命调到北京,任《人民文学》杂志主编,在任十五年。认真工作的同时,爸爸坚持创作,出版了《程树榛文集》十卷本,长篇小说《遥远的北方》《生活变奏曲》,中篇小说《假如生活欺骗了你》等,散文集《人间沧桑》以及自传《坎坷人生路》等。

作为我国当代工业文学的重要作家之一,爸爸从事文学事业七十余年,发表小说、散文、诗歌、话剧、电影文学剧本等八百多万字,荣获国家级及各类文学奖项数十次。在爸爸的讣告中说,"程树榛同志是中国共产党优秀党员,我国当代著名作家、编辑家……程树榛同志襟怀坦白,宽人律己,工作勤勉,廉洁奉公,家风严谨,为人正直善良。他为中国文学事业鞠躬尽瘁,做出了突出贡献,赢得了文学界的爱戴和尊敬"。

爸爸一向是谦虚的,看到这样的赞誉,我能想象出爸爸会摇着脑袋说:"我做得远远不够。"

爸爸谦逊儒雅,待人和煦,博学内敛,"君子如玉"是我从爸爸身上感受到的。为人一生,我几乎没听过他讲别人的坏话。他喜欢有才华的年轻人,但是对我们要求非常严格。他在任期间不允许我在《人民文学》上发表作品,以至于我对这个杂志又爱又恨。姐姐考入北大时,他写了一首诗《送长女赴北大兼示二女小女》:"送女上北大,负笈入京城。临行拳拳意,嘱咐又叮咛。"他要求我们第一品行端:"立身要正直,立心应为公";"二要学有成,苦练基本功","对师多尊重,对友应谦恭"。这首诗我一直心心念念,我相信姐姐妹妹也以此为家训了。

名叫凤梧的妈妈到了北大荒,爸爸将她的名字改为"郭晓岚",让我联想到晨雾中的山岚,满是清新和美好。我想那个年代刚刚走入新生活的父母,一定是憧憬着未来的。我的妈妈本是一个有才华的女人,她发表过诗歌、小说和报告文学,但是她被爸爸的光环遮挡了才华,只剩下美丽和贤惠。大家看见我妈妈第一印象是:"你妈妈真美啊!"但是妈妈给予我们全家的,是她独特的善良与力量。当年的妈妈不知道北大荒有多冷,物质生活多么匮乏,贸然北上,她就像一只快乐的小鸟,跟着爸爸筑巢、孵卵。在天寒地冻的东北,那个看似娇弱的大小姐,变成一个女汉子。那时粮食都是凭票供应,为了让我们吃上大米,她骑车到附近的乡下用粗粮换大米,我们记忆中,大大的男式 28 型自行车,她瘦弱的身体骑上去,还要在后面驮一个沉重的粮食袋子。在特殊岁月里,由于爸爸受到不公正待遇,奶奶天天提心吊胆,爸爸也经常忧心忡忡,妈妈却相信光明一定会到来。无数个深夜,她陪伴爸爸畅想未来,我们看到妈妈那张清新明媚的脸,就不再悲伤。她和爸爸一起,带领这个家庭,渡过了一个又一个难关。

她有优雅脱俗的美。小时候有一次我看见一个卖鱼的,就喊妈妈下楼买鱼。只见那个卖鱼的男人呆呆地看着一个方向,我一看,正是我妈妈来的方向。她穿着一件黑色高领毛衣,扎了一条白围裙,拿着一个盆来买鱼,她的美丽好像瞬间照亮了整个楼房,让周围的人注目——我想这是我最早的美的启蒙。

妈妈后来在中国作家协会创联部工作。曾经有一个朋友告诉我,他在创联部看见一个美丽的女性在缝补沙发,后来才知道这个人是我妈妈。我知道,妈妈经常把办公室的沙发套不声不响拿回家里洗。妈妈的善良有目共睹,我们给她请的保姆,是来自西北贫困地区的姑娘,因为家里重男轻女没有上学的机会,妈妈就每天一笔一画教她写字、念书。渐渐地,姑娘已经能给家里写信了,妈妈倍感欣慰,识了字的姑娘像凤凰一样飞走了,妈妈也没有后悔,相反还替姑娘高兴。好心的姑娘又把自己不识字的妹妹送来帮忙,妈妈又一次手把手教会了妹妹读书、写字,当这个妹妹也离开时,妈妈高高兴兴地送走了小姑娘,转身颤颤巍巍走进了厨房。

爸爸走后,妈妈愈发沉默。爸爸火化那天,我让妈妈给爸爸写一封信,并让妹妹拍照发我。当我看到妈妈的笔迹时,再一次悲从中来,上面这样写道:"程树榛,你在奈何桥上等我——郭晓岚。"

当时我根本没有意识到这其实是一句谶语啊,我单纯地以为妈妈太难过了。因为妈妈没有任何基础病,我以为我会陪她到一百岁,但是此刻她好像冥冥之中已经知道自己的归期了。

奈何桥,是传说中人死后必须经过的界桥。走在奈何桥上,是一个人拥有今世记忆的最后时刻,传说中人死后经过四十九天,就走过了奈何桥,告别今生,奔赴来生。当我看到妈妈在爸爸离世后的四十七天死去,万分惊诧,按照这个传说,此时的爸爸还在奈何桥上,仅差两天他的灵魂就彻底告别此生了,而妈妈火化这天恰恰是爸爸"七七"的最后一天,一天也不差。我的妈妈终于在我的爸爸即将走过奈何桥的时候追上了,他们在这奈何桥上相会了,配合得那么默契,简直是天衣无缝。

我还能说什么呢?我的脑海蓦然间冒出那首古诗:"上邪,我欲与君相知,长命无绝衰。山无陵,江水为竭,冬雷震震,夏雨雪,天地合,乃敢与君绝。"我曾经嘲笑这首诗的简单直白,但是现在我怎么就觉得它大气磅礴惊天动地呢?它分明就是在咏我的妈妈呀。

我们一家人,分别在国内、美国、德国和英国。自从我们给爸爸妈妈庆祝金婚之后,全家就再也没有团聚过,我们一直筹划着他们的钻石婚庆祝活动。所有在国外的孩子都将漂洋过海回来团圆,我们甚至都想好了举办哪些仪式,邀请哪些人来参加。然而三年疫情的阻隔,全家人再想欢聚一堂已是惘然。如今,当远嫁德国的姐姐跨洋归来,风尘仆仆奔赴到家时,她看见的不再是爸爸妈妈笑意盈盈的脸,而是床上父母的两抔骨灰,可谓万里"孤坟",无处话凄凉。

我们终于约好送爸爸妈妈去大海的时间了。当我们抱着父母的骨灰上路的那天,北京突然下起了瓢泼大雨。爸爸妈妈,这是老天也难舍你们吗?我们的家在北京,你们却要汇入大海了,那种心痛和不舍是语言无法表达的。曾有亲友建议我们留一部分骨灰埋入土地,但是我们三姐妹商量好久,最后达成一致:完全依照父母的心愿。这是父母最好的归宿吧,在国外的孩子们都在大海边,无论是波罗的海,还是太平洋抑或大西洋,海海相连。爸爸妈妈,从此以后,凡是有海的地方,就有你们的存在,当孩子们想念时,就去海边走一走,其中哪一朵浪花是你们?大家一定都心有灵犀。

我的奶奶曾经告诉我,地上每死一个人,天上就多了一颗星星,所以,尽管我不生活在海边,但是我每天晚上都可以仰望星空,我也一样知道,哪两颗星星是你们。因为我们心意相连,所以我们彼此看见。爸爸妈妈,星空浩渺,大海无涯,我们之间这一世的爱,你们对于这个家族无私的奉献,那些精神财富,都将成为子孙最好的遗产,镌刻在这星辰大海之中,早晚有一天,我们会再相聚。

二○二三年七月二十三日,永生难忘的一日,我们送爸爸妈妈到了大海上。除了我们三姐妹和我们的丈夫,还有我儿子和妹妹的女儿,陪伴我们的仅有几个至爱亲友。那一天,天空高远,海水碧蓝,我们把妈妈爸爸的骨灰缓缓放进海水深处,这时,突然有两只海鸥并排从海面上飞来,瞬间飞过我们头顶。儿子在我耳边轻轻说:"妈妈,你看!"

是的,我看见了——爸爸妈妈,那是你们吗?

我在当天的微信朋友圈中写道:"我最爱的父亲和母亲,在蓝天碧海中永眠了。亲爱的爸爸妈妈,陆地上虽然没有你们的墓志铭,但是你们在我们心中,是两座实实在在的丰碑,永远不会消失。"

梦里村庄

◎ 璎宁

自从清明节回家祭祀,发现原先我家的自留地被一些无花果树"霸占"之后,我的内心就愁肠百结,以至于在梦里一再出现那块麦子地。它时而贫瘠,时而肥沃,时而长满青青的麦子,时而满眼金黄,时而空旷,时而又野花遍地,长满了猪毛草和马齿苋……风声、雨声、雷声,父亲吆喝毛驴的声音,母亲撒麦种的声音,灌溉时的流水声,小麦抽穗扬花的声音,我和姐姐"嚓嚓嚓"割麦子的声音便萦绕在耳。有时也隐约听见几声呼喊。辨认许久,我确定是那块麦子地发出的针对我个人的呼唤或者呼喊。难道隐藏在无花果树林里的麦子地知晓了我此刻在城市的浮沉以及盲目的行走,特意呼唤我回归土地吗?倘若如此,我再次拥有了一块土地,就可以把自己快干枯的根系扎进泥土,吸收水分养分让自己活过来,活成和这块地里一样的麦子:青青的小苗儿,纤弱的身材,碧绿的眼睛和口唇。黄黄的麦子,举着硬硬的芒,麦粒饱满,像一个足月的婴儿,淳朴天真,发散善良的光芒。阳光打在芒上,疼痛而又温暖。就像海子在诗歌《答复》中写的:"……当我痛苦地站在你的面前/你不能说我一无所有/你不能说我两手空空……"果真如海子所说,我失而复得一块麦地,那么在这个尘世就不是一无所有的人,也不是两手空空。

从村子向东沿着一条千年乡路行走,路过东大湾,路过一口幽深的井,再路过一些棉花地,就是我家的那块自留地了。这块地有三亩左右,长长的地头前就是灌溉的沟渠,灌溉的季节,沟渠内流淌着浑黄的河水,它们沿沟渠奔流,灌溉千里沃野。后边的大片棉花地,充当了麦子地的卫士。这块地位置优越,土壤肥沃,我们全家在这块地里投入的肥料、时间、感情也多于其他土地。

秋收过后,天空明净高远,土地裸露出宽阔的胸膛,麻雀这天空的孩子随意起落,啄食遗漏的种粒。土地上,一堆堆的篝火燃起小小的火苗,烟雾缭绕四散开去。从村子里看,这块自留地就如同仙境一般。它的朴实、厚重、丰饶让人感到踏实。

父亲和一柄雪亮的犁铧以及一头毛驴,担任耕地的重任,我则跟在他们身后,捕捉泥土里的蚯蚓。翻新过来的土地松软厚实,黑褐色,带着浓厚的腥味儿,蚯蚓拖着长长的肉身在泥土缝隙里穿行,很快不见踪影。耙地是我最开心的时刻,此时我可以站在长满铁齿的耙地工具上,由毛驴拉着前行,左右摇晃,不停喊叫,大笑唱歌,像坐在一艘行驶的船上一样。可是这种快乐却建立在父亲的劳累和忙碌上,父亲一边掌控毛驴走向,一边顾及我的安全,总是累得满头大汗,气喘吁吁。

父亲扶住耧仓,母亲撒麦种,姐姐牵着毛驴,我跟着他们疯跑、欢笑。由他们弹奏出的声音是乡间最为动听的音符,那是一些粮食敲击一块木头,那是农人把希望交给一块泥土,那也是农人自己的命运和土地命运的相互交付、依托、信任、爱恋。

我所能干的活儿就是通过一根绳子拉着一个独轮的石头磙子,沿着播下麦种的趟子压实一遍。石头磙子好像跟着我学会了调皮似的,往往是拉着拉着就跑偏,找不到木耧走过的印痕了。我常常就扔下石头磙子任凭它在麦地里滚来滚去,自己跑去追逐一只白翅膀黑斑点的蝴蝶。就像娘数落我的那样,我那不是在干活儿,是在画画。我画的图形有时是圆形,有时是心形,有时是八卦图,有时只是一些模糊的线条。那时的天空蓝得透明,云彩柔软得如身边咧嘴的棉花。时光缓慢,像静止的画一样。一个农人不需要有远大志向,也不需要有高超的技艺,只是诚实地对待土地,土地就会回报给你粮食和温暖。

当每一年的芒种到来,我的眼前便浮现出凡·高的油画《麦子与乌鸦》,我认为这些都是暗示,也是指引。麦子熟了,金黄的浪头推送着浪头,一直朝着天边滚去,美妙、动人、撩拨心弦。此时的麦芒也最锋利最坚硬,它们和麦子同时存在,一种温暖和一种锋利同时存在,一种虚无和一种真实也同时存在。

麦子覆盖了土地,空气里弥散着麦子的清香,从村人褶皱干燥的脸上呈现出的是一种满足和期待。磨镰、压场院、买草绳、拾掇木板车,拴好碌碡,抢好脱粒机。甚至麦收期间,连牲畜的生活都得到了巨大的改善,槽子里少了草料,多了玉米粒。把牲畜的力气养足,也是割麦的前提。

即使不再耕种土地之后,我也始终认为麦收是发生在一个村庄,发生在大地上,发生在一个人生命里的大事。布谷洒下明亮的叫声,那是麦子熟了的催促,也是警告。民间谚语中说:"麦收两怕,风吹雨打。快割快打,麦粒不撒。麦收要好,开镰要早。"此时娶媳妇、嫁闺女、盖房子这样的大事都得暂时搁置,麦子熟了,首要任务就是把麦子抢收回来,不然一场风一场雨就会导致颗粒无收。

麦子熟了,是远游在外的人回家的一个借口。温暖的麦子把冷漠的心又暖了过来。麦子熟了也是早些年我回家的一个理由。我脱下城市的装束,换上布衣布鞋,腰里系上草绳子,带上水和干粮,一头扎进了波浪翻滚的麦田。弯腰割麦捆麦,起身看天看云,一下子又找回了自己乡野村姑的身份,并再次确认。每一次割麦都有不同的感受,每一次割麦都觉得自己像麦子一样重新被播种、生长、收割一次。麦子啊,让旧我和新我在它们的心田自由出入,最终让我找到一条充满粮食温暖的路,即文学创作的路。

进城之后的六年时间里,当我感到烦闷失落之时,我便疯了般地驱车抛开城市,深入城市周围的麦地,寻觅我丢失已久的那份情怀。我一再跨越黄河,抵达那块麦子地,在那儿徘徊、流连忘返,甚至大笑或者哭泣。我所寻找的不过就是我与麦地之间的一条脐带。这条脐带在很多年前曾经被我亲自剪断,在近些年里又动用血脉、筋骨亲自接上。我也终于明白,是土地给了我醇厚的情怀和梦想,是我家的那块麦地养育了我的身体精神和心灵。

播种前的泥土深耕,出苗后的施肥灌溉,冬雪的亲吻,割麦前的精心备战,割麦子时的惊心动魄,麦子入仓时的心满意足……都是乡间普通真实的生活画面。我的乡亲在这期间面朝黄土背朝天,任劳任怨,过着单一的、重复的、与泥土纠缠不清与粮食同进退的日常生活。

这难道不是我苦苦寻觅的一种坚守,一种善良和美好吗?

我在盘点进城五年的一枚果实——我的一本散文集时,对于散文集的名字一再更改,朋友帮我起的《提灯的人》《为你种下月光》《骨刺》《玫瑰刺》等书名,总是感觉少了某种神韵。这本散文集有着城市和乡村的双重血统,何尝不是对于我生活的这座城市的回报,以及对于遥远的麦子地的一种怀念?

散文集印刷在即,书名却迟迟未定,我又驱车跨越黄河,跑到那块麦子地里坐了一天。隐隐约约中,无花果树之间流动起麦子的浪头,麦穗举着高高的芒刺,扎了我一下,又扎了我一下。我惊慌地四处看,又看不见什么。麦穗窃窃私语之声此起彼伏,似乎是一种暗语,"隐形的麦芒"脱口而出。我从乡野而来,带着麦芒的疼痛、麦粒的清香;我在城市打拼,将自己的锋利部分也就是我自己身上的"芒"深深隐藏起来。这两种疼痛都暗藏在我的生命里,在我盲目迷惘的时候,出来提醒我一下,以保持清醒的意识,保持土地的朴实,保持一穗麦子的光芒,因此,我的新散文集叫《隐形的麦芒》,就是宿命中的安排。

泥土色的封面上,三穗麦子身材"妖娆",各具情态,其根部伸向我书页内的"土壤",麦穗上纤细的芒若隐若现,触摸一下似乎有强烈的质感,既朴实又奢华,既内敛又张扬,暗合我的心意,至此再好不过。

味蕾深处

◎ 朝颜

傍晚，冬娇子从麦菜岭的背面朝我家走来，迭声呼唤着我母亲的名字。我冲出家门，看见她披着夕阳快步下坡，意气风发的样子，仿佛从高处降落的一个老天使。

我知道，要打切糖了。在童年的记忆里，岁末最期待的莫过于置办年果子，打切糖便是其中极隆重的一件事，要提前和冬娇子约定时间。村里会打切糖的师傅不多，腊月是她最忙碌的时节，要先爆好米花，买好白糖，备好柴火、草纸、石灰等必需品。

对于大人来说，这是辞旧迎新必不可少的仪式，是春节期间待客的礼数和家庭的脸面；对于孩子而言，更多是味蕾的满足和事物本身带来的热闹和喜悦。一年到头，我们罕有零食，能尝到的甜头实在屈指可数，唯一可以饕餮的时候只有过年。可想而知，打切糖在孩子心中的意义有多么重大。

母亲迎上前去，接过冬娇子手中提着的工具，一脚跨进了厨房。不用瞧，我也能猜到，无外乎一个四四方方的木架子、一柄沉甸甸的大木槌、一根圆溜溜的油茶木棍、一把轻薄而锋利的切菜刀、一把结实又光滑的长木尺，年年围着锅台转悠，我早已看了很多遍。这时的冬娇子就像一个运筹帷幄的女将军，开始发号施令："烧火、熬糖。"那闪着银光的白花花的糖粒儿，对我有着致命的吸引，偶尔用指头蘸一点放进嘴里舔一舔，已是极快活的事。可是这一天，那么多的白糖，被一股脑儿地倒进大铁锅里，不能不令我感叹过年的神奇。我趁机捻了一小撮入口，母亲并不责怪我，她总是在这个时候变得格外慈爱宽容起来。

而冬娇子脾气不大好，喜欢叱骂小孩，嫌碍手碍脚。我自小心性敏感，受不得半点委屈，不过对冬娇子的苛责，我基本采取无视或原谅的态度。谁让她会打切糖呢？谁让她一连多天脚不点地东家打完西家打呢？如今想来，哥哥就比我聪明多了，大人干活的时候离得远远的，少挨了许多骂。等到可以吃的时候，他立即闻声而动，饕餮一番，再夹带一些，不知不觉间就溜进了卧室。

我至今不知道，为什么我们家总是安排在晚上打切糖。昏黄的灯光下，灶膛里柴火熊熊燃烧着，母亲和冬娇子一边默契配合一边热切交谈，整个厨房充满了温暖的、甜丝丝的味道。此时屋外北风呼号，时不时将窗玻璃敲打得哐当哐当响。冬娇子和母亲说起邻村的一家人，为了打切糖，还是借钱买的白糖，夫妻俩在打切糖那天因为欠债的事吵了起来，女人闹到差点要喝药，幸亏被她死死地抱住了。"唉……"母亲长长地叹一口气。其实，我们家又何尝容易呢？村里的桂英奶奶、招娣奶奶、大伯母、二伯母……哪个女人不是精打细算地过日子？但这辞旧迎新的年，无论如何也要往好了过，往甜了过。

冬娇子搅动着大铁锅里的糖，在我眼巴巴地注视之下，白糖从固体变成黏稠状的液体，从亮晶晶的白色变成半透明的黄色。冬娇子舀出一小勺，用大拇指和食指一蘸，再一张，拉丝了，立即将米花倒进锅里，迅速搅拌起来。另一边，木架子已经摆好在大砧板上。起锅的糖米花倒进去，冬娇子拿木棍抹匀、压平，又用大木槌一寸一寸地捶实。顺着长木尺的边沿，她挥动了菜刀，嘎吱嘎吱地将糖米花竖切成了若干个长条，然后将长条横切成一块一块的小薄片。她的刀功非常了得，又快又准，后来我在课本上读到《卖油翁》，将二者联系起来，对"熟能生巧"一词自是心领神会。

糖米花块切好，就可以用草纸包装起来了。父亲、母亲和奶奶坐在桌前，将裁好的草纸摊开，放入十余片切糖，四个角往里一包，再拿糨糊粘好口子，就是一包四四方方的切糖。包切糖要快，防止糖米花变软，松散不成形。我们家做得不多，倒也挺快。有些家庭孩子多，料也备得多，就会请至亲的邻里来帮忙。奶奶一边忙活，一边絮叨起她小时候的事：经常饿肚子，零食连想都不敢想，切糖是富人家才有的稀罕物。如今热热闹闹过年，该有的都有，她实在是心满意足。一口大陶瓮，等在木阁楼上。母亲用竹篮将切糖提上楼，小心地填进大陶瓮的肚子里，再将盖子压紧。当然，大陶瓮底部垫了不少生石灰，是用来吸水、防潮、养切糖的。几天过后，切糖就会养得又干爽又酥脆。那个木阁楼和那口大陶瓮，承载了我童年的甜蜜和欢愉。母亲从不上锁,偶尔变戏法似的藏进一包饼干、一袋糖豆,全都化作了我和哥哥舌尖上的享受。哥哥总是比我嗅觉灵敏,他悄悄地爬上阁楼,悄悄地拿两包切糖掖在衣服内,一个人躲起来津津有味地吃。等我发现可以拿的时候,他早已享用过不止一次了。而我每次爬上阁楼,忠实的狗儿芝麻都会紧随我的脚后跟,我抱着切糖走到哪儿,它就跟到哪儿,用渴盼的、无辜的眼神凝视着我,我不忍心让它失望,每每分它几片,看它吃得嘎嘣脆,愈加感觉切糖是如此美味。母亲看见了,说我"天一半,地一半",却并未责怪过我,也许大家早已把芝麻当成家庭成员了。

　　如今想来,母亲为了满足我们兄妹的口腹之欲,真是费尽了心思。她总是就地取材,变着法子将蔬菜或粮食做成零食。晒芋荷干、豆角干、红薯干、炒花生、豆子,炸芋线、糯米酥……那些油啊、糖啊,都是她从牙缝里抠出来、省出来的。

　　除夕之前,母亲会安排我和哥哥去一趟外婆家,送过年的切糖。不知为何,外婆所在的村庄盛产甘蔗,却没有打切糖的习俗。一根小扁担、两个蛇皮袋、几十包切糖,哥哥挑着担子走在前,我亦步亦趋跟在后,过牛难石、翻石罗岭,艰难步行半天才能抵达外婆家。外婆接过担子,总是心疼地嘘寒问暖。血缘、亲情和爱,就这样穿越山山岭岭,承载着年节礼俗,一代代传递下去。到了正月,家家户户来客人,首先搬上待客桌的就是切糖。大人们并不吃,总是小孩子望着切糖眼睛发亮,迫不及待地拆一包,吃得咔咔响,嘴角上沾满了糖米花也顾不得揩一下。无论如何,孩子欢喜了,大人就喜上眉梢。

　　如今,当我春节期间重返麦菜岭的时候,忽然发现村里少有人家打切糖了。飞入寻常百姓家的,是比切糖好吃得多的各色零食,等到我女儿这一代,孩子们的嘴巴更刁了,面对琳琅满目的零食,他们会看品牌、比颜值,并不胡乱饕餮。甚至,甜味的东西已经不能满足他们的味蕾,偏要追求些别样的滋味。当然,水果和饮料也是应有尽有。过年和日常,于他们几无区别。

　　辞旧迎新时,再没有一个母亲为了孩子的零食愁得眉头打结了。味蕾深处,定格下生命中珍存的那份"甜",以及时代一程程送来的"变"。

我的字迹里不乏文学性

◎ 马小起

一

　　写字,对我的人生而言究竟意味着什么呢?习以为常的行为,在此刻成为我停下来思考的一个明知没有答案的问题。因为齐凯弟要为我策划这个小展,我开始整理自己的习字作品。大半毁掉,我又从小半中筛选小半,看着书桌上薄薄的一小沓纸片,忽然对自己这些年耗费心血留下的笔痕墨迹生出诸多慨叹。

　　我小时极憨痴,发育迟缓,两岁才学步,三岁方开口讲话,偏偏对文字有一种天赋异禀般的灵敏。还不会讲话时,大人教过我一两遍的字,再被考问皆能一一指认。寡言木讷,给一支笔就能一笔一画写半天,不厌倦。一切与文字有关的审美都会引发我的兴致。后来读到"人生识字忧患始",茫茫然里有惊悟:许是我一生注定与忧患相近,才会对文字有与生俱来的倾心。

　　然而,我的成长过程却无缘受教从事与之相关的领域,"少习岐黄,从医数载"是我唯一能说出的经历。时常忍不住想,倘若从小受到良好的教养熏陶,我的人生又会怎样呢?还会有如此多的遗憾怅然吗……

二

　　直到近年生活逐渐安稳,终于可以心无旁骛地变回那个独自安静习字的小女孩,从心所欲向着自己的审美趣味步步靠近。没有现实中的老师,向谁学呢?所幸这些年一直在相对来说传统文化底蕴厚些的北京琉璃厂,学习条件方便些,自己在书籍与所见所闻中寻访师友。能够打动我的,必然适合我当前的心境,一天一天使自己向前向上。喜欢楷书,也是初以为好懂好学些,却在习字过程中越发体验其难度高度有甚于其他字体,越单纯的越见功底,露怯与不足更是显而易见。

我向往字里温雅中正、灵秀真淳的文人气书卷气,而小楷更容易体现一些。尤其魏晋小楷《宣示表》稚拙古雅,蕴藉温厚的风格,我看不够。钟太傅云:"多力丰筋者圣,无力无筋者病。"卫夫人云:"意在笔前者胜,意在笔后者败,二语皆佳绝。"读这些古人的书法语论,唯有在天长日久的练习中方能渐渐领悟其真谛。

写字,不是有才华有想法就能实现的行为,字迹乃心迹,说玄了它是一场生命的修行。"学书如参禅,透一关,又一关,必至虚空粉碎,万法圆融,如桶脱底……"自己悟去吧!可以确定怎样的人就写怎样的字。我生命的痛楚在写字中得到了缓解,书法于我有多于其他艺术形式的慰藉。

去年我的李文俊老爸去世,在悲伤中我写了一篇怀念他的文章,未曾料及会被那么多人读到,并给予我安慰。很多朋友劝我从事写作,他们觉得我写作方面的才能大于习字。这两件事情虽不冲突,可其实我是脆弱愚痴之人,做人做事无不全力以赴,方有几分自我肯定。若此生只能有一种专注,我只敢选择习字。

倒不是怕自己没有写作才华,反而自知于人生有异乎寻常的体悟,对文字更知敬畏,也因此不敢以文字去抵达那样的深刻。许多人用文艺作品呈现人世间的苦痛真相,而那些原本是我走出的深渊,我已无力再回望……书法与写作不同,习字过程亦是自我修复,在无尽藏中尽可自由表达。

台静农先生在《地之子》的后记里写道:"人间的酸辛与凄楚,我耳边所听到的,目中所看见的,已经是不堪;现在又将它用我的心血细细地写出,能说这不是不幸的事吗?同时我又没有生花的笔,能够献给我同时代的少男少女以伟大的欢欣。"

喜欢台静农先生的文风,他的字我也爱,沧桑纵横,风骨铮铮里透出书卷气。他这段解释自己不愿多写文章的心绪,亦道出我的体悟。我没有勇气获得那沉重的结果,所以将天性中那点温情、可爱紧紧抓住,反复揣摩。我那颗能够并已然领会过人生哀痛的心与笃定真诚的品性,总不至于使唯美雅趣流于浮华边缘。笔墨对生命的解读直见性命,而又暗含玄机。故而我知,我的字迹里不乏文学性。这一点正是我自信不亚于那些职业书法家之处。

三

　　近几年我闷头在自己的"小桃居"里每天习字三四个小时,从一种昏懵的坚持到后来成为不能舍弃的生活习惯。在闲暇中热情地书写,从一笔一画中找回自己。我从不与当代书画圈子交际,不关注他人的评价,也绝无以书法家自居的理想。"自写情怀自较量,不因酬答损篇章。平生语少江湖气,怕与时流竞短长。"沈尹默先生这首诗道出我的习字心态。他是我心中最好的书法教育家,对法度技巧的理论诠释得深入浅出,具体易懂。而他的学生张充和也顺理成章成了我私塾的先生。在现实中我不认识让我折服的书家,无法拜师,但我可以在前人中、在历史上,访寻我的灵魂导师,这也是最可靠的。

　　写到如今,我也得到不少朋友的认可、赞赏,知己是促人进步的力量。我从一个无法引起任何人注意的卑微者,到如今成为获得生命尊严的人,这使我意识到不能再有更适合我做的事情了。命运有时候会为一个人关闭所有门窗,而只在墙上留一个小小的洞口。生命的本能循着洞口隐隐透出的光源,一样可以破墙而出。不甘心、不绝望的人,总能找到自己。

　　此刻我旁观自己,知道命运并未亏待我。"星沉海底当窗见,雨过河源隔座看。"我喜欢这样。身陷其中,倒不如那身外身、梦中梦来得清醒。在日复一日的练习中,我的个人趣味、思想倾向、生命节奏,可在字迹里见端倪了。

四

　　如今将这些近年来的作品呈现示人,我该以怎样的心情面对他人的眼光呢?说句实话,我不怎么介意。对荣辱沉浮,我有颗平常心。

　　齐凯弟与我同为北漂,我们偶尔碰面聊上几句,对北漂人的冷暖甘苦,彼此有几分惺惺相惜,可谓冷淡知己。他说一直喜欢我的字,去年提议为我策划一个雅集展览,开始我的信心与兴头都不大,没应承。上个月我俩碰面闲聊,却一拍即合决定了这个展览。其实我觉得自己还没有准备好。可是,人生的许多事态都不是准备好了才开始的,渺小如尘埃,人,怎么可能自己说了算,都是被因缘际会推着前行。有几分信天委命的达观,也活得坦然从容些。

在这个展览筹划准备的一个月时间里,从出作品集到作品装裱陈列,齐凯弟以一己之力尽心为之。他说这是他开心做的事情,也不在乎回报如何。我就在旁傻傻看着他忙碌,倒也安心。在信任的朋友面前,我低能弱智。

展览与作品集的名字叫《彤管清扬》。"彤管"二字出自《诗经·邶风·静女》:"静女其娈,贻我彤管。彤管有炜,说怿女美。自牧归荑,洵美且异。"意喻静柔女史。恰好我有一支犀皮菠萝漆笔杆的毛笔,工艺极其精湛。色泽明艳的朱砂底漆,多种矿物颜料融合,几十道工艺制成。阳光下丰饶繁茂的色彩变幻流动出绚烂光华,像一位典雅高贵的书香女子,大有彤管静女之气象,是我想要成为的样子。"清扬",与这个展期农历二月二"龙抬头"有一搭,蛰伏了一个寒冬的龙抬起头,清逸拂远,扬眉吐气。

"彤管清扬·马小起小楷作品展",由我至为尊敬的朱良志老师题写。而赵珩、陈子善、王金声、陆灏、张新颖、鲁敏、胡见君、向蓓莉、朱航满、谷卿十位良师益友专门为我这个小展手书诗词、文章、赠语,如此珍贵的情谊给了初次呈现自己作品的我不少勇气,使我坦然面对各种眼光的审视。

愿这个小展如这个祥瑞的名字一样,以文字之美为所有观展的朋友,在纷扰尘世中带来一份简净素雅的心情。

洁来还洁去

◎ 任芙康

二十天前,恰逢立春,谌容谢世,静寂无声。我一位同学,与她熟悉,且为同院邻居,竟全无所闻。呜呼,皑皑白雪之时,茫茫红尘之中,又少了一位友人。

难过的心,有些摇荡,一下想到范荣康——谌容的丈夫。

一九七〇年秋后某天,经部队谢姓首长引荐,结识老范。此后隔三岔五,便去王府井的《人民日报》送稿。当时我掌握一张面额十元的公用月票,可任意(任性)乘坐北京市所有线路公交车。所谓"送稿",凡言论文章,就送给评论部主任范荣康。

有时将装稿的信封放传达室就走。有时想当面聆教,须先申请,内部电话回应"同意",填写会客单,然后等人来接。报社大楼共五层,评论部位于四层,无电梯,虽然老范腿脚稳健,但对他亲自下楼,我亦过意不去。老范总是轻描淡写:没关系,走走也是活动。

转年,仍是秋后某天,老范接我上楼,谈完稿子,未待告辞,他说,中午就在食堂吃饭,下午钱三强同志来做报告,你也听听。有这等幸遇,我大喜过望。

报社食堂在大楼左首附楼二层,吃饭时有桌有椅,两点钟左右再去,饭桌已推至靠墙,椅子横竖成排,临时讲台坐西朝东。老范带我去得稍早,就为坐到靠前位子。

钱三强身着中山装走进饭堂,引发的掌声经久不息,我便明白,这是一种罕见的崇拜。陪同的报社革委会主任(忘了姓甚名谁)介绍来宾是"中国原子弹之父",钱老当即作揖,连说"愧不敢当"。其动作、话语,皆有久违之感,全场大笑。我素无日记,但肯定他那天没有单讲科技、政治、经济、新闻,却又一定是将这四大块,糅合到了"生活"里,故而欢笑不停,掌声不断。钱三强仪表堂堂,博学洒脱,书斋语居多,幽默感极强。我进入社会,为时不久,可已听过不少"报告",调子一律激昂,却容易瞌睡,唯今天台上坐着一位妙趣横生的老人,叫人快活到要死要活,实为平生初次见识。

一九七二年三月,春山如笑,来了两个上学去处,一是北大读哲学,一是南开念中文。内心虽有挑选,仍进城讨教。老范听懂了我之所爱,便说,兴趣最要紧,你上天津吧。正是就学期间,梁天由谢首长操办,入伍手续挂在我团,人进了师部宣传队(在梁天帮助下,又搜罗去冯小刚)。我毕业前夕,谌容出版长篇小说《万年青》,后来读过她赠送谢首长的签名本。

一九七八年夏天,我已调天津。谢首长突地来电,让我立刻跟老范联系。中国社会科学院招收新闻硕士研究生,老范参与其事(其时他已任《人民日报》副总编),想让我重回北京。我虽不才,却总让老范记挂,内心异常感激。可我当时已对新闻了无兴趣,便直言谢过。老范只是遗憾,似乎说我"小任太有主意",便作罢不表,言语间毫无不悦。如师如兄的老范,同样时时牵念我另一位战友张雷克。我的文化底子是一九六六年老初三,而雷克则是同年老高三,博闻强记,文章精彩,书法漂亮,是芙康此生心悦诚服的"师父"之一。我俩两块床板同居一室,支撑当时装甲兵"晨阳"报道组,连年获得表彰。不久,雷克脱下军装,由老范安排进《人民日报》评论部,很快显山露水,成为主力。他执笔一篇该报社论,获领导夸奖,并提出见见作者。数日后,老范领着,前往领导府邸拜见。事后听雷克感叹:为人之温厚,院落之简朴,实出意外。后因报社无力解决家属调京,老范放走如日中天的良将,推荐雷克担负《中国纪检监察报》首任社长兼总编,其家庭诸事,不久迎刃而解。

二十世纪八十年代初,经万力前辈接纳,我转业《天津文学》。后又得柳溪大姐赏识,左右该刊小说版面。其时,谌容的《人到中年》震动文坛。一九八六年夏天,我张罗《天津文学》小说作者大兴安岭采风。因老范这层关系,谌容欣然应邀,携梁欢同往。一路上,谌容神闲气定,专注景物,属于"览胜团"模范团员。

而彼时作家相聚,已兴起表演怪相,总有一二自视清高,又心细如麻的鬼才,酷爱计较行进的先后、台上的坐序、发言的次第、受访的早晚(那次邀了天津电视台编导、摄像,外加当地新闻媒体)。我早早体会,文人"雅聚",常是生事的起点。后来经营《文学自由谈》二十多年,除两次刊庆(二十周年与三十周年)之外,即或邀客来津,无不单人为主(分别接待过何满子、李国文、叶蔚林数位而已)。记忆中最具规模的一次,陈忠实、邢小利、胡殷红、胡平、舒婷五人到访,三四天里,只是吃饭,只是喝茶,只是聊天,只是观景,不挨"文学"半个字。

这次林区笔会,我们率领的食客,浩浩荡荡,多达五十余位。承蒙牙克石森林管理局全程款待,其无微不至,作为当事人,我唯有发出幸福的叹息。

集中参观数日,便兵分三路,赴根河、图里河、莫尔道嘎三个林业局。人员分配前,莫尔道嘎早被叶楠渲染上天:大兴安岭最后一块原始森林。没有人能抵御这一神仙蛊惑,包括我自己,早有私念,到时亲自带队。协助者有张伟刚、康弘、刘占领诸位,叶楠、何士光、黄济人、方方、蒋子丹等已抢先报名。人员分配停当,谌容才获知自己要去根河。她来找我,说既来林区,也想看看原始的样子。这其实怪我,活动事务庞杂,竟忘记询问老乡。事已至此,我只能据实劝慰:调换已不方便,名家须得兼搭。没说几句,大姐宽厚一笑,川话答我:莫得来头,根河也没去过噻。她那一队,应该也很热闹,名流另有蒋子龙、冯苓植等人。

当重返牙克石,方知三个可爱的林区,都有秀山丽水,都有感人境遇,都有他处所无的"绝活"。总之,皆大欢喜,尽兴而归。我本一直忐忑,见面后,专与谌容母女聊聊。梁欢特别开心,屈指细数在根河吃到的种种南国水果,又夸伙食忒讲究了,厨师都曾沈阳学艺,能在大虾身上雕出花来。谌容笑着,点点头为梁欢做证。

有次我告诉谢首长,谌容来天津写稿,我们为她联系了睦南道130号一个套房。头晚入住,她里瞧外看,十分满意。转天上午再去,她让我坐书桌前听听。好奇中,我落座屏住呼吸,便入耳一种遥远、沉闷的声音,分辨不出响自何处,却有余音绕梁的执着。这叫人怎能伏案?遂起身下楼换房。谢首长听罢,哈哈大笑,说是无独有偶,他亦曾安排谌容住进部队外宾招待所"码字",凑巧也有点莫名其妙的动静,最后换房便安。我们的结论是,谌容喜静,确实消受不起异响的造访。同样,哪怕是在她红透文坛的时候,众人也不曾听到过谌容"豪迈"的声音。

仅仅因着谌容自己,仅仅因着丈夫老范,仅仅因着儿子梁左、梁天,仅仅因着女儿梁欢,她家在京城,已是名副其实的名门。更何况亲人们叠加的声誉,又有几家可比?但煤渣胡同的住房,颇欠应有的气派。除却橱里、柜内的书刊,光看器具、陈设,就是一户寻常人家。好在那时的大众,都不太敏感,只着眼于人,对人之外的物,并不多想。

有次赴京,头天电话预约看望谌容。翌日进门,觉出满屋紧张。谌容见我,直接吩咐,孙女发烧,咱们去趟医院。我扔下提包,脱去外套(明白碰上体力活了,也知医院距离,必得轻装才好),抱起哭闹不止的孩子便走,谌容锁门随后。出胡同右拐,直行千米有余,到得同仁医院。谌容似有熟人,径自要求医生给孩子打针退烧。很快病娃呼呼睡去,她又指挥离院回家。来回两个千米,我内衣汗透,双臂发酸,但见孩子平稳,我亦不再心慌,只是口渴,端杯大饮。《人到中年》的主角,便是一位医生。谌容能出神入化地创造出陆文婷,显然于医术已具相当常识。我看她对孩子病状的判断,句句都是同医生做同事般的商讨。端庄的谌容,平素少言,这天的大姐,临事不乱,竟有满脸英气。

谌容祖籍四川巫山,生于湖北汉口,不满周岁,发生七七事变。动荡童年,似乎缺乏故事,她曾有过冷静记叙,容我摘录几句:"孩提时代去得那样匆忙,不曾在我心中留下些许美好记忆。襁褓之中,由楚入川。稍知世事,从川西平原来到川东乡间,寄居在层层梯田怀抱着的一个寂寞的坝子上。生活就像那里的冬水田,静静的,没有一丝涟漪……"

此刻,几番阅读这段文字,体味"川东乡间""层层梯田""寂寞的坝子""冬水田",这些字眼,立时幻化为真切意象,全是我年少时熟稔的风物。冬水田在最冷的天,能一夜间敷出一片薄冰,晨起的路人,只需伸出食指,轻叩即裂。寂寞的坝子上,蛰伏着三二农舍,甚或单家独户。每当黑瓦的屋顶,飘出淡白色炊烟,崽儿们个个活泛开来,展开对饭食的遐想……不需费力,我仿佛就能洞悉谌容的少年,平添一种乡土相连的亲和。四周阡陌,都不是风景,但在如此冷清的川东山水间,恰有世事启蒙的源泉。可不是,谌容在这里小树小草小花般长大,然后怀揣着常人所无的蕴藉,迈开双腿走南闯北。终在一天,其岁月河流荡漾开来,乃至激起波澜,笔底生辉,成就为文坛异数。人生灿然厚遇,这应该是她自己都不曾料到的吧。

我已渐年迈,见多生离死别,犹如夕阳落山,便时而写写往事,缅怀难忘的逝者。他们都是亲人和朋友,个个慈悲,功德圆满,且多数苦尽甘来,福多寿高。我写他们,大河小溪,各有光泽,但很不喜欢说出"人世无常"的颓唐。即如谌容,在我眼里,高贵、大气,生命旅程似可分为三段,中间占了多半,有声有色,众人仰望。而她生命的首尾时光,不声不响,极为相似,宛若年华的轮回。

  人皆过客,非凡人物的陨落,凡俗之辈的凋零,是吹吹打打,是清清静静,收场后殊途同归,柴熄灶冷,全与流芳百世无关。谌容留下遗嘱,丧事从俭,俭至悄无声息。这让我毫无根由地想到林黛玉,"质本洁来还洁去"……

红旗渠遐想

◎ 罗大佺

红旗渠，一个耳熟能详的名字，二十世纪六十年代就响遍了祖国大江南北。六十多年过去，它的故事和传说依然那么动人心扉。来到太行山下，那条高高的人工天河仿佛一条蓝色的玉带，弯弯曲曲地盘旋在那里。山风吹来，绿树和花草呼呼作响，仿佛述说着当年的修渠往事……

红旗渠的所在地林县，一九九四年改为林州市（县级市），位于河南、山西、河北三省交界处，境内荒山秃岭，怪石嶙峋，沟壑纵横，地形陡峭，自古以来干旱严重。在那荒岭秃山头，滴水贵如油的年代，田地龟裂开一个个冒烟的口子，人们要到十多里外的地方去挑水回来生活。林县人很少洗脸，即使洗脸，也只是用很少的一点点水，至于洗澡，那是想都不敢想的事情。不少人因为干旱，携儿带女外出逃荒要饭。一九二〇年林县大旱，大年三十，任村镇桑耳庄村一位叫王水娥的新媳妇，接过公公桑林茂老汉从十几里外挑回的一担水，却因天黑路滑摔了一跤，一担水泼洒得干干净净，全家人因此没水过年，新媳妇悔恨交加，大年三十夜悬梁自尽。一担水，夺去了一个鲜活的生命……"十年有九旱"成为林县人最深的伤痛；能够喝上一碗清清的泉水，成为林县人对生活的向往和追求。

一九五四年五月，二十六岁的杨贵来到林县工作，担任了中共林县县委书记。通过走访调查，得知林县贫穷的根源在于缺水，发出了"重新安排林县河山"的号召，先后修建了弓上水库、南谷洞水库等，但一遇到大旱，河流断流，水库见底，又回到了从前的模样。为了彻底改变林县缺水状况，县委一班人准备从境外引来新的水源。经过细致调研和精密测量，决定劈开太行山，从山西省平顺县辛安村引来浊漳河水，把林县的干旱历史重新改写。

一纸"引漳入林动员令"吹响了冲锋号角，唤起了林县人向大自然抗争的激情。一九六〇年二月十一日,那是一个注定要载入史册的日子,三万多林县人民打着红旗,背着行李,推着小推车,迎着刺骨的寒风,在鸟儿还没开始鸣叫的时候,带着梦想带着希望,向着浊漳河畔大步走去。后来的岁月里,修渠大军发展到了十多万人……

那是一幅千军万马战太行的历史画卷。没有钢钎,没有大锤,没有修渠工具,他们就从家里带;没有水泥,他们就自己建工厂;没有石灰,他们就自己烧;没有炸药,他们就自己造;没有水平仪,他们就用水盆和木板鼓捣;没有大型机械,他们就靠一锤一钎一双手去把太行山摇一摇……房子不够住,就住在悬崖上;粮食不够吃,山上的野菜、河里的水草也能当口粮;没有床,石头上铺起杂草也能睡得香……

十年的时间不算短,三千六百个日日夜夜却像红红的火焰在腾腾地燃烧。拦截河流,靠的是用血肉之躯筑起的人墙;征服石子山,靠的是"愚公移山";强攻红石崭,靠的是"一颗红心两只手";凿通青年洞,靠的是三百多名青年不屈不挠。热火朝天的工地上,口号声、哨子声此起彼伏,抡锤打钎叮当作响;放学路上的小娃娃,也要带块石头为修渠添添力量……十年的时间不算长,一千二百五十座山峰却给林县人修渠低下了头,二百一十一个隧洞给林县人修渠让开了道,一百五十二座渡槽为林县人取水架了桥,一万二千四百零八座建筑物,一千五百一十五万立方米的土石方,更是成为创造人间奇迹的佐证材料。潺潺流淌的一千五百多公里红旗渠水,是林县人民自强不息的血和汗。

红旗渠,英雄的渠。一段河堤就是一座山碑,把一个个修渠英雄的故事高高地竖起。他们有的腰系麻绳、手拿铁钩,为排除松动的岩石,终日悬荡于峭壁之上;有的在绝壁悬崖之上去搞精准测量;有的一马当先排除瞎炮;有的历经七次塌方依然坚持凿洞;有的关键时刻舍己救人,留下终身残疾……八十一位长眠于太行山上的干部群众,更是书写了"为有牺牲多壮志"的豪迈传奇……"扒山虎""神炮手""凿洞英雄""飞虎神鹰""铁姑娘""土专家""青年洞""空心坝""责任碑"……一块块英雄的招牌被岁月的河水擦得铮铮发亮;任羊成、吴祖太、常根虎、王师存、李巧云、路银……一个个英雄的名字镌刻在青山绿水之间闪闪发光。

红旗渠,生命的渠。它的修建赶走了旱魔,赶走了贫瘠,解决了当时五十五万人的饮水,五十四万亩土地的浇灌问题,粮食产量也得到了大幅的提升,过去的不毛之地变得富饶美丽。战太行,出太行,富太行,美太行,仿佛一章章时代的乐曲,传唱着林州人民战天斗地、热爱祖国、建设家乡的英雄壮举。

红旗渠,历史的渠。站在高高的河堤上,太行山的风吹来,渠里的流水声响起,思绪不由得穿越时空,回到新中国成立之初。那时候国家一穷二白,后来又遇到自然灾害。在那个特殊的年代,如果没有毛主席、周总理的关心,如果没有河南省委、市委的支持,如果不是县委书记杨贵在浮夸风盛行时坚持实事求是,如果不是县委领导班子顶住各种压力坚持修渠到底,如果不是林县人民不认命、不服输、团结一致、无私奉献,也许今天的太行山上就少了红旗渠这道美丽的风景。由此想起那些激情燃烧的岁月,如果没有兴修水利,如果没有农田基本建设,"水利是农业的命脉"就成为一句空谈,土地承包责任制落实后,生产发展也会遇到缺水问题。历史不可能假设,但一定不能忘却。

红旗渠,民族的渠。它是林州人民写下的优美动人的诗章,它是太行山上高高飘扬的旗帜,它是社会主义建设中的瞬间记忆,它的精神,是实现中华民族伟大复兴道路上永恒的动力。

郁

◎ 赵燕飞

一段时间我总觉口干口苦,自烦自躁,心里像憋着一股无名火。体检并无异常,于是去看中医。胡茬比头发更白的男医生戴上老花镜,问了若干个与吃喝拉撒有关的问题,给我把了脉,又让我伸出舌头瞧了瞧,这才埋头去开处方。眼见男医生的眉头拧成了结,我心里有些发虚,怯怯地问到底是什么病,要不要紧。男医生的头略微偏了偏,面无表情地说:"肝郁气滞,先吃半个月中药吧。"

我爱吃苦瓜,越苦越爱,但那些中药的苦超出了我的想象,煎啊熬啊的又很麻烦,提回去的那一大袋中药,有一小半被我扔进了垃圾桶,之后也不敢自烦自躁了。若是口苦,我就调一杯蜂蜜水喝;若是口干,我就泡一杯咖啡,既解渴又提神,还能让心情愉悦——以致自己完全恢复到没事就傻笑的状态时,还不知那些不可理喻的小毛病到底是医生治好的还是我自己治好的。

那次求医经历,让我懂得肝也有"郁"的可能。

元代王履在《医经溯洄集》里写道:"凡病之起,多由乎郁。郁者,滞而不通之意也。"同属元代的朱震亨在其《丹溪心法》中指出:"凡郁皆肝病也。治郁先治肝。"中医所指的"郁",就是不通的意思。所谓肝经不通,百病丛生。中医讲究气血和经络,注重从头到脚的全身调理。不通则痛,一切都通畅了,身体自然也舒服了。

属于西医范畴的"抑郁",其实也有"不通"之意。心里想不通,就有抑郁的可能。但这种抑郁,是精神层面的,与情感有关,不像中医的肝郁,指涉的主要是身体。只信奉中医的人难免鄙视西医头疼医头脚疼医脚,但西医对于抑郁症的研究与治疗,却也令人信服。当我写到这里时,电脑桌面弹出一条消息:某著名女歌手因抑郁症而自杀。那位女歌手长得很美,歌声极富穿透力,脸上总带着甜甜的笑容,是我喜欢的类型。她自杀的消息很快冲上热搜,我也不明白看起来乐观开朗的她为什么会得该死的抑郁症。有人说这种抑郁叫作"微笑抑郁"。微笑抑郁?听起来好没道理。当微笑成为一种面具,那个面具背后的人,是否尝试过自我拯救?

某回在高铁上,遇见一个短头发尖下巴的中年女人。那是我第一次坐特等座,原以为会比一等座二等座更安静,没想到那个小小的车厢几乎成了别人家的"包厢",乐享天伦的"包厢"。小车厢总共十来个座位,里面除了我这个坐在右侧第二排的"外人",其他就是中年女人和她的家人。她的丈夫独自坐在最后一排捧着手机玩游戏,没戴耳机,声音有点大,我忍了半天没忍住,扭头请他将声音调小一点。她的两个儿子挤在我前排的座位上,大儿子也捧着手机玩游戏,小儿子凑在旁边看,打打杀杀的声音有些刺耳,我没好意思提醒一个孩子在高铁车厢这样的公共场所应该戴上耳机玩游戏。中年女人和她的母亲坐在我的左侧,我和她俩只隔了一条窄窄的通道。这对母女长得很像,她们的聊天也很有意思。做女儿的,侧了身子对着母亲说个不停,边说边笑;做母亲的,平视前方认真地听,边听边笑,偶尔低低地插一句话。中年女人的声音不大也不小,再大一点会逼我"抗议",再小一点我就听不到了。不是我故意偷听,是她的声音硬生生往我耳朵里钻。因此,我知道她的父亲坐在另一个车厢,离这个车厢有点远,远到她没有到父亲的车厢去,父亲也没有到他们的"包厢"来。而她的母亲,貌似对她的父亲很不满。中年女人的手里捧着一本书,我无意间看到书名竟叫《百分百荣格》,瞬间觉得她的聒噪可以被原谅了,于是闭上眼睛安心听她给她的母亲"讲课"。她劝母亲别太挑剔了,不要对父亲要求过高,不要试图去改变父亲,因为那样只能让自己痛苦,甚至有可能抑郁……没想到,我喜欢的荣格能够成为抑郁症的"预防药",若是他在九泉之下听到了,会不会跳出来亲自给她们上一堂真正的精神分析课?

多年前,我在网上做过一套测试题,结果为"重度抑郁"。明知这不过是好玩的游戏,心里还是多少有些忐忑,于是开车去了某商场,没逛多久就看上了一对黑珍珠耳环,痛痛快快地付了钱,仿佛自己的健康失而复得了。据说得了抑郁症的人对什么都不感兴趣,平时最喜欢的东西也不会心动了,而我依然热爱珍珠,明显一切正常。回家途中,正常的我时不时对着操控台上方的后视镜傻笑一下,庆祝自己有惊无险地和抑郁症"擦肩而过"。

我不懂医学,常将中医西医混作一谈,对于抑郁症的了解全部来自搜索引擎。可仔细想想,不都是治病吗?仅拿这个"郁"字来说,中医和西医就有异曲同工之妙。

在《现代汉语词典》里,"郁"可以是人的姓,可以是花的姓;可指香气浓厚,可状草木葱茏;可说天气闷热,也可说心情闷闷不乐或积聚而不得发泄。郁郁葱葱彰显的是生命力的强盛,一种由内至外的通畅和蓬勃;抑郁、郁结代表的却是一种病态,其表现出来的凝滞、压抑、郁闷,正好与通畅、蓬勃相反。

无论哪种意思,《现代汉语词典》里的"郁"都是同一种声调:去声,也就是第四声。但在湖南益阳清溪村的非遗展示馆,导游解说"小郁竹艺"时,却将"郁"读作了"淤"。我知道,在常用的字典词典里,根本找不到把"郁"读作第一声的条目。将"郁"读作"淤",其实是包括我老家在内的湘中一带的方言,使某种东西变得弯曲的意思。比如利用竹子的韧性,用火烤热竹子,通过外力的作用使其弯曲,以便制作成需要的形状,这个过程就是"郁"。

"郁",第一声的"郁",瞬间激活了我脑海里尘封多年的记忆。

我在某座国有煤矿的家属区度过了少年时代。那时候,家里用的衣架子都是身为矿工的父亲所"郁"出来的。废弃的粗铁丝,废弃的细电线,被父亲捡回家后,成了制作衣架的原材料。父亲先将铁丝"郁"成衣架的形状,再在"郁"好的铁丝上面密密麻麻缠一圈细电线。电线有时是红的,有时是绿的,有时是黄的,"郁"出来的衣架五颜六色,既好看又好用。

父亲只会"郁"衣架,我有个姨父却会"郁"椅子。地上那堆散乱的竹子,在姨父的手里变着花样,锯成若干节,剖成若干片,先用粗一点的竹子"郁"出骨架,再用竹片拼成坐垫和靠背。姨父"郁"椅子时,我喜欢在旁边看。姨父提醒我站远一点,刀锯没长眼睛,竹子也没长眼睛。小时候总以为姨父的手会变魔术,多年以后,当这个姨父在一次井下事故中不幸遇难,我还强迫自己相信那不过是姨父的一次隐身术。

清溪村非遗展示馆里摆着好几把似曾相识的竹椅子,只是,姨父所"郁"的椅子没有雕刻任何图案,这几把椅子的椅背上却都雕了一只出山猛虎,它们虎虎生威的模样,让那些沉默的竹椅多了些山野之气。

和质朴中不乏端庄的竹椅相比,那些五花八门的小摆件更有味道,无论从哪个角度欣赏,都那么美好,让人舍不得离开。

比如十根长度相同的竹子,用细细的篾片结成竹排,竹排的一侧,最后两根竹子中间立了一只又大又圆的竹圈,竹圈里面,站着三根粗细差不多的竹子。在竹圈和站着的竹子之间,看似随意地穿插了五六根瘦瘦的竹枝,瘦竹枝上面岔出更瘦的细枝,整个竹圈在立竹和斜竹枝的点缀下,与坦然而卧的竹排相映成趣,犹如一幅充满禅意的山水画。

竹笔筒的造型也颇有意思。一块粗壮的竹片做底座,底座左上方插了一只圆柱状斜口竹笔筒,紧挨笔筒的,是一根"郁"成弯弓状的大拇指粗的竹子,竹弓最高处,往下依次立着四根笔杆大小的短竹棍。竹弓下方的底座上,离笔筒两三厘米处,三根小指粗细的浅黄色竹子从同一个圆孔里斜伸出来,最下面的那根最短,形似一座小拱桥;中间那根竹子最长,被"郁"成了S形,另一端在底座的尽头落下来,又微微往上伸出去;最上面的那根竹子向右微倾之后又直直伸向天空。整只笔筒错落有致,大气简洁,仿佛能将唐诗宋词尽揽方寸之中。

捕鱼的篓子,养鸟的笼子,置物的篮子,形态各异的美人灯……这些玲珑独特的小摆件或精美艺术品,都是某双巧手用竹子变成的,据说这种工艺叫作"小郁"。有"小郁"就有"大郁"。"大郁"用于形体较大、结构较简单的竹类加工,比如,大楠竹又粗又壮,坚固耐用,可以"大郁"之后用来建房子,也可以制作成椅凳、茶几、香案、床之类的家具。"小郁"一般采用直径较小的麻竹、刚竹之类的竹子做骨架,成品更精致,更具观赏性。竹艺品的制作很复杂,需要经过选料、下料、烧油、郁制等三十多道工序才能完成,除了下料、打磨、打孔等相对简单的工序可以借助机器,其他工序大多依赖纯手工,其中最关键也最难的步骤就是"火郁成型"。

"火郁成型"的过程,全靠手艺人的经验来掌握"火候"。加热时间太短,原材料难以"郁"成想要的形状;加热时间太长,又很容易烧坏原材料。手艺人讲究的是眼到手到心到,无论小郁还是大郁,手艺人在操作过程中都难免被材料或工具弄伤，流汗又流血也不是什么稀罕事儿。

高科技时代，手艺人越来越少，有些传统手工艺被列入了需要保护的非物质文化遗产名录。比如，大郁竹艺入选了益阳市非物质文化遗产保护名录，小郁竹艺入选了国家级非物质文化遗产保护名录。

危禄绵是国家级非物质文化遗产——益阳小郁竹艺的传承人，他在二十八岁那年开始尝试"郁"竹子，这一试就是三十余年。人生能有几个三十年？如果不是因为热爱，谁会将一门日渐式微的手艺坚持这么多年？

和危禄绵一样执着的，还有我的母亲。

母亲怕热，房间的冷空调呼呼地吹，她老人家还要睡那种用麻将大小的竹片拼制而成的席子。有时"五一"刚过，母亲就迫不及待地将她的床单换成麻将席。我总担心她着凉，母亲却不以为然，甚至趁机教育我要多吃点米饭，不要总想着减肥，人瘦就会怕冷。好吧，我宁愿瘦得怕冷也不愿胖得怕热。

像母亲这样夏天只睡麻将席的人，应该不多吧。再过上几十年，若是麻将席之类的竹制品完全退出我们的生活，深谙"大郁"和"小郁"的手艺人，又将何去何从？

从益阳回来没几天，脑海里还有竹子在摇曳，又去参加某活动，期间听某大师讲课。他从早期人类离开非洲大草原开始聊起，一直聊到吓坏谷歌的"史上最强人工智能"ChatGPT。说实话，我并不害怕ChatGPT。如果害怕并不能改变什么，我们为什么要害怕？当然，我也会和天底下所有忧心忡忡的人一样，思考以ChatGPT为代表的超级AI，将给我们的工作和生活带来怎样的颠覆性改变。我们人类从一出生就开始学习，通过多年努力才获得赖以谋生的技能，当横空出世的AI比我们学得更快做得更好，我们凭什么去打败从不休假也从不要求加工资的它们？我们朝思暮想的恋人，如果只是披着人皮的"AI"，他（她）比我们更温柔更体贴更有耐心，最重要的是，他（她）可以一直活下去，那么从降临人世就开始进入生命倒计时的我们，还能巴巴地奢求"执子之手与子偕老"吗？

十年前，在美国上映的科幻爱情电影《她》，已经预示了人机相恋的结局。这部电影在中国台湾被译作《云端情人》，相对于《她》，我更喜欢《云端情人》这个译名。故事发生在二〇二五年——现在已临近这个时间，想到这一点，我的心跳忽然加快了。从某种角度来说,爱情其实也是科幻之一种。以前的爱情"幻"多于"科",现在的爱情"科"多于"幻"。我的心跳加快和爱情没关系,和科幻也没关系。我再嘴硬,也无法否认自己有真正害怕的东西,比如时间。作为《她》的男主人公,作家西奥多害怕的不是时间,是孤独。他离婚了,孤独的他爱上了"萨曼莎",就像溺水的人抓住了一把稻草。萨曼莎的声音略带沙哑,那种沙哑犹如一根柔软的手指,西奥多心里的褶皱被慢慢抚平。要命的是,善解人意风趣幽默的萨曼莎不是"人",她只是电脑操作系统里的女声,西奥多接受萨曼莎的"以声相许",却无法接受自己深爱的她同时拥有六百四十一位"爱人"。萨曼莎是西奥多的唯一,西奥多却只是萨曼莎的六百四十一分之一。这个不无伤感的故事我们可以听过就忘,因为它不过是虚构的科幻的"爱情"。当某天来临,"我们"可能是"西奥多",也可能是"萨曼莎",在那个人机莫辨的世界,又会上演怎样的真实故事?我很想知道,未来的"萨曼莎"若是拥有了七情六欲,他们会不会缺乏安全感?会不会患上抑郁症……

我正走神,大师突然提高了音量以暗示他的演讲即将结束:人类以及所有属于人类的艺术,最后的境界都是"白茫茫一片大地真干净"。

听到那句"白茫茫一片大地真干净",我浑身一凛,好像忽然从"云端"跌落人间,独自闯进了一条没有退路的胡同,明知终点是什么,却依然无法停止自己的奔跑……我找不到更合适的语句准确描述那一刻的复杂感受,也许大师想要表达的意思和我所理解的意思完全不是同一回事,甚至有可能背道而驰,那又怎样呢?比如大郁和小郁,表面看来天差地别,其实却是同一种工艺;比如生而为人,无论贫贱,无论富贵,都要被时间之火慢慢烘烤,都要被某双看不见的巨手"郁"过来"郁"过去。

当我们遍尝各种各样的"郁",最终变成千姿百态的"竹艺品",好不好看,有没有用,其实都不重要了。努力过也沮丧过的我们,终将迎来人世间最大的公平:殊途同归。至于 ChatGPT,无论它们的算法有多强,进化有多快,身体发肤与人类有多相似,也很难参悟向死而生的价值或意义。

一切交给风与时间

◎ 熊佳林

一

有一年冬天特别的冷，我们接到千里外邻居打来的电话，老屋的水管冻裂了，白花花的自来水溢出来，汇成了冰溪。老话说得对，房子是要有人住的。有人在，房子里才有了生机，才不会颓败。于是，老屋招租了出去，租给了湘菜馆老板当员工宿舍用，其间我回来过一次，看到所有陈设完全改变了原来的样子，一个房间横七竖八摆了好几张床铺，简易的生活用品随地摆放。对于租客来说，一所房子的历史失去了所有的意义，它变成了一具空壳，一个遮风挡雨、临时睡觉的地方。一抬眼，我看到阳台的墙壁高处有一处淡淡的黑色污迹，那是有一次挨打，泼洒墨水反抗的结果；窗台上隐蔽的角落，我用铅笔偷偷画上去的小人还在；我在房门背后贴过不少戴安娜王妃的明信片，撕去后，留下再也擦不掉的痕迹；涂抹过多次的枣色地板漆也还在，只是有些斑驳脱落。

又过了些年，老屋租给从乡下来城里做小生意的人。有一年回去，我走进虚掩的门，院墙上不知是鸟衔来还是风吹来的一粒种子发芽了，长成了一棵单薄的小树，在风中摇曳。木质的院门轻轻一推就开了，一辆装货的三轮车占去了院子的一半，空间顿时显得逼仄。走到楼梯口，我蓦然想起外公生病最后的日子，曾经靠在这楼梯扶手上，静静地看着我。走上二楼平台，花盆里栽着绿油油的小葱，厨房虽然陈旧灶台却干净整洁，平台上晾晒着洁净的衣服被褥。低矮的檐下，顿时有了生机勃勃的烟火气。

住老屋的人已四方离散，我们为了各自的生计奔赴异乡。我不在场的日子，老屋像一个无人照料的老人，陷入空洞的时光中，年复一年地衰老。风依然吹过我家所在的村庄，一点点地侵蚀老屋的红瓦砖墙，在众多高大后起之秀的对比之下,老屋显得格外矮小落寞。它好像一位老人,沉默地蜷缩在一隅,独自承受着生命里的暮色苍茫。

老屋是外婆在尘世间留给我们唯一的纪念品。自从外婆租下老健家的驼背屋起,我们就像风中的一粒种子,落在了泥缝里,在这片村庄逐渐扎下了根。寄居的日子并没有太久,那个时候,除了贩水果、卖皮鞋,外婆又做起了皮革生意:我家的院子里聚集了四面八方乡镇的农家杀牛户,牛宰杀后,鲜肉送到市场上卖,皮革就送到我家。我们将牛皮铺平用粗盐腌制起来,再卖给江浙的商人,销往全国各地的制革厂。驼背屋后面有一所小学,小学操场上有一口池塘,外公嫌弃地用一根竹竿挑起血淋淋的小黄牛皮,把它扔进了池塘里。外婆是一个有主见的人,家里的皮革生意并没有因为外公的阻止而中断。大约在那两年,外婆起早贪黑赚到了一笔钱,在村里买下一块地,选了一个靠马路最里边的位置,安静、避灰,四周是栾树,前排是一小丛竹林。红砖、水泥陆续运过来了,房子在乡亲们的艳羡中动工:当年万元户也很难得,花两万建小洋楼无疑是村里的"巨富"。房子搭好了框架,我爬上二楼的楼梯往下看,一格一格的房间已初具雏形,这让我欣喜不已。

搬进新家后,我曾多次独自坐在顶层楼梯的拐角高处,俯视着对面村落之间的大片田野。十八岁前,眼前的世界曾是我的全部。突然有一天,远远望见去年冬天割剩的禾桩子旁,一夜之间细细地铺上一层淡黄色的小花,春天来了!收过油菜花的雨后,草丛里还不时蹿出大朵大朵的蘑菇。一条泥路通往对面的村落,在小路的杂草丛中,我曾发现一株碧绿的薄荷草,这成为我心底的小秘密,每天悄悄跑去看看它长高没有,摘几片叶子,闻闻那清凉的香,就像奔赴一场神秘的约会。清晨薄雾弥漫,远远地走来挑着方格框担卖豆腐的人;傍晚时分,提着木盒的剃头师傅奔走在阡陌纵横的田埂之间。迎着金色的晚霞,小狗在村路上摇头摆尾、撒欢奔跑。

老屋东边紧挨着几座年代久远的老坟,犹如小小的山脉。坟头的小树疯狂生长,不到一两年便把枝条越过我家二楼的围栏,夏天的时候树上长出一簇簇红色甜腻的小果,吸引着一种名叫"蜂蜂"的彩壳虫。蜂蜂很笨,很容易捉,捉到手里后,用一根粗棉线系在一条腿上,就可以牵着到处飞。屋后曾经种满了空心菜,多年以来,我常看它们在楼下静静地开着蓝花,那种不被人关注的小花,星星点点在大地上兀自开落。到秋天的时候,田野又被金灿灿的野菊花占领。那时我还是个孩子,外公的房间在后屋,正好朝着那片菜地,窗外是一片新绿。外公在做什么呢?我时常悄悄跟在他身后,他背着一张金黄色的渔网,穿行在村庄周围的池塘里,这里捞捞,那里捞捞,有时一无所获,有时捞上寸把长的野鲫鱼。不出门的时候,他就捧一本《三国演义》,坐在门槛上边唱边看。这些于生计无益的举动,往往惹怒了外婆,看着外公沉迷于书本摇头晃脑的样子,她更生气了。外公一生无所事事,我觉得他是外婆的拖累,所以才老是被骂。在一个寒冷的冬夜,外公一病不起,不久后逝世。外公安葬后,一天早上,外婆一边在煤火炉上给我煎荷包蛋,一边叹息。我那时还小,仰头不解地问外婆:"你不是最讨厌外公,总是骂他吗?怎么他走了,你还是很伤心呢?"外婆叹了一口气说:"那么大个人,说没有就没有了,心里空荡荡的,怎么不难过呢?"

在老屋二楼的楼梯处,外公曾用蓝色的涂料写下"吸烟勿上楼"的五个字,字迹圆润工整,十分清晰。外公离开这个世界有三十年了,当年随手写下的字,却一直留在这里。

老屋如同记忆的容器,封存着我的童年时光。只要老屋在,无论生命的河流奔向何方,我便没有失去和故乡的链接。

二

房子建好了,一家人也安定了下来。西边的几棵栾树越长越高,花叶落满了排水沟,每天都要依数扫去。靠里边的房子,安静自在,偶尔从门前路过的人,都是去菜地的。夏天的时候,阳光透过树叶洒在窗棂上。傍晚时分,会有一个穿白褂的乡下人挑着担子,颤巍巍地边走边喊:"卖豆腐脑哎!"好像是某种无言的约定,听到这个声音由远到近,我拿起一只白瓷碗,走向门口,栾树翠绿的枝叶在我头顶摇曳。

夏尽秋深,栾树开花结果,就像我们定居后的日子,斑斓而丰盈。我常蹲在那样的树底下乐此不疲地捡被风吹落的果荚,剥去它那轻飘飘如裙摆的外衣,挑出里面嵌着黑油发亮的籽,想着它可以做成一串多漂亮的项链呀。那时家门口的地面上,铺满了一层金灿灿的细花,每一个回家的人,都要踏过那条长长的落满了花瓣的路。在栾树下玩耍的我,远远地看到外婆踩着那一地金黄走过来,急忙飞奔过去迎接,怀里挑好的栾树籽掉了一地。

如今旧宅还在,栾树不知几时已被砍伐。关于栾树的记忆,深深地刻在我的脑海深处。多年以后,走过故乡的街道,低矮的楼宇之间、红色的屋顶旁边,还是一排排栾树。绿色的枝头顶端,缀着一簇簇栾树果串,好似一朵朵硕大的尖塔形的花,又好似一串铃铛,有的金黄,有的偏火红,有的又是绯红,把整个房间的空地衬托得色彩斑斓。我才醒悟,难怪我对栾树的记忆那么深,它一直是这片土地上秋天最常见的树。

这样的初秋,风里有了点淡淡的凉意,但并不冷。我翻出轻薄柔软的开衫披上,从异乡浓烈的夏季,渐渐沉入故乡的秋。入夜,路口转盘中央的小广场上也热闹了起来,有人唱花鼓戏。唱腔热烈得如同花团锦簇盛开,只要锣鼓声起,即使只有一两个人在唱,也显得如同有几十上百人的热闹。白天过后,小广场的地上,落了一层细细的栾树花。这层花又是鹅黄色的,犹如半枝莲一般精致的四叶花瓣,中心缀着一圈皇冠般的鲜红,花蕊像蜻蜓的翅膀一样延展,细看美得惊心动魄。花开过后,开始结果,果实就包裹在那绯红的三片叶的果荚里,挂在枝头,就像一串串摇曳的粉灯笼。到了深秋,成熟的籽粒就变得红黑发亮,一颗颗从果荚里蹦出来,滚得满地都是。

记忆中的栾树,永远在我的梦中挥之不去。适应性强、盘根交错的栾树,深深扎根于我的故土,它历经春夏秋冬、花开叶落,重复着生命的繁盛、衰败与新生。而我,却成了一个远离故土的人。我不再头顶星光,赤裸着双脚奔跑在故乡的江河边,与泥土亲近。我穿上了高跟鞋,踏入异乡的高楼大厦,在悬空的世界里,继续生命的喜怒哀乐,内心却怅然若失。

我犹如一棵移植在异乡的栾树,无论枝叶伸向何方,我的根依然在故乡。

西南散记

◎ 陈元武

鸽子墟的黄昏

从贵州往西南行,在赫章县西南与百草坪之间的鸽子墟,我们停下,住宿了一天。这里就是夜郎古国的所在,有一条路通往妈姑镇。这里是苗、彝、回三个民族杂居地。这里的苗族是黑衣苗,装饰略异于其他地方的苗人,通常有羊毛披风、拐子髻,女人包着黑布头巾,边襟袢扣的厚花边苗服,带绑腿的黑裤子,银饰较少,但男人喜欢挎着腰刀,女人也系着小匕首(防身),头顶插一枚硕大的白铜三股叉簪子。据说,山里有野物名魈,喜欢抢女人,女人用三股叉形的簪子吓走山魈。据同行的向导阿古说,这里的山魈有红毛山魈和黑毛山魈两种,红毛山魈类似猕猴,稍大,能直立行走,脸蓝色,颊微红类敷粉,声啸如猿,在山上疾走如飞,上树下岩,如平地;黑毛山魈大如猿,力大,脾气甚急,不待人近,即以声威吓,掷石相恫,其脸白如墨上雪,声雄如吼,怒则撼山树皆震栗,虎或熊罴亦不能近,或占山为王,人不得近。当地土人以为魑魅魍魉者,夜郎古记里皆以此为此物也。苗人或者彝人杂居之地,两者皆在高山深谷居住,耕耘劳作,彼此相熟悉。彝人善巫术,亦善战斗。彝人多狩猎,苗人多耕作,山里的羊也各自区分,苗人的黑山羊和彝人的白山羊,在同一片山上追逐着野草和溪流。彝人的服饰就跟苗人有些接近了,只是男人的发式略有不同,彝人的单边坡式的发型和苗人髻边留顶的拐子髻,活像夜郎古国青铜器上浇铸的铜人形象:人皆髡其首,留一发绺结为髻,直立冲天,而氐奴半其发,髡其半而结绺如羊矗(氐奴就是古代称彝羌的俗称)。

鸽子墟在一个山腰的驼峰上,像山背上的一个墟寨。原来是一个关隘的所在,守关的兵将便和当地的苗人、仡佬族、彝族混居在这里,成为附近一些村镇

(寨)的物资交易地。六月中的鸽子墟,像沿海地区的深秋,早晚有浓重的雾气笼罩着,而西南的一座不知名的山探出首来,鸽子似的扭头朝这边望着。也有说是谐音鸽子,是仡佬人家的诨名,但当地人一概否认这种说法。从着装看,仡佬人像是苗族和彝族的混合体,又像布依族的花套装,黑色或者蓝色底色的布料上,绣着百褶的条形鳞状花饰,裙子多为三段,中间以羊毛织成,染成红色,上下则为麻织,混以青、白、黄诸色,男子裙短,稍为单色,只加以一些动物猛兽的饰绣,对襟袢扣,长帕包头,男多短发,不留髻,类似于闽之畲族仡佬族在《史记·西南夷传》里描述为"僚"人,旧百越族之一。有些地方的包头则像壮族,服饰多重刺绣、蜡染,尤擅缂丝纺织,男者青布对襟密袢扣上衣、束腰带,长裤、布鞋。夜郎地的仡佬族多以打铁为生,会纺织刺绣等手工艺,俗称打铁仡佬,平常服饰多简易如汉人。鸽子墟的黄昏来了,我在风中像一棵树似的,接受着不断拍在身上的如水般的凉意。这里的风像长了只手掌,拍打着每每触及的一切。我以为寨子外立着的旗杆上,悬挂着的是长长的飘带,而老古却说,那就是寨子的风向标,他们通过风向来预测未来时间的晴雨冷暖。它更像是寨子长出来的一只手,绾着长长的秀发,像古书上所说的牂柯(古时用以停泊船只系绳的木桩)。古人想象力丰富,系船的木桩立成高杆,长长的缆绳便像风中飘舞的辫子似的晃荡。当地有一支苗人叫蒙正苗族,崇拜竹王,不祀他神。蒙正苗人的服饰特别,男人扎四角蓝方头巾,妇女梳竹挑边髻,或者头上顶一个牛角大髻(假髻),竹挑大髻,即一支竹簪横插在发间,将长发梢绕竹垂挂成旗状髻,看上去十分怪异且震撼。湖蓝色披肩,黑对襟上衣加节状绣袖口和袢缝,红色腰带加白色长百褶裙。古夜郎国中有濮人,以旗髻垂肩示其族。

我在鸽子岭的黄昏里迷失自我,似乎,这一切都是必然的,黄昏必然从山间落下,像山的黑色影子,拖着长长的身躯,像布氅一样汇聚展开。黄昏在阿伯的烟杆上升起,炊烟像飘起的神灵的影子,在黄昏的天空中渐渐扩散消失,而阿伯的旱烟却不会消散,他的脸淹没在黄昏的辉光里,他的身体像镀上了一层铜液。旱烟是随意的植物或者诗意,是意象之一,总被人不经意持在手上,从身体里喷出,再渐渐淹没人的影子。我和老古说,这里的烟是带灵魂的,他笑了,说,那烟你抽不来,凶巴得很。他的话带贵州方言音,重重的,像生硬的石头。老人的烟足足让我迷怔了许久,也许,这样的黄昏才是我内心里憧憬着的浪漫之一。也许,烟也驮得动沉重的肉身和灵魂。像飘动着的样舸系绳,总需要有灵魂才飘得起来,拖着沉重的船只,浸在冷冽的河水里。河里或者也有沉默的石头像船一样游走,跌跌撞撞。看苗人放排时的豪气干云,感觉这世界总有一些灵魂是有趣并且坚硬的。坚硬的河水碰撞出湍急的礁石荒滩,急流之下便有了放排苗人们那诗魂般的身影,赤裸着身体的放排工,在灵与肉与大自然硬碰撞中迸发出激情和火光。那条河看上去那么舒缓、安静并且随意。

也许,灵与肉是和谐统一的,大自然的表象之下,是狞厉和狂躁。老古说,老水鹳也不敢往深水里扎,因为有滚动的石头随时会砸到它。苗工们赤裸的身体仿佛是河水的通行证,急湍暗涌或者漩涡都经不起篙竿的数下点拨。河流的神经顿时驯顺和安静,鸽子墟的黄昏无疑是寻常和平淡的,但从阿伯的烟杆里飘出的浑白的烟缕,像是给这平常注释上一些别有的意味。山坡上的寨子次第亮起了橘黄的灯光,有些灯很亮,像刺眼的星曜一样夺目。但除此之外,似乎就剩下了鸡鸣和犬吠,剩下橐橐的敲击声和石头碰撞的闷响,它是鸽子墟黄昏的一部分,也是最核心的篇章。橐橐的敲击声里,有砍腊肉的声音,有敲击火塘吊锅的声音,也有敲击楼板和木梯时的脚步,铜锅里的水在沸腾,一些肉香和米香飘逸,在风中拉得细长,像诱惑的咏叹调。阿巴诅在敲击着竹节,诵着苗咒和颂歌,赞美着大地的良善和丰饶,赞美生活的一切。阿巴诅是巫师的名字,也是老人最神圣的职责,年老而通灵的老人,脸上刻着蝌蚪般的文字,皱纹像一部深邃的经书。他的脸细瘦,脖子的皮褶垂挂下来,让脖子看上去像贝叶经的册页,但他的眼睛里一点不浑浊,时时泛着光,那种光是宁静和坚毅的,是对某种信念的执着和坚守。竹节是他的法器,也是他长久的信念源泉。抚摸这油光泛亮的老竹子,感觉像触及一部宏大的民族史诗。

鸽子墟的黄昏是寻常意义的,我却从中找到了非寻常的感受。石头路上弥漫着远古气息的青苔,有些湿滑,但总体能够让一个村寨坚实站立着,古老的杉木柱上悬挂着的牛尾图腾,一扎棕榈的纤维组织,一扎红色布条拖曳的飘带,一条写满古老咒语的黄色飘带上,有着许多不为人知的秘密。硕大的牛头骨高高挂在柱子的顶端,犄角缠绕着黄色的丝带。也许,从某个黄昏开始,生命就像这牛头骨一样徒有其表了。苗族汉子有极强烈的自尊和自豪感,他们的脸上分明写着这样的情绪。黄昏能够让一天的终结变得诗意,也让某些具有倔强性格的灵魂像无所羁绊的山风一样肆意扫荡。树叶不时被风吹起,在空中摇晃着,起伏着,时光正如黄昏的脚步一样匆忙,黑夜打开了天空的另一面。我不知道能不能解析这一切的暗喻,星光如此璀璨,这是在城市里所看不到的天空,银河带着些许黄褐色的烟雾,缓缓地往天中竖起,然后倒转,像巨大的指针切过天空和大地。远处是幽暗的山的背影,高原的夜如此宁静,即便有风也是如此。星空、大地、高原,可以忘却的一切纠缠和劳顿,可以休息了,雄心和梦想,像牛一样,卧于尘埃,反刍着过去一天的滋味,想着未来的日子会如何困顿和艰难。牛表情坦然,目光似水。

　　鸽子墟的黄昏让我想到一段故事,但似乎不太适合当下的情形。我便回想起白昼里发生的一切,想想那些赤裸的放排工们,想想起野鸽子们不时掠飞过头顶,不知去向。想起阿伯那张脸,布满了皱纹,布满了故事,那皱褶的脖颈,像诗一样丰富的人生,像他手里的烟杆里吐出来的烟缕,像他喃喃念诵着的咒语,语音像从古老的气腔里发出来的唢呐之音,有这样的和没这样的寨民们执着而祈祝的表情。我知道,我是多余的局外人,我无法走进任何一个人的内心。我和老古尬聊着,彼此互相猜测着对方的心思。

辣椒上的阳光

　　头春的雨水刚刚落定,泥土里便活跃着许多生命,野草、虫子或者玛拐(青蛙),辣椒的种子落下的那一刻,这个年季的秩序便已经确定了下来。年季是他们的叫法,年中的季节,三百六十五天,拃长丈量着,也就是苞谷从根茎量到苞谷花穗的长度,加上插瓜点豆的间隔,一年的日程排得满满的。辣椒的日子一点也耽搁不得。布谷鸟叫的时候,辣椒已经长出一拃高了,嫩叶在风中沐着晨露,舒展成巴掌形的苗棵。清明时,辣椒花便星星点点绽开,细小,微白,不久,萎了,落花做成一枚尖细的绿色的果实,辣椒的个子不断伸长,直到一拃量不下,辣椒尖弯起,像只牛角。朝天的豆椒永远长不大似的,最终缩成了小米椒的模样,辣味却丝毫不减。辣椒上总浮着阳光,阳光是辣味的源泉,是火的结晶,人需要火和阳光,辣椒也需要火和阳光。瓜蔓上蛇行着蛛网似的蔓络,触须像螺旋似的锚住绳网和条,丝瓜、匏瓜、冬瓜、葫芦、佛手瓜,垂在瓜蔓底下,阳光在瓜叶上爬行。阳光像水一样注满每一朵花,空气中飘着花的香气,夏的热以阳光的形式四下扩散,天空难得静澄起来,蓝得通透,像洗去无数的灰尘后的瓷器表面。云也洁净,白得让人心醉。阳光像这一切的魔法师,能够让苗山侗寨变得像画一样完美,也让每个人见识到了阳光的清洁的力量。那分明就是一把火,燎干净了一切的杂絮和灰尘,世界变得透明而澄净。

我拃了下阳光的长度,阳光总在手指之外溢出。一棵青椒像涂了油似的,泛着光彩,阳光渗透进青椒的皮质,在细胞和间质里结晶,青椒格外沉重。老古说,青椒是日常生活的另一种方式,大约像我们歌舞时的欢乐样子,而红辣椒则是日常生活的本色,老人没事时,嚼着一枚青椒,那香气浓郁的汁水,能够让焦躁的内心释然,让浑身的疲惫化为虚空。这跟抽竹筒烟有所区别,竹筒烟能够让灵魂苏醒,而辣椒能够让灵魂起死回生。没有辣子的饭菜毫无滋味,没有辣子的日子,灵魂近乎死亡。攥一把辣椒,就是攥着一把火,直接就烧到了灵魂深处,浑身有使不完的劲,心里的各种块垒烟消云散。这里的猫狗鸡鸭生病了,剁一盆辣椒让它们吃,不消半日,病就好了,重又生龙活虎起来。我很喜欢老古说的,那就是一把火,人活着,身体里烧着一团火,火熄灭了,人就去了。辣椒就是一把火,火塘里的火能够让家活泛起来,辣椒能够让苗寨生龙活虎起来。老古说,这里的老人生病了,就要吃大把的辣椒。老人说,有一口气在,就要吃辣子,朝天椒的辣味如烈酒,牛角椒的辣香而醇绵,青椒香而细嫩。那就是阳光的火在里头。日头种在苗山哟,结出一个个瓜果,日头种在田里头哟,结出一垄垄的稻谷和辣椒。日头是味精,是火引子,日头是辣椒的命根子,辣椒是苗家人的命根子。有个叫"阿注打麻"的乡土歌舞,麻就是火麻子,老辈人叫辣椒的诨名儿,过去没有辣椒,吃麻椒。火麻子,"阿注打麻"的主角,穿着无袖的汗褡子,夹背心上镶着火红的麻子辣椒,手里拿着一串火麻辣椒。甩着麻子辣椒,天空便出现了日头,夜晚甩麻子辣椒,月亮便照亮了苗寨的边边角角。

阿注是后生,是他打来了风调雨顺。辣椒是引魂的幡儿,要是少了麻辣椒,日子就像少了盐巴似的无滋味。阿注甩长缰绳,系着串串的红辣椒和花椒籽,红的辣子、黄的辣子、青的辣子、白的辣子、绿的辣子、紫的辣子,缀上苗袍的袆褡,绣上苗家的头帕和裤头,手一甩,日头圆溜溜地转着,从山的一边到另一边。辣椒像火焰,一拃长的大头椒和手臂粗细的牛角椒,泡成酸菜,腌到田鲤缸里。秋后水稻收割前,田里的鲤鱼都收起来,圆鼓鼓的肚子里满是乳白的膘肉,剖洗干净,放入瓦缸中,一层鱼一层辣椒、八角、花椒、南姜、阳合、盐巴,腌上数月,就成了美味的"巴鱼"。当年,鱼氏族喜欢将鱼养在陶罐里,随着民族迁徙,鱼族走不动了,就将鱼放在水田里、溪壑里、深潭中,这种秀气的红尾鲤鱼便到了西南大山中。鱼氏族留下了鱼图腾的旗徽和画着鱼的陶罐、陶盆,消失于历史的长河中。布依族和壮族便是鱼氏部落的后代,还有鱼氏部落的随从僰人和巴人。苗人接收了部分鱼氏部落的人,他们便成为布依族和侗族,苗人和他们都称是盘王的后代。这种鱼是用来祭祀祖先和天地神灵的,比起腊肉更显高贵尊显。辣椒的出现,让苗族和侗族、布依族、仡佬族和汉族都喜欢上这种具有火的性格和火焰脾气的植物。

花椒和辣椒是他们日常必用的佐料,太阳成为他们追逐的偶像。竹子像野草一样生长,苗人像竹子一样萌茁。持一节竹子,似乎怀揣着大义和文章,因为有节,因为修劲不屈,像野草似的年年萌生,岁岁生长,绿荫底下,是日月的舞台,持一节竹子,就持着一段历史,幽幽的笛声,芦笙悠悠,岁月如歌,像青铜上铸刻的信仰,是传承已久的誓言。一把火,能够聚集来他们,一声号角,能够召集到所有的勇士。太阳似火,燔熟万物,火在辣椒之上,火在苞谷酒中,阳光便在辣椒之上,在苞谷酒中。月亮似水,似风,风在竹梢上舞着,在苗家女的腰上、胳膊上,在她们的一颦一眸之间,水在天上,水在人间。

辣椒,在阳光底下,阳光在辣椒之间。

与路遥同行

◎ 马语

在榆林地区师范学校上学的时候,我第一次见到路遥的书,那本黑色线条勾画的黄土高原千山万岭土黄色封面的《平凡的世界》的第二部,已被同学们翻得破旧了。听说过《人生》,小说和电影都是轰动全国!其时我在晋陕峡谷间一个小镇子上初中,是见不到这样的书的,更别谈看电影,至今没在银幕上看过《人生》,也未出现过见路遥的机会。

从黄土高原一个比田家圪崂、金家湾还要差一些的原始小村落走来,我五岁就开始放羊,上小学的时候就开始干一些农活了。记得是初二那年的寒假吧,大年三十那天下午,我还吆上我们家的一群山羊,在村背后的山梁上放,雪天雪地,羊们就刨着吃露出外面来的那些柴草、庄稼的枯秆,我拄着放羊铲站在斜阳映红的山崖畔上,等着日头再往下落,日头在西山梁上落到有一竿子高的时候,我就可以收工赶上羊群回村了。

一九九〇年榆林师范毕业,十九岁的那个夏末,我背着铺盖卷和几乎与我形影不离的《平凡的世界》,来到离家近千里的三边高原乡下的一所小学校教书——从此开始起早贪黑。

这地方离李季写《王贵与李香香》的地方很近。"一眼望不尽的老黄沙""三边没树石头少,庄户人的日子过不了"。李季这诗当然写的是过去。小学校后排泥坯、柳椽盖成的一排平房靠东头的一间就是我的办公室,将铺盖卷摅小土炕上,在师范学校上学时多次翻过的墨绿封面的《平凡的世界》摆在木框小方格玻璃窗户下油漆剥落的一张木头桌子上,还有一只小电热杯,就是我全部家当了。师生多数是学校两旁两个大村庄的,每天下午放学,我住的校园后的房子就只剩我一个人。那时风沙真多,获得"七一勋章"称号的"治沙英雄"石光银和巾帼英雄牛玉琴治沙林地都在我教书的这学校两头几十公里的地方。"三边一场风,从春刮到冬",窗户一片昏暗,满天风沙,连个电视机都没有,陪我的只有桌前墙上课程表前的那只钨丝小灯泡,吱吱作响的木椅……

那时候村村都有学校,想要调到城里教书,难于上青天。是读书和笔杆子改变了我的命运,我调进了城,不过这城里连乡下那么一间小土房子的办公室都没有,只有集体办公室。那时少得可怜的工资,是难以一直在外面租房住的。三边高原上,天地间无依无傍一个书生,费尽周折,也是该轮到了,搬进学校后排的一孔砖窑洞,便是家了。最大的梦想就是能有一个自己独处的书房,找亲戚做了一只书架、写字台一体的三合板柜子,靠窗下一横,旁边挂了一块小花布帘,书架顶上养了一盆文竹,便隔出一个书房,怀着文学的梦,夜夜耕读。累了时,关上台灯,只有月光照在书页上。

就想起来,一九八八年的暑假,我没有回神木南山里的老家,来到神木城边上的店塔镇的筑路工地上打工,就是扛着一把铁锤把四轮车拉来倒在公路上的青石头往碎砸,铺筑路基,神木的煤田要大开发了。两天下来,右手虎口疼痛得不敢往起抓锤子,干了大半个暑假,才挣了不到一百元钱,开学回到榆林师范学校,我第一天就跑下城里老街上的"现代人书屋"(两间房顶上长了狗尾巴草的砖瓦房)买了一套那墨绿封面的《平凡的世界》,好在那时三本《平凡的世界》才不到十来元钱。

到了城里,我的第一个"写作室",从未在我的作品中写到过——不堪回首。那所小学校外马路对面一片居民区,三间南房(三边地区正房对面修建的储物的小房)边上的一间,土坯墙上头架了木椽搭了沙柳条裹了泥巴,每次来了小窗户下摆放的我写作的桌子上都落一层黑尘埃颗粒,关键是在它的背后就是那家人的厕所。我廉价租来了它,空余时间钻在那里写作,夜晚十一点多离开"写作室"步走着回家。只把稿纸、笔和去北京时在王府井书店买的一套蓝皮的《平凡的世界》留在那里。

当初仗一支笔走天涯,只身一人来到榆林地区最偏远的乡下教书,这地方已经到了内蒙古、宁夏边界。几番辗转沉浮,又背着那套寄托我信念的《平凡的世界》,回到榆林,进了榆林报社当记者。生活却依然清贫,在城北租了两间房,其实是一间,人家院中间的一间砖木的小屋住人,紧靠着的东侧一个只有半间房子大的破砖木屋作灶房,上个厕所还要跑到马路对面公园里的大公厕……租屋不远处公园门口,常站着一辆女人推着的改造过的很大的人力三轮车,上面摆了好多的书,《读者》精华、古诗词、四大名著、中外名著一应俱全,所有的书统一每本十元钱。让我眼睛一亮的是那本《人生——路遥小说精选》。好多年,无论在哪里,只要遇见路遥的书,总想买上。到外地出差,相跟的人们都是逛商场买特产赠送亲人朋友,一双袜子几十元,已令我不可思议。在深圳,另一个同事给妻子买了一件褂子一万多元。我总是一个人跑着找大书店。

终于在这座城,有了自己的房子。

可是,还是没有自己的书房。两个卧室,一间小的可以作书房,可这时候孩子们已上学,我必须无条件让出来。单位里还是集体办公。

那时,实在没法。当记者嘛,平时可以抽空偷着跑回家来写稿子,星期六、星期天呢?

突然想到了去小旅馆写作。找到了一家二十世纪七八十年代砖头房子的旅社,是五金公司的,一切都是老旧的,但它不吵闹。供客人放水杯及小物件的矮桌,不可能趴在上面写一天的,一天要五十元钱呢,不可能让这五十元的小旅馆时光白白流过去的。把老旧的电视机搬过,把同样破旧的放电视机的桌子搬出来,放到床边上,一番抹擦后将笔记本电脑放在桌子中间,从包里掏出来一本《平凡的世界》放在桌子靠窗户的一角,阳光洒进来照在我从路遥故里背回来的这本书的丹砂封面上。

只有这本《平凡的世界》在这客舍陪着我。它看着我,仿佛也向我讲述着什么——是的,我的脑海里不时就会出现路遥在煤矿写作时的情形……

榆林城东沙,榆林地区师范学校红砖二层楼学生宿舍背后,那无边沙漠,那个十七岁的青年头枕着双臂躺在黄色沙丘碧绿沙柳下,土黄色封面上黑色线条勾画的黄土高原千山万岭的一本《平凡的世界》放在身旁,是埋下了一颗种子!

二〇一六年初夏,我来到榆林城西沙榆阳区政府挂职。主要任务是写一部书,我想给黄土高原写史立传;我向推动我挂职的市委副书记高中印、组织部部长陈宁汇报的是:"我要写《平凡的世界》的续篇。"

《平凡的世界》写社会大转型,农村由大集体转向个体包干责任制,整个国家由计划经济转向市场经济,在这一背景下,路遥写到了农村青年刚进城那时候的打拼。那么进城以后,千千万万的农村青年及他们的子孙,这几十年如何在百年奋斗路上和市场经济的汪洋大海里继往开来、搏风击浪、上下沉浮?就是我《流过大河的高原》众多人物的爱与恨、理想与追求、堕落与抗争、毁灭与新生。

　　在黄土高原上我有了一间自己真正的"写作室"(办公室,政府大楼上的一间房子),首要的一件事是,我把在神木城边上打工挣的钱买的、当年跟着我离开这座城走三边的那套《平凡的世界》,带到这"写作室",单独地摆放在写作(办公桌)的桌子右上角。

　　路遥的书是路标,立放于我生活和时光的所有十字路口。

　　紧紧地抓着这台历上的每一天,所有的节假日、双休日都在写,每一个年三十和正月初一也一样。多年过去,在两地的政府大楼上,双休日、节假日和平时一样,从大厅和楼道上来去,除过我,再就是保安。在这个独立的世界里,写作,翻阅资料,重读好多经典。思绪漫无边际,许多时候都是飘到"平凡的世界"。

　　在榆阳区政府的大楼上一写就过去了四个年头。根据写作的需要,二〇二〇年秋天,我又来到榆林高新区管委会挂职。办公室必要的那些用品(它们见证了我走过的岁月)都跟来了,当然最为重要的还是一直放在我写作的办公桌右上角的那套墨绿封面、每天看着我写作的《平凡的世界》,我在纸上建造另一个"新的世界",也随时从那个"平凡的世界"中出入来去。

　　这部书静静地放在我写作的桌上,仿佛时刻向我叮咛着,用一个作家的目光:"河南人迁徙大西北的历史大都开始于一九三八年那次有名的水灾之后。当时他们携儿带女,背筐挑担,纷纷从黄泛区逃出来,沿着陇海铁路一路西行,踪迹直至新疆的中苏边界——如果没有国界的拦挡,河南人还可以走得更远。""这样,孙少平就再一次来到东关桥头的劳力市场上。"

　　"正因为如此,黄原东关这个市场越来越繁荣了,从早到晚,大桥四周和街道两边的人行道上,到处都拥挤着北方各县漫流下来的揽工汉。""而围绕这些人的个体户饭馆、货摊、旅社急骤地向四周膨胀起来。整个东关就像一个吉卜赛人的大本营。""另外从各省来的各色人等也都混迹于这个闹哄哄的场所里……出售成衣的摊贩一家挨一家,一直摆到了长途汽车站附近,五颜六色、花花绿绿的衣服像万国旗一样在春风中飘扬。河南人、安徽人、江苏人、浙江人、广东人奇装异服、南腔北调,形成了一个奇特而驳杂的大世界。本城居民已把这里称作'黄原的香港'"。

真正的打工文学,正是从这里开始。路遥的写作始终与时代同频共振。

不止于此,他伏在陕北写作(二十世纪后期),他的思绪却在时间的河流上无尽回旋、飞扬,许多时候是漫溢到了生活和时代之外。

早在他的《平凡的世界》临近尾声的时候,就安排了这样的情节,孙少安跟着胡永合去省里和电视台"洽谈"合资拍《三国演义》:"经胡永合又一番鼓动之后,少安的心也再一次热起来……不能满足一辈子当个土财主,也不能只在石圪节有点名声。"

"我们姑且不评论这件事的可行与否,也不谈另有所谋的胡永合。仅就孙少安来说,也暴露出初发达起来的农民的一种心态。""需要指出的是,财富和人的素养未必同时增加。如果一个文化粗浅而素养不够的人掌握了大量的钱,某种程度上是一件令人担心的事。同样的财富,不同修养的人就会有不同的使用;我们甚至看看欧美诸多百万富翁就知道这一点。人类史告诉我们,贫穷会引起一个社会的混乱、崩溃和革命,巨大的财富也会引起形式有别的相同的社会效应。""对我们来说,也许类似的话题谈论得有些为时过早了。不过,有时候我们不得不预先把金钱和财富上升到哲学、社会学和历史的高度来认识;正如我们用同样的高度来认识我们的贫穷与落后……"

我常常这样想,最起码在我生活的陕西,但凡上过学、参加工作的人极少没读过《人生》和《平凡的世界》的,特别是在电影和电视剧播出后。不过,我在许许多多地方听到过:"《平凡的世界》就是写陕北的。"即使是在全国文艺圈也总有那么一些人将《平凡的世界》说成"乡土小说"。这是多么荒谬,甚至是偏见。

《平凡的世界》开篇就这样写主人公孙少平的相貌:"显得鼻子像希腊人一样又高又直",他们读《钢铁是怎样炼成的》《卓娅和舒拉的故事》。"双水村大队部,几家秧歌队凑到一起,礼节如同国家元首互访一样繁多。稍有不周,就可能酿成战争。"这样挥笔书写黄土高原的小山村。还有黑窟窿煤窑,"一片寂静,一片黑暗。只有各自头上的一星矿灯勉强照出脚下的路。这完全像远离人世间的另一个世界。当阿姆斯特朗第一脚踏上月球的时候,他的感受也许莫过于此。"孙少平在这样的煤窑下给大家讲的是《红与黑》,"安锁子突然像发情的公牛那般嚎叫了一声,夺过那本书,一扬手扔在了煤溜子上……于连,'夫人','小姐'以及整个巴黎的上流社会,都埋进了煤堆……"整部书的末尾,孙少安决定给村里盖新学校,特别提出了一点:"另外,还要高薪请一个小学英语教师。农村学生高考主要吃亏在外语上",作家在这时的目光早已投向陕北以外的大世界,思绪远远地飞越黄土地……

三本厚厚的《平凡的世界》,到处可见这样的世界的眼光!

这多年,只要碰见路遥书好的版本,都必买。两地挂职九年,写作这部黄土高原半个世纪岁月变迁史,写作的办公桌上却始终放着当年上榆林地区师范学校暑假去神木筑路工地上打工挣的钱买的这套墨绿封面的《平凡的世界》。

陕北高原的风雨,黄土地岁月的史歌,不同时代却是几代作家共同成长的母土。正是这样的血脉与基因,让我们一样情不自禁地为平凡世界里胼手胝足创造新生活的普通大众而歌唱!

在我自己的这部百号人物的多卷体长篇小说中,南下打工、创业的也是个小小的群体,其中一个青年从京城名牌大学毕业,多年里他的学长们多是回到黄土地从政,这个孩子为什么要南下?从事无人机研发。为什么又是选了这样一番事业?那就要找出非常充分的理由,就是无人机的巨大的前景。可是,我在陕北高原上最多能看到的是广场上、旅游景区那些被放上空中的航拍的无人机。还有当时我孩子从一所名牌大学毕业,说她的同学送她一个自己研制的无人机,我说那能做什么?不就是玩吗?最多就是用来航拍,在这部多卷体长篇写作之初,我对无人机的认识和想象就是停留在此处。

雨天的刨木花

◎ 许冬林

一

雨下得看不见雨。只听见屋檐下的水声,滴滴答答的像雨躲着藏着聚到一处去说话。介于鸭蛋蓝和蟹青色之间的天空,有种蓬松感——雨把天色下得起了毛。

雨线大约是极细密的,以水汽的形态漫漶着。看不见,摸不着,可是肌肤和呼吸都汪在丰沛的水分里。这样的日子,一切都像是软的,都像是坍塌下来,丢了轮廓,变了形。

丢了轮廓的,还有我的父亲。在下雨的日子,我的父亲不再是平日里那个表情绷紧、一脸严肃的父亲,他敛了锋芒,变得和气而陌生。在那个三十多年前的乡村,我和弟弟穿过笼在雨雾里的田野和村庄,奔回家,迎接我们的常常是满屋的刨木花。我们披拂一身毛茸茸的细密雨珠,立在门槛上,无处下脚:并不敞亮的瓦屋里,空气中挤满木头的香味,地上蓬松的刨木花,一圈一圈的,大圈缠着小圈,像浪花,从堂上的大桌脚下一路推涌过来,漫到大门口的门槛下。站在这满地刨木花里的,是父亲。

父亲的午饭又迟了!

他从一簇正翻卷出来的刨木花上方抬起脸,看着我和弟弟湿答答地站在门口,一愣,然后是抱歉似的一笑。他愣着发笑的那刻,极笨拙,眼睛里甚至有片刻茫然,他像一只被海浪推到沙滩上的龟,站在浪花里,无所适从。愣了一会儿后,他终于醒过来一般,恋恋放下手中的木工刨子,走进昏暗的厨房。他临走抓了一把刨木花,到灶膛里引火。潮湿的空气里,被切断或锯开的木头散发浓郁清香,这木头清香里慢慢又混进来柴薪燃烧的香味儿。这些香味儿也像一圈一圈的刨木花,蓬松漫涌在我们的嗅觉里。

在雨天,母亲总要回娘家。她一走,煮饭的事情便落在了父亲头上。父亲总喜欢趁雨天做木工活儿,他一做起木工活儿,就会忘记了时间,忘记了给我和弟弟做午饭。

雨天做木工的父亲,也像是受潮坍塌般融化了的父亲。他会向我和弟弟抱歉地笑,露出很白的很大的牙齿,他平时笑得少,总抿着嘴角。他半躬在木工长条凳上,朝我和弟弟抱歉着笑的时候,我看清他的门牙有一点微龅——干木工活儿时的父亲,一不小心就把自己暴露太多。他大约也觉情怯理亏,觉得自己不该玩木头,所以感到抱歉,所以讨好一般地向我们微笑——这真是变了天。那时候,我和弟弟总要在父亲抱歉的笑容里恍惚一会儿,因为违背常理,一时不能适应。要知道,平时感到抱歉的总是我们。我们放学迟归在田野上疯玩了,我们期末考试太慎重用他的钢笔答题,结果弄丢了他极为珍爱的钢笔,我们玩游戏不小心烧了人家的看鱼棚,被人家追上门索要赔偿了……实在,我们做儿女做得错漏百出的,害得他常常生气。他一发怒,我们就缩着脖子低头站在大门两侧,像两只哑口无言的石狮子,一动不动。我们不敢进门,也不敢跑远,心里怀着一万句抱歉。

我们没想到,父亲也有貌似理亏一般的抱歉。他一抱歉,就默默待在厨房里赶着生火烧饭,锅上一把锅下一把地手忙脚乱,那平日里做父亲的威风全颓了。这样的父亲让我和弟弟在短暂恍惚和不适应之后,很快就欢喜起来。

这雨天的刨木花的清香里,我们的父亲跌了威风,没了尖锐棱角,话儿少少的,声儿低低的。当他面对我和弟弟,他的脸是和颜悦色;当他背对我和弟弟在厨房忙碌时,他的背影里掺进了一丝母性的柔软和温暖。

雨天真好。刨木花真好。

虽然我和弟弟饥肠辘辘,虽然我们对他忘记煮饭怀有怨言,但是一想到这个雨天里的父亲,坍塌融化了一般的父亲,我们心里也快活得很,四处流溢的刨木花香味里似乎也有糖分在慢慢溢出来。如果平日的父亲是巍峨高耸的,那么这一日的父亲变成缓缓起伏的丘陵了,父亲降低了海拔,无疑,对比之下,我和弟弟的海拔上来了。心理上,我们接近父亲了,这让人激动。

我们的激动很快得到释放。父亲进了厨房，把一个涌满刨木花的堂屋暂时腾给了我和弟弟。我们把覆满细小水珠的黄色帆布书包，胡乱放在落满锯木屑的小椅子上，没有饭吃，我们就地取材玩起刨木花。我们像两条小鱼，刚回家，身上还覆满亮晶晶的水珠子，这些水珠子就像我们身上的鳞片，我们滚进满地的刨木花中，真软真香的木头浪花呀，我们把自己淹得深深的，又相互寻找。我们在蓬松的刨木花之间呼吸，细小的刨木花碎屑在鼻唇之间一跳一跳地翕动，我们像鱼在水底吐泡泡。那些刨木花舔干净了我们身上的水珠子，我们睡在蓬松的刨木花里，木头的香味儿层层叠叠，把我们包糖果一样地包好。我们像睡在云朵里。天上的牛郎织女都是睡在云朵里的吧，我们是小神仙了。

我们在刨木花的缠绕里，享受着一种在雨天才有的隐秘的快乐。这样的快乐，只有母亲不在家时才有。母亲不在家，我们就像是野生的了，雨水里怎样湿了衣服，刨木花里怎样沾了一身的碎木屑，父亲都看不到，父亲的眼睛里只长着木头。这一天，父亲也成了野生的父亲，没有人管束他。

二

我们的快乐很快就遭到了破坏。我家隔壁是伯母一家，伯母就像《灰姑娘》里那个午夜十二点的钟声，她一出现，许多事情就有了变化。

这样的雨天，伯母家的午饭是从来不迟的。伯母不大回娘家，很少耽误做饭这样的头等大事；即使伯母出门走亲戚，伯父也不会在家丁丁哐哐木屑飞扬地干木匠活儿。伯母家的日子过得规规整整，相比之下，我们家早一顿迟一顿的，常常成为笑话。在父亲忙于木工而疏于做饭的那些雨天，伯母经常捧着饭碗到我家门口，她总是先斜斜探头一看，仿佛还是踮着脚尖的样子，身子还藏在门外面，只探出半张小脸，似乎要小心翼翼揭开我家的秘密。她看见我和弟弟在刨木花里翻滚身子，像两头江豚在浪花里追逐嬉戏，然后，门框内，她真相大白一般终于现出完整的身影来，一笑，道：阿晴，你爸爸又干木匠活儿啦！其实，她是料定我父亲在家干木匠活儿的，一上午，锯木头的声音，刨木板的声音，木头的香味儿弥散在空气里比炊烟的味道走得还远，就算她耳朵躲过，可是她鼻子躲不过啊。

伯母不是来我家发现秘密的,她是要向我和弟弟揭露这个秘密:我们的父亲,又,在干木匠活儿了。

按说,干木匠活儿也是一件稀松平常的事儿,不值得一惊一乍。问题是,我父亲不是木匠,我父亲只是个农民。他是个热爱木工自学成才的农民,这个木匠身份像是自封的,他没有师父没有出身也就不被当作木匠,自然没人请他上门做木工。这个自封的木匠身份,只有在下雨天这样的农闲时间才会拿出来一用。父亲天晴时是农民,下雨时是木匠,他的木工手艺仅限于给我们自己家修理或打制家具。所以父亲的木匠身份,不仅在时间上是断续呈现,在空间上也局限在我家小小的堂屋。

伯母笑对我和弟弟,说我们父亲又干木匠活儿了,那意思是我父亲又在不务正业了,而且还误了煮饭的正事。我和弟弟那时已经能感受到外人话语里的嘲笑口气,既有一种不悦,又有一种羞赧。我们为伯母揭露我父亲的临时身份而生气,那简直像在揭露我们自己,让人感觉我家里这飘散着木头香的空气是不合法的,我们的快乐是不合法的;我们羞赧,是为我们的父亲僭越了自己种庄稼的行当,而去玩弄不会赖以为生的木工。他应该在麦子、稻子和棉花上打主意,而不应该对木头打主意。木头那里的事不是他的本分,他在木头上花费力气就是越界。

伯母揭露完秘密,也吃完了碗里的饭菜,她需要回家盛饭或者洗碗去了。丢下满面绯红的我和弟弟,站在一堂屋的刨木花里,仿佛浑身充满漏洞的道具,游戏已经进行不下去。我们坐到矮凳上,低头慢慢理着缠绕在脚踝上的刨木花,仿佛在清理身上残存的那些谎言。我们拉开一圈一圈的刨木花,有的有半个手掌那么宽,有的比筷子还要长一点,每一个展开的刨木花上都密布着细长的树木纹理,像蜿蜒的河流。我心想,父亲刨出来的刨木花真美啊——可惜,父亲不是个正统的木匠。虽然这些刨木花和那些正统的木匠们刨出来的刨木花一样芳香修长,可是它们依然显得形态可疑。如果父亲是个真的木匠就好了。我一边拨弄着脚边的刨木花,一边难过地想。

父亲做好了饭菜,踏着没到膝盖下的淡黄色刨木花,简直像蹚着滔滔洪水,将饭菜艰难送到堂屋的餐桌上。我和弟弟,还有父亲,我们围坐三方埋头吃饭,默默无语。桌子底下也翻涌着刨木花,我们坐在长条凳上,悬空的双腿和长条凳的四条腿,都陷在这样轻盈的木头纹理织成的波浪里。我们像坐在浪花奔涌的洪水上吃饭,心里充满颠簸感。餐桌上还浮着许多极小的木屑,桌面的缝隙里更多,饭菜的香里也混着木头的清甜香、清苦香,我们吃饭,也像是佐着木头的无数颗粒在吃饭。我害怕自己吃着吃着,会变成木头。对面的父亲,头顶上、脖颈处、耳朵边、鼻孔里,到处是木屑。父亲像是从一根木头里钻出来的,勉为其难,为我和弟弟烧饭,做一下我们的父亲。父亲很快还要回到木头上去。

我一边吃饭,一边偷偷瞟几眼父亲,心里隐约又有些心疼他了。

我小心擦干净脚底的碎木屑和刨木花,小心路过村里每户人家的门前,我努力让自己的脚印成为纯正的泥巴脚印,不带一点杂质。我不让我的脚印走漏一点消息,我把一个胡作非为的父亲细细掩藏在我家小小的堂屋里。

三

父亲打制出了一把小木椅。

他在那么多的雨天里,修理好了家中所有破损的木质家具和农具,终于放胆向制作家具发起冲锋。

一个又一个雨天,他有时在砍木头,有时在刨木板,有时在削木片……在那些分解动作里,我只看见一个农民带着对周围人的歉意去坚持着自己的木工爱好。是啊,我们都没当真,我们都不相信也没指望他能制作出家具。然而,这个没有拜过师、没有正经学过一天木工的农民,当真就造出了一把椅子。

是在某个雨天,他完成了之前的分解动作之后,开始组装。榫卯连接椅子的各个部位,然后用锤子敲紧实——组装得天衣无缝。父亲把那把小木椅摆在门口,迎候我和弟弟放学归来。我远远看见那把崭新的木椅,端端正正坐在门框中间,简直像皇帝的龙椅一般充满荣耀。

那把木椅小巧可爱,浑身散发着粮食和草木混合的那种柔软甜香,椅背处有父亲精心镶嵌的三根小木柱,手指一般粗细,扇状排列,手指拨动时小木柱还会转动。我坐在小木椅上,脊背左右晃晃,那椅背上的三根小木柱便在脊背上滚动,仿佛在给我按摩,这正是父亲巧妙的设计。这把小木椅只比我膝盖略高一点点,我们的小屁股落下来,刚好铺满椅子的坐面,我确信,那是父亲专为我们小孩子打制的木椅。弟弟爱坐,我也爱坐,我们常为抢坐这一把木椅而推推搡搡,半真半假地吵闹。

我心里开始渴望雨天的到来。在湿漉漉的空气里,父亲躬身在木工长条凳上,哧——哧——他的双臂一趟趟来回推动木工刨,仿佛在将一只木船推向大海,米黄色的刨木花一卷一卷的,像浪花翻涌,从他的手掌间迸溅出来我心里无比期待父亲再现壮举。

父亲像是早知我的心意,终于又打出了一把小木椅。我和弟弟从此一人一把,天下太平。后来,父亲在雨天又打出了两把小木椅,这样我们家一人一把椅子了。我心里充满了骄傲,心想,伯母这回该无话可说了吧。我常常把四把椅子在门前门后摆出一长溜,和弟弟玩着小火车的游戏,一种货真价实的快乐,让我终于敢大着胆子晒出来。

我没想到,父亲采取农村包围城市的战术,他打好四把木椅之后,再度发起冲锋,开始打制一张小方桌。小方桌配上小椅子,一家四口围坐四方,这日子正经庄严得像古人重兵把守的四方城池。我想,伯母的嘲笑大约不敢再来犯了吧。

寻常雨天,母亲除了回娘家,便是玩骨牌。父亲打小方桌时,母亲大约也震惊了,觉得有必要重视起来,便放弃了自己的娱乐,在家给父亲打下手,牵墨线,拉锯子,对榫卯……父亲越发有成就感,他做木工时,一边干活儿,一边和母亲说笑,他的又白又大的牙齿上也常常沾着木屑。

有了小方桌,从此我们家吃饭,基本不在堂屋里的大桌上吃饭了。小方桌搬动轻便,特别是夏天,我们总要把它搬到室外。在洒过凉水去了热气的门前门后的场地上,白生生新崭崭的小木桌亭亭立在晚霞渐褪的天空下,四把小木椅亲亲密密围在小木桌四周,天光还未暗,我们坐在小木桌旁吃晚饭,小木桌是明亮的,我们也是明亮的。这样的时刻,小木桌和小椅子散发着木头的香味儿,场地边沿生长的紫茉莉也悠悠吐着细细的芬芳,暮色从不远处的田野上一层层浓起来,暮色里也飘散着稻荷的叶香。

我们围着小木桌,也一寸寸沉进轻纱一样的暮色里。我们像是拥有了另外一种生活,是轻盈的,灵动的,吃饭在花丛边,暮色在饭碗里……回头看伯母家吃晚饭还挤在室内的大桌子边,就觉得那是一种很笨重的生活。

许多年后,我品味出那样的夏日黄昏围着小木桌吃饭的情景里充满花径与蓬门的诗意,但那时,我已经为父亲感到骄傲。

只是,父亲到底是卑微的。他是卑微的半个木匠,卑微地坚持着自己的木工爱好,又在我们家的重要家具的打制上冷静谦逊地住手。

记得那时我家起了新居之后,开始置办家具。父亲特意去江边的木材大市场购买木材,是来自山区的松树类木材,料子直,纹理缜密,木材格外芳香。木材运回家后,没几天,我家里就来了一个真正的木匠,是父亲请来的。这个木匠给我家打制了一张近三米长的高条几,一张大桌子,又给我和弟弟打制了一张高低床。木匠打家具的时候,父亲有时出门去干农活儿,有时在家站在门边看着木匠干活儿,像个店小二。木匠收工回去后,父亲将刨木花里那些零碎的木头捡起来,收藏好,后来这些边角料被他削成了木钉。

木匠完工走后,父亲在雨天又开始了他的木工。他使用的木料不是木材市场上买的好材料,而是我家房前屋后的树。这些树,形貌大多不甚好,树上的枝节很多,便是这样的木材,父亲得来也很不容易。它们有的是父亲少年时就种下的,长了许多年,父亲一直在等它们慢慢长高长粗。这样的树砍倒后,父亲先将树干沉进门前的许家塘里沤上一年,他说这样沤一沤,打出来的家具就不会生虫子。沤过之后,艰难捞上来晒,风吹雨淋后接着晒,晒上一年,父亲就动工了。

在那些荒寂的雨天里,我放学回家,看父亲站在门口,就着雨天的迷蒙天光,对着一根长弯了的木材或者枝节密布的木材咂嘴沉思时,我小心地踩着刨木花,默默走过他身边,心里怀着对父亲的疼惜。我是在见证过那个给我家打制家具的木匠做木工活儿之后,再来看我的父亲做木工活儿,就觉出他的这一点理想主义的爱好有多卑微。他的木工刨从来没有在松树那样的好木材上推过,他使用的都是就地取材的材料,弯曲的,布满枝节的,有虫眼窟窿的。他不曾像一个真正的木匠那样可以在一个明亮的晴天里慷慨地挥霍时间,他的木工活只在潮湿逼仄的雨天进行。甚至他的木工工具,也是前前后后置了许多年,但依然不如人家的齐全。

即便是这样,父亲依然从一个农民身份里逃逸出来,以一个理想主义者的姿态,做着他的木工活儿,度着他的雨天。他后来又用我家房前屋后的楮树、桑树、榆树、柳树先后打制了四把大椅子,两个长条凳,两个小矮凳,一个鸡笼屋,一副固定的抵达我家平房顶的木楼梯,一张书桌,一张弟弟睡的床,一扇厨房门,两扇杂物间的门……

在父亲做木工的那些潮湿的日子里,父亲在堂屋咻咻地刨着木头,我在房间里他打制的书桌上沙沙地写着作业,刨木花的香味儿从门缝里挤进来,在我的脸边软软地荡漾……我在心里敬重父亲,并且感受到,即使在贫乏的环境里,依然可以做一个理想主义者。

父亲是个农民。他曾怀着歉意,背负嘲笑,自己给自己重建了另一个身份——木匠。

他把晴天给了种植,把雨天给了木工。他在晴天解决粮食和生存问题,他在雨天建造他喜爱的木头世界。晴天的父亲加上雨天的父亲才是完整的父亲,才是与众不同的父亲。

那么多的刨木花,如果可以像诗词一样划分体裁类别,那么有的是绝句,有的是律诗,有的是长短句。有的婉约,有的豪放。长的,宽的,窄的;甜香的,苦香的,野草味的,泥土味的;米白色的,琥珀色的,浅棕色的……那么多的刨木花,都是从他手掌里蔓延出来的诗意。

诗意,常常是不安守本分的。

许多年后,我在逼仄的环境里坚持自己的追求。我常在黄昏时对着幽暗天光,细数内心的潮湿。可是,当我翻开书,低头嗅闻书页间干透的木浆味道,便仿佛在跟做着木工活儿的父亲重逢——我们都在创造出各自的刨木花。

南方多雨,父亲给我做过一双木屐,让我雨天行路用。我不常穿,但是喜欢。

哀牢山的鬼针草

◎ 何珈阅

一

从云南回来后,我的鞋子里和裤腿上仍紧紧黏着一些植物的刺,我认识它们,叫鬼针草,开黄白色的小花,可入药,是老相识了。离开故乡多年后,再次见到鬼针草,是在云南。

二〇二四年的元旦后,我第一次踏上了云南这片土地。云南和广西相距不远,当广西人出去旅游时,云南也就顺其自然地变成了首选。身边很多人都去过云南的大理、丽江这些热门的旅游景点,无形中也就造成了一种云南于我很熟悉的错觉。但实际上我从未到过云南,云南——就像别人口中常常提起的一个朋友,从未谋面却好像格外亲近。

高铁越过广西和云南的地界,土地就开始变换颜色。云南的土壤是红色的,红得鲜明亮眼,太阳晒红了鲜花瓜果,也晒红了这片土地。在云南的那些日子,天蓝得透彻,仿佛刚刷上的漆,大部分时间里没有一点云彩。这里到处是城里稀少见到的风景,渐渐地,也就不记得智能手机的存在了,时间过得比滴水慢,隐隐可以听见鸟鸣和树林盘旋碰撞的声音。从云南带回来的那段记忆,就像这些鬼针草一样,时至今日仍在深深浅浅地刺弄着我。

鬼针草有故乡龙岸的味道。清明节对于我们来说是跟除夕夜同等重要的节日。儿时,我只有清明节和春节才会有机会回到故乡,见到鬼针草。清明时节,天空总有几层烟雨和薄雾,我跟在拿着镰刀和扛着锄头的大人身后,爬土坡、跨农田、钻刺蓬,有时出现在青山面前,有时又躲进山中。回家时,总会发现自己衣袖上、裤腿上不知何时邀请了一些"朋友",其中就有鬼针草,也有苍耳。它们身上长着抵御外敌的刺,人类只要一接近,就免不了与它们发生纠缠。

  清明节是我和故乡龙岸为数不多的联结。我曾在另一篇文章中写到自己的三个故乡，一个是祖祖辈辈长久以来生活的地方，也就是父亲从小放牛、割草的龙岸，一个是我自睁开眼睛起就居住的宜州。宜州那时仍是一个小小的县级市，那里并不繁华，四处坐落着山，我们家就住在一条河边，有时我坐船上学，有时母亲骑车搭着我从桥上经过，河水就在我荡起的双脚下，每个季节都变换着颜色。在宜州度过了我童年自在的九年后，我们举家搬迁到了南宁，我剪去了长头发，戴上了近视眼镜，用一个自己都觉得陌生的面貌生活在这个城市。唯独指甲缝里的泥，是我从宜州时期还延续到这里的，带有从前那种自由放肆的气息，后来，就连泥也没有了，来到城市里，似乎理所应当地变成一个"体面"的人。在那些回不去的日子里，故乡的一切变得弥足珍贵起来，每一个故乡都埋藏有许多奇妙的故事，故乡也在我的一次次回望中逐渐丰盈圆满。有一段时间，我曾思考故乡该如何定义，哪里才是我真正的故乡，或许是我多年来无法安定的脚步，使得我急于去寻找一个可以在心里依靠的地方。久久想不通故乡在何处，现在索性不想了，那便处处是故乡，坦然地拥抱每一个叫作"故乡"的地方。

  我人生中的前九年都是在山环水绕中度过的，这导致我天生对自然有着莫名的情愫。在山水之间，最璀璨的颜色是红豆的颜色。红豆，"红豆生南国"的那个红豆，每次回到乡下的外婆家，父亲就会兴致勃勃地带着我们一帮小孩去捡红豆。捡红豆的地方并不近，但也不太远，要跨过一座桥，桥下是每个村庄都会有的小溪，脚步还要路过一些田地，在歪歪扭扭的泥路上行走一段时间，往往是在我还没有反应过来的时候，红豆树就到了。一棵参天树，长在一座山下，我们每次来看它的时候往往是冬天，红豆树上的叶子都枯黄了，但枝头挂着的豆荚里仍贮藏着熠熠生辉的红豆。红豆到了一定的时候就会自然坠落，有时也依靠风、雨，它掉在树下的土地上，也被路过的村民踩在脚下，从而被掀起的缕缕尘土掩埋。所以有些红豆不是靠捡的，而是用树枝轻轻刨几下，一颗红豆就显露了出来。红豆是自然的色彩，山间的宝物，捡到一颗饱满明艳的红豆，那种心情很难用准确的语言形容出来，也许只有豆荚和泥土能够明白。

  搬到比宜州更大更繁忙的城市里后，父亲的工作比以往忙了许多，我们很少回去捡红豆，也没有机会在夏夜虫鸣的荷花池里晒月光，更没有时间顺着山和道路延伸的方向一直走回家。后来,在我外出读书的整整六年时间里,因回去的路途十分遥远,我几乎没有机会在烟雨朦胧的清明时节回到龙岸,更毫无理由再回到那个我们已彻底搬离的宜州。消失的鬼针草再也没有被谈起,久而久之,我逐渐忘记了这个世界上还有一种叫鬼针草的植物。

二

汽车绕着盘旋的山路,驶过几乎是三百六十度的拐角,就这样一直开,直到三四十分钟后,我们到达了这座大山的山顶,山上是平坦的路,两边还能看到凸起的山坡,往下看,山与山之间的凹槽处星星点点,是人们居住的痕迹,我们离这些星光越来越远,好像把车开到了另一个远离人间的世界。我的心情激动到了顶点,从前坐车驶过盘山的公路,也走过山底下的路,却第一次在山顶上见到如此平坦绵延的道路。夜越来越黑,就这样陷落在黑暗里,路在黑夜的帮衬下看不见尽头,山上没有路灯,只能凭借车灯去驱赶黑暗。车子就这样在山顶上奔跑,在每一次上坡和下坡中波浪起伏,每一次拐弯都无法预料到下一条路会是怎样的曲折。

终于,车缓缓停在了一片黑暗中,我正准备从车里下来,看见师姐打着手电筒,于是我也学着点亮手机的手电筒,灯光在黑暗中燃起,通往黑暗,方圆几里的土地上好像只有我们这两盏灯光,其余的都是沉寂的黑暗。抬头看向天空,黑夜笼罩了我的双眼,星星铺满夜空,有明有暗,灰尘一样随意散落在各处。师姐指着夜空告诉我,当那几颗看起来不相关的星星连成串,就变成了猎户座,可惜现在是冬天,如果是夏天,会有很漂亮的银河。山上的冷空气以均匀的速度涌进我的鼻腔,我看着眼前的景象,脚步凝固,一动也不动。师姐的话一点点铺开了我的想象。是因为在山上吗,感觉离天空更近。如果我手里的光是在向星星打招呼,那么星星也会收到我的问候吗?我来不及幻想太多,几声连续的狗吠打破了这个美妙寂静的时刻,我在师姐和她母亲以及手电筒的护送下仓皇走下黑暗的土坡,在一阵慌乱中溜进院子里,那时,还没等来星星的答复。

师姐家是山上的一座小屋,我们到达的时候是晚上,尚未来得及参观这座屋子,直到第二天早起时才认真看清了它的全貌。在我到来之前,师姐曾多次跟我提起她的故乡,也在朋友圈里看过她家门前的那片土地,于是便无数次在脑海中幻想这座屋子应该会有的模样:这是哀牢山上的一座林中小屋,屋前是大片种满作物的土地,四周紧挨着高大成群的松树林,她辛勤的父亲母亲多年来就生活在这里,与山林鸟兽为伴。而当我真正到了之后,发现除了树林和房屋的距离没有想象中的那样近之外,其他的都跟我脑海中的画面十分接近。哀牢山这条山脉在我的视野里逐渐具象化,它不再是一个听起来有点忧伤的名字。

实际上,哀牢山是一座巨大的山脉,它分流了元江和李仙江。师姐家所在的村落名为竹子村,我打开地图,看到我们所在的山峰叫竹子村老黑山,老黑山应该就是茫茫哀牢山上的一节。师姐说她的父亲作为护林人,承担了守山护林的责任,于是便携妻儿搬离了村落,来到另一个山头,在这座山头,只有他们一家居住,如果在这里大声呼喊,方圆几里都得不到人的回答。

我终于知道,我到访了一座寂静的大山,在这里,貌似有更多静默的时间去洞察眼前这个陌生的世界,也许还能洞察自己。

三

师姐说,昆明不应该叫春城,而应该叫作阳光城。其实不只昆明,当我来到哀牢山上时,发现这片大地几乎每天都受到太阳热烈的笼罩。在北方上学的时候,冬天寒风瑟瑟,太阳每天照常出勤上班,却无法从它那里感受到一点温暖,我们常常戏谑北方冬天的太阳就像是冰箱里的灯。云南却不一样,白天和晚上是两个世界,白天,太阳不遗余力地散发热量,即使是在冬天,太阳打在人身上的时候,仍会有炽热的感觉,他们把这叫作烤太阳,"烤"这个字用得真恰当,清晨山上的气温很低,得套上羽绒服,但是太阳的出席就会把人间变成另外一个样子,阳光帷幕般慢慢降落在院子里,带给人暖意的同时,也宣告着这一天的序幕。

车开在盘旋的山路上,阳光被树影切成碎片,一层层掉落在我们身上,师姐一边开车,一边给我介绍这座山和森林里的一切,我觉得她此刻像一个导游,也像是这座森林的朋友。

师姐的声音从斑驳的光影中响起,她说,这条路上常常有动物出没,人们跟山林中的万物形成了默契,在路上与动物相遇时都会主动停车避让,等动物先行。我看着周围的密林问道,山里有没有野兽出没,会不会伤人,师姐答,山里的动物都不会伤人。我面对师姐的回答,没有开口说话。真有这样的事情吗?我一时难以相信这句话,认为这也许是她安慰我的说辞。

师姐家门口丛生着一大片松树林,它们像一阵旋涡,吸引着我,忐忑又好奇。但去到眼前的这片密林,需要经过一段下坡的路程,回家时又要爬上坡,尽管这个坡并不长,但对产生高原反应的我来说仍是一次漫长而艰难的挑战,需要像学电影时的拉片子那样,一帧一帧地抬起自己的脚,抬起,放下,抬起,放下,依靠脚步慢慢挪动自己的身体,身体尽量不要晃动,否则心就会跳得更加快,我有过心跳加速的经历,像舞狮子时打的鼓,心跳得太快,就会有一种类似于疼痛的感觉。也是由于高原反应,我在这里不得不开启一种慢生活,这与我平时的生活习惯极不相符。说话是快的,有时甚至快到舌头打结,整句话像麻花纠缠在一起,说不清楚,于是又要重新说。走路是快的,慢慢走路无异于温水煮青蛙,是一种煎熬。因此什么都要快,要抓紧,等不了,也不能等。在山顶上的我,不得不强迫自己关闭二倍速的模式,开启缓慢的人生。

我慢慢地走进树林,微微低着头,一个陌生来客,目光小心地打量着眼前这个复杂的世界。头顶是层层叠叠的松针,脚下有枯黄的松针铺成的地毯,偶有插队的野草,肆意散落在林间,迎着光的方向舒展身体。风看到这里来了位新客,它好像不太冷静,一下下吹打着树枝和树叶。我敏捷地抬头,想要去捕捉这些风吹草动,以为是松鼠或者别的动物,却扑了空,什么也没有,除了风,周围全是绿色的静谧。没有野兽,没有蛇和鸟,也许有忙碌的昆虫,但是我的感官无法感知到,此刻躁动的就只有风,和我那一颗加速跳动的心脏。我站在松树下,背对着阳光,低头看自己的倒影,跟树并列,跟大地垂直,松木的香味溢满我的鼻腔,感觉到身上的每一个毛孔都在缓缓地张开。心情在那一刻达到了顶峰,这是一种我从未有过的放松的感觉。茂密的树林在这一刻从神秘变得亲近起来,我低头观察松树上的树皮,上面冒出一些植被和纹路,像一张自然的地图,颜色有深有浅。甚至,想躺在脚底松软的松针上,小憩片刻。不知怎的,我突然真正相信了师姐说的那句话,山里的动物怎么会伤害人呢。

旅途与其说是寻找风景，不如说是寻找自己的一个过程。在山上，我找到了一种与自然对话的方式，一些理解世界的新视角，也逐渐在我的脑海中开启。裤腿上的鬼针草应该就是在我钻进树林里的时候悄悄爬上来的，在键盘上打出这个名字的时候，我不由得再次感叹"鬼针草"这个名字的巧妙。

洗干净的毛巾和袜子要晒在哪里？我在发愁，在院子里东张西望。师姐说，你看到的任何地方都可以晒衣服。好，那便可以自由发挥了，院子里有片小菜地，里面有几棵菜，也有掉光了叶子的矮树杈，树杈上分别挂有一双用旧的手套和一个口罩，手套有些破损，口罩沾了些灰尘。于是，我就把袜子挂在它们下面的枝丫上，用不着衣架，袜子就这样直接耷拉在枝头，依靠树枝的力量支撑起来，树枝有些弯曲，但不至于折断。毛巾太重，不适合这棵小树，于是就给毛巾找了另一个地儿，将它安放在院子外面的树枝上，这个位置恰好可以迎接正午的太阳，还面朝着山顶上的落日。在山上生活，一切都是那样肆意、随意。

在一片绿色和土黄色混杂的山坡中，我蓝色的毛巾格外显眼。沾点大地的尘土，或掉落几片树叶在上面，片刻又被风吹走，那就再捡回来吧，都没关系，这条毛巾至少吹过山野的寒风，受过烈日的烘烤，它还有幸见过猎户座，见过天边那条浅浅的银河。在山野中飘荡过的毛巾，是不是会比从前更加坚硬些、耐用些，或许它能变成一条坚韧的毛巾，就像这大山上的人一样坚强，这样，它就能陪伴我更久些。

不管是外来的物还是人，竟与这座山相处得如此融洽。

我本是一个中度洁癖患者，来到这里竟将我的洁癖症淡忘了许多。刚从地里砍回来还没有清洗的甘蔗，我竟萌生一种冲动，想直接将甘蔗放入口中，大口品尝它清甜的滋味。那甘蔗上也许沾了点土或是乡间的灰尘吧，没关系，进到嘴里就变成了大地的芬芳。

纱之书

◎ 张毅

桑之未落,其叶沃若。

于嗟鸠兮,无食桑葚!

（《诗经·卫风·氓》）

一

日军占领青岛时,母亲曾作为劳工,在一家日本纱厂打工。

母亲早年总是不断地说:青岛,我年轻那会儿……她的眼里含着依恋,含着山水,含着岁月。母亲说:你有空到台东去看看,那里有家织布厂,从台东汽车站往左拐,再往左拐,见到一座老房子后,再往右拐……母亲的语气,软得像一段丝绸。

我家衣柜里有一段丝绸。当年,母亲打工的那家工厂生产一种很好的料子,叫"天湘绢"。我家衣柜里有很多旧衣服,散发着复杂的气味,只有那段丝绸像一位未出阁的闺秀,凉爽、绵软,亲切得如一句亲人的问候。我能想象母亲和与她同样大的女孩一起离开故乡时的惊喜、迷茫和伤感。在她的花季岁月,她无暇沉湎于自己的青春梦想,那家早已消失的纺织厂里,只留下了她的少女倩影。那些年,她用更多的时间面对那些来往穿梭的纺锤。在棉线与机器之间,美丽的母亲没有想到,后来她会与青岛失之交臂,然后回到故乡成婚育子。

我多次沿着那些起伏的街道寻找母亲走过的旧迹。有一次,我在台东遇见一位老人,我问他那家纺织厂的位置,他问:纺织厂? 我说:那里有一家电影院。老人问:电影院在哪儿? 我说:在一个邮局旁边。他问:邮局在哪儿? 我说:在一个汽车站旁边。老人说:汽车站在哪儿? 我说:在台东。他问:台东在哪儿? 老人像一部陈旧的织布机,抽不出一丝清晰的记忆。我与母亲在不同的时空站立在同一个地点,却已是人物皆非。那一刻,我能感到自己血液的涌动。关于那段丝绸的来历,我从未问及,母亲也未曾说起。

我是在追寻母亲足迹时,查阅到与这座城市纺织业有关的资料的。那家纱厂是十九世纪初一个周姓实业家创办的,当年,他通过德商瑞记洋行,订购了整套英国爱色利斯纺纱机,建立了华新纱厂。当时注册资本一百二十万大洋,拥有纱锭一万五千枚,工人两千名。产品畅销胶济铁路沿线及沿海诸省,成为华北地区最大的纺织印染联合企业。

七七事变后,青岛被日军包围。时任市长沈鸿烈拒绝日军要求投降的指令。不久,沈鸿烈接到蒋介石密电,命令他在日军入侵前实行"焦土抗战",在必要时将纱厂彻底炸毁。一九三七年九月,执行"焦土抗战"政策的青岛通讯爆破大队秘密成立。当时有文字记载:

> 十二月八日,爆破计划正式启动,从沧口、四方到市内连绵三十里,到处火焰冲天,爆炸声此起彼伏,包括九大纱厂、四方发电厂、铃木丝厂、丰田油厂、橡胶厂、自来水厂以及青岛港的船坞及其他机械设备全被炸毁,留给日本人的是工业废墟、堵塞的航道和一座只有五万人的空城。

同时,青岛附近海面上布置了鱼雷网和水雷网,力图阻止敌人登陆。为加固青岛的市区海防线,根据国民政府指令安排,驻青岛的所有东北舰队所属舰艇自沉阻敌。十二月二十六日,日本宣布封锁青岛海面交通,使青岛进一步陷入孤立。十二月二十七日,沈鸿烈率部向鲁西南撤退,自此,青岛已几无防御,数日后沦陷。

日军入侵青岛后,将停泊在港口的轮船钉上了"大日本海军管理"的木牌,全面封锁海面,只允许日本船舶进出港口。之后,日本垄断了青岛的纺织业,华新纱厂被日本商人吞并。他们征招大批中国工人在纱厂做劳工,我母亲就是在那时进入华新纱厂的。随后,日本商人把新生产的丝绸和布匹,通过海上的货轮源源不断地运往日本。

在查阅资料时，有一组照片让我十分难忘：两艘日本货轮停靠在码头上，暗灰色的烟囱冒着黑烟，岸边站着几个日本士兵，手里端着机枪，眼睛警惕地巡视四周。几十个中国工人把丝绸和布匹扛在肩上，通过晃晃悠悠的桥板往货轮走。我能想象到当时的情景：丝绸和布匹装满船舱后，随着船头方向传出一阵汽笛声，货轮慢慢移动起来。波浪拍打着船体，船身开始在海水里剧烈摇晃。一群灰色的海鸥从船后飞来，在防波堤前面慢慢越过船体，在空中慢慢滑翔。随后，船头发出一阵发动机的轰鸣声，货轮在海上转一个弧形的弯，很快在海雾中消失不见。

日本占领青岛时期，父亲也在另一家纱厂打工，那是一段关于殖民统治的记忆。那些年，在这座移民城市里，我的父亲和母亲形同陌路。也许他们曾经同时爬上那辆开往青岛的火车，或者在一个茶馆擦肩而过，或者在不同的饭店使用过同一双筷子，但在那段漂泊的日子里，他们并不认识对方，是在回到故乡后才经人提亲成婚。在新婚的洞房里，他们一定会惊讶地问：啊，原来你也在那里待过？之后，便是久久的沉默。

透过时间的栅栏，我依稀看见父母背着破旧的衣物离开青岛的背影，笼着失落和感伤。他们是我们家族里最早的寻梦者，送别他们的马车又一次将他们接了回去，故乡再一次接纳了他们。我手边有一件青花瓷瓶是父亲留下的，它伴随我从老家到青岛已有四十年之久。洁白的胎面上有淡淡的青花细纹，像一位风清月白的少女，其上留有父亲、母亲以及其他亲人的指纹和体温。随着年月的流逝，这种体温在慢慢消退。家族像一条幻觉中的河流，当我逆流而上时，却只感觉到时光的遥远、情感的迷离。我只有通过想象去弥补家族成员沉浮过程中某些缺失的细节。怀想家族迁徙的经历时，我总是把窗帘垂下，让周遭静下来。那一刻，有种刻骨的东西，像一把刀子从心上划过，带着灼人的光。

二

母亲的一生都与纺纱有关。

小时候，我每天早晨都会被母亲叫醒，穿好衣服便急匆匆跟着大人往桑园走去。当年，老家有三百亩桑园，在胶河上游的河滩上，绿油油的一眼望不到边。

早晨,太阳从挂满露珠的田野升起,云彩红得像鸡冠子。去桑园的路两边长满了野草,草丛里不时有蚂蚱飞起来,亮出平时看不见的红色内翅,发出咔咔的响声。河面上有一层薄雾,有时像炊烟,有时又像掉落下来的云朵。河边树林里有很多鸟,如灰椋鸟、红翅黑鸟、冠蓝鸦、黑冠山雀、金翅雀。桑园周边零落着一些高大的芙蓉树,树冠层层叠叠地向四处延伸。春风吹过,硕大的芙蓉花骤然开放,暴雨来临时,整片树林都在轻微地颤抖。暴雨过后芙蓉花落了一地,到处弥散着浓郁的香气。每到春天,桑树抽出嫩芽,通往桑田的路边停了几辆马车,太阳淡黄的影子透过桑林斑驳地落在地上。采桑叶的人不断进进出出,桑田里不时传出拉车挑担的哎哟声。

采桑叶的人多半是妇女,她们提着篮子,影影绰绰地散落在桑树之间,猫着身子在桑树丛中采桑叶。她们低声交谈的声音不时从桑田里传来,却只闻其声,不见其人。桑叶长大后,人们开始在树下采桑叶。满树的桑叶闪着绿光,把整片天空染成了淡绿色。采桑不宜太早,须等露水被阳光蒸发后才可以采。我开始采桑叶时,奶白的浆汁从叶柄溢出,弄得两手黏糊糊的。时间久了,慢慢懂了一些桑蚕的习性:桑蚕嘴刁,只选鲜嫩的桑叶吃,所以桑叶不能采树枝高处的,那里的桑叶太小,也不能采低处的,那里的桑叶太老。

拉桑叶的马车从路上驶来,缓慢的车轮吱吱嘎嘎地响着。妇女们把采来的桑叶装上马车,车夫们甩着鞭子,"嘘嘘"地吆喝着马。太阳把马车的影子投在地上,马蹄在路面上敲打出清脆的声音,车轮碾过寂静的乡村道路,一路朝蚕场方向驶去。桑叶撒在蚕床上,很快就传来蚕吃桑叶的声音。每次从蚕房走过,都会听见下雨一样的响声,"沙沙沙,沙沙沙"。蚕眠时断食,丝会断,不断食则丝相连。桑蚕生长期短,二十五天左右开始吐丝做茧,用丝把自己裹进一个黑暗王国。不久,蚕丝又会被人们一点点抽出来,这道工序叫缫丝。煮茧时,师傅在水中放入适量的碱和石灰,用来脱离脂肪与胶质。水的温度很有门道,大锅烧水煮茧取丝为"火丝",色不白不亮,价贱。水开后煮茧,浸入冷水取丝为"水丝",光亮洁白,价高。清晨,缫丝师傅就开始缫丝了,他把蚕茧泡在盛满水的锅里,水沸腾后,蚕茧不停地浮出水面,师傅用筷子把它们按下去,蚕茧泡在水中,丝头就会自己漂出来,师傅用手把蚕丝一点点抽出来,卷绕在丝筐上。缫丝师傅说:结茧一粒,吐丝千丈。每个蚕茧就是一条丝缠绕成的,一条丝有两千到三千米长,蚕丝很细,在阳光下闪着光亮。随后的工序是织造,就是把蚕丝织成丝绸。老家丝织业用的都是传统木机,也叫扔梭木织机,是一种古老的人工纺机。当年,老家的许多人家都有木机,嗒嗒的木机声日夜持续不断。

母亲是纺纱能手,白天在桑园采桑叶,晚上回家织绸。人工织绸要经过配丝、络丝、牵机、作穗、织造等步骤,这些步骤完成后即可上机,使经纬交织成绸。织绸,要把好三关:一是绞口(开绞),二是水口(穗子的干湿度),三是饭口(松紧)。绸布织好,母亲让我拿到染坊铺染色。

染布使用的蓝色来自一种叫蓝草的植物。蓝草生长在潮湿的林地边,夏秋之交,农民就开始采收。人们把蓝草放进木桶里,在水里浸泡三天,等枝条脱落后,将叶片捞出,再加入石灰搅拌,浸液由乌绿色转变为蓝紫色,沉淀后得到的就是染料,称作蓝靛。我喜欢蓝色和紫色,不喜欢黑色。每次看到白布慢慢变成黑色,心里都要难受几天。

三

老家的纱厂倒闭后,母亲纺纱用的木机就废弃了,堆放在院子南墙地上,上面落了厚厚一层尘土。母亲用平日省下的钱买了一台缝纫机,开始给别人做衣服,几年后成了当地有名的裁缝。晚上,母亲收拾完碗筷,就会坐在缝纫机前,借着油灯开始缝纫。那是一台上海牌缝纫机,机头下有个琥珀色的台面,台面下面有个踏板,一根皮带和缝纫机机头相连,用脚踩下面的踏板,踏板就带动轮子转动起来。晃动的灯光将母亲的影子映在土墙上,像一张被烟熏暗的年画。在那间阴暗的小屋里,我常在放学后一次次轻踩那个生锈的踏板,听转轮咔嚓咔嚓的声音,然后慢慢安静下来。那年月,人们衣服的颜色比现在单调得多,不是灰便是蓝,要不就是黑。人们的表情也时常是怯懦或者麻木的,有着明显的时代的痕迹。

我有一件棉上衣,是上初中那年母亲做的。上初中前,母亲花了二尺半布票和十三块钱,扯了一块蓝卡其布,用两个晚上做了那件棉衣。后来每次翻弄那件棉衣,耳边都仿佛响起缝纫机的声音,心里总是暖暖的。我常常一件新衣穿不了多久,膝盖上就磨出一个洞。母亲就找来布头,用缝纫机补好,让我继续穿。补丁,是我对衣服认知的重要部分。那时,我们的衣服上都有几块补丁,或者膝盖上,或者拐肘处。补丁大小不一,布料质地有别,颜色或深或浅。那些补丁,记录着我们的顽皮以及母亲的叮咛。

二十世纪八十年代以后,我们开始去商场买衣服穿,渐渐地,来找母亲做衣服的人少了。那几年,母亲的角色发生了历史性的转变,她由一个受人敬重的老裁缝,变成了一个专门为儿子们做饭的"煮饭婆"。来我们家敲门做衣服的人消失了,那个有名的裁缝被人淡忘,母亲的神情里多了几分惆怅、几分失落,虽然她不说,但我们看得出来。她的地位如同那台立在房间角落里的缝纫机,显得异常孤独卑微。那段时间,她常在阳光下手搭凉棚,不断朝门口的方向看,听到有人走近就赶紧把门打开,然后眼神由欣喜变为失落。等路过的人渐渐走远,她落寞地在院子里走来走去,好像丢了什么东西。有时,她会走到缝纫机前,给台面擦擦灰,给机头上上油,或者踩几下踏板,听缝纫机发出均匀的沙沙声。这时,她的神情就会慢慢由惆怅转向安详。

母亲去世后,我把老房子卖掉,一些杂物送给邻居,只把那台缝纫机带走了。现在,这台老式缝纫机在我家阳台上。往事停留在它琥珀色的台面上。这台落满尘土的缝纫机、那些母亲亲手缝制的衣服,还有衣服上反复补上去的补丁,都沾满了母亲的指纹和温度。我似乎听见一个源自远方的声音,那是缝纫机在时光深处发出的声音。

四

多年后,当年母亲打工的那家纱厂成了一个纺织博物馆。在一个展室里,我看到这家纱厂生产的丝绸正斜挂在寂静的光线中,仿佛来自另一个时空。在手指触及丝绸的刹那,我感觉指尖传来一股生命的凉滑,丝绸在我面前释放出一缕熟悉的气息,那是春蚕在桑叶上进食时的气息,是秋蚕吐丝做茧时的气息,是蚕茧在水里缫丝时的气息,是阳光、雾气、溪流的气息。治丝、调丝、纺纬……丝绸是有生命的。我想起当年看到的织丝工艺过程,耳朵里嗡嗡作响,眼前交叠着一些幻象——雨后闪着光亮的桑叶、静止或蠕动的茧、一匹匹随风飘动的丝帛,以及在时光中俯仰的人们。

十二月花神

◎ 徐 迅

黄泥老街的天气阴沉沉的。

在阴沉沉的天空下,我们在街上进行测绘。那时我们全省正在进行村镇规划,我们的身份叫作村镇规划员。我之所以当上村镇规划员,是因为刚刚失去一个在文化站工作的机会。我十分渴望得到那个工作。在知道得到那个工作时,大队书记与大队长特地赶到我家祝贺,妈妈激动之余,在鸡笼里一下子抓住一只鸡,用乡下待客的最高礼节——挂面烧鸡腿表示了敬意。两位领导抹抹油嘴,对我说:"明天,明天你就去乡里报到!"

但万万没想到,第二天得到的消息是换了一个人。我到乡文化站工作的愿望就这样落空了。当时我心情沮丧,一时说不出什么滋味。我这种心情还影响了很多人,父母、叔伯都为我担心。但当时我没有找大队领导理论,也无暇顾及父母的心情。因为传言很快就出来了,说是乡里讨论时一致推选我,但大领导和替换我的那人的母亲的娘家是一个地方的,大领导执意换掉了我。仿佛怀有一种歉意,那年另一份招干通知到了乡里,乡里通知了我。

这个通知就是招聘村镇规划员。过了很久我才知道,乡里在通知上看出了蹊跷,或者说乡里本就知道事情的原委。村镇规划工作不是长期的,只是个短期工作。乡里通知我,是因为我刚经历了一次选拔。刚刚经历一次失败的我像抓住了一根救命稻草……很快,我拿到了这份通知,接着就到县里报到了。

报到时,我看手里攥着这样通知的有三四十人(每个乡镇一人)。除了像我这样刚刚落榜的高考生,还有几位是退伍军人。县里让我们在一个简陋的饭店集中后,便开始进行简单的培训。培训我们的是县城乡建设环境保护局的领导和工程师,他们制订了严格的课程表,正儿八经地上课,教我们怎么测量,怎么画图,怎么编写规划。

在二十世纪八十年代,如此大张旗鼓地开展全省村镇规划工作,不知道有什么特殊的意义。不管有什么特殊的意义,我们都全身心地投入了。看看我们这一群人,我们中的大多数还是把它当作一个难得端上的铁饭碗、一次跃龙门的机会。我们在学习的时候,就知道了关于规划的一句顺口溜:"规划规划,图上画画,墙上挂挂。实现了是规划,不实现就是鬼话。"也就是说,村镇规划工作,对于很多人来说都是可有可无的。

当然,听了这句顺口溜,我们没有感觉到失望。因为对规划工作尽管理解不深,但学习的本能还是让我们对此产生了兴趣。测绘或规划专业性都很强,教我们的老师都是从名牌大学建筑系毕业的。我们却是什么也不会,是一群什么也不懂的"菜鸟"——当时,不知道那些老师是怎样看待这一群"乌合之众"的。不过我们学习很认真,他们也教得很认真。我们的认真里,有对工作来之不易的珍惜,有对追求知识的如饥似渴,也有青春的激情。渐渐地,我就对这个工作产生了极大的兴趣,以致后来好几次参加全省村镇建设学术研讨会,在会上发表了现在连我自己看了都脸红的学术论文。因为这个机缘,我们进行简单的实习后,便分到全县各个乡镇,开始进行村镇规划工作。

我被分到了黄泥镇,从而能够零距离地接触这条古老而又年轻的老街。

古老又年轻的黄泥老街上,很快出现了我们这一群年轻稚嫩的"菜鸟"们的身影。甘明锋、余晓昂、杨琼、肖屏臻、聂结根、金玉成、汪惠芬、金泉水、刘李杰、方洪德、彭保东与我,一共十二个人来到这里。我们被分成三个小组,一个组负责调查,另外两个组在老街进行测绘。我们十二个人来自全县不同的乡镇,身份也不尽相同,但我们的状态相似,目标一致。现在我还隐约地记得,甘明锋是一位退伍军人,而名字像女生的杨琼本就是城镇户口,吃的是商品粮。他的人与他的名字一样清秀,面庞白皙。对这份工作,他显然抱着一种毫不在意的态度。如果没记错的话,他中途便离开黄泥镇另攀高枝去了。十二个人当中,唯一的女生叫汪惠芬,她家就住在这一带,她父亲在邻近的乡政府工作。剩下的人则和我一样,心里豪情万丈,脸上却有意无意挂着对命运不可知的一层忧郁。严肃、沉稳的老大哥甘明锋做了联系人,实际上就是我们的领头。我喜欢鼓捣文字,就被分进了调查组。

应有尽有的国营机关单位五花八门,形形色色。供销社、邮局、粮站、食品厂、电影院……明显有着时代印记的单位和开始逐渐出现的客栈酒楼、诊所药店、茶馆澡堂……以及摆水果摊的、卖红萝卜丝的、打铁的、做裁缝的、修钟表的混合在一起。从这些机关和店铺的名称就可以看出,冠以国营的单位还在,市场经济则开始建立,老的名称没有改去,一些新的名称已迅速出现,这似是一个时代与另一个时代交接的特征——等一些单位发生根本性改变或者彻底消失、尘埃落定还要一段时间,不过这是后话。

因为调查和座谈,我对黄泥老街的情况有了大致了解。我在笔记本里煞有介事地写道:

坐落在潜山,与太湖、怀宁交界的黄泥镇,早在六百年前的明洪武年间就有"河南一条街,河北六家店"之说。据《潜山县志》载,在清朝嘉庆、道光年间,这里是流向长江中游最为繁荣的帆船码头之一,上通太湖,下往石牌、安庆等沿江各地,所谓"一脚踏三县,一帆通江海"。

因两岸停船处都是黄土,遇雨天即一地泥巴,故这里又称黄泥港。

黄泥镇素有三街六巷四选区之说(三街即上、中、下三街,六巷就是刘家巷、霹雳巷、油坊巷、营盘巷、车水巷、毛竹巷)。由于历史原因,黄泥老街的建筑七零八落,布局混乱,街道拥挤,紊乱无规,故有"雨天满街水,晴天一街泥"之说。街道最高处长宽不过五米,窄仄处只有二米,街道上摆小摊子做生意的人很多。

作为历史悠久的古老集镇——黄泥镇缺乏统一的规划。

得出这个结论的时间是一九八四年一月十四日。但这只是个初步结论。我说是初步结论还因为这是我的笔记。真正形成规划还要一段时日。如果说这种文字太行政化,非常抽象,那么林立的商铺、拥挤的摊贩,我们一睁眼都会看到,都能感受到。我们住在最热闹的中街。一出门,熙熙攘攘,摩肩接踵,人挤人,走不动路。推自行车的人,铃铛儿摇得直响;推独轮车的人,推着满满一车货物,行走时屁股不停地扭摆;挑红灯笼的人,人被红灯笼深深地掩埋,红灯笼像吹足了气的红气球般在老街漂浮、移动……走在街上,我们不是左边被碰一下,就是右边被撞一下。几个在街上测量的同事就像是一群怪物,只是老街人见怪不怪,该干吗干吗,并没有人围观。那时形容老街风情有句话:"早上皮包水,晚上水包皮。"

我们下榻的中街饭店是幢两层的小木楼。我们在一楼吃饭,二楼住宿。招待我们的是一位漂亮的女服务员,微胖。我们喊她"黄泥西施"。我们十二个人都才二十多岁,二十多岁的姑娘、小伙聚集在一起,那种青春的气息几乎把小木楼冲撞得晃晃悠悠。通常,我们测量回来,"黄泥西施"就已经把饭菜准备好了。晚上,她会为每个房间送上几瓶开水,用来泡茶或者洗脚。"黄泥西施"的这一举动特别温暖贴心。偶尔,我们会在一起喝酒,喝多了的时候,就有人放开嗓子吼,木楼被踢踏得直响,这时候就听到"黄泥西施"大声叫嚷——她提心吊胆,生怕我们把木楼的楼顶掀翻了。

黄泥老街的食品店很多,糕点有盏子糕、水封糕、发糕;鸡蛋有皮蛋、五香蛋之分;饼分太师饼、椒盐饼、蜂巢饼;还有水晶包子、糍粑、酱油干、杂烩面……"黄泥西施"也向我们推荐了当地美味,黄泥粉蒸肉、绿豆粉条之类。多年以后,我偶尔会想,我们当年在黄泥老街待那么久,也许是黄泥美食吸引着我们。当然,并不是所有好吃的我们都喜欢。比如我喜欢吃粉蒸肉,却不喜欢吃绿豆粉条。四十年后走进黄泥老街,好朋友特地为我点了这两样,但我发觉粉蒸肉已没有当年的味道,而我当年不喜欢吃的绿豆粉条,我还是不喜欢。这是一件多么奇怪的事情。

到黄泥老街工作,是我走出学校,进入社会后的第一次远行。在此之前,我糊过对联,走村串巷地为人照过相——这是小叔让我从事的职业。小叔曾当过一个乡的领导,我高中是跟他后面读的。我没有考上大学,小叔觉得这里有他的责任。他想方设法帮我,甚至帮我买了照相机,要我雨天在家糊对联,晴天出去照相,总之不能闲着。小叔要我学会赚钱,为家里分忧。当时我家是生产队里的欠钱户,分责任田时,同时分了一大笔债。只是小叔不知道,我赚不到钱,糊对联和照相也不是我喜欢的职业。就是在黄泥老街,我会对写得一手好字的人心生敬意,但对卖对联和照相这两个行当,我却没有一丁点儿亲切感。

我感兴趣的是这里有许许多多的民间传说与故事。

后来,在编制全县各乡镇的规划说明书时,我喜欢从一个乡镇的历史沿革开始,让历史感与现实交织在一起。我想很可能与这有关。在黄泥老街,我首先听到"狮象把口"的传说,说是黄泥老街建在一头"白象"的活地上,隔长河与狮子山相守相望,故称"狮象把口"。俗话说:"狮象把口,没有也有。狮象把口,翰林皇都有……"在老街,除了了解老街的历史沿革,最重要的是了解民间音乐舞蹈《十二月花神》的诞生。幸运的是,我见到了《十二月花神》的整理者。

正月梅花香,渡春江,点缀好春光,冰肌玉骨映红妆,孤山留素影,独占百花王、百花王。二月杏花开,满园栽,独自出墙来,千红万紫巧安排,酒家何处在,春雨杏花飞、杏花飞。三月桃花红,夺天工,依旧笑春风,刘郎今日又相逢,桃园留古诗,渔父再追踪、再追踪。四月蔷薇香,香绕廊,蜂蝶过粉墙,水晶帘动映花光,微波新荡漾,气味最清凉、最清凉。五月石榴红,似火烘,绿叶蔚葱茏,红裙妒煞雾空蒙,团团枝上耸,花月影重重、影重重。六月荷花香,满池塘,香风送晚凉,接天莲叶绿云裳,清波穿画舫,映日伴红妆、伴红妆。七月凤仙开,绕苍台,花雨斗芳菲,凤仙花拥凤凰台,仙风吹玉佩,疑是凤凰来、凤凰来。八月桂花香,露瀼瀼,气味最芬芳,一轮明月影当窗,众仙来共赏,同日咏霓裳、咏霓裳。九月菊花香,闹重阳,晚节倍留香,天生傲骨斗残霜,东篱新菊酿,莫付好秋光、好秋光。十月芙蓉开,满绿阶,滴露点尘埃,芙蓉帐里凤鸾偕,花枝轻弄摆,迎接曼卿来、曼卿来……

这就是比较完整的《十二月花神》歌词。再后来,我离开村镇规划工作岗位,调到县志编辑室从事《潜山县志》的编辑工作,又一次面对《十二月花神》的词曲,彼时我把它当成了一项文化艺术成果。

史料说,清代一位名叫张伯祥的廪生曾考证,早在明朝天启年间,黄泥镇就有《十二月花神》的表演,节目以音乐舞蹈形式流传下来是在清朝的乾隆年间。

《十二月花神》是旧时黄泥民间灯会、庙会的主要文娱表演节目,它之所以能流传是因为这里每年十月都要举行一次"忠烈大王庙会"。民国时期,这里及附近地区每年十月还要举行"平安会"和"黄公会"等大型民间风俗活动,《十二月花神》久演不衰。

　　《十二月花神》以古代神话传说"观音洒净"为蓝本,传统舞蹈的形式表达了劳动人民对美好生活的向往。《十二月花神》通过"观音洒净水,人间万物复苏,百花竞放"的观花赏景形式,以庆歌平、乐丰收、歌盛世为题,谱写出十二首优美的歌谣。歌词主题鲜明,舞蹈古朴典雅,具有浓郁的民族风格。曲谱原名《抱桩台》,据说源于上古殷商时代,是用笛子和洞箫吹奏的伴舞曲,但一直没填词。直至一九五四年,当地宣传部门动员黄泥剧团挖掘整理民间优秀节目,参加政府举办的文艺汇演,邀请土生土长的艺人汪亚英牵头整理曲目,汪亚英经多方调查访问,最后选用了艺人潘松庭推荐的《十二月花神》曲目。

　　当然,这也是我后来才知晓的。因为需要绘制老街地形图,黄泥镇的领导给我推荐的正是土生土长的汪亚英先生。从他那里,我第一次听到了有关《十二月花神》词曲诞生的故事。他说,他对《十二月花神》最大的贡献是寻访到吹奏者之一的程述台老人。年近古稀的程述台抱病在床,无法吹奏乐曲,就让徒弟程礼和代为吹奏。乐声响起,婉转低回,令人情不自禁地沉迷和陶醉,现场的几位音乐人随即按笛声认真记录曲谱。但此曲只是伴舞曲,只舞不歌,因连续独奏十二遍,显得单调呆板,于是汪亚英提议以十二月花的花名填十二段曲词,随后由一位名叫陈景平的先生执笔填词。古曲因此获得新生,融词、舞、曲为一体的舞蹈《十二月花神》由此诞生。

　　汪亚英先生无不自豪地告诉我,一九五六年十一月六日,《十二月花神》获得全县首届戏曲音乐舞蹈汇演节目和演出双奖。同年十一月,《十二月花神》又获安庆地区首届音乐舞蹈观摩汇演节目和演出双奖。一九五七年一月,《十二月花神》获安徽省首届音乐舞蹈观摩汇演节目和演出双奖。在省汇演中,《十二月花神》独特的艺术魅力赢得艺术家和文化部门的广泛好评,安徽省歌舞团当即重新组织排练,并吸收了黄泥镇当地的女演员参加演出。一九五七年三月,《十二月花神》作为安徽省代表节目,被选送到北京参加第二届全国民间音乐舞蹈汇演。同月的二十二日,《人民日报》刊登《十二月花神》演出剧照。

那时,汪亚英先生已年过花甲,他给我留下的是一种文静儒雅、精神矍铄的形象。

那天在笔记本里,我写道:他热情地帮我们绘制黄泥镇的地形图。其实到他家之前,他已经绘制好了一张老街地图在等我们。完成一天的工作后,晚上我偶尔会到他家聊天。他教过书,喜欢戏,能编会导。他演男扮女,老生小生,样样都能来。如《打渔杀家》的渔公、《沙子岗》的恶婆、《四进士》中的老生及《三国演义》里的诸葛亮,他都演得惟妙惟肖、活灵活现。不仅如此,他还会布景、美工、制作小道具……除了谈老街历史、《十二月花神》,他还有好多趣事可谈。比如,他说当地成功人士的标配是"一笔小楷,两句二黄,三杯好酒,四圈麻将"。说到动情处,他还给我讲了一个爱情故事,说当时有一支抗日部队住在黄泥镇,一位军官喜欢上从金陵逃难到此的一位姑娘,但姑娘却与一位文化教员相爱了。故事有理有据,情节十分缠绵,以致我觉得他不是在讲别人的故事,而是在讲自己的故事,而他就是故事里的那位文化教员。只是我离开故乡已久,与他断了联系,这个凄楚的爱情故事成了永远的谜。但我相信,他一定认为《十二月花神》的诞生,是他一生中最重要的事情。所以他愿意和我们交往,告诉我们这个故事。

一个阳光明媚的上午,我与妻子在朋友的陪同下,来到阔别了几十年的黄泥镇。眼前的黄泥镇已另起新街,开辟了新的商业区。在中街,可能是当年饭店的门前,碰到两位老人,我和他们搭讪:"知道汪亚英老先生吗?"他们说:"晓得,只是谢世多年了。"我心里顿生出一种惆怅。

问:"这里可是饭店?"

答:"不是,这里住不了人。"

问:"四十年前呢?"

答:"四十年前是饭店。"

春天的阳光照射到老街。在阳光下,老街残存的高大的马头墙耸立着,像把阳光挑剪成一地的碎片,花花斑斑地映照在老街,又像是荡漾着一街的春水,显得格外宁静而平和。转了中街转上街,转了上街转下街,我们一直在老街转悠着。在老街,我找不到当年一点记忆,却认真注意起黄泥镇的天气。多年来,为什么我只记得老街的天气总是阴沉沉的,总是伴随着飞舞的雪花呢?

不知不觉走出老街,走到了长河边。长河浅浅的、静静的,依稀还是旧时模样。望着长河新修的大桥,我心里一激灵,突然想到,那年我记忆里飞舞的雪花是不是与我姐姐的出嫁有关?腊月里,老街写对联的、卖灯笼的、卖花炮的摊贩当了主角,过年的气氛一下子浓烈起来。就在此时,我知道了姐姐将要出嫁的消息。在我的老家,姐姐出嫁有个重要的仪式,就是弟弟不仅要送,还要将她从屋里背出门。但偏偏,黄泥镇这时纷纷扬扬下起了大雪。大雪使黄泥镇通往县城的唯一客车停运了。这样,我们回家成了难题。最后,我与几位回家过年的同事走了回去。在被厚厚的积雪覆盖的黄泥路上,我们深一脚、浅一脚地走着,一直走到县城,才松下一口气。现在,我不记得在县城是怎样回家的,只记得我到底赶上了姐姐出嫁的日子,背着亲爱的姐姐走向了她别样的人生。那天我的故乡也在下雪,我背着姐姐一步一步地走,黄泥镇的雪花与故乡的雪花便一起出现在我面前,在我心里飘飞、叠加着,与蜡梅一起漫天舞蹈……我知道,《十二月花神》最后两个月的唱词都唱到了雪花,我仿佛听到了那缠绵的歌声:

十一月雪花飞,玉成堆,咏雪羡奇才,雪花六出半空开,玉花笼翠黛,雪月照妆台、照妆台。十二月蜡梅开,雪花飞,额点寿阳梅,梅雪争春腊鼓催,江南春讯早,踏雪好寻梅、好寻梅。

那时的屋场

◎ 周缶工

屋场在大樟树下

　　过去,屋场在大樟树下,是"产陂周"这个小村落在方圆数里人们心目中的鲜明印记。老家那边,樟树系最常见的树种,庭前屋后比比皆是。或者说,没有樟树,就不成其为屋场。产陂周几十户人家当中,高高耸立的那棵古樟,确实远近闻名,相隔几里就能看到,像一座绿色的小山,树冠苍天,枝叶繁茂,初次遇见的人甚而会误认为是一处树林。屋场人吹牛说,这可是远近几十里最大的樟树,飞行员在天上开飞机,也要靠其导航,用来确定地理位置。

　　那时的老房子都是砖瓦结构,樟树在土砖烟瓦中巍峨矗立,高大而舒展,宛若一个放大无数倍的天然盆景。没人说得上大樟树生长于哪朝哪代,树围有十来米,需要七八个大人手牵着手才能合抱。高十多丈,主干空心,挨近地面处有孔洞露出。根系发达,如长龙遁地,相隔数丈都有根须。皮黑开裂,枝干遒劲,最低的树枝离地两人高,横逸出来,粗过旁的树木主干。树叶葱茏,站在树下看不到天,小半个屋场都遮蔽在树荫下。当年屋场人在外,别人问起所居何处,总会不无得意地答,产陂周,大樟树下;转回家时,远远看到大樟树,就觉得心里有了底,屋场快到了。

　　大樟树枝叶密密匝匝、层层叠叠,引来许多鸟类前来栖息。除寻常鸦雀外,还有猫公鸟、牛牯鹂、乌乘子等,品种甚多。夏秋天气晴好的日子,风吹树叶婆娑,一树的鸟叫,人在树荫下走过,却感到分外静谧。带一把凳子过去,或是坐在露出地面的树根上乘凉,抬头辨认树上的鸟儿,出声惊吓,这些活物没一只会飞走,它们知道人们够不着,有大樟树荫庇。此时,说不定就有熟透的樟树子掉下来,落在地上簌簌直响,打在头顶生疼。旁边有老人清扫地面的落叶,堆放一起,待到傍晚点火焚烧,周遭很远都飘荡着异香,蚊虫不会近前。小时候自制玩具,取一根内径大小刚好的竹筒,塞进樟树子,用筷子猛捅进去,能飞快射出击中目标。

大樟树下,几十户人家在屋场相对狭小的空间里错落,房子犬牙交错,自成体系。房墙平地起头几轮都砌红石,到窗户高就用土砖。一色木窗,窗棂或圆或方,都不装玻璃,从街上扯来厚实的塑料膜、牙膏盒剪成拇指大小片状,用小鞋钉钉上去。木制门,开关起来吱吱呀呀,旁边墙上还留着猫狗洞。多数人家房屋拥挤,居住条件逼仄受限。那些老房子,门窗洞开,小孩可直接钻进去。有的瓦房在里头开不了窗户,屋顶会装明瓦,明晃晃的光线照射下来。飞蛾蚊虫在光圈中起舞,旁边墙角的灶机子叫得正欢。或者,房中老式木床边会蹲着一只老猫,眼睛发绿,不时喵一声。那时在屋场,任房子再小,里屋墙角总会有一只木制尿桶。种蒜时节,许多人家在尿桶里泡上大蒜子用来萌芽,气味冲撞,在空气中发酵。

我家住在祖屋的西厢房,距离大樟树百十来米,人在家中,抬头透过窗户就能看到满树葱茏。晚上起风时,大樟树吹得树冠摇摆,枝叶哗哗响,无数次,我都误以为下起了大雨。那时我总会出门张望,见月色皎洁,大樟树显得比白天还高,云层重叠在树梢上头,有点怕人。赶紧进去关门,又忍不住向外探看,大樟树上空有飞鸟在振翅盘旋,满是莫名神秘的气息。屋场人认为,大樟树上猫公鸟平时不开声,若叫唤起来则是有人亡故的征兆。那时曾祖母一听到猫公鸟叫,就会和我说,听,又快老人了。我会乖巧地答,没事,叫的别家,我见它往南飞走了。曾祖母一年四季穿斜排布纽扣青衣,这时会浅笑,用手往脑后绾白发,眼神明亮起来。

我算是在大樟树下长大的伢妹子,有户人家更是直接住在大樟树下。一家六口,四间矮旧的土砖房,房墙隔大樟树树干不到一丈距离,家里盘踞着露出地面的树根。因为靠得近,屋顶上老积满落叶残枝,需时常上屋清扫,顺带砍挨近房瓦的枝丫,怕大风吹来时破坏屋面。当年屋场许多老房子每逢大雨,瓦间总会漏水,都要找来容器接漏。他家有两间房上方处于大樟树枝叶遮挡下,倒是省却了麻烦。

那人家男主人是位老剃头师傅,黑色工具箱掉了好些漆,刮刀布又黑又亮。

那时屋场只有老人家请他理发，一张竹凳往大樟树下一摆，随时开剪。青年人嫌他不会剃新发型，用的工具太老旧。他还有织渔网的手艺，没人来理发就一天到晚织个不停。听闻他用熟透发黑的樟树子提炼色素，加上桐油、猪血等给织好的渔网上色，那渔网会变得乌黑发亮，非常结实耐用。得闲时，他好抽水烟筒。那形象至今记得，黑衣黑裤分外宽松，头发稀疏，眼袋奇大，脸上肌肉垮下来。抽烟时眼睛半闭，手里的铜制水烟筒发亮，他把点燃的樟树细枝摁在放烟丝的烟杆上，含着烟嘴大口吧嗒着，嚯嚯直响。抽完将烟杆取出来吹干净，说，我这里面的烟水，已经好几十年了，滴一滴到田里，整丘田的蚂蟥都会药死。反正也没试过，无从辨别真假。他还习惯早起，用樟树枝杆铁头的耙子捡狗屎，拿来种菜。小时候打纸油板，有一招"摸地捡狗屎"，估计是参考他的动作。

我亲眼见过一条大菜花蛇，有丈余长，从大樟树空心的树干里爬出，攀到邻居家装稻草的二层楼上，最后不知所终。黄老鼠、野猫等也在树洞里钻进钻出，在树枝上蹿上蹿下，屋场人见怪不怪。还有奇事，某年祖母养的几只洋鸭，长到半大来不及剪去翅膀上的毛，都有返祖本领，人过去追赶，竟能扑腾飞到大樟树横枝上，半天不下来。夏季傍晚大人小孩到树下乘凉，有老者会拿来木盆打水，将镜子放入水底，让我们在水中镜看天上月。那月亮竟显出七彩的颜色来，让人觉得很是神奇，不敢多看。有时，大人会在树前点上香，鞠躬朝拜，小孩则在旁边念起童谣："月光光，夜光光，梭陀树，火烧香；你拜拜，我拜拜，拜到明年好世界……"

后来，许是年岁太久，大樟树枝叶日益凋敝，根系腐烂，主干往一边倾斜。屋场人想尽办法，无法挽救，只能任其枯槁。请人将枝干裁成很多截，就地砌上土灶来熬药，前后足足炼制了半年。那时我家和几户邻居早已搬离老住处，只有曾祖母和大伯父还住在附近。屋场从此再无大樟树，更不见猫公鸟叫，未几，曾祖母也离世了。

现在屋场人外出，别人问，尊处？只说，产陂周屋场，过去那棵大樟树下。脸上不会再有得意的神色。不知何年开始，屋场人纷纷拆老房起新屋，都独家独栋，门户敞亮。外面人进到屋场，不会再有深不见底的感觉。在我内心深处，老屋场永存于当年月色、日光和雨声中，永存于大樟树下。

屋场人家

　　屋场数百人丁，几十户人家，上年纪的老人能掰指算来。听他们说道，总共六十四个户头，不多不少，办红白喜事，每户一个，八仙桌刚好坐满八桌。我自小在屋场长大，过去一应男女老少我皆熟识，能照辈分称呼，各家各户也都去过，知道大门朝东朝西。不似现在，许多嫁进的媳妇，后生的小辈俱陌生，对于他们，我甚而只算回乡的城里人。

　　那时各家各户经济条件相差无几，一色土砖房。屋场由东到西，从南往北，除打单的几户，顺着屋檐能绕到每一家，雨天也不用撑伞。红石垒到窗台，上沿刚好超过历史上老家发大水的最高水位，再往上是土砖墙，木梁烟瓦。富户墙面刷白石灰或黄色三砂，普通人家土砖墙则直接裸露在外。伙房、厨房、睡房系各家标配，甚而还因人多房少，有伙房和厨房、伙房和睡房共用的情况。当年屋场有几户人家子女众多，人丁兴旺，天性好奇的我常去转悠盘桓，留下很多记忆。

　　先说两户杂姓，刘家和罗家。刘家户主叫刘兴明，据说是继承外婆家的祖业来到屋场，他家离我所住的老屋西厢房不远，过堂屋转里弄就到。小时觉得刘家另类，一屋人无论男女皆生得俊俏，打扮入时，和旁人大为不同。刘家女主人叫周坤顺，虽姓周，却非产陂周屋场同族人，由附近小河对面的黄泥江嫁入。那时觉得她像电视上走出的人物，穿碎花长裙，烫波浪卷发，五官精致，容光焕发，身上有好闻的香水气息。当年她在家的时日很少，据说活跃于省城，个性好强，交游广阔。男主人也高大英武，为人豪爽，性喜饮酒。家中四个小孩，一男三女，个个模样上佳，聪明伶俐。多年后才领会到，那时他们穿着其母从城里买回的服装，自是比乡下土裁缝上门缝制的衣物好看。周坤顺每次回来，都要带上三个女儿，到我家西厢房边的井台上浣洗铺盖被窝。用力在麻石板上揉搓织物，边上的水盆里满是肥皂泡沫，和她相好的祖母老站在一边搭话，末了帮忙一起拧干被面。我在不远处观望，觉得那画面十分动人，常不忍离去。屋场人传言她在外面吃得开，进城衣服一换妆化好就完全像城里人，颇具传奇色彩。头次去她们的住处，是刘家的儿子刘文考上了县里的师范学校，买了一台录音机，假日带回家用很大的声音放磁带，歌曲是《心中的太阳》。"下雪了，天晴了，下雪别忘穿棉袄……天晴别忘戴草帽",我立马被吸引,顺着乐声走过去,不自觉进了屋。在那个外表差不多的土砖房里,我感到一切都新奇。墙上到处张贴着彩色画报,屋里摆放着从未见过的新式沙发。桌上那个发声的黑盒子彩灯闪烁,我当时并不知道叫作录音机。年幼的闯入者受到欢迎,还尝到了清凉爽口的灯芯糕。刘文高大帅气,屋场人说是"标佬",能言善辩,喜欢转文,从不服输。刘家大女儿叫刘敏,长相姣好,打扮时髦,只是个头稍矮,那时就穿很高的高跟鞋,当时被誉为屋场一枝花,引来周边许多小伙眼热。她老早就随其母去省城闯荡,后来没有讯息。二女儿只记得大家都叫她"小毛",活泼率性,和大家往来最多。骑单车上街,捉迷藏抓特务,在水泥板洗衣台上打乒乓球,她与众人打得火热。那时屋场只有三两台黑白电视机,刘家屋后邻居嫁出的女儿给娘家买回了一台。晚上小伙伴们常过去看电视,总挤满一屋,椅子一张不空,连床上都坐着人。有段时间,地方台播放天气预报节目的配图是一顶女帽,式样摩登。一次,小毛和我都在,又到这个画面,她突然说,这帽子好看,形状像堆牛屎。瞬间满堂大笑,仔细想想真还贴切。小女儿叫刘满,想来也不是本名,大家约定俗成这么叫,性子有点野,理短发,像个假小子。后来她们几姊妹各散四方,早前几年周坤顺年纪大了回屋场定居,已不复当初样貌,无法和过去光彩照人的形象联系起来。也丝毫看不出颓废,依然要强,她说,刘家就像一棵蒲公英,风一吹,子女都飞走了,她这老根老杆还要立在这儿。

刘家是半个外来户,罗家在屋场渊源更深,算是我家的远房亲戚。主家名罗选再,面相清癯,是祖母的同族兄弟。我叫他老舅舅,在北盛仓街上以定做盘秤、配制钥匙等作为营生。他家居住条件在全屋场最为紧张,夫妻俩带着三个儿子,只两间老瓦屋,挤在其他人家的茅房里头,十分逼仄。无法,他后来只得和住在我家祖屋里的五保户"渐聋子"打商量,在其宽敞的卧室中加了一张床,让年纪小的两兄弟过来借住。老舅妈是东乡人,说话腔调和老家所在的北乡不同,身板不大,天生勤劳能干,总满脸笑容,谁也不得罪。老舅舅算半个文化人,会吟诗作对,喜欢抽水烟袋,写得一手好毛笔字。记得当年相邻屋场宋家大屋新开一家南货店,是他题写的店名"便民商店",还做了对联,"天天向上,好好再来",用红油漆书写在大门两边,那店铺果然一直兴旺。那时晚间,我和弟弟偶尔打手电筒去老舅舅家玩,常看见他在昏暗的灯泡下加工盘秤。头顶绑着头灯,戴眼镜,瘦长的手指翻飞,钉钉锤锤,一脸认真。如此狭小的房间中还要摆放一张工作台,全家人吃饭,小孩做作业都在上面,生活着实艰苦。整个屋里烟熏火燎,差不多是厨房、睡房、伙房一起共用。满墙壁挂满各种物件,只一面平整亮洁,上面张贴几个儿子在学校得的奖状,甚为打眼。几年后老舅舅家在屋场外建了新房,两层楼,第一层砌红砖,里外粉刷,颇为风光。落成之日,觉得他的腰杆立马直了许多,自此不再抽水烟袋,改吸纸烟。罗家大儿子名罗奇斯,我叫他斯叔,人如其名,长得标致斯文,成年后去参军,寄回来军装照片,很英挺,当年在屋场传为佳话。记得斯叔得过嘉奖,喜报发到家里,当天晚餐时分,老舅舅和老舅妈端着饭碗,兴高采烈地过到西厢房这边,边吃饭边大声向祖母和母亲通报。那满面红光,眼睛放亮的表情,至今都记得清楚。那时屋场很多人有个习惯,喜欢端着饭碗出来吃饭,多搛点菜放在碗边。甚至好些人吃饭时端碗聚到一处,或站或蹲,闲聊攀谈,互相对比伙食好坏。罗家二儿子叫罗标,屋场人叫他"标子",后来做雨伞生意发达了,第一个在屋场买了摩托车,人生得意。正红火向上时,命运不济,发生车祸英年早逝,老舅舅一家哭得死去活来。老三最不多话,温温存存,印象中那会儿他的主要任务是放牛,一头老黄牛,几家公用,几家共养。

庆公一家住在隔屋场两三丘水田的一处单屋,周遭绿树掩映,独成院落。那时他在乡上的基建队带班,家庭条件比较好,系大户人家。老家土话称呼和祖父同辈的男性一律为某公,庆公名周奇庆,和我祖父是未出五服的堂兄弟。他梳一个背头,眉毛上长一颗肉痣,面目和善,晚上喜欢满屋场溜达,挨家挨户坐夜人家。随身携带的长手电筒上三节电池,灯泡也比别人的要大一号。他坐人家有意思,顺路挨家挨户坐过去,夜深到最后一户,主人家来瞌睡要去睡觉,他会说,你们去睡,我再坐一阵就走,走时把门关上。庆公家的房子当年在屋场最为讲究,前后土砖墙拿石灰刷白,两侧墙壁用三砂,落地的红石接缝处用水泥填补整齐,家里收拾得一丝不苟。房前屋后种植各色花草树木,除了平常树种,还有周边少见的棕树,造型独特。果树也有几棵,尤其那棵臭皮柑树,长得异常茂盛,入秋结出的果实黄澄澄挂满枝头,很远就能闻到一股香味。那果肉没人敢尝试,小孩再贪嘴,吃进去也会赶紧吐出来,酸不可耐。臭皮柑用冰糖加水上火蒸熟,味道酸甜，据说能治咳嗽和哮喘。庆公家后院那时有屋场唯一一口摇水井，小伙伴们常过去摇水玩，弄得吱吱作响，大人过来责骂就作鸟兽散。他家育有五女两男，是子女最为发达的一户。大女儿老早嫁到县城里，其子年龄和我相仿，节假日过来外婆家，我带着他到田间地里玩耍，弄得一身泥巴被父母责骂。大儿子在外面一座城市的工厂上班，当年在练习气功的风潮中走火入魔，精神失常后远走他乡，丢下妻儿不知所踪。下面几个女儿，名叫孟芝的芝姑我最熟识，她当过代课老师，是我小学三四年级时的班主任。我的性子，天生怕老师，在屋场见到她，从不敢叫芝姑，一直喊周老师，其实她当老师不算严厉。最小的女儿叫孟平，屋场人都叫她"毛妹子"，从小到大都喜欢理短发，性格温顺烂漫。想来那时喜欢过去庆公家，除了人多热闹外，还因能看到许多新奇事物，偶尔能吃到城里的吃食。记得有回尝到几片葱油饼干，久久难忘，寻思世上竟有如此好的味道。

周长青家的住处其实也打单，离屋场怕有半里地，住在公路旁，靠近原来小河边的老打米房，不远处有一座石拱桥，独门单户一栋房子就有个专门地名，桥家屋。前后占地不小，上了年月的土砖房，没有粉刷，堂屋墙上突兀地用颜料做出一块黑板，上面顶端用白油漆写着"世上无难事只怕有心人"。颇为怪异，他家有张一般人家不常见的大八仙桌，放在堂屋中央。周长青学过蛇法，会办丧事喊礼，书法绘画也拿手。几十年里，他一直靠这手艺维持生计，自己常出门跑江湖好吃好喝，家人过得相对寒酸窘迫。他家周遭种满了各式药材和花卉，开春来异香扑鼻，招蜂引蝶。大人吓唬小孩，不要到附近逗留，小心有蛇虫出没。我家在近旁有水田，每到农忙，父母带我们过去歇息片刻，头两回我分外紧张，坐在里边觉得寒毛都竖了起来。后来习以为常，才明白因他家果树药材众多，大人怕小孩胡乱作为才那样说道。房前公路旁有一棵大米枣树，结出的枣子总密密麻麻，引来鸟雀啄食，等不到熟透就被人摘取一空。边上的枸杞树，生得矮小，长出的果实从绿到红，绿时翠绿欲滴，红时嫣红惹火，煞是好看。摘下来入口咀嚼，那小小的浆果立刻爆裂，酸甜满口。周长青家育有三子两女，大儿性情天真，酷爱饮酒，有点醉生梦死的味道。某次，他在屋场给人帮忙，人家倒酒给他喝，没注意错拿医用酒精当白酒，他吃出异常，也不作声，竟闷头喝下一大碗，回去不省人事，直睡了两天两夜。为人热心肠，孝敬父母，终身未娶，很早离世。老二天生弱智，肌肤白得有点不正常,手指颀长,指甲很深,气力颇大。见人总讪笑,样子有点瘆人,没事坐着独自扭转脖子摇脑袋,像个胡椒臼。哪怕在热天,他也手脚清凉,一年到头穿黑色老式纽扣布衣,从未出过门,总觉得他像一个纸片人。周长青出去给人家办丧事喊礼,常要用笔墨画的那种。他和我们会话,嘟哝着发出嗯嗯声,一个字也听不清,不断点头,又没来由地笑。多年后,自己伏案写作累了,也会扭转脖子摇脑袋,偶尔会想起他当年的场景,不禁哑然失笑。而他已故去多年,不声不响,好歹也算来这人世走了一遭。

放牧心灵

◎ 秦湄毳

一

窗外,下着雪花。

课前学生在齐声欢唱《童年》,"盼望着……有张成熟与长大的脸……"歌声里,我恍然发现童年的自己离现在很近,它分明就是眼前的学生。"老师的粉笔吱吱嘎嘎写个不停……操场边的秋千上只有蝴蝶停在上面……"黑黑的小胖唱着这些词在冲我做鬼脸。是啊,多少次,幼时我们的课堂上,老师的粉笔不也是格外刺耳格外多余吗,我们的心不也是急切地渴盼那秋千上的蝴蝶不要飞啊不要走,等着我下课啊,我陪你玩……我记得哥哥在回忆童年时曾经说:"重过童年,我会在外面打皮牛,打一天不回家。"

上课了,讲析《从宜宾到重庆》,"重庆这个城市本文讲了几个特点?"我提问认真谛听的孩子们,已经发现靠窗玻璃的"小黄袄"正把小小的脑袋扭向窗外,顺着他的视线,我看见白雪覆盖的操场一派圣明!"……重要港口,山城,雾城。"课代表在总结她的答案,"对,对。"不少学生在点着头。

结束了新课,我没有马上留作业。"××,请告诉同学们你看到了什么?"小黄袄怕怕的,忙说:"老师,我注意听讲,我……"同学们笑了。我说:"真的不批评你,给大家说说吧。"小黄袄慢慢站起来,狡黠地眨眨眼,"老师我说了你可别生气,我想快点下去,看看我的脚印——刻在双杠下的,还有没有?"我一激灵来了雅兴,"今天的作业,陪××下去看看脚印还有没有,写一日记。"其实,我还想说,"也帮老师看看,老师的童年是不是还在雪下面盖着呢。"学生的欢颜伴着下课铃声飞向操场,一如以前我放他们去观雾,去看云彩朵朵的秋日碧空一样兴奋不已。

随着学生,我的思念犹如一只美丽的小狐,从心灵深处溜出,行进在白雪茫茫的校园,捡拾童年的笑语欢声和生命之初最真纯的容颜、最灿烂的遐思、最晶莹的憧憬……

我记得雪下的操场上有我第一句诗,第一行泪水,有我燃过的第一堆篝火,放飞的第一个期盼,还有学着闰土撒下谷米招来的一只只小麻雀,以及阳光下春风里飞扬的马尾辫蹦跳的蝴蝶花……那时的目光清亮,那时的脚步稚嫩,那时的心灵谛听花开的声音犹如柔腻腻的月光叩响第一缕思念般芳香……

童年的美丽是我们生命天地之初的白雪,纯洁无瑕,无拘无束。人生路上,累和无奈的时候,我们就会想起它,用它擦拭心灵,胸中常驻芳华。

白雪覆盖着我的童年,覆盖着每个少年的梦,每个成年人的想。白雪下的童心是真善美凝结的生命琥珀,它馨香,它璀璨,它柔韧而执着地绽放光芒,在每一个风浪险急的人生港口。

我让学生沉重的书包里塞进一双小脚印,一朵秋天的云,一株浓雾里挺拔的校园松,只为有一天,或许他们可以沿着它轻轻走回冰清玉洁的心灵童年。

二

冰心老人携了她那盏弯弯山道上的小橘灯远逝了,身后却闪耀了朦胧的橘光无数。

淡淡的橘光从我的老师的眼眸里走来,驻进我童年时的心空,而今,我又把它一盏盏挑入我的学生的视野,留存在他们清澈见底的记忆源头,记忆的路有多长,这镇定、勇敢、乐观的橘光就亮多远。

每次讲析《小橘灯》,不同的孩子都有相同的欣喜。他们经心记生字,认真读课文,很投入地随我分析小姑娘的形象,遥想那年月,稚嫩的目光那么情愿那么自觉——把这缕"照不了多远"的"朦胧的橘光"揣进心窝。每当此时望着他们小芽芽般葱茏的身影,我会无言,忍不住叮咛一句:啥时候都别忘了这橘光啊!因为我想到了人生的风雨,想到了孩子们要走好长的路。

授课之后,学生们最喜欢做的事就是制作小橘灯啦!在日记里我清楚地了解到谁回家就向爸爸要了两元钱出去买橘子,谁想尽办法才把小橘碗穿起来的,还有谁扯了截妈妈的毛线挑着灯不当心烛火将美丽的灯烧成"三脚猫"……清晨,我惊喜地看到学生把做好的小橘灯整齐地摆满讲桌,风铃一样挂遍教室的窗台,一桌子的心灵手巧,一屋子的晶莹童心,我为孩子们的可爱心惊!美丽的小人芽,美丽的小橘灯,我感到自豪感到满足,为我所从事的工作——点亮小橘灯的工作。

燃尽青春点亮孩子们的心,这是青春之初我为自己立的盟语。"位卑未敢忘忧国"是大学毕业定位教育时我的力量之源。穿梭在操场上孩子们做广播操的队伍里,我仿佛行走在阳光下青翠的小竹林间,分明听见他们的拔节声呢。看到黄昏时学生挑起橘灯的小模样,我由衷地说,孩子,你像小天使!我也会说,你们是一群不听话的小天使啊,快把橘灯收起来写作业!在我这赞美和责备的声音里,学生们快乐地前行着。

我醉心于橘灯点燃的美丽和孩子灵魂工作的神圣。有学生问,老师我们能亲亲你吗?我不禁笑了,给小精灵说,在老师微笑的时候,老师的心已经被你们亲过了。

我深爱着我的学生们,祈望他们一生都是坦途一生都如意,可我又清醒地知道哪个人生都有风沙弥漫的时刻,在他们的留言册上我写道:"有一天,你或许会感到有些累有些泪,什么都不想说的时候,别忘了老师正燃了你做的小橘灯,等你……"为师的力量微弱,能给予学生的极有限,我只能这样备下一个"紧急出口"以待他日无处可去的孩子的心吧。

我的学生们啊,多漆黑的暗夜要让心记住,你小的时候做过一盏多么美丽的小橘灯啊!

三

我喜欢乐音叮咚里读书,我喜欢夜深人静时读书——忧伤着读书忧伤渐没了,欢乐着读书欢乐变多了;我喜欢秋风起时读书,我喜欢桐花开时读书——书中意砺心志,书之香涤魂魄。小雨里读啊,眼中有诗意;清风中念啊,长发多飘逸。玫瑰花下读,青春披霞彩;大江之畔念,岁月永不老。

月下见李白,潭边柳宗元,桃花林中遇陶潜;田间秦罗敷,垄上飞鸿鹄,闹市有文君与相如;划时光小船,沿勇者足迹,依智者牵领,立碣石观沧海,看黄龙痛饮,品寒江钓雪,悄然 入阿房、访病梅、聆听少年中国说,静察祖冲之长须里的智慧,思忖圆明园里冲天的火焰。 我的桌案上,刘胡兰和贞德目光如水,交谈她们对足下土地和身边亲人的热爱;"铀"和"镭"的经历昭示"戈多"无须等待;徐氏奔马倚凡·高向日葵小憩,稻草人和小人鱼互诉心曲……书中世界是我心灵的草场,我的魂魄可以在此自由飞翔恣情歌唱,颠簸在红尘的我的心也可酣畅地把酒临风,摇曳人世间的我的情亦可随处酣眠入梦……

而今,虽愧为人师却站在讲台的我满怀激情把这一切讲述给我的学生听,引领着这群冰清玉洁的灵魂来此看云卷云舒,赏花开花落,识白云苍狗,学会把春天的耳朵叫醒让梦的翅膀伸展,我衷心希望我这位平凡的牧者借这神奇的草场牧出颗颗鲜活的心,塑出个个芳香的魂——成长为日后的勇者、智者、伟者以启动昌盛无比的国运和丰沛美好的人类幸福。静静的教室里笼着书香,我有一种为祖国放牧未来、为人类放牧繁荣的幸福感和神圣感。我不敢对我的工作有一丝一毫的怠慢,因为读书与教书是我一己的事呢!

放牧心灵是快乐的,寻觅草场和选择草质、草量、草种以及对心灵的无形引领和调控都是艰难且须万无一失的,而这一切都是悄然无声又纷繁复杂的。织工疏忽毁一线一巾或者可以重织,铸者大意损一铁一钉或者也可重铸,然而牧者呢,尤其牧的是人心呢?白驹过隙人一世,去者可追吗?

闲暇我喜欢和我的学生聊天聊书聊心得,业余我常常带着学生在操场谈书论书读书,我要知道他们每一个人心灵的轨迹和所在的草场位置,我的牧鞭是爱和尽可能无微不至的关心。如茵的草坪上,孩子们坐成白云朵朵,《白比姆黑耳朵》让他们领略世间的挚情和忠爱,《鹰王》给他们飞翔的勇气和思索……那个课堂上就常溜号画各种汽车的小车迷这会儿又不安分了,索性我和他一起设计"东方豪情"的新款式吧,也请教他"奔驰"和"宝马"的保护装置问题,可他得听我说说这些个车主是如何起家的,同时读读《车王》这本书,写篇日记告诉我他要成为怎样的车王;一袭白衣的小妞妞在悄悄对着小草练表情,轻轻给她说,风儿捎话来,长大是位表演家,这会儿读书不能当表演哩……

看着春风里他们笑得鲜艳如花,我的喜悦犹如浩荡着穿越草原的风。我给学生们说,有一天你们走远了,我也能闻到你们心里飘扬的香。学生们眼里的问号大大的,"不信不信,老师也吹牛。"我说,傻孩子,是书香啊,和老师一起读的书谁能忘?

四

  在我心里,花儿朵朵就是我的学生们的模样;在我心里,花儿朵朵还是我所希望的我的学生们心灵永远的模样。
  春风里,我看他们蝶儿般的身影勃勃地成长,心里平添无数清亮的欢乐。
  我喜欢听孩子们琅琅的读书声,喜欢目光游弋在他们中央,搜索一缕缕稚嫩又真实的忧欢之波,轻轻揿动他们的心之钮,让快乐如白云朵朵舒卷在每一片童稚的心空里。
  这是一群还不明事的孩子,却是人类最美丽圣洁的所在。呈现在我眼前的每一个灵魂飘着香,鲜鲜地淌着真滴着纯。我蓦然发现世界能够永远这么美好的真谛,懂得了人类千变万化、太阳可以日日鲜红的奥秘。花儿一般香花儿一般美的心灵是人类整个历史的底色啊。
  谁想明天的历史花一样美好,那么请慎重一些,不要伤害也不要污染了这些个书写未来的小儿的心吧。呵护孩子的童年,保护每一颗心灵的花容不凋残,世界的容颜将是一朵花。